btb

Isabella Hammad

Der Fremde aus Paris

Roman

Aus dem Englischen
von Henning Ahrens

btb

Für Teta Ghada

لِكُلّ التَفـاصِيل

Personen

Die Familie Kamal

Hāddsch Taher Kamal, Textilhändler
Aziza Kamal, Hāddsch Tahers erste Frau, verstorben
Midhat Kamal, Sohn von Hāddsch Taher und Aziza
Umm Taher (Mahdiya) Kamal, Mutter von Hāddsch Taher, Midhats »Teta«
Laila, Hāddsch Tahers zweite Frau
Musbah Kamal, ältester Sohn von Hāddsch Taher und Laila
Nadim, Inshirah, Dunya, Nashat, weitere Kinder von Hāddsch Taher und Laila
Abu Jamil Kamal, Cousin von Hāddsch Taher, Teppichhändler
Umm Jamil Kamal, Frau von Abu Jamil
Jamil Kamal, Sohn von Abu Jamil und Umm Jamil, Cousin von Midhat
Wasfi Kamal, Cousin von Midhat
Tahsin Kamal, Cousin von Midhat

Die Familie Molineu

Frédéric Molineu, Soziologe und Anthropologe an der Universität Montpellier
Ariane Molineu, geborene Passant, Frau von Frédéric, verstorben
Jeannette Molineu, Tochter von Frédéric und Ariane
Marian Molineu, Cousine von Frédéric, Schwester von Xavier
Xavier Molineu, Neffe von Frédéric, Bruder von Marian, Jurastudent
Paul Richer, Marians Verlobter

Weitere Personen in Frankreich
Sylvain Leclair, Freund der Molineus, Winzer
Laurent Toupin, Medizinstudent
Samuel Cogolati, Medizinstudent
Patrice Nolin, emeritierter Professor der Medizin
Carole und Marie-Thérèse, Töchter von Patrice Nolin
Georgine, Hausmädchen der Molineus
Luc Dimon, Winzer
Madame Crotteau, Gesellschafterin
Faruq al-Azmeh, Professor für Arabisch in Paris, ursprünglich aus Damaskus
Bassem Jarbawi, Raja Abd al-Rahman, Yusef Mansour, Omar und andere, Faruqs Pariser Freunde
Qadri Muhammad und Riyad Assali, Schulfreunde von Hani und Berater des Emirs Faisal

Die Familie Hammad
Hāddsch Hassan Hammad, Cousin von Nimr, Landeigentümer, Mitglied der Dezentralisierungs-Partei
Nazeeha Hammad, Frau von Hāddsch Hassan
Yasser Hammad, ältester Sohn von Nazeeha und Hāddsch Hassan
Hāddsch Nimr Hammad, Cousin von Hassan, Richter am Scharia-Gerichtshof und Gelehrter, 1918 Bürgermeister von Nablus
Widad Hammad, Frau von Hāddsch Nimr
Fatima Hammad, älteste Tochter von Widad und Hāddsch Nimr
Nuzha Hammad, zweite Tochter von Widad und Hāddsch Nimr
Burhan Hammad, jüngster Sohn von Widad und Hāddsch Nimr

Hāddsch Tawfiq Hammad, Onkel von Hāddsch Hassan und Hāddsch Nimr, Politiker

Die Familie Murad

Hani Murad, Absolvent der juristischen Fakultät in Paris

Basil Murad, entfernter Cousin Hanis, Bruder von Munir

Munir Murad, entfernter Cousin Hanis, Bruder von Basil

Fuad Murad, Hanis Onkel in Dschenin, Mitglied der Dezentralisierungs-Partei

Sahar Murad, Tochter von Fuad

Umm Sahar Murad, Frau von Fuad

Weitere Personen in Nablus

Hisham, Hāddsch Tahers Stellvertreter

Butrus, Schneider im Laden der Kamals

Umm Mahmoud, Hausmädchen der Familie Kamal

Adel Jawhari, junger Mann, früherer Schulfreund von Midhat

Abu Omar Jawhari, Onkel von Adel, 1919 Bürgermeister

Qais Karak, junger Mann

Hāddsch Abdallah Atwan, Eigentümer einer Seifenfabrik

Madame Atwan, Matriarchin der Familie Atwan

Eli Kahen, samaritanischer Schneider

Abu Salama, samaritanischer Hohepriester

Père Antoine, französischer Dominikaner-Priester und Gelehrter

Schwester Louise, Schwester Sarah, Schwester Marian und andere St. Josephsschwestern, in Nablus bekannt als »die Ebal-Mädchen«

Ayman Saba, verarmter christlicher Bauer

Hala Saba, Tochter Aymans

Glossar arabischer Begriffe und Wendungen auf S. 727

ERSTER TEIL

I

Auf dem Dampfer von Alexandria nach Marseille gab es einen weiteren Araber, er hieß Faruq al-Azmeh. Am zweiten Tag der Reise steuerte er mittags auf Midhat zu, einen Teller mit Toast und eine Gebetskette aus Bernstein in den Händen. Er setzte sich, zupfte an den Aufschlägen seines Hemdes und erklärte ohne Umschweife, er sei auf dem Rückweg von Damaskus, um seine Tätigkeit als Sprachdozent an der Sorbonne wieder aufzunehmen. Er habe Paris bei Ausbruch des Krieges verlassen, wolle nach dem Wunder an der Marne aber unbedingt zurückkehren. Er hatte graue Augen und einen kantigen Kopf.

»*Baris.*« Er seufzte. »Dort ist mein Leben.«

Diese Worte beflügelten die Phantasie des jungen Midhat Kamal. Er stellte sich Rampenlichter vor, die einen Tanzsaal voller Frauen beleuchteten. Er musterte Faruqs Kleidung, den graublauen Dreiteiler und die indigoblaue Krawatte mit der silbernen Nadel in Vogelgestalt. Ein schlichter Spazierstock aus dunklem Holz lehnte am Tisch.

»Ich will Medizin studieren«, sagte Midhat. »An der Universität Montpellier.«

»Bravo«, sagte Faruq.

Midhat lächelte, als er nach der Kaffeekanne griff. Auf einmal entspannten sich Muskeln, deren Verkrampfung ihm gar nicht bewusst gewesen war.

»Sie besuchen Frankreich zum ersten Mal«, sagte Faruq.

Midhat nickte stumm.

Fünf Tage waren vergangen, seit er in Nablus von seiner

Großmutter Abschied genommen hatte und auf einem Maulesel nach Tulkarem geritten war. Von dort war er mit der Haifa-Bahn bis El Qantara gefahren und in den Zug nach Kairo gestiegen. Nach ein paar Tagen im Haus seines Vaters war er in Alexandria an Bord des Schiffes gegangen. Er hatte sich an die endlose Wasserfläche gewöhnt, von weißen Schaumkronen durchsetzt und silbern glitzernd im Sonnenlicht. Mittagessen gab es um eins, Tee um vier, Dinner um halb acht, und anfangs saß er allein da und beobachtete, wie die Europäer mit Messer und Gabel aßen. In einem vollen Raum entwickelte er die Angewohnheit, nach dem roten Schopf des Kapitäns Ausschau zu halten, ein Franzose namens Gorin, und nach dem Dinner sah er zu, wie dieser die Brücke, wo er dem Steuermann Anweisungen gab, betrat und wieder verließ.

Gestern hatte er sich dann einsam gefühlt. Urplötzlich. Als er am Bug saß und auf den Kapitän wartete, wurde ihm sein an der Bank lehnender Hinterkopf bewusst, ein Gefühl, das auf bizarre Art schmerzhaft war. Er spürte, wie seine Beine aus dem Becken ragten. Seine Nase, sonst unsichtbar, wuchs auf die doppelte Größe an und ragte ins Blickfeld. Seine ganze Gestalt war eine harte, schwere, wunde Last, sein Herz schlug rasend schnell. Er glaubte, das Gefühl werde verfliegen. Aber so war es nicht, und abends fand er die Gespräche mit dem Quartiermeister, den Stewards im Speisesaal und den anderen Passagieren überraschend mühsam. Sie merkten doch sicher, wie wund seine Haut war. Nachts drückte er immer wieder auf die Aufzugskrone seiner Taschenuhr und klappte den Deckel über dem weißen Zifferblatt auf. Das Ticken schläferte ihn ein. Dann erwachte er wieder, und wenn er im weiteren Verlauf der Nacht nach der Uhrzeit schaute, bildete er sich ein, in den langsam vorrückenden Zeigern die Regungen eines monströsen Geschöpfs erkennen zu können.

Deshalb lächelte er seinen neuen Freund nun erleichtert an.

Er hatte das Gefühl, dass seine zuletzt harten Konturen etwas weicher wurden.

»Welche Vorstellung haben Sie?«, fragte Faruq.

»Wovon? Von Frankreich?«

»Vor meiner Ankunft hatte ich zig Bilder im Kopf. Manche erwiesen sich als zutreffend. Manche waren …« Er drückte die Lippen mit den Fingern zusammen und lächelte selbstironisch. »Perücken zum Beispiel waren eine fixe Idee von mir. Sie wissen schon, künstliche Haare. Ich kann nicht genau sagen, wie ich darauf gekommen war, vermutlich hatte ich eine alte Zeichnung gesehen.«

Midhat brummte, als würde er nachdenken, und schaute aus dem Fenster aufs Meer.

Sein Gymnasium in Konstantinopel hatte sich am französischen Lycée orientiert. Die Lehrbücher waren allesamt aus Frankreich importiert, genauso die Hälfte der Lehrer und die meisten Möbel. Die Schüler hatten auf Korbgeflechtstühlen mit Sprossenlehne gesessen, *La poésie épique en Grèce* gelesen und sich die Namen der Elemente in einer Mischung aus Französisch und Latein eingeprägt. Sie waren erst auf dem Flur wieder ins Türkische, Arabische oder Armenische verfallen. Wenn etwas zuerst auf Französisch formuliert worden war, blieb es dabei, sodass Midhat, um Beispiele zu nennen, seine inneren Organe als »le poumon« und »le coeur«, »le cerveau« und »l'encéphale« bezeichnete und auch die verschiedenen philosophischen Konzepte auf Französisch verinnerlicht hatte, etwa »l'altruisme« oder »la condition humaine«. Doch obwohl er fünf Jahre lang tief in alles Französische eingetaucht war, rang er um ein Bild Frankreichs, das sich von der Möblierung jenes Klassenraums löste, von dem aus man in den heißen türkischen Himmel blickte. Selbst jetzt, von diesem Dampfer aus betrachtet, lag die Provence in einem Nebel und hinter der Krümmung des Erdballs verborgen. Er sah wieder Faruq an.

»Ich habe keine Vorstellung von Frankreich.«

Er rechnete mit Faruqs Verachtung. Aber der zuckte nur die Schultern und senkte den Blick auf den Tisch.

»Waren Sie mal in Montpellier?«, fragte Midhat.

»Nein, ich kenne nur Paris. Die Universität ist natürlich berühmt für ihre medizinische Fakultät. Rabelais hat dort studiert, nicht wahr?«

»Ah, Sie haben Rabelais gelesen!«

Faruq lachte in sich hinein. »Nehmen Sie ein bisschen Marmelade, bevor ich alles verputzt habe.«

Nach dem Frühstück zog sich Faruq in seine Kabine zurück, und Midhat ging an Deck und setzte sich an den Bug. Er betrachtete das Meer und lauschte dem Gespräch einer Gruppe europäischer Amtsträger – Niederländer, Franzosen, Briten –, die sich auf der Bank nebenan laut unterhielten, zuerst über die Technik des Schiffes, danach über den deutschen Vorstoß auf Paris. Er verstand sie nur teilweise.

Unter Midhats Füßen knarrten Planken: Ein Kind tollte über das Deck. Im Hintergrund verglichen zwei junge Frauen Postkarten, der Wind spielte mit den Troddeln ihrer Sonnenschirme. Gestern beim Dinner hatten diese Mädchen ihre herrlichen Haare wie Hüte präsentiert, in Wellen gelegt und mit Juwelen geschmückt, die im Schein der Lüster glitzerten. Nach einer Weile wurde die Tür der Brücke geöffnet, und ein rothaariger Mann, Kapitän Gorin, erschien und ließ die Knöchel knacken. Ein uniformierter Amtsträger sprang von der Bank, um ihn anzusprechen, und als Gorin die Lippen bewegte – Midhat konnte seine Worte wegen des Windes nicht verstehen –, vertieften sich die Falten in seinem Gesicht. Gorin zündete sich eine Zigarette an, die er mit beiden Händen vor dem Wind schützte, löschte das Streichholz durch ein Schütteln und barg die Glut der Zigarette dann in der hohlen Hand. Der andere Mann verschwand, und Gorin lehnte an der Reling und rauchte. Seine Locken flatterten; sie schienen lose am Kopf befestigt zu sein. Er schnippte den Stummel über Bord und ging unter Deck.

Midhat beschloss, ihm zu folgen. Gorin verschwand gerade in der Luke, da ging Midhat an den lauten Europäern vorbei und schwang sich hinter dem Kapitän die Metalltreppe hinunter. Die erste Tür des Ganges öffnete sich zu einem Salon voller Menschen. In einer Ecke spielte ein Grammophon. Als er Ausschau nach Gorin hielt, begegnete er dem Blick Faruqs, der an einem Tisch saß, vor sich einen Bücherstapel.

»Schön, Sie zu sehen«, sagte Faruq. Er hatte sich umgezogen, trug nun einen dunklen Anzug und eine gelbe Krawatte mit grünen Sechsecken. »Die habe ich Ihnen mitgebracht. Mehr habe ich nicht dabei. Ein paar Gedichtbände ... wieder mal Gedichte, diese sind tatsächlich recht gut ... und *Die drei Musketiere*. Das ist die Basislektüre für jeden jungen Mann, der zum ersten Mal nach Frankreich reist.«

»Vielen Dank.«

»Ich hole uns etwas zu trinken, und dann üben wir Französisch. Whisky?«

Midhat nickte. Er setzte sich und griff, um seine Nervosität zu verbergen, nach *Die drei Musketiere*. Er schlug blind die Seite mit dem Vorwort des Autors auf.

Als ich in der königlichen Bibliothek für meine Biographie Ludwigs des XIV. recherchierte, stieß ich durch Zufall auf die Memoiren von M. D'Artagnan, gedruckt – wie die meisten Werke jener Epoche, deren Autoren ...

Zwei Gläser, halb voll mit schwappender Flüssigkeit, glitten über den blank polierten Tisch.

»*Santé*. Also, ich möchte Ihnen einiges erklären. Sind Sie bereit?« Faruq lehnte sich auf der Bank zurück und zog, als er nach dem Drink griff, mit der anderen Hand die Gebetskette aus der Tasche. »Zunächst einmal die Französinnen. Sie finden das vielleicht komisch, aber man behandelt sie wie Königinnen. Man lässt sie stets als Erste einen Raum betreten. Prägen Sie sich das ein. Machen Sie sich darauf gefasst, dass Ihnen manches Unbehagen bereiten wird. Versuchen Sie, offen zu sein. Bleiben Sie Ihren Wurzeln treu, auf Französisch würde man sagen: *Rester fidèle à vos racines*, *fhimet alay*? Ich habe viele französische Freunde. Und spanische. Die Spanier gleichen den Arabern – die Franzosen sind anders. Die meisten sind Christen, denken Sie an Ihre christlichen Freunde in Nablus. Ich nehme an, Sie haben in Palästina französische Pilger kennengelernt oder wenigstens gesehen. Gibt es Missionare in Nablus?«

»Ja. Aber ich bin auch in Konstantinopel zur Schule gegangen. Ich kenne viele Christen.«

Faruq hörte nicht zu. »Nun, Sie sollten wissen, dass Missionare anders sind als ihre Landsleute daheim. Zunächst: Die Franzosen sind nicht besonders religiös. Erschrecken Sie also nicht, wenn sie sich küssen, Alkohol trinken und so fort.«

Midhat lachte, und Faruq sah ihn erstaunt an. Und weil Midhat beweisen wollte, dass er sich nicht erschrecken würde, trank er einen Schluck. Er hatte das Gefühl, Parfüm zu trinken; er schmeckte den Whisky in der Nase. Mit sechzehn hatte er im Schlafsaal seiner Schule heimlich Whisky gekostet. Er benetzte damals nur seine Zunge; der Junge, der die Flasche besorgt hatte, leerte sie mit seinem Komplizen, und als der Schuldirektor am nächsten Morgen ihren Alkoholatem witterte, bekamen die beiden Hiebe und wurden für drei Tage vom Unterricht suspendiert.

»Vieles werden Sie auch mögen. Die Denkweise und die Lebensweise sind sehr kultiviert. In dieser Hinsicht gibt es gewisse Parallelen zwischen Damaskus und Paris, finde ich.«

»Und Nablus«, ergänzte Midhat.

»Ja, Nablus ist schön.« Faruq nippte und atmete aus. »Bei wem wohnen Sie in Montpellier?«

»Im Haus von Doktor Molineu. Ein Akademiker.«

»Ein Akademiker! Aha. Das wird Ihnen gefallen.«

Midhat war es egal, dass Faruq zu wissen meinte, was ihm gefiel. Er fasste das als Zeichen der Verbundenheit auf. Er wollte allem zustimmen, was Faruq sagte.

Die restlichen vier Tage auf See verbrachte er damit, auf dem Oberdeck Faruqs Bücher zu lesen. Oder das Meer zu betrachten, während die Bücher offen in seinem Schoß lagen; wegen des Windes legte er eine Hand auf die Seiten und sprach gelegentlich einen Satz vor sich hin. Er hatte sich wieder entspannt, und seine Gedanken schweiften in Tagträume ab. Er schwelgte vor allem in drei Szenarien. Da war zunächst einmal eine Pariserin mit Schwanenhals, die sich in Jerusalem verirrt hatte und der er in perfektem Französisch den Weg nach al-Haram al-Scharif beschrieb. Ein Beobachter, meist ein Amtsträger aus Nablus, berichtete von diesem Vorfall, woraufhin Midhat als Mann von großer Güte und hoher Sprachbegabung gerühmt wurde. In der zweiten Phantasie sang er eine *dal'ona* – »*ya tayrin taayir fis-sama' al-aali; sallim al-hilu al-aziz al-ghali*« –, was die Leute, die sein Fenster passierten und hörten, wie er die Kluft zwischen sich und der imaginären Geliebten beklagte, zu Tränen rührte. In der dritten Phantasie rettete er einen Passagier, der über Bord zu gehen drohte, indem er ihm mit der Eleganz eines Tänzers einen Arm um die Taille warf. Die Zuschauer applaudierten.

Diese Tagträume erhöhten sein Selbstvertrauen. Sie vermittelten ihm das Gefühl, sich geschmeidig durch sein Umfeld zu bewegen; sie schenkten ihm Sicherheit, wenn er einen Raum betrat. Er nahm in regelmäßigen Abständen eine Dosis dieser Träume zu sich, als wären sie eine Medizin, und tauchte

Minuten später gestärkt und erfrischt daraus auf. Auf diese Weise gelang es ihm, seine Konturen etwas aufzuweichen – die ihn nun doch wieder beengten.

Im Hafen von Marseille schüttelte Faruq Midhats Hand und drückte seinen Arm. »Viel Glück. Und Kopf hoch. Sie müssen mich in den Ferien unbedingt in Saint Germain besuchen.«

Der Zug nach Montpellier fuhr eine Stunde später. Die Nacht senkte sich auf eine an Palästina erinnernde Landschaft: zerklüftete Hügel, verdorrte Vegetation. Midhat schlief, den Kopf gegen die vibrierende Scheibe gelehnt, und kämpfte sich am Morgen benommen durch zwei weitere Kapitel von *Die drei Musketiere*, während die Hügel am Horizont eine wellige Linie bildeten, Regentropfen gegen die Scheibe prasselten und zitternd nach unten liefen. Nach dem Mittagessen schlief er wieder ein. Als der Ruf »Montpellier!« ertönte, war es Viertel vor fünf, und er stand auf und folgte den anderen Reisenden auf den Bahnsteig. Er war ausgelaugt und musste sich dringend waschen.

Die Vorderseite des Bahnhofs von Montpellier ähnelte der eines Tempels. Midhat schleppte seine Reisetruhe zwischen die Säulen und beobachtete die Passanten und Automobile, die sich über den Platz bewegten. Er wusste nicht, wie Doktor Molineu aussah. In den Briefen der Universität war er nicht beschrieben worden, und so kam jeder Mann in Frage, der gerade vorbeiging. Vielleicht die magere Person mit den langen Frackschößen, die Midhat neugierig betrachtete? Oder dieser ältere Herr, der mit seiner Brille eindeutig wie ein Gelehrter wirkte? Aber dann setzten alle ihren Weg fort, kamen nicht auf ihn zu, wie es sein Gastgeber getan hätte. Der Mann neben dem Fahrkartenschalter starrte ihn an, allerdings viel zu aufdringlich, und Midhat wich seinem Blick aus.

Die Menge vor dem Bahnhof lichtete sich, und ein Laternenanzünder trug seine Leiter zwischen die Pfähle. Ein Schwarm von Krankenschwestern eilte über den Platz zum Eingang eines gegenüberliegenden Gebäudes, wo jede ihren Regenschirm ausschüttelte. Die Glut einer Zigarette spiegelte sich in einer Pfütze und verschwand; dann ging jemand rechts an Midhat vorbei. Der Mann hatte einen buschigen blonden Schnurrbart und war eindeutig zu jung, um der Doktor zu sein – und als er näher herankam, bemerkte Midhat, dass er unfreundlich dreinschaute und die Augen, bekränzt von blonden Wimpern, nicht auf sein Gesicht richtete, sondern auf den Fez. Der Mann tippte gegen die Krempe seines eigenen flachen Hutes. Midhat erkannte darin die französische Respektbezeugung, eine Geste, die man im Vorbeigehen ausführte, im Gegensatz zum Ziehen des Hutes, mit dem man beweisen wollte, dass sich darunter nichts verbarg. Zugleich wurde er das dumpfe Gefühl nicht los, dass der blonde Mann ihn auf die fehlende Krempe an seinem Fez hinweisen wollte. Er runzelte die Stirn, und der Mann verschwand in einer Seitenstraße.

»Monsieur Kamal?«

Auf dem Bahnhofsvorplatz reckte eine junge Frau einen Arm. Kurze, braune Locken umgaben die Ohren unter ihrer Mütze. Als sie auf ihn zukam, bewegte sich die Querfalte ihres Rockes über ihrem Schoß.

Er zögerte. »*Bonjour. Je m'appelle Midhat Kamal.*«

Als die Frau lachte, bildeten sich Falten unter ihren Augen. »*Et je m'appelle Jeannette Molineu.*«

Jeannette Molineu hielt ihm eine bleiche Hand mit knochigen Fingern hin. Midhat ergriff sie; ihre Finger waren kalt. Es war sonderbar, dass er von einer Frau abgeholt wurde, aber dann fiel ihm ein, was Faruq über französische Frauen erzählt hatte, und er folgte Jeannette zu einem großen grünen Automobil, das auf dem Bahnhofsvorplatz stand.

»Ich hoffe, ich habe Sie nicht zu lange warten lassen«, sagte sie, öffnete die Tür und glitt auf den knarzenden Rücksitz. »Wie war die Reise?«

»Sie war ... ich war tagelang unterwegs.«

Der Chauffeur fuhr schnell, und der Motor übertönte ihre Stimmen. Midhat sah durch das Fenster, wie sich die Stadt hob und senkte und in Gassen verästelte, auf deren Bürgersteigen Schwärme von Regenschirmen aufgeklappt oder geschlossen wurden. Sie bogen in eine schmale Straße ein, gesäumt von Häusern mit schwarzen Balkonen und Terrakotta-Dachziegeln. Das Automobil wurde langsamer.

»Diese Stadt«, sagte Midhat, »ähnelt Nablus. Die zwei Berge, die Gebäude aus Stein, die kleinen Straßen. Aber sie ist größer, und der Stein ist gelber.«

»Sie stammen aus Nablus?«

»Ja. Und Sie wurden hier geboren.«

»Nein«, sagte Jeannette lächelnd, »ich bin in Paris aufgewachsen. Mein Vater und ich sind vor etwa vier Jahren hierhergezogen, als er die Stelle an der Universität antrat. Und ich habe hier mein *baccalauréat* gemacht.«

»Doktor Molineu ist Ihr Vater?«

»Aber ja.«

»Ah. Und Ihr Mann?«

»Ich bin noch unverheiratet. Pisson, fährst du uns bitte durchs Zentrum? Dies ist die Rue de la Loge, die größte Einkaufsstraße. Und an ihrem Ende liegt der Place de la Comédie. Montpellier ist klein, Sie werden sich rasch zurechtfinden. Ich fürchte, man sieht nicht mehr viel, weil es schon so dunkel ist.«

Midhat warf einen Blick auf das Gesicht von Jeannette Molineu. Die Schatten zwischen den Straßenlaternen ließen ihre Augen groß und schwarz wirken, sie warfen unzählige Flecken auf ihre blasse Haut und verliehen der schmalen Oberlippe größere Fülle. Während der Fahrt wechselten Schatten und Licht, und wenn sie durch den grellen Laternenschein fuhren, kehrte sich der Effekt um.

Die Straße wurde breiter, ihre Ränder grasig. Pisson bog um eine Ecke, drosselte das Tempo vor zwei offenen Torflügeln und fuhr knirschend auf eine Auffahrt, auf die das Licht der Fenster eines großen Hauses fiel. Ein Hausmädchen knickste in der Tür, als Midhat von Jeannette in die Eingangshalle geführt wurde. Zwischen gerahmten Bildern waren elektrische Lampen montiert, und neben einer Treppe, die sich auf der rechten Seite nach oben schwang, hing ein großer Spiegel. Eine offene Tür enthüllte eine cremefarbene Tapete und die schwarze, glänzende Hüfte eines Klaviers; dann erschien ein grauhaariger Mann mit Hängebacken und figurbetontem Anzug.

»*Bienvenue, bienvenue*, Monsieur Kamal. Frédéric Molineu. Ich bin Ihr Gastgeber.«

»Guten Abend. Mein Name ist Midhat Kamal. Ich freue mich sehr, Ihre Bekanntschaft zu machen.«

»Na, kommen Sie! *Bonjour*, mein Lieber, ich bin hocherfreut, wirklich – hocherfreut.«

Molineu schüttelte Midhat begeistert die Hand, umschloss sie kurz auch mit der anderen. Midhat wollte es ihm gleichtun, aber seine Finger waren schon wieder in die Freiheit entlassen worden. Sein Gastgeber breitete die Arme aus, eine Geste des Willkommens.

»Bitte fühlen Sie sich wie zu Hause. Es ist uns eine Ehre, Sie zu Gast zu haben, und wir freuen uns darauf, Ihnen zu zeigen, wie wir leben. Aber zuerst ein Aperitif, bitte folgen Sie mir.«

Der Salon war in Blau gehalten, zwischen Polstersofas stand ein Tisch, bekrönt von einem Silbertablett mit vier Kristallgläsern. Glastüren führten auf eine Terrasse mit gusseisernem Tisch und Stühlen, dahinter lag ein halbdunkler Rasen.

»Ich merke, dass Sie zögern.« Doktor Molineu lüpfte die Hose über den Knien, als er sich setzte. »Aber das ist kein

Alkohol. Man nennt das *cordial*. Absolut alkoholfrei. *S'il vous plaît*, Monsieur, *asseyez-vous*.«

Midhat nahm auf einem Sofa Platz und spürte sofort, wie erschöpft er war.

Jeannette fragte: »Wann kommt Marian?«

Nun, da Vater und Tochter nebeneinandersaßen, fielen Midhat die Ähnlichkeiten auf. Beide hatten einen direkten Blick. Das Kinn des Doktors war markant, Jeannettes hingegen fliehend und mit einem Grübchen geschmückt. Sie hatte die Mütze abgesetzt; ihre Locken kräuselten sich nur um die Ohren, oben waren ihre Haare platt gedrückt. Sie hatte feine Züge, und die Fältchen unter ihren Augen waren keineswegs ein Makel, sondern steigerten ihre Schönheit. Trotz ihrer Schlankheit hatte sie breite Schultern, aber dieser Eindruck entstand vielleicht, weil sie so krumm dasaß. Midhat senkte den Blick und presste den Daumen gegen den Stiel seines kalten Glases.

»Später, mein Liebling. Marian ist meine Nichte. Sie heiratet nächste Woche, Sie werden also eine französische Hochzeit erleben! Hochzeitszeremonien sind der eigentliche Schlüssel zum Verständnis einer Kultur. Wenn man eine Hochzeit miterlebt, versteht man die ganze Gesellschaft. Wie war die Reise?«

»Die Reise hat sehr lange gedauert. Deshalb bin ich müde. Das schmeckt wirklich köstlich.«

»Ihr Französisch ist hervorragend«, sagte Jeannette.

»Danke. Ich habe in Konstantinopel eine französische Schule besucht.«

»Ihre ersten Eindrücke würden mich sehr interessieren«, sagte der Doktor. »Hat Jeannette Ihnen die Stadt gezeigt?«

»Er ist müde, Papa. Wir sind durch die Innenstadt gefahren.«

»Die Stadt ist sehr schön«, sagte Midhat.

»Gut. Ich hoffe, Sie fühlen sich wohl hier. Montpellier ist nicht groß, und ich nehme an, Sie wollen zu Fuß zur Fakultät gehen, solange das Wetter gut ist. Pisson wird Ihnen während der ersten Tage beistehen. Und am Montag, *je crois qu'il y a une affaire d'inscription*, und dann, Sie wissen schon, *tout va de l'avant.*«

Dieser Redeschwall enthielt mehrere Worte, die Midhat nicht verstand. Er nickte.

»Das Gebäude ist wunderschön«, sagte Jeannette. »Die Fakultät. Es war mal ein Kloster, müssen Sie wissen.«

»Ah, *merci*«, sagte Midhat zu dem Hausmädchen, das mit der Karaffe neben ihn getreten war. »*Bikfi* – Verzeihung, das ist genug. Nein, das wusste ich nicht.«

Molineu lehnte sich zurück und sah zur Decke auf. Sein Gesicht war zerfurcht, das Haar von Weiß durchsetzt. Er war noch schlank, und wie unter der Hose zu erkennen war, hatte er muskulöse Beine. Er schnellte nach vorn, die Hände auf die Knie gelegt, seine Hacken schlugen auf den Fußboden.

»Großartig, dass Sie da sind. Ich fürchte, wir werden Sie mit Fragen bombardieren. Ich bin Sozialanthropologe. Ich brenne vor Neugier.«

Midhat verstand die letzte Formulierung nicht. Doch Molineu hatte die Fingerspitzen auf sein Herz gelegt, was Midhats Puls beschleunigte, weil er glaubte, Molineu hätte Herzprobleme und würde auf einen ärztlichen Rat hoffen.

»Ich muss noch viel lernen«, sagte er. »Ich stehe ganz am Anfang.«

»Selbstverständlich, selbstverständlich. Man lernt nie aus. Was uns betrifft, so stehen wir in vieler Hinsicht natürlich nicht mehr am Anfang.«

»Leben Sie in der Nähe von Jerusalem?«, fragte Jeannette.

Eine der Phantasien, in denen Midhat auf dem Schiff geschwelgt hatte, flammte in seinen Gedanken auf – er sah die erfundene Pariserin vor sich, die durch die Altstadt Jerusalems irrte. Er spürte ein heißes Prickeln im Nacken und sagte auf

Französisch so schnell wie möglich: »Wir leben nördlich von Jerusalem. Fünf bis sechs Stunden entfernt. Der Weg ist nicht ungefährlich. Er führt über den Ain al-Haramija, einem Pass zwischen zwei Bergen. Und nach neun Uhr abends, jedenfalls so ungefähr, lauern dort Räuber.«

»Aina ... wie lautet der Name?«, fragte Doktor Molineu.

»Ain al-Haramija, *yaani*, das bezeichnet den Ort, wo es Wasser gibt. Ich kenne die französische Bezeichnung nicht.«

»Das Meer?«

»Nein, im Boden.«

»Fluss? See?«

»Nein, im Boden. Das Wasser kommt von unten ...«

»Eine Quelle?«

»Quelle, Quelle. Ain al-Haramija heißt ›Quelle der Räuber‹.«

Ein Klingeln ertönte, und Sekunden später trat Georgine, das Hausmädchen, in den Salon. »Mademoiselle Marian und Monsieur Paul Richer.«

Die junge Frau, die in der Tür stand, trug ein grünes Kleid und glänzende grüne Schuhe. Hinter ihr erschien ein Schopf roter Locken, und Midhat erkannte auf Anhieb Gorin, den Kapitän des Dampfers.

»*Bonsoir*, Kapitän«, sagte er.

Jeannette fuhr zu ihm herum, als der rothaarige Mann sagte: »*Bonsoir.*« Er erwiderte Midhats Nicken und streckte ihm die Hand hin. »Ich heiße Paul Richer. Ist mir ein Vergnügen.«

»Hallo«, sagte Marian.

»Marian ist unsere junge zukünftige Braut«, sagte Doktor Molineu.

Während sich alle setzten, starrte Midhat das wettergegerbte Gesicht des Mannes an, den er als Kapitän Gorin kannte. Er glaubte, Fieber zu haben. Das Hausmädchen brachte zusätzliche Gläser für den Likör, und die Müdigkeit überkam ihn in

Schüben; er trotzte ihr, indem er ein Bein, einen Arm, einen Fuß bewegte, alles, um präsent zu sein, hier auf diesem Sofa, in diesem blauen Salon.

»Unfassbar, dass es bald so weit ist, liebe Marian«, sagte Jeannette.

»Dies ist unser junger Gast aus dem *Proche-Orient*«, sagte der Doktor, »Monsieur Kamal, der hier Medizin studieren will. Er ist gerade erst angekommen. Wir dürfen wohl vermuten, dass er sich gerade etwas *désorienté* fühlt.«

»Papa.«

»*Vraiment!*«, sagte der Mann, der Kapitän Gorin war oder auch nicht. »Woher stammen Sie?«

»Aus Nablus. Das liegt nördlich von Jerusalem und südlich von Damaskus.«

»*Magnificent.*«

»Er will Arzt werden«, sagte Jeannette.

Midhat verdrehte den Oberkörper. Diese Haltung hielt ihn wach. Außerdem konnte er so das Gesicht von Paul Richer erneut in Augenschein nehmen.

Dabei wurde ihm klar, dass es doch nicht Kapitän Gorin war. Weder der rötliche Backenbart noch die braun gebrannten Wangen kamen ihm bekannt vor. Dies war ein Fremder namens Paul Richer, und das Lächeln, das seine Lippen umspielte, verriet, dass er den forschenden Blick Midhats bemerkte. Als Midhat dies bewusst wurde, durchfuhr ihn ein ebenso heftiger Ruck wie bei seinem ersten Irrtum, und er wurde von einem säuerlich schmeckenden Unbehagen erfüllt.

»Monsieur Midhat«, sagte Jeannette. »Sie sind sicher sehr müde. Möchten Sie zu Bett gehen? Georgine, vielleicht will Monsieur Midhat wissen, wo sein Schlafzimmer ist? Er wirkt … die Reise hat ihn sicher stark ermüdet.«

Und so führte man Midhat an diesem 20. Oktober des Jahres 1914, kurz vor neunzehn Uhr, in ein Eckzimmer im

Obergeschoss des Hauses der Molineus in Montpellier. Durch das Fenster sah man den dämmerigen Garten und ganz hinten einen hohen Baum. Das Zimmer hatte eine gelb gestreifte Tapete, und gegenüber des Bettes, neben dem Kamin, stand ein Holzstuhl vor einem Tisch, darauf eine Vase mit Lilien, deren orangener Blütenstaub auf den glänzenden Lack rieselte. Seine Reisetruhe stand neben dem Kleiderschrank. Er zog die Schuhe aus und sank auf das Bett.

Auf dem Rücken liegend, dachte er wieder an den unten sitzenden Fremden namens Paul Richer und versuchte, sich den Kapitän vor Augen zu führen. Rote Locken, Wangenfalten. Alle anderen Details blieben verschwommen. Er spürte immer noch das Schwanken des Meeres. Die Bilder dessen, was er an diesem Tag erlebt hatte, ballten sich hinter seinen Augenlidern: morgens der Anblick der französischen Küste, die in der blauen Ferne auftauchte; die Passagiere, die vom Frühstück aufstanden und sich vor den Fenstern versammelten; der Hafen von Marseille, das Gedränge vor den Fallreeps, die Automobile, die Pfiffe; Jeannette, die mit ausgestreckter Hand auf ihn zukam; die abendliche Stadt, aus dem Automobil gesehen; der Likör, der Salon, das Schlafzimmer, die Decke. Er merkte, dass er die Augen geschlossen hatte, und öffnete sie wieder.

Die Farben waren verblasst. Er lag auf der Seite, der Fußboden vor dem Fenster schimmerte im Mondschein. Im Dunkeln wirkte das Schlafzimmer geräumig. Midhat versank in einem Halbschlaf, richtete sich dann aber auf; er fror plötzlich. Jacke ausziehen, Hosenträger abstreifen, Hemd aufknöpfen. Und dann ein Flüstern, ein Klappern – nicht von einem Menschen, sondern von zwei Objekten, die einander streiften. Er starrte die Tür an und bemerkte, wie sie vom Luftzug aufgedrückt wurde. Sie war nicht richtig zu gewesen.

Er stand auf und drückte die Klinke. Die Tür schwang lautlos auf. Da war der Flur des Obergeschosses. Grau und leer.

Die Luft hier war kühler. Der Rand des Läufers, der die Treppe bedeckte, war leicht nach oben gebogen. Darüber schwang sich das Geländer nach unten. Und am anderen Ende des Flurs, wo noch tieferes Dunkel herrschte, stand eine Lampe neben einer geschlossenen Tür.

Er wich zurück. Er drückte die Tür zu, bis er den Riegel einrasten hörte, und schlüpfte unter das kalte Laken. Er sah zur dunklen Zimmerdecke auf und schloss die Augen. Das Bettzeug war nach kurzer Zeit so warm wie seine Haut, und er konnte sich vorstellen, wieder in Nablus zu sein. Die Erinnerung an eine Zeit, als er im Schlaf gewandelt war, keimte in ihm auf, damals war er etwa vierzehn gewesen. Als ihn der Gebetsruf weckte, fand er sich im Bett neben seiner Großmutter wieder, seiner Teta, die einen Arm um seine Taille gelegt hatte. Er wollte sich verwirrt und beschämt aufrichten und setzte einen Fuß auf die kalten Fliesen – bis Teta ihm über das Haar strich. Du hast im Schlaf geredet, sagte sie. Nur keine Sorge, *habibi*, schlaf wieder ein, *habibi*.

2

In der Endphase des Osmanischen Reiches wurde die Zeitrechnung zum Problem. Offiziell begann das Jahr im März, wenn die Steuereintreiber die Fellachen heimsuchten. Die Christen hielten sich jedoch an den gregorianischen Kalender, der im Januar begann und Schaltjahre sowie diverse Abweichungen für Feiertage vorsah; und während die Juden ihren Kalender nach historischen Zyklen ausrichteten, blieben die Muslime bei ihrem Mondkalender und kamen bei dem Wechsel der Jahreszeiten irgendwann aus dem Takt.

In Midhats Kindheit folgte ganz Nablus, auch der nicht-muslimische Teil der Bevölkerung, dem Mondkalender, hielt also trotz des europäischen Uhrturms, den Sultan Abdülhamid hatte erbauen lassen, an der arabischen Zeitrechnung fest. Die Muslime glaubten, der Allmächtige habe das Universum so erschaffen, dass die menschlichen Zeitmesser, dem Uhrwerk der Welt gehorchend, täglich bei Sonnenuntergang auf zwölf Uhr gestellt werden müssten. Wenn die Dunkelheit anbrach und die Muezzine zum Maghrib riefen, konnte man deshalb überall in Nablus sehen, wie wohlhabende Bürger ihre Uhr zückten, die Krone mit den Fingernägeln herauszogen und die Zeiger auf zwölf stellten, bevor sie zur Moschee eilten, vorausgesetzt, sie hatten Lust dazu.

Als Kleinkind schlief Midhat im Winter für gewöhnlich neben seiner Teta, Umm Taher. Als er fünf war, zogen sie in ein Viertel außerhalb der alten Stadtmauern, tauschten ein Haus mit gemeinsamem Hof und runden Zimmern gegen ein modernes Haus am Fuße des Berges Garizim ein, das mehr

Privatsphäre bot. Aus dem Fenster seines neuen Schlafzimmers beobachtete er den Wechsel der Jahreszeiten vor dem Hintergrund der fernen, schneebedeckten Gipfel des Dschabal al-Scheich.

Am Tag, als Hāddsch Taher, Midhats Vater, kundtat, sich ein zweites Mal verloben zu wollen, behauptete Teta, einen Monat zuvor die Kutsche auf dem Berg gesehen zu haben. Tetas Prophezeiungen waren nicht besonders hilfreich, da sie anfangs nicht verstand, was sie zu bedeuten hatten, und im Nachhinein, wenn sie die Klarheit erreicht hatte, unter ebendieser litt. Sie hatte zum Beispiel den Tod ihres Mannes vorhergesehen.

»Ich hatte die Vision eines Sarges auf einem blauen Teppich. Ich sah die Kante des Sarges auf einem blauen Teppich. Ich war im Haus meiner Mutter, und dann, als sie den Sarg aus Jaffa brachten und vor meinen Füßen absetzten, sah ich es noch einmal. Mein Auge, dieses Auge, senkte den Blick, und ich sah die Kante des Sarges und darunter den Teppich.«

Hāddsch Tahers erste Ehe, die mit Midhats Mutter, war von Teta eingefädelt worden. Das Mädchen stammte aus einer angesehenen Familie in Dschenin, und Taher hatte sie geliebt.

»Deine Mutter hatte grüne Augen. Ihr Gesicht war fast flach, etwa so …« – sie zog ihre Wangen mit den Fingern straff – »… *wallah*, wie bei einem kleinen Jungen.«

Sollte Teta geahnt haben, dass das Mädchen an Tuberkulose sterben würde, dann hatte sie das für sich behalten. Midhat war damals zwei. Sein Vater hielt sich in Ägypten auf. Das Haus war voller klagender Frauen, und während sie die Tote auf dem Esszimmertisch wuschen, brachte die Haushälterin Griesgebäck in den Flur, das Midhat in den Fäusten zerdrückte, um das süße, klebrige Zeug danach von seinen Handflächen zu lecken. Als sein Vater in der Tür erschien, schrie Teta auf und hielt sich an der Tischkante fest, als würde sie gleich umkippen.

Häddsch Taher blieb nicht lange in Nablus. Sein Bekleidungsgeschäft in Kairo wuchs schnell und forderte seine Aufmerksamkeit, und obwohl er neues Personal für den Laden in der Muski-Straße sowie weitere junge Männer eingestellt hatte, die im Golan Seide einkauften, vergaß er nie die Lektion seines Vaters, der ihm eingeschärft hatte, wie wichtig es für das Geschäftsleben war, Kontakte zu pflegen. Und weil der Name »Al-Kamal« in Kairo fast sprichwörtlich für besonders hochwertige Kleidung war, konnte Häddsch Taher Kamal seine Geschäfte nicht aus der Ferne führen. Er konnte sich auch nicht auf unbekannte Vertreter verlassen, die die Seide bei den Händlern besorgten. Er musste sowohl regelmäßig dort sein, wo die Stoffe gehandelt wurden, als auch persönlich in den Norden reisen, um Nachschub zu kaufen. Die neuen Vertreter dienten nur dazu, den Umsatz zu kontrollieren. Dieses unermüdliche Engagement war kraftraubend, lohnte sich aber: Die Kunden blieben treu und die Händler ehrlich. Außerdem boten die Reisen eine gewisse Abwechslung; er konnte in Nablus Zwischenstation machen, im dortigen Laden bei Hisham vorbeischauen, seinem Stellvertreter, und einen Abend mit seiner Mutter und seinem jungen Sohn verbringen, bevor er in die Muski-Straße nach Kairo zurückkehrte, um die Buchhaltung zu prüfen. Als er nach der Beerdigung seiner Frau wieder in Kairo eintraf, wäre er am liebsten umgehend zu einer neuen Reise aufgebrochen, aber die Arbeit erlaubte keine Trauer. Die Ferien rückten näher, der Umsatz war gestiegen, und er musste in Kairo bleiben, um den Laden zu führen.

Die Morgen verbrachte Häddsch Taher am Sandelholztisch im Hinterzimmer mit der Buchführung. Nachmittags mischte er sich unter die Kunden. Er hatte dieses Regiment über Jahre entwickelt, und der Rhythmus war so präzise, dass er an mehr als einem Tag der Woche in genau jenem Moment von einem seiner Assistenten mit einem Klopfen zum Mittagessen gerufen wurde, in dem er die letzte Summe im Buch notierte. Diese zeitliche Ökonomie gefiel ihm, das Gefühl, von einer Aktivität zur nächsten überzugehen, ohne eine Sekunde zu verlieren.

Kurz nach dem Tod seiner Frau geriet dieser Arbeitsrhythmus durcheinander. Diverse Kairoer Geschäftsmänner, die Wind von seinem Verlust bekommen hatten, begannen, ihn vormittags aufzusuchen, sodass sich die Zeit, die er der Buchhaltung widmete, ärgerlicherweise bis in den Nachmittag ausdehnte. An jedem zweiten Tag klopfte ein anderer Mann an die Tür, trat ein und pries mit stolzgeschwellter Brust die Vorzüge seiner Tochter. Hāddsch Taher bedankte sich stets, lehnte jedoch ab. Nach einigen Wochen zeigten die Störungen aber eine gewisse Wirkung, und seine höflichen Ablehnungen verwandelten sich in mürrische Zusagen. Auch die Schmeicheleien begannen zu wirken, und er nahm die Einladungen höflicher an. Denn er hatte begriffen, dass er es verdient hatte, noch einmal zu heiraten, vor allem, eine gute Partie zu machen. Aufgrund seines geschäftlichen Gespürs war sich Hāddsch Taher über die Schwankungen der Mode und der Gunst der Kunden im Klaren und wusste, dass er momentan ein wohlhabender Kaufmann war, berühmt unter den Damen, und dass er klug beraten wäre, sich dies zunutze zu machen.

Er hatte in Ägypten keine Familie, also auch keine weiblichen Verwandten, welche die Bewerberinnen hätten prüfen können. Er konnte natürlich seine Mutter bitten, aber in Anbetracht ihrer anhaltenden Trauer um seine erste Frau entschied er sich dagegen. Stattdessen engagierte er eine Freundin namens Rabab, eine leichtlebige Tänzerin, mit der er nach ihren Auftritten in Zamalek oft geschlafen hatte. Gegen ein bescheidenes Honorar willigte Rabab ein, die angepriesenen Mädchen unter die Lupe zu nehmen und sich diskret nach dem Ruf der Familien zu erkundigen. Eine Woche verstrich, und am Donnerstagabend erwischte Hāddsch Taher Rabab hinter der Bühne, wo sie sich gerade in ein Gewand hüllte. Sie lächelte schmallippig, als sie ihm eine Liste überreichte, die sie auf der Rückseite einer Speisekarte notiert hatte. Diese habe eine reiche Familie, sagte sie, aber die Mutter sei eine Sau. Diese sei eine von vier Schwestern, nur leider die reizloseste. Eine Schande; ihre zwei älteren Schwestern seien sehr hübsch. Diese sei nicht reich, doch ihre Familie sei nett. Beliebt und bekannt. Hübsch? Irgendwie schon, aber zu kleine Zähne. Diese sei Koptin. Problematisch. Diese sei eindeutig die Schönste von allen …

»Wie heißt sie?«, fragte Taher.

»Laila. Die Familie ist … wohlhabend, aber nicht stinkreich.«

»Und ihre Mutter?«

»Angenehme Person. Außerdem attraktiv.«

Er fackelte nicht lange. Er schrieb an Lailas Vater, und innerhalb kurzer Zeit war der Eintrag im Buch organisiert und das Hochzeitsdatum festgelegt. Erst dann sprach er seiner Mutter die Einladung zur Zeremonie aus, bei der sie weder in die Freudengesänge einstimmte noch tanzte.

Laila hatte dichtes Haar und einen schlanken Hals, und sie fand naturgemäß keinen Gefallen an ihrem Stiefsohn. Sie lehnte jede Form von Berührung ab und löste, wann immer es ihr möglich war, die Finger Midhats vom Daumen ihres Gatten. Da sie in der Nähe ihrer eigenen Familie bleiben wollte, wurden die Besuche Hāddsch Tahers in Nablus seltener. Er schickte jetzt meist einen Vertreter, um nach dem Laden dort schauen zu lassen, und steuerte stattdessen den Golan an, womit Midhat für zunehmend längere Phasen mit Teta auf dem Berg Garizim allein war.

Aus dieser Zeit stammten Midhats früheste Erinnerungen. Sein Vater wurde zu einem großen Knie, zu einer Stimme hinten im Raum. Teta war ein Busenpolster, nach Rosenwasser und Veilchen duftend. Laila war eine knochige Wand. Seine Mutter ein weiches Nichts.

Je seltener Taher und Laila nach Nablus kamen, desto üppiger blühten in den Klassenräumen die Gerüchte. Midhats Cousin Jamil, der in dem Haus unterhalb ihres eigenen wohnte, kam zu Ohren, Hāddsch Taher sei so reich, weil er in seinem Kairoer Garten Kostbarkeiten aus der Pharaonenzeit entdeckt habe.

Teta musste schallend lachen. Sie saß in der Tür und reparierte etwas. »Die unglücklichsten Menschen sind die neidischen Menschen, vergesst das nie, Jungs.«

Trotzdem grollte Teta Tahers neuer Frau, wenn die beiden nach Nablus kamen. Taher zerbiss Kürbiskerne, und Midhat stand da und betrachtete das große Knie, das wippte, wenn sein Vater nach der Schale griff. Er hatte einen Fuß auf den Oberschenkel des anderen Beines gelegt, und Midhat gefiel die quadratische Öffnung, die so entstand, und weil er damals den starken Drang hatte, Dinge in Löcher zu stopfen, sehnte er sich danach, unter dem väterlichen Bein hindurchzukrabbeln und sich in dieser menschlichen Öffnung aufzurichten. Dann schlug sein Vater die Beine übereinander, und der große, baumelnde Schuh mit dem glänzenden Oberleder wurde zum perfekten Schaukelsitz. Laila saß daneben und ließ ihn nicht aus den Augen.

Eine Erinnerung an seinen Vater überlagerte alle anderen. Midhat wusste später nicht mehr, wie alt er damals gewesen war – sechs oder sieben –, aber das Bild stieg gerade durch diese Ungewissheit zum Mythos auf und nahm in seinen Gedanken ungebührlich viel Raum ein.

In seiner Erinnerung graut der Morgen über dem Berg Garizim, und auf der Anrichte fällt die Blechklappe des Brotkastens zu. Zwei Reisetaschen stehen neben der Tür. Und da ist Baba, er trägt den Fez und einen Reisemantel aus brauner Wolle, wünscht flüsternd einen guten Morgen und bückt sich, um Midhat einen Kuss zu geben. Sein Atem ist warm und süß, und unter seinem Schnurrbart sind zwei geschwollene, rote Poren zu erkennen. Midhat sieht von der Tür aus zu, wie sein Vater die Reisetaschen links und rechts am Sattel befestigt. Baba schwingt sich aufs Pferd, und bevor er losreitet, hält er kurz inne, um seinen Sohn zu betrachten. Der feuchte Hauch des Morgens hängt als bläulicher Dunst über den fernen Olivenbäumen, und Hāddsch Taher, Abu Midhat, reitet bergab in den Nebel.

Im Frühling kam dann ein Brief mit der Neuigkeit, dass Laila schwanger sei. Teta klatschte in die Hände, und die Damen erschienen, um sie zu beglückwünschen. Danach vergingen Monate ohne einen Brief oder ein Telegramm. Der Sommer öffnete seine Tore, und die Hitze ergoss sich vom Himmel. Die Ziegel des Hauses wurden grau wie Asche. Pflanzen wurden gelb und verdorrten. Der Samum sorgte wiederholt für erstickenden Staub und ließ in Nablus vier Quellen versiegen. Als es endlich wieder regnete, goss es in Sturzbächen.

Anfangs glaubte Midhat, er sei durch einen Sturm geweckt worden. Dann hörte er Stimmen. Als er zur Tür schlich, sah er seinen Vater im Schein einer Lampe stehen und Wasser von seinen Armen schütteln. Teta trat neben ihn und türmte im schwachen Licht mehrere Lagen Kleider übereinander. Als Midhat zum zweiten Mal erwachte, war es Morgen, und seine Großmutter saß auf seinem Bett. Sie legte auf dem Deckbett eine Hand auf seinen Fußknöchel und sagte leise: »Dein Vater ist hier. Der Tod des Babys belastet ihn sehr.« Die Kleider seines Vaters, durch die Feuchtigkeit verformt, hingen tagelang in der Küche am Haken.

Nach der Geburt des zweiten Babys kehrte Taher mit Laila nach Nablus zurück. Bald darauf wurde Midhat nach Konstantinopel zur Schule geschickt. Sein Cousin Jamil hatte bereits das erste Jahr am Mekteb-i Sultani absolviert, und so war die Abreise nicht ganz so schlimm. Tatsächlich hatte Midhat seinen Cousin das ganze Jahr beneidet, denn der dreizehnjährige Jamil war schon sehr männlich und ging sorglos mit den Schulbüchern um, die er in den Ferien nach Hause mitbrachte. Einmal kippte der Bücherstapel auf dem Fußboden im Schlafzimmer seines Cousins um, und Midhat, der mehrere Buchrücken erblickte, versuchte, die Titel zu entziffern. Als er dann selbst aufbrechen musste, empfand er dies nicht so sehr als Abreise, sondern eher als Aufbruch.

Das Mekteb-i Sultani – auch als »Lycée Impérial« bekannt – war ein großes Internat am Ufer des Bosporus mit Toren in Schwarz und Gold und symmetrisch angelegten Gärten. Seine Klassenkameraden stammten aus dem ganzen Reich: Armenier, Griechen, Juden aus Mazedonien, maronitische Christen aus dem Libanongebirge, sogar Bulgaren und Albaner; und obwohl es sich fast ausschließlich um die Söhne von Beamten und Offizieren handelte, bekam Midhat dort einen ersten Vorgeschmack auf das kosmopolitische Leben. Nach einem Intensivkurs in Französisch vervollkommnete er sein osmanisches Türkisch, lernte etwas Englisch und Persisch; er wurde in Astronomie und Mathematik unterrichtet, war gelangweilt von Kalligraphie und Erdkunde und begeisterte sich für Philosophie und Naturwissenschaften. Die Stundenpläne richteten sich nach der europäischen Zeitrechnung, sodass die Schüler die Stunden von Mittag bis Mittag zählten und nicht wie in Nablus von Sonnenuntergang bis Sonnenuntergang.

Im Lycée wurde Midhat zum ersten Mal bewusst, dass er eine eigenständige Person war. Eines Morgens stand er im Duschraum allein auf dem lackierten Holzgitter, das den Abfluss verdeckte, und während er seine nassen Beine mit Seife wusch, dachte er vage an die Jungen, die draußen Schlange standen. Und da verstand er. Er senkte den Blick auf seinen

Körper und begriff, dass seine Hände allein ihm gehörten und dass er mit eigenen Augen in die Welt schaute. Nicht, dass er das noch nicht gewusst hätte; er empfand es nur klarer. Er hatte bis dahin nie hinterfragt, warum Midhat Midhat war, war auch nie auf den Gedanken gekommen, dass kein anderer Mensch Midhat sein konnte und, umgekehrt, Midhat kein anderer Mensch. Und obwohl ihn dies, während er auf seine Beine hinabsah, vor Hitze gerötet und von schwarzen, borstigen Haaren übersät, einerseits vor ein Rätsel stellte, konnte es andererseits auch gar nicht anders sein. Diese Erkenntnis glich einem Stromstoß, der ihn sowohl in seinem Körper einkapselte als auch von diesem entfremdete. Der Ruck war ebenso rätselhaft wie schmerzhaft, und als er sich das Gefühl später in Erinnerung rufen wollte, gelang ihm das nicht. Er versuchte, das Erlebnis zu wiederholen, indem er in den Duschraum ging und seine Hände betrachtete, doch der Ruck blieb aus. Im Laufe der nächsten vier Jahre durchlebte er diese Situation gelegentlich wieder, wenn auch selten. Er spürte den Ruck ein oder zwei Mal, wenn seine Gedanken im Unterricht abschweiften und sein Blick auf den Füllfederhalter in seiner Hand fiel. Und manchmal im Dämmerzustand zwischen Schlafen und Wachen, wenn Jamil im Nachbarbett schnarchte und die Ereignisse des Tages in seinen Gedanken verschwammen – dann spürte er es noch einmal, dieses elektrisierende Gefühl, ein eigenständiges Geschöpf zu sein.

In den Ferien setzten Midhat und Jamil mit der Fähre über den Bosporus zur asiatischen Seite über, stiegen in den Zug von Haydarpascha nach Damaskus und fuhren von dort zurück nach Süden, nach Nablus. Musbah, sein Halbbruder, entwickelte sich rasant. Laila war wieder schwanger, und im nächsten Jahr wurde ein zweites Kind geboren, im darauffolgenden ein drittes. Irgendwann erfuhr Midhat bei einer Heimkehr, dass sein Vater und Laila nach Kairo zurückgekehrt waren, und er war wieder mit Teta auf dem Berg Garizim allein.

Dann traten die Osmanen in den Krieg ein, und es kam zu einer regelrechten Zeitenwende. Es gab Streit um ein paar Kriegsschiffe – die Briten wollten die Schiffe wiederhaben, aber die Türken verkauften sie an die Deutschen –, und obwohl die Osmanen Neutralität vorschützten, unterzeichneten sie im August 1914 ein Geheimabkommen mit dem Deutschen Reich. Man machte mobil, und als Mahnung zur Disziplin wurden alle Uhren auf europäische Zeit umgestellt.

Die türkischen Schüler waren begeistert, aber viele reiche, aus den Provinzen stammende Söhne rissen sich ein Bein aus, um dem Wehrdienst zu entgehen; Männer aus der Generation Hāddsch Tahers bezahlten, um nicht in die osmanische Armee eingezogen zu werden. Die Regeln wurden verschärft. In Nablus nutzten einige junge Männer ein juristisches Schlupfloch und heirateten arme Dorfbewohnerinnen; andere versteckten sich zu Hause; wieder andere flohen nach Europa. Jamil bekam in Konstantinopel eine Stelle als Schreibstubenhengst bei der Armee und entging so der Front, und der Gewinn, den das Kairoer Geschäft der Kamals abwarf, war so hoch, dass Hāddsch Taher erwog, Midhat nach Frankreich zu schicken.

Obwohl Frankreich bald ein Kriegsgegner der Türken wäre, galt das Land im Lycée weiter als Musterbeispiel für Modernität. Vornehme Reisende aus Nordafrika und der Levante steuerten stets Frankreich an, und sogar die »fränkische«, also europäische, Zeitrechnung war durch einen etymologischen Irrtum mit Frankreich verknüpft. Was für eine große Chance also, sich unmittelbar ins Herz des Fortschritts zu begeben und dort zu studieren. Mit neunzehn entwickelte Midhat Kamal allmählich Ehrgeiz. Und er freute sich über das Vertrauen und die Liebe, die in dem Entschluss seines Vaters zum Ausdruck kamen, ihn vor Krieg und Verderben zu bewahren.

Auf dem Weg nach Alexandria besuchte er zum ersten Mal Kairo. Unterwegs dachte er an seine Mutter. Seine Gedanken gingen nicht über einen vertrauten Schemen im Nachthemd hinaus, hatten also wenig Substanz – er rief diese Erinnerung oft wach, obwohl sie sehr unkonkret war –, doch er hatte das starke Gefühl, dass seine Mutter nach den zwei Jahren, die sie gemeinsam auf Erden verbracht hatten, gestorben war, damit er leben konnte. Die fatale Logik der Wechselbeziehung: Gab es sie, dann konnte es ihn nicht geben; gab es ihn, dann konnte es sie nicht geben. Er nahm das Treiben auf den Straßen Kairos wahr wie durch dickes Glas. Die Europäer überraschten ihn, denn sie saßen in anderen Cafés als Ägypter und Griechen; sie trugen helle Kleidung, und ihre Silhouetten waren im Schein der strahlenden Sonne unverkennbar. Das Haus seines Vaters überraschte ihn auch. Eine weiße, zweistöckige Villa, umgeben von Obstbäumen, deren Früchte an die Fenster klopften. Er war allerdings nicht überrascht, als Laila bei seiner Ankunft grimmig dreinschaute, vor seinem Schlafzimmer im Flur tuschelte und während des Abendessens versuchte, ihn von den Gesprächen auszuschließen.

Am Abend vor seiner Abreise passte ihn sein Vater auf der Treppe ab.

»*Habibi*, komm mit.«

Im Büro ließen die Spalten zwischen den Lamellen der Jalousie das letzte Tageslicht ein. Midhat sah zu, wie sein Vater vor dem Hintergrund der blassen Lichtstreifen über den Tisch griff, und hörte eine Schublade knarren. Sein Vater kehrte mit einer Hand voll Seide zurück; darin glänzte etwas. Ein goldenes Rund. Er polierte die Gravur mit der Seide.

»Die ist für dich, Midhat.«

Die Uhr war schwer und kühl. Midhat klappte den Deckel auf. Über dem reich verzierten, emaillierten Zifferblatt lagen drei winzige Zeiger. Einer kreiste am Rand und wies auf arabische Zeichen.

Sein Vater zückte ein Taschenmesser. »So öffnet man die Rückseite.«

Er schob die Klinge in den Schlitz, und die Rückseite der Uhr schwang an unsichtbaren Scharnieren auf. Im Inneren gab es mehrere Zahnräder, befestigt mit silbernen Schräubchen, alle reglos, bis auf zwei: Eines kreiste manisch und trieb ein kleineres Rädchen an, das sich in regelmäßigen Intervallen drehte. Das kleinere Rädchen klickte. Klick, Klick, Klick.

»Vielen Dank, Vater, danke.«

»Möge Gott dich behüten, *habibi*. Pass gut auf sie auf.«

3

Wo ist die Brautmutter?«, rief der Fotograf und kam unter dem Tuch hervor.

Eine Frau rannte über den Rasen, der Wind wehte ihr das Kleid um die Beine. Die Gäste machten ihr in der ersten Reihe Platz. Ein Blitz, ein Knall, dann kam der Fotograf wieder zum Vorschein, um die Platte zu wechseln.

»Hallo, Monsieur Kamal«, sagte ein stämmiger Mann mit elfenbeinweißer Weste. »Ich heiße Sylvain Leclair.«

Sylvain Leclairs Schnurrbart zuckte beim Sprechen. Midhat erwiderte den Gruß, und Sylvain schenkte ihm einen langen, trägen Blick. Er nahm den Hut ab und strich sich das wuschelige Haar am Hinterkopf zusammen.

»Sind Sie mit der Braut oder mit dem Bräutigam verwandt?«, fragte Midhat.

Leclairs Miene blieb unverändert. Er drehte sich zu Doktor Molineu um. »Komm mal mit, Frédéric, ich würde gern mit dir reden.«

Die beiden Männer entfernten sich, und Midhat fragte sich, ob er etwas Falsches gesagt hatte.

»Fühlen Sie sich wohl, Monsieur Kamal?«

Jeannette stand neben ihm, sie trug ein blaues Kleid und weiße Spitzenhandschuhe.

»Ich erkläre Ihnen, wer wer ist«, sagte sie. »Bonjour, Patrice! Die Frau mit dem großen Hut ist Madame Crotteau. Ihr Mann ist im letzten Jahr an Meningitis gestorben. Sie kann etwas unwirsch sein, seien Sie also gewarnt. Und der Mann, den ich gerade begrüßt habe, ist Patrice Nolin. Er war Professor an der medizinischen Fakultät, ist aber leider emeritiert. Im letzten Jahr hat er ein Buch über das Sozialverhalten der Tiere verfasst. Und er war im Kongo, bis der Krieg ausbrach. Die beiden dort sind seine Töchter, Carole und Marie-Thérèse. Marie-Thérèse trägt das orangefarbene Kleid. Gott, ist das grauenhaft, finden Sie nicht auch?«

Das Kleid war eher rot als orangefarben, fand Midhat, und er mochte die diffus schimmernde Seide. Er nickte trotzdem; es geschah nicht oft, dass Jeannette ihm so viel Aufmerksamkeit widmete. Seit seiner Ankunft vor einer Woche hatte sie ihm oft zugelächelt, aber meist aus der Ferne, und sie redete nicht viel. Ihr Vater dagegen bestürmte ihn bei jeder Gelegenheit mit Fragen, meist beim Frühstück. Manchmal beteiligte sich Jeannette an diesen Diskussionen – so schien sie es heute früh genossen zu haben, die Unterschiede zwischen *très*, *trop* und *tellement* zu erklären. Wie sie feststellten, gab es im Arabischen keine direkten Entsprechungen für die letzten beiden Wörter. Meist jedoch stand sie vom Tisch auf, bevor die anderen aufgegessen hatten, und verschwand in einen entlegenen Winkel des Hauses, und Midhat sah sie erst wieder, wenn er abends aus der Fakultät zurückkehrte.

»Der Mann, der sich mit Carole unterhält, ist Carl Page. Er arbeitet in einer Bank. Seine Mutter ist mit Sarah Bernhardt befreundet. Sein Sohn wurde schon nach Ypres beordert. Und der mit der roten Krawatte ist Xavier, mein Cousin, Marians Bruder. Er studiert Jura. Aber Laurent studiert auch Medizin. Ich stelle Sie vor.«

Laurent war ein großer blonder Bursche, der sich herabbeugen musste, während er sich mit einem rundlichen Mann mit Melone unterhielt. Jeannette stellte die beiden dann doch nicht vor. Sie fuhr fort:

»Er spricht mit Luc Dimon, dem das größte Weingut in der Gegend gehört.«

»Und das sind alles Freunde der Braut?«

»Alle Genannten, ja. Den Tross des Bräutigams kenne ich nicht. Die meisten kommen aus Nizza.«

Doktor Molineu unterhielt sich mit Patrice Nolin in der Nähe des Eingangs zum Speisezelt. Nolin hatte etwas Mädchenhaftes. Seine Augen lagen weit auseinander, seine Wangen waren gerötet. Molineus Mimik war lebhaft. So war es auch beim Frühstück, da war er jedes Mal wie aus dem Häuschen, wenn sie auf eine Formulierung stießen, die man nicht übersetzen konnte.

Die Menge kam in Bewegung, und ein Lakai hob neben dem Zelteingang einen Arm. Auf der Tischkarte hatte man Midhat als »Monsieur Methat Kemal« tituliert, daneben stand die Karte mit dem Namen Jeannettes. Am Büfett hinten im Zelt taten sie sich Geflügelfleisch in dunkler Sauce auf, und nachdem sie am Tisch Platz genommen hatten, ließen sich Sylvain Leclair und Luc Dimon gegenüber nieder.

»*Le jeune Turc!*«, sagte Sylvain Leclair.

»Monsieur Midhat«, erwiderte Jeannette, »würde sich wohl eher als palästinensischen Araber bezeichnen.«

Midhat warf ihr einen Blick zu. In seiner Brust schmolz etwas.

»Also, *Monsieur l'Arabe*«, sagte Sylvain, »was führt Sie nach Montpellier?«

»Die Medizin«, sagte Midhat. »Ich studiere Medizin an der Universität.«

»Auf der Flucht vor dem Kasernenhofdrill?« Sylvain Leclair zwinkerte ihm zu, ohne eine Miene zu verziehen. »Das ist mein Freund Dimon – Luc, dies ist ein junger Araber, der bei den Molineus wohnt. Monsieur Mid – was Mid…ha? Er versteckt sich hier vor dem Krieg.«

»Sylvain«, sagte Jeannette.

»Ich ziehe ihn doch nur auf. Dimon hat ein Weingut. Das größte in der Region. Mit den besten Weinen.«

»Ho, ho, sehr erfreut, Sie kennenzulernen. Sylvain ist viel zu bescheiden – er ist ein exzellenter Winzer. Aber wissen Sie, die Rebläuse haben uns schwer zu schaffen gemacht, das war entsetzlich.«

»Die einen waren mehr betroffen, die anderen weniger. Verstehen Sie etwas davon, Monsieur Kamal? Die Reblaus greift die Pflanzen an. Sie ist winzig klein.« Sylvain bog den Zeigefinger über dem Daumen zusammen. »Phylloxera vastatrix. *Une petite friponne.* Diese kleinen Bestien haben meine Pflanzen komplett vernichtet. Jedes Weinblatt war von Kügelchen bedeckt. Dies ist ein Clairette Languedoc, möchten Sie vielleicht davon kosten, Monsieur Midhat?«

»Nein, danke. Na gut, ein wenig. Vielen Dank.«

»Woher kennen Sie die Molineus?«, fragte Luc Dimon.

»Mein Vater hat sich an die Universität gewandt, und Doktor Molineu war so freundlich, mir eine Unterkunft anzubieten.«

»Die Opfer, die man bringt«, sagte Sylvain. »Erzählen Sie bitte. Wir würden gern wissen, wie Sie so leben.«

Midhat wusste nicht, ob Sylvain ihn wieder aufzog. »Wie meinen Sie das?«

»Midhat, darf ich Sie mit Monsieur Laurent Toupin bekannt machen?«

Jeannette lehnte sich auf ihrem Stuhl zurück und gab den Blick auf den großen blonden Mann frei, der auf ihrer anderen Seite saß.

»Guten Tag.«

»Freut mich, Sie kennenzulernen«, sagte Midhat. Er drehte sich zu dem Mann um, und ein frischer Luftzug, der durch einen Spalt des Zeltes fuhr, machte ihm alarmierend deutlich, dass ihm Schweiß auf der Stirn stand.

»Er spricht sehr gut Französisch«, sagte Laurent.

»Ja, das tut er«, sagte Jeannette. »Bitte entschuldigen Sie mich, meine Herren.«

Laurent setzte sich auf Jeannettes Platz. Er hatte die Ärmel bis über die Ellbogen aufgekrempelt, seine Unterarme waren von drahtigen blonden Härchen bedeckt.

»Ich meine, Sie in der Fakultät gesehen zu haben ... Sie fallen auf. Ich bin im vierten Jahr, aber Sie haben gerade erst angefangen? Was halten Sie vom Unterricht? Ich meine mich zu erinnern, dass das erste Jahr etwas langweilig ist, da muss man die Einführungskurse in den Naturwissenschaften absolvieren. Haben Sie bereits klinischen Unterricht?«

»Noch nicht«, sagte Midhat und holte tief Luft. Er war sich Sylvain Leclairs bewusst, der ihm gegenübersaß und den Wein in sich hineinschüttete. »Ab nächster Woche, glaube ich.«

»Macht es Ihnen Spaß? Ich liebe die Fakultät, wirklich, und ich liebe die Medizin. Sie ist das beste Studienfach der Welt. Wissen Sie, die Leute sagen, man solle das Unbekannte in der Ferne suchen, aber man findet es doch auch, wenn man nach innen schaut. Vielen Menschen macht das natürlich Angst. Aber ... passiert es oft, dass Ihre Landsleute nach Frankreich reisen, um Medizin zu studieren? Ich nehme an, Sie haben andere Traditionen. Die Schriften von Avicenna wurden an der hiesigen Fakultät erst vor gut zweihundert Jahren berücksichtigt, aber ich nehme an, seither hat sich manches auseinanderentwickelt.«

Midhat fand die Erwähnung Avicennas erzwungen. Er merkte, dass Laurent Eindruck schinden wollte, und fand ihn daraufhin gleich sympathischer.

»In Kairo gibt es eine Universität«, sagte er. »Eine gute Universität. In Beirut gibt es auch eine. Trotzdem studieren immer mehr Syrer in Europa, in England, Frankreich und Deutschland. Und in umgekehrter Richtung ist es genauso. Das betrifft natürlich nicht die Universitäten. Wir haben zwar gute Universitäten ... aber nicht die besten. Die besten gibt es in Europa, wie man weiß. In Syrien und Ägypten hat man das französische System übernommen.«

»Interessant. Ich finde es hochspannend, Sie kennenzulernen. Jeannette erzählt, Sie seien Muslim. In meinem ersten Studienjahr hat ein Orientale seinen Abschluss gemacht, aber ich meine mich zu erinnern, dass er Christ war. Und ein guter Arzt. Menschen wie Sie sind hier jedenfalls selten.«

»Wie geht es Ihnen, Midhat, ist alles in Ordnung, fühlen Sie sich wohl?«

»Ja, vielen Dank, Doktor.«

»Lassen Sie doch den Doktor, Midhat, ich bin Frédèric. Wie ich sehe, haben Sie Laurent kennengelernt. Schön, Sie zu sehen, Laurent. Ihre Haare sind allerdings zu lang.«

»Das Militär wird sie bald abschneiden.«

»Ah, pff. Patrice, Patrice, kommen Sie mal her, ich möchte Ihnen Midhat Kamal vorstellen. Hier.«

»*Enchanté.*«

»Patrice ist inzwischen mein Kollege, wir sind im gleichen Bereich tätig. Früher hat er über den menschlichen Körper geforscht, heute forscht er über den sozialen.«

»Frédèric. *Un livre, seulment un livre.*«

»Sie wollen also wirklich nicht zurück an die Universität?«

»Wie schon gesagt, besteht das Problem für mich darin, dass mit Kriegsbeginn ... *immédiatement c'est fini, ou sinon immédiatement, assez vite.* Keine Gedankenfreiheit mehr, kein freier ... Austausch.«

»Ah ... ja, ich weiß, was Sie meinen.«

»Marian!«, sagte Jeannette, die zurückgekehrt war und sich an die Braut wandte. »Ich habe dich nach der Kirche nicht mehr gesehen. Du siehst wunderschön aus. Wo ist Paul?«

»Oh, Jojo, ich bin erschöpft. Uff – ich muss weiter.«

Laurent fragte: »Wann kommt er nach Flandern?«

»Sobald sie aus Nizza zurück sind, glaube ich.«

»Und Sie, Laurent?«

»Ich bin noch eine Weile vom Dienst befreit, weil ich mich freiwillig gemeldet hatte. Aber sicher nicht mehr lange.«

»Oh, na los, kommen Sie zu uns! Melden Sie sich noch einmal freiwillig. Seien Sie kein Frosch.«

»Xavier zieht in den Krieg.«

»Wann?«

»In zwei Wochen. Mit den anderen.«

»Und die Damen pflegen Sie dann gesund.«

»Haben Sie schon von der deutschen Gouvernante der Alberts gehört?«

»Gouvernante? Nein, ich kenne nur die Sache mit der Bank …«

»Maman … Maman …«

Stühle knarrten, als sich die Gäste erhoben. Hinten im Pavillon standen jetzt vier Pyramiden. Midhat schlängelte sich mit Jeannette zwischen den Tischen hindurch. Wie er feststellte, bestanden die Pyramiden aus winzigen runden Kuchen.

»Darf ich Ihnen einen anbieten, Midhat?«

»Bonjour, ich bin Madame Crotteau.«

»Bonjour, Madame, ich heiße Midhat Kamal.«

»Ich weiß. Wie finden Sie Montpellier? Schön ist es nicht. Ist Frédèric mit Ihnen schon nach Palavas-les-Flots gefahren?«

»Warum zum Teufel sollte ich mit ihm ans Meer fahren?«, fragte Frédèric. »Stell dir mal vor, du kämst in ein Land, das ganz neu für dich ist, und dann sagt man dir: Wir zeigen Ihnen jetzt das Wasser, über das Sie gekommen sind! Nein, Nicole. Er muss die Kultur, die Stadt, das Binnenland kennenlernen. Die Musik hören, die Trobairitz lesen … das ist das Wichtige … die Gerüche, die okzitanische Landschaft …«

»Nur ein Pariser kann so vom Languedoc schwärmen.«

Frédèric zog eine Augenbraue hoch. »Meine Mutter stammte aus der Dordogne.«

»Wir sollten mal einen Spaziergang machen, Midhat«, sagte

Laurent, der Puderzucker auf den Fußboden kleckerte. »Dann zeige ich Ihnen die Gärten. Was meinen Sie?«

»Ja, das wäre herrlich.«

»Großartig. Wir treffen uns bei Sonnenaufgang vor der Salle Dugès.«

Sie einigten sich auf den Donnerstag, vorausgesetzt, das Wetter wäre gut. Am Donnerstag regnete es aber, und so verabredeten sie sich für den Freitag. Am Freitagvormittag war die Einführung im praktischen Sezieren angesetzt; Midhat würde sich danach mit Laurent treffen, mittags vor dem Denkmal Lapeyronies.

Die Menschen in der Salle Dugès wurden mit jeder Woche weniger. Inzwischen gab es nur noch eine Handvoll französischer Studenten, die aus medizinischen Gründen vom Kriegsdienst freigestellt waren. Manche bekannten sich dazu, andere schwiegen eisern. Trotzdem brannten sie darauf, ihren Schneid zu beweisen, und redeten gern wie an der Front, sprachen von den Deutschen als »boches« und stichelten gegen die schwachen preußischen Gene. Man hatte auch die jüngeren Professoren eingezogen, sodass mancher Name auf Midhats Stundenplan nicht mit dem der Person übereinstimmte, die vor die Studenten trat. Seine Kommilitonen waren meist Spanier und Belgier, außerdem gab es zwei Schweizer und einen Engländer. Midhat war nicht nur der einzige Araber, sondern auch der einzige außereuropäische Student überhaupt, und in der morgendlichen Atmosphäre der Salle fühlte er sich gehemmt. Als Außenstehendem fiel ihm auf, dass man gern lustige Anekdoten zum Besten gab und dabei gleich zu Anfang die Pointe andeutete; so konnten die Zuhörer das Ende vorausahnen und gemeinsam lachen. Sobald das Gespräch einen humorvollen Ton annahm, fand man alles lustig, und jeder war aus Solidarität bereit, auch über den lahmsten Scherz zu lachen.

Obwohl Midhat schüchtern war, legte er seinen Akzent immer weiter ab und sprach »le thorax« oder »le capillaire« mit der Präzision eines Fremden aus. In der Rue de la Loge kaufte er sich einen neuen französischen Hut, einen Mantel und einen schwarzen Regenschirm, und an dem Freitag, als er mit Laurent verabredet war, nahm er all das mit zur Fakultät, obwohl es so aussah, als bliebe das Wetter schön.

Professor Brogante stand am Kopfende des Operationstisches.

»Die Medizin ist keine exakte Wissenschaft«, betonte er, als er sich über den Instrumententisch beugte und die Skalpelle parallel ausrichtete.

Die Wände des Seziersaals ließen die Stimme von Brogante weit über die Sitzreihen hallen; den Studenten, die dicht vor der Leiche standen, kam es vor, als dröhnten die Worte des Professors in ihren Ohren.

»Die Tatsache, dass die Fakten so komplex sind, dass es nicht um Gewissheiten, sondern meist um Vermutungen geht, tut dem wissenschaftlichen Charakter der Medizin allerdings keinen Abbruch.« Brogante griff nach dem Saum des Lakens. »Das ist nur ein weiterer Anlass für noch mehr Gewissenhaftigkeit.«

Die Studenten drängten sich zusammen, um eine gute Sicht zu haben.

»Erkenntnisse, die ich als Arzt gewinne, sind immer nur hypothetische Erkenntnisse. Ich suche nach Indizien, die meine Diagnose konkretisieren, oder ich versuche es mit einer neuen Methode, deren Ergebnis zeigt, ob meine Einschätzung richtig war.«

Unter dem Laken erschien ein schwarzer Schopf, im Licht der hohen Fenster bläulich schimmernd. Dann das wachsbleiche, rasierte Gesicht eines Mannes, gefolgt vom Oberkörper. Brogante straffte das Laken über den Beinen, griff nach einem Skalpell und beugte sich über den grauen Hals.

»Um den Brustkorb und die Bauchhöhle zu öffnen, setzen wir einen ersten Schnitt vom Sternum aus …«

Die Stimme von Professor Brogante schien endlos weit zu hallen, und Midhat hörte die einzelnen Wörter nicht mehr. Er sah, wie die Klinge die Haut des Halses durchdrang, schaute zu, wie sich die oberste Hautschicht so rasch teilte, als wäre sie straff zusammengebunden gewesen und nun gelöst worden. Nach dem ersten Schnitt setzte Brogante zu einem zweiten, nun seitlichen an. Er schlug die Hautlappen zurück, wobei es vier Mal dumpf klatschte, und enthüllte diverse Organe, die alles andere als menschlich wirkten. Überreifes Rot, Lila, ekelhaftes Gelb. Midhat betrachtete die blutleeren Adern, die sich über den Magen schlängelten, und ihm wurde schlecht. Vor seinen Augen flimmerten schwarze Flecken, die sich verdichteten und den Leichnam überdeckten.

Als er wieder klar denken konnte, saß er in der ersten Reihe des Hörsaals, vor sich die Rücken der anderen Studenten. Brogantes Stimme klang dumpfer:

»Die Gallenblase befindet sich ganz rechts im Epigastrium. Das Zäkum befindet sich vor dem rechten Abschnitt des Darmbeins, und hier ragt, wie Sie sehen, das Kolon auf. Weiß jemand, wie dieser Abschnitt heißt? Monsieur Havonteur?«

Die Studenten versperrten den Blick auf den Leichnam. Einer drehte sich um, es war Samuel Cogolati, ein Belgier. Cogolati sah sich nach möglichen Beobachtern um, dann flitzte er zu Midhat und hockte sich vor die Bank.

»*Tout va bien?*«

»*Qu'est-ce qui se passe*? Bin ich ohnmächtig geworden?«

»Ja.« Cogolati hauchte ein Lachen. »*Ça va*, ich habe dich aufgefangen, du bist nicht auf den Fußboden geknallt.« Er nickte mehrmals schnell. »Ich muss wieder zuhören, aber … *ça va?*«

»Ja, geh nur. Ich erhole mich noch kurz. Vielen Dank, Samuel.«

»*De rien.*«

Trotz des Brötchens, das ihm Cogolati aus der Mensa geholt hatte, zitterten Midhats Beine noch, als er sich mittags mit Laurent vor dem Denkmal traf. Er war froh, sich auf den Regenschirm stützen zu können.

»Philosophisch gesehen«, sagte Laurent, als sie dem Boulevard folgten, »war deine Reaktion absolut natürlich. Ich erinnere mich noch an meine erste Sezierstunde. Keine ... erfreuliche Erfahrung.«

»Danke. Aber ich schäme mich trotzdem.«

»Du wirst merken, dass es nicht ganz so schlimm ist, wenn du einen lebendigen Organismus untersuchst. Leider beginnt man mit Leichen, weil man deren Organe besser zeigen kann. Entsetzlich ist wohl vor allem, dass die Toten nur Objekte sind. Als Medizinstudenten müssen wir aber begreifen und uns damit abfinden, dass der Tod fest zum Leben gehört. Und im Laufe des wissenschaftlichen Fortschritts der Menschheit müssen wir die sozialen Tabus überwinden, die den Tod in eine private Sphäre verbannen. Was ich damit sagen will: Vergiss die Sache einfach.«

Midhat holte tief Luft. »Ich bin trotzdem ... ich habe das Gefühl ...«

»Die menschliche Natur ...«, sagte Laurent. Er sah zum Himmel auf, verengte die Augen zum Schutz vor der Sonne. »Die Bedeutung von Krankheiten ... Der Tod ist unser ständiger Begleiter. Man könnte argumentieren, dass wir uns in einem permanenten Prozess des Sterbens befinden, wie eine Flamme, unstet, halb erloschen. Was ist die Krankheit also? Sie ist ein Teil des Lebens. Wir reden immer über das Leben, als wäre es eine Erneuerung, aber in Wahrheit ist es ein Verfall.

Manchmal auch der Kampf gegen den Verfall, aber trotzdem ein Verfall.«

Während Laurent redete, dachte Midhat an den Ausflug am ersten Tag des Semesters. Er war den anderen Studenten in einen riesigen Saal mit einem Deckengemälde gefolgt, einem Trompe l'œil. Die Wände der unteren Galerie waren von Vitrinen gesäumt, und jeder hatte beim Anblick ihres Inhalts laut gestaunt.

Deformierte Föten, gegen das Glas ihrer Behälter gepresst. Skelette von Tieren und Menschen, an Haken hängend; Schädel, mit Krankheitsbezeichnungen beschriftet und in gewagten Winkeln aufgetürmt. In einer Vitrine mit Glasdeckel lag ein mumifizierter Kopf, schwarz von Chemikalien und mit halb entblößtem Gehirn. Das setzte sich fort: weitere Gehirne, verstaut und etikettiert, aufgehängte Leichen, schwarz wie der Kopf. Vielleicht verbrannt. Diagramme an den Wänden, Gemälde, die grellbunte Wucherungen zeigten, groteske Präparate, Phasen von Geschlechtskrankheiten. Listen verglichen Abnormitäten mit Abnormitäten, Infektionen, Verkümmerungen, Gicht, Lepra. Ein Baby mit zwei Köpfen und Zwillingshaarschöpfen richtete vier faltige Augen auf ihn.

Dann blieb Laurent stehen. Oben auf einem hohen, hellgrünen Tor stand auf einem verschnörkelten schmiedeeisernen Schild: UNIVERSITÉ DE MONTPELLIER, JARDIN DES PLANTES, FONDÉ PAR HENRI IV EN 1593. Das Tor schrammte beim Öffnen über den Kies, und sie blickten auf einen leicht ansteigenden Weg, der sich verzweigte: Rechts führte er an einer Hecke entlang, links an einer Steinmauer mit einer Urne darauf. Sie nahmen den Weg an der Hecke. Dahinter zogen sich weiße Wege durch grüne Rasenflächen, und zwischen Zypressen stand ein Gebäude mit einem Bogen auf der Fassade.

»Dies ist einer der ältesten Gärten seiner Art in Europa«, sagte Laurent. »Der König ließ ihn für einen berühmten

Wissenschaftler namens Belleval anlegen. Im letzten Jahrhundert wurde er erweitert, aber ich fürchte, ich habe vergessen, wo die neueren Abschnitte sind.«

Ein kühler, satter Geruch lag in der Luft. Grauweißes Laub türmte sich am Wegrand, durch die Bäume fallendes Licht warf verstreute Schatten, und Midhat verlor bald die Orientierung. Sie passierten ein Bambusgehölz und einen Teich mit riesigen Wasserlilien, welche die Sonne in sich aufsaugten, und geometrisch angelegte Blumenbeete, umhegt von niedrigen Hecken. Vor den Fenstern der Gewächshäuser beschirmten sie die Augen und erblickten Wasserpflanzen, die große grüne Hände aus den Becken reckten.

»Wie war das noch mal«, fragte Midhat, »was du über Tod und Leben gesagt hast?«

»Ach, was weiß ich. Ich predige gern. Meint jedenfalls mein Vater. Zu viele Worte, nicht genug Taten, sagt er.«

»Ich fand es spannend …«

»Was ist Leben? Das ist spannend. Wie nahm es seinen Anfang?«

Midhat lachte. Laurents Schatten auf dem Glas wurde durch den hellen Sonnenschein ausgelöscht, da er sich vom Gewächshaus abgewandt hatte und die Sträucher betrachtete.

»Natürlich in Gott«, sagte Midhat.

»Ja. Aber weißt du, in meinen Augen besteht das Problem darin, dass wir inzwischen viel zu viel Wissen angehäuft haben. Der Einzelne kann diese Fülle nicht mehr erfassen. Früher konnte man sich alles aneignen, jedenfalls mehr oder weniger. Aber heute sind wir sozusagen Gehirne, die in einem Meer des Wissens treiben.« Laurent berührte einen Farnwedel, der unter seinen Fingern wippte. »Das Bild stimmt wohl nicht ganz.«

»Hat Gott das Universum erschaffen, oder hat er parallel dazu existiert?«

»Genau. Du solltest mit Jeannette reden, sie studiert Philosophie.«

»Der Syllogismus des Lebens ist eine Unmöglichkeit«, sagte Midhat. »Wir können den endlosen Strom von Ursache und Wirkung nicht nachvollziehen.«

»Wie findest du sie übrigens?«

»Denn wenn wir in der Zeit zurückgehen, von einem Vorvater zum nächsten, dann scheint es, als wollten wir zu Gott gelangen, indem wir einen Turm erbauen. Was hast du gesagt?«

»Jeannette. Wie ist es so, mit ihr in einem Haus zu wohnen?«

Midhat schwieg kurz. »Wir reden selten.« Er ahmte Laurent nach und berührte die Spitze eines Farnwedels. »Ich mag sie.«

»Ja. Du findest es sicher sonderbar, wie man die Frauen hier behandelt.«

»In mancher Hinsicht. Sie haben mehr Freiheiten. Wohin geht es da?«

»Zu einer anderen Rasenfläche vermutlich. Schauen wir mal.«

Sie kehrten auf den Weg zurück. Im Sonnenschein vergaß Midhat die peinliche Szene vom Vormittag, der Regenschirm ergänzte den Rhythmus seiner Schritte. Belanglose Gedanken gingen ihm auf Französisch durch den Kopf, und in einem Anfall von Ernsthaftigkeit sprach er manche aus und beschrieb die Szenerie: Wie herrlich, die Hand auf die Rinde eines Baumes zu legen, gezeichnet von Alter und Flechten, ein Baum, der sich weiter reckte und streckte, mit buckeligen Knoten und rauen Fasern.

»Das ist vollkommen anders als alles, was ich kenne, obwohl ich viele dieser Pflanzen benennen könnte. Manchmal ermüdet es mich, die neuen Dinge zu betrachten, aber manchmal lässt es mich auch ... wacher werden! Sieh mal, das ist ein Olivenbaum. Der wächst bei uns überall, aber wenn ich ihn jetzt sehe, hier, an einem fremden Ort, löst er eine sonderbare Freude in mir aus.«

»Wie schön, dass dir der botanische Garten so gut gefällt.«

Sein neuer Freund klang zwar nicht unfreundlich, aber Midhat verspürte einen Dämpfer. Andererseits war es natürlich nicht einfach, ein tiefes Gefühl zu vermitteln, zumal in einer anderen Sprache.

»Ich würde gern in Europa reisen«, sagte Laurent. »Du auch, nehme ich an. Mein Großvater hat seine Reisen nach Rom und nach Griechenland in Tagebüchern festgehalten. Wenn ich in den Krieg ziehe, komme ich vielleicht auch herum, vorausgesetzt, man schickt mich nicht bloß in die Picardie.«

»Die Welt dehnt sich immer weiter aus«, meinte Midhat. »Oder – vielleicht dehnt sie sich nicht aus …«

»Sondern entwickelt sich weiter?«

»Nein, ich meine … denk an die Eisenbahn. Die Züge fahren kreuz und quer durch die Welt … Hier in Montpellier verkauft man Orangen aus Jaffa. Ich habe sie gesehen!«

Laurent lachte. »Ah, Midhat Kamal, du bist ein ganz spezieller Fall.«

Am Rand des Weges saßen vier junge Frauen im Schatten einer Eiche. Midhat beobachtete, wie eine in einen Pfirsich biss. Laurents Lachen hatte ihn getroffen, und er wünschte sich, nichts gesagt zu haben.

In seinem letzten Jahr an der Mekteb-i Sultani war die Kluft zwischen den türkischen Jungen und allen anderen so plötzlich augenfällig geworden, als hätte sich der Erdboden aufgetan. Als er nach dem Ramadan mit Jamil nach Konstantinopel zurückkehrte, fand er ein lockeres Netzwerk von Allianzen vor, die sich ohne ihre Zustimmung gebildet hatten. Manchmal verbündeten sich Araber und Armenier, und manchmal löste sich das Bündnis wieder auf; ähnlich verhielt es sich mit den Juden und Griechen; denn die Kinder hatten während der

Ferien ihren Eltern gelauscht, und den Zeitungsberichten und dem Beispiel der Lehrer folgend trugen sie die Strömungen der Außenwelt mit erstaunlicher Selbstverständlichkeit in die Schulflure. Nach den Unterrichtsstunden traf sich Midhat mit seinem Cousin, denn sie fürchteten dieses unfreiwillige Spiel, zumal die Rollen oft unklar waren. Man musste jederzeit damit rechnen, dass sich jemand gegen einen wandte, und wenn man nie böse Blicke verteilte oder hinter vorgehaltener Hand tuschelte, wurde einem rasch unterstellt, man sei der eigenen Sache nicht treu, dann wurde einem der Arm von einem Mitschüler verdreht, der eigentlich auf derselben Seite stand.

Midhat war drangsaliert worden, war jedoch überzeugt, dass Laurent dergleichen nicht erlebt hatte. Er wollte ihm unbedingt beweisen, dass seine Begeisterung keine Weltfremdheit verriet.

»Weißt du schon, worauf du dich spezialisieren willst?«, fragte Laurent. »Ich möchte Psychiater werden.«

Sie hielten vor einer Ruine im antiken Stil, Bögen ohne Dach, bekränzt von roten Blüten.

»Psychiater?«, sagte Midhat. »Da geht es nicht um den Körper.«

»Nein. Aber ich interessiere mich seit einiger Zeit dafür. Wenn ich ehrlich bin, lag das an einer Frau.«

Midhat konnte die Energie, die ihn erfüllt hatte, nicht mehr spüren. Er blieb stumm. Laurent wollte sich gerade von der Ruine entfernen, da brach es aus ihm heraus:

»Ich hatte eine Geliebte in Konstantinopel.«

Laurent drehte sich zu ihm um. Midhat fuhr gelassen fort: »Sie sprach weder Arabisch noch Türkisch. Ich habe in Etiler ein Zimmer für Schäferstündchen mit ihr gemietet.«

Er spürte eine Hand auf dem Arm.

»Ich bin beeindruckt«, sagte Laurent und lachte wieder. »Und auch ziemlich baff!«

»Sie hieß Marie.«

»Woher stammte sie?«

»Aus Schweden.«

»Bra-vo.«

Er hatte sie im Bogen herumgeführt. Vor ihnen tauchte das grüne Tor auf, und sie sahen den Schriftzug spiegelverkehrt von hinten. Midhat war ebenfalls baff, sogar leicht erschrocken. Offenbar war es so kinderleicht, etwas zu erfinden, wie man einen neuen Hut aufsetzte oder einen neuen Mantel anzog.

4

Das Wasser im Teich war flach, es reichte nicht einmal über Jeannettes Knie, die wie rosa Inseln daraus aufragten. Der Springbrunnen war versiegt, der Krug des Cherubs leer. Ein weißer Streifen auf der Beckenwand zeigte den Wasserstand des letzten Sommers an. Sie hörte den Wind in den Bäumen, bevor sie ihn spürte; Sekunden später bekam sie eine Gänsehaut an den Beinen.

Im Obergeschoss tauchte der Kopf von Georgine im Fenster von Midhats Schlafzimmer auf. Jeannette hatte den Vormittag im benachbarten Arbeitszimmer ihres Vaters damit verbracht, eine Schachtel voller Fotografien in zwei ledergebundene Alben zu sortieren. Die Schachtel enthielt Bilder ihrer Mutter als junge Frau. Manche hatte Jeannette noch nie gesehen. Sie hatte lange nicht mehr so intensiv an ihre Mutter gedacht; es fiel ihr schwer, die Fotos zu betrachten. Trotzdem tat sie es, sogar stundenlang, suchte verzweifelt nach Ähnlichkeiten. Sie kam wieder zu sich, als Georgine zum Mittagessen rief. Danach beschloss sie, sich im Garten an den Teich zu setzen und in Ruhe nachzudenken.

Jeannette hatte als Kind ihrem Vater geähnelt. Alle glaubten, sie käme nach ihm. Wie Frédèric war sie ein Energiebündel: Sie redete schnell und hatte eine dramatische Ader. Im Laufe der Jahre hatte sie sich jedoch verändert, und nun hasste sie den rasanten Takt ihrer Gedanken und legte es bewusst darauf an, sich zu langweilen, um sich zu betäuben. Ihr Vater nannte sie gern »die Sphinx«.

Wenn sie an ihre Kindheit dachte, erinnerte sie sich vor allem an ihr Schlafzimmer im Montparnasse. Sie dachte an die weißrosa Tapete mit den goldenen Schnörkeln, die sich zu Blümchen entfalteten. Sie pflückte sie heimlich, indem sie die Tapete hinter den Stühlen, dicht über der Fußleiste, mit den Fingernägeln vom weichen Putz pellte. Auf der Fenstersitzbank saß ein Spalier von Puppen in bunten Spitzenkleidern, mit kalten, plumpen Händen, pausbäckigen, bleichen Gesichtern und echtem Haar. Jeannette beachtete sie kaum. Ihr liebstes Spielzeug war ein speckiger Stapel Tarotkarten, den sie ganze Nachmittage neu arrangierte, wobei sie Beschwörungen murmelte. Die Mädchen in der Schule beneideten sie um ihre kleinen Elefanten aus Elfenbein, die Spieldosen, das Blechschiff mit der bunt bemalten Besatzung, und wenn sie zu Besuch kamen, wollten sie es aufziehen, damit sich die Figuren bewegten. Jeannette ließ sie zunächst gewähren, aber nach einer Weile verlangte sie von ihrer Freundin, mit ihr zu spielen, und dann dachten sie sich Religionen aus und ließen, am Fenster sitzend, Zaubersprüche auf die Passanten hinabhageln. Jeannette suchte in einem Buch Verse aus; ihre liebsten stammten aus einem Gedicht mit dem Titel »Verzicht«:

Als Kind träumte ich vom Koh-i-Noor,
von üppiger persischer und päpstlicher Pracht,
von Heliogabalus, Sardanapal!

Heliogabalus und Sardanapal!, riefen sie aus dem Fenster, zeigten mit dem Finger auf einsame Männer und beobachteten, ob und wie sie auf die Wirkung des Zaubers reagierten.

Ihr Papa war der Patron der Spielzeuge. Jeannette hatte keine Brüder und Schwestern, und ihre Mutter Ariane war liebevoll, aber abweisend und zog sich oft in ihr Schlafzimmer zurück. Nach der Schule las Jeannette die Bücher, die sie von ihrem Vater erhalten hatte, unter dem Bett, bis der borstige

Teppich ihre Ellbogen aufscheuerte. Wenn sie später an ihre Kindheit zurückdachte, hatte sie deshalb stets den Fußboden ihres Schlafzimmers vor Augen: Unter den Stühlen war sie vor den Orkanen am Äquator geschützt, die Vertäfelung unter dem Fenster war mit den Schnitzereien einer uralten Kultur verziert. Im Bücherregal gab es hinter den Lexika eine Klappe über einem runden Loch in der Wand, ein Geheimversteck für Schriftrollen und Schätze. Als sie älter wurde, malte sie sich andere Abenteuer aus und begann, Romane zu lesen, die sie auf dem Weg von der Schule kaufte und in die Schutzumschläge ihrer Geschichtsbücher hüllte, um sie zu tarnen.

Eines Freitagnachmittags, Jeannette war sechzehn, fand sie nach der Schule ihren Nachbarn und einen Polizisten zu Hause am Küchentisch vor. Ihre Mutter, sagten die beiden, habe sich mit einer Pistole auf dem Hof erschossen. Ihr Vater war noch an der Universität. Der Nachbar hatte den Schuss gehört und den Polizisten alarmiert, der den Bestattungsunternehmer gerufen hatte. Sie sahen Jeannette besorgt an und wollten ihr Kekse und Tee servieren. Es überraschte Jeannette, dass sie nicht einmal Ja oder Nein sagen konnte.

Danach brach die elterliche Zurückhaltung zusammen, und Frédèric offenbarte seiner Tochter alles. Ihre Mutter hatte den Wunsch, ihr Leben zu beenden, zuvor schon mindestens zwei Mal geäußert, allerdings in so großem zeitlichem Abstand, dass er keinen Anlass zu ernsthafter Beunruhigung gesehen hatte. »Verzeih mir«, bat er und zerrte an einem Büschel Haare auf seinem Kopf. Gelegentlich entfuhr ihm ein »Oh!«, dann legte er sich eine Hand vor den Mund, und Jeannette wusste, dass ihm etwas eingefallen war.

Jeannette saugte die Details in sich auf, ebenso jede Erinnerung, die ihrem Vater in den Sinn kam, bevor er dann im Wohnzimmer wieder stumm und reuevoll zu Boden starrte. Der Tod entlockte ihm die Wahrheit, und er war verblüffend offen: Fort war der Vater, der mitten im Gespräch aufstand und ging, an seiner Stelle ein Mann, der auf einmal einen Berg ungeordneter, intimer Informationen preisgab. In den Tagen vor der Beerdigung beschrieb er seine Brautwerbung und seine Eindrücke von ihrer Mutter während jeder Phase ihrer Ehe, in welcher Hinsicht sie sich im Laufe der Zeit verändert hatte und in welcher nicht.

Ohne es zu ahnen, hatte er mit seinen Worten eine ganze Welt in seiner Tochter eröffnet. Und während seine Wunden langsam heilten, lagen Jeannettes noch immer offen. In ihrer Vorstellung nahm eine Frau Gestalt an. Diese Frau war nicht nur ihre Mutter, sondern auch Mademoiselle Ariane Passant und Madame Ariane Molineu, eine Gestalt, erschaffen aus dem Dunkel, das Jeannettes Geburt vorausgegangen war. Ihr Vater lernte auf eine natürliche Art, mit der Trauer zu leben, die ihn bald nicht mehr schmerzte; was durch den Schock aufgebrochen war, verheilte wieder. Danach mochte er nichts mehr preisgeben, sondern war abweisend, wenn seine Tochter fragte, als habe er vergessen, was er ihr bereits alles erzählt hatte.

Nach Jeannettes Schulabschluss zogen sie nach Montpellier. Frédèrics Schwester lebte dort mit ihren Kindern, Marian und Xavier. Das Weingut von Sylvain Leclair, einem alten Freund von Ariane, befand sich ebenfalls in der Nähe. Frédèric arbeitete als Hochschullehrer an der Universität, und Jeannette schrieb sich für Philosophie ein. In jenem Jahr war sie eine von nur neunzehn Frauen.

Vater und Tochter lebten sich rasch ein. Sie mischten sich in die universitären Kreise und lernten Menschen kennen, die ihre Freunde wurden. Hier war es egal, ob man Einheimischer war oder nicht, denn in den Vorlesungssälen und Bibliotheken fanden alle Akzente einen gemeinsamen Nenner, der Austausch von Wissen ebnete regionale Unterschiede ein. Sylvain führte die Molineus in die Kreise der Winzer ein, von denen sie ebenfalls akzeptiert wurden, wenn auch mit Vorbehalten. Die Gemeinschaft der Winzer war in den letzten fünfzig Jahren durch äußere Kalamitäten geschrumpft, darunter Dürren und die Überproduktion von Wein in Algerien. Um sich von den nördlichen Galliern abzuheben, klammerten sie sich an die alte okzitanische Identität – wenngleich der Begriff inzwischen so beliebig war, dass ihn die Hälfte der Restaurants an der Küste auf ihre emaillierten Schilder hatte setzen lassen. Sylvain war unter den Winzern allerdings so beliebt, dass er problemlos an Einladungen für seine Freunde, »les Molineux«, kam, obwohl sie in Sprache und Kleidung durch und durch Pariser waren.

An jedem Feierabend kamen Vater und Tochter im blauen Salon zusammen, um über Philosophie zu diskutieren. Sie tranken aus neu erworbenen Porzellantassen und debattierten über Bergsons Theorie der Erfahrung von Freiheit im Rahmen der Zeit, die Frédèric gefiel, weil sie dem Denken den Vorrang gab. Jeannette zog die These von Boutroux vor, derzufolge Formeln nichts erklärten, weil sie sich nicht selbst erklären konnten. Irrtümlicherweise leitete sie daraus die Behauptung ab, dass es sinnlos sei, Phänomene zu kommentieren, weil jeder zum gleichen Ganzen gehöre, was wiederum bedeute, dass man niemals alles verstehen könne, sondern höchstens einen kleinen Teil. Diese Diskussionen, in denen Frédèric seine Tochter dazu aufforderte, alternative Sichtweisen in Betracht zu ziehen, berührten oft grundlegende Themen, die sie zu ihrem eigenen Leben jedoch nicht in Beziehung setzten. Obwohl Vater und Tochter eher reserviert waren, schufen diese Abende eine neue Art von Intimität, aus der beide Kraft schöpften.

Nach Jeannettes Universitätsabschluss änderte sich manches. Ihre Freunde und Freundinnen an der Universität waren nun verheiratet, und die abendlichen Diskussionen mit ihrem Vater waren eingeschlafen. Sie hatte zwar nicht den Wunsch, ihn zu verlassen, aber ohne die Stärkung der intellektuellen und emotionalen Verbundenheit trat eine Entfremdung ein. Ihr Denken war durch das Philosophiestudium geschärft worden, sie hatte es zu einer Festung ausgebaut. Sie ließ die Stunden des Tages vorbeiziehen, als lägen sie in weiter Ferne, und ihre Gedanken sprangen von Thema zu Thema.

In letzter Zeit hatte sie mit gelegentlichen Irritationen zu kämpfen. Zum einen wegen der Ankunft Midhats. Sie hatte Abstand zu ihrem Gast gehalten, und doch sorgte er dafür, dass es ihr nicht mehr so leichtfiel, sich in ihre Gedanken zu vertiefen. Der Krieg war ein weiterer Störfaktor, denn obwohl so fern, war er für viele das einzige Gesprächsthema. Immerhin, dachte sie, konnten sie froh sein, dass sie alle Paris verlassen hatten – wobei die Jungs, also Xavier, Paul und Laurent, vermutlich bald kämpfen müssten. Diese Veränderungen, so banal sie auch sein mochten, hatten schwerwiegende Folgen, und in den Winkeln von Jeannettes Geist begann es aufgeregt zu knistern. Und nun, an diesem Vormittag, kamen die Fotos ihrer Mutter hinzu: Gesicht und Körper vor dem gemalten Hintergrund des Fotostudios. Die Sommersprosse unter der Augenbraue, ihr Spitzenkragen, ein paar widerspenstige Haare, als unsterbliche graue Linien auf Silbergelatine gebannt.

»Bonjour, Mademoiselle.«

Jeannette erschrak. Midhat Kamal stand auf der Terrasse hinter dem Haus. Er hielt einen Regenschirm in den wohlgeformten Händen und zog die schmalen, schwarzen Brauen grüßend hoch. Als sie ihm zuwinkte, verbeugte er sich, blieb aber auf der Terrasse zwischen den gusseisernen Möbeln stehen. Aus dieser Entfernung hätte man ihn für einen Europäer halten können; nur der Kupferton seines Gesichts sowie die dunklen

Brauen und Augen deuteten an, dass er war, was ihr Vater gern »semitisch« nannte. Hätte sie es nicht besser gewusst, dann hätte sie ihn für einen Italiener gehalten.

»Wie geht es Ihnen?«, rief sie.

»Ich bin ziemlich müde, aber wohlauf. Ich bin von der Fakultät zu Fuß zurückgelaufen, es war herrlich. Ich fürchte, ich habe Sie beim Baden gestört.«

»Ganz und gar nicht, ich wollte gerade hineingehen. Es wird langsam kalt.«

Sie stand auf, und als der Wind ihre nassen Beine peitschte und den Badeanzug an ihrem Bauch flattern ließ, konnte sie das Weiß in Midhats Augen sehen.

»Verzeihen Sie, ich hole nur mein Handtuch. Warten Sie kurz. Möchten Sie vielleicht einen Kaffee? Warten Sie kurz, Monsieur Midhat.«

Sie versuchte, nicht zu rennen. Sie ging über den Rasen und senkte den Blick, als sie das Handtuch um den Oberkörper wickelte; feuchte Spuren auf den Steinen, auf den Dielen, auf dem Treppenläufer. Sie schälte sich im Schlafzimmer aus dem Badeanzug, trocknete sich ab und schlüpfte in einen baumwollenen Hausmantel. Dann ging sie gemessenen Schrittes die Treppe hinunter. Georgine servierte schon den Kaffee und knickste, als Jeannette an ihr vorbeiging.

»*Alors*«, sagte sie gedehnt und begegnete Midhats Seitenblick. Er saß kerzengerade auf dem Sofa. Sie entschied sich für einen Korbstuhl und zog den Ärmel hoch, um zwei Tassen Kaffee einzuschenken. »Ich habe mich noch nie nach Ihrer Familie erkundigt, Monsieur Midhat. Sind Ihre Eltern … haben Sie Geschwister?«

»Mein Vater ist Kaufmann. Er stammt aus Nablus. Er handelt mit Textilien und Kleidung. Er ist sehr erfolgreich.«

»Wie schön. Und Ihre Mutter?«

»Meine Mutter stammte aus der Stadt Dschenin, in der

Nähe von Nablus, aber sie ist gestorben, als ich noch sehr klein war, *Allah yirham-ha.*«

»Ach, das tut mir leid. Dann geht es Ihnen wir mir, Monsieur Midhat. Wir haben beide die Mutter verloren.«

»Meine Mutter ist an *sill* gestorben, wie es auf Arabisch heißt, also an Tuberkulose.«

»Das ist sehr traurig. Das tut mir aufrichtig leid.«

»Wie ist Ihre Mutter gestorben?«

»Ich war damals auch noch jung.« Sie schaute durch die Türen auf die Terrasse, wo sich die Spuren ihrer nassen Füße über die Steine zogen. »Sie war krank. Irgendein Herzproblem, ich weiß es nicht genau. Wenn Sie ein großer Arzt sind, können Sie es mir vielleicht erklären!« Sie lächelte mit dem Mund, ihre Augen waren geschlossen.

»Ja, ich hoffe, dass ich Arzt werde«, sagte Midhat. »In Nablus üben Männer nicht immer, was sie studiert haben.«

»Üben?«

»Ausüben, meine ich … *comme une profession.*«

Sie schaute wieder in den Garten. Das Schweigen zog sich in die Länge.

»Wie ist Nablus?«

»Nablus ist im Grunde ein kleines Dorf. Trotzdem eine Stadt. Es ist nicht groß, aber wir sagen Stadt. Ich meine damit, selbst wenn man fortgeht, hat man Nablus noch bei sich. Verstehen Sie, was ich meine?«

»Ich glaube schon.«

»Nicht, dass ich Nablus schlecht fände. Das nicht. Aber dort kennt jeder jeden, und das kann etwas …« Er griff sich an die Kehle, und sie lächelte schwach. »Ich denke, dass mein Vater deshalb lieber in Kairo ist.«

»Ägypten?«

Er nickte.

»Und Sie – Sie haben sich für die Medizin entschieden.«

»Mein Vater hat die Entscheidung getroffen. Er ist der Gründer, jedenfalls einer der Gründer, des neuen Krankenhauses in Nablus. Er findet den Beruf des Arztes sehr achtbar, wissen Sie. Ich bin aber zufrieden. Ich liebe die Naturwissenschaften, ich habe sie immer geliebt. Es ist also auch meine Entscheidung. Ich finde es aufregend ...« Er senkte den Blick und dachte über seine Worte nach. »Die Arbeit ist so präzise, so speziell. Aber«, seufzte er, »man muss sich zugleich davon distanzieren.«

Zu seiner Überraschung musste Jeannette schallend lachen. Er sah mit knallrotem Gesicht zur Decke auf, während ihr Körper von Lachen geschüttelt wurde. Als sie nach einer Weile immer noch lachte, stimmte er zögernd ein, behielt sie aber im Blick, um zu sehen, wann er aufhören musste. Ein plötzliches leises Husten war das Signal, und als sie seufzend verstummte, erlosch auch sein Lächeln, und er begriff, dass sie seine Gedanken, die dem Sezieren und dem Mann ohne Beine galten, den er heute Morgen in der Klinik gesehen hatte, nicht erraten hatte. Lustig war beides nicht. Er sah in ihre lächelnden Augen und versuchte zu ergründen, was sie von ihm hielt.

»Ich bin mit Laurent regelmäßig spazieren gegangen«, sagte er.

Sie verengte die Augen und setzte die Tasse an die Lippen.

»Wir gehen meist durch den botanischen Garten, manchmal durch die Stadt. Er zeigt mir alles. Ich finde ihn sehr nett.«

Jeannette musste wieder lachen, wenn auch lautlos, kniff die Lippen zusammen und betrachtete ihre Finger, während sie die Tasse auf der Untertasse kreisen ließ. Midhat hob fragend eine Handfläche, aber das übersah sie. Laurents Lachen beleidigte ihn, ihres aber nicht. Er fand es rätselhaft, jedoch nicht hämisch. Ihre andauernde Heiterkeit zauberte sogar ein Lächeln auf seine Lippen. Sein Blick blieb immer wieder dort hängen, wo ihr Hausmantel die Haut oberhalb ihrer Brüste enthüllte. Die Haut war bleich, aber von Sommersprossen übersät und schimmerte – vielleicht war es Schweiß, vielleicht das Wasser des Teiches.

»Warum haben Sie im Teich gesessen?«

Ihr Lächeln verflog. »Warum?«, sagte sie. »Oh, mir war zu heiß.«

Er versuchte, sie zu verstehen, und zögerte. Seit der Ankunft in Montpellier vor über einem Monat hatte er die Angewohnheit entwickelt, innezuhalten, wenn er sich unsicher fühlte. Weil er wusste, dass ihm viele Konventionen fremd waren, wollte er sich auf keinen Fall zum Narren machen. Vielleicht war es ja tatsächlich üblich, bei Hitze in einem Teich zu sitzen, wie sollte er das wissen? Andererseits schien sich Jeannette nicht an der Frage zu stören. Was aber wiederum einen anderen Grund haben konnte; etwa ihre Sorge, es könnte ihn stören, dass man draußen badete. Und um ehrlich zu sein, hätte sie damit nicht ganz unrecht gehabt.

»Wie geht es Laurent?«, fragte sie.

»Gut. Er will jetzt Psychologie studieren. Er ist sehr nett.«

»Ja, das stimmt.«

»Ich finde ihn … er bringt mich zum Lachen. Er hat ›leichtes Blut‹, wie wir auf Arabisch sagen würden.«

»Im Gegensatz zu schwerem Blut.«

»Ganz recht.«

»Richtig, Laurent hat leichtes Blut. Trotzdem würde ich ihn nicht frivol nennen. Er ist im Kern ein sehr ernsthafter Mensch.«

Eine Pause entstand. Midhat sagte: »Ich fühle mich hier sehr wohl. Ich hoffe, ich kann bleiben.«

»Sie müssen bleiben. Wir haben Sie gern bei uns. Sie sind sehr … ich weiß auch nicht.« Sie begegnete seinem Blick. »Taktvoll.«

Eine tiefe Röte stieg von der Brust bis in ihr Gesicht. Nun war es an Midhat, in den Garten zu schauen. Er wollte sie kurz in Ruhe lassen, aber auch sein breites Grinsen verbergen. Draußen bewölkte es sich, das Gras wurde grau, und der Baum ganz hinten schwankte im Wind. Als sich Midhat wieder zu Jeannette umdrehte, war sie noch rot und starrte in ihren Schoß. Beide schwiegen, und in Midhats Brust begann etwas wild zu tanzen. Eine Fliege surrte in die Stille und setzte sich auf das Kaffeegeschirr. Sie sahen gemeinsam zu, wie die Fliege einen Zuckerwürfel erkundete, danach auf dem Silberrand landete und ihre Beinchen rieb. Midhat beschloss, Jeannette noch einmal anzuschauen. Zu seiner Verblüffung stellte er fest, dass ihm das nicht möglich war. Weiter den Zuckerwürfel anstarrend, wunderte er sich über seine Schüchternheit. Vielleicht, dachte er, führte sein unvollkommenes Französisch immer wieder zu Missverständnissen – was aber, wenn er viel offener war, weil er noch keine Doppeldeutigkeiten formulieren konnte?

»*Bonjour, les petits.*« Doktor Molineu klopfte gegen die offene Tür. »Wie geht es uns heute? Hat jemand Hunger?«

»Wir trinken gerade Kaffee.«

»Nehmen wir doch einen Aperitif ein. Georgine, holst du bitte den Crémant und einen Likör für Monsieur Midhat?«

Es war noch windig. Midhat half Jeannette, Decken aus dem Flur zu holen, wobei er ihren Nacken beäugte, und als sie wieder draußen waren, saß Doktor Molineu mit übereinandergeschlagenen Beinen auf einem gusseisernen Stuhl.

»Mich beschäftigt etwas.« Er wandte sich an seine Tochter. »Ich habe heute über die Beständigkeit des Charakters nachgedacht. Glaubst du daran? An die Beständigkeit?« Er strich über den Rand seines Champagnerkelches.

»Ich weiß nicht genau, was du meinst«, erwiderte Jeannette.

Ihr müder Unterton veranlasste Midhat, sich nach ihr umzudrehen, doch ihre Miene war ausdruckslos. Sie hüllte sich wegen des Windes noch straffer in den Hausmantel und zog die Schultern hoch.

»Was meinen Sie, Monsieur Midhat«, sagte sie. »Halten Sie sich für beständig?«

»Er ist beständig, glaube ich«, sagte Doktor Molineu. »Ja, ich würde sogar so weit gehen, dass es unfair wäre, ihm diese Frage zu stellen.«

»Bitte?«, sagte Midhat.

»Ich wollte Sie nicht beleidigen. Weißt du, Midhat hat mir gestern von ein paar Aberglauben seiner alten Heimat erzählt. Vor allem in den samaritanischen Gemeinschaften, nicht wahr? Die in seiner Stadt leben.«

»Sehr interessant«, sagte Jeannette. »Ich kenne nur den guten Samariter.«

»Ja, und eine dieser Episoden soll sich wahrhaftig auf dem Berg zugetragen haben, auf dem er wohnt. Spannend, oder? Er hat mir erzählt – würden Sie es Jeannette noch einmal erzählen?«

Midhat ließ den Blick hektisch zwischen Vater und Tochter hin und her wandern, weil er nicht wusste, wen er ansprechen sollte. Er fand es verstörend, Jeannettes Miene nicht deuten zu können, und fragte sich, ob sie gelangweilt war. »Nun, wie Sie sagen, ist es nur ein Aberglaube. Man bezahlt die Leute für bestimmte Zauber. Gegen den bösen Blick und Eifersucht, Sie wissen schon … aber ich bin nicht wirklich …«

»Absolut faszinierend. Es war ein Stamm – ein Stamm? Eine Sekte, die sich vom Judaismus abgespalten hat. Oder parallel dazu existierte. Es gibt das großartige Reisetagebuch einer Frau, die eine Weile unter ihnen gelebt hat, ich muss mal schauen, ob ich es auftreiben kann.«

»Das ist nur Folkore«, sagte Midhat.

Ein Lächeln zupfte an Jeannettes Mundwinkeln. »Ist ja wirklich hochinteressant, Papa.«

»Wie bitte? Ja, aber er erzählt das gern.«

»Manchmal sind solche Fragen ungehörig.«

Doktor Molineu gab nach. Während des Schweigens tauchte das Bild von Jeannettes Oberschenkeln vor Midhats geistigem Auge wieder auf. Er schaute auf den grauen Rasen.

»Entschuldigen Sie, Monsieur«, sagte Georgine, indem sie die Tür öffnete. »Ein Brief für Monsieur Midhat.«

»Hm.« Molineu stellte sein Glas abrupt auf den Tisch und stampfte mit einem Fuß auf die Steinplatten. »Wird langsam kalt draußen, und ich habe ein Loch im Bauch.«

»Ich kann die Suppe aufwärmen«, sagte Georgine. Sie winkte Midhat vertraulich. »Kommen Sie bitte.«

Sie führte ihn zum Tisch in der Eingangshalle. Der Brief stammte von seinem Vater und war vor drei Wochen aufgegeben worden.

Mein lieber Sohn Midhat,

gebe Gott, dass Du wohlauf bist. Auf meinen Reisen hatte ich Schwierigkeiten, weil die Briten den Kanal gegen die Türken verteidigen. Wie ich von meinem Bruder höre, gibt es in Nablus aber keine Probleme. Ein deutscher Offizier wurde im Hause Hammad einquartiert. Die ausländischen Postämter in Jerusalem sind geschlossen, sodass ich vermutlich keine Briefe aus Palästina erhalten werde. In Ägypten funktioniert die Postzustellung weiter reibungslos. Die Geschäfte gehen gut, al-hamdu-lillah. Laila und die Kinder sind wohlauf, al-hamdu-lillah. Lerne weiter fleißig.

Mit besten Wünschen,
Dein Vater

Draußen faltete Jeannette die rosa Decke zusammen.

»Das erledigt Georgine.«

»Papa.«

»Was? Schau mich nicht so an.«

Sie schlossen die Glastüren, damit der Wind nicht hereinpfiff, und als sie durch den Salon gingen, erblickte sich Jeannette im Spiegel. Der Wind hatte ihre Haare gebauscht. Sie löste hinten drei Haarnadeln und schob sie oben in ihre Haare, fasste ein paar Locken zusammen und drehte sie auf, damit sie am Platz blieben, drückte die Finger auf ihre Schläfen. Dann folgte sie ihrem Vater ins Esszimmer, wo er mit Georgine sprach.

»Kommt er?«, wollte er wissen.

»Oh, gewiss, Monsieur.«

»Geduld«, sagte Jeannette, die ihren Stuhl unter dem Tisch hervorzog.

Trotzdem musste ihr Vater nur eine Andeutung machen, und sie stand sofort auf, um Midhat zum Essen zu holen. Gestern hätte sie noch darauf bestanden, ihn eine Weile in Ruhe zu lassen. Aber jetzt war sie zu aufgewühlt – nicht nur durch ihren Vater, sondern wegen des ganzen Tages, dessen Ereignisse in ihr nachhallten und die ungeschützten Bereiche ihres Inneren bedrohten. Sie verspürte einen Anflug von Panik – und das einzige Heilmittel für das Aufbegehren ihrer Gedanken schien darin zu bestehen, in die Eingangshalle zu gehen und sich bei Midhat für ihren Vater zu entschuldigen, um wenigstens diesen Grund zur Beunruhigung aus der Welt zu schaffen.

Sie sah ihren Gast durch die Streben des Treppengeländers. Er stand da und las den Brief, gerahmt von der Tür des Salons, in dem das Klavier stand, klobig wie ein Sarg, und der durch das Fenster fallende Sonnenschein erhellte die Strähnen, die in seine gesenkte Stirn fielen. Er wirkte wie versteinert. Dann verlagerte er das Gewicht auf den anderen Fuß und legte die freie linke Hand locker auf eine Hüfte. Er verzog das Gesicht, fast mürrisch, und verengte die Augen, als wollte er sich vor grellem Licht schützen: die Miene einer Person, die versucht, etwas zu verstehen. Obwohl sie überzeugt war, lautlos gewesen zu sein, fuhr er zu ihr herum. Sie setzte sich so natürlich in Bewegung, als käme sie just aus dem Esszimmer, aber ihre Armbewegungen waren theatralisch, und seine Miene verriet, wie offenkundig es war, dass sie ihn beobachtet hatte. Er faltete den Brief rasch zusammen.

»Ich möchte Ihnen etwas sagen«, meinte sie und ließ die Finger auf dem Handlauf nach unten gleiten. Sie sah, wie sein Blick auf ihre Lippen fiel.

»Ja?«

»Es tut mir leid …« Ihr stockte die Stimme, als ihr Blick auf seinem sonnengebräunten Hals haften blieb, und sie schloss kurz die Augen. »Ich wollte Ihnen sagen …« Alles kochte in ihr hoch; sie holte Luft und versuchte, sich in Erinnerung zu rufen, was sie hatte sagen wollen. Dann brach es aus ihr hinaus. »Ich habe Ihnen nicht die Wahrheit gesagt.«

Das Schweigen, das daraufhin eintrat, gab ihr gerade genug Zeit, um zu begreifen, worauf sie zusteuerte; ihr fehlte die Zeit, um noch einmal darüber nachzudenken.

»Wann?«, fragte Midhat.

»Als ich Ihnen«, sagte sie, »von meiner Mutter erzählt habe. In Wahrheit weiß ich, woran sie gestorben ist. Sie … sie hat sich erschossen. Mit einer Pistole.«

Midhats Reaktion war unmerklich. Seine Augen weiteten sich ein wenig, und selbst das hätte sie nicht bemerkt, wenn das Licht in der Halle anders gewesen wäre. Trotzdem bereute Jeannette ihre Worte sofort. Sie fragte sich, wieso um Himmels willen sie dem leisen Verlangen, sich ihm zu offenbaren, so rasch nachgegeben hatte, ein Verlangen, das sich unversehens wie eine Scherbe in die anderen Gedanken und Sorgen gemischt hatte, die ihr durch den Kopf gingen. Unter normalen Umständen hätte sie einen solchen Impuls rechtzeitig bemerkt und verdrängt. Doch an diesem Tag war nichts normal. Nun hatte sie ihren Gast tatsächlich mit diesem bedrückenden Detail ihres Lebens belastet.

Zu ihrem Schrecken ging Midhat plötzlich auf sie zu. Er schwieg noch und runzelte interessiert die Stirn, als wäre dies eine Zufallsbegegnung und als wüsste er nicht recht, wer sie war. Sie spürte, wie er eine Hand auf ihren flachen Bauch legte.

»Wir können jetzt essen«, stieß sie hervor.

Er hielt inne und schien den wahren Grund ihres Kommens zu erfassen. Er nickte.

»Gut.«

»Verzeihen Sie«, fügte sie gezwungen nebensächlich hinzu. »Ich hätte Ihnen das nicht erzählen sollen.«

»Da gibt es nichts zu verzeihen.«

Sie schenkte ihm ein flüchtiges Lächeln und lenkte ihre Schritte zum Esszimmer. Es dauerte ein paar Sekunden, bis sie hörte, dass er ihr folgte.

Dieser kurze Wortwechsel wühlte Midhat auf. Was Jeannette mit dem Geständnis bezweckt hatte, blieb unklar. Er gestand es sich noch nicht ein, dass ihre Beichte glänzte wie eine frische Wunde, obwohl ihm dies später mit voller Wucht deutlich wurde. Zunächst dachte er nur an das Missverhältnis zwischen ihrer Offenheit und der verhaltenen Art, auf die sie gesprochen hatte. Er war auf sie zugegangen, um ihre Miene deuten zu können, und nachdem sie verschwunden war, blieb er noch kurz in der Eingangshalle stehen und überlegte, wie er ihre Worte verstehen sollte. Ihr kurzes Stocken schien ein Indiz für Kummer zu sein – tatsächlich das einzige offensichtliche Indiz –, obwohl ihm nicht einleuchten wollte, dass sie bekümmert sein könnte, weil sie ihn angelogen hatte. Eher bedrückte sie wohl die Erinnerung an den Selbstmord ihrer Mutter. Er betrachtete die Stelle zwischen Treppengeländer und schattenverhangener Wand, an der sie gerade noch gestanden hatte, und wurde von Mitleid erfasst.

Während des Abendessens versuchte er, sie nicht anzusehen. Er befürchtete, seine Miene könnte etwas preisgeben. Frédèric zog die Serviette aus dem silbernen Ring, und als Midhat den Brief neben sein Platzdeckchen legte und den Löffel zur Hand nahm, dachte er sich, Frédèrics Monolog über einen Kollegen am Seminar ausblendend, ein paar vage Interpretationen aus. Hatte Jeannette von ihrer Mutter erzählt, um sich zu entschuldigen, vielleicht für ihre arrogante Art? Oder für etwas anderes, das er gar nicht bemerkt hatte? Oder schämte sie sich tatsächlich für ihre Unaufrichtigkeit, nachdem er so offen zu ihr gewesen war? Oder wollte sie etwas anderes erklären, vielleicht im Hinblick auf ein Detail ihres Gesprächs, das er nicht ganz verstanden hatte, weil ihm irgendeine Nuance des Französischen entgangen war. Während er zerstreut etwas Butter auf sein Brötchen strich, fragte er sich, was Jeannette erblickt hatte, als sie in die Halle getreten war. Sich selbst von außen zu betrachten, in diesem Haus stehend, verschaffte ihm eine unerwartet große Freude.

»Ist das ein Brief Ihrer Familie? Sind alle wohlauf?«

Er blickte auf und sah, wie Frédèric seine Lippen abtupfte.

»Ja, sie sind wohlauf. Danke.«

Midhat warf einen Blick auf den Briefumschlag. Der Vermerk lautete: »Geöffnet von Zensur-Mitarbeiter 257.« Er griff nach dem Brief, tat so, als würde er die Absenderadresse überfliegen, und drehte ihn dann um.

Frédèric stand als Erster auf. Er stemmte die Hände in die Hüften und betrachtete die Tür, als wäre die bevorstehende Aufgabe, im Salon einen Digestif zu trinken, so schwierig wie das Kommandieren eines Regiments. »Kommst du mit, Jojo?«

»Heute Abend nicht, nein. Ich bin müde.«

»Dann gute Nacht.«

»Gute Nacht.«

Midhat entschuldigte sich auch. Er ging die Treppe hinauf, wobei er an den Brief dachte. Lerne fleißig weiter. Er sah sich unwillkürlich von außen und stellte sich die Frage, was sein Vater von alledem hier hielte.

5

Carl Page erfuhr es zuerst von Madame Crotteau, die es von den Nolins gehört haben wollte, doch als man die Nolins fragte, taten diese ahnungslos. Am Freitag vor der Feier holte Georgine die bestellten Tartelettes ab und erfuhr es vom Bäcker. Sylvain Leclair, hieß es, sei auf der Avenue de Toulouse von einem Automobil erfasst worden. Er lebe, aber beide Beine seien gebrochen.

Am Samstag begann es zu schneien, wenn auch nur leicht, und nachdem Pisson Midhat in der Stadt abgesetzt hatte, wo dieser einen Abendanzug kaufen wollte, fuhr er die hinten sitzende Jeannette, neben der ein Bukett aus rosa Lilien lag, zu Sylvains Weingut. Der Nachmittag ging in den Abend über, und in den makellos dreieckigen Lichtkegeln der Laternen sah man gelben Schnee rieseln.

Es war Dezember, Midhats dritter Monat in Montpellier. Seine Spaziergänge mit Laurent hatten sich als Gewohnheit etabliert und waren das beste Trostpflaster für seine Einsamkeit. Von Doktor Molineus Befragungen beim Frühstück und den gelegentlichen Wortwechseln mit Jeannette abgesehen, waren sie obendrein die beste Möglichkeit, sein Französisch zu üben, das sich an der Fakultät auf ein wissenschaftliches Vokabular beschränkte. Die Gäste des heutigen Abends boten ebenfalls eine Gelegenheit dazu; er musste hellwach, lebhaft sein. Als er über die Zufahrt schritt, sah er, wie Pisson den Schlag des Automobils schloss, und er hörte die Stimme Jeannettes, die in die Eingangshalle trat.

Sie war mit ihrem Vater im cremefarbenen Salon und erklärte lautstark, alles sei erlogen und erstunken – Sylvain könne problemlos laufen. Er sei gestürzt, ja, aber das Automobil habe ihn bloß gestreift.

Doktor Molineu lachte. »Treten Sie bitte ein, Midhat. Das ist keine richtige Lüge, oder, Liebes? Man hat nur manche Details übertrieben.«

»Ich war zutiefst beschämt.«

»Oje. Man sollte vorher telegraphieren, schätze ich. Ich habe dir doch geraten, Midhat mitzunehmen. So etwas gehört sich nicht für eine junge Frau. Man wird mich für furchtbar verantwortungslos halten.« Er ergriff einen Holztisch und stellte ihn hinter das Klavier. »Die Menschen und ihre Gerüchte. Können Sie bei der Chaiselongue mit anfassen, Midhat? Ich denke, wir stellen sie in die Eingangshalle.«

»Verstehst du nicht, wie peinlich das war? Ich habe ihm Blumen mitgebracht, und er ist kerngesund, und er war so ...« Sie entließ eine Silbe aus Luft. »Ich wäre am liebsten im Boden versunken, ehrlich.«

»Ich verstehe nicht, warum du so ein Drama daraus machst. Sylvain ist nicht dumm, er weiß sicher, dass du nur nett sein wolltest. Es war ein harmloser Irrtum. Die Gäste kommen ab neunzehn Uhr, und ich arbeite vorher noch. Ich fürchte, wir haben zu viele eingeladen. Normalerweise ist das nicht weiter schlimm – man rechnet ja immer damit, dass die Hälfte absagt. Aber zurzeit sind die Leute ganz wild aufs Feiern, wie mir scheint ...«

Midhat schob die Hände unter die Chaiselongue.

»Vielen Dank, Midhat«, sagte Molineu.

»Aber nicht doch«, erwiderte Midhat. »Ist mir ein Vergnügen.«

Jeannette warf ihm einen Blick zu, aber ihre Miene veränderte sich nicht.

Midhat sah in den Spiegeltüren seines Kleiderschranks, dass der weiße Kragen ein helles Licht auf sein Gesicht warf. Er benetzte die Finger und strich über seine Haare. Georgines Stimme drang durch die Dielenbretter.

»*Les Mademoiselles Carole et Marie-Thérèse et Docteur Patrice Nolin.*«

Er schob den Krawattenknoten nach oben, zupfte an den Ärmelaufschlägen und Frackschößen und ging die Treppe hinunter.

»Da ist der Araber«, sagte Patrice Nolin und schüttelte in der Tür die Tropfen vom Hut. Nach der Kälte sorgte die plötzliche Hitze für knallrote Wangen.

»Guten Abend, *cher docteur*«, sagte Midhat.

Die Mädchen begrüßten Midhat nacheinander, Zöpfe tanzten hinter ihren Ohren, denn beide hatten künstliche Haarteile an ihrem Dutt befestigt.

»Guten Abend, meine Damen.«

Doktor Molineu führte die Nolins in den Salon. Jeannette war nirgendwo zu sehen.

»Wie läuft es an der Fakultät?«, fragte Patrice Nolin, der Midhat ein Glas Champagner reichte.

»Meine Seminare sind interessant. Aber es sind nur die Einführungskurse des ersten Jahres. Wir hatten auch ersten Unterricht im Sezieren, und seit Kurzem gehen wir morgens in die Krankenhäuser, um Ärzte und Patienten zu beobachten und uns Notizen zu machen. Hinterher wird diskutiert. Und manchmal …« Er hielt inne. Ihm war eingefallen, dass Nolin eine Professur an der Fakultät innegehabt hatte und sich bestens auskannte. »Ja, gut, ich will damit sagen, dass es mir Spaß macht. Und der Schnee war auch ein Erlebnis.«

Molineu ließ ein aufgeklapptes Zigarettenetui herumgehen. »Patrice, ich wollte Sie nach Ihrer Meinung fragen. Wie wird es nun weitergehen, nachdem wir in Flandern gesiegt haben? Das Bild, das ich mir anhand von *Le Matin* machen konnte, ist sehr vage.«

Nolin räusperte sich. »Wir dürfen wohl mit ein paar strategischen Winkelzügen rechnen. Ich bin kein Militärexperte, aber man wird natürlich nach Möglichkeiten suchen, den Feind zu schwächen. Gleichzeitig müssen wir andere Weltgegenden im Blick behalten, auf das Gleichgewicht der Mächte achten. Und nun ist Russland am Zug, ich vermute also, dass wir versuchen werden, die Deutschen an der Ostfront aus der Reserve zu locken, damit wir etwas Luft bekommen. Das sind aber reine Mutmaßungen.« Er wedelte mit der Hand, und der Rauch seiner Zigarette kräuselte sich über seinem Kopf. »Das ist die Entscheidung des Generalstabs. Wir können nur abwarten … und dann werden wir ja sehen.«

Weitere Gäste trafen ein. Madame Crotteau küsste Midhats Wange mit einem heiseren Kichern, und ihr Pelz, auf dem sich durch die Nässe feuchte Spitzen gebildet hatten, streifte kalt seinen Nacken. Als Midhat sich umdrehte, um Marian zu begrüßen, erspähte er Jeannette durch die offene Tür, sie stand, in Grün und Schwarz gekleidet, neben dem Spiegel am Fuß der Treppe. Sie fasste an ihren Kragen und sah sich selbst in die Augen. Dann wandte sie sich vom Spiegel ab und fing Midhats Blick auf. Er hielt dem Blick stand, bis sie wegsah.

»Ich liebe Tennis«, sagte eine Frau mit fliederfarbenem Schultertuch. »Ich spiele auf den unteren Rasenplätzen mit Mademoiselle Briquot. Möchten Sie nicht mitmachen, wenn es Frühling wird?«

»Aber wir lassen gerade den wichtigsten Aspekt außer Acht«, ertönte die Stimme Doktor Molineus hinten im Raum. »Worin bestand der wichtigste Aspekt noch mal?«

Eine junge Dame in einem Kleid mit hohem Kragen und ein älterer Herr riefen ihre Grüße in den Raum, als sie eintraten.

»Wir fanden alle, dass es eine sehr bewegende Beerdigungsprozession war, und die Bestattung …«

»Es war enorm unterhaltsam. Ein Jammer, dass Sie nicht dabei waren …«

»Fanden Sie es denn erbaulich?«

»Ich hatte den Eindruck, dass die Familie *uns* getröstet hat, sie sagten, das Leben müsse weitergehen und Ähnliches mehr.«

»Ich mache mir manchmal Sorgen um Georgine.« Doktor Molineu war neben Midhat getreten. Seine Augen waren gerötet. »Vielleicht sollten wir ein zweites Mädchen einstellen, damit sie eine Freundin hat.« Er leerte sein Glas und holte Luft.

»Laurent«, sagte Midhat und griff nach der Schulter seines Freundes. »Ich habe dich gar nicht kommen sehen.«

»*Cher* Midhat«, sagte Laurent, indem er sich umdrehte. »Gut, dich zu sehen. Meine Güte, du siehst blendend aus. Was für ein schicker Anzug. Kennst du Carl Page?«

»Ja, ich glaube, wir sind uns schon begegnet.«

»Ich kenne Sie natürlich«, sagte Carl Page. »Sie sind der berühmte Gast aus dem Orient. Wie sehen Sie die Sache aus Ihrer Perspektive? Wir reden gerade über Flandern.«

»Oh«, sagte Midhat. Er räusperte sich. »Wenn Sie mich nach den Türken fragen ... Ich denke, die hohen Verluste, die sie im Krieg gegen Russland erlitten haben, überschatten noch ... alles. Und was Europa betrifft – ich denke, dass wir in der nahen Zukunft ein paar strategische Winkelzüge des französischen Generalstabs erleben werden.« Seine Stimme wurde tiefer. »Das Mächtegleichgewicht und so weiter. Und dann natürlich die Ostfront, also Russland. Dort wird sicher eher früher als später eine Offensive beginnen. Man muss alle Regionen im Blick behalten, wissen Sie?«

»Verstehe.«

»Carl«, sagte Madame Crotteau, die sich über die Rückenlehne des Sofas nach hinten lehnte, »hast du schon das Gerücht über den Geliebten der Mistinguett gehört?«

Laurent packte Midhat beim Nacken und lachte. »Das klang beinahe so, als wüsstest du, wovon du sprichst. Oh, ich habe noch keinen Happen gegessen, die sehen köstlich aus.« Er nahm eines der Fischbrötchen, die Georgine auf dem Tablett anbot. »Ich muss dir etwas sehr Komisches erzählen. Über deinen Professor, wie heißt er noch? Brogante.«

»Ah, ja«, sagte Midhat.

»Ein Chirurg hat mir das erzählt. Er radelte bei Regen zur Fakultät, und als er dort ankam, dieser Brogante, da hatte er einen Ausschlag an den Beinen. Er trug vermutlich eine Hose aus Wolle. Und er scheint ein großer Kerl zu sein, stimmt's? Also hat er sich von jemandem eine Hose geborgt, nur war sie zu klein, und er konnte sie nicht schließen. Er musste aber ein Seminar geben, und da hat er, und das ist das wirklich Witzige, die ganze Zeit hinter einem Stuhl gestanden, weil die Knöpfe offen waren. Ist das nicht urkomisch?«

»Sehr lustig«, sagte Midhat.

»Hast du schon gehört, was Sylvain passiert ist?«, sagte eine Frau. Eine schmale Blondine, die zu einer Gruppe von Gästen sprach, die Midhat nicht kannte. »Er wurde von einem Automobil überfahren und ist sehr schwer verletzt.«

»Alles Unsinn«, sagte der hinter ihnen stehende Doktor Molineu. »Jeannette hat ihn besucht.«

In der Gruppe ertönten erstaunte Laute, und man neigte den Kopf, als wollte man sagen: »Ah, tatsächlich?«

»Ich glaube, er kommt heute Abend noch.«

Am Klavier ertönte ein tiefer Akkord.

»Saint-Saëns!«

»Sie haben ihn innerhalb einer Woche gefasst ... der arme Kerl ist nicht für den Kampf *geschaffen.*«

Carole Nolin sprach mit einem Mann mit silbergrauen Haaren und Frack, der ein Knie auf den Klavierhocker stützte. Der Mann spielte den Akkord ein zweites Mal, und Carole sang probehalber einen Ton. Dann begannen sie wirklich, nickten im Gleichtakt, und als sich ihre Stimme aufschwang, trat im Raum Stille ein.

»Prin-temps – qui – commen-ce! Portant l'espéran-ce, aux coeurs amoureux …«

»Das habe ich vor dreißig Jahren in Hamburg gehört. Mit Talazac als Tenor, vor dem *french revival.*«

Midhats Glas war leer. Caroles Gesang hallte in seinem Kopf. Beim nächsten Crescendo schien der Raum das Interesse zu verlieren, und das Gemurmel steigerte sich wieder zum Stimmengewirr. Ein letzter lauter Ton, Applaus, und dann folgte ein feuriges Lied über Paris. Ein Dutzend Gäste stimmte mit ein, sie neigten ihre Gläser mit Gesten, die an einen Tanz denken ließen. Irgendjemand öffnete einen Fensterflügel, und ein kühler Luftzug blies über ihre Gesichter.

Midhat sah sich nach Jeannette um, wobei sein Magen angenehm nervös kribbelte. Sein Glas war wieder voll, und als er den Kopf drehte, geriet der Raum in Schräglage. Sylvain Leclair stand in einer Ecke vor einem Wandbehang, sein gescheiteltes, pomadisiertes Haar schimmerte im Schein einer Tischleuchte.

Paris c'est un blonde
Qui plaît à tout le monde
Le nez retroussé l'air moqeur
Les yeux toujours rieurs!

»Fenster zu!«

Es hatte sich verklemmt, und ein Herr mit rotweinfleckiger Weste versuchte, einem russischen Arzt namens Andryashev, den Midhat aus der Fakultät kannte, den Griff zu entwinden. Er wirkte stark betrunken. Der Weinfleck triumphierte über Andryashev, und der Russe lächelte und warf die Arme hoch, als ließe er jemanden beim Kartenspiel gewinnen, dann torkelte er gegen eine hinter ihm stehende Dame und gab einen ganzen Sermon von Entschuldigungen von sich.

Laurent futterte noch ein Fischbrötchen. »Alles alte Hüte, diese Gerüchte. Die Leute reden immer noch über Henriette Caillaux, ihr Name ist in aller Munde. Jeder zweite Sohn ... oh, dieses Lied stammt von der Frau, die ihre Beine für eine Million Francs versichert hat. Wie heißt sie noch gleich? Sie trägt immer diese lustigen Hüte.«

Die Melodie hatte sich zu einem aggressiven, modulierten Kontrapunkt gesteigert, und neben dem Klavier hüpften zwei Mädchen herum, die einander bei den Ellbogen hielten. Midhat drehte sich um – wo war Jeannette? Da stand wieder Sylvain Leclair mit dem halbmondförmigen, silbergrauen Haaransatz. Und da war sie, Jeannette, sie stand neben Sylvain und hörte ihm zu.

»Ich glaube, ich bin immer noch in sie verliebt«, sagte Laurent.

Midhat zuckte zusammen. Laurent schaute in dieselbe Richtung.

»Das verfliegt nicht so schnell.«

»Du liebst Jeannette?«

»Das wusstest du nicht?«

»Nein.« Midhat lief es kalt den Rücken hinunter. »Das wusste ich nicht.« Rechts von ihm fuhr eine Frau mit rosigen Wangen herum und lächelte ihn an.

»Von nichts kommt nichts«, sagte Laurent.

Midhat musterte ihn. »Wie meinst du das?«

»Hm?« Laurent fuhr sich mit einer Hand durchs Haar. »Nur, dass meine Zuneigung wohl keine Bedeutung hat.« Er fügte nüchterner hinzu: »Man kann natürlich auch aus der Distanz lieben.«

Midhat dachte über diese Bemerkung nach, konnte sie aber nicht ganz erfassen.

»Sylvain scheint sie zu provozieren, wie? Sie sieht wütend aus.«

»Findest du?«, sagte Midhat und betrachtete Jeannettes Gesicht. Er empfand ihre Miene als entspannt, ja ausdruckslos.

»Ja. So sieht Jeannette aus, wenn sie wütend ist. Wenn du mit ihr zurechtkommen willst, solltest du das wissen.«

Midhat senkte den Blick auf sein Glas, denn er verspürte einen leisen Groll. Er hatte Laurent für einen Freund gehalten. Aber wie lange, fragte er sich, kannten sie einander? Drei Monate, dreieinhalb, um genau zu sein. Er beschloss umgehend, sich innerlich von ihm zu distanzieren.

»Das fragt mich jeder«, sagte er. »Wie ich zurechtkomme. Als wäre das ein Riesenproblem. Die Hügel hier ähneln den Hügeln bei uns, weißt du? Die Leute glauben offenbar, ich käme aus der Wüste.«

Er warf den Kopf in den Nacken und leerte sein Glas.

»So habe ich das nicht gemeint«, sagte Laurent. »Aber du hast recht, das war idiotisch. Nur: Wie sollte das jemand wissen, außer er wäre gereist?« Er räusperte sich. »Ich habe übrigens Neuigkeiten, Midhat. Ich muss dir etwas erzählen.«

Midhat starrte wieder Jeannette an. Sie verzog das Gesicht gerade zu einer zornigen Grimasse. Ihre Lippen bewegten sich, sie sagte etwas zu Sylvain. Dann wandte sie sich ab und bahnte sich einen Weg aus dem Raum.

Er musste ihr folgen. Die Körper wichen vor ihm zur Seite wie Palmwedel. Er erreichte die Eingangshalle, und der Türrahmen streifte seine Schulter. Er sah zu den Ausgängen: Eingangstür, nein; Hintertür, nein. Esszimmer, nein. Treppe, nein. Er ging zum Garderobenständer neben der Eingangstür und betrachtete seinen neuen Regenschirm. Der Griff war elegant geriffelt.

»Weißt du was?«, ertönte Laurents Stimme hinter ihm. »Du wirkst, als hättest du zu viel getrunken.«

»Hast du doch auch.«

»Nein, habe ich nicht. Ich fühle mich nur sehr entspannt.«

»Ich wusste nicht, dass du Jeannette liebst.«

»Wir waren uns mal sehr nahe. Du weißt ja, wie das ist. Aber ich meine es ernst – ich muss dir etwas erzählen.«

»Du liebste Jeannette.«

»Nein, das nicht. Ich ziehe in den Krieg. In drei Wochen, nach Weihnachten.«

Der Regenschirm entglitt Midhats Hand und stieß seufzend gegen die anderen Schirme. Laurent stand gegenüber der offenen Tür zum Salon, die Hände in den Hosentaschen und die Arme durchgedrückt, als wäre ihm kalt. Midhat griff nach seinem Arm.

»Das ist natürlich übel«, sagte Laurent. »Aber wir wussten, dass es irgendwann so weit wäre. Ich werde als Arzt tätig sein, auf jeden Fall in irgendeiner medizinischen Funktion, und das ist … das bedeutet, dass ich nicht direkt an der Front bin, meine ich. Ich mache mir Sorgen um Xavier. Weißt du …« – er drehte sich um – »… ich fühle mich schuldig. Man braucht Ärzte, aber ich bin trotzdem … andererseits, was ist schon ideal, nicht wahr? Sehr traurig, dass ich dann Abschied von dir nehmen muss, Midhat.« Er packte Midhat bei der Schulter und schüttelte sie leicht. »Es war sehr schön. Oh, bitte zieh kein solches Gesicht. Man erwartet, dass ich mich freue.«

»Mein Freund«, sagte Midhat betroffen.

»Ja.«

»Warte. Warte. Ich habe ein Geschenk für dich. Bitte warte hier kurz.«

Laurent schloss die Augen und lächelte vage, nickte. Midhat eilte die Treppe hinauf, wobei er Laurents blonden Schopf im Blick behielt und beobachtete, wie sein Freund die Mäntel auf der Chaiselongue beiseiteschob, um sich setzen zu können. Er schnappte sich die goldene Taschenuhr vom Tisch und trug sie in beiden Händen nach unten.

»Laurent. Bitte.«

»Oh nein, Midhat. Das ist zu großzügig.«

»Du musst sie nehmen. Bitte nimm sie. Ich schäme mich für mich selbst.« Er setzte sich auf die Mäntel. »Öffne sie mal. Sie ist türkisch. Laurent. Oh, Laurent.«

Laurent strich einmal um das Zifferblatt. »Eine wunderschöne Uhr.«

Midhat lehnte sich zurück und sah zur Decke auf, an der sich Streifen gelben Lampenlichts abzeichneten. Er schloss die Augen, aber das Dunkel, in dem sich alles drehte, war unerträglich, also schlug er sie wieder auf.

»Weißt du, in Nablus gab es einen Trunkenbold. Er wurde al-Musammam genannt, der Vergiftete. Er lebte am Stadtrand. Tagsüber zog er umher, bettelte und sammelte Gemüsekisten. Zu Hause stapelte er sie dann auf. Eines Tages war ich mit meinem Freund unterwegs, und wir kamen an al-Musammam vorbei. Und mein Freund, der eigentlich mein Cousin war, fragte den al-Musammam, warum er die Kisten sammelte und aufstapelte. Und der Vergiftete antwortete: Ich baue einen Turm, der bis zum Mond reichen soll. Aber, sagte mein Cousin, wenn du den Mond erreichst, wirst du erblinden. Der Mond ist dort, wo er ist, gut aufgehoben, sein Schein erhellt unsere Stadt.«

Er hörte den Lärm der Feier, als wäre dieser plötzlich wieder angeknipst worden.

»Ich bin sehr dankbar für deine Freundschaft«, sagte Laurent. »So Gott will, werde ich bald wieder heimkehren. Ich danke dir vielmals. Das rührt mich sehr.« Er schob die Haare zurück, als er die Uhr betrachtete. »Ich sollte jetzt wohl gehen. Ich glaube, ich ertrage diese Feier nicht mehr.«

Midhat ging es auch so. Er küsste Laurent auf beide Wangen. Laurent lächelte und zog den Mantel an. Als er in die kalte Nacht trat, salutierte er.

Midhat schloss die Haustür und ging wieder nach oben. Er war betrunken und musste zu Bett. Er zog sich am Geländer hinauf. Oben im Flur ließen ihn Geräusche innehalten, und er horchte angestrengt mit seinen müden Ohren, um herauszufinden, aus welcher Richtung sie kamen. Er wusste nicht, was er Jeannette sagen sollte, aber sie mussten reden. Hinten im Flur ertönte ein Kratzgeräusch, danach war eine leise helle Frauenstimme zu hören. Er ging an der Schlafzimmertür der Molineus vorbei und entdeckte in einer Ecke hinter dem Badezimmer zwei an der Wand lehnende Gestalten: Mann und Frau. Das Herz schlug ihm bis zum Hals. Das Fenster im Flur spendete wenig Licht, doch das Paar hielt sich eindeutig umschlungen – der Mann bewegte den Kopf, und Midhat erblickte öliges Haar. Sylvain Leclair. Als er noch einen Schritt tat, um die Frau erkennen zu können, knarrte ein Dielenbrett. Die beiden fuhren zu ihm herum. Es war Georgine, das Hausmädchen. Ihr roter Mund fiel auf.

»Oh. Verzeihung«, sagte er.

Er eilte zurück. Seine Schlafzimmertür fiel lauter zu als beabsichtigt, und das Bett schien ihm entgegenzuschweben. Er riss an seiner Krawatte, schloss die Augen und sah Sylvain mit Jeannette reden, ein Bild, das einen ebenso heftigen Groll in ihm auslöste, wie er ihn im Salon auf Laurent empfunden hatte, nur dass er sich nun gegen Sylvain richtete; Midhat lauschte benommen dem Lachen und dem Geplapper, das durch den Fußboden gedämpft wurde. Er dachte an das Lächeln, das Jeannette ihm geschenkt hatte, und sein Körper entspannte sich. Er zog sich unbeholfen aus, fiel auf das Bett und schlief rasch ein.

Als er mit einem gewaltigen Durst erwachte, herrschte Stille im Zimmer. Der Himmel, der sich zwischen den Vorhängen zeigte, war pechschwarz. Er wollte nach seiner Uhr greifen und ließ die Hand drei Mal auf den Tisch schlagen, bis ihm einfiel, was er getan hatte.

6

Als Kind beklagte sich Ariane Passant bei ihrer Mutter darüber, dass sie manche Männer eklig fand.

»Maman«, fragte sie, »warum bin ich angeekelt, wenn ich Onkel Charles anschaue?«

»Es ist nicht sehr nett, das zu sagen, Ariane.«

»Ich spüre dann einen Ekel in der Nase.«

»Willst du damit sagen, dass du Onkel Charles nicht magst?«

»Nein.« Sie dachte nach. »Ich mag Onkel Charles.«

Ariane begegnete Frédèric bei einem Ball im siebten Arrondissement, und sie tanzten eine Polka. Frédèrics Krawatte hatte ein Muster aus kleinen schwarzen Federn, die sie an die Eicheln auf Spielkarten erinnerten, und beim Tanzen achtete Ariane darauf, dass sich die Größe der Federn nicht veränderte, weil sie Abstand zu ihrem Tanzpartner wahren wollte.

Frédèric Molineu besuchte die Familie Passant nur wenig später. Monsieur und Madame begrüßten ihn überrascht und boten ihm einen Platz neben dem Feuer an. Die Köchin hatte gerade eine Platte mit frischen Lachs-Sandwichs bringen lassen. Ariane verschränkte ihre Finger und starrte in die Flammen. Sie war sehr blass und wunderschön, und ihre Augen waren von durchscheinendem Blau. Monsieur Passant erkundigte sich nach Frédèrics Beruf, und Frédèric antwortete, dass er an der École Normale promoviere. Er ließ gezielt eine Bemerkung über den Grundbesitz seines Vaters in der Normandie fallen, den er erben werde. Er ahnte das Schweigen voraus und lobte deshalb vorbeugend die Möbel im Zimmer, den herrlichen Kaminsims, gehöre er zur ursprünglichen Einrichtung? Er erklärte, Sandwichs mit Lachs seien seine Lieblingsspeise. Die Antworten von Monsieur und Madame Passant waren sparsam: höflich, aber nicht ermutigend, und sie versanken danach stets in Schweigen. Frédèric verstand ihre Reserviertheit nicht. Es lag doch auf der Hand, dass er eine glänzende Partie für Ariane war, die schon auf die zwanzig ging. Oder hatte er etwas falsch gedeutet? Er warf ihr verstohlene Blicke zu, aber sie erwiderte keinen einzigen. Unter Arianes linker Augenbraue saß eine große Sommersprosse, und sie hatte ein zartes, spitzes Kinn.

Frédèric blieb hartnäckig. Er klopfte ein Mal in der Woche, manchmal auch zwei Mal an die Tür und wurde auf einen Kaffee oder ein Glas Wein hereingebeten. Monsieur Passant begann ebenso elegant wie indirekt anzudeuten, dass Ariane weitere Verehrer habe; doch im Laufe der folgenden Monate begegnete Frédèric keinem einzigen, hörte auch nie einen Namen. Die Gespräche wurden mit der Zeit nicht flüssiger, und ein Besuch war so steif wie der andere, sodass Frédèric begriff, dass es mechanisch klingen würde, wenn er das Mobiliar noch einmal pries. Er betrachtete Ariane und begann sich damit abzufinden, dass sie seinen Blick niemals erwidern würde. Sie sprach nur, wenn man eine Frage an sie richtete, und dann mit leiser, weicher Stimme und so knapp, wie es grammatikalisch überhaupt möglich war.

Irgendwann, es war im dritten Monat, wurde Frédèric bewusst, dass die Passants ihm stets ein Lachs-Sandwich servierten, wenn er zu Besuch war. Endlich ein Zeichen, das er deuten konnte. Er wartete ein paar Wochen, um sicherzugehen, und jawohl: Er bekam jede Woche ein Lachs-Sandwich mit Dill und gesalzener Butter. Er nahm seinen ganzen Mut zusammen und bat Monsieur Passant eines Abends um ein Gespräch unter vier Augen.

Passant führte ihn ins Esszimmer. An der Wand hing ein

Wappen aus Messing, der Tisch war zum Abendessen gedeckt. Frédèric musste seinen Antrag gar nicht mitsamt der vielen Schnörkel vorbringen, die er einstudiert hatte, denn Passant erteilte ihm rasch seinen Segen, indem er seine Hand mit beiden Händen umschloss. Er führte Frédèric wieder zu Frau und Tochter, die vor dem alten Kamin saßen, und Ariane sah ihn aus ihren durchscheinenden Augen an. Überflüssig, es ihr mitzuteilen. Sie senkte den Kopf.

Sie waren zwei Monate verlobt, bis zum Ende des Semesters. Ariane und Frédèric heirateten im Frühling 1891.

Nach ihrem dreizehnten Lebensjahr, so erzählte Ariane ihm später, habe sich das ekelhafte Gefühl in der Nase gelegt. Es sei nur gelegentlich wieder aufgeflammt, beim Anblick bestimmter Männer und meist dann, wenn diese den Kopf halb abgewandt hatten. Das betreffende Gesicht habe in diesen Momenten alle anderen Gesichter im Raum überstrahlt. Sie habe es begierig noch einmal betrachtet, aber der Ekel sei jedes Mal rasch abgeflaut, das innere Ungleichgewicht habe sich ausbalanciert. Während ihrer Verlobung mit Frédèric stellte Ariane allerdings fest, dass sie wieder empfand wie als Mädchen. Nachts dachte sie an Frédèrics muskulöse Hände, seine zupackende Art, seine Augen, seine dichten, männlichen Brauen. Es war, als hätte der Schritt von der Werbung zur Verlobung sein Gesicht komplett verändert. Er suchte schon bald ihre Träume heim. Wenn sie sich morgens daran erinnerte, spürte sie wieder das alte Flattern in der Brust und den rätselhaften Ekel in der Nase, als stünde sie in der Werkstatt eines Gerbers, umgeben von diesem Gestank.

Das war nur in der Hochzeitsnacht ein Problem. Der Abend dämmerte, als sie bei ihrer neuen Wohnung anlangten; sie gingen die Treppen hinauf, hängten die Mäntel hinter die Tür, und Frédèric geleitete seine Frau durch den Flur zum Schlafzimmer.

Er hatte die Lampe noch nicht angeknipst, da huschte Ariane schon am Bett vorbei und drückte sich in eine Ecke. Eine Gesichtshälfte schimmerte bläulich im Mondschein, die andere war dunkel. Keiner von beiden sprach. Dann tat Frédèric einen Schritt auf sie zu.

»Du musst keine Angst haben, Ariane.«

Ariane schwieg.

»Ich kann woanders schlafen, wenn du willst.«

Ihre blauen Lippen formten ein lautloses »Nein«.

Minuten verstrichen. Frédèric nahm sich ein Herz, sah zu Boden und begann sich zu entkleiden. Um nicht zu viel Aufhebens zu machen, drehte er sich weg, aber als er reflexartig zum Schrank griff, um seinen Anzug aufzuhängen, entblößte er sich und hielt mitten in der Geste inne. Er hätte fast gelacht. Als er schließlich zugedeckt im Bett lag, hatte er das Gefühl, einen Langstreckenlauf absolviert zu haben. Ariane verharrte in der Ecke. Er rollte sich auf die Seite, und sie begann zu weinen. Dann hörte er, wie langsam Knöpfe gelöst wurden, gefolgt von leise raschelnder Baumwolle, und als sie ins Bett glitt, sah er die weiße Wolke ihres Unterrocks. Er spürte ihr nasses Gesicht an seiner Schulter. Das Gewicht ihres Kopfes, ihren kleinen, warmen Körper, zusammengekauert wie ein Tier. Er streichelte ihre Haare, bis sich ihr stockender Atem beruhigte, zuerst tiefer und dann seufzend wurde, schwer von Schlaf.

Es wurde leichter. Am nächsten Morgen lächelte Ariane ihn an, als sie die Koffer für eine Reise in den Süden packten. Auf der Straße zwischen Lyon und Grenoble sagte sie: »Ich glaube, der Herr muss dringend zum Friseur.«

Sie zeigte auf eine Kalesche vor ihnen. Struppige Heubüschel ragten hinten aus dem Gefährt. Frédèric lachte, und Ariane schaute ihn an, stimmte kurz in sein Lachen ein, holte Luft und lachte noch einmal.

Ariane lachte sogar, als sie sich zum ersten Mal liebten, in dem dicht am Meer stehenden Gästehaus, das sie gemietet hatten. Ihr Körper war weich, aber ihre Glieder waren kräftig, und sie umklammerte ihn mit den Beinen. Als er in sie eindrang, sah sie aus ihren durchscheinenden Augen zu ihm auf, und Frédèric entließ ein ersticktes Stöhnen. Eine Woche lang schliefen sie bis in die Puppen und liebten sich nach dem Erwachen, badeten und gingen anschließend am Ufer zu einem Café am Pier, wo die Wellen gegen die Mauer klatschten.

Wieder in Paris, übernahm Frédèric zwei zusätzliche Anthropologie-Seminare und polierte seine Dissertation für die Veröffentlichung auf. Seine Arbeit war durchaus ehrgeizig, denn er versuchte, zwei aktuelle Denkströmungen durch eine einzelne These miteinander zu verbinden: erstens die gängige Theorie über den Zusammenhang der Schädelform mit einer kriminellen Veranlagung, und zweitens die Thesen der Physischen Anthropologie, die sich durch die Studien in den Kolonien herausbildete. Nach der Rückkehr aus dem Süden stellte Frédèric zu seinem Entsetzen fest, dass ein anderer Promovend, ein alter Kollege namens Émile, just während seiner Flitterwochen eine eigene Dissertation publiziert hatte, die die Anthropologie des Verbrechens behandelte, basierend auf Fakten, die der Autor persönlich in der Krankenstation des Zentralgefängnisses gesammelt hatte. Das war ein schwerer Schlag für Frédèrics Selbstvertrauen. Émiles Arbeit war eher schlicht, wenn auch fundiert, und ihre Mängel verblassten vor der Tatsache, dass er Frédèric mit der Veröffentlichung zuvorgekommen und obendrein drei Jahre jünger war. All das warf einen Schatten auf Frédèrics Dissertation, die sich bei der Verteidigung bewährt hatte, nun aber ungelenk, stellenweise sogar etwas dünn wirkte. Wenn ihm die publizierte Arbeit weder die Anerkennung seiner Altersgenossen noch Prestige einbrächte, dann, so befürchtete Frédèric, wäre das eine Demütigung, dann müsste er sich bei der Fortentwicklung seines Fachs mit einem niederen Status begnügen, und das für immer.

Ariane war sein Glück. Sie glich einem Krokus, dessen Blüte sich gerade zu öffnen begann. Ihre Wangen bekamen frische Farbe, als sie sich daranmachte, die Wohnung zu verschönern. Sie erwarb bei Sagilo in der Rue de Vaugirard selbstständig eine Einrichtung für den Salon und spannte die Nachbarn ein, um eine Kommode mit geschwungenen Beinen die Treppe hinaufzutragen. Das Elend seiner Tage an der Universität wurde gelindert, wenn Ariane ihn in der Tür empfing und ihm die fast vollständig angebrachte Blümchentapete oder eine frisch lackierte Fußleiste vorführte. Beim Abendessen bot sie ihm schlichte, aber handfeste Weisheiten; sie meinte, es sei besser, sich Zeit zu lassen, als die Sache zu überstürzen und es dann zu bereuen, und Frédèric freute sich mindestens genauso sehr über ihre Überzeugung, ihn trösten zu können, wie über den tatsächlichen Trost, und er sagte, ja, da hast du recht, danke, mein Liebling. Nach einem Jahr hatte er die Arbeit noch immer nicht publiziert. Nach dreizehn Monaten zeigte Ariane erste Anzeichen einer Schwangerschaft.

Das Mädchen kam früher als erwartet zur Welt. Es hatte magere Ärmchen und Beinchen und schrie die ganze Nacht. Sie engagierten eine schweizerische Krankenschwester namens Ingrid zur Unterstützung. Als Jeannette vier wurde, ging Ingrid und wurde durch eine Erzieherin namens Eva ersetzt. Als Jeannette acht wurde, wurde Eva von Lorena abgelöst. Während Lorenas Tätigkeit begann sich Arianes Gesundheit deutlich zu verschlechtern. Sie verbrachte immer mehr Zeit mit diversen Leiden im Bett und fügte sich zufrieden in den langsamen Genesungsprozess. Sobald sie wieder wohlauf war, stürzte sie in tiefe Verzweiflung und zog sich abermals in ihr Schlafzimmer zurück. Frédèric fand das unerklärlich. Ariane legte bei den geringsten Missgeschicken extreme Schuldgefühle an den Tag, manchmal bei Banalitäten wie einem Versprecher oder dem Griff nach dem falschen Glas in Gesellschaft. Wenn er abends aus der Universität heimkehrte, trug sie die Unbill ihres Tages an ihn heran, erzählte, sie sei in ein Zimmer gegangen, um etwas zu erledigen, habe dann aber etwas ganz anderes getan, und das sei nicht richtig, das sei doch nicht richtig, und Frédèric war bestürzt und versuchte sie zu trösten, wie sie ihn so oft getröstet hatte. Sein Tag verlief jetzt genau umgekehrt. Seine Furcht vor Schimpf und Schande war grundlos gewesen, und er hatte sich nach der Publikation seiner Arbeit eine gute Stellung im Seminar gesichert. Schrecklich war es nun nach seiner Heimkehr.

Wie viel wussten die Nachbarn? Zu viel. Die Wände der Wohnungen im Montparnasse waren dünn, und manchmal ging Ariane sogar auf den Balkon, um zu heulen. Obwohl sie sagte, ihr Schmerz werde durch die Furcht vor dem, was andere Leute über sie wüssten oder dächten, noch gesteigert, behielt sie die Gewohnheit bei. Frédèric befürchtete, die Passants könnten ihn rügen, und weihte sie deshalb nicht ein, und er mochte Ariane auch nicht in eine Nervenheilanstalt schicken – sie war doch neun Jahre gesund gewesen! Wäre ihr neurologischer Zustand endemisch, dann, davon war er als Anthropologe fest überzeugt, hätte sie schon früher Symptome zeigen müssen. Stattdessen brachte er sie zu einem Psychiater, der mit der Universität verbandelt war, und veranlasste Hausbesuche eines Arztes.

Jeannette, noch ein Kind, litt darunter. Alles drehte sich um ihre Mutter, die sie aber nicht erreichen konnte. Ariane glich der Leere in einem Strudel. Die Familie zog an den Rand des 14. Arrondissements, und das neue Haus mit den stabilen Wänden war wieder von nächtlichem Heulen und Geflüster erfüllt, und Lorena, die Erzieherin, musste Jeannette manchmal mit Hilfe von Spielzeugen von der Tür ihrer Mutter fortlocken, einen Finger vor die Lippen gelegt. Bei besonders schlimmen Anfällen stellte sich die Erzieherin einfach neben Jeannette vor die Tür und drückte die Hände auf die Ohren des Mädchens, das durch einen Spalt lugte.

Wenn ihre Mutter einen Rückfall hatte, war Jeannette außer sich und plagte die Erzieherin mit ihren Tränen. Die Wut auf ihre Mutter schwelte während ihrer gesamten Schulzeit. Als ihr Vater sie nach dem Tod ihrer Mutter über alle früheren Details aufklärte, wurde Jeannettes Zorn jedoch von anderen Gefühlen überlagert. Zum Teil von Schuldgefühlen. Zum Teil von einer Neugier wie jener, die ihre Erzieherin veranlasst hatte, heimlich selbst ein Ohr an die Tür zu legen. Während der nächsten vier Jahre untersuchte sie die Fragmente der Geschichte, ordnete sie immer wieder neu, so wie ihre auf dem Teppich ausgelegten Tarotkarten, bis der Punkt kam, an dem das Festhalten an der Vergangenheit unerträglich wurde. Danach mochte sie eine ganze Weile nicht mehr daran denken.

* * *

Im Frühling 1915 begannen die Kämpfe in Ypres. Die Deutschen setzten Giftgas ein. An der Front zwischen Steenstraat und Langemarck quollen plötzlich gelb-grüne Wolken aus Kanistern. Sie schlossen sich zu einem leuchtenden Nebel zusammen und zogen just in dem Moment heran, als die französischen Soldaten ihre Feuerstellungen bezogen. Unter den Toten waren Pisson, der Chauffeur der Molineus, und Marians Ehemann, Paul Richer. Marian trug beim Gedenkgottesdienst ihr Hochzeitskleid. Das Trauerfoto, das auch in der Zeitung abgedruckt wurde, war von einer Girlande gerahmt, und auf dem Sarg lagen auf Brusthöhe des Gefallenen mehrere Rosen. Die Trikolore stand daneben, und wenn der Wind abflaute, sackte sie ab, dann sanken ihre Farben in die Vertikale, wodurch sie in Midhats Augen etwas von einem Mantel mit schmutzigem Saum bekam.

Einige Tage später meldete Marian sich freiwillig als Krankenschwester. Sie wurde nach Divonne-les-Bains an der Schweizer Grenze geschickt, und in ihren Briefen beschrieb sie Jeannette die Männer, deren Wunden sie säuberte. Einer war gelähmt, ein anderer konnte die Hände nicht mehr benutzen. Einer hatte keine Daumen mehr, einer ein Bein so dick wie das eines Elefanten, einer hatte den Unterkiefer verloren und rauchte, indem er die Zigaretten in seine Nase steckte. Die auf den Feldern blühenden Veilchen, schrieb sie, würden viel intensiver duften als zu Hause, und der Wald sei voller Primeln.

Da Paul der Erste im Kampf gefallene Angehörige der Molineus war, erwartete Midhat, dass sich Jeannette in ihrer Trauer noch weiter zurückziehen werde. Seit der Feier im Dezember vermischten sich seine Gefühle gegenüber Laurent mit jenen für Jeannette. Logisch betrachtet bedeutete Laurents Geständnis, Jeannette noch immer zu lieben, natürlich, dass sie seine Liebe nie erwidert hatte, aber Midhat war trotzdem von ohnmächtiger Eifersucht erfüllt, und das nicht nur, weil sich vor ihm schon jemand anderer in Jeannette verliebt hatte, sondern auch deshalb, weil Laurent ein Franzose war, im Studium weiter vorangeschritten als er selbst und außerdem ein Soldat, also in jeder Hinsicht ein passenderer Ehemann für Jeannette als ein Palästinenser aus Nablus, der obendrein Bürger eines von den Osmanen besetzten Landes war.

Wider Erwarten ging Jeannette nach Pauls Tod jedoch auf Midhat zu. Sie suchte im Anschluss an die Mahlzeiten seine Nähe und erkundigte sich nach seinem Studium; sie klopfte an seine Tür, wenn er las, und entschuldigte sich für die Störung, aber vielleicht habe er ja Lust auf einen Keks und eine Tasse Tee? Die Seminare an der Fakultät fanden nachmittags statt, die vormittäglichen Visiten im Krankenhaus waren den Anfängern freigestellt, und so hielt Midhat die Vormittage für Jeannette frei. Sie trennten sich nach dem Frühstück, und wenn die

Haustür hinter Doktor Molineu zufiel, trafen sie in der Eingangshalle zusammen, als wäre das reiner Zufall.

Beim ersten Mal war es tatsächlich nur Zufall. Midhat paukte in seinem Schlafzimmer die menschlichen Knochen. Ilium, Sacrum, Patella. Tarsus, Metatarsus. Er schrieb die Namen in sein Notizbuch, sie wurden mit jeder Zeile blasser. Er schüttelte den Füllfederhalter. Tibia, Fibula, Calcaneus.

Die Tür zu Doktor Molineus Studierzimmer war angelehnt. Er stieß sie auf, und als er eintrat, fand er sich in einem überraschend prächtigen Raum wieder. Drei Wände standen bis zur Decke voller Bücher, die vierte hatte ein Erkerfenster mit rotbraunen Vorhängen und Schabracken, die mit Troddeln verziert waren. Es bot einen Blick auf den benachbarten Bauernhof und die blauen Hügel. Das Holz war in dunklem Türkis lackiert. In der Ecke stand ein Sessel und mitten im Zimmer ein mächtiger Schreibtisch mit einer lederbespannten Arbeitsplatte, auf der sich Berge von Papier und diverse dicke Bücher türmten. Am hinteren Rand standen zwei Tintenfässer, beide halb voll. Eines hatte einen grünen Rand, das andere einen roten. Er zögerte.

»Monsieur Midhat?«

Er fuhr herum. Jeannette stand im Schatten der Tür.

»Mir ist die Tinte ausgegangen«, sagte er.

Er bemerkte, dass ihr Hals gerötet war. Vor ihrem Gesicht hingen lose Haare. Bei seinen Worten lief sie sonderbarerweise auch im Gesicht rot an. Er ahnte, dass sich eine Gelegenheit bot, denn sie hatten ihre übliche Ordnung aufgegeben – sonst saßen sie an einem Tisch –, und beide waren nicht so gefasst wie gewöhnlich. Er tat einen Schritt zur Seite.

»Hätten Sie Lust auf einen Spaziergang?«

»Oh.« Ihre dunklen Pupillen wurden matter, und kurz darauf antwortete sie mit neuerlicher Selbstbeherrschung: »Ja, danke. Das wäre herrlich.«

Sie trafen sich in der Eingangshalle, verließen wortlos das Haus und gingen zum Boulevard du Jeu de Paume. Der Tag hellte sich auf, die Straßen wimmelten von Menschen, und die vielen Ablenkungen erleichterten ihnen das Schweigen. Die Türme des Viertels Beaux Arts, der mit Flaggen geschmückte Palais de Justice, Ochsenaugen, die sich auf Schieferdächern buckelten und in der Sonne glänzten. Midhat führte sie zum Botanischen Garten. Ilium, Sacrum, Patella, sang es in seinem Kopf. Sie erreichten das grüne Tor.

»Hier war ich oft mit Laurent«, sagte er und berührte die Stäbe.

Wie er bald merkte, kannte er den Park nicht besser als bei seinem ersten Besuch, und er verlangsamte seine Schritte. Er entschied sich für den Weg an der Hecke entlang und ging danach aufs Geratewohl weiter. Der Frühling sorgte für neue Farben in den Beeten, die Wege waren üppig von Veilchen gesäumt.

»Erzählen Sie ein bisschen mehr von sich«, sagte Jeannette.

»Was möchten Sie denn wissen?« Er war froh, dass er sie nicht anschauen musste, weil sie nebeneinandergingen; sonst hätte er wohl kaum ein Wort hervorgebracht.

»Ich weiß nicht. Vielleicht etwas aus Ihrer Schulzeit?«

»Tja, meine Schule war ein langer Bau wie dieser dort. Auf einer Seite befand sich ein großes Tor, auf der anderen Seite war der Bosporus.«

Er merkte, dass sie etwas anders hatte erfahren wollen, und schilderte deshalb, wie er nachts mit zwei Freunden aus dem Wohnheim geschlichen und hinter einer Eiche über die Mauer geklettert war. Einmal begegneten sie bei der Rückkehr aus der Stadt einem Wächter, dem sie falsche Namen nannten.

»Samir wurde zu Izz ad-Din Izz ad-Din, Ilhan taufte sich auf Simeon Simeon, und ich sagte, mein Name sei Ahmad Ibn Ahmad. Das war sehr komisch. Der Wächter lachte und fuhr uns zurück, und wir wurden nicht mal bestraft. Tatsächlich suchten wir nie einen bestimmten Ort auf, sondern liefen nur durch die Straßen. Manchmal kauften wir Eiscreme. Ha! Wir wussten gar nichts mit der Freiheit anzufangen. Wir wollten einfach nur frei sein.«

Als Nächstes erkundigte sich Jeannette nach den verschiedenen Religionen, und Midhat listete die diversen Glaubensrichtungen des Osmanischen Reiches auf, wobei er im Geist die Jungs in seinem Mekteb-Wohnheim durchging. Auch das schien sie nicht gemeint zu haben. Also erzählte er, auf eigene Erfahrungen zurückgreifend, in Nablus gebe es nur wenige Christen, aber seine Nachbarin Hala sei eine gewesen, und er habe als kleiner Junge mit ihr gespielt. Sie hätten es sich im Holzschuppen gemütlich gemacht, und seine Teta habe ihnen Tee gebracht.

»Klingt nach einer sehr freien Kindheit.«

»Ja, das stimmt wohl. Wir wohnten am Fuß eines Berges. Mein Vater war selten zu Hause, weil er in Kairo arbeitete – arbeitet, meine ich –, und als ich ganz klein war, hatte ich eine Erzieherin, aber ich bin die meiste Zeit bei meiner Großmutter aufgewachsen.«

Er erkundigte sich immer offener nach Jeannettes Leben. Er fragte sich, ob sie mehr von ihrer Mutter erzählen würde, aber sie schwieg dazu, und er hakte nicht nach. Sie enthüllte einige andere Aspekte ihres Lebens im Montparnasse und erzählte ihm auch ein paar lustige Anekdoten. Als sie das Gewächshaus erreichten, gestand sie unvermittelt, sich im Studium unsicher gefühlt zu haben. Allein unter so vielen Männern – sie lachte, und die feinen Falten unter ihren Augen waren im Sonnenschein deutlich zu erkennen.

Am nächsten Vormittag trafen sie sich wieder um elf. Bei dieser Gelegenheit schlenderten sie durch das Viertel und warfen durch die Tore einen Blick auf andere Häuser, die

Fensterläden und die Anstriche, ausgebleicht und rissig, da zumeist ein Wind vom Mittelmeer wehte. Die Gespräche verließen die Welt der Tatsachen und Erinnerungen und führten in das Reich der Spekulationen: Vielleicht empfinde ich dies, vielleicht empfinde ich das. Midhat schwirrte der Kopf, weil Jeannette so viele Fragen stellte, und er versuchte, seine Begeisterung darüber zu zügeln, dass sie ihm so vieles offenbarte. Seine Freude war jedoch zwiespältig; er wurde wiederholt von Ängsten geplagt. Manchmal sah er ihr Miteinander durch andere Leute bedroht und war unaufmerksam, weil er sich einbildete, man beobachte sie aus den Fenstern, Frau und Mann ohne Anstandswauwau. Diese Vorstellung lenkte seine Gedanken auf einen alten Pfad, der zunächst zu seinen Schulfreunden und zu seinem Cousin Jamal führte, wobei sein Unbehagen durch einen leisen Stolz gemildert wurde: sehr unwahrscheinlich, dass auch sie den Frauen so nahe waren wie er. Danach bedrückte ihn der Gedanke an Laurent und dessen nebulöse Verbindung mit Jeannette, dazu seine Unkenntnis europäischer Konventionen, denn vielleicht hatte es hier nichts weiter zu bedeuten, wenn Mann und Frau gemeinsam spazieren gingen und von ihrer jeweiligen Kindheit erzählten. Er bemühte sich sehr, ihre Blicke, ihre Bemerkungen und ihr Schweigen nicht auf die falsche Art zu deuten. All das war ihm neu. Für sie dagegen sicher nicht. Er fragte sich, ob sie mit Laurent ebenfalls spazieren gegangen war, und dieser Gedanke war so ernüchternd, dass seine Phantasien erstarben. Er wusste, dass es ihn beruhigt hätte, und trotzdem brachte er nicht den Mut auf, sie nach Laurent zu fragen, erwähnte nicht einmal den Namen.

Eines Vormittags, er büffelte im Schlafzimmer und wartete darauf, Jeannette in der Eingangshalle treffen zu können, hörte er unten jemanden weinen. Er zögerte und beschloss dann, sich nicht vom Fleck zu rühren und so zu tun, als hätte er nichts gehört. Das Weinen wurde lauter. Im Obergeschoss knarrte eine Tür, und er hörte Jeannette sagen:

»Was ist denn los, um Himmels willen?«

Als Midhat seine Tür öffnete, sah er Georgine mit knallrotem Gesicht aus dem Salon eilen. Sie packte das Treppengeländer, als wären die Streben die Gitterstäbe einer Gefängniszelle.

»Bitte«, sagte sie und rüttelte daran.

Doktor Molineu folgte ihr und warf Midhat und Jeannette, die oben standen, einen finsteren Blick zu, während er die Hände ausbreitete, in denen er etliche Briefe hielt.

»Tut mir leid, aber wir können uns das nicht mehr leisten«, sagte er. »Es tut mir aufrichtig leid, Georgine.«

»Was ist denn los?«, fragte Jeannette.

Molineu, einen Blick auf Midhat werfend, sagte mit sichtlichem Zögern: »Die Mittel für die Universität werden gekürzt. Ich habe alles durchgerechnet, und wir können uns die Hausangestellten nicht mehr leisten. Wir sind nur zu dritt, und wir brauchen niemanden …«

»Nein«, sagte Georgine. Ihr Mund verzerrte sich, und sie begann wieder zu weinen.

»Wir müssen täglich damit rechnen, dass die Lebensmittel rationiert werden.«

»Ich könnte meinen Vater bitten«, sagte Midhat.

»Nein, nein, nein, nein.« Molineu winkte ab.

»Wo lebt deine Familie?«, fragte Jeannette.

»Sie stammt aus der Normandie«, sagte Molineu. »Georgine, hör mir zu.«

»Soll ich verschwinden?«, hauchte Midhat.

Jeannette schüttelte den Kopf und bedeutete ihm mit gesenkter Hand, er solle bleiben. Diese Hand, die den anderen beiden verborgen war, stellte für Midhat eine Verbindung zu ihren geheimen Spaziergängen dar und besiegelte ihren Bund.

»Sorgen Sie sich um Ihre Familie?«, fragte Molineu.

Georgine holte rüttelnd Luft und nickte. »Bitte, Herr Professor, bitte …«

»Lassen Sie uns in aller Ruhe darüber reden. Um Gottes willen, Georgine«, ergänzte er, als sie wieder losheulte und die Hände vor das Gesicht schlug, »beruhigen Sie sich endlich.«

Das tat sie langsam. Und zum allgemeinen Erstaunen gelang es ihr dann, Molineu – den sie mit diversen übertriebenen Titeln ansprach, weil sie meinte, das werde ihrer Sache helfen – zu überreden, sie mit geringerem Gehalt bis auf Weiteres in seinen Diensten zu behalten.

An diesem Tag gingen Midhat und Jeannette nicht spazieren. Jeannette half Georgine, die Möbel im cremefarbenen Salon, in den Gästezimmern und in Pissons Räumen mit weißen Laken zu verhüllen. Abends schwiegen sie müde, und Georgine servierte das Essen mit geschwollenen Wangen und trüben Augen.

Die Zahl der Toten stieg und stieg. Sie lasen morgens immer das *tableaux d'honneur*: John Bertrand aus Port-Marianne am 28. April; Maurice Carrignon am 30.; Jean Rival, Sohn des Zahnarztes in St. Julien, Anfang Mai; Basile Vallon ein paar Tage später in Ypres gefallen. Ob Konvente, Seminare, Schulen oder Hochschulen – jedes große Gebäude in Montpellier war voller Betten und verwundeter Soldaten. Jeannette meldete sich freiwillig, um den Genesenden vorzulesen. Sie begann, nach dem Mittagessen mit Midhat in die Stadt zu gehen, beladen mit Büchern und Zeitschriften, und in den größeren Straßen hörten sie Frauen vom Lande, die die Tragen schleppten, fröhlich singen. Hin und wieder bekamen sie sie auch zu Gesicht: vier Frauen pro Trage, alle mit hochgebundenen Röcken, um mehr Beinfreiheit zu haben.

Eine Sache von Monaten, hatte es im letzten Jahr geheißen, und nun lösten sich die Plakate in der Stadt allmählich von den Wänden; ein paar waren rissig: ein Soldat, der ein Kind küsste, eine dralle Frau, die triumphierend in der Küche stand. Eine zerfetzte, aber flatternde Trikolore, darunter ein älterer Mann, der Pakete in einen Schützengraben reichte. In Montpellier gab es kaum noch Zusammenkünfte oder Feste, und wenn, dann drehten sich die Gespräche um die Front.

Im Haus der Molineus hatte der Tod wie üblich zur Folge, dass die Zungen sich lockerten und Wahrheiten ans Licht kamen. Jeannette konnte ihre Gefühle aufgrund der allgemeinen Trauer nicht mehr verdrängen. Sie musste an ihre Mutter denken und begann, sich Midhat anzuvertrauen.

Eines Vormittags im Mai saßen sie auf der Terrasse, Bücher in der Hand, in denen sie nicht lasen. Wildblumen wuchsen auf dem Rasen vor ihnen, und am Rand der Terrasse, dort, wo das Gras begann, sprossen Pflanzen in den Fugen der Steinfliesen.

»Nein, das hatte keine übernatürlichen Ursachen«, sagte sie etwas heiser, denn sie hatte im Frühling eine Erkältung gehabt. »Das lag allein an ihr. Ich glaube, sie wollte krank sein. Vielleicht, weil sie dann eine Beschäftigung hatte. Denn sobald es ihr wieder besser ging, tat sie etwas Extremes, aß entweder so viel, dass sie sich übergeben musste, oder hungerte oder ging bei Regen ohne Schuhe nach draußen. Später wurde sie als Hysterikerin eingeordnet, aber ich fand das nie richtig.«

»Hysterie«, sagte Midhat und stützte das Kinn auf die Hand. »Ja.«

»Ich sehnte mich ständig nach meiner Mutter, aber ich kam nicht an sie heran.«

»Das ging mir ähnlich. Nur, dass es mein Vater war.«

»Nicht die Mutter?«

»Bei ihrem Tod war ich erst zwei. Ich bilde mir manchmal ein, eine Erinnerung zu haben. Sie ist vage, und ich weiß nicht, ob sie echt ist. Ich sehe vor mir, wie sie auf dem Fußboden sitzt und mit den Händen arbeitet. Aber ich könnte mich irren.«

»Meine bleiche Mutter lag immer im Bett, das ist meine

einzige Erinnerung. Sie war am glücklichsten, wenn sie krank war, da bin ich mir sicher. Ich habe mich neben ihr Bett gesetzt, wenn sie Grippe oder dergleichen hatte. Sonderbar, oder? Und wenn sie nicht krank war, dann war sie unerträglich, ein Gespenst, dann habe ich sie gehasst. Das Haus war ein Chaos, und sie hat ständig die Angestellten angegiftet ... überall im Haus hatten wir Angestellte, und mein Vater ... Aber wenn sie krank war, war sie glücklich. Ich meine – ich kann mir das nur schwer vorstellen. Ich weiß nur das Wenige, das mein Vater erzählt hat. Und ich habe einige eigene Erinnerungen. Aber wie können wir wissen, was real ist und was nicht oder ob wir uns die Erinnerungen, wie Sie meinen, selbst ausgedacht haben.«

»Vielleicht können Sie es mir trotzdem erklären«, sagte Midhat und setzte sich so hin, dass er sie anschauen konnte. »Denn ich verstehe es noch nicht ganz. Psychiatrie kommt erst im dritten Jahr.«

Jeannette lachte leise, seufzte dann und schaute wieder ernst drein. »Man spricht von Nervenkrankheiten«, sagte sie. »Es wäre also neurologisch gewesen, man hätte die Ursache im Gehirn suchen müssen. Was genau verstehen Sie nicht?«

»Ich verstehe nicht, warum sie krank am glücklichsten war.«

»Ah – nun, ich auch nicht. Es war einfach so. Soweit ich mich erinnere, war sie fast immer krank. Und ich durfte nur zu ihr, wenn sie krank war. Verstehen Sie? Diese Frau war nur in ihrem Schlafzimmer. Es gab eine Phase, da kam Sylvain regelmäßig zu Besuch, und wenn er da war, schien es ihr besser zu gehen. Sie lag nicht im Bett. Er kam meist zum Abendessen, und dann saß Maman mit am Tisch, und er brachte mir kleine Geschenke mit. Ich kann mich noch an die gläsernen Trauben erinnern, wie diese hier, nur lila, und der Stängel war aus Holz geschnitzt. Er kam jahrelang regelmäßig vorbei. Was dann passiert ist, weiß ich nicht genau. Ihr Selbstmord kam jedenfalls unerwartet. Ich war damals sechzehn, ich glaube, ich habe das schon erzählt.«

»Ja. Es tut mir aufrichtig leid, Jeannette. Wirklich. Das ist tragisch.«

»Na ja. Ich habe lange und viel darüber nachgedacht und versucht, es zu verstehen. Dann wurde mir klar, dass es sinnlos ist, sich ständig damit zu beschäftigen. In meiner Vorstellung hat sie eine Tür mit Steinen zugemauert, wenn sie krank war, damit sie nicht aus dem Haus konnte, und danach trug sie tagelang die Steine ab, bis sie die Straße wieder sehen konnte. Und wenn sie zur Tür hätte hinausspazieren können, hat sie die Mauer wieder aufgeschichtet. Ich glaube ... ich glaube, sie hat das getan, um sich abzulenken ... ich glaube, sie fand das Leben unerträglich. Ach, ich weiß es auch nicht. Im Grunde weiß ich nichts, sondern ziehe nur Schlüsse aus dem, was mein Vater erzählt hat, und aus der Lektüre, mit der sich Laurent vor ein paar Jahren beschäftigt hat.«

»Laurent.«

»Ja.«

Ein Schweigen. Dann riskierte Midhat die Bemerkung: »Ich vermisse ihn.«

»Ich auch.« Sie schniefte. Das lag vielleicht an der Erkältung. »Ich habe letzte Woche einen Brief von ihm erhalten.«

»Oh«, sagte Midhat, unfähig, seine Überraschung zu verbergen. »Ist er wohlauf?«

»Er ist wohlauf, es geht ihm gut. Tatsache ist, dass er bald heimkehrt. Möchten Sie den Brief lesen?«

»Wenn er privat ...«

»Gar nicht, nein. Um ehrlich zu sein, überrascht es mich, dass er überhaupt Zeit für einen Brief hat. Warten Sie, ich hole ihn rasch.«

Er ging währenddessen zum Teich. Er empfand plötzlich den übermächtigen Wunsch, Laurent möge sterben. Aber selbst diese tröstliche Aussicht wurde von der Wahrscheinlichkeit überlagert, dass sein Heldentod Jeannettes Liebe nur noch weiter schüren würde. Der Winter hatte für mehr Wasser im Teich gesorgt, das nun zitternde Linien aus Licht auf die Wand warf. Als er sich umdrehte, trat Jeannette wieder auf die Terrasse. Sie kam mit einem Umschlag in der Hand auf ihn zu.

»Hier, lesen Sie.«

28. April 1915

Liebe Jeannette,

ich bin doch nicht in Ypern gelandet, sondern wurde in die Dardanellen geschickt. Ich diene auf dem Linienschiff Pioche unter einem Helden namens Bastien, dem schon fünf Streifen verliehen wurden. Die meisten Jungs stammen aus Lyon und Toulon. Vor zwei Tagen sind französische Streitkräfte mit den Engländern auf der europäischen Seite gelandet, während sich unser Regiment daranmachte, Kumkale zu erobern, und es heißt, ein Viertel unserer Männer sei gefallen oder verwundet. Es erwies sich als schwierig, ein Lazarett an Bord eines Schiffes einzurichten, auf dem sich seit Wochen Tausende von Männern drängen, zumal mitten in einer Schlacht. Fast alle Kabinen waren noch von Soldaten belegt, und so schleppte ich den lieben langen Nachmittag Sättel und Postsäcke in eine der Kombüsen und ersetzte sie durch sterilisierte Beutel und Verbände und Medikamente.

Von der Abend- bis zur Morgendämmerung trafen Konvois mit Verwundeten ein, und während dieser Stunden haben wir durchgearbeitet. Ich befand mich im Raum des Schiffes, in dem sonst Kinder spielen, denn dort gibt es große Tische – eigentlich bin ich nur eine untere Charge, aber in der Hitze des Gefechts spielt der Rang keine Rolle. Der erste Verwundete war ein Senegalese –

er hatte bewusstlos auf einem Floß gelegen. Eine Kugel war durch ein Ohr eingedrungen, zwei weitere hatten ihn im Unterleib erwischt. Er starb gegen Mittag, ohne das Bewusstsein wiedererlangt zu haben. Dann wurde ein Oberfeldwebel gebracht, dessen Brust von Schrapnells zerfetzt worden war, und ich konnte kurz sein nacktes Herz sehen – es schlug noch. Ich habe nie schneller gelernt, Jeannette, und ehrlich: Dekan Rivauts »Analyse und Diagnose« an der Fakultät ist ein Witz dagegen.

Du kannst dir nicht vorstellen, wie die Dardanellen während der letzten beiden Tage und Nächte ausgesehen haben. Die Küste bei Kumkale ist von Toten übersät. Auf der europäischen Seite steht Krithia in Flammen. Vor Yeni Sher liegen unzählige Schiffe – Schlachtschiffe, Kreuzer, Torpedoschiffe, Dregger – eine ganze Flotte, die die Halbinsel umringt –, und auf der Pioche schlafen Männer in jedem Winkel. Heute früh mischte sich der Pulverdampf in den Morgennebel, und das Ganze brodelte und schwelte.

Die Halbinsel Gallipoli schien den ganzen gestrigen Tag in Flammen zu stehen – die Festung Sedd-il-Bahr brannte. Die Australier stießen zu uns, feuerten dann von der asiatischen Seite gezielt auf Kumkale und schickten ganze Kaskaden von Rauch, Staub und Flammen gen Himmel. Während die Soldaten im Speisesaal warteten, bekam jemand ein Grammophon in die Finger und ließ es spielen, als wäre das Ende der Welt gekommen, während die Charlemagne die Besika-Bucht unter Beschuss nahm. Seither feuern unsere Schlachtschiffe ohne Unterlass. Wir sind nur ein Geleitschiff, und trotzdem ging heute ein Geschoss dicht vor uns nieder, ein zweites jagte an derselben Stelle eine Wasserfontäne in die Höhe, und dann sauste ein ganzer Schwarm von Granaten über uns hinweg. Seit-

her wurden wir mehrmals getroffen, und weil der Rumpf dünn ist, richtet jeder Treffer große Schäden an, weshalb hektisch daran gearbeitet wird, das Schiff über Wasser zu halten.

Gegen zwölf Uhr mittags war Yeni Sher dann zerstört. Die Pioche richtete ihre Geschütze auf Intepe, und wir gingen alle an Deck, um zuzuschauen. Der Beschuss währte die ganze Nacht, das Schiff erbebte. Morgens wurden die Leichen vor uns an der Front aufgereiht, ein gut dreihundert Meter langer Streifen.

Das reicht wohl. Ein gutes Gefühl, etwas zu schreiben, nachdem ich so viel gesehen habe. Ich kann nur hoffen, dass es nicht zu verstörend ist. Ich hoffe, Midhat ist wohlauf und genießt die Seminare an der Fakultät. Schon sonderbar, jetzt daran zu denken. Ich schaue oft auf seine Uhr, obwohl ich sie wegen der türkischen Ziffern vor den anderen Soldaten verbergen muss. Wenn diese Schlacht geschlagen ist, bekomme ich Heimaturlaub, angeblich nächste Woche oder nächsten Monat. Wie es auch sei, ich freue mich darauf, euch wiederzusehen.

Mit Liebe und Zuneigung,
Laurent

»Er besucht uns.«

»Die Schlacht war am Freitag zu Ende. Wir haben noch nichts von Xavier gehört …« Sie drehte den Umschlag um.

»Waren Sie in Laurent verliebt?«, brach es aus ihm heraus.

»Bitte?«

»Laurent hat gesagt, dass er Sie liebt.«

Jeannette starrte ihn an. »Wann hat er das erzählt?«

Das Blut pochte in Midhats Ohren. Er senkte den Blick auf seine Schuhe. »Das war auf der Feier.«

»Midhat.« Sie entließ einen rauen Laut. »Ich … ich weiß

nicht, was ich sagen soll.« Sie streckte die Hand nach dem Brief aus. Ihre Miene war wie eingefallen. Sie wirkte verstört.

»Jeannette, bitte, es tut mir leid.«

Sie ließ ihn auf dem Rasen stehen. Die Falten ihres Rockes schlossen und öffneten sich wieder, als sie die Stufen hinaufging.

Beim Abendessen wich sie Midhats Blick aus. Am nächsten Tag wartete er nach dem Frühstück auf der Terrasse, aber sie kam nicht. Er brach ohne Regenschirm zur Fakultät auf, und natürlich begann es kurz darauf zu schütten. Überall wurden Regenschirme aufgeklappt, und seine Schuhe traten in die Pfützen, die Kälte kroch durch die Socken bis in die Knöchel. Die Avenue war rasch eine einzige Wasserlache, und als er die Salle Dugès erreichte, stank sein Mantel nach nasser Wolle.

7

Doktor Frédèric Molineus Büro an der Universität war kleiner und bei Weitem nicht so prachtvoll wie sein Arbeitszimmer daheim. Er arbeitete trotzdem meist an der Universität; wenn er nach seiner nächsten Buchpublikation befördert werden wollte, musste er mehr Präsenz zeigen und möglichst oft anwesend sein. Er erschien um acht Uhr morgens, unterrichtete bis zum Mittag und zog sich anschließend in sein Büro zurück, um sich den eigenen Forschungen zu widmen und die Fragen aller Studenten zu beantworten, die zu ihm hereinkamen. Ihre Zahl war stark zusammengeschmolzen; die Vorlesungen hielt er vor einer Handvoll Zuhörer, überwiegend Frauen und Ausländer, die ihn und seinen Zeigestab aus trüben Augen anstarrten.

Das Büro war im zweiten Stock, ein Eckzimmer mit zwei Doppeltüren. Eine dritte Tür, mit Milchglasscheibe, führte in das eigentliche Büro. Dort gingen die Fenster nach Westen auf den Innenhof, sie ließen die Nachmittagssonne ein, und über dem Schreibtisch hingen zwei Aquarelle des Flusses Hérault. Frédèrics Schreibtisch stand seitlich am Fenster, und seine Bar befand sich in einem niedrigen Schrank, auf dem er Bücher gestapelt hatte, die nicht in die Regale passten. Seine Besucher saßen auf dem Stuhl, Frédèric am Schreibtisch. Er ertappte sich oft bei dem Gedanken an die anderen, geräumigeren Büros des Seminars, die wegen des Krieges leer standen – er würde natürlich nie darum bitten, eines dieser Zimmer belegen zu dürfen.

Die Tür öffnete sich einen Spalt. »Guten Abend, Frédèric.«

»Patrice. Treten Sie ein.«

Frédèric saß am Tisch, den Fuß auf eine offene Schublade gelegt.

»Wann essen wir zu Abend? Ich habe die Mädchen informiert …« Patrice hängte den Hut hinter der Tür an einen Haken.

»Wir hatten acht Uhr vereinbart, richtig?«

»Gut.«

»Kann ich Ihnen etwas anbieten? Ich habe Whisky, Absinth …«

»Absinth?«

»Oh, der ist leer, Verzeihung.«

»Ich nehme einen Cognac, vorausgesetzt, das ist ein Cognac. Was macht die Arbeit?«

»Ich habe ein paar Ideen ausgearbeitet. Ich mache gewisse Fortschritte. Man muss seine spontanen Eingebungen ja auf die Probe stellen.«

»Wem sagen Sie das.«

Frédèric schenkte sich ein. Patrice interessierte sich neuerdings für Anthropologie, aber Frédèric sah keinen Konkurrenten in ihm. Stattdessen setzte er darauf, dass Patrice ein guter Zuhörer bliebe – er war der Einzige, dem er seine Ideen unterbreiten konnte, ohne das Gefühl zu haben, sofort bewertet zu werden. Was unter anderem daran lag, dass Patrice nicht zum Seminar gehörte, sodass eine mögliche Konkurrenz nicht beruflicher, sondern rein persönlicher Natur gewesen wäre. Obwohl Patrice intelligent genug war, um in diesem Fach Karriere zu machen, ließ er die Zügel locker; er sagte gern, dass er nur »seine Steckenpferde reite«. »Durch dein gutes Vorbild inspiriert!«, hatte er im letzten Jahr gar gesagt, als er das Buch über die Verhaltensweisen von Tieren publiziert hatte. Frédèric hatte anfangs panisch reagiert und sein neues Projekt mit Feuereifer vorangetrieben. Die Karriere allein reichte nicht aus, um Frédèric Molineu zu motivieren; dazu bedurfte es eines konkreten Rivalen.

»Zunächst einmal«, sagte Frédèric und zog die Schublade mit dem Hacken vorsichtig weiter auf, »die Sprache.«

»Nur weiter.«

»Sprache und der zivilisatorische Fortschritt.«

»Nun, das klingt recht ...«

»Deutsch, ja. Ich würde die Arbeit erst nach dem Krieg publizieren. Ich meine – ich habe noch nichts geschrieben. Ich habe nicht mal die vorbereitende *Lektüre* abgeschlossen.«

Patrice legte einen Ellbogen über die Rückenlehne, wodurch er gleichzeitig die Schulter anhob. »Also eine philologische Abhandlung?«

»Ich bin mir noch nicht sicher. Ich habe zwei Stränge. Einer ist, ja, philologisch, er verknüpft Philologie und Entwicklung. Ein Wort kann von einer Regel abweichen, warum nicht auch ein Mensch? Und was hieße das genau? Ich denke vor allem im Hinblick auf Muslime darüber nach.«

»Die islamische Zivilisation.«

»Der Muslim ist eine Abweichung vom geradlinigen Fortschritt. So könnte man das vielleicht ausdrücken.« Frédèric lachte unbeholfen.

Patrice runzelte die Stirn. »Determinismus fasziniert mich auch, sicher.«

»Nein, nein, was ich meine, ist – und das interessiert mich mehr als der schnurgerade Weg zu irgendeiner universellen Erkenntnis –, dass sie den falschen Messias gewählt haben, Mohammed, nicht Christus, was ich immer etwas apokalyptisch fand ... Deshalb stellt sich mir die Frage, ob eine solche Abweichung wettgemacht werden kann. Verstehen Sie, was ich meine?«

»Man müsste sie also lehren, sich anzupassen?«

»Ja, in gewisser Weise. Nehmen wir zum Beispiel den Wert der Freiheit. Der in den religiösen Schriften des Islam keine Rolle spielt.«

Draußen auf der Straße war ein Automobil zu hören. Patrice

musterte Frédèric und sagte: »Sie haben Ihren Orientalen im Sinn.«

»Midhat?«, fragte Frédèric. »Tja, er ist wohl tatsächlich eine gewisse Inspiration ... ich meine – er ist eindeutig ein Beweis dafür, dass man Araber erziehen kann.«

»Ja, weil er Student ist.« Patrice schüttelte den Kopf. »Reiche Türken schicken ihre Söhne gern ins Ausland. Sie reden von der Zivilisation insgesamt, aber es gibt immer Ausnahmen. Sie machen einen Gedankensprung.«

»Ja, aber die Sprache, schauen Sie mal. Humboldt sagt ...«

»Zitieren Sie keinen Deutschen, im Flur sind Leute. Und ich will wirklich kein Spielverderber sein, aber Sie können kein Arabisch lesen.«

»Ja. Das habe ich auch schon bedacht.« Er tippte mit dem Zeigefinger gegen sein Glas. »Aber ich bin tatsächlich ... Patrice, nicht jeder hat eine leibhaftige Person an seiner ... jemanden mit so bemerkenswerten .... Aber gut, zurzeit sind das alles nur Spekulationen. Sie haben recht, wenn Sie sagen, dass ich mich auf die Deutschen und ihre ganze ... ihre Weltanschauung beziehe, und deshalb muss ich natürlich abwarten. Außerdem muss ich empirischer vorgehen. Wie Sie schon sagten. Sie haben recht. Wie immer.«

Frédèric nippte und betrachtete seinen Freund. Patrice sah zum Fenster auf, schürzte die Lippen.

»Das klingt durchaus spannend. Es ist ehrgeizig, Frédèric, zumal Sie die Sprache nicht beherrschen. Vielleicht – aber ich will Ihnen den Wind nicht aus den Segeln nehmen ... spielen Sie nur weiter mit dieser Idee. Wenn Sie sich auf die Werke deutscher Gelehrter bezögen, wäre das aber heikel, das ist Ihnen bewusst, oder? Die Sache wäre es wert, ein bisschen abzuwarten.«

Patrice hatte recht, denn Frédèric war ehrgeizig. Wenn auch auf eigene Art. Nach seiner ersten Veröffentlichung an der L'École Normale Supérieure vor über zwanzig Jahren hatte er sich nicht so sehr über die Beförderung gefreut, die ihm das Buch beschert hatte – man integriert Erfolge rasch in sein Leben –, sondern vielmehr über die Reaktion seines Kollegen Émile. Émile erwies sich als großmütig: Er gratulierte Frédèric, lobte den Horizont des Werkes, nannte es »bewundernswert«, weil es die Grenzen des Faches erweiterte, auch wenn das lediglich die Grenzen der Anthropologie waren. Doch Frédèric witterte hinter dieser Großmütigkeit einen gewissen Neid. Er fasste die Notizen, die Émile zur Diskussion vorlegte, als feindselig auf, ebenso die hochmütige Art, auf die Émile ihn fortan im Speisesaal begrüßte. Das hatte in Frédèric pure Freude ausgelöst, alles andere aber nicht.

Nach vier Jahren als Dozent in Montpellier stand immer noch die Forschungsarbeit aus, die eine Voraussetzung für die Ernennung zum Professor war, und inzwischen war er fast peinlich alt für seine Dozentenstelle. Das im letzten Jahr erschienene Buch von Patrice hatte ihn jedoch beflügelt, und nun, da er durch den Krieg gleichsam verjüngt worden war – er gehörte zum ersten Jahrgang der Männer, die nicht mehr eingezogen wurden, schlappe elf Monate hatten ihn davor bewahrt –, brannte er darauf, seinen ersten Erfolg zu wiederholen, solange noch Stille in den Fluren des Seminars herrschte. Er konnte weitermachen, wie er begonnen hatte: indem er Grenzen sprengte. Heutzutage spezialisierten sich die Gelehrten ad infinitum, sie besetzten ein so winziges Territorium, dass jeder zum Experten für ein einziges Detail wurde, für einen Staubfleck, dies in der ebenso vagen wie allgemeinen und an Frömmigkeit erinnernden Hoffnung, damit etwas zum Ganzen beizutragen. Was für ein ödes, glanzloses Dasein. Frédèric war Architekt, kein Zimmermann. Und dieses Mal würde er über die Anthropologie hinausgreifen. Die Philologie war das neue Terrain – das Leben der Wörter, die ihn, mit neuen Paradigmen ausgerüstet, den Blick wieder auf das menschliche Dasein richten ließen.

Diese Methode war deutsch. Was also tun, solange die Männer auf dem Schlachtfeld kämpften? Im Geheimen arbeiten. Nur Notizen auf Französisch mit in die Universität nehmen, damit kein Kollege einen Umlaut erblickte und ihn als Verräter entlarvte.

Patrice Nolin stand dem Krieg im Gegensatz zu vielen anderen extrem kritisch gegenüber, und er verhehlte das auch nicht. Deshalb war er der einzige Bekannte Frédèrics, der nicht zusammenzuckte, wenn er einen Gelehrten zitierte, der auf dem anderen Rheinufer zu Hause war.

Sie leerten ihren Cognac, setzten den Hut auf und gingen durch die Stadt zurück, um zu Abend zu essen. Die Nacht senkte sich langsam auf die leere Straße.

»Und worin besteht der zweite?«, fragte Nolin.

»Der zweite was?«

»Strang. Sie haben von zwei Strängen gesprochen.«

»Oh, Hegel. Es gibt da eine Passage über Herodot. Er schreibt, die antiken Griechen hätten ihre Kultur zum größten Teil aus dem Orient übernommen, Babylon, Ägypten. Pallas Athene habe die Mondgöttin zum Vorbild. Was die These, dass der Orient vom geradlinigen Fortschritt abweicht, zu bestärken scheint, aber es legt noch etwas anderes nahe. Gedanken über die Ursprünge, die primitive Form. Es hat jedenfalls einen Funken geschlagen. Den muss ich schüren und schauen, ob ein Feuer daraus wird.«

Die Scheiben der Automobile, die auf der Auffahrt standen, setzten Staub an.

»Bonsoir, Georgine.«

»Bonsoir, Monsieur.« Sie knickste, als die beiden eintraten. »Mademoiselle Jeannette und Monsieur Midhat sitzen auf der Terrasse.«

Frédèric führte Patrice in den blauen Salon und erblickte draußen seine Tochter und den Araber. Der Feuerschein warf lange Schatten auf den Rasen. Jeannette rauchte eine Zigarette, und als sie sich umdrehte, blies eine Windbö ihre Haare auf eine Seite und entblößte ein Fleckchen ihrer zarten weißen Kopfhaut. Sie hielt die Zigarette von sich fort und öffnete die Tür.

»Gibt es schon Abendessen?«

»Gleich. Die Mädchen sind noch nicht da. Sylvain auch nicht.«

Sie trat zurück, um Monsieur Midhat in den Salon gehen zu lassen.

Midhat verneigte sich. Sein schwarzes Gewand verriet Frédèric, dass er an diesem Vormittag im Krankenhaus gewesen war. Befremdlich, ja sogar amüsant, dass er sich zum Abendessen nicht umgezogen hatte. Vielleicht war der junge Mann stolz auf seine Bildung und wollte sie vorführen. Doch als er sich setzte und auf Nolins Frage, wie sein Tag gewesen sei, nur knapp antwortete, wurde seine Förmlichkeit verdächtig. Vermutlich hatte er im Krankenhaus etwas Schreckliches erlebt. Oder die kommenden Prüfungen lagen ihm im Magen. Er musste sicher hart arbeiten, um sich für das zweite Jahr zu qualifizieren. Frédèric wünschte ihm diesen Erfolg, denn es wäre spannend zu verfolgen, wie Monsieur Midhat sich schlug.

Frédèric hatte fast ins Schwarze getroffen. Die Aussicht auf die Abschlussprüfungen des ersten Jahres sowie die Kriegsverletzten und Sterbenden, die Midhat im Krankenhaus sah, ließen Ängste in ihm aufsteigen, und er fragte sich immer öfter, ob er für den Beruf des Arztes geschaffen war. Die Hauptursache seiner Stimmung, jene, die alle anderen überlagerte, hatte Frédèric aber nicht erfasst; trotz seiner Kenntnisse des menschlichen Gehirns und der Gesellschaft, in der die Ehe, wie er als Anthropologe wusste, eine tragende Rolle spielte, dachte er nur selten über die Bedeutung der Liebe im Leben eines Menschen nach. Liebe war ein Gebiet für sich und wurde in der Anthropologie kaum beachtet, weil sie kapriziös und schwer zu analysieren war. Manche erlebten sie als Krankheit, andere als Segen, je nachdem. Häufig manifestierte sie sich als Angst. Frédèric konnte Midhats Kummer nicht erfassen, weil ihm niemals in den Sinn gekommen wäre, dass der junge Araber verliebt war.

Seit dem Gespräch, das Midhat und Jeannette auf dem Rasen geführt hatten, war eine Woche verstrichen, und während dieser Zeit war sie ihm konsequent aus dem Weg gegangen. Tagsüber wirkte das Haus verwaist, außer wenn Georgine im Flur mit ihrem Wischeimer schepperte. Jeannette schien den ganzen Tag im Schlafzimmer zu verbringen. Midhat sah sie nur bei den Mahlzeiten, und da auch nur kurz: Sie kam stets später als er und starrte die ganze Zeit auf ihren Teller; ihr Erscheinen schien nur aus raschelnden Röcken und einer ausdruckslosen Miene zu bestehen, die Midhat nichts verriet. Sie konnte sogar durch den Flur gehen, ohne ihm über den Weg zu laufen. Er hörte manchmal Schritte und öffnete sofort die Tür, war aber jedes Mal zu spät dran oder erblickte bloß Georgine, die erschrocken zusammenzuckte und aus ihrem Eimer Wasser auf den Boden schüttete. In Augenblicken tiefster Verzweiflung meinte er, Jeannette nur nahekommen zu können, indem er alle Regeln des Anstands und die Gesetze für Gast und Gastgeber bräche, sich oben auf die Treppe stellte und ihren Namen riefe.

Gut möglich, dass die Eifersucht auf Laurent, die ihn übermannt hatte, unsensibel gewesen war, aber sie war ja nur seiner Liebe zu Jeannette entsprungen. Er begriff nicht, was los war. Empfand sie seine Eifersucht als verletzend, weil sie seine Liebe so wenig erwiderte wie die von Laurent? Oder war seine Offenheit ungehörig, eine Tollpatschigkeit, die Anstand und Frieden störte? Ja, er hatte sich dumm angestellt, das war ihm klar; dennoch war er fest davon überzeugt, dass das Leben nicht ohne gewisse Taktlosigkeiten auskam und die meisten Leute einen Fauxpas verziehen, wenn dieser keine bösen Folgen hatte. Oder war Jeannette am Ende doch in Laurent verliebt und seine Frage hatte Salz in die Wunde gestreut? Und mit Laurents Brief in der Hand – er kannte sich gut genug mit romantischen Gefühlen aus, um zu verstehen, was geschah, wenn sie nicht erwidert wurden. Unter dem Strich waren ihm die Hände gebunden: Wenn sie ihn nicht liebte, dann liebte sie ihn eben nicht. Wenn sie Laurent liebte, dann liebte sie eben Laurent.

Midhat war als Junge in ein Mädchen verliebt gewesen, in Hala, die Christin, von der er Jeannette erzählt hatte. Sie stammte aus einer verarmten Bauernfamilie, die am Stadtrand von Nablus lebte, nicht weit vom Haus der Kamals, und als Midhat klein gewesen war, hatte ihn Teta ermutigt, freitags mit Mehlbeuteln und Eiern dorthin zu gehen. Er wickelte oft auch eine Hand voll Zucker in Musselin und nahm es heimlich in der Tasche mit.

Hala hatte rote Haare. Manche behaupteten, ihre Vorfahren seien Kreuzfahrer, die vor Jahrhunderten hier gesiedelt hatten; ihre Familie bestritt das aber, weil weder Eltern noch Geschwister rothaarig waren. Halas Haare waren oberhalb der Wurzeln dunkel, die Spitzen, offenbar von der Sonne gebleicht, von einem hellen Orange, und ihre Haut war sommersprossig und blass. Midhat liebte Hala, wie es Kinder tun; er liebte ihre Schönheit und ihren Duft, den er als weiß und zart empfand und der in seiner Vorstellung damit verknüpft war, wie sie im Sommer nebeneinander im Holzschuppen gesessen und durch die Tür die zertretene Erde und die Grasbüschel betrachtet hatten. Nach seinem elften Geburtstag durfte er keine Zeit mehr mit ihr verbringen, und Hala legte wie die muslimischen Mädchen einen Schleier an und hielt sich nur noch im Haus auf.

Dann verschwand Midhat nach Konstantinopel, und er sah sie nie wieder.

Er hatte seine Liebe zu Hala nicht wirklich ausdrücken, sondern nur in die Worte fassen können, die ihm damals zur Verfügung gestanden hatten, und so flüsterte er, er werde sie heiraten, und die kleine Hala biss sich auf die Lippe und lächelte. Sie waren sieben beziehungsweise acht Jahre alt, aber die Scham war ihnen nicht fremd, und sie ahnten, dass Verlobte nicht zu viel Zeit miteinander verbringen durften, wussten auch, dass ihr unterschiedlicher Glaube und die unterschiedlichen Vermögensverhältnisse für Probleme zwischen ihren Familien sorgen würden. Deshalb war »Heirat«, *al-zawaj*, ein Wort, das er heimlich in Halas Ohr hauchte. Ihre kleinen Hände verströmten weiter den Duft von Pfefferminztee.

In Konstantinopel veränderte sich sein Verständnis von Liebe. Der Lehrplan der Mekteb-i Sultani brachte ihn mit der Lyrik der präislamischen Abbasiden und mit jener aus der Epoche der Dschahilija in Berührung, die er auswendig lernte, außerdem mit den Grammatikern, den Werken von Imruulkais sowie Liebeslyrik und Ghaselen. Sie lasen manche Texte im Unterricht, einzelne Seiten, aus Büchern gerissen, wurden zwischen den Stockbetten hin und her gereicht oder von Rafiq transkribiert, ein irakischer Junge und Meister der Kalligraphie. Midhats kindliche Liebe für Hala trat hinter diese alten und immer wieder nacherzählten Geschichten zurück, die alle Arten des Wahnsinns schilderten, die eine schöne Frau auslösen konnte – eine universelle, gesichtslose Gestalt, die für Leid und Leidenschaft sorgte, ein gesetzloser, aus Versen geschmiedeter Geist, der das geistige Auge hypnotisierte. An der Schule gab es keine Mädchen, aber auf den nächtlichen Streifzügen malten sich Midhat und seine Freunde aus, auf der Straße jungen Frauen zu begegnen, obwohl sie bestenfalls einen Rock in einer Tür sahen. Wenn sie im Dunkeln daran vorbeigingen, untermalt vom Plätschern der Wasser des Bosporus, erzählten sich die Jungs Geschichten in einem verschwörerischen Ton, der suggerierte, dass sie sich mit ihrem Körper und dem des anderen Geschlechts bestens auskannten und noch viel mehr erzählen könnten, wenn der Anstand das nicht verböte.

Hala blieb für Midhat die ideale Verkörperung des Weiblichen. Sie war die einzige Frau, die er sich vorstellen konnte, ohne ihr das Gesicht von Teta, Laila oder seiner nebulösen Mutter zu verleihen, die in seiner Vorstellung seiner Tante ähnelte. Hala alterte nicht: Sie blieb zehn Jahre alt. Ihre Haare waren immer lang und fielen als Dreieck über ihre Schultern, die Knie waren immer dreckig. Der Ursprung der poetischen Abstraktionen, die er bei Kerzenschein auswendig lernte, war weder Halas Gesicht noch ihr Körper, denn sie war unveränderlich und asexuell. Die uralten Gedichte schürten in Midhats Gedanken ein vages, anonymes Verlangen, das sich einerseits nach Sinnlichkeit sehnte und andererseits dem Mangel daran entsprang. Der Irrsinn eines Dichters konnte nicht durch eine leibhaftige Frau ausgelöst werden, sondern nur durch ihr Abbild, durch das Idealbild der Geliebten, durch die Verschmelzung seines Geistes mit ihrem Wesen. Das war so ungefähr alles, was Midhat über die Liebe wusste, als er nach Frankreich aufbrach. Teta hatte ihren Teil dazu beigetragen: Wenn er in den Schulferien in Nablus war, bat er sie vor dem Schlafen um eine Geschichte, und dann lag Umm Taher mit ihren langen, schlaffen Brüsten glücklich neben ihm und gab Details aus ihrem Leben preis, ihre geheimen Stelldicheins und Strohfeuer. Teta suchte Zuflucht in der Vergangenheit und schilderte immer wieder im gleichen Wortlaut ihre prophetische Vision des Mannes, in den sie sich als Mädchen verliebt hatte, ein armer Verwandter, der Jasminblüten auf ihren Balkon legte, bis sie Monate später mit dem wohlhabenden Kaufmann Abu Taher verheiratet wurde. Geschichten über die Sehnsucht waren die einzig wahren Geschichten. Das Verlangen war genauso gut wie das Besitzen.

Hier aber, im Haus der Molineus, schien alles anders zu sein, und darauf war Midhat nicht vorbereitet gewesen. Er hatte die falschen Bücher gelesen. In letzter Zeit fühlten sich die französischen Wörter in seinem Mund wie aufgequollen an, sie trennten ihn wie ein Wandschirm von dem, was er ausdrücken wollte. Er wurde täglich mehr zu einem Narren, zu einem Fremden, der die Bedeutung dessen, was er sagte, nicht im Griff hatte und sich im Durcheinander der Sprachen verlief. Jeannette war kein hehres Idealbild, er konnte sie als Geliebte nicht einordnen. Er schien nicht ihr Idealbild zu begehren, sondern sie; er wollte ihre Stimme hören, ihr in die Augen schauen – aber wie sollte er das zum Ausdruck bringen, wenn sie so empfindlich auf seine Eifersucht reagierte? Er genoss die Sehnsucht nach ihr bei Weitem nicht so, wie Teta ihre Sehnsucht genossen zu haben schien. Und wenn er im Haus blieb, fand er das quälend, weil sie sich ebenfalls dort aufhielt, in einem anderen Zimmer, und es vorzog, nicht mit ihm zu reden. Gleichzeitig mochte er nicht hinausgehen, weil er die Gelegenheit, ihr zu begegnen, nicht verpassen wollte. Also wartete er, erschöpft durch die permanente Bereitschaft. Sein Magen verkrampfte sich, wenn er beim Abendessen versuchte, ihren Blick aufzufangen, oder hoffte, ihr zufällig im Flur zu begegnen, zerstreut und beschämt, niedergedrückt von einem Verlangen, das unbequem, ja explosiv war und umso stärker wurde, je länger sie ihn ignorierte.

Währenddessen suchten ihn die Erschütterungen, ausgelöst durch das Gefühl der Einsamkeit, immer rascher und heftiger heim. Nun war es keine schlichte Einsamkeit mehr, sondern die unbarmherzige Einsamkeit, die ihn auf der Fahrt nach Marseille geplagt hatte. Im Unterricht, auf dem Weg zur Fakultät und nachts im Bett fühlte er sich von seinem Körper eingeschnürt, als wäre dieser eine harte Hülle. Dieses Gefühl erregte nicht seine Neugier, es war purer Schmerz. Er fand es quälend, sich seiner Gliedmaßen bewusst zu sein, und er wäre sie gern losgeworden, wäre am liebsten anderswo gewesen; aber er war in seinem Körper eingesperrt, und die einzige Erleichterung bot der Schlaf, der aber nicht erholsam war, denn wenn er morgens aufstand, war er schon wieder müde, und wenn er abends heimkehrte, war er zu erschöpft, um sich umzuziehen, und trug beim Abendessen das Gewand, in dem er den ganzen Tag gesteckt hatte.

An jenem Morgen hatte Doktor Molineu gesagt, Sylvain Leclair und die Nolins kämen zum Abendessen, und als Midhat von der Fakultät zurückkehrte, bot sich aus seinem Schlafzimmerfenster ein ungewohntes Bild: ein Stück gelber Seide, das der Wind kurz in sein Sichtfeld wehte. Später fragte er sich, ob das Absicht gewesen war, ob sie gewusst hatte, dass er auf ein Zeichen wartete, ob sie ihn hatte schmoren lassen.

Sie drehte sich nicht um, als er die Glastür öffnete. Auf der Terrasse hielt er Abstand und betrachtete den im Dunkeln abfallenden Rasen. Es fiel ihm schwer, etwas zu sagen. Dann stieß er hervor: »Es tut mir leid.«

Sie schwieg. Schließlich sagte sie:

»Na, immerhin etwas.«

Sie sagte das mit so großer moralischer Autorität, dass er sich umdrehte und sie ungläubig anstarrte. Sie bot ihm ungerührt eine Zigarette an, ohne ihn anzusehen. Er lehnte ab. Sie nahm die entsprechende Geste gar nicht wahr, denn sie hatte ihren Vater durch die Glastür erblickt und öffnete ihm.

Zum Abendessen gab es für die acht Personen – Doktor Molineu, Jeannette, Midhat, Patrice Nolin, Marie-Thérèse, Carole, Sylvain Leclair und Georgine, die in der Küche aß – einen Geflügelbraten, der zwischen den Bohnen auf der Platte lag, gewürzt mit Estragon. Saucieren mit Bratensauce, mit Mehl angedickt, standen zwischen Kerzenleuchtern, und der aus der Küche kommende Dampf ließ das frühlingskühle Glas beschlagen.

Gesichter erhellten und verdunkelten sich, wenn sich die Essenden in den Kerzenschein beugten und zurücklehnten, und Sylvains Augenbrauen warfen dramatische Schatten auf die gewölbte Stirn. Doktor Molineu ratterte ein Gebet herunter, danach erklangen Essgeräusche, Klimpern und das Gemurmel höflicher Konversation.

»Worin besteht denn der Unterschied«, empörte sich Nolin, »zwischen einem Mann, der in einer unter militärischer Kontrolle stehenden Rüstungsfabrik Waffen produziert, und dem Mann, der sich eine Uniform überstreift und ein Gewehr trägt?« Er wischte seine Lippen ab. »Der Unterschied ist bloß Einbildung. Gelten nur Frauen und Kinder als ›Zivilisten‹? Wer bin ich, und wer sind Sie, Frédèric? Können wir uns denn nicht selbst verteidigen?«

Doktor Molineau schwenkte eine Hand, als wollte er Nachdenklichkeit andeuten, und Midhat merkte, dass er Nolin bewunderte und ihn beeindrucken wollte. Das Bild, das er von seinem Gastgeber hatte, veränderte sich schlagartig, er begriff, dass er ein Mann voller Sehnsucht war. Er dachte an Molineus Frau und fragte sich, ob er noch so stark unter ihrem Tod litt wie seine Tochter.

Marie-Thérèse zeigte ihre rotweindunkle Zunge und kicherte. »Carole und ich melden uns freiwillig für die Auguste-Comte-Schule. Die Mathematikaufgaben bestärken Kinder darin, Kriegsanleihen zu kaufen.«

»Meine zwei Töchter sind jetzt *marraines de guerre*. Wissen Sie, was das heißt?« Nolin verengte seine Augen zu Schlitzen und schürzte die Lippen, als wollte er seine Worte kosten, bevor er sie aussprach.

Midhat schüttelte den Kopf.

»Das bedeutet, dass sie Briefe an Soldaten schreiben. Nur wissen sie nicht, an wen sie schreiben, und deshalb ist es reines Theater. Diese Briefe der ›Patenmutter‹ sollen die Soldaten trösten.«

Die drei Franzosen lachten.

»Ein schöner Gedanke, finde ich«, sagte Jeannette.

Midhat nickte und versuchte vergeblich, ihren Blick aufzufangen. Sylvain lachte noch einmal tief, und Jeannette fuhr so blitzartig zu ihm herum, dass das Haar um ihren Kopf tanzte. Midhat hatte sofort ein Bild vor Augen: Jeannette, die hinten im Raum aufgewühlt mit Sylvain sprach. Zugleich verspürte er eine starke Abneigung, verbunden mit dem obskuren Drang, sie zu beschützen.

»Wir stellen uns den Krieg zu malerisch vor«, sagte Nolin, an Doktor Molineu gewandt und doch so, dass alle am Tisch mithören konnten. »Wir blasen immer noch zur Kavallerie-Attacke, schneidig wie zu Napoleons Zeiten. Das sind alberne Eskapaden. Ich meine das nicht schnippisch. Aber Ruhm verblasst.«

»Hm.«

»Während des Krieges gegen Preußen waren wir jung, Frédèric. Aber mein Bruder hat mitgekämpft, und ich weiß noch, dass ich schon als Kind wusste, wie grauenhaft das war. Und der jetzige Krieg ist der gewaltigste, den wir je erlebt haben – er ist keine Eskapade, ganz sicher nicht.«

Gegenüber am Tisch seufzte jemand. Es war Jeannette.

Sylvain sagte: »Wir wissen alle, dass er keine Eskapade ist, Patrice.«

Das war wirklich merkwürdig, dachte Midhat. Diese drei Männer, alle zu alt für den Krieg, speisten mit drei jungen Frauen, waren zurückgeblieben in einer Welt der Frauen, der Väter und der Kriegsversehrten, und er selbst war ein Unikum, nicht nur als Araber, sondern auch als junger Mann. Alle schwiegen eine Weile. Midhat beschloss, sich zu Wort zu melden. Er bekam ein flaues Gefühl im Magen. Dann räusperte er sich.

»Ich habe nachgedacht, lieber Herr Doktor.«

Alle wandten ihm das Gesicht zu.

»Über das, was Sie einmal über Beständigkeit gesagt haben.«

Molineu wirkte sowohl überrascht als auch erfreut. Er setzte die Ellbogen auf den Tisch und verschränkte die Finger.

»Und ich dachte mir«, sagte Midhat, »dass Unbeständigkeit stets einen Grund hat, denn alles hat einen Grund. Ich habe mich mit Newton befasst.« Er lachte in der Erwartung, dass die älteren Männer herablassend lächeln würden, aber Nolin und Molineu sahen ihn weiter erwartungsvoll an. »Doktor Molineu und ich haben darüber diskutiert, was es heißt, beständig zu sein. Ob das in unserem Wesen liegt oder … Aber ich bin zu der Einsicht gelangt, dass es sich um die Wechselwirkung zweier Faktoren handelt …« – er hob und senkte die offenen Handflächen wie Waagschalen – »… die gleich mehrere Fragen hinsichtlich des Menschen betrifft. Unser Gespräch hat mir zu denken gegeben, und mir wurde klar, dass die Beständigkeit verschiedene Ursachen hat. Ein islamischer Philosoph, Ibn Rushd, der an einen Anfang und ein Ende glaubte, hat einen schönen Satz geprägt …« Was er über Ibn Rushd sagen wollte, kam ihm plötzlich unwichtig vor. »Ich meine – wenn etwas keine Ursache zu haben scheint, ist es meist eine Anomalie … jedenfalls, was den Körper betrifft. Es gibt sogar dann eine Ursache, wenn man keine findet, das ist *immer* so, dann ist sie verborgen, und die Tatsache, dass sie verborgen ist, verrät uns, dass der Körper höchstwahrscheinlich einen schweren inneren Defekt hat. Die scheinbar grundlose Anomalie … sagen wir ein Ausschlag, eine tiefe Erschöpfung oder ein rätselhafter Schmerz … ist deshalb ein Symptom für etwas

Unsichtbares. So verhält es sich auch mit dem Denken und dem Charakter eines Menschen, auch da hat jede Anomalie eine Ursache. Also: Wenn das Denken den Körper abbilden könnte – wenn das möglich wäre, wenn wir Motive und Erfahrungen analysieren könnten, die Ursache der Anomalität aber trotzdem nicht fänden, dann hieße das wohl, dass etwas ganz und gar nicht stimmt, und das wiederum wäre dann die Ursache für das anomale Verhalten. Zum Beispiel der Wahnsinn.«

Er hatte begonnen, auf dem Weg zur Fakultät und zurück mit diesen Gedanken zu spielen. Sie waren eigentlich noch nicht ausgereift genug, um mit anderen geteilt zu werden, und er wusste nicht, ob sie einer genaueren Prüfung standhalten würden, doch er nahm die Überlegungen immer wieder auf, weil sie sein Vertrauen in das eigene Denken stärkten, ähnlich wie seine Tagträume für ein Vertrauen in seinen Körper gesorgt hatten. Als er die Worte über das Unsichtbare aussprach, sah er nun plötzlich die Ungereimtheiten, zumal andere unsichtbare Ursachen außen vor blieben. Darunter die wichtigste, nämlich Gott.

»Das klingt interessant«, sagte Nolin. »Unsichtbare Ursachen als Indizien für eine pathologische Verfassung. Das könnte aber auch sophistisch sein. Lassen Sie mich nachdenken.«

Nolins Ernsthaftigkeit schmeichelte Midhat, der wusste, dass er mit der unbeabsichtigten Entschiedenheit einer Person gesprochen hatte, die sich in einer Zweitsprache ausdrückt. Er schaute Jeannette in der Hoffnung an, Bewunderung zu ernten. Stattdessen blickte er in zwei zornige Augen.

»Warten Sie mal«, sagte Nolin. »Meinen Sie, der Wahnsinn sei die unsichtbare Ursache für etwas? Oder dass er eine solche habe? Betrachten Sie ihn als Anomalie oder als Ursache für Anomalien? Denn zum einen ist Wahnsinn meist nicht gerade unsichtbar, und zum anderen sind seine Ursachen oft extrem schwer zu bestimmen. Außer, Sie stünden im Lager der Modernen – außerhalb der Neurologie, meine ich.«

»Ich wollte wohl sagen, dass Wahnsinn eine Ursache sein kann. Unsichtbar ist er natürlich nicht, nein …«

»Ja, das ist etwas vage. Vor allem«, sagte Patrice Nolin, an die ganze Tischgesellschaft gerichtet, »muss man ein spekulatives Paradigma zunächst einmal darauf abklopfen, ob es im Hinblick auf unsere täglichen Bemühungen, Phänomene zu verstehen, von Nutzen ist oder nicht. Ich bewundere Ihre Originalität, Monsieur Midhat, aber Ihr Denken steckt in einer Tautologie fest … oder in einem System der ewigen Regression.«

»Danke für diese Lektion, Patrice«, sagte Frédèric mit einem munteren Lächeln.

Der Schaden war angerichtet. Midhat wünschte sich, den Mund gehalten zu haben.

»Trotzdem finde ich«, sagte Sylvain nach einer Weile, »dass der Mohammedaner sehr gut Französisch spricht.«

»Sylvain«, sagte Jeannette barsch.

»Jeannette«, sagte ihr Vater.

»Zählen wir jetzt unsere Vornamen auf?«, fragte Carole.

»Carole«, warf Marie-Thérèse ein, aber niemand lächelte, und sie errötete so tief, dass sich die Farbe bis auf Stirn und Nase ausdehnte.

»Außerdem«, sagte Nolin, »kann ich nicht glauben, dass Ihre Welt so vollkommen im Einklang mit sich ist, Monsieur Midhat – verzeihen Sie meine Offenheit. Ich könnte hier diverse Dinge anführen, die schwerwiegende Anomalien darstellen im Hinblick auf das Verhalten und andere Dinge, und wir wissen genau, worin die Ursachen bestehen.«

»Bitte verzeihen Sie«, sagte Midhat vehement.

»Das reicht, Nolin«, sagte Sylvain.

Midhat schaute seinen unerwarteten Verteidiger an und

erinnerte sich blitzartig an die Feier – damals hatte Sylvain Jeannette in Rage gebracht, und er, Midhat, war ihr in die Eingangshalle gefolgt.

»Nichts für ungut«, erwiderte Nolin hochmütig, fasste sich aber gleich wieder. »Ah«, sagte er, als Georgine seinen Teller nahm, »vielen Dank.«

Georgine schob den quietschenden Servierwagen um den Tisch.

»Warum essen Sie das Dessert nicht mit uns?«, fragte Molineu.

Georgine zögerte eine Sekunde zu lange. Molineu schlug schon vor, Jeannette möge einen weiteren Stuhl holen und zu Patrice aufrücken, drei Personen auf jeder Seite, das sei doch perfekt, ob Georgine vielleicht zuerst das Soufflé und die Teelöffel bringen könne. Midhat bemerkte, dass Jeannette zu Carole schaute und eine Augenbraue hochzog. Das war sicher nicht unfreundlich gegenüber Georgine und auch keine Respektlosigkeit gegenüber ihrem Vater; sie wollte wohl nur ausdrücken, dass es ungewöhnlich sei, und so dem Gerücht vorbeugen, die Molineus würden stets gemeinsam mit ihrer Hausangestellten essen. Molineu wirkte peinlich berührt, als sein spontaner Einfall plötzlich Realität wurde. Georgine setzte sich zwischen Jeannette und Sylvain und hauchte: »Guten Abend.«

Midhat betrachtete Sylvain und Georgine, die ums Eck saßen. Sie hatte den Kopf gesenkt, er nippte am Glas. Midhat hatte die Umarmung, die er bei der Feier zufällig gesehen hatte, wieder vage vor Augen. Er betrachtete die beiden, die sich ignorierten, obwohl sie nebeneinandersaßen, voller Erstaunen. Er stellte sich zum ersten Mal die Frage, ob Georgine sich freiwillig hingegeben hatte, und wurde von einer Welle verworrenen Abscheus erfasst.

»Ja, das ist besser. Nicht wahr.« Doktor Molineu stieß den Löffel in das Soufflé.

Midhat wandte seine Aufmerksamkeit wieder Jeannette zu, die ihr Schälchen anstarrte. Er wurde stets nur aus der Ferne Zeuge ihrer Qual, auf der anderen Seite eines Raumes, des Gartens; er musste blinzeln, während er abermals vor sich sah, wie das Wasser von ihren Oberschenkeln abperlte. Ihr Zorn, den er auf der Terrasse gespürt hatte, schien abzukühlen und der Verärgerung über seine Erwähnung des Wahnsinns zu weichen. In seinen Augen hatte er da nichts ausgeplaudert, zumal sicher niemand an ihre Mutter gedacht hatte, denn seine Ausführungen hatten ihm ein ungebührlich hohes Maß an Aufmerksamkeit beschert. Er hatte trotzdem seinen Vorteil verloren. Ging es darum, dem anderen immer eine Nasenlänge voraus zu sein? Oder wetteiferten sie darum, wer ärgerlicher auf den anderen sein durfte? Wenn ja, dann wäre er ihr wenigstens nicht egal. Bei diesem Gedanken merkte er zu seiner Überraschung, wie ein Fünkchen Hoffnung in ihm aufglühte.

»Wir sollten das Thema wohl besser wechseln«, sagte Nolin.

»Welches Thema?«, fragte Marie-Thérèse.

»Bitte reicht Georgine einen Löffel«, sagte Molineu.

»Vielen Dank.«

»Wie läuft Ihr Studium, Monsieur Midhat?«, fragte Carole.

»Es läuft sehr gut, Mademoiselle, danke. Ich beginne jetzt mit den Vorbereitungen auf die Abschlussprüfungen, die vor den Sommerferien stattfinden. Und im Wintersemester werde ich selbst Leichen sezieren. Im übernächsten Semester sind dann Histologie, Physiologie und Biophysik an der Reihe.«

»Wie schön. Das klingt nach einer Herausforderung.«

»Wir haben ... besser gesagt hat Jeannette ...« Er warf ihr einen Blick zu und stellte erleichtert fest, dass ihre Miene milder war. »Ein Brief von Laurent ist gekommen.« Sie deutete ein Nicken an. »Er wendet das Gelernte offenbar schon praktisch an.«

»Da wünsche ich ihm viel Glück«, sagte Sylvain.

»Er hat bald Fronturlaub«, sagte Molineu.

Nolin fragte: »Irgendwelche Neuigkeiten von der Front?«

»Oh, bitte lasst uns nicht schon wieder über den Krieg sprechen«, sagte Jeannette.

»Ja«, sagte Sylvain. »Reden wir doch lieber … lieber über Kino oder Literatur. Hat jemand *Die Helden der Yser* gesehen?«

»Was zum Teufel reden Sie da?«, fragte Nolin. »Glauben Sie, wir würden den Krieg nicht thematisieren, wenn wir über das Kino reden? Wovon handelt *Die Helden der Yser* denn Ihrer Meinung nach?«

»Ach, halten Sie doch den Mund«, sagte Sylvain.

»Die Hochkultur ist heutzutage vollkommen steril.«

»Patrice.«

»Jetzt reden wir doch wahrhaftig über das *Kino*. Da gibt es nichts mehr zu diskutieren. Was uns wiederum auf die wesentlich interessantere Tatsache bringt, dass Muße der Boden ist, auf dem die Innovation gedeiht, und dass im Krieg …«

»Ich denke, wir haben genug von diesem Thema, Patrice«, sagte Molineu.

Nolin schloss den Mund und legte die Stirn in Falten. Was für ein Langweiler, dachte Midhat. Ihm fiel auf, dass Gläser und Weinflaschen geleert worden waren, und er fragte sich, ob sich jetzt jeder von seiner extremen Seite zeigen würde.

»Haben alle aufgegessen?«, fragte Molineu.

Jeannette hatte ihr Dessert kaum angerührt; Sylvains Schälchen war leer; die Nolin-Schwestern hatten bewundernswert tief im Soufflé gegraben. Midhat mochte das Dessert nicht besonders, denn es schmeckte zu sehr nach Ei, war aber süß, und er liebte süße Speisen und hatte seine Portion immerhin halb aufgegessen. Georgines Schälchen war wie ausgeschleckt, und bei der Frage ihres Arbeitgebers sprang sie auf und ließ den Stuhl über den Fußboden schrammen. Dann schob sie den quietschenden Servierwagen wieder rund um den Tisch und verschwand mit dem Geschirr in der Küche.

»Möchte jemand Kaffee?«, fragte Molineu.

»Ich denke, wir haben genug«, sagte Patrice Nolin mit einem flüchtigen Lächeln.

Er nickte seinen Töchtern zu, die sich erhoben und gurrten: Ein köstliches Essen, ein Lichtblick in diesen finsteren Zeiten, wahrhaftig. Sylvain klopfte sich auf die Brust, da passte kein Tropfen mehr hinein. Sie griffen in der Eingangshalle nach den Mänteln, schüttelten Hände und verteilten Abschiedsküsse.

In der Stille nach dem Abschied sagte Molineu etwas von Kaffee und kehrte ins Esszimmer zurück. Jeannette zögerte in der Halle, und Midhat bildete sich ein, dass sie irgendeinen Faden wieder aufnehmen wollte. Sie ging zur Tür des cremefarbenen Salons und schloss auf. Als er sah, dass sie die Tür einen Spalt aufgelassen hatte, folgte er ihr.

Sie saß auf dem Klavierhocker, der wie alle anderen Möbel im Raum von einem Tuch bedeckt war. Das weiß verhüllte Klavier erstreckte sich vor ihr wie ein großer Gletscher. Es roch stark nach Möbelpolitur. Er verharrte auf der Schwelle.

»Ich verstehe«, sagte er.

Sie sah ihn müde an. Er fragte sich, ob sie das letzte Gespräch ausblendete und so tat, als könnte sie ihm nicht folgen.

»Haben Sie heute Abend Wein getrunken?«

»Nein«, sagte er mit scharf abfallender Intonation, als wäre das eine absurde Unterstellung. Dann tat er ein paar Schritte auf sie zu und senkte abermals die Stimme. »Ich möchte noch einmal sagen, wie leid es mir tut. Bitte akzeptieren Sie meine Entschuldigung. Ich kann verstehen, dass Sie wütend sind. Ich hätte mit Laurent nicht über Sie reden sollen. Und ich hätte mich nicht erdreisten dürfen …«

Sie sah ihm ins Gesicht. In ihrem gelben Kleid war sie fast schmerzhaft schön. Ihre Haut mit den bläulichen Adern glich zartem Papier. Ihre Augen verrieten ihm, dass sie von einem Gefühl bewegt wurde, aber weil er sich so oft irrte, mochte er es nicht benennen.

»Ich bin nicht eifersüchtig auf Laurent. Aber wissen Sie, ich … ich habe meine Worte ernst gemeint.« Er schluckte. »Und es wäre bedauerlich, wenn Sie nicht … wenn Sie nicht ähnlich empfinden, dann werde ich nicht … Aber ich vermisse Sie, Jeannette. Wirklich.« Er griff nach dem nächstbesten, verhüllten Möbelstück und wollte sich setzen, um auf Augenhöhe mit ihr zu sein, aber das Möbel, was immer es war, wackelte, und er ließ es wieder los. »Ich vermisse die Gespräche mit Ihnen. Unsere Spaziergänge haben mir viel bedeutet, und ohne sie … Ich kann das nicht genau erklären, aber mir fehlt … Wirklich, ich – ich habe es geliebt … Und ich möchte Ihnen dabei helfen, herauszufinden, was Ihrer Mutter widerfahren ist. Ich werde alles tun, was in meiner Macht steht.«

Jeannette zog die Augenbrauen hoch, wirkte aber keineswegs überrascht. »Meine Mutter. Sehr freundlich von Ihnen, aber da kann man nichts tun. Ich glaube, ich habe schon gesagt, dass es ungesund für mich ist …«

»Aber Sie sollten einfach wissen – dass ich zuhöre.«

Nun lächelte sie endlich. Er hatte das Richtige gesagt.

»Es gibt da einen Satz in *Die drei Musketiere* …«

»Oh nein, bitte zitieren Sie nicht aus *Die drei Musketiere!*« Sie lehnte sich lachend zurück. »Sie sollten nicht glauben, sich immer auf die Worte anderer berufen zu müssen, wissen Sie?« Ihr Blick ruhte kurz auf ihm, dann drehte sie sich so hin, dass sie die Füße unter das Klavier schieben konnte. »Und wissen Sie auch, wieso? Während meines Studiums war ich ständig von jungen, belesenen Männern umgeben.« Sie lachte stoßweise. »Und ich fand das einschüchternd. Ich hatte stets den Eindruck, sie wären mir überlegen. Das waren schließlich Männer – und wer war ich?« Sie strich mit den Fingern über den verhüllten Klavierdeckel. Dann öffnete sie ihn. Der Stoff faltete sich hinten in der Ritze zusammen. »Wenn ich aus der Bibliothek nach Hause kam, bin ich mit Papa die Arbeit durchgegangen. Und in den Seminaren habe ich mich dabei ertappt, seine Worte zu wiederholen wie ein Papagei. Nach einer Weile wurde mir bewusst, dass ich das nicht nötig hatte. Denn diese jungen Männer spielten nur mit der Sprache. Ich verfolgte ihre Argumente immer sehr genau und achtete darauf, wie sie außerhalb des Unterrichts diskutierten. Sie beriefen sich auf diesen oder jenen Philosophen und droschen zig Phrasen, und irgendwann dämmerte mir, dass nur die Sprache dahintersteckte, kein Leben. Sie hatten keine Lebenserfahrung, sondern nur ihr Gerede, und das war ärmlich. Diese Einsicht fand ich so befreiend, dass ich keine Angst mehr hatte, den Mund aufzumachen. Ich wurde eine immer bessere Rednerin.« Sie tippte mit dem Zeigefinger auf die Ritzen zwischen den Tasten, was stets eine Delle in der schützenden Stoffbahn hinterließ, die beim nächsten Tippen wieder verschwunden war. »Ich hätte mir die Sache erleichtern können, indem ich diese Männer im Stillen abgewertet hätte. Ich hätte sie Armleuchter oder so nennen können. Das habe ich aber nicht getan, denn was hätte es genützt?« Sie hatte die Rillen zwischen fünf Tasten nachgezogen, nun zwischen sechs. »Ich will nur sagen, dass Sie sich von einem banalen Gespräch nicht einschüchtern lassen sollten.«

»Ich bin nicht eingeschüchtert.«

»Na, ich meine ja nur. Sie sind nicht weniger wert als andere. Sie sind vielleicht jünger, aber Sie sind auf jeden Fall ein gütigerer Mensch als Patrice Nolin.«

Sie schlug eine Taste an. Der Klang war tief und komplex und zugleich hell und warm. Sie sah zu ihm auf, als hätte sie ihn damit provoziert, und zwar so direkt, dass es ihm eigentlich hätte peinlich sein müssen. Aber so war es nicht; stattdessen war er erstaunt. Er empfand ihre Offenheit als berauschend, sie glich der Erleichterung, für die auch salzige Meeresluft sorgen konnte.

»Ich glaube, ich liebe Sie«, sagte er. Sein Mund war trocken. »Und ich glaube, dass Sie ziemlich unvernünftig sind.«

Sie sah zu ihm auf, bis ein Dielenbrett knarrte.

»Oh, bitte entschuldigen Sie«, sagte Georgine und zog die Tür wieder zu.

Diese Unterbrechung brachte sie beide ins Stocken. Jeannette sagte leise, sie sollte wohl besser zu Bett gehen, und schritt an ihm vorbei. Midhat wartete noch einige Minuten zwischen den verhüllten Möbeln und lauschte dem Regen, der gegen die Scheiben prasselte.

Georgine trocknete in der Küche einen Stapel Teller ab.

»Ich hoffe, das Dessert hat Ihnen geschmeckt?«, sagte Midhat, indem er einen Schrank öffnete.

»Ja, Monsieur, danke. Ihnen hoffentlich auch.«

»Georgine, ich möchte Sie etwas fragen, vorausgesetzt, es ist nicht zu unhöflich …«

»Ja, Monsieur?«

Er wählte ein Glas aus und zögerte dann.

»Können Sie mir erklären, warum Doktor Molineu mit Monsieur Sylvain Leclair befreundet ist? Liegt es daran … dass sie Nachbarn sind? Das hat mich beschäftigt …«

»Monsieur Leclair war ein enger Freund von Madame Molineu«, sagte Georgine. »Sie ist verstorben.«

Sie wirkte sehr gefasst, während sie ihre Hände an der Schürze abwischte. Midhat dachte an Sylvain Leclair und die groben Beleidigungen, die er mit unbewegter Miene geäußert hatte. Nolin war ein Pedant, aber Leclair war boshaft. Midhat drehte den Wasserhahn auf, um sein Glas zu füllen, und während das Wasser lief, begann seine Phantasie zu arbeiten.

8

In dieser Nacht schlief er unruhig. Er schaute so oft auf den Wecker, den er sich vom Doktor geborgt hatte, dass er den Eindruck gewann, sich gemeinsam mit den langsam vorrückenden Zeigern durch die Nacht zu kämpfen. Gegen halb fünf übermannte ihn die Müdigkeit dann doch, und als er nach einigen Stunden wieder erwachte, war das Zimmer sonnenhell. Sekunden später rasselte der Wecker.

Jeannette kam später als er zum Frühstück herunter und wünschte allen einen guten Morgen. Die Tischdecke schimmerte in der Sonne, und die Kaffeekanne dampfte. Doktor Molineau begann, aus der Zeitung vorzulesen.

»Fünfzehn Stunden. Das schlechte Wetter setzt sich fort, keine besonderen Ereignisse an der Front ... östlich der Yser wurden zwei feindliche Angriffe durch unser Feuer gestoppt. Und in den Dardanellen ...« Er blätterte raschelnd zwei Seiten weiter. »Brigadegeneral Cox forciert Angriff ... Feind erleidet schwere Verluste ... gut. Erhebliche Fortschritte ... Deutscher General gefallen ... Australisches U-Boot versenkt.«

Als Molineu die Zeitung zusammenfaltete, bemerkte er einen Klecks Marmelade auf der Tischdecke und griff nach seinem Buttermesser. Der Klecks ließ sich problemlos abkratzen, doch als er das Messer aufrichten wollte, verlief die Marmelade und fiel in drei roten Tropfen wieder auf den Tisch.

»Jojo, reich mir deine Serviette.«

Jeannette tat ihre Briefe wieder in die Umschläge. Sie hatte Midhat noch immer nicht angeschaut. Er sah sie unverhohlen an – sie konnte sich heute Morgen doch unmöglich genauso verhalten wie sonst. Er wollte den Moment nicht verpassen, in dem sie ihn endlich ansah.

»Danke«, sagte Molineu und legte die Serviette auf die Flecken. »Hat Marian geschrieben?«

»Ja, sie hat geschrieben.«

»Geht es ihr gut?«

»Ja, es geht ihr gut.«

Und sie sah ihn noch immer nicht an. Sie war verschlossen; ihre Bewegungen waren sparsam. Als sie nach der Kaffeekanne griff, bewegte sie die Augen, nicht aber den Kopf.

Midhat merkte, dass ihre Haare länger geworden waren. Bei seiner Ankunft hatte sie sie nicht hochstecken müssen, auf ihrem Hinterkopf waren Locken gesprossen, der schmale Nacken hatte bloßgelegen. Gestern konnten die Haare nicht viel kürzer gewesen sein, aber es fiel ihm erst jetzt auf, vielleicht, weil sie anders zurechtgemacht war: Sie hatte die lockigen Strähnen quer über den Kopf gelegt und auf der anderen Seite zusammengesteckt. Ihr Haaransatz glänzte in der Sonne. Nach dem Frühstück standen alle auf und gingen ihrer Wege. Jeannette, die der Tür am nächsten saß, verschwand wie üblich vor ihm.

Seit sie begonnen hatte, ihn zu meiden, weil er mit der Erwähnung Laurents in ein Fettnäpfchen getreten war, hatte er an den Vormittagen für die Prüfungen gebüffelt. Er blieb fast immer bis zum Mittag in seinem Zimmer und ging seine Bücher durch, merkte sich, wo er Probleme hatte, und stellte eine Liste mit Fragen auf, die er nachmittags verzagt in den Unterricht mitnahm. Heute fand er die Aussicht auf diese Routine besonders quälend. Er schleppte sich nach oben. Hatte er den Blick, den sie ihm gestern am Klavier zugeworfen hatte, falsch interpretiert? Als er sich gegen die Rückenlehne des Stuhls sacken ließ, war er wütend, weil sie so grausam, so erpicht darauf war, ihn leiden zu lassen.

Der erste Abschnitt des Kapitels »Bewegung, Schnelligkeit, Beschleunigung« trug den Titel: »Die Bewegung eines Zuges«. Er las, merkte dann aber, dass er nichts aufgenommen hatte. Hatte er ihren Blick, der möglicherweise bloß schockiert gewesen war, irrtümlich als Ausdruck von Liebe gedeutet? Es wäre nicht das erste Mal, dass er sie falsch verstanden hatte. Aber sie hatte doch gelächelt, oder? Andererseits konnte ein Lächeln alle möglichen Bedeutungen haben. Er begann, laut zu lesen.

»Die Bewegung eines Zuges. Nehmen wir an, eine Lokomotive steht unter Dampf … unter Dampf … bereit, zum nächsten Halt aufzubrechen … nächsten Halt … Wenn sie losfährt, fällt uns auf, dass sie sich anfangs langsam bewegt …«

Ein leises Klopfen an der Schlafzimmertür. »Guten Morgen, Midhat«, erklang Jeannettes Stimme.

»Ah«, sagte er und öffnete ihr. »Herein, herein.« Seine Beine schienen aus Pudding zu bestehen; er sah Jeannettes Gesicht und ihre Haare, sie hielt ein Buch, und seine Wut verflog, weil er nicht anders konnte, als eine Person, die in der Tür stand, zum Eintreten zu ermutigen, das war eine arabische Sitte. Jeannette wirkte befremdet. Ja, aber was hatte sie denn erwartet? Sie trat ein und stellte sich neben die Gebetsmatte.

»Ich möchte Ihnen etwas zeigen.«

»Bitte, bitte.«

Er zog den Stuhl für sie heran, setzte sich auf das Bett und verschränkte die Hände, als wäre er in der Öffentlichkeit. Um sich zu beruhigen, atmete er langsam durch die geschlossenen Lippen aus.

»Das habe ich gestern entdeckt, als ich alte Fotos angeschaut habe«, sagte sie.

Sie zog zwei hellgrüne Blätter aus dem Buch, reichte sie ihm aber nicht. Er stellte erfreut fest, dass sie zitterte.

»Es ist ein ärztliches Gutachten.«

»Über Ihre Mutter?«

Sie sah ihm in die Augen. »Hier steht, dass man keine Hysterie diagnostiziert hat. Sondern ›Hystero-Neurasthenie‹. Wissen Sie, was das ist?«

»Das kann ich herausfinden.«

»Finden Sie mich albern?«

»Aber nein. Natürlich finde ich Sie nicht albern. Ich denke ...« – er beugte sich vor und sprach mit sanfter Stimme – »... wir glauben fest daran, dass das Leben einen Sinn hat, und der Versuch, diesen Sinn zu ergründen, hält uns am Leben. Das gilt auch für vergangene Ereignisse, vorausgesetzt, sie bedeuten uns etwas.«

»Hm, das klingt sehr rational. Hier, das ist die Liste. Übelkeit, Migräne, Kopfschmerzen. Interkostale Neuralgie, Krämpfe, Kribbeln, Stechen ... Rheumatismus, Schmerzen in der Stirn, dem Gaumen, im Nacken, im Hals ... manchmal auch in den Armen, der Brust, den Lenden, dem Bauch, den Knien, Füßen, Knöcheln. Genitalbereich bei Untersuchung empfindlich.« Jeannette ließ leicht schockiert die Augenbrauen zucken – sie hatte vorgelesen, ohne darüber nachzudenken, und vielleicht hätte sie die letzten Worte lieber verschwiegen.

»Eine lange Liste«, sagte Midhat. Er hatte von seiner Großmutter gelernt, über Schamhaftes hinwegzugehen. Zugleich spielte er den Arzt und legte eine professionelle Leidenschaftslosigkeit im Hinblick auf Körperliches an den Tag. Er bewunderte sich unwillkürlich selbst.

»Und das hier«, fuhr Jeannette fort, »ist eine Liste mit Symptomen, die sie offenbar selbst verfasst hat ... es ist ihre Handschrift. Ich lese vor – sie schreibt: ›Die Wände meines Elternhauses waren vollkommen verformt. Ich wurde von dem Gefühl geweckt, dass etwas Schweres auf meinen Beinen lastete, dass der Mann auf mein Bett am Fenster gestiegen war. Ich schrie, und er kletterte rasch wieder nach draußen. Es dauerte eine Weile, bis ich zu mir kam, bis mein schläfriger Geist ganz erwachte, und als es so weit war, sah ich, dass die Wände verschwunden waren. Sie waren, besser gesagt, einfach nur noch Wände, Putz und Holz und Ziegel, nur eine Struktur ohne Innen und Außen. Beides waren Illusionen.‹ Das ist die eine Beschreibung, und hier, in einer anderen, heißt es: ›Mich hält nur noch wenig am Leben. Wenn ich gesund bin, darf ich mich nicht zu hoch aufschwingen, weil ich mich sonst absichtlich fallen ließe.‹ Sagen Sie bitte, wenn Sie irgendetwas verstehen.«

»Was bedeutet es denn Ihrer Meinung nach? Ich habe es durchaus verstanden – aber ich meine … was will sie damit ausdrücken?«

»Was sie *ausdrücken* will … Ich weiß nicht, ob wir das so genau …« Sie verstummte.

Midhat genoss das Wir. »Es klingt«, sagte er, »als hätte sie die ganze Zeit Schmerzen gehabt. Körperliche Schmerzen. Sogar, wenn sie gesund war. Meinen Sie nicht auch?«

Sie drehte den Zettel um und las. »Hören Sie: ›Ich habe manchmal das Gefühl, als würde man meinen Kopf mit einem Stock umrühren, und bei anderen Gelegenheiten, als würde man ihn abwechselnd öffnen und schließen. Übelkeit, fast täglich. Manchmal ist es wie eine Seekrankheit, als wäre ich irgendwie unterwegs. Oft konzentriert sich die Übelkeit wieder auf die Nase, und ich habe die alten Träume.‹«

»Sie war verrückt.«

Jeannette warf ihm einen pikierten Blick zu.

»Verzeihung, so meinte ich das nicht. Mir scheint, dass sie ausdrücken will, in ihrem Körper gefangen zu sein.« Er merkte, dass er zu selbstgefällig klang, und versuchte es mit einem vorsichtigeren Ton. »Das wäre jedenfalls eine mögliche Sichtweise. Wenn der Körper ein Ort der Schmerzen ist, fällt es schwer, dort zu bleiben. Ihre Mutter wollte ihn verlassen, nehme ich an.«

Jeannette nickte. Sie streckte einen Arm nach ihm aus und holte Luft, als wollte sie etwas sagen. Dann zog sie den Arm zurück und rieb ihre Hände.

»Ich lasse Sie jetzt besser in Ruhe. Sie lernen.«

»Das müssen Sie nicht«, erwiderte Midhat. »Ich helfe gern, das habe ich ja gesagt.«

»Ich weiß«, sagte sie, indem sie aufstand. »Schwer zu sagen, warum ich mich so daran festbeiße. Ich sollte wohl besser loslassen. Sie halten mich sicher für … na, wie auch immer. Wir sehen uns später, schätze ich.«

Bei einem seiner Besuche in der Universitätsklinik hatte Midhat der Untersuchung eines Patienten mit Magenbeschwerden beigewohnt, ein Jugendlicher mit aufgedunsenem, schmerzendem Unterleib, weitere Symptome bestanden in Appetitlosigkeit und Erbrechen.

Die Ohren des Jungen waren spitz und bleich. Die vier Studenten standen neben der Tür vor der Wand, während sich Doktor Brion mit dem Patienten unterhielt. Dieser, auf dem Bett sitzend, ohne Schuhe und im Krankenhauskittel, sah nicht den Arzt an, sondern betrachtete die aufgereihten Studenten mit ihren schwarzen Gewändern und Notizblöcken. Er machte große Augen, sein Mund stand offen, die mageren Beine in der schlaffen Hose waren gespreizt, während Doktor Brion mit heller Stimme zu ihm sprach. Brion untersuchte die Zunge des Jungen, im Rücken die neugierigen Studenten. Die Zunge wirkte zornig und roh. Der aufgedunsene Bauch war druckempfindlich. Brion bat den Jungen, den Kopf nach vorn zu strecken und den Mund für den weichen Magenschlauch zu öffnen. Dann schob er ihm den Schlauch in den Schlund. Er forderte den Jungen auf zu schlucken.

»Beim ersten Schluckversuch werden die Rachenmuskeln den Schlauch umschließen … sobald sie sich entspannt haben, kann der Schlauch bis in den Magen geschoben werden – das sind, von den Zähnen an gerechnet, im Durchschnitt etwa vierzig Zentimeter.«

Der Junge machte noch größere Augen. Er würgte, seine angewinkelten Beine verkrampften sich.

»Prima. Gut gemacht. Der Würgereflex sorgt dafür, dass ein Teil des Mageninhalts durch den Schlauch nach oben fließt. Und … da ist er ja schon.«

Flüssigkeit tröpfelte aus dem Schlauch in ein Glasgefäß. Der Mageninhalt war dünn und gelblich, durchsetzt von grauen, mehligen Klümpchen und ein paar Gallefäden.

»Wenn nicht sofort etwas kommt«, sagte Brion, indem er den Schlauch aus der Kehle des keuchenden Jungen zog, »fordern Sie den Patienten auf, die Muskeln zu kontrahieren, als müsste er den Stuhlgang hinauspressen. Alternativ …« – er griff nach einer Gummikugel im gleichen Rot wie der Schlauch – »… kann man den Mageninhalt ansaugen, indem man dies vorn am Schlauch befestigt, dann zusammendrückt und langsam, ganz behutsam – das ist entscheidend – wieder loslässt.«

Er drückte die Gummikugel langsam zusammen und ließ sie sich ebenso langsam wieder ausdehnen. Der Mund des Jungen stand offen. Ein Speichelfaden baumelte an seiner Unterlippe.

Als sie die Flüssigkeit durchseihten und untersuchten, stellten sie einen niedrigen Salzsäuregehalt und einen hohen Anteil von Schleim fest. Brion diagnostizierte eine chronische Gastritis. Eine solche Diagnose verlangte Tests auf Milchsäure und Laktobazillen, beides Symptome für Geschwüre. Brion zog folgerichtig die Flasche mit der Lösung für die Gram-Färbung aus dem Regal. Er ließ mit der Pipette eine kleine Menge des durchgeseihten Mageninhalts in eine Schale mit der Lösung tropfen. Diese färbte sich leuchtend blau: Sie hatten es mit dem Lactosebazillus zu tun.

Der Junge starrte Midhat und dessen Kommilitonen an, bis

die Lösung die schockierend knallblaue Farbe annahm. Doktor Brion zitterte, was untypisch für ihn war – vielleicht hatte er nicht mit einem positiven Ergebnis gerechnet oder hätte den Test andernfalls ohne Zuschauer durchgeführt –, und er schien vorübergehend nicht zu wissen, wem er seine Diagnose mitteilen sollte. Auf jeden Fall war das Resultat für alle sichtbar, und obwohl der Junge vermutlich nicht wusste, dass sich der Lactosebazillus durch die von Grams entwickelte Lösung blau verfärbte, fasste er dies als Alarmsignal auf – das satte Blau eines tiefen Himmels über dem Mittagshorizont.

»Ein Magengeschwür«, sagte Brion. »Du musst dich noch heute Nachmittag vom Chirurgen untersuchen lassen.«

Der Junge sprach zum ersten Mal. »Aber ich muss wieder zur Arbeit.« Seine Stimme war unerwartet hoch.

Midhat dachte noch tagelang an den Jungen, und bei seinem nächsten Besuch in der Klinik suchte er Doktor Brion auf, um sich nach der genauen Art des Karzinoms zu erkundigen. Brion, abgelenkt durch eine neue Flut von Verwundeten, die von der Front kamen, machte ein verwirrtes Gesicht, antwortete, das wisse er nicht mehr, und winkte Midhat aus dem Weg, um sodann durch die Schwingtüren in die nächste Station zu gehen.

Die Angst, die dem Jungen ins Gesicht geschrieben stand, belastete Midhat am stärksten. Es war die Furcht vor einer schlimmen Entdeckung. Der Junge hatte das Böse zur Kenntnis nehmen müssen, das seinen Magen zersetzte, ein Unheil, das sich in seinem Inneren eingenistet hatte.

Nachdem Jeannette verschwunden war, ging Midhat fieberhaft seine Physik-Notizen durch und brach ohne Mittagessen hastig zum Nachmittagsunterricht auf. Im Unterrichtsraum saßen nur fünf weitere Studenten, und alle nahmen in der ersten Reihe Platz. Midhat meldete sich, um den Professor zu fragen, ob sie noch einmal Coulombs Gesetz über die Kraft zwischen zwei Punktladungen durchnehmen könnten, und war erleichtert, als er merkte, dass er nicht der Einzige war, der die Formel notierte. Nach der Stunde erblickte er im Flur seinen Biologie-Professor, lief ihm nach und fragte, ob sie die Vererbungslehre hinsichtlich der Chromosomen wiederholen könnten. »Das sollte eigentlich kein Problem sein«, sagte der Professor. »Sie verstehen die Theorie, oder? Sie besagt nur, dass Chromosomen genetisches Material beinhalten. Mehr wird in der Prüfung nicht gefragt. Was verstehen Sie daran nicht?« Midhat zögerte und bekundete dann seine Dankbarkeit, ja, er habe jetzt verstanden. Er machte kehrt und ging über den Innenhof zur Bibliothek. Es war fast halb drei. *Ich habe manchmal das Gefühl, als würde man meinen Kopf mit einem Stock umrühren*, dachte er und stemmte sich gegen die schwere Tür.

Samuel Cogolati war der einzige andere Student im Lesesaal. Er saß ganz hinten an einem Tisch und sah nicht auf. Der bartlose Cogolati mit dem wächsernen Teint erinnerte aus dieser Distanz an ein Kind. Midhat steuerte die medizinischen Nachschlagewerke an und zog die neueste Ausgabe des Larousse aus dem Regal. Er setzte sich auf einen Stuhl und schlug »N« auf.

Seite 746 zeigte die Illustration einer Maschine mit Rädern, die Überschrift lautete: »Nettoyage par le vide.« Auf der Seite gegenüber fand er die gesuchte Definition:

Neurasthenie*: – (auch Nervenschwäche, Nervosität, Neuropathie, CEREBO CARDIAC Neuropathie, allgemeine Hyperästhesie, allgemeine Neuralgie.)*

Symptome: *Neurasthenie kann sich auf zwei sehr unterschiedliche Arten manifestieren. Manchmal hat der Erkrankte ein gesundes Erscheinungsbild, einen frischen*

Teint, ein selbstbewusstes Auftreten. Die andere Möglichkeit ist ein depressives Individuum; ausgemergelt, blass, mit hängendem Kopf und nicht imstande, auch nur die einfachsten Fragen zu beantworten. Diese zwei Patientengruppen beklagen sich im Allgemeinen über die gleichen Beschwerden: Kopfschmerzen, die auf den Nacken oder diverse Schädelpartien beschränkt sind und durch Geräusche, Gerüche und geistige Ermattung gesteigert werden, nach Mahlzeiten aber abflauen.

Das passte immerhin zu dem Umrühren mit einem Stock.

Schlaflosigkeit tritt oft auf und kann quälend sein. Der Patient verspürt nach dem Abendessen das Bedürfnis, sich schlafen zu legen, wacht aber bald wieder auf und schläft erst am frühen Morgen wieder ein; er steht mithin müde auf, weil er während der schlaflosen Stunden …

Es folgte eine Seite mit Fotografien, die »Nettoyage par le vide« illustrierten. Ein Mann stand auf der Straße neben einer riesigen schwarzen Maschine mit der Aufschrift: Staubsauger; derselbe Mann kniete in einem Zimmer und drückte das Ende eines Schlauches auf den Fußboden; zwei Frauen mit Schürze harkten den Boden mit diversen Metallharken.

… von wirren Gedanken und vielen belastenden Gefühlen geplagt wurde, sodass er selbst dann, wenn er zu ruhen schien, von Albträumen heimgesucht wurde.

Gelegentlich tritt Schwindel auf: ein hohles Gefühl im Gehirn, tanzende Punkte vor den Augen, man stolpert, ohne zu fallen.

Er fuhr mit dem Finger weitere Symptome ab: Verdauungsstörungen … Atembeschwerden und Kreislaufstörungen … Störungen im urogenitalen Bereich … Klingeln in den Ohren … Extreme und schmerzhafte Empfindlichkeit gegenüber Hitze oder Kälte …

Die permanente Aufmerksamkeit, die der Neurastheniker seiner körperlichen Verfassung widmet, führt dazu, dass er viele Empfindungen wahrnimmt, die niemand sonst bemerkt und die er sodann interpretiert und übertreibt.

Behandlungen bestanden unter anderem in einer Diät ohne Krustentiere, dafür aber mit rohem Eigelb und Brühe.

»Bonjour, Monsieur Midhat.«

Cogolati ragte über ihm auf, er hielt ein Buch und hatte den Finger zwischen die Seiten geklemmt.

»Ah, Samuel. Wie geht es Ihnen?«

»Was lesen Sie denn da? Ein Lexikon?«

»Ja, richtig. Ich beschäftige mich mit Neurasthenie.«

»Interessant. Darf ich mich setzen? Was haben Sie herausgefunden?«

Midhats Magen knurrte. Er hustete.

»Oh, nicht viel«, sagte er. »Das einzige allgemeine Krankheitsbild besteht offenbar in rätselhaften körperlichen Wahrnehmungen. Davon abgesehen scheint man einen Patienten als Neurastheniker zu diagnostizieren, wenn dieser auch als Hypochonder eingestuft werden könnte. Sonderbar, nicht wahr? Der Patient gilt als krank, wenn er nicht krank ist. Es gibt keine speziellen Beschwerden, weder physisch noch neurologisch, nur diese subjektive ärztliche Deutung der Patientin. Beziehungsweise des Patienten.«

»Ja. Das ist sehr schwammig. Vielleicht meint Rivaut genau

das, wenn er sagt, wir seien Teil einer Wissenschaft, die noch in der Entwicklung begriffen ist!« Cogolati legte den Kopf in den Nacken und lachte stumm.

Midhat war mit den Gedanken schon woanders. Sie suchten sich die vertrauten Kanäle und strömten gewohnheitsmäßig zu seiner peinlichen Theorie: die von den unsichtbaren Ursachen. Die Schmerzen von Ariane Molineu hatten vielleicht verborgene Auslöser gehabt. Er dachte daran, dass Jeannette die Möglichkeit, ihre Mutter könnte wahnsinnig gewesen sein, ausgeschlossen hatte. Er dachte an die Babys in den Gläsern, verschlossen und etikettiert.

»Wir sollten in der Psychologie-Abteilung nachschauen.« Cogolati legte sein Buch weg und tat einen Zettel als Lesezeichen hinein.

Midhat war froh über die Gesellschaft. Er nahm gemeinsam mit Cogolati die Titel auf den Buchrücken in Augenschein, überflog die Inhaltsverzeichnisse und stapelte die Bücher je nach Thema. »Hysterische Neurasthenie« wurde nirgendwo erwähnt, aber Midhat griff nach allem, was mit »Hysterie« oder ähnlichen Themen zu tun hatte.

»Was ist der Anlass Ihrer Nachforschungen?«, fragte Cogolati.

»Ich habe kürzlich in einem … Roman über Neurasthenie gelesen.«

»Aha! Nachforschungen, welche die Phantasie inspiriert hat, sind immer die besten. Bewundernswert.«

Briquets *Abhandlung zur Hysterie* enthielt 430 Fallstudien. Fast alle betrafen junge Frauen, meist aus der Unterschicht. Ein paar sexuelle Abweichungen wurden erwähnt.

»Ho, ho, hören Sie sich das an«, sagte Cogolati. Er schob mit dem Ellbogen ein unbrauchbares Buch beiseite und legte ein anderes aufgeschlagen auf den Tisch. »Dieser Autor schreibt: ›Neurosen oberhalb der Gürtellinie sind zweifellos leichter zu ergründen als solche darunter.‹ Sehr amüsant. Und so gar nicht hilfreich.«

Das Knurren von Midhats Magen war inzwischen ein handfestes Stechen. Die Uhr zeigte drei; das Frühstück war über sieben Stunden her. In einer der letzten Nummern von *L'Encéphale* entdeckte er einen Artikel mit dem Titel: »Les Cénestopathies«, und er las die sechs Fallstudien im Eiltempo. Der Autor vertrat die These, dass Schmerzen, die keine erkennbare Ursache hatten, durch eine Störung des Körpergefühls ausgelöst wurden. *Geist verkeilt sich im Körper*, schrieb Midhat mit leicht zitternder Hand in sein Notizbuch.

Draußen wurde die Sonne fahler. Cogolati gähnte.

»Das war lehrreich, nur weiß ich nicht so recht, was genau wir gelernt haben. Dass Definitionen einander oft widersprechen? Oder dass Körper und Geist in getrennte Sphären gehören? Wissen Sie, ich habe da einen Freund, mit dem Sie sprechen sollten, er macht gerade seinen Abschluss in Psychiatrie. Er arbeitet zurzeit mit traumatisierten Soldaten. Wäre das nicht hilfreich?«

»Warten Sie mal. Hören Sie.« Midhat klappte das Buch zu, um den Umschlag betrachten zu können. »*La Conscience Morbide*, Blondel. ›Das morbide Bewusstsein ist eine kinästhetische Instabilität‹, schreibt er, ›eine Rebellion gegen die Logik‹ ... ›ein Eigensinn innerhalb der etablierten Konzepte, von ganz anderer Art als das herkömmliche Bewusstsein.‹«

»Ja, das ist ... hm, ich weiß auch nicht. Ich muss aufbrechen, Kamal. Aber das hat Spaß gemacht ... wir sollten – na, morgen haben wir ja gemeinsam Botanik. Viel Glück. Ich bin gespannt auf Ihre Schlussfolgerungen.«

»Danke«, sagte Midhat. »War schön, mit Ihnen zusammenzuarbeiten.«

»Ich bin ja so froh, dass die Bibliothek Ihr Zuhause ist«, sagte Cogolati mit einem Augenzwinkern. »Bis bald.«

Das Geräusch, mit dem die Bibliothekstür zufiel, hallte zwischen den Regalen. Midhats Hunger flaute ab wie während einer Fastenzeit. Er nahm den Faden wieder auf, den er gerade fallen gelassen hatte.

Vielleicht war Madame Molineu nicht normal gewesen, sondern »morbide«. Aber was sollte das letztlich beweisen? Er fand einen solchen Hang noch schlimmer, als wenn jemand einem bösen Geist die Schuld gab. Den könnte man immerhin austreiben, und die betreffende Person wäre nicht isoliert, man würde ihr Glauben schenken, und man würde sie keiner Diagnose unterziehen, weil man die Symptome, die sie nannte, in Zweifel zog. Wie konnte jemand behaupten, ein Symptom sei eingebildet, nur weil es nicht zu den augenfälligen Symptomen gehörte?

Die Franzosen argumentierten sogar in Kriegszeiten an ihren Pulten, suchten daheim zwischen den eigenen vier Wänden nach der richtigen Formulierung. In Nablus dagegen – in Nablus suchte man sein Heil im Übernatürlichen, wenn man in Not war, ob durch Gebete zu Gott oder den Zauber eines Sheik, der vor dem bösen Blick schützte. Die Bewohner von Nablus verbrachten ihr gesamtes Leben in der Nähe ihrer Gräber, der Willkür der Natur ausgeliefert, und die nebulösen Rituale galten ihnen als Mittel gegen die Unbill der Welt. Hier in Europa waren die Züge stets pünktlich, das Straßenpflaster war eben, man spürte die Erde nicht – und doch hatte Midhat inzwischen das Gefühl, dass auch diese Strukturen nur Illusionen waren. Sie erweckten bloß den Anschein von Ordnung. Denn manchmal, in einem bestimmten Licht, konnte man erkennen, dass es nur ein Oberflächengewebe war, eines, das man anheben konnte. Man konnte eine Hand darunterschieben, und dann spürte man die Leere.

Sein Hunger war verflogen. Vier Stunden in der Bibliothek, und er hatte noch keine neuen Informationen für Jeannette, außer, dass die Ärzte dabei versagt hatten, ihrer Mutter zu helfen, was ohnehin klar gewesen war. Seine vordringlichste Aufgabe bestand darin, die Diagnose zu entkräften, die die Ärzte damals gestellt hatten. Er legte die Bücher auf den Rollwagen, damit sie wieder einsortiert wurden, und trat auf den Innenhof. Bis auf das ferne Singen der Krankenträger herrschte Stille in den Straßen, seine Schritte hallten in der kühlen Luft.

Als er um eine Ecke bog, hatte er unvermittelt den Mond vor Augen, riesengroß und weiß, hinter einem blühenden Ast, das Gestirn hatte sich an den Himmel geschmuggelt, obwohl die Sonne noch nicht untergegangen war. Midhat blieb stehen und dachte darüber nach, was Ariane Molineu zugestoßen sein mochte. Was ihr Leben durcheinandergebracht haben könnte. Was – oder wer – eine *Ursache* gewesen sein könnte.

9

Sylvain Leclair lebte auf seinem Weingut am Westufer des Hérault und verbrachte seine Tage entweder zwischen den Reihen der Rebstöcke oder in seinen Gewölben, wo er den Reifeprozess in den Fässern kontrollierte. Zugleich war er eine stadtbekannte Persönlichkeit, war bei den meisten wichtigen und vielen unwichtigen Zusammenkünften zugegen, auch wenn er dort beruflich nichts zu suchen hatte. Möglicherweise lag das an seiner Verbindung zu Paris: Seine ledigen Tanten wohnten im fünften Arrondissement, und er besuchte sie mehrmals im Monat, schien in den Salons des Viertels beliebt zu sein. Sylvain spielte allerdings weder den Kosmopoliten, noch verleugnete er seine südfranzösische Aussprache der Vokale oder den nasalen Akzent, der das Wort am Ende eines Satzes meist mit der vagen Silbe »uh« beschloss. Sylvain Leclair gab sich ganz im Gegenteil offen provinziell und war stets mürrisch, aggressiv und selbstgerecht, eine Art, die ihm aus irgendeinem Grund Zugang zu allen Gesellschaftsschichten und Feiern gewährte, bei denen man seine Übellaunigkeit rühmte und pries.

Wie im Falle ihres Vaters, so beruhte auch Jeannettes Beziehung zu Sylvain auf dessen Freundschaft mit ihrer Mutter. Sie wusste nur, dass sich Sylvain in Paris zuerst mit ihrer Großmutter mütterlicherseits angefreundet hatte, danach mit deren Tochter. Für das Mädchen, das keine Geschwister hatte, füllte Sylvain eine Lücke, und nachdem Ariane sechzehn geworden war, wurde er ihr Begleiter auf Bällen und tröstete sie, wenn sie sich wieder einmal unwohl fühlte. Sie klammerte sich an seinen Arm, und natürlich wurde bald gemunkelt, die beiden seien verlobt.

Als Ariane achtzehn wurde, ohne dass jemand in Sicht gewesen wäre, der um ihre Hand angehalten hätte, sprach ihr Vater mit Sylvain: Entweder er lege seine Absichten offen, oder er müsse seine Aufmerksamkeiten einstellen. Der überraschte Sylvain verlieh seinem Bedauern Ausdruck und sagte, er habe nicht vor, Ariane die Ehe anzutragen. Danach trafen die beiden jahrelang nicht mehr zusammen, erhaschten nur ab und zu aus der Ferne einen Blick aufeinander.

Durch eine Verkettung schier unglaublicher Zufälle saß Frédèric Molineu im Winter des Jahres 1901 bei einer Dinnerparty in Fontainebleau, zu der er auf den letzten Drücker von einem Professor der L'École Normale eingeladen worden war, neben Monsieur Leclair. Ihre Unterhaltung streifte diverse Themen, und schließlich stellte sich heraus, dass Leclair Frédèrics Frau Ariane als junges Mädchen gekannt hatte. Frédèric fragte sich natürlich, ob ein romantisches Element mit im Spiel gewesen war; körperlich gesehen – dieser korpulente Provinzler und seine zarte, junge Frau – fand er das aber so unwahrscheinlich, dass sich ihm sofort der Gedanke aufdrängte, dieser Freund aus der Vergangenheit, der glückliche Erinnerungen zu wecken vermochte, könnte auf Ariane, die jede menschliche Interaktion als extrem quälend empfand, eine lindernde Wirkung ausüben.

Sylvain nahm die Einladung zu einem Abendessen an, und zu Frédèrics Verblüffung wirkte das sofort. Das Wiedersehen mit ihrem alten Freund – zwanzig Jahre älter als sie und inzwischen so dick, dass man ihn für ihren Großvater hätte halten können – hatte zur Folge, dass Ariane wieder ihrem früheren Selbst zu ähneln begann. Sylvain kam schließlich einmal im Monat zu Besuch, und sie entspannte sich weiter; sie schlief und aß gut; sie war wieder die fröhliche Frau, die Frédèric zu Anfang ihrer Ehe gekannt hatte.

Das währte nicht lange. Arianes Geist konnte die eingefahrenen Gleise offenbar nicht mehr verlassen, und so versank sie nach kurzer Zeit erneut in der Dunkelheit. Niemand wusste Genaueres über die Art der Verbindung zwischen Ariane und Sylvain Leclair. Entscheidend war nur, dass auch er sie nicht zu retten vermochte.

Als Frédèric und Jeannette nach Montpellier gezogen waren, also vor vier Jahren, waren die Sorgen, die sich die Winzer wegen der stark sinkenden Preise für Wein machten, bei den Stadtbewohnern noch sehr präsent. Wenn Sylvain die Molineus besuchte, bemühte er sich nicht, sein politisches Engagement zu verschleiern, erzählte aber auch nicht viel darüber, und wenn er es doch tat, glaubten sie, er übertreibe um der Wirkung willen. Sobald sie sich in Montpellier etwas besser eingelebt hatten, begriffen sie jedoch, dass von Übertreibung nicht die Rede sein konnte. Stattdessen war Sylvain in der Stadt dafür berühmt, auf der Place de la Comédie donnernde Reden vor einer aus Gewerkschaftern, Royalisten und okzitanischen Separatisten bestehenden Menschenmenge zu halten, alle in ihrem Protest gegen ein Pulver vereint, das damals den Markt überschwemmte und in Quellwasser aufgelöst zu Wein wurde. Als Marcelin Albert auf dem Podium brüllte, schleuderte ihm Sylvain Leclair seine Parolen entgegen, was in der Menge eine geradezu explosive Energie auslöste.

Seither war in Montpellier kein derartiges Fieber mehr aufgeflammt, aber Sylvain war stets auf der Hut vor anderen Gefahren. Zunächst einmal schien der Krieg die Region durch die zweischneidige Mischung aus Arbeitskräftebedarf und Trauerfällen befriedet zu haben. Darunter gärte jedoch irgendetwas. Die noch nicht eingezogenen Männer fürchteten, schlecht angesehen zu sein, denunzierten deshalb andere, und auf den öffentlichen Plätzen brodelte die Gerüchteküche, Halbgares ging als stille Post von Mund zu Mund, bis es in verzerrter Form, als Talisman des Fehlverhaltens, auf der Türschwelle des Bezichtigten landete.

Schwer zu sagen, wann zum ersten Mal über Patrice Nolin getratscht wurde. Vermutlich verdankte sich das seiner eigenen Indiskretion, einer hingeworfenen Bemerkung, die ein nervöser Patriot in den falschen Hals bekommen hatte. Dieser wiederum verbreitete die Worte im Handumdrehen, sodass Nolins Name innerhalb eines einzigen Abends in aller Munde war. Am nächsten Morgen war ganz Montpellier gegen ihn aufgehetzt, und Sylvain Leclair, der auf seinem morgendlichen Spaziergang Wind davon bekam, trug die Fakten, soweit er sie in Erfahrung bringen konnte, sofort zu den Molineus. Midhat war gerade zur Fakultät aufgebrochen. Frédèric Molineu wollte ebenfalls los, als er die stattliche Gestalt Sylvain Leclairs, der seinen Spazierstock schwang, auf der Auffahrt erblickte.

»Guten Tag, Sylvain.«

»Guten Morgen. Schon gehört?«

»Was gehört?«

»Nolin ist verschwunden. Er hat bei der Rückkehr von einem Abendessen einige Briefe auf seiner Türschwelle vorgefunden. Er bekam es mit der Angst und verschwand.«

»Was soll das heißen? Kommen Sie doch bitte herein. Was für Briefe?«

»Danke«, sagte Sylvain, der seine Schuhe auf der Matte abtrat. »Es waren drei oder vier Briefe. Teils anonym. Einer«, brummte er, »stammte von Luc Dimon.« Er ließ einen Blick durch die Eingangshalle fliegen.

»Luc?«, fragte Frédèric. »Was hat er denn gegen Patrice?«

»Ach, Sie wissen schon. Verräter und so weiter. Deutscher, egoistisch, der ganze Kram.«

»Meine Güte. Meinen Sie, ich sollte ihn besuchen? Oder sollten wir es vermeiden …«

»Zu spät«, sagte Sylvain und schaute zur Küche. »Die

Mädchen und er waren schon vor einer Stunde zum Aufbruch bereit.«

»Sie sind ihm also noch begegnet.«

»Ich kam zufällig vorbei. Ich habe ihm erzählt, was mir zu Ohren gekommen ist.«

»Und was ist Ihnen zu Ohren gekommen?«

»Dies und das. Wir müssen jetzt sehr vorsichtig sein. Wollen wir uns setzen? Ich könnte einen Kaffee vertragen.«

»Ich fürchte, ich muss los. Ich halte um zehn eine Vorlesung. Tut mir leid, Sylvain, aber wir müssen das vertagen.«

»Sie müssen sich nicht entschuldigen, mein Freund. Jeder nutzt Ihre Gastfreundschaft aus. Ich habe mich dessen auch schuldig gemacht, nehme ich an. Ich begleite Sie ein Stück.«

»Ich danke Ihnen jedenfalls dafür, mich informiert zu haben.«

Frédèric log, denn er hatte um zehn keine Vorlesung. Er ging gelassen mit Sylvain zur Straße, aber sobald er allein und um eine Ecke gebogen war, marschierte er so schnell, dass sein Kragen beim Erreichen des Seminars durchgeschwitzt war. Er nahm auf dem Weg nach oben zwei Stufen auf einmal, stürmte durch die erste Doppeltür, dann durch die zweite, erreichte die Tür mit der Milchglasscheibe und schloss sie so rasch auf, wie es seine zitternden Hände zuließen.

Alles war wie gehabt. Die Schreibtischschublade stand noch offen, die zwei Gläser, aus denen Patrice und er getrunken hatten, standen auf der Anrichte, beide mit gelben Cognac-Ringen darin. Er ließ die Aktentasche fallen und begann, seine Unterlagen einzusammeln. Er öffnete Schubladen und holte Seiten heraus, stapelte sie auf dem Tisch und blätterte sie durch. Zwecklos, er würde alles mitnehmen müssen. Überall waren Bezüge zu deutschen Philosophen. Er ließ zwei lederne Aktenordner aufschnappen und schob die Papiere behutsam hinein, damit sie nicht zerknickt wurden, griff nach den drei neusten

Notizbüchern und der englischen Übersetzung des Korans und sah sich noch einmal prüfend im Zimmer um, bevor er wieder hinauseilte.

Jeannette war währenddessen zum Konvent aufgebrochen. Sie hatte wie üblich ihre Ausgabe von Zolas *Die Geheimnisse von Marseille* eingesteckt, hielt aber vor einem Zeitungsstand und kaufte einige Tageszeitungen. Im zweiten Stock des Konvents lag ein Patient namens Albert, der aus Béziers stammte und beide Beine verloren hatte. Er fragte Jeannette stets, warum sie keine wahren Geschichten vorlese. Seine Gesichtswunde verheilte nur langsam, und an manchen Tagen brach sie auf und suppte Eiter, und er beklagte sich ständig, dass sein Bett zu dicht an den Fenstern stehe, weil es morgens so hell sei, dass er nicht mehr schlafen könne. Laut der Ärzte konnte man ihn nicht umbetten, weil sein Zustand zu kritisch war, und im Übrigen würden sich andere um das Bett reißen. Bedenken Sie den Blick auf die Gartenmauer, Monsieur, hieß es. Jeannette ärgerte sich über den Tonfall, in dem Albert von wahren Geschichten sprach, denn sie wusste nie genau, ob er es ernst oder im Scherz meinte, obwohl er in ähnlichem Ton über sein Bett klagte. Er hatte es jedoch so oft gesagt, dass sie beschloss, ihn beim Wort zu nehmen, und sei es, damit er nicht mehr davon anfing.

Sie hatte die beiden Zettel, die sie an diesem Morgen Midhat gezeigt hatte, zwischen die Seiten des Buches gesteckt. Die ärztliche Diagnose ihrer Mutter und die von ihrer Mutter verfasste Schilderung ihrer Symptome. Sie hatte keine Zeit, noch einmal daraufzuschauen, mochte aber nicht davon lassen. Sie drückte das Buch fest zu, weil sie befürchtete, die Zettel könnten herausfallen.

Im Treppenhaus waren die Stimmen der Ärzte als leises Echo zu hören. Jeannette erreichte den zweiten Stock, wie üblich voller Scheu, weil sie nicht die weiße Schwesterntracht trug. Die Ecke neben dem Fenster, in der sie meist saß, war sonnenhell, und man hatte zusätzliche Stühle aus anderen Teilen der Station geholt. Die Männer jubilierten, als sie sich näherte. Das Bett, das den Fenstern am nächsten stand, war leer, das frische Laken straff gespannt.

»Wo ist Albert?«

»Er liegt nicht mehr hier.«

»Er ist im dritten Stock. Man hat ihn endlich verlegt.«

»Er lebt noch, keine Sorge! Seht sie euch an«, sagte ein Mann namens Jerome und zeigte auf sie. »Sie dachte schon, er wäre tot.«

Einer der neuen Patienten, der im Pyjama auf einem Stuhl saß, senkte belustigt den Kopf.

»Gut«, sagte Jeannette trocken, indem sie neben ihm Platz nahm. »Möchten Sie weiter *Die Geheimnisse* hören? Ich hätte heute auch Zeitungen zu bieten.«

»Ich weiß nicht, was Sie damit wollen, Mademoiselle«, sagte Jerome. »Keine Zeitung, besten Dank. Lieber die Geschichte.«

»Na, schön. Sind Sie bereit? *Bien*. Kapitel fünf, *où Blanche fait six lieues à pied, et voit passer une procession … Blanche et Philippe quittèrent la maison du jardinier Ayasse au crépuscule, vers sept heures et demie.*«

Sie achtete während des Lesens nicht auf die Worte, war aber trotzdem eine gute Vorleserin, betonte die Sätze gekonnt an den richtigen Stellen, hob einzelne Wörter hervor und achtete auf die Zeichensetzung, als würde sie ein Musikstück spielen. Die Männer waren entzückt, und sogar die Krankenschwestern, die kamen, um die Verbände zu wechseln, sprachen flüsternd und legten die Baumwolle besonders langsam an. Wenn Jeannette von der Seite aufsah, erblickte sie ringsum Männer, die ihr wie Kinder mit offenem Mund lauschten.

Sie ging am frühen Nachmittag. Die Patienten mussten etwas

essen – und auch schlafen, meinten die Schwestern. Der Mond ging schon auf. Sie konnte nicht anders: Vor dem Erreichen des Hauses öffnete sie *Die Geheimnisse*, zog die Schilderung ihrer Mutter heraus und blieb an der Ecke vor der Einfahrt stehen, um den Zettel im fahler werdenden Licht auseinanderzufalten.

Manchmal habe ich das Gefühl, immer größer zu werden, und manchmal kommt es mir vor, als würde ich schrumpfen. Ich vergehe sowohl schnell als auch langsam. Der Hohlraum in meinem Mund ist riesengroß, und ich verspüre einen starken Druck.

Ich kann den Tod manchmal riechen. Beim Anblick gewisser Leute weiß ich nicht, ob ich ihn rieche oder sehe oder spüre. Ich fühle ihn überall in meinem Körper. Das ist gar nicht schlimm. An manchen Tagen ist der Geruch besonders intensiv. Ich würde diese Tage dann am liebsten festhalten, aber das gelingt mir nicht, und das Gefühl entgleitet. Das ist so, als würde man mich auf den Kopf stellen. Wenn mich dieses Gefühl erfasst, denke ich, es ist das wahre Leben, nicht das imitierte, gespielte. Meine Ehe ist eine Tatsache, sie gleicht dem Haus, in dem ich wohne, diesen vier Wänden. Frédèric ist ein Haus. Dieses Gefühl ist eine Reaktion auf etwas Fremdes. Aber stimmt das denn wirklich? Denn sogar etwas, das man weiß, kann zu Unwissenheit werden.

»Jeannette.«

Midhat rannte auf der Straße auf sie zu. Seine Augen waren groß und leuchtend; seine Haare flatterten trotz des Öls. Er wischte sich eine lange Strähne aus der Stirn.

»Ich habe Sie hier entlanggehen sehen, Jeannette. Ich war gerade in der Bibliothek. Ich konnte nichts Neues herausfinden. Aber …« – er versuchte, zu Atem zu kommen – »… ich habe eine Theorie.«

Er strahlte vor Aufregung. Sie verspürte den Drang, seine Hand zu berühren, und obwohl sie das unterließ, schien er etwas zu spüren, denn er lächelte, plötzlich ermutigt.

»Sollen wir …«

»Erzählen Sie es mir im Haus, nicht hier draußen.«

Sie bogen um die Ecke und folgten der Auffahrt. Monsieur Molineu öffnete ihnen die Tür. Seine Miene war ernst.

»Ich habe sehr traurige Neuigkeiten, meine Lieben.«

Midhat bemerkte, dass der Doktor einen Brief hielt, und ihm sank das Herz, weil er ahnte, worum es sich handelte.

»Nein«, sagte er.

»Unser Freund Laurent ist tot.«

Der Brief stammte von Laurents Mutter. Laurent war schon auf dem Heimweg gewesen, als er in einer Bar in Ypres den Tod gefunden hatte. Ein betrunkener Offizier hatte ihn mit jemand anderem verwechselt und ihm Messerstiche in Arm und Brust versetzt. Laurent war rasch verblutet.

Die Tür stand offen, während alle drei stumm zu Boden blickten. Molineu legte seiner Tochter eine Hand auf den Nacken. Dann zog er die Tür zu und schlug mit leiser Stimme vor, sie sollten sich vor dem Essen etwas ausruhen.

Jeannette war kreidebleich. Midhat fragte, ob sie mit in sein Zimmer kommen wolle, was sie ohne Scheu bejahte, und dort setzte sie sich auf den Stuhl, Midhat auf sein Bett. Beide sahen durch das Fenster zu, wie sich das letzte Tageslicht aus dem Garten zurückzog. Die Details des Cherubs mit dem leeren Krug verschwammen, als sich der Garten in Schatten hüllte, und die Beleuchtung im Zimmer verwandelte das Fenster in einen Spiegel, der ihre Gesichter zeigte. Da war er, gekrümmt auf dem Bett sitzend, in seinen Augen leuchtete das Weiß. Da war auch Jeannettes Gesicht. Ihre Lider hingen tief über den Augen.

»Als Kinder …«, begann sie murmelnd. Tränen fielen aus ihren Augen. »Als wir Kinder waren, haben wir immer gespielt, wir wären Waisen.«

Er wusste nichts zu erwidern. Nicht mehr lange, dann würde ihn ein unerträglicher Schmerz erfüllen. Das war nur eine Frage der Zeit.

»Wir wollten alle Cosette sein. Oder La Petite Princesse.«

Laurent, und das war eine Tatsache, hätte Midhat auch in der Zukunft in jeder Hinsicht etwas vorausgehabt. Laurent, den er irgendwann nicht mehr gemocht und sogar … ja, sogar gehasst hatte. Und zu allem Überfluss hatte er sich gewünscht – wenn auch nur kurz –, Laurent möge sterben. Er ballte die Fäuste und schloss die Augen. Aber vielleicht richtete sich sein Hass gar nicht gegen den echten Laurent. Sondern nur gegen das Bild, das er von ihm hatte. Das Bild einer Person, die viel mehr Vorzüge hatte als er, intelligenter und gebildeter war und bessere Manieren, ja sogar eine angenehmere Erscheinung hatte. Laurent Toupin mit seiner leicht gebeugten Haltung, der blonden Mähne, den lässigen Gesten. Gleich jenseits dieser Gedanken lauerte die unbegreifliche Tatsache, dass dieser Mensch nicht mehr existierte. Midhat konnte sich noch nicht darauf einlassen. Er musste sich Laurent als lebendigen Menschen vorstellen.

Jeannette erzählte weiter, irgendetwas von Waisen. Was wollte sie damit sagen? Dass Laurent wie ein Vater für sie gewesen war? Auch das mochte Midhat noch nicht zur Kenntnis nehmen. Er ging das Wagnis ein, sich einen blutigen Leichnam mit zerstochener Brust und durchbohrtem Arm vorzustellen. Ein entsetzliches Bild, das ihn aber nicht berührte. Vielleicht war es schwierig, an eine reine Vorstellung zu glauben. Nichts konnte das Bild auslöschen, das er immer noch vor Augen hatte: Laurent, vor ihm auf dem Gartenweg, die Falten der Hose auf Höhe der Knie, die Augen halb geschlossen, während er etwas Absurdes über die menschliche Natur murmelte.

Jeannette war verstummt.

Und aus Midhat brach heraus: »Er war mein Freund!«

Selbst diese Worte hatten einen bitteren Unterton; er hasste sie.

Mitten in der Nacht fiel ihm die goldene Taschenuhr ein. Er wurde wach, weil die Fensterscheibe im Rahmen klapperte, und als er die kalten Arme unter die Decke schob, erwachte auch sein Denken. Die Uhr. Zweifellos unwiederbringlich verloren. Er hatte vor Augen, wie sie tickend im Schlamm lag. Die zerbrechliche Hülle, weggeblasen wie die Flügel eines Käfers, das offen liegende, pochende Herz. Dann erinnerte er sich daran, dass Laurent nicht auf dem Schlachtfeld gefallen, sondern in einer Bar getötet worden war. Er rollte sich auf die andere Seite.

Er saß am nächsten Morgen noch nicht lange am Schreibtisch, als an seine Schlafzimmertür geklopft wurde. Jeannette stand im Flur, kreidebleich wie am Vortag. Sie griff nach seiner Hand und umschloss sie mit trockenen Fingern. Beide schwiegen. Er beugte sich vor und berührte ihre Lippen sanft mit den seinen. Als er den Kopf zurückzog, legte sie die Stirn in Falten, und ihr verzerrter Mund öffnete sich.

Der Gedenkgottesdienst fand am Freitag statt. Die Trauernden, mit Anzug und Krawatte oder Kleidern in gedeckten Farben, die Soldaten auf Heimaturlaub in blauer Uniform mit Koppel, versammelten sich in einer alten Kirche mit Kuppel und Marmorbögen. Midhat saß mit den Molineus in der zweiten Reihe, unter einem großen Kandelaber, dessen Kerzen nicht brannten. Gipsstatuen von Heiligen und Bittstellern ragten über dem Altar auf. Midhat blendete den Gottesdienst aus. Er hatte beim Eintreten Laurents Vater erblickt – er hatte zwar braunes Haar, aber Größe und Haltung waren unverkennbar. Nun saß der Mann jedoch auf der anderen Seite des Mittelgangs, und es waren zu viele Köpfe im Weg. Ganz hinten in der gleichen Reihe schluchzte eine junge, blonde Frau, die Laurents Schwester oder Cousine hätte sein können. Midhat fragte sich, ob man die Taschenuhr bei Laurent gefunden hatte, und wenn ja, was man davon hielt. Vielleicht glaubte man, Laurent hätte sie einem gefallenen Türken abgenommen; dass er ein Held sei und die Uhr seine Beute. Die Köpfe neigten sich zum Gebet. Die neben ihm sitzende Jeannette begann zu zittern. Er hätte ihr gern eine Hand auf den Arm gelegt, zügelte sich aber, damit es nicht den Anschein hatte, als duldete er ihre Trauer nicht.

Nach dem Gottesdienst trennten sich Midhat und die Molineus von den anderen Trauergästen und gingen durch die Stadt nach Hause. Der Boulevard mündete auf einen akkurat gepflegten Platz, und ein ganzer Taubenschwarm ließ sich auf den Armen und dem Kopf der Bronzestatue von Ludwig XIV. nieder. Doktor Molineu erklärte aus heiterem Himmel, sie hätten jetzt eine Fahrt ans Meer verdient.

»Absolut keine Frage«, sagte er und hob die Stimme, während er auf der Promenade voranging. »Wir waren den ganzen Winter in Montpellier. Midhat hat nur das Innere der Universität gesehen! Ein Tapetenwechsel …« – er drehte sich zu ihnen um und betrachtete sie rügend – »… ist dringend geboten. Trübsal zu blasen führt zu nichts. Was die Leute sagen, ist mir gleich.« Er schwieg kurz. »Das muss uns egal sein. Krieg oder kein Krieg. Es ist ungesund, wenn wir uns ständig etwas versagen. Ich glaube sogar, Laurent würde es begrüßen, wenn wir an das Meer führen. Vermutlich hätte er uns genau das verschrieben. Hat er nicht immer erzählt, unbedingt reisen zu wollen?«

Jeannette seufzte, dann lachte sie unerwartet. Die Haut ihrer Wangen spannte unter den getrockneten Tränen.

»Schwimmen Sie gern, Midhat?«, fragte Molineu.

»Ich kenne das Meer.«

»Sie waren zweifellos *auf See*, aber sind Sie jemals aus freien

Stücken ins Meer gegangen? Haben Sie mal gespürt, wie das kalte Salzwasser über Ihrem Rücken zusammenschwappt? Das ist etwas ganz anderes.«

Auf Geheiß von Molineu trafen sich Midhat, Jeannette und Georgine, beide in Leinenkleidern, am nächsten Morgen mit ihm in der Eingangshalle; dann traten sie, ausgestattet mit Sonnenschirmen und einer Tüte voller Birnen, die Bahnfahrt nach Palavas-les-Flots an. Sie belegten ein ganzes Abteil für sich und schlossen die Tür. Frédèric bestand darauf, dass Midhat am Fenster Platz nahm, um den Ausblick genießen zu können, und als sie sich setzten, begann die Lok zu schnaufen. Nun war es Midhat, der die gegenübersitzende Jeannette nicht anschauen mochte. Er sah während der ganzen Fahrt aus dem Fenster und betrachtete die Landschaft, die er seit seiner Ankunft nicht mehr gesehen hatte. Sie glitt von hinten plötzlich in sein Blickfeld, um dann hinter dem Zug wieder in der Ferne zu verschwinden; während der Zug rumpelte und klapperte, flogen Olivenhaine vorbei und weckten Erinnerungen, denn die Olivenhaine Frankreichs glichen jenen Palästinas.

Trotz der Neuigkeiten dieses Vormittags – sechzehntausend Gefallene und nur ein knapper Kilometer Geländegewinn – wimmelte der Strand von Palavas-les-Flots von Badenden, über denen sich ein fast obszön blauer Himmel wölbte. Ein Ausleger aus Beton ragte weit ins Meer hinaus, die Wellen krachten gegen die Mauern. Zwischen den Disteln, die den Strand begrenzten, entdeckte Georgine eine leere Badehütte mit dunkelgrünen, salzfleckigen Liegestühlen; Midhat kletterte als Freiwilliger hinein und angelte für jeden einen Stuhl. Er trug sie mit Frédèric zu einer Stelle zwischen einem Zelt und einer bunten Hütte. Midhat zog die Schuhe aus; der Dünensand fühlte sich zwischen den Zehen eiskalt an. Er klappte einen Stuhl auf und stellte ihn so hin, dass man aufs Meer blicken konnte.

Am Ende schwamm nur Doktor Molineu. Er gab sich größte Mühe, Georgine zu überreden, aber sie weigerte sich und lief so lange rot an, bis Jeannette ihren Vater dafür rügte, sie zu bedrängen. Da gab er es auf und stürzte sich allein in die Fluten.

Die Wellen rauschten noch in ihren Ohren, als sie wortlos und sandig in den Zug nach Montpellier stiegen. Aus dem Fenster sahen sie den purpurrot glühenden Himmel, und auf dem Rückweg vom Bahnhof mussten sie unter der Markise eines geschlossenen Cafés Schutz suchen, weil die Wolken ihren Ballast urplötzlich auf die Stadt prasseln ließen. Sie standen da und beobachteten, wie das Regenwasser zitternd über die Markise lief. Jeannette lief auf und ab. Die Tropfen waren so dick, dass sie hoch aufspritzten, wenn sie auf der Straße aufschlugen, sie glichen silbernen Kugeln. Nach einer Weile seufzte Jeannette, drehte einen der Stühle richtig herum und setzte sich dann auf den halb geschlossenen Schirm, damit sie keinen feuchten Hintern bekam. Sie saß auf der Stuhlkante, und das wirkte nicht bequem.

Molineu, die Hände hinter dem Nacken verschränkt, warf einen Blick auf die Straße und sagte: »Ich finde, wir sollten rennen. Wir könnten die Sonnenschirme als Regenschutz verwenden.« Er drehte sich zu den anderen um. »Oder was meint ihr? Sonst sitzen wir hier stundenlang fest.«

»Rennen?«, sagte Georgine. »Aber, Doktor, meine Schuhe …«

»Ach, kommen Sie, Georgine, das wird lustig«, meinte Molineu. »Sie können ein altes Paar von Jeannette bekommen. Gut – alle bereit? Steh auf, Jojo. Sei nicht so mürrisch.«

Sie mussten unwillkürlich lachen, als ihre Leinenkleider durch die Nässe transparent wurden, außerdem taugten die Sonnenschirme nicht als Schutz vor dem Wolkenbruch, sie waren vollkommen nutzlos. Midhat versuchte, Jeannettes Kleid nicht anzustarren, das grau geworden war, an ihrer Taille klebte und die Mulde des Bauchnabels enthüllte. Er beschleunigte seine Schritte, um zu Doktor Molineu aufzuschließen, und ließ die kreischenden Frauen hinter sich. Als sie das Haus erreichten, waren sie außer Puste und zerstreuten sich, um sich umzuziehen.

Als Midhat wieder nach unten kam, konnte er Jeannette durch die offene Tür des cremefarbenen Salons sehen; sie kehrte ihm den Rücken zu. Er fasste Mut und trat ein. Nachdem er die Tür verriegelt hatte, drehte er sich um und erschrak, weil sie schon direkt vor ihm stand. Sie lachte, und er legte die Hände auf ihren Körper, und als er ihre weichen, feuchten, leicht geöffneten Lippen spürte, schlug sein Herz wie wild.

Die Trauer war eine Ausrede für Intimität, aber sie war auch echt und verlangte nach Nähe. Selbst die Skrupel, die im Laufe der nächsten Tage wiederholt erwachten, konnten nur durch Nähe gelindert werden. Wie durch ein Wunder konnten sie die Sache geheim halten. In Gesellschaft erröteten sie stets, sie lächelten sich quer durch ein volles Zimmer an und hielten im Verborgenen Händchen, hinter einer Tischdecke oder hinter dem Rücken, wenn sie sich durch eine Tür schlängelten. Doktor Molineu schienen nur die Ränder und roten Flecke aufzufallen, die unter Midhats Augen erschienen.

»Nichts ist es wert, dass man nicht gut schläft«, sagte er und wünschte Midhat viel Erfolg. »Es sind nur Prüfungen, denken Sie daran. Das wird schon. Und falls das Schlimmste eintritt und Sie das Jahr wiederholen müssen …« – er breitete die Arme aus – »… wir sind weiter hier. Vorausgesetzt, man bombardiert uns nicht. Gut, und jetzt ab mit Ihnen.«

Midhats schlafloses Gehirn schwankte den ganzen Tag zwischen Euphorie und Ängsten, und die mitfühlenden Worte Doktor Molineus verdoppelten nur das Entsetzen, das ihn erfüllte, wenn er erwog, um Jeannettes Hand anzuhalten. Er würde den Antrag aufschieben, mindestens bis zum Ende des akademischen Jahres, aber auch diese ferne Aussicht quälte ihn weiter. Die zwischen Gast und Gastgeber geltenden Regeln waren so eingefleischt, dass er die Schande der Übertretung in den Knochen spürte. Auch davor suchte er Zuflucht in Jeannettes Lippen, ihrem Geflüster und dem Gefühl ihres sanft auf seiner Schulter ruhenden Kopfes.

Während dieser Zeit entdeckte er eine ganz neue Seite des Hauses der Molineus. Er begriff zum ersten Mal, wie schlecht er sich auskannte, weil er als Gast auf sein Schlafzimmer und das Erdgeschoss beschränkt war; selbst das Arbeitszimmer Doktor Molineus kannte er nur flüchtig. Das Haus war viel größer als gedacht, und die meisten Zimmer waren wie der cremefarbene Salon ungenutzt, die Möbelstücke mit Laken verhüllt, die geheimnisvolle weiße Höhenzüge erschufen, Labyrinthe vager Silhouetten, die eine ebenso vage Vergangenheit heraufbeschworen, reizvoll obendrein, weil sie durch die Phantasie geformt und mit Farben und Menschen versehen werden musste. Midhat entwickelte eine blühende Phantasie, er beschwor geisterhaft belebte Zimmer herauf und projizierte seine Vorstellung von der Vergangenheit stets in die Zukunft. In den Ecken ballten sich Staubflusen. Wenn Georgine im Flur die Dielen knarren ließ, verbargen sich die Liebenden hinter verstaubten Laken und bissen sich auf die Finger, und wenn das Seifenstück im Scheuereimer klirrte, hielten sie den Atem an.

Sie berührten einander nur mit den Händen und Lippen, eine Zurückhaltung, die zu einer süßen Qual wurde. Finger auf den Handflächen, Finger auf dem Gesicht. Sie mieden bewusst ihre Schlafzimmer, höchstens, dass einer auf der Schwelle verharrte, während der andere etwas holen ging, aber selbst das war eine riskante Nähe. Midhat geriet manchmal in einen Rausch, dann zog er Jeannette an sich und küsste sie so wild, dass sich die Haut um ihren Mund rötete, und wenn er das bemerkte, zog er sie abermals an sich, ohne dass sie sich auch nur im Geringsten dagegen gesträubt hätte. Meist schwelgten sie in der Qual ihres gezügelten Verlangens, das eben dadurch weiter geschürt wurde, und dieser gemeinsame Verzicht schmiedete sie zusammen wie ein Diebespaar.

Ganz am Ende des oberen Flurs, hinter Georgines Tür und einem düsteren, mit Messing überladenen Badezimmer, führte eine schmale Treppe zu einer weiteren Etage hinauf. Midhat war verblüfft. Die niedrigen Fenster erweckten von außen den Eindruck, als könnte man in den Räumen dort nicht aufrecht stehen. Doch es gab zwei unbenutzte Zimmer mit normaler Deckenhöhe, in denen allerlei Dinge lagerten, einen Bodenraum mit Dachschräge, in dem Kisten und ausgemusterte Möbel standen, die meisten kaputt und klapperig, sowie einen kleinen Alkoven mit einem Samtstuhl, auf dem Jeannette saß, um »in den Sachen meiner Mutter zu kramen«. Sie zeigte auf ein Schränkchen mit staubtrüben Glastüren, hinter denen sich Regale mit Nippes, Porzellan, Büchern, einem Kerzenhalter mit Wachsstummel und, in einer Ecke, irgendeine Spitzenstickerei verbargen.

Es war eine Vormittagsliebe. Sie mussten das Haus vor dem Mittag verlassen, dann brach er zur Fakultät auf, sie ging zum Konvent oder stand für die Brotration an. Es war eine Liebe, die sich durch morgendliche Frische auszeichnete, sie sahen nie die abendlichen Schatten durch die dreckigen Fenster fallen. Midhat erwachte oft vor Anbruch der Dämmerung und fing Jeannette in der Stunde vor Sonnenaufgang im Flur ab, und dann flüsterten sie im Dunkeln, verschlafen und bar jeder Verlegenheit. Anschließend begann der Ernst des Tages, und Midhat wankte bis zum Abend auf einer Klippe der Erschöpfung.

Mit Doktor Molineu reden zu müssen war das eine, das andere war natürlich das Gespräch mit seinem Vater. Aber auch das musste aufgeschoben werden, jedenfalls bis er mit Molineu gesprochen hatte, vielleicht sogar bis Kriegsende. Er gab sich der Vorstellung hin, sein Erbe auszuschlagen und es auf eigene Faust zu versuchen. Jeder dieser Gedanken erfüllte ihn mit vibrierender Angst. Teta würde Jeannette in ihr Herz schließen, da war er sich sicher, und das tröstete ihn. Wenn er nachmittags über den Lehrbüchern brütete, bohrte er einen Finger in seine weiche Wange und spürte die Zähne unter der Haut. Alles musste aufgeschoben werden, alles: Jetzt war Juni, die Ferien rückten näher, und ungeachtet des Angebotes von Doktor Molineu, er könne gern länger verweilen, musste er büffeln, um die Prüfungen zu bestehen und im zweiten Jahr weiter studieren zu können.

Die Physikaufgaben, die er nachmittags in der Bibliothek bearbeitet hatte, bekam er gleich am nächsten Tag zurück. Man hatte eine 45 auf die erste Seite gekritzelt – er brauchte mindestens siebzig Punkte, um zu bestehen. Er betrat den Saal wie in Trance, setzte sich ganz hinten hin und bekam die Vorlesung so bruchstückhaft mit, als würde ihm ein ständig drehender Wind in Abständen nur Satzfetzen des Professors zutragen. Als er den Saal eine Stunde später verließ, tippte ihm jemand auf den Arm. Es war Samuel Cogolati.

»Hallo, Midhat.« Er lächelte düster. »Ich möchte mein tiefes Bedauern zum Ausdruck bringen. Das tut mir sehr, sehr leid. Es kam unerwartet, aber nun ja, derlei Dinge …«

Midhat senkte den Blick auf die 45 auf seiner Physikarbeit. »Wie um alles auf der Welt können Sie davon wissen?«

»Bitte?«

»Ich habe sie erst heute Morgen zurückbekommen«, sagte Midhat. »Oh!« Er begriff. »Sie meinen Laurent. Ja, das ist schrecklich. Wir sind alle verzweifelt. Vielen Dank, Samuel, ich weiß Ihre Anteilnahme wirklich zu schätzen.«

»Warten Sie – da ist noch etwas. Ich habe mich gefragt, ob Sie vielleicht … wir könnten zusammen lernen, was meinen Sie?«

»Zusammen lernen?«

»Es war herrlich, als wir neulich in der Bibliothek gemeinsam in Sachen Psychiatrie recherchiert haben. Ich fand Ihre Neugier beeindruckend, Ihr Interesse an den unterschiedlichen Sparten der Medizin. Ich glaube, gemeinsam könnten wir das Büffeln für die Prüfungen viel angenehmer gestalten.«

Cogolati lächelte, wobei sich die großen Nasenlöcher dehnten. Midhat zögerte. Dann streckte er den Arm aus, und als sie sich die Hände schüttelten, kam ihm der Gedanke, dass dieser Mensch sein rettender Engel sein könnte. Cogolati musste ob des Eifers, mit dem Midhat seinen Arm auf und ab bewegte, schnaubend lachen, und er ergänzte, das freue ihn, das freue ihn sehr.

Am nächsten Tag trafen sich die beiden Männer in einer Nische hinter der Kathedrale, bewaffnet mit mehreren Übungsaufgaben, Lehrbüchern und mit Periodensystemen, die sie selbst aufgestellt hatten.

»Zuerst die Botanik, was meinen Sie?«, sagte Cogolati.

Diese Ecke im Schatten der Zypressen wurde der Ort, an dem sie von Ende Juni bis Anfang Juli täglich von elf bis vierzehn Uhr saßen. Die Sommersonne erhitzte den aschgrauen Stein des anatomischen Theaters und blendete sie so sehr, dass grüne und purpurne Streifen vor ihren Augen tanzten, wenn sie wieder in ihre Bücher schauten. Es war von Anfang an klar, dass eine neuerliche Wiederholung des Stoffes für Cogolati, der ein Jahr lang emsig gepaukt hatte, nur noch ein angenehmer Zusatz war. Das löste in Midhat noch stärkere Befürchtungen aus, die er durch Enthusiasmus zu tarnen versuchte; er stellte Fragen und kommentierte die Antworten mit Ts-ts-ts, als wollte er sagen: Ah, ja, natürlich, ja, das war mir klar. Sollte das Cogolati jemals auf die Nerven gegangen sein, dann ließ er sich nichts anmerken, denn er lachte nur leise und legte den Kopf in den Nacken, wenn Midhat zum dritten Mal fragte: »Und die Katalyse? Was ist das noch gleich? Ach ja, ach ja, natürlich.«

Sie absolvierten die Prüfungen in der ersten Juliwoche. Man hatte zweihundert Tische im Saal aufgestellt, jeweils in einem Meter Abstand, und hinten war ein Streifen frei, wo die Prüfer konferierten und auf und ab gingen. Zuerst waren Zoologie und Botanik an der Reihe. Midhat hatte den Eindruck, dass es sowohl schriftlich als auch mündlich ziemlich glattlief: Er wurde zu Photosynthese und Samenträgern befragt, Themen, die er mit Cogolati gründlich studiert hatte, außerdem zu Wirbeltieren und wirbellosen Tieren. In der mündlichen Zoologieprüfung bestimmte Midhat sicher die Kiemenreusen, das Spritzloch, den Rüssel, die Zilien und Tentakel und umriss vor zwei Professoren das Dasein eines Frosches; in Botanik skizzierte er das Leben einer Alge, eines Pilzes und des Lebermooses; er listete die Eigentümlichkeiten von nacktsamigen, einkeimblättrigen und zweikeimblättrigen Pflanzen auf; er definierte die Atmung und erörterte triumphierend das Leben der laubabwerfenden Pflanzen.

Physik war ebenfalls relativ einfach. Der Schlüssel, hatte Cogolati erklärt, bestehe darin, die Formeln auswendig zu lernen und zu schauen, welche in der Aufgabe gefragt sei. Danach gehe es nur noch darum, jeweils unterschiedliche Zahlen einzusetzen. »Das ist das Problem mit den amateurhaften wissenschaftlichen Einschätzungen«, sagte Cogolati. Sollte er erwartet haben, dass Midhat seine Geringschätzung teilte, so wurde er enttäuscht, denn er erblickte nur das verblüffte Gesicht eines Mannes, der das Gefühl hatte, soeben gerettet worden zu sein. »Danke«, sagte Midhat. »Vielen Dank.«

Erst in Chemie wurde er vor ein echtes Problem gestellt. Nicht, dass Midhat den Stoff nicht verinnerlicht hätte; er hatte die drei Tage zwischen der schriftlichen Physikprüfung und der Chemieprüfung mit Cogolati in der Bibliothek verbracht, und so fühlte er sich vorbereitet, als er den Saal am Tag der Prüfung betrat. Das Problem bestand eher darin, dass er unkonzentriert war, während er sich im Raum mit den kühlen, verputzten Wänden, in dem zweihundert Stifte kratzten und die Prüfer mit dumpf hallenden Schritten zwischen den Tischen patrouillierten, über den Prüfungsbogen beugte. Er las jede Frage mehrmals und in aller Ruhe; er bearbeitete mal die eine, mal die andere und brach Berechnungen in der Mitte ab.

Heute, am Tag der schriftlichen Chemieprüfung, dem letzten Tag des akademischen Jahres, würde Sylvain Leclair bei den Molineus zu Abend essen. Seit Laurents Tod hatte Midhats Liebesbeziehung mit Jeannette immer mehr Raum eingenommen, und seine Theorien über Ariane Molineu und die Ursachen für ihren Selbstmord waren immer weiter in den Hintergrund getreten. Doch obwohl er nicht weiter darüber nachgedacht hatte, hatte sich die Sache unbewusst weiter entfaltet, und nun beunruhigte ihn die Möglichkeit eines Missbrauchs, begleitet von befremdlichen Erinnerungen: Sylvains verächtlicher, quer über den Tisch geworfener Blick, Jeannette, die den Raum aufgewühlt verließ.

Er sah von seinem Prüfungsbogen auf und erblickte vor sich in der benachbarten Tischreihe eine junge Frau. Sie wirkte erregt: Sie ließ ihren Stift auf dem Tisch klappern und hakte einen Fuß hinter den anderen. Der junge Mann am Nebentisch fuhr zu ihr herum.

»Pst!«

Sie zuckte zusammen, und der Stift, den sie hielt, erstarb in ihren Fingern.

»Noch eine Stunde«, verkündete der Prüfer. Seine Kreide quietschte auf der Tafel. »*ENCORE UNE HEURE.*«

Erst da schritt Midhat wirklich zur Tat und senkte den Blick auf den Bogen. Er hatte bislang nur eine Aufgabe gelöst und eine zweite, die fünfte, begonnen. Er versuchte es noch einmal.

5. (a) Berechnen Sie das Gewicht des Schwefels in 50 gr $Cr_2(SO_4)_3$. Bestimmen Sie drei wichtige Werte (Atomgewichte Cr 52, S 32, O 16).

Nach Ablauf der Stunde hatte er die Hälfte der Aufgaben bewältigt, und als er sich bei dem Ruf »Stifte jetzt weglegen!« erhob, schwindelte ihm vor Konzentration. Man ließ sie in alphabetischer Reihenfolge gehen. Midhat folgte Cogolati nach draußen, wo sie in übertriebenem Kontrapost auf den Stufen standen.

»Wie ist es gelaufen?«, fragte er, als sie nebeneinandertraten.

»Ich denke gut.«

Auf der anderen Seite des Innenhofes winkten und wisperten die Koniferen.

»Wollen wir noch einen Kaffee trinken?«

»Danke«, sagte Midhat, »ich bin ziemlich erschöpft, wissen Sie. Ich sollte wohl nach Hause gehen.«

Das also war ihr Abschied voneinander, denn Cogolati bräche am nächsten Morgen nach Genf auf. Midhat bedankte sich bei ihm, und Cogolati grinste verlegen. Sie umarmten sich, und am Tor trennten sich ihre Wege.

Es war Hochsommer. Ringsumher prunkten die Bäume mit winzigen rosa Blüten und erfüllten die Straßen mit ihrer Pracht. Alles war ruhig. Er kehrte mit sehr langsamen Schritten zurück, erlöst von dem Regime der akademischen Zeitrechnung, der Aufteilung der Tage in Stunden und halbe Stunden. Beim Erreichen des Hauses ging er die Stufen hinauf: Die Tür des Arbeitszimmers von Doktor Molineu war nur angelehnt. Durch den Spalt erblickte er Jeannettes Hinterkopf, sie saß vor den Erkerfenstern auf dem Fußboden. Er klopfte.

»Herein.«

Neben ihr lagen ein Stapel Fotoalben sowie ein kleiner

Haufen einzelner Fotos auf dem Fußboden. Das oberste zeigte eine Frau mit Spitzenkragen und einer Blüte im Haar.

»Wie war's? Komm, gib mir einen Kuss.«

»Gut. Aber ich bin müde, mein Gehirn ist wie ausgelaugt. Ich will dich nicht stören, lies bitte weiter.«

Midhat hatte sich zuletzt auf der Suche nach Tinte in das Arbeitszimmer von Doktor Molineu geschlichen. Diesen Raum ließen sie bei ihren heimlichen vormittäglichen Stelldicheins stillschweigend außen vor; er war tabu. Trotzdem erfüllte ihn nun, da er mitten darinstand, vor sich die Frau, die er liebte, das Gefühl, dass er sich mit Recht hier aufhielt. Der Schreibtisch war von Papieren übersät, und es gab einen kleinen Stapel von Büchern, aus denen Lesezeichen wie Zungen ragten. Midhat unterdrückte den Impuls, sich auf den Schreibtischstuhl zu setzen, und erlaubte sich stattdessen eine kurze Zukunftsvision, die sich in einem ähnlichen Raum abspielte. Er verdrängte sie und ging zu Jeannette.

Er las ihn halb bewusst aus den Augenwinkeln. Seinen eigenen Namen. Er ging ein paar Schritte zurück.

Am Rand des Schreibtisches lag ein offenes Notizbuch. Als Überschrift stand in großen Buchstaben auf der Seite: »*Notes Préliminaires – Midhat Kamal.*« Darunter gab es diverse unleserliche Einträge in grüner Tinte, zum Teil auch schräg am Rand. Midhat griff nach dem Notizbuch. Unten auf der Seite konnte er zwei Einträge entziffern. »*Naplouse – deux montagnes, Ebal et Gerizim*«, lautete die eine und die andere: »*Les Samaritains – la magie? L'Araméen & l'Arabe & l'Hébreu.*« Er blätterte um. Die nächste Überschrift lautete »*Proverbes*«. Drei waren aufgeführt, alles Sprichwörter, die Midhat als Kind in Nablus aufgeschnappt und im letzten Winter, während eines Gespräches vor dem Kamin, für Doktor Molineu übersetzt hatte. Hier waren sie transkribiert. »Zeitungsenten«, lautete eines; »*kalam jarayid* – etwas, das schwer zu glauben ist«. Ein anderes: »*kalamo waqif* – seine Worte stehen – i.e.: sind aggressiv«; »während der Nacht gesprochene Worte haben eine Hülle aus Butter – werden in der Sonne schmelzen – lose Versprechen.« Unten auf der Seite stand: »*La langue peut affecter le cerveau? La traduction pure est impossible.*«

»Was ist das hier?«, fragte Midhat.

»Was meinst du?«

»Dein Vater …«

»Ja? Mein Vater?«

»Er hat über mich geschrieben.«

Jeannette erhob sich. »Über dich geschrieben? Was soll das heißen?«

Er drehte sich wieder zum Schreibtisch um. Unter den Büchern waren zwei Ausgaben des Korans. Er reichte Jeannette das Notizbuch mit seinem Namen darin und griff nach dem ersten Koran, einer alten französischen Ausgabe, in braunes Leder gebunden, mit Goldprägung auf dem Rücken, der mehrere horizontale Wülste hatte. Der Titel lautete: »*L'Alcoran de Mahomet Tom 1*«. Die zweite Ausgabe war eine neuere englische Übersetzung.

»Er hat mich studiert.«

Sie blätterte um, und Midhat schaute über ihre Schulter. Ein Absatz war groß und gut lesbar geschrieben.

Die Wirkung einer neuen Sprache, erlernt von einem primitiven Geist.

Das Lernen eines Wortes schafft im Geist offenbar Raum für seine Bedeutung – Gebrauch, Nuancen, Konnotationen und Unterschiede –, sodass es selbst dann, wenn es in Vergessenheit geriete, eine Delle auf der Oberfläche des Geistes hinterließe, einen Abdruck oder eine Mulde. Deshalb kann ein Mensch ohne Worte zu komplexem

Denken imstande sein, nur muss er dazu irgendwann einmal das Sprechen gelernt haben.

Jeannette blätterte nicht weiter. Beide schwiegen.

»Hast du das gewusst?«, fragte er nach einer Weile.

»Ganz bestimmt nicht.«

»Glaubst du ... glaubst du ... ich wäre ...« Er klang gepresst. »Ich muss mit ihm reden.«

Er hielt sich am Stuhl fest, um nicht umzukippen.

»Ja, das solltest du wohl.« Sie legte das Notizbuch behutsam auf den Schreibtisch. »Möchtest du, dass ich dabei bin?«

»Nein. Du und ich ... ich denke, es ist nicht der passende Moment. Ich muss mich setzen.«

Jeannette folgte ihm in sein Schlafzimmer. Sie stand in der Tür, als er sich auf das Bett setzte. Ihre Augen waren gerötet, weil sie die Tränen zurückhalten musste.

»Setz dich doch auch.«

Er mochte sie nicht anschauen. Als sie an ihm vorbeiging, starrte er durch die offene Tür in den Flur, wo sich das Licht durch eines der Fenster auf die Dielen ergoss. Er starrte die Dinge an, die von der Tür gerahmt wurden, bis sie sich verwandelten: Das Geländer wurde zum Arm einer Frau, der Schatten hinten vor dem Bad zu einem schwarzen Schuh mit einem langen Senkel, bei dem es sich in Wahrheit um die im Schatten liegende Lücke eines verzogenen Dielenbretts handelte.

In seinem Magen verkrampfte sich etwas. Er war Gast, aber sein Gastgeber hatte gegen die Regeln verstoßen. Das hatte er natürlich auch getan, eine Grenze überschritten, noch dazu mit der Tochter seines Gastgebers. Wer also hatte sich schuldig gemacht? Er wurde sich wieder seines Unwissens bewusst. Er meinte, die öffentlichen Umgangsregeln mehr oder weniger gut zu kennen – aber die privaten? Er hatte geglaubt, im Schoß der Familie aufgenommen worden zu sein und sogar – jedenfalls beinahe – das Recht zu haben, sich im Arbeitszimmer auf den Stuhl zu setzen. Er hatte kein Hindernis darin gesehen, dass er ein Fremder war. Aber wenn er ein Studienobjekt des Vaters war, wie konnte er dann dessen Tochter zur Frau nehmen? Wer studierte schon seinen Schwiegersohn?

Dunkelheit verhüllte den Blick durch die Tür, die Schatten wuchsen, die Lichtflecke schrumpften, und der Schuh in der Ecke versank im zunehmenden Dunkel.

»Midhat?« Jeannette hatte die Augen weit geöffnet. »Ich habe gerade die Tür gehört, Midhat. Sie sind da.«

Er hörte sich antworten.

»Ich sollte mich wohl umkleiden«, sagte sie. »Sie werden zuerst einen Aperitif nehmen.«

Sie trat in die Tür, dann ins Licht und wieder hinaus, und dann war sie weg.

Er bewegte sich träge. Er tat Bücher und Notizen in das Schrankregal und legte das Prüfungsgewand ab. Er zog einen dunkelgrauen Anzug an, wählte die silberne Krawattennadel und für den Aufschlag den Anstecker in Schmetterlingsform. Er betrachtete sich im Spiegel des Kleiderschranks. Er versuchte zu sehen, was Frédèric sah. Irgendetwas bewegte sich. Es war die Reflektion eines Astes im Garten, der wie ein zitternder Arm in der Brise schwankte.

Im Flur knarrte ein Dielenbrett; er öffnete die Tür und sah Jeannette vor der Treppe. Sie trug ein dunkelgelbes Kleid mit schwarzem Spitzenbesatz auf den Schultern.

»Lass uns nach unten gehen«, sagte sie.

»Ich komme gleich.«

Sylvain Leclair und Doktor Molineu saßen schon am Tisch, als er eintrat. Sylvain saß neben Jeannette, und für Midhat war gegenüber gedeckt, an der Seite des Hausherrn.

»Guten Abend, Monsieur Midhat«, sagte Sylvain.

»Guten Abend, Monsieur Leclair. Herr Doktor. Mademoiselle.«

Leclair war zuletzt im Frühling zum Essen erschienen, und er hatte seither abgenommen, war aber immer noch massig, sein Gesicht etwas schlaff. Die spitzen Augenbrauen waren grau; aus irgendeinem Grund hatte Midhat sie als schwarz in Erinnerung.

»Bitte entschuldigen Sie die frugale Mahlzeit«, sagte Doktor Molineu zu Sylvain. »Ich fürchte, wir konnten weder Geflügel noch anderes Fleisch auftreiben. Immerhin haben wir Butter, darauf ein Hurra.«

Georgine servierte Schälchen mit Kürbissuppe, und Molineu schenkte Wein ein.

»Sie haben die Prüfungen hinter sich, wie ich höre?«, fragte Sylvain.

»Ja, sie sind abgeschlossen.«

»Zu Ihrer Zufriedenheit?«

»Ich hoffe. Wir werden es ja sehen.«

Sie begannen, die Suppe zu essen. Jeannette zerriss ein Brötchen und begann, Butter daraufzustreichen.

»Und wann kehren Sie in Ihre Heimat zurück?«

Das Klappern der Löffel verstummte. Sogar Jeannette sah auf.

»Wann ich heimkehre?« Midhats Stimme bebte. »Vermutlich bald.«

»Werden Sie in Ihrer Heimstadt als Arzt tätig sein?«

»Ob ich was? Oh … das weiß ich noch nicht …«

Molineu griff nach dem Butterschälchen.

»Ich habe mit Bedauern vom Tod Ihres Freundes erfahren«, sagte Sylvain.

Schwer zu sagen, warum ihn ausgerechnet diese Bemerkung provozierte. Vielleicht lag es daran, dass Midhat ohnehin gereizt war. Auf jeden Fall stieg schlagartig die Wut in ihm auf und verschlug ihm die Sprache, sie füllte seine Stirn wie mit Wasser. Als er schließlich etwas hervorbrachte, zitterte er am ganzen Körper und konnte nur flüstern.

»Was bilden Sie sich ein?«

»Monsieur Kamal«, sagte Jeannette, »geht es Ihnen gut?«

»Ob es mir gut geht? Ob es mir gut geht? Dieser Mann ... dieser Mann ... Mademoiselle, es tut mir leid, Ihnen das sagen zu müssen, aber dieser Mann ... er ist ein Wurm und ein Dieb.«

»Ein Dieb?«, sagte Frédèric.

Sylvain lachte. »Ich fürchte, ich habe ihn verärgert«, sagte er mit hoher, belustigter Stimme. »Vielleicht fühlt sich unser Gast ja schuldig, weil seine Landsleute Krieg gegen uns führen und unseren Freund getötet haben.«

»Sie sind widerwärtig. Sie haben keine Achtung vor Frauen, Ihnen ist nichts heilig.«

»Midhat«, sagte Jeannette.

Sie war jetzt kreidebleich. Midhat wurde von Panik erfasst – ihre Liebe zu ihm war so kostbar, so empfindlich, so schwer zu erlangen gewesen –, und er verlor sofort wieder die Kontrolle über seine Stimme.

»Nein, dieser Mann – er ist ein Krebsgeschwür, er hat sich in das Herz Ihrer Familie geschlichen. Aber ich kenne sein wahres Gesicht.«

Sylvain sah ihm in die Augen. »Sie wissen gar nichts.«

»Beruhigen Sie sich, Midhat«, sagte Molineu. »Sie sind ... Ich glaube, Sie sollten sich beruhigen.«

»Sie!«, sagte Midhat.

Er sah wieder Jeannette an; in ihren Augen glänzten Tränen. Es war der falsche Zeitpunkt; er holte Luft, um innerlich wieder ins Lot zu kommen.

»Was stimmt denn nicht, um Himmels willen?«, fragte Molineu.

»Was nicht stimmt! Ich … ich …« Das orangefarbene Suppenschälchen verschwamm vor seinen Augen. »Ich habe entdeckt … ich hatte vor, mit Ihnen zu sprechen … über das …«

Jeannette warnte ihn durch eine bebende Kopfbewegung. Nein, sagten ihre Lippen.

»Später, ja. Ich hatte vor, später mit Ihnen darüber zu reden.«

»Worüber zu reden?«

»Nichts … nichts.«

»Das kann nicht sein«, sagte Sylvain. »Sie haben zwei ebenso unklare wie aggressive Anklagen vorgebracht, Monsieur, und Sie sollten sich wenigstens erklären.«

»Ihre Frau!«

»Nein«, sagte Jeannette. »Nein, Midhat.«

»Meine Frau?«, fragte Sylvain.

»Nein. *Seine* Frau.«

»Midhat!«, sagte Jeannette entsetzt.

In Midhat zerbrach etwas. Er versuchte, sich zu zügeln. »Er ist ein schlechter Mensch«, sagte er. Und dann, unvermittelt: »Ich habe gesehen … auf Ihrem Schreibtisch habe ich gesehen …«

»Auf meinem Schreibtisch?«, fragte Molineu.

»Ich hatte nicht eintreten wollen. Wirklich nicht. Ich war nur neugierig – bitte verzeihen Sie!«

»Vollkommen überflüssig«, warf Jeannette ein, »jetzt darüber zu reden. Wir sind alle aufgebracht. Wir sollten uns erst einmal sammeln.«

»Nein, Jojo, lass ihn nur reden«, sagte Molineu in einem Ton, als würde er zu einem Kind sprechen. »Sie waren also in meinem Arbeitszimmer?«

»Verzeihen Sie. Aber auf Ihrem Schreibtisch habe ich entdeckt …«

Molineu wirkte kurz entsetzt. »Midhat …«

»Glauben Sie, ich hätte keine Gefühle?« Midhat ließ eine Faust auf den Tisch fallen. Sein Löffel kippte aus dem Schälchen, und die orangefarbene Suppe spritzte auf seine Hand und auf die Tischdecke. Er betrachtete die Kleckse mit stockendem Atem. Jeannette wollte seine Hand mit der Serviette abwischen.

»Ich kann ... ich habe nur ...«, sagte Molineu.

»Sie haben mich studiert.«

»Nein, ganz und gar nicht, es ist ...«

»Glauben Sie, ich wäre nicht ... halten Sie mich für *unzivilisiert?*«

»Ich hätte Sie zuvor um Erlaubnis bitten müssen, das versteht sich von selbst, das sehe ich jetzt ein ...«

»Halten Sie mich für unzivilisiert?«

»Nein! Grundgütiger, nein, ganz im Gegenteil, Midhat, Ihre Anwesenheit hat mich inspiriert, ebenso Ihre Eleganz und Ihre ... Menschlichkeit ...«

»Meine Menschlichkeit?«

»Ja! Ihre Menschlichkeit. Bitte, lassen Sie mich erklären. Ich bin mir der Klischees, die es Ihnen gegenüber in der europäischen Kultur in Fülle gibt, sehr bewusst. Und ich glaube, man könnte diesbezüglich Fortschritte machen, ich meine ... das Studium der Zivilisationen betreffend ...«

»Doktor Molineu«, sagte Midhat.

»Nein, lassen Sie mich ausreden. Ich versuche, im Rahmen meiner Forschungen – und es ist ein bescheidener Versuch, Midhat! – eine vorläufige Abhandlung zu erstellen, nur das! Ich habe versucht, wollte nur versuchen, Sie menschlicher zu machen.«

»Mich menschlicher machen?«, sagte Midhat, nachdem er Luft geholt hatte. »Ich bin ... ich bin wirklich verblüfft. Monsieur, ich bin ein Mensch. Ich bin ... nein ...« Er stand auf. Seine Serviette fiel auf den Boden. »Entschuldigen Sie mich«, murmelte er. »Ich muss gehen. Guten Abend. Guten Abend.«

Sie redeten, als er verschwand, doch er konnte die Worte nicht verstehen. Er packte das Treppengeländer und schleppte sich nach oben. Vor seinen Augen drehte sich alles, als der Flur in Sicht kam. Oben hörte er Schritte, und dann fing Jeannette ihn vor seiner Schlafzimmertür ab.

»Oh, Midhat«, flüsterte sie. »Ich wünschte, du hättest das unterlassen.«

»Verzeih mir.«

Er senkte den Kopf, und sie legte ihm die Hände auf die Wangen.

»Du hättest das nicht sagen sollen. Sylvain ist ...«

»Ich weiß über Sylvain Bescheid«, sagte Midhat.

»Was meinst du damit? Sylvain ist ein Freund.«

Er holte tief Luft und richtete sich auf. »Ich habe Grund zu der Annahme, dass er wenigstens eine Ursache für die Probleme deiner Mutter war.«

Jeannette sah ihn verständnislos an.

»Als ich die möglichen Ursachen für ihre Krankheit recherchiert habe, für ihr tiefes Elend, bin ich darauf gestoßen, dass nervöse Erkrankungen meist durch irgendein Ereignis ausgelöst werden. Ich habe Anlass zu der Vermutung, dass ein Missbrauch vorliegen könnte, den Sylvain Leclair ...«

Ihre Miene blieb unbewegt. Zweifel regten sich in ihm. Aber er konnte nicht mehr zurückrudern; er musste bei seiner Meinung bleiben, wenigstens in diesem Punkt.

Sie senkte den Blick. »Oh, Midhat. Du täuschst dich in ihm.«

»Ich täusche mich nicht. Er ist ein schlechter Mensch. Er hat kein reines Herz.«

Sie schüttelte den Kopf. »Nein. Sylvain war meiner Mutter ein guter Freund.«

»Hör mich an.« Er packte sie bei den Armen. »Dieser Mann stellt eine Gefahr für dich dar.«

»Wie?« Ihre Augen blitzten. »Was redest du da?«

»Hör mir zu, Jeannette. Ich versuche …«

»*Nein*, Midhat. Wie gesagt: Du täuschst dich.«

Sie drehte ihren Kopf langsam, aber entschieden zur Seite. Und dann schloss sie die Augen.

Midhat wartete, nahezu fassungslos. Und als hätte er soeben eine Glasschüssel hinfallen sehen, ohne begreifen zu können, dass sie unwiederbringlich kaputt war, hielt er Jeannette an den Armen fest und wartete, wartete darauf, dass sie sich ihm wieder zuwandte. Sie schwieg. Wenn ihre Miene eine Anspannung zeigte, dann sicherlich nur wegen eines kurzen Impulses, einer flüchtigen Aufwallung, die verfliegen würde. Aber sie presste weder Zähne noch Lippen zusammen, weinte auch nicht. In ihren Augen, halb geschlossen und zu Boden blickend, lag nur eine leise Traurigkeit. Sie würde ihn nicht vor ihrem Vater in Schutz nehmen. Alles lag in Scherben. Er hatte alles kaputt gemacht.

Im Flur veränderten sich die Formen. Die Schatten flackerten, wie durch ein Licht verzerrt, das unter der Decke hin und her schwang. Er schüttelte Jeannette verzweifelt. Die Ränder des Flurs verschwammen. Sogar sie, ausgerechnet sie, Jeannette, sogar sie war weit entfernt von ihm. Er ließ ihre Arme los und trat zurück. Sie tat nichts, um ihn davon abzuhalten. Es war klar, dass er in diesem Haus nicht länger verweilen konnte.

ZWEITER TEIL

1

In einer so uralten Stadt wie Nablus, in der sich die Namen der Bewohner über Jahrhunderte gehalten haben, verfestigten sich die Gerüchte, die der Wind zwischen den beiden Bergen hin und her trug, mit der Zeit zu Legenden. Es gab zig Geschichten über Eheschließungen, über Rivalitäten und Flüche und den Zauber der Samaritaner. Legenden über den Hahn, der zum Tod verurteilt wurde, weil er auf dem Land des Bürgermeisters gekräht hatte, über den marokkanischen Hakawati, der nur Goldschmuck raubte, und über den Beduinenprinz, der auf seinem Pferd schlief und Kugeln in den Himmel schoss.

Eine dieser Geschichten handelte von der Königin Melisande, Herrscherin des Kreuzritterstaates von Jerusalem, die von ihrer armenischen Mutter tiefdunkle Augen und eine Vorliebe für Ausritte bei Sonnenschein geerbt hatte. Ihre Mutter hatte keinen männlichen Erben geboren, und ihr Vater teilte das Königreich auf seinem Sterbebett zwischen Melisande und ihrem Sohn Balduin auf. Als Balduin volljährig wurde, wollte er allein über das Königreich herrschen und versammelte ein Heer, um die Stadt seiner Mutter zu belagern und diese ins Exil zu zwingen. Die aus der Heiligen Stadt verbannte Melisande verbrachte ihr restliches Leben in einem Palast im Zentrum von Nablus. Ihre Bewacher gestatteten ihr, täglich einmal auf ihr Pferd zu steigen, und sie ritt am Berg Garizim vorbei bis zu der Stelle, wo das Tal in die karge Ebene mündete.

Acht Jahrhunderte später, laut des gregorianischen Kalenders im Jahre 1915 oder im Jahre 1333 der Hidschra, waren die Überreste von Melisandes Kreuzritterpalast immer noch in der Nähe der Moschee im Viertel Yasmineh zu finden, und das Land, auf dem sie ausgeritten war, gehörte nun zum Dorf Zawata. Auf eben diesem Land lebte ein Mann namens Hāddsch Hassan Hammad, der sich an einem heißen Augustnachmittag im Schatten eines Olivenbaums ausgestreckt hatte. Seine Frau eilte über den Rasen. Ein türkischer Bote war erschienen und bestellte ihn zu einem Tribunal mit Cemal Pascha in Aaley, zwölf Meilen hügelaufwärts von Beirut.

Im Frühjahr hatten die Türken begonnen, die Armenier zu deportieren. Zuerst verhafteten sie die Intellektuellen in Konstantinopel – Krikor Zohrab, Daniel Varoujan, den Dichter, Rupen Zartarian, Ardashes Harutiunian, Atom Yarjanian »Siamanto«, Yervant Srmakeshkhanlian, den Romanautor –, insgesamt landeten über zweitausend in Sammellagern der Hohen Pforte, viele wurden gefoltert, die meisten ermordet. Danach zwangen die Türken jeden verbliebenen armenischen Zivilisten, ohne Proviant in die Wüste zu ziehen. Das Osmanische Reich lag in den letzten Zügen, und man ließ in einem paranoiden Wahn sämtliche Dissidenten ermorden. Man konnte plötzlich durch bloße Volkszugehörigkeit zum Verräter werden. Frauen wurden zuerst vergewaltigt und dann erdrosselt, im Euphrat trieben Massen von Leichen. Unter dem Druck des Großen Krieges attackierte das Reich, das vor Kurzem noch in Windeseile demokratische Reformen umgesetzt hatte, gnadenlos jeden, der kein Türke war oder keiner sein wollte.

Der Bote teilte Hāddsch Hassan mit, sein Freund und Kollege Fuad Murad sei zu dem Tribunal beordert worden und habe Nablus bereits in Richtung Aaley verlassen. Hassan versicherte dem Boten, er werde umgehend aufbrechen, und schickte ihn fort. Nachdem Hassan die Tür geschlossen hatte, entdeckte er seine in Tränen aufgelöste Frau Nazeeha, die gelauscht hatte. Hassan fiel ein, dass sein Onkel Hāddsch Tawfiq Hammad, der Nablus im osmanischen Parlament vertrat, sich bei den Behörden für ihn einsetzen könnte. Er verfasste ein Schreiben an Tawfiq und ließ es von seinem Diener zum Telegraphenamt in Nablus bringen. Er würde eine weitere Nacht auf seinem Hof auf die Antwort von Tawfiq warten und die verlorenen Stunden am nächsten Tag wieder aufholen.

An jenem Abend verschwanden die anderen Familienmitglieder nach der gemeinsamen Mahlzeit aus Linsen und Lamm, um zu schlafen oder zu beten, und Hassan nutzte die Gelegenheit, um sich in seinen Garten zu setzen. Nazeeha wollte ihm Gesellschaft leisten, doch er wies sie ab. Er schaute vom Vorsprung auf das Schwimmbecken, in dem sich die glitzernden Sterne spiegelten, und lauschte dem Plätschern, mit dem die Bewässerungsanlage weiter unten die Pomelo-Bäume versorgte.

Im Arbeitszimmer packte er eine kleine Tasche für die Reise – zwei frische Hemden und seine beste französische Hose; den Koran; ein Stück Seife –, und als er die Riemen schloss, führte das Hausmädchen einen Besucher herein. Es war sein Freund, der Kaufmann Hāddsch Taher Kamal.

»Cemal Pascha ist jetzt ein verängstiger, blutrünstiger Mann«, entfuhr es Hāddsch Taher. »Du darfst nicht dorthin, das wäre dein sicherer Tod. Al-Lamarkaziya, al-Ahd – jede Gruppe, die auf Unabhängigkeit pocht, stellt eine Bedrohung dar. Das wird keine faire Verhandlung.«

»Wir haben niemals die Unabhängigkeit gefordert«, erwiderte Hassan. »Wir sind die Dezentralisierungs-Partei. Wir wollen nur Reformen.«

Hāddsch Taher war trotzdem überzeugt, dass es riskant war, und drängte Hassan, nicht nach Aaley zu reisen. Hassan stimmte ihm durchaus zu, nur hatte er sich bereits entschieden, und er zählte natürlich auf Tawfiq. Hāddsch Taher meinte es gut, aber er war kein Politiker.

Vor Mitternacht traf ein Telegramm Tawfiqs ein: Ja, er

werde eingreifen. Hassan könne sich eines Freispruchs gewiss sein.

Er erwachte bei Sonnenaufgang, küsste seine schlafende Frau, stieg auf sein Pferd und ritt durch die Hügel nach Norden. Als die Sonne die Luft zu erhitzen begann, erreichte er Dschenin, wo er sein Pferd bei einem Cousin gegen eine Kutsche eintauschte. Die Unebenheiten der Straße, die er durch die Holzwand spürte, wiegten ihn in den Schlaf, und als die Räder am kühlen See Genezareth über die Steine knirschten, erwachte er wieder. Er aß eines der Brote, die er mitgenommen hatte, das andere bot er dem Kutscher an. Als sie sich dem Fluss Litani näherten, wurde er wieder hungrig, aber sie hatten nur noch einen Beutel Hafer für die Pferde, und so bat er den Kutscher, bei einer Herberge zu halten, die vor ihnen auf einer Hügelkuppe in Sicht kam.

Während der Kutscher die Pferde versorgte, ging Hassan zu dem Gebäude. Die Fassade war kürzlich erneuert worden, die Blätter des Johannisbrotbaumes waren mit Mörtel verkrustet. Der Wirt erschien in der Tür, ein kleiner, schwarzäugiger Mann mit schmutziger Schürze. Kein Essen, sagte er. Hāddsch Hassan schaute verdrossen drein, woraufhin der Mann erklärte, er habe vielleicht doch noch ein paar Eier – wenn der Effendi kurz warten wolle. Er gab Hassan eine Zeitung und humpelte davon.

Die Sonne stand fast im Zenit, als sich Hassan auf einen Stein setzte und die Zeitung aufschlug. Die üblichen Geburts- und Todesanzeigen, neue Nachrichten über die Zurückschlagung der Briten bei Gallipoli und die ausführliche Rezension eines Buches über einen syrischen Emigranten in Amerika. Hassan überflog den Text. Als er zur Titelseite blätterte, las er: »Elf Nationalisten in Beirut gekreuzigt.«

In der Mitte der Liste stand der Name seines Freundes, Fuad Murad. Murad war bereits tot! Und sein eigener Name war auch aufgelistet, mit einem *Foto* – Hassan Hammad wurde gesucht. Auf dem zwei Jahre alten Foto war er glatt rasiert. Er griff an seinen Bart und stand auf. Sein Kutscher erleichterte sich gerade vor einem Baum, und bei diesem Anblick blitzte wieder Panik in Hassan auf. Der Kutscher hatte sich einen schlechten Baum ausgesucht und versuchte, den Spritzern zu entgehen, während seine Pisse über die knotige Rinde strudelte, und Hassan traf eine blitzschnelle Entscheidung. Er schwang sich auf den Kutschbock und trieb die Pferde mit Peitschenhieben an, überhörte die hinter ihm ertönenden Schreie.

Er überquerte den Fluss Litani auf einer maroden Brücke und hielt auf der anderen Seite, um die Pferde zu tränken. Von dort fuhr er nach Osten, fort von Beirut, wenn auch ohne konkretes Ziel. Er schlug einen Bogen um die Dörfer – er durfte nicht riskieren, als einziger Fremder in einer Suq aufzutauchen.

Nachdem er anderthalb Stunden auf Umwegen nach Osten gefahren war, traf er auf einen türkischen Soldaten, der am Straßenrand saß, die Knöchel voll weißem Staub. Der Soldat stand auf und begrüßte Hassan. Seine Uniformjacke hatte Messingknöpfe, an seiner Seite glitzerte ein Bajonett. Sein großer Schnurrbart war auf osmanische Art gewachst, neben seinem Stuhl stand eine Kiste mit Orangen. Hassan zügelte die Pferde und stieg ab, und der Soldat verlangte seine Papiere, auf Arabisch, aber mit starkem Akzent. Er musterte argwöhnisch Hassans Kleidung.

»Ist das Ihre Kutsche?«

»Ja«, antwortete Hāddsch Hassan. Dann fuhr er in fließendem Türkisch fort: »Können Sie mir sagen, wo ich hier etwas essen kann?«

Der Soldat, beglückt über Hassans makelloses Türkisch, klopfte ihm auf den Arm und bot ihm eine Orange an. Hāddsch Hassan nahm sie an und begann, sie zu schälen; der Fruchtsaft spritzte auf seine staubigen Hände. Der Soldat warf die Schale zu den anderen Resten in die Kiste, und während sie aßen, begriff Hāddsch Hassan, dass er jedes Misstrauen im Keim ersticken musste. Also erzählte er dem Soldaten, er sei mit einem Kutscher aufgebrochen, um seine Familie in Beirut zu besuchen. Doch bei einem Halt in einer Karawanserei habe ihn der Kutscher beraubt und das Weite gesucht. Ein netter, alter Händler habe ihm die Kutsche geborgt, nachdem er geschworen hatte, sie zurückzubringen.

»Ich habe keine Papiere, nichts dergleichen«, fügte er hinzu und musterte dabei die Miene des Soldaten.

»Ich wohne in der Nähe«, erwiderte der Soldat. »Und ich habe einen Telegraphen, falls Sie Ihre Familie informieren möchten.«

Hassan zögerte. Vielleicht konnte er dem Mann vertrauen – andererseits blieb er ein Türke. Und sollte ihm der Gedanke gekommen sein, dass Hassan auf der Flucht wäre, dann spekulierte er vielleicht auf eine Belohnung. Hassan wog seine Möglichkeiten ab. Er konnte schnell verschwinden. Für den Fall, dass er fliehen musste, würde er eines der Pferde ausspannen.

Der Soldat führte ihn zu einer kleinen Hütte, die weiter unten an der Straße stand. Darüber schwankte das Zickzack der Telegraphendrähte behäbig im Wind. Als der Soldat hineinging, schirrte Hassan eines seiner Pferde aus und band den Zügel mit einem Seil an der Kutsche fest, gab dem Tier danach eine Hand voll Hafer zu fressen und streichelte die warme Schnauze. Der Soldat hatte schon Wasser aufgesetzt, als er eintrat. In der Ecke stand ein Tisch mit Elektrogeräten: ein rechteckiger Kasten, an ein Radio erinnernd, mit unterschiedlich großen Knöpfen und Messingröhren auf der Seite; dahinter stand ein zweiter, glänzender Kasten mit noch mehr Knöpfen, Spiralen und Armaturen auf jeder Fläche.

»Wissen Sie, wie man damit umgeht?«

Hassan schwieg. Der Soldat lachte.

»Keine Sorge. Schreiben Sie auf, was Sie mitteilen möchten, ich schicke es dann ab. Bitte.«

Hassan nahm einen Zettel entgegen und schrieb eine kurze Nachricht. Allerdings nicht an seine Frau, sondern an seinen Freund, Hāddsch Taher Kamal.

Der Soldat setzte sich und begann, die Nachricht mit der Taste zu übermitteln. Das Wasser kochte, der Kaffee schäumte; Hassan nahm ihn von der Platte.

»Nun müssen wir bloß auf die Antwort warten. Dort drüben stehen saubere Tassen.«

Es gab nur einen Stuhl in der Hütte, den vor dem Apparat, und der Soldat bestand darauf, dass Hassan Platz nahm, während er selbst sich gegen die Wand lehnte. Hassan erkundigte sich unverfänglich nach dem Posten des Soldaten, immer wieder unterbrochen durch langes Schweigen, denn er war sich ihrer sehr unterschiedlichen Rollen im Osmanischen Reich bewusst. Eine Stunde verstrich, und Hassan kam der Gedanke, dass der Soldat seine Unkenntnis des Morsealphabets ausgenutzt und in Wahrheit seine Vorgesetzten informiert haben könnte, die in Kürze erscheinen würden, um ihn zu verhaften. Vielleicht konnte er noch fliehen. Er dachte an das Pferd. Aber wenn der Soldat eine ehrliche Haut war und die Nachricht tatsächlich an Hāddsch Taher geschickt hatte, würde Hassan die Antwort verpassen. Er prüfte verstohlen, wie er am Soldaten vorbei zur Tür rennen konnte, und setzte sich aufrecht hin, krümmte schon die Finger, um draußen sogleich nach dem Zügel greifen zu können.

Da begann der Apparat, laut zu klackern. Hassan sprang erschrocken auf, und der Soldat nahm seinen Platz ein, während ein Rädchen einen Papierstreifen in seine Hand spulte. Sobald der Apparat verstummte, riss der Soldat den Streifen ab, betrachtete das Lochmuster und notierte den Wortlaut.

»Ich habe einen Cousin in Damaskus in der Nähe der Zitadelle Stop Geh zu ihm Stop er heißt Abu al-Kheir al-Muwaqqa Stop«, las er laut vor.

Er reichte Hassan die Transkription.

»Vielen Dank«, sagte Hāddsch Hassan. »Friede sei mit dir.«

Hassan, ein Liebhaber der Symmetrie, gab auch dem zweiten Pferd etwas zu fressen, bevor er das andere wieder anspannte. Er nahm die Pose des bescheidenen Kutschers ein und lenkte sein Gespann mit einem Peitschenknall in Richtung Damaskus.

Bei Anbruch der Nacht erreichte er das Jupiter-Tor im Südwesten der Altstadt. Vom Kutschbock aus erkundigte er sich bei einem Straßenhändler, der seine Ware zu später Stunde verpackte, nach dem Haus von Abu al-Kheir al-Muwaqqa. Der Händler gab ihm komplizierte Anweisungen, und Hassan, der sie getreulich befolgte, gelangte zu einem Hauseingang aus grauen und rosa Steinen.

Ein schmallippiger Mann mit silbergrauen Haaren öffnete die Tür und führte ihn zum Stall, um Kutsche und Pferde unterzustellen.

»Willkommen«, sagte er. »Ein Freund von Hāddsch Taher ist auch mein Freund.«

Er führte Hassan in ein Schlafzimmer mit Maschrabiyya-Fenster, wo das Hausmädchen gerade eine Matratze ausrollte. Hassan schlief tief und fest. Er erwachte im Morgengrauen, betete und schlief dann weiter bis zum zweiten Gebetsruf. Im Flur fand er eine Nachricht vor: Die Familie war in aller Frühe aufgebrochen, um einen trauernden Verwandten zu besuchen, wollte aber vor Anbruch der Nacht zurück sein. Die Dienerin servierte ihm Eier mit Sumak, und als er den letzten Happen aß, wurde an die Tür geklopft.

Zwölf türkische Soldaten betraten das Haus. Hāddsch Hassan stellte sich geistesgegenwärtig als Abu al-Kheir al-

Muwaqqa vor und betete im Stillen darum, sein Bart möge Verkleidung genug sein. Er habe keinen Flüchtling aus Nablus empfangen, nein, führe sie aber gern durch das Haus, ob sie vielleicht ein Glas Limonade wollten. Das Wohnzimmer bot nicht genug Platz für alle zwölf, also setzten sich nur die Vorgesetzten, während die Untergebenen standen, alle mit einem großen Glas in der Hand. Hāddsch Hassan lehnte sich auf die Fensterbank, bemüht, die Höflichkeit eines Gastgebers und die Gelassenheit eines Hausherrn auszustrahlen, und ließ seinen Blick so flüchtig über die vielen Ornamente gleiten, als hätte er sie tausendmal gesehen. Die Männer tranken aus. Sie dankten Abu al-Kheir, sich die Zeit genommen zu haben.

Hāddsch Hassan wurde weiter gesucht, und ihm dämmerte, dass eine Woche im Versteck nicht reichte. Er diskutierte die Sache mit Abu al-Kheir, und sie beschlossen, dass er die älteste Tochter der Familie heiraten solle, ein pummeliges Mädchen namens Rasha mit weit auseinanderliegenden Augen. Hassan stiftete eine Taschenuhr als Mitgift – er hatte zum Glück zwei mitgenommen – und sicherte seinem Gastgeber schriftlich zu, alle Kosten, die während seines Untertauchens anfielen, zurückzuerstatten.

Monate verstrichen, und Hassans Gesicht war allwöchentlich in der Zeitung zu sehen, ergänzt um die Details seines Verrats und die Belohnung für Hinweise auf seinen Verbleib. Abu al-Kheid beschloss, ihn umzutaufen, und unter dem Namen »Qassem Khatib« ließ sich Hāddsch Hassan einen langen, buschigen Bart stehen und lebte recht glücklich mit seiner neuen Frau im Haus seines Schwiegervaters. Im Laufe der Monate begann er aber, seine erste Frau und die Kinder zu vermissen, das Schwimmbecken auf seinem Hof in Zawata und die muntere Gesellschaft der Männer in den Innenhöfen in Nablus. Und weil es keine sichere Möglichkeit gab, Geld aus Zawata schicken zu lassen, wurde ihm die Abhängigkeit von seinem

Gastgeber immer unangenehmer, zumal seine Schulden weiter wuchsen. Also entschied er sich noch vor Jahresende zu einem Abstecher in sein Heimatdorf.

Im Frühling 1916, nach der Nachricht eines türkischen Sieges in Kut al-Amara, legte Hassan eines Sonntagabends eine bäuerliche Abaya und eine Kufiya an und brach zu Pferd von Damaskus nach Süden auf. Als sich die Dämmerung wie Eigelb über das Gilead-Gebirge ergoss, erreichte er die Ausläufer von Irbid; im fahlen Licht trat eine Beduinenfrau im Tal in ihr Zelt, und als sie ihn entdeckte, winkte sie ihn zu sich. Er band sein Pferd an einen Baum, und als er das Zelt betrat, erblickte er Frauen, die mit Mörsern Kaffeebohnen zerstießen und im Rhythmus dieser Arbeit klagend sangen. Der weißhaarige Familienälteste begrüßte ihn, und sie saßen stumm nebeneinander, während die Frauen weiter rituell den Kaffee vorbereiteten. Nachdem dieser aufgekocht und getrunken worden war, fragte Hassan, ob er über Nacht bleiben dürfe. Der Älteste wich aus. Hassan bot ihm das bisschen Gold an, das er dabeihatte, wenn er im Gegenzug mit einer der Töchter die Ehe schließen dürfe; sie wurden sich einig, und Hāddsch Hassan fand in einem Tal zwischen Irbid und dem Gilead-Gebirge die erste sichere Station auf dem Weg nach Nablus.

Das zweite Zuhause sicherte er sich durch eine weitere Heirat, nun mit der Tochter eines Bauern in einem Dorf südlich von Safad. Das dritte, indem er die Tochter eines Freundes seines Cousins in Dschenin zur Frau nahm.

Als Hāddsch Hassan schließlich zu seiner ersten Frau nach Zawata zurückkehrte, hatte er vier weitere Ehefrauen. Er blieb eine ganze Weile zu Hause, kümmerte sich um seinen Hof und stritt mit den Fellachen über die Einkünfte aus dem Verkauf der Feldfrüchte. Nach einem Monat brach er auf, um seine anderen Frauen zu besuchen, zu schlafen, zu essen und sie mit

Geld zu versorgen, all dies auf dem Weg zum Haus von Abu al-Kheir in Damaskus.

Im Laufe der nächsten anderthalb Jahre reiste Hāddsch Hassan noch zwei Mal geheim zwischen Damaskus und Nablus hin und her, besuchte jede seiner Frauen und strich auf seinem Hof das Geld ein. In Nablus hielten sich Gerüchte über seinen Verbleib, und man fragte sich, ob er noch lebte oder tot sei. Dann, im Winter 1917, Hassan war gerade nach Zawata unterwegs, verloren die Osmanen Jerusalem an die Briten. Hassan war eben in Dschenin eingetroffen, da überbrachten ihm seine Cousins die Neuigkeit, dass sich die Türken nach Nablus zurückgezogen hatten und die Altstadt zu ihrer Bastion im nördlichen Palästina ausbauten. Hassan kehrte geradewegs nach Damaskus zurück und unternahm keinen weiteren Ritt nach Süden. Ein Jahr verging, dann vertrieben die Briten die Türken endgültig aus Nablus und besetzten die Stadt. Hassan ließ sich erst wieder in Zawata sehen, nachdem Cemal Pascha nach Europa geflohen war, und er wurde zu Hause sogleich als Held begrüßt.

Man schrieb das Jahr 1918, und sein Cousin Nimr war der neue Bürgermeister von Nablus.

* * *

Nach dem Sturz der Osmanen hatten die Menschen in den Straßen Jerusalems ausgelassen gefeiert, sie tanzten und pfiffen und kappten Telegraphendrähte, um sie als Trophäen mit nach Hause zu nehmen. In Nablus fiel die Reaktion ganz anders aus. Dort hatte sich eine Menschenmenge vor dem städtischen Krankenhaus versammelt, dem Symbol für die Modernität von Nablus, um gegen die britische Einnahme von Jerusalem zu protestieren. Die Bewohner von Nablus waren mit Sprechchören zum provisorischen Lager der Türken gezogen, um ihrem tiefen Missvergnügen Ausdruck zu verleihen. Die Stadt bildete zwar das Zentrum des arabischen Nationalismus, doch ihre Bürger fürchteten die Niederlage des Osmanischen Reiches. Das Bekannte sei besser als das Unbekannte, sagten sie voller Unbehagen; die Osmanen seien schlimm gewesen, aber wer sei das in Kriegszeiten nicht? Außerdem stellten ihre Söhne die Hälfte der Soldaten der türkischen Garnison. Dazu kam die Erklärung Lord Balfours: In Nablus ahnte man, was die Briten mit der Stadt vorhatten, und man fürchtete sich.

Hāddsch Nimr beschloss untypischerweise, die Rückkehr seines Cousins mit einem Fest zu feiern, zu dem er die Honoratioren der Stadt einlud. Hāddsch Nimr, ein gläubiger Mann, war vor der Ernennung zum Bürgermeister Richter am Scharia-Gericht gewesen. Wenn er jemanden eingeladen hatte, dann höchstens Gelehrte, die sich im Obergeschoss seines Hauses im Kreis niederließen, um Tee zu trinken und die Heilige Schrift zu diskutieren. Und obwohl ein Ālim durchaus eine gesellige Ader haben konnte, war Hāddsch Nimr nicht bekannt dafür, feierfreudig zu sein; seine Töchter waren also sehr aufgeregt, obwohl sie nicht teilnehmen durften. Seine Frau, Widad, engagierte zusätzliche Hilfskräfte, darunter den Diener und die zwei Dienstmädchen ihrer Schwägerin. Man ordnete gelbe Iris aus dem Garten auf den Tischen zu Rauten an. Man stellte große Platten mit gefüllten Köstlichkeiten hin – Zucchini, Weinblätter und Auberginen – sowie Berge von gekochten Tomaten, die sich aus ihrer Haut lösten. Man heuerte den besten Kunafah-Bäcker der Altstadt an, und er baute seine Gerätschaften in der Küche auf, um sicherzustellen, dass der Quark noch warm war, wenn er serviert wurde.

Nimr bat Hāddsch Hassan, mit seiner Familie Kaffee zu trinken, bevor die Feier begänne. Frau und Töchter durften zugegen sein. Hassan band seine beste Krawatte um, zog die edelsten Schuhe aus Damaskus an und ritt mittags von Zawata nach Nablus.

Das Haus von Hāddsch Nimr stand abseits der Straße, und hinter der hohen Steinmauer waren die Fenster mit den drei Bögen zu sehen. Hassan ritt durch das Tor und ging dann die Stufen hinauf, gesäumt von Wein, der auf Gestellen rankte. Er erreichte den Eingangsbereich, ging die Treppe zur Haustür hinunter und betrat eine große Halle mit riesiger Glaskuppel, die den Raum mit Licht flutete.

Die drei Kinder von Hāddsch Nimr erwarteten ihn ganz am anderen Ende der Halle auf einem Sofa. Hāddsch Nimr war seinem Cousin nach dessen Rückkehr schon begegnet, begrüßte ihn aber mit vier Küssen, als wäre es das erste Wiedersehen. Nimr war groß und schlank, und die dichten, schwarzen Brauen, die sich über seine Augen zogen, waren von Grau durchsetzt; seine Lider waren schwer. Hassan war kleiner, und sein Cousin musste sich bücken, um seine Wangen zu erreichen. Hassans Bart war weiß, nach dem Ende des Exils hatte er ihn stark gestutzt. Er verbeugte sich vor den Kindern und ging auf sie zu. Die zwei Mädchen waren die ältesten, und sie sprangen auf, um ihn zu begrüßen; ihr Bruder, der kleine Burhan, saß reglos da.

Hassan war bescheiden und ernst, obwohl er so großen lokalen Ruhm genoss. Sein Blick wich nie aus, weshalb seine Gegenwart weniger selbstbeherrschte Menschen verstören konnte. Wenn sich jemand veranlasst sah, Hassan hochmütig zu nennen, meldete sich garantiert ein anderer zu Wort, der ihn viel besser zu kennen glaubte und überrascht tat, weil Hāddsch Hassan in Wahrheit ein bemerkenswert herzlicher Mensch sei, ehrlich und treu.

Hassan entließ ein seltenes Lachen, als Nimr ihn zur Begrüßung küsste, und sobald er saß, wartete die Familie schweigend ab. Nimr waren diverse Versionen von Hassans Geschichte zu Ohren gekommen, in vielen wurde Russland als Exil genannt, aber da er niemandem traute, brannte er wie sein Nachwuchs darauf, die Geschichte von Hassan persönlich zu hören. Im Gegensatz zu seinen Kindern verbarg er die Begeisterung durch ein gelassenes Lächeln und schüttelte wiederholt und ganz bewusst den ehrwürdigen Kopf.

Nachdem sich Hassan bei den Kindern höflich nach der Schule erkundigt hatte, stellte er ihnen zu Gefallen eine interessantere Frage: »Ich habe euch zuletzt vor bald drei Jahren gesehen, und ihr seid immer noch so, wie ich euch in Erinnerung habe – nur größer und weiser und schöner! Wisst ihr, wo ich war?«

»England!«

»Warst du in Ägypten?«

»Oh nein – nein, ich war in Damaskus.«

Er erzählte trocken seine Geschichte, wobei er jene Formulierungen benutzte, die er schon im Haus von Abu al-Kheir und zu Hause erprobt hatte und die ihm nun wie von selbst über die Lippen gingen. Er erzählte von der Warnung Hāddsch Taher Kamals, von der Fahrt von Nablus nach Aaley und der Zeitung in der Herberge. Der Junge klatschte sich auf die Schenkel, als er von der Begegnung mit dem gutmütigen Soldaten erzählte, und er klatschte noch heftiger, als er hörte, wie Hassan den Soldaten, die das Haus von Abu al-Kheir durchsucht hatten, Limonade angeboten hatte.

Die aufmerksamste Zuhörerin war Fatima, die ältere Tochter. Sie saugte die Geschichte in sich auf, ohne zu lachen, genau wie jene Geschichten, die ihr Bruder über die Männer erzählte, die mit Kriegsverletzungen und im Ausland erworbenen Diplomen nach Nablus zurückkehrten. Sie wusste, dass auch Hassans Sohn Yasser unter diesen Rückkehrern war.

Fatimas Mutter war fest davon überzeugt, dass Yasser die ideale Partie für sie wäre. Sie erwähnte ihn immer wieder, wenn auch nicht wegen Fatima, sondern mit Blick auf ihren Mann; obgleich Hāddsch Nimr seinen Cousin achtete und verehrte, blieb er ausweichend, was den Sohn betraf. Yasser war eine vernünftige Wahl, ein Familienangehöriger, der in der osmanischen Armee einen hohen Rang bekleidete und den Löwenanteil der Hāddsch Hassan gehörenden Ländereien im Jordantal erben würde. Doch Nimr schätzte Fatima sowohl als ältere als auch schönere Tochter, und er hoffte auf einen wohlhabenderen Bräutigam. Wenn Yasser zur Sprache kam, beobachtete er Fatima quer über den Tisch, und sie errötete und sah weg. Hāddsch Nimr hatte in seinem neuen Amt allerdings so viel um die Ohren, dass er weder Zeit noch Gelegenheit hatte, sich nach anderen potenziellen Ehegatten umzuschauen, und seine Frau beharrte auf ihrer Wahl. Yasser sei ein guter Mann, wiederholte sie. Fatima fand, dass er mit seinen zweiunddreißig Jahren zu alt für sie sei, aber weil sie die Vorstellung, überhaupt zu heiraten, so schrecklich fand, dachte sie, dass er immerhin ein Verwandter war, was es ihr vielleicht ermöglichen würde, mehr Zeit mit ihrer Familie zu verbringen.

Hāddsch Hassans Ländereien in Zawata lagen im Schatten des Berges Ebal, auf dessen Flanke in gut dreihundert Metern Höhe ein mächtiger, überhängender Felsen aufragte. Ungefähr in der Mitte gab es eine erste und an der westlichen Ecke eine zweite Höhle, deren Eingang durch einen Stein blockiert war. Wie man sich erzählte, war eine islamische Heilige namens Sitt Salamije in Damaskus gestorben, und als man sie in den Sarg bettete, erhob sich ihr Körper und verschwand und gelangte durch den westlichen Eingang, der sich wie durch ein Wunder für sie öffnete, in diese Höhle. Deshalb war der Felsen nun eine Pilgerstätte, wo man ihr zu Ehren Lichter entfachte. Der Boden der Höhle war von Steingutflaschen übersät, die Wände waren voller Lampen.

Während ihr Vater die Gäste unterhielt, entwischte Fatima durch den Küchengarten und erklomm den Pfad, der auf den

Berg führte. Beim Erreichen der Höhle legte sie den Schleier ab und riss ein Streichholz an, um eine der Lampen zu entfachen. Schatten zitterten und tanzten auf der Höhlenwand. Sie entzündete noch zwei weitere, sank dann vor dem Grab auf die Knie und bat Sitt Salamije in einem Gebet darum, dass der Mann, den sie heiraten würde, zu Hause friedfertig sein möge.

Fatima war sechzehn. Sie ging seit zwei Jahren nicht mehr zur Schule und erlernte nun die Kunst der Haushaltsführung. Morgens rollte sie alle Matratzen auf, verschnürte sie und schob sie in den Schrank. Obwohl sie eine Hausdienerin hatten, die den größten Teil der Wäsche machte, bestand ihre Mutter darauf, dass sie alle Fertigkeiten erlernte. Sie stammte aus einer ärmeren Familie und wusste, dass man während schwerer Zeiten allein zurechtkommen musste. Nachdem Fatima die Nachthemden weggepackt hatte, begann sie zu bügeln, erhitzte die Kohlen zuerst in einem Becken und legte sie dann mit einer Zange in das Bügeleisen. Dieses stellte sie zum Abkühlen auf einen Dreifuß und half dem Dienstmädchen, Laken und Kleider zu falten und zu stapeln. Anschließend ging sie zu ihrer Mutter in die Küche, wo sie zumeist ein Stück Brot aß, bevor sie ihr bei der Vorbereitung des Mittagessens zur Hand ging.

Bis zu diesem Jahr – und so lange Fatima zurückdenken konnte – hatten türkische Soldaten das Obergeschoss des Hauses bewohnt und manchmal dort auch Treffen veranstaltet. Hāddsch Nimr hatte sich nicht dagegen gesträubt, sondern als derjenige, dessen Haus erwählt worden war, eine sonderbare Mischung aus furchtsamer Unterwürfigkeit und Stolz gezeigt. Türkische Gerichte hatten sich in die Küche der Hammads eingeschlichen, und Fatima lernte an der Seite des türkischen Kochs, Pilaw mit weißen Bohnen zuzubereiten, gegartes Frühlingslamm und gefülltes Hühnchen. Nach dem Ausbruch des Krieges waren die Türken durch Deutsche ersetzt worden, die ihnen halfen, die Vorräte aufzustocken, denn die Preise auf den Märkten stiegen in schwindelerregende Höhen. Und nun, drei Jahre später, bekam Fatimas Familie das Obergeschoss zurück, und die Freude ihrer Mutter darüber, endlich wieder das ganze Haus zur Verfügung zu haben, entsprach der neuen Prominenz, die ihr Vater in der Stadt genoss.

Sobald das Mittagessen kochte oder im Ofen schmorte, kehrte Fatima nach oben zum Bügeleisen zurück, das sie mit erhitztem Bienenwachs behandelte, um Rost vorzubeugen. Während der übrigen Zeit schmökerte sie in Zeitschriften und stickte, und kurz nach vier kehrten ihre Brüder aus der Schule zurück, und die Familie ließ sich zum Essen nieder.

In letzter Zeit hatte Fatima ein Bewusstsein für die Endlichkeit des Lebens entwickelt. Nun, da sie in eine neue Phase eintrat, dämmerte ihr, dass es sich dabei sowohl um eine lange als auch um eine begrenzte Zeitspanne handelte. Sie dachte über die beiden Berge nach, die die Schultern von Nablus bildeten und die Stadt begrenzten; egal, wie weit sich die Stadt auf die Bergflanken ausdehnte oder wie weit die Vororte wucherten, die Erde blieb der Körper und die Stadt blieb an das Tal gebunden. Wenn Nablus wachsen sollte, dann zwischen den Felsspalten, dort, wo das Tal in die Ebene mündete, und selbst dann wäre eine Ausdehnung nur begrenzt möglich.

Der Krieg hatte jedoch manches verändert, und in seiner Folge herrschte große Ungewissheit in Nablus. Der Handel wurde wieder aufgenommen, die Rationierung fand ein Ende. Im Bewusstsein der Allgemeinheit tauchten die Geschichten über Saladin und seine Schlachten gegen die Kreuzritter wieder auf, wenn man im Kaffeehaus laut die Zeitungen vorlas, in denen von neuen Grenzziehungen die Rede war; ihre schöne Stadt, stets die südliche Schwester von Damaskus, wurde einer Provinz nördlich von Jerusalem zugeschlagen. Die Würde, die die führenden Familien unter der Herrschaft der Türken hochgehalten und durch stete Kampagnen bewahrt hatten, war nun einer weit größeren Bedrohung ausgesetzt.

Man konnte wieder zwischen den Städten reisen; Jerusalem wurde elektrifiziert, und im Schein der neuen Laternen, begleitet von den Melodien, die aus glänzenden Phonographen erklangen, hielt das moderne Nachtleben Einzug in der Heiligen Stadt. Junge Männer aus Nablus ritten dorthin, um Apartments in der Altstadt zu mieten, sie schauten ungeduldig auf die Uhr, bis es endlich Abend wurde, sie rauchten am Straßenrand und tanzten in Bars.

Fatima träumte vom Fest des Nabi Rubin. Im Alter von zehn Jahren war sie gemeinsam mit ihren Cousinen aus Lydda aufgebrochen und hatte zwei Wochen in einem großen Zelt in Jaffa verbracht, gleich am Meer. Man hatte Märkte, Cafés und Restaurants für das Fest aufgebaut; tagsüber fanden Pferde- und Kamelrennen statt, abends traten Theatertruppen und Sänger aus Ägypten und dem Libanon auf, und in runden, mit Seilen abgesperrten Arealen vollführten Magier ihre Tricks, deklamierten Dichter, wirbelten Derwische. Sie bezweifelte, dass sie vor ihrer Heirat noch einmal zum Nabi Rubin durfte.

Als Fatima ihr Gebet beendete, blies ein Wind in die Höhle und wirbelte den Staub vor ihren Füßen auf. Durch den Eingang sah sie, wie sich die Nacht auf die Stadt senkte, und beeilte sich, die drei Lampen zu löschen, verhüllte ihr Gesicht danach hinter dem schwarzen Schleier. Sie hatte Öl und Streichhölzer in der einen Hand und hielt sich mit der anderen am felsigen Eingang fest, als sie die Höhle verließ und auf den Berghang trat. Sie hüllte sich fester in ihr Gewand und beugte sich nach vorn, um bei dem Wind das Gleichgewicht zu halten. Sie erschrak, als sich in den Bäumen etwas Schwarzes bewegte, aber das waren nur Äste, die schwankten und sich überkreuzten und den Blick auf den violetten Himmel versperrten.

In diesem Dunkel war alles so nahe. Sie umklammerte das

Fläschchen und horchte, hörte aber nur die Ziegenmelker, die Grillen, das unstete Heulen des Windes. Sie tastete sich mit pochendem Herz den Abhang hinunter, und das Ölfläschchen klackerte gegen den Stein, wenn sie sich mit der Hand abstützte. Als sie die Stadt endlich erreichte, war ihre Angst vor der finsteren Wildnis in eine Furcht vor dem Donnerwetter umgeschlagen, das über sie hereinbrechen würde, weil sie so spät noch allein draußen gewesen war.

Sie schloss mit gesenktem Kopf die Tür und ging schnurstracks zum Schlafzimmer, das sie mit ihrer Schwester teilte. Doch ihre Mutter hatte auf sie gewartet und stürmte aus der Küche.

»Wo warst du?«, schrie sie. »Schande! Schande über dich!«

»Ich habe gebetet, Mutter, bitte verzeih mir.«

»Warum betest du zu dieser Stunde? Stell dir vor, man hätte dich gesehen! Schande über dich, Fatima!«

Fatima hob schützend ihre Arme.

»Ab in dein Zimmer, bevor dein Vater dich vertrimmt!«

Um ihr eine Lektion zu erteilen, zog die Mutter Fatimas Schleier weg und dann die Arme nach unten und gab ihr eine schallende Ohrfeige.

2

Nach dem Abend seiner Blamage verließ Midhat das Haus der Molineus, ohne Abschied zu nehmen. Am nächsten Tag, die Sonne war noch nicht aufgegangen, zog er die Haustür leise hinter sich zu und schleppte seine Reisetruhe ins Stadtzentrum, wo er eine Fahrkarte nach Paris kaufte und ein Telegramm an seinen Freund vom Dampfer schickte, Faruq al-Azmeh. Stunden später erreichte er den Gare de Lyon, gequält von einem nagenden Verlustgefühl.

Der erste Anblick von Paris – das Gedränge auf den Bürgersteigen, die Zinkdächer, die anonyme Hektik – sorgte für das gleiche Gefühl einer einschneidenden Veränderung wie bei der Erkenntnis, das Haus der Molineus verlassen zu müssen. Die Leute schienen nicht zu gehen, sondern durch die Straßen zu hetzen; er hörte den Schrei einer Möwe, und unter seinen Füßen murmelte es, als würde in der Tiefe Wasser strudeln.

Er hatte in den beiden vergangenen Jahren so viele Kleider gekauft, dass Mantel und Fez nicht mehr in die Reisetruhe passten, und deshalb hatte er beides angelegt und schwitzte. Der Anblick der schwarzen Melonen und blauen Uniformen ringsumher, dazu jener der Trikoloren, die vor der Militärbehörde hingen, machte ihm bewusst, dass er seine Fremdartigkeit nicht massiver hätte hervorheben können. Leute legten verwirrt und missbilligend die Stirn in Falten. Aber nein: Er würde den Fez nicht absetzen.

»Taxi?«

Über der Brücke applaudierten die Möwen. Durch das Taxifenster sah er einen Fluss mit breiten, von Bäumen gesäumten

Ufern. Er hätte sich gern an den Namen des Viertels erinnert, in dem Jeannette ihre Kindheit verlebt und ihre Mutter Selbstmord begangen hatte. Als sie über die Brücke zum anderen Ufer fuhren, begann ein leichter Regen auf das Dach des Taxis zu fallen; sie folgten dem Fluss, passierten einen umzäunten Park und auf dem Quai aufgebaute Staffeleien, dann bogen sie ab, und die Stadt begann sich zu verdichten. Das Taxi hielt in der Rue du Four, Midhat stieg aus und bezahlte den Fahrer.

»Monsieur Kamal!«

Faruq al-Azmeh, eine Brille mit Band um den Hals, saß an einem Metalltisch unter einer Markise. Sein Haaransatz schien noch weiter nach oben gewandert zu sein, denn die gewölbte Stirn wirkte noch größer. Sie schüttelten Hände.

»Ich habe mich so über Ihr Telegramm gefreut. Mein guter Freund, wie geht es Ihnen? Bitte einmal umdrehen, hier ist unser Hauseingang.«

»Ich habe Sie vermisst«, sagte Midhat, als sie die Treppe hinaufgingen. »Während der Überfahrt haben Sie mir vieles über die Franzosen erzählt, wissen Sie noch? Ich wünschte, Sie wären in meiner Nähe geblieben, denn ich hätte Ihnen gern weitere Fragen gestellt.«

»*Mais bien sûr*«, sagte Faruq. »Wir haben ja Zeit!«

Die Wohnung befand sich im zweiten Stock des Hauses. Sie hatte einen Balkon zur Straße und ein Fenster zum Hinterhof. Das Wohnzimmer war sparsam und üppig zugleich eingerichtet – dunkelgrüne Wandvertäfelung, volle Bücherregale, bis zur Decke reichende Fenster mit Vorhängen aus Damast. Faruq half ihm, die Truhe in ein Schlafzimmer zu schleppen, rieb sich dann die Hände, bat ihn, sich zu setzen, und holte eine Whiskyflasche und zwei Gläser.

So begann Midhats Leben in Paris. Seine Tage als Medizinstudent waren nun Vergangenheit. Er schrieb sich an der Sorbonne für Geschichte ein und besuchte im Spätsommer

Vorlesungen in holzvertäfelten, nach Kreide riechenden Sälen, gemeinsam mit anderen Ausländern, jungen Frauen und älteren Herren. Er verbrachte seine Tage mit Büchern über Altgriechisch und das Spanien des siebzehnten Jahrhunderts, und Faruq versorgte ihn mit zusätzlichem Lesestoff: Geschichten über verbotene Liebe, mystische Schriften, Berichte von ausländischen, in Paris lebenden Flaneuren. Unter den Büchern waren auch Goethes *Werther* und die Geschichte der Tochter eines libanesischen Priesters, die in ihrer Ehe in der Falle saß, weil sie einen anderen Mann liebte. Faruq wies ihn darauf hin, dass es in diesen Büchern vornehmlich um Sinnlichkeit gehe. Die Autoren plädierten für Offenheit gegenüber der Welt.

»Wir sind alle Vogelscheuchen, die zu Philosophen wurden«, sagte er, »und wir haben immer noch einen Vogel.«

Nach dem Abendessen ging Midhat manchmal mit Faruq in die Bars und Cabarets. Die bekümmerte Kriegsstimmung schlug allmählich in Feierlaune um, und die elektrisierende Atmosphäre der Heimatfront führte dazu, dass das Pariser Nachtleben aufblühte. Die Boulevards lagen im Halbdunkel, um Energie zu sparen, aber Kinos und Theater waren abends rappelvoll und blieben sogar während der Zeppelin-Angriffe geöffnet. Die Pariser verhielten sich unter dem anhaltenden Druck des Krieges, als stünde das Ende der Welt bevor. Faruq scherzte gern, eine Atmosphäre des »désastre« führe zu »déshabillement« – aber Midhat sagte, nein, dies sei etwas Größeres und Bedeutsameres, etwas, das alles durchdringe. Es war ein Knistern zwischen sich fremden Menschen, der pure Lebensrausch. Das Gefühl, im aufgerissenen Maul der finsteren, dräuenden Nacht am Leben zu sein, zirkulierte wie eine Droge im Körper.

Midhat machte seine erste sexuelle Erfahrung mit Claire, einer Kommilitonin an der Sorbonne. Claire war zart und blond und, wie Midhat später zu seinem Schrecken erfuhr, fast dreißig. Sie äußerte ihre Verachtung für Männer, die nicht im Krieg waren, und als er sich verteidigen wollte, legte sie ihm zwei Finger auf die Lippen.

»*Je ne veux pas entendre vos raisons.*«

Er sah sie zum ersten Mal bei einer Vorlesung über die Ursprünge der Religionen. Sie saß auf der anderen Seite des Vorlesungssaals, und Midhat musterte sie, während sie den Professor betrachtete. Als die Studenten auf den Hof strömten, tippte ihm jemand auf die Schulter, und da stand sie, eine Hand in die Hüfte gestemmt.

»*Je veux voir la wreckage, du raid la nuit dernière.*«

In der Rue de Ménilmontant entdeckten sie ein fünfstöckiges Gebäude, dessen Fassade zerstört worden war, sodass man einen Querschnitt des ganzen Hauses vor Augen hatte, ein halb entblößtes Badezimmer, eine Küche, volle Regale. Midhat sah schweigend zu dem Stuhl auf, der auf der Kante des obersten Stockwerks balancierte. Er musste an Worte denken, die ihm Jeannette vorgelesen hatte, notiert von ihrer Mutter: Ein Haus sei nach dem Eindringen eines Diebes kein Haus mehr.

Claire ergriff seine Hand. »Mein Gott.« Ihr Kleid war tief ausgeschnitten, die Haut oberhalb der Brüste blass, ihre Schlüsselbeine waren von Sommersprossen übersät. Sie rückte dichter an ihn heran. Eine sonderbare Person, dachte er, sie kennt keine Angst. Sie ließ seine Hand los und ging an ihm vorbei zur Gartenmauer. Sie raffte ihr Kleid, schob den Fuß in einen Spalt, schwang sich über die Mauer und verschwand.

Midhat sah sich um. In der Straße gab es kaum Passanten. Er hörte ein Kind sagen: »Mama, schau mal!«, das war alles. Er ging zur Mauer und sprang hinüber, wobei eine dünne Betonplatte unter seinem Gewicht zerbröselte. In seiner Eile schrammte er sich ein Knie auf, grober Staub bedeckte seine Hände; er landete auf dürrem Gras und Schutt und sah Claire zu einem Schuppen mit eingestürztem Dach gehen. Sie kicherte und schlüpfte durch den schmalen Türspalt, der geblieben war.

Im Schuppen roch es nach Sägespänen, und das Dach war so tief eingesunken, dass man kaum aufrecht stehen konnte. Es war ein Holzschuppen. Ein paar Scheite waren noch gestapelt, alle anderen lagen verstreut auf dem Boden. Ein Eimer glitzerte im Tageslicht; Claire trat ihn lachend um. Grundlos, und als er fiel, hörten sie Wasser plätschern. Midhat fand ihren Vandalismus verstörend. Als er den Fuß hob, gab sein Schuh ein schmatzendes Geräusch von sich. Er fürchtete sich kurz vor Claire – doch als ihn die Angst überkam, packte sie mit ihren kleinen Händen seine Jacke, und er stolperte nach vorn und warf einen Arm aus, um sich an der Wand abzustützen. Ihr Atem klang laut in seinem Ohr. Sie küsste ihn. Er versuchte, ebenso forsch zu sein, schob die Finger unter ihr Kleid und entblößte ihre blasse Schulter. Ihre Augen funkelten sogar im Halbdunkel. Sie ließ eine Hand nach unten gleiten, dorthin, wo er schon hart und heiß war, und knöpfte seine Hose auf, und Midhat erinnerte sich für einen grausamen Augenblick an sein Kindermädchen, bisher die einzige Frau in seinem Leben, die ihn so ausgezogen hatte. Claire lachte leise, zog ihr Kleid nach oben, den Schlüpfer nach unten; er packte sie instinktiv unter den Oberschenkeln und drückte sie gegen die Wand. Sie küsste ihn noch einmal und half ihm dann mit einer Hand, in sie einzudringen.

Eine Gefühlsexplosion. Er holte tief, tief Luft und krallte die Finger in ihre Oberschenkel. Sie wand sich und zischte vor Schmerz. Nicht so fest. Er brachte sein Keuchen unter Kontrolle und fing sich; sie bewegte sich vor und zurück, er ahmte sie nach und versuchte zu stoßen. Für einen langen, berauschenden, lustvollen Augenblick stand er neben sich. Dann war er schon wieder draußen. Auf der Straße hallten Schritte und verklangen. Claire prustete ein genervtes Lachen, und Midhat versuchte, zu Atem zu kommen. Das aus dem Eimer gelaufene Wasser hatte seinen linken Schuh durchtränkt.

Anfangs schmerzte ihn die Erinnerung an dieses Erlebnis, aber es dauerte nicht lange, da empfand er es als Triumph. Es war ein Kinderspiel, eine Geschichte umzuschreiben, die in einer Stadt voller Fremder spielte, und als er Faruq bei einem Cognac davon erzählte, verlegte er den Vorfall in Claires Wohnung und lachte wie jemand, der etwas Großes vollbracht hatte, das ihm frische Kraft verlieh. Und nachdem er sich mit dieser Mannestat gebrüstet und Faruq im Gegenzug ein paar Details über dessen Affären entlockt hatte, war es bei der nächsten Gelegenheit unendlich viel einfacher.

Das Mädchen, auch eine Studentin, stammte aus Lyon; er sah sie im Bois de Boulogne jenseits einer Rasenfläche und änderte seine Richtung, um ihr wie zufällig an der nächsten Wegkreuzung zu begegnen. Er lobte die Schleife, die sie im Haar trug; akzeptierte die Einladung zum Abendessen; ging ihr zur Hand, als sich eine Öse ihres Korsetts im Unterrock verfing, und berührte das kleine, fransige Loch, das entstanden war. Die nächste Frau war eine Salonlöwin mit kantigen Schultern, die Flanellanzüge und Schuhe mit Segeltuchgamaschen trug. Wenn gefeiert wurde, benutzte sie manchmal ein Monokel. Eine andere Frau verkaufte zu Spendenzwecken Anstecker in der Rue de Rivoli; ihre Locken hatten die Farbe von Marmelade. Er begegnete ihr im Juni, und an sonnigen Morgen entdeckte er rote Haarspiralen auf dem Kopfkissen neben sich. Er schloss im Café Napolitain Freundschaft mit einer Prostituierten, schmal und flachbrüstig, die ihn mit »mon exotique« anredete. Nachdem sie im Laufe eines Monats immer wieder Abende in gemieteten Zimmern verbracht und an der Seine gefrühstückt hatten, kehrte dieses Mädchen zu seiner Mutter in die Provence zurück, und Midhat trauerte ihrem schnippischen Tonfall und ihren prallen Oberschenkeln hinterher. Er begann, die Bordelle im Pigalle aufzusuchen, teils auf der Suche nach einer ähnlichen Frau, teils um der Befriedigung willen.

Er ging zu zwei Huren, aber eine fiel bald aus, weil sie Syphilis hatte und im Krankenhaus landete. Die andere, sie hieß Pauline, hatte samtweiche Haut und parfümierte sich wegen des Abwassergestanks, der im Sommer durch die Fenster hereindrang, mit Rosenwasser. Pauline hatte eine lustige Schnute. Nach dem Kriegseintritt der USA imitierte sie mit einem breiten Nuscheln und einem Kopfschütteln die vielen amerikanischen Soldaten, die auf Fronturlaub nach Paris kamen, und wenn sie zusah, wie Midhat die Franc-Scheine zückte, um die Madame zu bezahlen, zündete sie sich stets eine Zigarette an.

Nach einer Weile wurde er des bezahlten Vergnügens jedoch überdrüssig, zumal er sich wegen der Flut von Soldaten vor Geschlechtskrankheiten hüten musste. Es konnte trotzdem passieren, dass er, angeheitert durch billigen Wein, mit einer Männertruppe die Bar verließ, um im Foyer von Le Chabanais fröhlich weiterzuzechen und in jedes Zimmer zu gehen, das man ihm wies.

Während all der Zeit ging ihm Jeannette nicht aus dem Kopf. Je mehr Erfahrungen er sammelte, desto weniger war er geneigt, sich fest an die Frauen zu binden, die er in den Folies Bergère, im Concert Mayol oder bei Cocktailpartys in verschiedenen Salons kennenlernte. Im Dunkeln spürte er manchmal Jeannettes Lippen, roch sie auch manchmal an einer anderen Frau. Wenn er aus der Phantasie auftauchte und feststellte, dass er eine Fremde in den Armen hielt, hatte er ein Klingeln in den Ohren und schlief halb angewidert mit ihr, um anschließend neuerlich beschämt und sehnsüchtig nach Saint Germain zurückzukehren. Manchmal hörte er dieses Klingeln über Wochen immer wieder, ohne seine Sehnsucht abschütteln zu können. Sie verlieh ihm eine teils authentische, teils gekünstelt ernste, ja schwermütige Ausstrahlung, und die Pariserinnen, die sie förmlich zu wittern schienen, waren davon wie gebannt.

Eines Tages, im Sommer 1916, er überquerte gerade auf dem Weg zur Universität die Rue de l'Odéon, sah er durch das Schaufenster eines Buchladens den Hinterkopf einer Frau. Sein Herz tat einen Satz, als er Jeannettes Haare erkannte. Sie trug sie wieder kurz, und sie wuchsen auf dem Nacken nach. Was tat sie in Paris? Sie konnte nicht wissen, dass er hier war, denn er hatte keine Adresse hinterlassen. Und nun stand sie da, Jeannette, mit farblich aufeinander abgestimmten Kleidern, hellgrauer Bluse und hellgrauem Rock.

Als sie sich zu dem Fenster umdrehte, durch das Midhat sie anstarrte, wurde sie durch die Reflektion der Sonne auf der Scheibe geblendet, und deshalb wusste er nicht, ob sie ihn erkannt hatte. Er zitterte am ganzen Körper, als er die Tür des Buchladens mit einem Bimmeln der Glocke öffnete. Sie kehrte ihm den Rücken zu, betrachtete gerade einen Buchrücken.

»Jeannette.«

Beim Klang seiner Stimme drehte sie sich um. Es war nicht Jeannette. Sie legte die Stirn in Falten, sie errötete. Sie hatte kleine, ungewöhnlich tief liegende Augen, und sie war zu klein, und obwohl sie sehr hübsch anzuschauen war, schreckte Midhat vor ihrem Anblick zurück. Sie stand am Tresen, und als sie auf ihn zuging und »Bitte entschuldigen Sie« hauchte, wich er ihr umständlich aus, und dann fiel die Tür bimmelnd hinter ihr zu. Panik flammte auf: Er hatte vergessen, wie Jeannette aussah. Er versuchte, ihr Gesicht heraufzubeschwören, sah aber nur diese neue, unbekannte Frau mit den tief liegenden Augen und dem grauen Rock vor sich. Er verließ den Buchladen in einem Zustand konzentrierter Trance und kramte in seiner Erinnerung. Und dann – endlich – hatte er sie wieder vor Augen: das kleine, vorspringende Kinn, die Augen, der Blick, das Lächeln, der Kuss, das Ende. Sie war immer noch da, unversehrt.

Das Universum schien Midhats Gewissen keine Ruhe zu gönnen. Einige Monate später entdeckte er Monsieur Samuel Cogolati, seinen belgischen Freund aus der medizinischen Fakultät von Montpellier, im Théâtre des Bouffes-Parisiens bei der Aufführung einer komischen Oper über eine Zauberbirne. Als sich ihre Blicke trafen, riss Cogolati verdutzt den Kopf zurück. In der Pause trafen sie sich an der Bar.

»Monsieur Kamal! Ich hätte nie damit gerechnet, Sie wiederzusehen. Ich dachte, Sie wären nach Palästina zurückgekehrt.«

Obwohl erst ein Jahr verstrichen war, schien Cogolati gealtert zu sein, seinem bleichen Gesicht war ein Flaum gewachsen. Midhat wiederum war noch zweieinhalb Zentimeter gewachsen und hatte in der Rue Royale neue Anzüge kaufen müssen. Er trug jetzt einen Seitenscheitel und hatte einen Spazierstock mit Stahlknauf dabei.

»Nein, nein, ich bin in Paris ... ich hatte beschlossen ...« Er verstummte. »Ich brauchte einen Tapetenwechsel. Und Sie wissen schon, neue Erfahrungen und dergleichen.«

»Wie meinen Sie das?«

»Ein neues Umfeld, neue Leute ... Ich hatte nie vor, mich auf Dauer einzunisten. Und Paris! Wie kann man nach Frankreich reisen, ohne Paris zu besuchen?«

»Wohl wahr. Ich bin auf dem Weg nach Genf und verbringe hier das Wochenende. In der Fakultät vermisst man Sie. Ich hatte nicht damit gerechnet, dass Sie verschwinden. Wie ich gehört habe, sind die Prüfungen für Sie gut gelaufen.«

»Oh ... nun ja ... vielen Dank. Wie ... Haben Sie vielleicht etwas von meinen Gastgebern gehört?«

»Die Molineus haben Ihnen nicht geschrieben?«

»Selbstverständlich, nur ist das schon eine Weile her ...«

»Ich habe zuletzt gehört, Jeannette sei Krankenschwester, aber Sie wissen sicher mehr als ich.«

»Tja.« Ein Platzanweiser mit rotem Revers rief zum zweiten Akt. »Wenn Sie das nächste Mal in Paris sind, sollten wir uns treffen.«

Midhat griff mit zitternder Hand nach einer Serviette und holte einen Füllfederhalter aus der Tasche. *Rue du Four*, schrieb er, und seine Handschrift kam ihm fremd vor.

»Wer war das?«, fragte Faruq, als der Vorhang aufging und die Schauspieler zu allgemeinem Applaus und ein paar Pfiffen wieder auf die Bühne kamen.

»Ein Belgier.«

Midhat versuchte, sich auf die Oper zu konzentrieren. Da hatte er an der medizinischen Fakultät studiert, und nun arbeitete Jeannette in einem Krankenhaus! Er hatte kitschige, durch Zeitungsillustrationen inspirierte Bilder vor Augen, die sie bei der Pflege verwundeter Soldaten zeigten; er verspürte vage Stiche der Eifersucht. Das Wiedersehen mit Cogolati bereitete ihm Unbehagen, denn vielleicht hätten die Molineus einen falschen Eindruck von ihm, wenn sie von dieser Begegnung hörten. Er hatte den ehemaligen Kommilitonen mit seiner neuen Urbanität und seinem Auftreten beeindrucken wollen, hätte aber besser bedacht, was Jeannette von einem solchen Midhat hielte. Midhat, der Levantiner, mit nagelneuem Anzug und mit Einstecktuch, wie verwandelt: der Inbegriff des Pariser Orientalen, dem Bild entsprechend, das in Eckläden erhältliche Zigarettenschachteln schmückte. Cogolati sah ihn zweifellos als Kollegen und Ebenbürtigen an, und doch würde dieser fleißige, unbedarfte Mann für immer mit dem Moment verbunden sein, in dem Midhat sich seiner Fremdheit bewusst geworden war – als er sich nach den Prüfungen von Cogolati verabschiedet und danach, im Haus der Molineus, herausgefunden hatte, dass er ohne sein Wissen Gegenstand einer Untersuchung gewesen war, durchgeführt von seinem Gastgeber. Und nun hatte er sich innerhalb eines Jahres massiv gewandelt: War er zuvor ein Fremder gewesen, der sich sowohl innerlich als auch äußerlich hatte europäisieren wollen, so galt er jetzt eher als Italiener oder Grieche – vorausgesetzt, er gab nicht auf jede Nachfrage seine Herkunft preis – denn als Bewohner der minderwertigen, unzivilisierten Kontinente, wie sie in Bilderbüchern, Kinderliedern und der Phantasie der kleinen Franzosen existierten. Er hatte sich auf den gängigen Pariser Kompromiss eingelassen, der bedeutete, dass man einen bestimmten Typus verkörperte, und dazu musste man akzeptieren, ein Fremder zu sein. Genau das hatte er anfangs an Faruq bewundert, aber nun empfand er es als verdrehte und aufgesetzte Version dessen, was es tatsächlich hieß, an einem Ort zu leben, ohne wirklich dazuzugehören, ohne ihn wirklich zu kennen. Im Hintergrund lauerte Doktor Molineu mit seinem Notizbuch, den Analysen und Kraniologie-Tabellen, er studierte ihn beim Abendessen.

Der Ehemann war betrogen worden! Es war doch keine Zauberbirne. Applaus, Vorhang, Verbeugung.

Im gleichen Sommer kehrte Midhat, der als Vorbereitung auf ein Seminar über Moderne Philosophie in einem Café Spinoza gelesen hatte, abends in Faruqs Wohnung zurück, in der sich mehr Freunde als üblich versammelt hatten, alle eingehüllt in Tabakrauch. Faruq reckte grüßend eine Hand; er hatte seinen Stuhl hinter dem Schreibtisch hervorgeholt, stand nun da und bot ihn Midhat an.

Die Männer waren in eine angeregte Diskussion vertieft. Midhat kannte die meisten: syrische Araber allesamt. Kaffeetisch und Fußboden waren von Zeitschriften und Zeitungen übersät, mit Tassen voller Zigarettenstummeln und Untertassen mit verkleckertem Kaffee.

»Man kann nicht ständig *wir* anstelle von *ich* sagen«, meinte jemand, der auf dem Sofa saß. Als er sich umdrehte, erkannte Midhat Bassem Jarbawi mit dem markanten Kinn. Die Jarbawis gehörten zu den Gründern der Libanesischen Allianz in Paris, eine Exil-Organisation, die bei der französischen Regierung um Unterstützung für die Sache der libanesischen Nationalisten warb.

Ein Mann mit eng stehenden Augen setzte die Ellbogen auf die Knie und schien gerade etwas sagen zu wollen, als Raja Abd al-Rahman, ein Buchhalter und angehender Dichter, dazwischenging.

»Ja, ich spreche für mich selbst. Ich bin kein Christ, kein Muslim, kein Türke oder Franzose oder Chinese, nichts dergleichen. Ich bin nur ein Mensch unter vielen.«

»Raja«, sagte der Mann mit den eng stehenden Augen genervt, »das ist ... du missverstehst ...«

»Ich missverstehe gar nichts.«

»Nein, wir müssen als Gruppe kämpfen, denn andernfalls müssten Menschen wie du leiden.«

»Omar«, sagte Faruq.

»Ja, was?«, sagte der genervte Mann. »Er wird unter seinen eigenen Taten leiden. Wenn er ein einsamer Wolf sein möchte, bittesehr.«

»Lass mal gut sein«, sagte Faruq.

»Wie ›Lass mal gut sein‹? Man hat soeben unseren besten Mann getötet. Hier geht es nicht darum, einer unter vielen zu sein. Wir stammen aus dem Nahen Osten, alle hier in diesem Zimmer, und wir haben genug gelitten. Wir müssen uns erheben.«

»Und zu diesem Zweck bedienen wir uns der gleichen Mittel wie unsere Unterdrücker?«, fragte eine warme, ruhige Stimme.

Midhat kannte den Mann nicht. Er war groß und dünn, hatte Augen mit schweren Lidern und saß mit übergeschlagenen Beinen auf dem Sofa.

»Würdet ihr allen Ernstes Europa kolonisieren, wenn ihr die Möglichkeit hättet?«, fuhr er fort.

»Ja!«, sagte Omar. »Aber sicher! All das – wollt ihr all das denn nicht?« Er schwenkte einen Arm, als wäre das Zimmer mit den grünen Wänden, den Mahagonistühlen und Samtklippen die prachtvolle Stadt Paris. »Komm schon, Hani, sei realistisch, *yaani*. Denk nach. Benutze dein … na, du weißt schon.«

»Ich denke. Und du?«, erwiderte der dünne Mann namens Hani. »Ich halte deine Worte nicht für aufgeklärt, *habibi*.«

»Hani hat recht«, sagte Faruq. »Ihr wisst doch, dass wir modern denken müssen.«

»Modern?«, fragte Omar. »Mein Gott, die Leute hier wirken vielleicht modern, wenn man in … in Saint Germain ist oder in einem hübschen Zug oder im Kino, aber glaubt mir, glaubt mir, ihre Reiche, ihre Kriege, ihre Kanonen sind genauso brutal wie die der Türken. Ihr hört mir nicht zu. Wie sieht denn die arabische Stammesgesellschaft aus? Da ist jede Stadt ihr eigenes Land, und dieses Land ist besser als die nächste Stadt, die nur ein paar hundert Meter entfernt ist. Ein vereinigter Naher Osten kann keine Stammesgesellschaft sein. Das schließt einander per Definition aus.« Er legte Daumen und Zeigefinger zusammen und schüttelte sie, als habe er dort einen Zettel mit der Definition.

»Ich weiß nicht«, sagte Bassem Jarbawi. »Sie haben uns getötet. Und sie töten uns jetzt gerade. Wie die Armenier.«

»Wen haben sie getötet?«, fragte Midhat.

»Heute noch keine Zeitung gelesen?«, erwiderte Yusef Mansour, ein maronitischer Christ aus Aaley, der einen elfenbeinweißen Schnurrbart trug. »Du musst endlich Zeitung lesen, Midhat, unbedingt.«

»Wieder mehrere Hinrichtungen von Nationalisten«, erklärte Hani. »In Beirut und Damaskus wurden einundzwanzig Syrer gehängt.«

»Leute aus Palästina, *habibi*«, sagte Faruq.

»Sie verlieren den Krieg, und danach werden wir siegen«, sagte Jarbawi.

»Welche Leute aus Palästina?«

»Ein Shihabi, ein Nashashibi«, sagte Faruq und griff hinter sich, um die Zeitung zu angeln. »Ali Nashashibi, kennt ihr ihn? Salim al-Jaza'iri ... *wallah*. Sie haben uns die Augen ausgestochen.«

Er reichte Midhat die Zeitung und tippte auf den entsprechenden Absatz.

»Ehrlich?«, fragte Omar, indem er sich zu Bassem Jarbawi umdrehte. »Glaubst du wirklich, die Unabhängigkeit ließe sich so einfach verwirklichen?«

»Ich bin zuversichtlich.« Bassem wedelte mit der Hand.

»Abd al-Hamid al-Zahrawi«, sagte Faruq. »Er hat bei dem Kongress, der vor drei Jahren in Paris stattfand, den Vorsitz geführt. Wichtige Leute, Midhat. Wir können wahrhaftig von Glück reden, dass wir hier sind.«

»Sehr richtig«, sagte Raja Abd al-Rahman. »Wenn wir zurückkehrten, würden sie uns töten wie die Armenier. Oder sie würden uns versklaven und zu Türken machen.«

»Wie hat man diese Leute erwischt?«, fragte Midhat, indem er Faruq die Zeitung zurückreichte.

»Anhand von Papieren im französischen Konsulat in Beirut. Reichst du mir bitte den Aschenbecher, *habibi*?«

»Wir standen bisher im Einvernehmen mit den Franzosen, *ammo*«, sagte Bassem Jarbawi.

»Ich kehre bestimmt nicht vor Kriegsende heim«, sagte ein stattlicher Mann, der neben dem Kamin auf einem Kissen saß.

»Ja, weil du ein Angsthase bist«, sagte Omar.

»Sie verbieten die Zeitungen!«, sagte Bassem. »Willst du denn wirklich zurückkehren, um dann ein Türke zu werden? Schau dir das an, Omar.« Er griff nach einer Zeitschrift, die neben ihm auf dem Sofa lag. »Sieh dir das an – Tod, Tod, Tod. Keine Bündnisse, gar nichts.«

»Ich denke«, sagte Hani, der immer noch gemütlich saß, »dass sich die Pläne der christlichen Nationen, *yaani*, für uns als größter Stolperstein erweisen könnten. Zurzeit wollen sie die Türken schwächen, gewiss. Aber danach ... Es sind immerhin Großmächte. Und wir wissen, wie Großmächte agieren. Sie sind gierig. Unsere Künstler und Intellektuellen sehen im Zionismus ein Mittel, um die arabische Welt zu europäisieren.«

»Ich bezweifele, dass der Zionismus ein Thema von zentraler Bedeutung ist«, erwiderte Omar stirnrunzelnd.

»Wie kannst du das behaupten?«, warf Hani mit einer Energie ein, die ihn in die Senkrechte riss. Midhat bemerkte den gelben Schal, der unter seinem Revers hervorglitt.

»Unser Thema ist die Unabhängigkeit«, sagte Omar.

»Bitte? Beides ist doch untrennbar miteinander verwoben.«

»Also wirklich.« Raja Abd al-Rahman hob eine Hand. »Ihr vergesst, dass die Europäer die Juden am liebsten loswerden möchten. Habt ihr von der Sache mit diesem Dreyfus gehört? Juden, Muslime – in ihren Augen sind wir alle gleich, und sie trauen uns nicht. Sie würden uns am liebsten wieder in die Levante verfrachten. Es geht also nicht um Kolonialismus. Sondern eher darum, uns loszuwerden.«

Yusef Mansour wuchtete sich auf die Beine. »Möchte jemand ein Glas Cognac?«

»Ja, gern!«, sagte Raja.

»Immer mit der Ruhe. Sonst noch jemand?«

»Wo war ich gerade?«, sagte Raja. »Ach ja, die Juden in Europa.«

»Ist das Glas schmutzig? Entschuldige bitte, aber ich erblinde allmählich.«

»Pst, lass ihn ausreden.«

»Entschuldige.«

»Wir dagegen haben seit jeher mit den Juden gelebt. Es gab immer Juden in Syrien. Sie sind dann einfach syrische Juden.«

»Raja, *habibi*, hör mir zu«, sagte Hani. »Sie haben schon ihre eigenen Briefmarken.«

»Briefmarken?«, sagte Yusef zu Bassam. »*Ya Allah*. Nicht mal wir haben eigene Briefmarken.«

»Trotzdem stellt Frankreich zurzeit die größere Bedrohung dar«, sagte Omar.

»Ihr redet von der Unabhängigkeit, als hätten Großbritannien und Frankreich den Krieg schon gewonnen«, meinte Bassem. »Aber die Türken kämpfen noch, und vielleicht kommt es zu einem Waffenstillstand oder dergleichen. Wir wissen nicht, was geschehen wird.«

»Die Nachrichten sind aber vielsagend«, erklärte Midhat, der sich zum ersten Mal mit seiner Meinung vorwagte. »Jetzt, nach dem Kriegseintritt der Amerikaner, sind die Deutschen wirklich ... Ich glaube, es ist nur noch eine Frage der Zeit.«

»Nimm hier Platz, Midhat. Du sitzt unbequem.«

»Das geht schon. Der Stuhl ist nur ein bisschen wackelig.«

»Deine Wohnung ist ein Schrotthaufen, Faruq«, sagte Yusef.

»Ja, weil jeden Abend fünfzehn Araber auf meinen Möbeln hocken.«

»Was soll das heißen? Wir sind doch alle spindeldürr.«

»Apropos – gibt es etwas zu essen?«, fragte Raja. »Ich habe Möhren mitgebracht.«

»Früher haben wir Schokolade zu Feiern mitgenommen«, sagte Bassem. »Nun sind es Möhren und Kartoffeln. Und Brot.«

»Du hast Brot dabei?«, fragte Faruq.

»Nein, Verzeihung, ich wollte nur sagen ...«

»Tja, wir haben kein Brot. Aber Kekse.« Faruq glitt vom Tisch. »Sie sind im Schrank, und sie sollten reichen. Außerdem steht eine Brühe auf dem Herd.«

»Ich habe auf dem Heimweg tatsächlich etwas Brot gekauft«, sagte Midhat.

»Das ist ja großartig, *habibi.*«

»Midhat, der Messias«, sagte Yusef. »Oh, es ist noch warm, *ya Allah.*«

»Was ich sagen wollte, ist«, sagte Raja Abd al-Rahman, der seine Möhren in die Küche brachte, »dass die Juden gute Landwirte sind. Ist euch das klar? Sie könnten die lokale Wirtschaft ankurbeln.«

»Das siehst du so, weil du in Damaskus zu Hause bist, Raja«, sagte Hani. »Du bist kein Palästinenser.«

»Wir sind alle *Syrer*«, warf Yusef ein. »Hört mir auf mit diesem ›Palästinenser, nicht Palästinenser‹. Wir sind eins, wir werden eine Nation sein.«

»Genug«, sagte Omar. »Ich bin am Verhungern, ich kann schon nicht mehr denken.«

»Siehst du?«, sagte Yusef zu Faruq. »Wie sollten wir die Stühle beschädigen? Schau dir Omars Bauch an. Er hat ja nicht mal einen.«

Midhat gewann allmählich mehr Selbstvertrauen und meldete sich an diesen Abenden immer häufiger zu Wort. Jeannette hatte ihm erzählt, wie sie gelernt hatte, an der Universität zu reden, ohne sich vor Fehlern zu fürchten, und er spürte, dass sich seine Diskussionsfähigkeit wie ein Muskel entwickelte. Er trainierte ihn nicht nur bei Kaffee und Zigaretten, sondern auch in seinen Aufsätzen über die Revolutionskriege und Jeanne d'Arc. Und obwohl die Diskussionen durchaus auf diesen oder jenen Fakten beruhten, bekamen sie eine Eigendynamik, als könnten sich die Worte um und durch die Wahrheit schlängeln, ohne diese Punkt für Punkt nachvollziehen zu müssen. Außerdem waren die Debatten so sprunghaft, die politische Lage so wechselhaft, dass niemand auf eine bestimmte Behauptung festgenagelt werden konnte und jeder die Freiheit genoss, je nach Gesprächsverlauf eine andere Position zu beziehen. Dann kam der Sieg im Hedschas, und schließlich brach das Osmanische Reich zusammen. Emir Faisal reiste zur Friedenskonferenz nach Paris, und was bis dahin Spekulation gewesen war, Gedankenspiele in hohen Zimmern am Rande eines Boulevards, wurde plötzlich konkret: Die Frage, ob eine Nation entstehen sollte oder nicht, stand im Raum, und die gesegneten Jahre des Exils und der Unentschiedenheit neigten sich dem Ende zu.

Drei Jahre waren verstrichen, seit Midhat aus Montpellier nach Paris gegangen war. Während dieser Zeit hatte sein Leben viele Facetten bekommen. Zum einen war er ein Geschichtsstudent, der sich nach den Seminaren mit Bekannten in Bars und Cafés traf; zum anderen ein Gefährte der Frauen, stets heiter und sanftmütig; sodann der geheimnisvolle Liebhaber; obendrein ein Diskussionsteilnehmer und zu guter Letzt ein Araber. Diese Bereiche waren nicht streng voneinander geschieden, überlappten sich aber trotzdem kaum, denn durch seine Gedanken über Ursprung und Wahrheit, die er sowohl in seinen Aufsätzen an der Universität als auch in Gesprächen mit seinen syrischen Freunden formulierte, lernte Midhat, zwischen den Sphären zu wechseln und sich auf beiden Seiten entsprechend zu verstellen; er rechtfertigte die Verstellung dann in moralischer Hinsicht, indem er sich vor Augen führte, dass er nur ein vorübergehender Gast war. Als seine Freunde zu verzagen begannen, stellte er jedoch fest, dass er die Rolle des streitbaren Arabers immer öfter spielte, obwohl es die langweiligste war. Er liebte Frankreich und dessen Rationalismus, die Wissenschaften, die das Unerforschliche mit einem Schleier verhüllten, und auch die Verse über den Orient, die Faruq an Sonntagnachmittagen laut vortrug, obwohl sie ihn und seine Vorfahren zu Spottbildern verzerrten. Wenn er auf Faruqs Balkon stand und die dunklen Automobile betrachtete, die wie

Leichenwagen durch die Straße rollten, hatte er das Gefühl, als wäre ein großer Rahmen zerbrochen. Und wenn er sich zur Wohnung umdrehte, zitterte die Szene im Zimmer im Glasgeviert, dann wirkte der Raum, als wär er umgetopft worden, und die Gesichter der Freunde kamen ihm fremd vor. Faruq trug eine Samtweste, sein Hemd hatte unten einen Fleck wie ein braunes Muttermal, der sich nicht mehr auswaschen ließ.

Nach Kriegsende wurden die Treffen in Faruqs Wohnung seltener, und wenn sich die Freunde doch einmal trafen, war die Stimmung nüchtern und besorgt. Yusef Mansour dachte nur noch an die Nachrichten über die Hungersnot in Beirut. Omar wütete sprachlos gegen die Triple Entente. Midhat suchte die Nähe von Hani Murad, weil dieser auch aus Nablus stammte. Hani war der Einzige, der sich direkt in der Politik engagierte, und seine Einblicke stimmten die anderen nicht gerade hoffnungsvoll.

* * *

Was Bonaparte und Bismarck betraf, so sympathisierte Hani mit dem Deutschen. Für ihn stand fest, dass die Vereinigung eines Landes das höchste Ziel der Menschheit war. Und die Elsässer waren immerhin deutschsprachig.

Hani konnte sich zwar an seinen Analysen berauschen, hatte aber gelernt, sie nicht sofort auszuposaunen. Als er sich im Beisein eines französischen Kollegen bei der Zeitung *Le Matin*, für die er als Übersetzer tätig war, über das Thema Bonaparte und Bismarck äußerte, starrte ihn der Mann durch den Dampf des Wasserkessels an, als hätte Hani soeben eine grässliche Blasphemie vom Stapel gelassen, sprach ihn darauf jedoch erst an, als sie in der Abenddämmerung auf die Straße traten, und da so behutsam, als müsste er einem Kind erklären, dass Nationalität nichts mit Sprache zu tun habe und dass es anderes gebe, was Herkunft und Wesen eines Menschen definiere. Hani hätte kaum unterschiedlicherer Meinung sein können, begriff aber, dass es besser war, den Mund zu halten.

Im Dezember 1918 saß Hani in einer Pension im Quartier Latin an der Schreibmaschine. Im Kamin seines Zimmers flackerte ein Feuer, die Tapete pellte sich durch die Feuchtigkeit von den Wänden. Im Laufe der vergangenen zwölf Monate hatte Hani, der hin und wieder journalistische Jobs annahm und außerdem in einem Internat arbeitete, wo er mit den Kindern Ausflüge zu Schlössern unternahm und spontane, phantasievolle Vorträge über die französische Geschichte hielt, die Abende mit einem Stift in der Hand verbracht. Er übersetzte ein türkisches Werk ins Französische und hatte seinen Schreibtisch während dieser Arbeit in einen Morast aus handschriftlichen Notizen verwandelt. Vor einigen Wochen waren mehrere eilige Briefe eines gewissen Monsieur Payot in der Pension eingetroffen, der das Buch unter der Voraussetzung veröffentlichen wollte, dass Hani so rasch wie nur irgend möglich ein getipptes Manuskript vorlegte. Frankreich, so Monsieur Payot, platze gerade vor Neugier auf die Osmanen, und wenn man jetzt zuschlage, könne man sich eine goldene Nase verdienen.

Der Titel lautete *Das historische Schicksal der Türkei*. Der Autor war ein Türke namens Ahmet Rasim, und er hatte die vier Bände vor gut zehn Jahren geschrieben. Die Niederlage der Osmanen verlieh den Büchern natürlich eine ganz andere Dimension, und in den Monaten nach dem Waffenstillstand hatte sich Hani zahlreiche Freiheiten herausgenommen, an manchen Stellen proleptische Glossen eingefügt und an anderen schlicht darüber gestaunt, dass bestimmte Passagen zwischen den Zeilen regelrecht prophetisch waren.

Nun überdachte er eine eigene Anmerkung, die Bismarcks Pläne zur Reichseinigung mit der Brutalität der Jungtürken und ihrer »Türkifizierungs«-Politik verglich. War das schon wieder die Eitelkeit des Amateurhistorikers? Zweifel waren immer ein Alarmsignal: Wenn man an etwas zweifelte, dann ließ man es besser. Er riss die Seite mit der einen Hand aus der Schreibmaschine, zog mit der anderen Hand ein neues Blatt ein, ließ den Schlitten zurücksurren und wollte gerade mit dem Tippen beginnen, als an die Tür geklopft wurde.

»Monsieur Hani Bey Murad!«

Im Flur standen zwei alte Schulfreunde, Qadri Muhammad und Riyad Assali, beide mit schütterem Haar, den Hut in der Hand, mit identischem Wollanzug und buntem Schal.

»*Mon Dieu!* Ha! Was zum Teufel habt ihr denn hier zu suchen? *Ya salam*, ich bin entsetzt! Gebt mir einen Kuss, ihr habt mir ja richtig Angst eingejagt ...«

Qadri und Riyad umarmten ihn lachend. Qadri lächelte unter dem buschigen Schnurrbart, und Riyad, der Größere von beiden, neigte den kahlen Kopf.

»Mein guter Hani, wir wollten dich wiedersehen.«

»Tretet bitte ein, *itfaddalu, itfaddalu.*«

»Nein, Hani, das geht nicht«, sagte Qadri.

»Wir haben wichtige Neuigkeiten, *yaani*«, sagte Riyad. »Emir Faisal nimmt hier in Paris an der Friedenskonferenz teil. Er wohnt als Gast der französischen Regierung im Continental.«

»Wir möchten, dass du uns zu ihm begleitest. Heute Abend.« Qadri riss die Augen auf. »Seine Hoheit braucht jemanden, der die arabische Delegation leitet, und uns bleibt nicht viel Zeit. Du wärst goldrichtig, Hani. Was hältst du davon?«

»Ich bin sprachlos. Könnt ihr denn nicht kurz reinkommen? Ich habe euch jahrelang nicht gesehen – ich kann Tee und Brot anbieten.«

»Tja, wir sitzen in der Klemme.« Riyad seufzte. »Wir haben erst letzte Woche erfahren, dass Faisal zur Konferenz anreisen darf. Alles auf den letzten Drücker. Außer uns beiden gibt es noch Nuri Said, der im Aufstand gekämpft hat, und Lawrence, den Briten. Alle sind da, aber keiner ist vorbereitet. Wir müssen uns also sputen.«

»Komm doch einfach mit, Hani. Wir reden unterwegs.«

Hani trat wie benebelt die Holzscheite auseinander, stellte den Schirm vor den Kamin, griff nach dem Hut, verschloss die Tür und warf sich einen Mantel über die Schultern.

Beim Anblick des draußen wartenden Automobils ging Hani das Herz auf. Der schwarze Lack glänzte silbrig im Laternenschein. Die drei standen auf dem Bürgersteig und betrachteten den Wagen, wobei kalter Atem aus ihren Mündern wölkte, und dann gab Riyad Hani einen Klaps auf die Schulter und öffnete die hintere Tür. Jeder Fensterspalt war vereist. Der Chauffeur trug zwei Mäntel übereinander.

»Der Emir ist der Sohn Sharif Husseins aus dem Hedschas«, sagte Qadri und drehte sich auf dem Beifahrersitz zu Hani um. »Sein Vater führt den arabischen Aufstand gegen die Türken an. Er ist ein sehr, sehr mutiger Mann.«

»Und sein Sohn genauso, *yaani*«, ergänzte Riyad. »Er freut sich darauf, dich kennenzulernen.«

Paris sauste vorüber. Die Siegesbanner hingen in Fetzen von den Straßenlaternen. Hanis Nerven standen unter Strom. Er hatte in Paris über Jahre immer wieder Arbeit gesucht, hatte befristete Stellen angenommen, für die er seine Abschlüsse hatte verheimlichen müssen, und seine Energie in die nächtliche Übersetzungsarbeit gesteckt, eine lahme und verkorkste Art, dem eigenen Land zu dienen, eine unerhebliche Linderung der Skrupel, die ihn plagten, weil Cemal Pascha seine Onkel hatte hängen lassen, während er im sicheren Exil weilte. Aber nun fiel alles an seinen Platz. Sein Jura-Diplom war nicht umsonst gewesen. Es tat nichts zur Sache, dass er soeben zum ersten Mal von Emir Faisal gehört hatte; man hatte ihn gerufen, nur das zählte.

Das Hotel Continental war ein leuchtender Palast mit roten

Plüschsesseln, Teppichen und livrierten Dienern, die silberne Wagen schoben. Ein glatt rasierter Mann mit dunklen, geölten Locken und Seitenscheitel erwartete sie in der Lobby. Er trug eine khakifarbene Uniform.

»Darf ich vorstellen? Nuri Said«, sagte Qadri.

»*Enchanté*«, sagte Nuri und senkte das Kinn, um Hani anzulächeln. Er führte sie durch einen Flur.

Die Suite hatte die Ausmaße einer Kapelle, und in den hohen, zur Straße gehenden Fenstern spiegelten sich die elektrischen Lichter der Lüster. Emir Faisal saß neben dem Kamin auf einem vergoldeten Stuhl und erhob sich, um sie zu begrüßen. Er trug ein azurblaues priesterliches Gewand.

Faisal hatte die schmale Statur eines Beduinen. Seine Augen waren von einem flirrenden Braun, das lange Gesicht wurde von einer schweren weißen Kufiya aus bestickter Seide gerahmt; seine große Nase stand auf elegante Art etwas schief, und der mit Edelsteinen geschmückte Griff seines Dolches glitzerte zwischen den Falten der Abaya, als er sich reckte, um Hanis Hand zu ergreifen. Seine Hand war sehr weich. Qadri und Riyda stellten sich hinter dem Emir neben Nuri, und Hani bemerkte, dass sie ihre Schals bereits abgelegt und den Kopf ebenfalls in eine weiße Kufiya mit goldener Kordel gehüllt hatten.

Faisal bat Hani mit einem Wink, Platz zu nehmen; Riyad, Qadri und Nuri blieben stehen. Hani murmelte ein paar respektvolle Begrüßungsworte, dann trat kurz Stille ein. Schließlich sprach Faisal.

»Welche Meinung hat die französische Öffentlichkeit von den Arabern?«

Seine Stimme klang wie das Gemurmel der Erde.

»Eure Hoheit, ich glaube … nach meinem Eindruck lesen die Bürger Frankreichs nur französische Zeitungen, die ihnen ein falsches Bild der Syrer vermitteln. Der Araber ganz allgemein.

Deshalb glauben sogar Studenten, die Araber würden immer noch leben wie im Mittelalter. Sogar wie in der Zeit vor dem Mittelalter, *yaani.*«

Faisal schwieg. Er hatte die Hände im Schoß gefaltet. Hani nahm einen neuen Anlauf.

»Ich glaube, Frankreich träumt davon, Syrien zu annektieren und über das Schicksal des Landes zu bestimmen wie schon in Algerien, Marokko und Tunesien …«

Faisal hob unmerklich eine Hand.

»Glauben Sie«, sagte er, »die Haltung Frankreichs ließe sich ändern, wenn wir einen Unabhängigkeitskrieg führen.«

Das klang nicht nach einer Frage. Hani zögerte.

»Ich fürchte, Eure Hoheit, man wird … die Kolonisierung nicht so schnell aufgeben. Sie ist seit Jahrzehnten die Maxime der Politik in Übersee.«

Aber Hani durfte sich nicht von seinen Analysen hinreißen lassen. Er war der Ansicht, dass die französische Außenpolitik durch die Tatsache bestimmt wurde, dass das Land weniger Einwohner hatte als sein Nachbar Deutschland. Und der Grund dafür war, dass die französische Durchschnittsfamilie nicht genug Kinder bekam. Der Grund dafür bestand wiederum darin, dass die Franzosen ihre Frauen viel zu großzügig gewähren ließen. Französinnen genossen zu viele Freiheiten. Sie waren ständig im Theater, anstatt sich daheim auf die Fortpflanzung zu konzentrieren. Dieses Verhalten der Französinnen sorgte für nachhaltige Probleme, und weil sie nicht für genug Nachwuchs sorgten, wollte der französische Staat mehr Kinder adoptieren, und zwar durch die Annexion anderer Länder. Deshalb war auch der Krieg gegen Deutschland entbrannt.

Hani öffnete die Lippen, um etwas zu sagen. Der Emir wartete. Hani wusste jedoch, dass sein Zögern ein Ausdruck des Zweifels war, dieser abwägenden Gottheit. Und wenn man etwas bezweifelte, sollte man es lassen. Besser, er äußerte bei der ersten Begegnung mit Emir Faisal aus dem Hedschas, dem Sohn Sharif Husseins aus Mekka, nicht gleich solche Theorien.

Der Emir hatte vor Müdigkeit geschwollene Augenlider, spürte aber, dass der vor ihm sitzende Mann charakterfest und ehrenhaft war. Er mochte Hanis aristokratisches Profil und seine feingliedrige Gestalt; es gefiel ihm, wie er im Satz kurz innehielt, da dies von Selbstbeherrschung und Weisheit zeugte; und deshalb lautete die Antwort Ja – sie würden diesen Mann, Hani Murad, engagieren, um das Pariser Büro der arabischen Delegation zu leiten.

Außerdem lief ihnen die Zeit davon, sie hatten also keine Wahl.

Im September 1919 saß Hani Murad am gleichen Schreibtisch vor der gleichen Schreibmaschine, nur blickte er nicht mehr auf die abblätternde Tapete seines Pensionszimmers, sondern auf die Rue Spontini, wo Passanten in sommerlicher Kleidung flanierten. Neben ihm stand ein Teller mit Sandwichs, und seine Hand lag auf einem Brief Faisals aus Damaskus.

Hani hatte mit Bleistift den Satz unterstrichen: »Wenn Sie mich nach der politischen Lage in Syrien fragten, würde ich antworten, dass die Steine Syriens nach der Unabhängigkeit des Landes schreien.« Er fragte sich, wie er dieses Bild in dem Brief, den er in Faisals Namen an Clemenceau schrieb, in ein robustes diplomatisches Französisch fassen konnte.

Die Verhandlungen während der Friedenskonferenz waren zäh verlaufen. Die Franzosen waren von Anfang an mehr daran interessiert, Faisal zu unterhalten, als mit ihm zu verhandeln. Ein zwanzigminütiges Treffen mit dem Präsidenten, kein Wort über Politik, nur Lächeln und Artigkeiten, Hinsetzen und Aufstehen, Hände schütteln und Lob für das Gewand, wie hieß es noch gleich? Ein Mittagessen mit dem Außenminister, Teller mit Ananasscheiben, die man extra aus der Karibik hatte kommen lassen, wolle Seine Hoheit nicht mal kosten? Drei Mal Händeschütteln und ein Violinquartett, im Anschluss kein Wort mehr; Tee im Park der Botschaft an einem sonnigen Tag, Tänzer, die ihre Beine zum Takt der Klaviermusik schwangen, alles Ihnen zu Ehren, Eure Hoheit. Zu Faisals Ehren! Niemand interessierte sich für die Araber, kein einziger Mensch.

Hani hatte Faisal schließlich überreden können, zu einem französischen Schneider zu gehen, und seit der Emir die Abaya abgelegt hatte und einen Anzug trug, besserte sich die Situation allmählich. Hanis Aufgabe blieb trotzdem extrem anspruchsvoll, denn erstens war da die Persönlichkeit Seiner Königlichen Hoheit, und zweitens waren da die Patzer der Franzosen, und er musste beides austarieren. Nach acht Monaten ergrauten seine Haare an den Wurzeln.

Da wurde an die Tür geklopft. Die Stimme ertönte, bevor sich Hani auf dem Stuhl umdrehen konnte.

»*Habibi, kef halak.*«

Midhat Kamal schritt in das Zimmer. Er trug einen Nadelstreifenanzug und einen Seitenscheitel im geölten Haar, sein Schnurrbart war sorgsam gestutzt. In den Falten seines grünen Einstecktuchs klemmte eine rote Bartnelke.

»Midhat. Setz dich, *habibi.*«

»Du arbeitest?«

»Ja, aber ich brauche eine Pause. Nimm Platz, Midhat. Iss ein Sandwich.«

»Aha. Nein, ich kann jetzt nicht sitzen. Ich muss reden. Hani, ich weiß, du hast viel zu tun, aber ich muss mir dir reden. Bitte entschuldige die Störung.«

»Schon gut. Was ist denn?«

Midhat Kamal befand sich stets in einem Zustand der Erregung. Seit Hani Midhat kannte, war dieser entweder mit einer Frau an seinem Arm lachend über einen Boulevard geschlendert oder hatte brütend dagesessen und an eine Frau gedacht, besessen von der nächsten und der übernächsten, oder er hatte sich der letzten mit Schweiß auf der Stirn entledigt, als suchte er etwas, das er noch nicht gefunden hatte; er hechelte alle Frauen in Paris durch, angetrieben durch ein Magma des Kummers, das in einem Salon bei einer Tasse Tee ohne Vorwarnung auflodern konnte.

»Ich reise ab. Ich habe das Examen abgelegt, die Dampfer fahren wieder, ich habe kein Geld mehr. Ich muss mich endlich dem stellen, was mein Vater von mir erwartet. Ich muss nach Nablus zurückkehren. Die Pflicht ruft.«

»Das klingt doch gut, Midhat. Genau das müssen wir alle irgendwann tun.«

»Ja, aber Hani, ich … ich kann das nicht machen. Ich kann nicht so einfach abreisen.«

»Setz dich, *habibi.*«

»Ich weiß weder ein noch aus.«

»Geht es um Jeannette?«

»Ja, um Jeannette.«

Hani lachte. »Du hattest so viele Frauen und bist immer noch besessen von ihr. Ehrlich, du gleichst einer Figur in einem Gedicht.«

Wenn Midhat lachte, schossen seine Augenbrauen in die Höhe, als wären Lachen und Überraschung eins; Hani war zudem aufgefallen, dass er die seltsame Angewohnheit hatte, im raschen Wechsel heiter und bekümmert, dumm und traurig dreinzuschauen, was es erschwerte, seine Stimmung zu deuten. Die Augenbrauen flogen nach oben.

»Ob ich ihr schreibe? Was sollte ich deiner Meinung nach tun? Seit damals ist natürlich viel Zeit vergangen, ich weiß. Sie ist nur eine Frau. Aber sie ist mir nie ganz aus dem Kopf gegangen. Ich vergesse sie manchmal eine Weile, dann denke ich wochenlang nicht an sie, sie tritt in den Hintergrund und verblasst. Und dann ist sie wieder da.«

Midhat, durch diese Worte erschöpft, setzte sich endlich auf den Stuhl, den Hani ihm angeboten hatte. Er spielte mit zwei Fingern an seiner Krawatte. Er lachte, schaltete dann um und runzelte die Stirn.

»Ha, ich weiß, du musst nichts sagen, ja, es war nicht meine Schuld, ich habe mich bemüht, das Richtige zu tun, aber die Molineus waren unredlich. Ich sollte stolz auf mein Verhalten sein. Ich wollte nicht so … Ich würde einfach gern wissen, ob du einen Brief für angebracht hältst.« Er beugte sich vor und sah Hani ins Gesicht. »Du bist jemand, der gute Entscheidungen trifft, Hani. Und ich würde es nicht tun, um ihr eine Antwort zu entlocken. Wenn sie doch antwortet, könnte das aber immerhin klären … nein, ich will einfach schreiben. Ich könnte jetzt aufschreiben, was ich zuvor nicht aussprechen konnte. Verstehst du? Ich habe so vieles zu sagen, was ich nie geäußert habe.«

Hani wartete mit einer Antwort, bis Midhat auch wirklich ausgeredet hatte.

Jeannette Molineu war unter den Syrern in Saint Germain mittlerweile geradezu legendär. Hani hatte zuerst von seinem Freund Faruq al-Azmeh von ihr erfahren, in dessen Wohnung Midhat lebte. Dieser junge Mann aus Nablus, sagte Faruq, sei eine gequälte Seele. Offenbar solle er nicht nur sein Freund, sondern auch sein Privatphilosoph sein, Midhat klammere sich an seine Worte, als könnte ihn eines davon retten.

»Midhat, ich denke, du solltest den Brief schreiben«, sagte Hani sachlich und griff nach einem Sandwich. »Selbst wenn du ihn nie abschickst.«

»Ich habe ihn schon geschrieben.«

»Aha?«

»Darf ich ihn vorlesen? Damit du mir hinterher sagst, ob ich ihn abschicken kann?«

»Bitte, *itfaddal.*«

3. September 1919

Liebe Jeannette,

ich schreibe Dir aus Paris, werde die Stadt aber bald verlassen. Ich kehre nach vier Jahren nach Palästina zurück. Ich bedauere, Dir nicht schon früher geschrieben zu haben. Ich wünschte, ich hätte es getan. Bedauern über Bedauern. Ich hatte gehofft, Dich zu vergessen. Du warst in meinen Gedanken so lange mit Leid verknüpft, dass der Gedanke an Dich stets auch alle anderen Schmerzen weckte. Ich habe gehofft, meine Erinnerungen an das Leben, das ich vor meiner Zeit in Frankreich geführt habe, würden überwiegen und Du würdest einfach verblassen. Ich habe gehofft, im Kern der Gleiche zu bleiben. Aber ich befürchte, dass sich das, was ich mit Dir erlebt habe, ganz im Gegenteil zu einer urtümlichen Größe verfestigt und meinen Geist geprägt hat, und das wird vermutlich alles überschatten, was noch kommt. Der Schmerz ist mit der Zeit ein wenig abgeflaut. Meine Erinnerung an Dich dagegen nicht.

Ich muss mich für vieles entschuldigen. Es tut mir leid, Dir nicht gesagt zu haben, wohin ich fahre. Es tut mir leid, dass ich Hals über Kopf verschwunden bin. Vor drei Jahren bin ich Monsieur Samuel Cogolati von der medizinischen Fakultät wiederbegegnet, und er erzählte, Du seiest Krankenschwester geworden. Ich nehme an, Du bist inzwischen wieder in Montpellier. Schon lustig, dass ich Medizin studiert habe, Du sie aber praktiziert hast. Ich hoffe, Du hast nicht zu viele schreckliche Dinge sehen müssen. Ich schäme mich bei dem Gedanken, dass es vermutlich doch so war.

Jeannette, ich habe vier Jahre lang an Dich gedacht. Du bist immer, immer in meinen Gedanken präsent. Und das nicht nur, weil der Schmerz überdauert hat; Du hast überdauert. Ich höre täglich Deine Stimme. Ich sehe Dich neben mir auf der Terrasse. Ich sehe Dein Haar – all die unterschiedlichen Facetten an den unterschiedlichen Tagen! Ich erinnere mich an Deinen Duft. Und an Dein gelbes Kleid. Ich erinnere mich an Deinen Atem, wenn Du mich geküsst hast. Ich erinnere mich an den Zorn, in dem Du Dich von mir abgewandt hast.

Ich hoffe, Du verstehst, wie schmerzhaft es für mich war, die Notizen Deines Vaters zu entdecken. Ich hatte gehofft, Dich zu heiraten, war aber zu schüchtern und brachte den Antrag nicht über die Lippen. Auch das bereue ich sehr. Trotzdem stehe ich zu meinen Worten. Ich bin hier, in diesem Land, zu mir selbst herangereift und bin deshalb weder Fisch noch Fleisch. Ich gehöre auf die gleiche Art hierher, wie ich nach Palästina gehöre.

Du musst wissen, dass ich nur das Beste wollte. Was ich getan habe, das habe ich aus Liebe zu Dir getan.

Ich wünsche Dir ein gutes Leben. Ich werde Dich nie vergessen.

Dein Midhat

»Tja«, sagte Hani, »du schreibst gar nicht übel, Midhat. Ich bin beeindruckt. Hier ist ein Umschlag. Briefmarken findest du in der Schublade.«

3

Im Oktober 1919 schwelten die Unruhen in Ägypten weiter. Großbritannien hatte die Forderung nach Unabhängigkeit auf der Friedenskonferenz abgeschmettert, und als die Anführer des Widerstands nach Malta ins Exil gehen mussten, demonstrierten in Kairo die Frauen auf der Straße. Doch der Generalstreik war endlich vorbei, und der Handel zwischen Ägypten und der Levante pendelte sich wieder auf einem stabilen Niveau ein. Hāddsch Taher war aus Kairo aufgebrochen, um in Damaskus Seidenstoffe einzukaufen, und er beschloss, in Nablus Halt zu machen.

Die Herbstsonne ließ die Gesichter der Menschen in der Mittagshitze glänzen. Hāddsch Taher ging zum Khan, begrüßte Hisham, seinen Vertreter, durch die vor dem Geschäft hängenden Segeltuchbahnen, ließ sich einen stark mit Zucker und Zimt versetzten Kaffee geben und plauderte mit alten Kunden, die zufällig vorbeikamen. Sie dankten Gott für das Ende des Krieges; sie meckerten über die Freiheiten, die die britischen Soldaten genossen; sie nahmen dankbar zur Kenntnis, dass es wieder Saatgut und Vieh gab und sich der Handel normalisierte.

Hāddsch Taher Kamal war Händler, weil sein Vater und auch sein Großvater Händler gewesen waren. Die Händler verbanden Nablus mit den umliegenden Dörfern: Für die Dorfbewohner waren sie Kreditgeber, Verpächter, Arbeitgeber, sogar Freunde; für die Stadtbewohner waren sie sowohl Stützen der Tradition als auch Vermittler von Neuerungen, und wenn die Zeit der Feste anbrach, tanzten die Bewohner von Nablus über die Märkte und ließen bunte Bänder und Pistazienschalen auf den Boden regnen. Die Fundamente der städtischen Gesellschaft waren seit Menschengedenken die Moschee, die Stadttore und der zentrale Marktplatz, Khan al-Tujjar.

Hāddsch Tahers Großvater hatte das Geschäft aufgebaut, indem er Kisten mit Seife aus Nablus mit Maultieren durch Gaza nach Kairo transportierte und Wochen später mit dicken, zusammengezurrten Bündeln frischer Baumwolle heimkehrte, die er auf dem Khan von Nablus verkaufte, um von dem Gewinn noch mehr Seife zu erwerben und wieder nach Kairo zu ziehen. Als Hāddsch Tahers Vater das Geschäft übernahm, begann er, lokale Schneider und Färber anzustellen, und konnte den Stand der Kamals auf diese Weise zu einem Kleidergeschäft erweitern. Dann knüpfte er Kontakte zu Textilherstellern in Damaskus, die Seide aus dem Libanongebirge mit Baumwolle, die aus England eingeführt worden war, zu einem Stoff verwoben und unterschiedlich färbten: indigoblau, scharlachrot, smaragdgrün, safrangelb, zinnoberrot. Außerdem eröffnete er mit Hilfe alter Kontakte in Kairo ein Geschäft in der dortigen Bulaq-Straße, das Decken, Kopfkissenbezüge, Bettlaken, Tücher, Taschentücher und große Rollen weißer und bunter Stoffe im Angebot hatte, die man pro Elle verkaufte. Dieses Geschäft übernahm dann Hāddsch Taher. Das Geschäft in Kairo wurde immer einträglicher, denn die Nachfrage wuchs, und so verkaufte man neben den gewohnten Produkten bald Thawbs und Sedari-Westen, Sarawil-Hosen, Abayas und die Stirnbänder, die Bauern auf ihren Hochzeiten trugen.

Als Hāddsch Taher auf sein Pferd stieg, um zum Berg Garizim zu reiten, ging die Sonne unter. Eine Brise ließ seine Hemdsärmel flattern und kühlte das verschwitzte Haar um seine Ohren, und als der Wind neue Wolken am Himmel zusammenpeitschte, büßten Häuser und Bäume ihre Schatten ein.

»Willkommen!« Die Haushälterin, Umm Mahmoud, öffnete

die Tür und breitete ihre Arme aus. »Herzlich willkommen, Hāddsch!«

»Gelobt sei Gott. Ich bin hungrig, Umm Mahmoud.«

»Auf Ihre Gesundheit, *ya Haj*, ich setze Wasser auf. Geben Sie mir Ihren Mantel.«

Taher erblickte zwei Briefe auf dem Tisch im Eingangsflur. Den ersten öffnete er sofort.

Höchst Ehrenwerter Herr und Edler Bruder, Hāddsch Taher Kamal,

zuerst die Frage, die uns am meisten am Herzen liegt, nämlich die nach der Gesundheit Eurer Ehrenwerten Person. Sodann möchten wir unserer Hoffnung Ausdruck verleihen, dass Ihr uns einen Dima-Stoff von gefälliger Form und Farbe zukommen lassen mögt, eine dunkelfarbige Abaya wie jene, die Ihr uns vor einiger Zeit geschickt habt, mit Kapuze und bis über die Knie reichend, von edler Qualität. Für die Damen zweieinhalb hochwertige Bahnen einfarbigen Dimas, aus denen sie zu Hause Kleider schneidern können. Vier Ellen Mansuri-Stoff, zwei Unterröcke und vier Taschentücher für Damen. So Gott, der Allerhöchste, gnädig ist, schicken wir Euch die Bezahlung nach den Feiertagen durch den Träger Husain, Sohn von Sulaiman al-Muhammad. Wir bitten Euch inständig, uns die Bestellung so rasch wie möglich zukommen zu lassen, denn Ihr seid gewiss über die bevorstehende Hochzeit bei Abu Uthman im Bilde. Gott segne Euch.

Ibrahim Abd al-Wahhab

Für gewöhnlich kümmerte sich Hisham um solche Bestellungen. Aber diese konnte Taher auch selbst erledigen, denn er war ja vor Ort und hatte das Schreiben erhalten. Es wäre das erste Mal seit Kriegsausbruch, dass er als Verpächter ein Dorf besuchte, und er malte sich den begeisterten Empfang aus, den man ihm bereiten würde.

Der zweite Umschlag war von blasser Fliederfarbe. Als Adresse stand darauf:

Monsieur Midhat Kamal
Maison de Famille Kamal
Naplouse
Palestine

Hāddsch Taher sprach Englisch und kannte das lateinische Alphabet, der Name seines Sohnes sprang ihm also ins Auge. Er betrachtete die Briefmarken. Beide zeigten eine Frau in einem griechischen Gewand.

Vor vier Jahren hatte er von Midhat einen Brief mit einer ganz ähnlichen Marke bekommen, der ihn über eine Planänderung informierte: Midhat hatte Montpellier verlassen und wollte in Paris zu Ende studieren, um wie vereinbart nach Kriegsende heimzukehren. Er hatte auch seine neue Adresse genannt, die Rue du Four in Saint-Germain-des-Prés. Die Erklärung für diesen Sinneswandel war schwammig: Es habe sich die Möglichkeit ergeben, umfassendere und reichere Erfahrungen zu sammeln. Hāddsch Taher hatte keine Einwände erhoben. Warum nicht Paris? Wenn sein Sohn noch gebildeter zurückkehrte, umso besser. Nachdem die finanziellen Angelegenheiten geregelt waren, hatte Midhat allerdings wieder unregelmäßiger geschrieben. Taher hatte zuletzt im Frühling Post bekommen: eine Postkarte mit einem Foto Midhats, der sich auf einen Spazierstock stützte, eine Hand in der Tasche, und am Fotografen vorbeischaute.

Der fliederfarbene Umschlag war am 13. Oktober in Port Said abgestempelt worden, am 17. in Haifa, am 18. und noch einmal am 19. in Jerusalem. Hāddsch Taher riss die Lasche mit seinem langen Zeigefinger auf. Beide Seiten des Briefbogens waren mit schwungvoller Handschrift eng beschrieben. Er starrte sie an, konnte sie aber nicht lesen. Die Unterschrift bestand in einem einzigen Buchstaben: J.

Was Hāddsch Taher nicht wusste, als er am 20. Oktober 1919 um drei Uhr nachmittags im Eingangsflur seines Hauses auf dem Hang des Berges Garizim in Nablus stand, war, dass sein Sohn Paris bereits verlassen hatte. Midhat war am Vormittag an der ägyptischen Küste von Bord eines Dampfers gegangen und fuhr just in diesem Moment in einer Kutsche zum väterlichen Haus in Kairo, wo er seinen Vater zu überraschen hoffte.

Sechs Tage zuvor war Midhat an Bord der nach Alexandria auslaufenden *Caucase* gegangen. Nachdem er den Brief an Jeannette abgeschickt hatte, beschloss er, nicht sofort nach Palästina zurückzukehren. Besser, er akklimatisierte sich erst ein wenig. Ägypten wäre ein guter Anfang, denn er kannte das Land, wenn auch viel schlechter als Palästina. Seine Beziehung zu Kairo war nicht so innig wie die zu Nablus. Nablus bestand aus Gerüchen und Geräuschen und dem Pfeifen des Windes zwischen den Bergen. Er war nur ein einziges Mal in Ägypten gewesen, vor fünf Jahren, kurz bevor er an Bord des Dampfers nach Marseille gegangen war. Er stellte sich vor, wie die Augen seines Vaters vor Freude leuchteten, wenn sein inzwischen erwachsener Sohn unerwartet zur Tür hereinkäme. Er atmete die Meeresluft ein und lächelte. Die Umarmung würde sicher stürmisch ausfallen.

Ebenfalls sechs Tage zuvor hatte ein fliederfarbener Umschlag das Postamt in Montpellier in einem Postwagen verlassen und war in Marseille auf einen Dampfer namens *Amboise* verladen worden. Gut möglich, dass sich die Wege von Brief und Midhat irgendwann kreuzten. Beide Schiffe hätten im Hafen oder auf dem Mittelmeer vor Algerien oder in der Straße von Sizilien in Sichtweite aneinander vorbeidampfen können. Wie es auch gewesen sein mochte, der Express-Dampfer mit der Post legte in Port Said an, und der Brief aus Montpellier trat zwei Tage, bevor die *Caucase* den Hafen von Alexandria erreichte, seine Reise über Land nach Palästina an.

In Alexandria war der Bahnhof geschlossen. Andere Reisende, die mit dem Schiff gekommen waren, umringten ein Schild, das auf Gleisarbeiten hinwies; einige gingen zum Eingang und spähten durch die Scheiben. Die Rasenflächen zwischen den Blumenbeeten des gegenüberliegenden Parks waren von Papierfetzen und Stofftransparenten übersät, und man hatte ringsumher die Telegraphenleitungen abgerissen. Ein paar baumelten noch an den Masten wie Bänder an einem französischen Freiheitsbaum. Midhat, der sich von der Menge entfernte, entdeckte weiter hinten in der Straße eine Kalesche mit einem müßigen Kutscher, ein kleiner Mann mit Zigarette zwischen den Lippen, der die Füße auf den Türrahmen gelegt hatte. Midhat verhandelte eine Weile, und schließlich willigte der Mann ein, ihn für den exorbitanten Preis von fünf Piastern nach Kairo zu kutschieren.

Auf der Fahrt zur Hauptstadt erblickte Midhat weitere gekappte Telegraphenleitungen und leere Trambahnen, an den Straßenrändern lagen zerfetzte und zertretene Transparente mit der Parole »Ägypten den Ägyptern«. Als die Kutsche an der Eisenbahnlinie entlangfuhr, sah Midhat Ägypter, die an den Gleisen arbeiteten, bewacht von britischen Soldaten.

Die Straßen im Abbassia-Viertel waren fast menschenleer. Es war die Nachmittagsstunde, zu der die Bewohner die Sonne hinter ihre Fensterläden verbannten und dahindämmerten. Er erreichte das Haus seines Vaters: eine weiße Villa im barocken Ismaili-Stil, deren Balkone mit Säulen geschmückt waren. Die

Orangenbäume im Vorgarten standen in voller Blüte. Im Gras vermoderten bräunliche Blütenblätter.

Laila öffnete die Tür. Sie trug ein Kind auf der Hüfte und einen dünnen schwarzen Schleier vor dem Gesicht. Sie stand eine ganze Weile sprachlos da. Dann rief sie: »Midhat!« Das Kind drehte den Kopf weg und wischte den Mund an ihrer Schulter ab.

Sie bat Midhat mit der freien Hand herein und warf, bevor sie die Tür schloss, noch einen Blick nach draußen, als hätte die Straße weitere Überraschungen zu bieten. Als sie sich umwandte und den Schleier wegzog, um ihn zu küssen, musste er über ihre Begeisterung lachen. Ihre frühere Missgunst war wie weggeblasen. Laila lächelte so natürlich, als hätte es zwischen ihnen nie böses Blut gegeben.

»Wie groß du bist!«

Sie setzte den Jungen ab, der an ihrem Rock zog. Laila war kleiner, als Midhat sie in Erinnerung hatte. Er betrachtete ihre schmalen Handgelenke und ihre langen, schwarzen Haare und ihre Finger, die blassrote Spuren der letzten Henna-Ornamente aufwiesen.

»Du bist ein richtiger Mann geworden.«

Das hörte Midhat sehr gern. Sie führte ihn tiefer ins Haus und rief nach mehr Kaffee. Als sie eine Türklinke drückte, huschte der Junge geduckt unter ihrem Arm durch und rannte über den Flur.

Midhat erinnerte sich von seinem letzten Besuch an diesen Raum, damals war er ein Schlafzimmer gewesen. Nun standen zwei Samtsofas darin und ein Schreibtisch am Fenster, vor dem sich die Blüten eines Jasmins drängten.

»Hast du geschrieben? Dein Vater ist in Nablus, und er hat dein Kommen nicht erwähnt.«

Midhat schwieg. Laila zog die Augenbrauen hoch.

»Oh«, sagte er. »Ich habe angenommen, er wäre hier. Ich

bin davon ausgegangen, dass niemand arbeitet ... ich habe von dem Streik gehört.«

»Ja, aber alles normalisiert sich wieder. Deshalb ist dein Vater nach Damaskus aufgebrochen. Er will Seide einkaufen.«

»Natürlich. Tja, in dem Fall bitte ich um Verzeihung für die Störung. Ich sollte wohl einen Zug nach Nablus nehmen.«

»Unsinn! Setz dich. Du musst wenigstens eine Nacht bleiben und mit mir zu Abend essen.«

»Nein, vielen Dank. Ich würde gern Teta wiedersehen. Ich sollte besser nach Nablus fahren.«

»Midhat, ich habe dich fünf Jahre nicht gesehen. Willst du etwa nur Hallo sagen und gleich wieder verschwinden? Du musst wenigstens deine Brüder und Schwestern sehen.«

Sie öffnete die Tür und rief die Kinder. Dann setzte sie sich, und sie schwiegen eine Weile. Ein Hausmädchen kam mit einem Kaffeetablett herein, gefolgt von den Kindern.

Es waren fünf. Der Älteste, Mushbah, reichte seiner Mutter bis zur Taille und hatte dichte Augenbrauen. Er blieb bei der Tür stehen und starrte die Erwachsenen an. Die Zweitälteste war ein blondes Mädchen namens Dunya, die Midhats Hand ergriff. Dann gab es noch Nadim und Inshirah, beide dunkelhaarig, er im Matrosenanzug, sie im weißen Kleid. Und schließlich Nashat, den scheuen Jungen, den er schon kennengelernt hatte. Laila setzte ihn wieder auf ihre Hüfte.

Midhat schüttelte der Reihe nach ihre kleinen Hände. Nashat mochte ihn nicht anschauen, lutschte an einem Finger und vergrub das Gesicht im Haar seiner Mutter. Als Midhat wieder zurücktrat, fixierte ihn seine Stiefmutter mit einem entschlossenen Blick, und der Groll, den er gegen sie gehegt hatte, löste sich plötzlich in Luft auf.

In Paris hatte er häufig über seine Jahre in Nablus nachgedacht. Bedenkend, dass jeder Mensch ein Produkt seiner Erfahrungen war, gelangte er zu der Erkenntnis, dass ihm Lailas

Verhalten damals durchaus geschadet haben könnte. Sie hatte ihm zu früh vor Augen geführt, wie brüchig eine Familie sein konnte und dass Eltern einfach nur zwei Menschen waren, die einen Bund eingegangen waren.

Bei Mushahs Geburt war Midhat dreizehn gewesen. Er konnte sich daran erinnern, dass das Baby sehr klein gewesen war, mit Wülsten unter den Augen, dicken Wangen und tiefen Grübchen an den Armen. Manchmal wirkte Mushah brav und manchmal wie ein wütender kleiner Mann, der mit den kleinen Fäusten auf sich selbst einschlug und krakeelte.

Eine ganze Ladung Möbel war Ehepaar und Baby damals von Kairo nach Nablus gefolgt, ein Konvoi dreier Pferdewagen. Im Haus gab es bald jede Menge Nippes, und die Zimmer wirkten viel größer und gleichzeitig voller. Ein reich verzierter Holztisch stand mitten im Wohnzimmer, daneben ein Kleiderschrank mit Perlmutt-Intarsien; identische achteckige Beistelltische waren überall im Haus verteilt wie sonderbare Apparate, hoch und schmal, mit Klauenfüßen. Drei Männer trugen das Bett im europäischen Stil hinein und brauchten vier Stunden, um es zusammenzusetzen.

Taher war geschäftlich in Jerusalem, und deshalb beaufsichtigte Laila die Arbeiter. Sie rügte Midhat nicht, als dieser um die Ecke lugte. »Es gab ein wunderschönes Kopfbrett, *zey kida,* genau so«, sagte sie und hob die Hände. »Überall Stoff, Seide, es war wunderhübsch. Es wäre unterwegs beschädigt worden.« Die barfüßigen Männer bewegten sich unbeholfen, sie hielten komische Teile aus Eisen und Holz und verneigten sich manchmal vor der verschleierten Hausherrin.

Damals, nach dem Einzug seines Vaters und seiner Stiefmutter, hatte Midhat das Schlafzimmer zum ersten Mal betreten. Zum zweiten Mal geschah das nach der Schule, als er auf der Straße seinem Freund Adel Jawhari begegnete. Adel weinte.

»Sie haben mich in der Schule verhauen.«

»Warum?«

»Ich habe gelacht, als Abu Nasir mit dem Schienbein gegen einen Stuhl geknallt ist.« Adel grinste und zeigte Midhat seine mageren Waden. Sie waren von blauen Flecken und roten Schnitten übersät.

»Teta hat Alaun. Komm rein, wir holen es.«

Als die Tür hinter ihnen zufiel, erinnerte sich Midhat daran, dass sich der Medizinschrank im Schlafzimmer seines Vaters befand. Wenn Taher und Laila in Kairo waren, war es natürlich bloß noch ein leerer Raum in einem Haus voller leerer Zimmer, in dem man nicht nur Medizin, sondern auch Süßigkeiten und Marmelade für Gäste aufbewahrte. Er gab Adel zu verstehen, dass er still sein sollte, und schlich auf Zehenspitzen ins Schlafzimmer. Das Bett stand in der Mitte, bedeckt von bunten Kissen. Midhat ging zum Schrank, löste den Riegel und tastete nach der Flasche. Da erschien ein dunkler Kopf in der Tür und schrie.

»Raus hier! Wie kannst du es wagen!«

Adel flitzte zur Tür hinaus. Bevor Midhat folgen konnte, versperrte ihm Laila den Weg und hob die Hände. Zehn rote Fingernägel.

Teta erschien hinter ihr. »Raus mit dir, *habibi.*«

Midhat wollte zu seiner Großmutter laufen. Aber Laila hatte ihn schon am Arm gepackt und verpasste ihm einen heftigen Schlag auf Hinterkopf und Nacken, ihre langen Fingernägel zerkratzten seine Haut. Er riss sich los und rannte durch die Haustür, die Adel nicht ganz geschlossen hatte. Auf dem Berg war keine Spur seines Freundes zu sehen. Er schaute um die Hausecke – nichts. Zwei Laken, an parallel verlaufenden Leinen hängend, bildeten einen Gang. Midhat rannte hinein und setzte sich in dem Moment, als die Dienstmagd ein weiteres Laken aus dem Korb holte.

»Midhat?«, hörte er Adels Stimme nach einer Weile. »Midhat?«

Dann nur noch das Wischen nasser Baumwolle auf Baumwolle und klatschender Stoff, als die Dienstmagd die Wäsche aufhängte. Es wurde dunkel, und auf Midhats Beinen sträubten sich die Haare. Hufgeklapper verkündete die Rückkehr seines Vaters aus Jerusalem; die Tür fiel zu; er hörte Laila unverständliches Zeug plappern. Dann wurde es still. Schließlich rief ihn die Dienstmagd zum Abendessen, und sie aßen schweigend am niedrigen Tisch.

Er wusste nicht mehr, ob sich dieser Vorfall vor oder nach dem Beschluss zugetragen hatte, ihn nach Konstantinopel zu schicken. Er wusste nur noch, dass die neben ihm liegende Teta eines Abends die türkische Hauptstadt und die neue Schule beschrieb, die er besuchen würde. Er würde sich von seinem Vater verabschieden, von dem kleinen Baby verabschieden, von Laila verabschieden.

Nun sah Midhat auf seine Stiefmutter hinab, deren Hände auf seinen Schultern lagen, und ihm dämmerte, dass sie vor allem anderen noch sehr jung war. Sie konnte nicht älter als dreißig sein. Was hieß, dass sie etwa in Midhats jetzigem Alter gewesen war, als sie seinen Vater geheiratet hatte. Kein Wunder, dass sie das Kind ihrer Vorgängerin gehasst hatte. Kein Wunder, dass sie lieber in der Nähe ihrer Familie in Kairo hatte leben wollten und ihre ganze Energie eingesetzt hatte, um Taher zum Umzug zu bewegen. Sie hatte ihr Revier in Besitz nehmen und den fremden Jungen, der in ihr Schlafzimmer eingedrungen war, vertreiben müssen. Die Ehe war das größte Wagnis ihres Lebens, sie hatte unter keinen Umständen scheitern wollen.

Nun sorgte Laila für die Überraschung, die Midhat seinem Vater hatte bereiten wollen, denn sobald er aus dem Haus war, schickte sie ihrem Mann in Nablus ein Telegramm. Häddsch

Taher antwortete, er könne wohl etwas länger in Palästina bleiben als geplant; unter diesen Umständen sei es wohl angebracht, den Besuch in Damaskus zu verschieben. Ja, bei der Güte Gottes, wie oft nehme man einen heimkehrenden ältesten Sohn im Empfang?

Im Kamalschen Haus in Nablus war Umm Taher außer sich vor Freude. Während Taher auf dem Khan war, ging sie nach unten, informierte Umm Jamil und bat sie, den Nachbarn Bescheid zu geben; die Neuigkeit würde durch das Getuschel der Dienstmädchen in Nablus rasch die Runde machen. Ihr Enkel kehrte heim, Doktor Midhat, aus Montpellier und aus Paris. Das musste gefeiert werden, indem sie ihre Freundinnen zusammentrommelte. Am nächsten Tag kam Umm Jamil nach oben, um das Essen mit vorzubereiten, und rief schon auf der Schwelle, Jamil sei ja so froh, so froh! Die Kriegsjahre hatten Umm Jamil altern lassen, ihr Vogelgesicht war von Falten übersät, die von den Augenwinkeln ausgingen. Während sie mit Umm Taher die Zucchini füllte und den Knoblauch mörserte, sang sie, überließ die Arbeit dann aber Umm Mahmoud, als die Frauen eintrafen, Glückwunschküsschen verteilten und durch den Salon rauschten.

»Er ist vierundzwanzig? Dann hat er noch viel Zeit!«, sagte Umm Dawud. »Soll er ein bisschen herumspielen«, kicherte sie und ließ die Schultern tanzen.

»Dalia«, sagte Umm Taher. »Midhat ist ein anständiger Junge.«

»Ein anständiger Junge?«, erwiderte Umm Dawud.

Umm Taher schaute verblüfft. Eine Sekunde später legte sie ihre Biederkeit ab, johlte so begeistert, als hätte sie lange genug die Tugendhafte gespielt.

»Umm Mahmoud!«, rief sie. »Machst du noch Kaffee?«

»Ja, meine Liebe«, kam die Antwort.

»Und wir brauchen Schokolade!«

»Ist Taher aufgeregt?«, fragte Umm Burhan.

»Aber sicher«, antwortete Umm Taher.

Die Frauen tauschten Blicke. Es tat gut, Umm Taher glücklich zu sehen.

»Und was hat er vor? Wird er in Nablus unser Arzt?«, fragte Umm Dawud.

»Er muss zuerst seinen Vater unterstützen«, sagte Umm Taher. »Er ist ja der Älteste, wenngleich die Frau seines Vaters weitere Kinder hat.«

»Ich denke, wir dürfen Großes erwarten«, sagte Umm Jamil. »Werft ihn ins Meer, und er taucht mit einem Fisch im Mund wieder auf.«

Umm Taher senkte den Kopf, als wüsste sie das längst.

Während Umm Taher im Salon auf dem Berg Garizim ihre Freundinnen bewirtete, suchte Taher den britischen Militärgouverneur von Nablus auf, der im alten städtischen Kalksteingebäude in der Nördlichen Straße residierte, im letzten Jahr noch das Hauptquartier des türkischen Hohen Vertreters und seines Beratungsstabs.

Taher begrüßte den Wachposten auf Englisch. Er wolle bitte Colonel John Hubbard sprechen, er habe ein besonderes Anliegen. Man solle dem Colonel bitte ausrichten, sein Freund, Mister Hāddsch Taher Kamal, sei da. Der Wachposten verbeugte sich, winkte Hāddsch Taher herein und verschwand um eine Ecke.

Sekunden später rief Hubbard: »Kamal, treten Sie ein. Guten Morgen. Wie geht es Ihnen? Nehmen Sie Platz.«

Hubbard trug eine Khaki-Uniform mit rotem Kragenspiegel. Er hatte ein jungenhaftes Gesicht, das unter den Honoratioren von Nablus anfangs für Unmut gesorgt hatte, weil man die Entsendung eines Milchbarts als Stadtoberhaupt als beleidigend empfand. Doch bei einem genaueren Blick entdeckte man die feinen Falten auf Hubbards Stirn, die grauen Haare auf den Schläfen und im Schnurrbart. Hāddsch Taher lernte ihn auf dem Empfang anlässlich seiner Amtseinführung kennen, vordergründig eine Feier, in Wahrheit der Versuch, die Gunst einflussreicher lokaler Persönlichkeiten zu gewinnen, indem man ihnen das Gefühl gab, in alles eingebunden zu sein. Nachdem Hubbard seine Rede gehalten hatte, bildeten sich Grüppchen, und Taher fand sich mit dem Gouverneur in einer Ecke wieder. Hubbard erzählte, er sei zuvor in Kairo stationiert gewesen, und sie tauschten sich über diverse Stadtviertel aus, und als Taher seine Firma beschrieb und erzählte, dass er in der Stadt diverse Projekte unterstütze, darunter die neue Schule und das Krankenhaus, war Hubbard beeindruckt. Ein paar Tage später erschien er im Geschäft der Kamals im Khan. Er trank einen Kaffee mit Hāddsch Taher und kaufte, bevor er ging, einen kleinen, rot gefütterten Baumwollbeutel als Geschenk für seine Frau.

»Guten Morgen, Colonel John, ein herrlicher Morgen. Wie geht es Ihnen?«

»Sehr gut, Mister Kamal. Und Ihnen?«

»Auch gut, danke.« Hāddsch Taher verbeugte sich und zeigte dabei die Quaste seines Fez. »Ich bin aus geschäftlichen Gründen in Nablus und breche bald nach Damaskus auf.«

»Ausgezeichnet. Schreckliche Hitze, nicht wahr?«

»Ja, es ist sehr heiß.«

»Also – wie kann ich Ihnen helfen?« Hubbard stützte das Kinn auf die Fingerspitzen beider Hände.

»Ich habe eine Frage.«

»Schießen Sie los.«

Taher, der diese Wendung nicht ganz verstand, wartete auf weitere Worte. Als Hubbard schwieg, fuhr er fort.

»Können Sie Französisch?«

»Ja, ich spreche Französisch. Wenn auch nicht sehr gut.«

»Könnten Sie dies für mich übersetzen?«

Er griff in die Tasche und reichte Hubbard, indem er sich vom Stuhl erhob, den fliederfarbenen Umschlag.

»Gern.«

Hubbard zog eine zusammengeklappte Drahtbrille aus der Tasche, öffnete schwungvoll die Bügel und äugte durch die Gläser.

»Monsieur ... Mister ... Midhat Kamal, Haus der Familie Kamal, Nablus, Palästina.«

Er sah zu Taher auf, drehte den Umschlag dann um, zog den Brief heraus und räusperte sich.

»Lieber Midhat.«

Vier Jahre sind verstrichen, seit Du Montpellier und damit auch uns verlassen hast. Vier Jahre! Ich kann das immer noch nicht fassen, schon gar nicht in Schwarz auf Weiß. Ich ertappe mich oft dabei, an Dich zu denken. Vielen Dank für Deinen Brief. Um die Wahrheit zu sagen, belastet mich die Neuigkeit, dass Du in Paris warst, ein wenig – der Gedanke, dass wir längst Briefe hätten wechseln können. Du fragst Dich vielleicht, warum ich Dir nicht geschrieben habe – die Antwort lautet, dass es mich lange geschmerzt und aufgewühlt hat. Vor allem war ich wohl durch den Wind.

»Sie meint sicher, dass sie durcheinander war.«

Ich fürchte, der Brief wird Dich vor Deiner Abreise nicht mehr erreichen, also schicke ich ihn nach Nablus – was bedeutet, dass Du diese Zeilen zu Hause liest. Ich hoffe, Deine Reise war problemlos und angenehm.

Oh, ich will Dir schon so lange schreiben – und nun, da ich hier sitze, den Stift in der Hand, fehlen mir die

Worte. Alles, was ich Dir sagen möchte, ist auf einmal so schwierig …

»*Exprimer* – äh, auszudrücken.«

Du hast die Wärme des Hauses mitgenommen, als Du fortgegangen bist. Wir hatten offenbar nicht bemerkt, für wie viel Glück und Freude Deine Anwesenheit gesorgt hat. Ich wünschte, ich hätte mich anders verhalten – wenn wir doch nur wiedergutmachen könnten, was geschehen ist. Aber wahrscheinlich hast Du recht, es wäre unsinnig, das zu versuchen. Ich wünsche mir nur, dass das, was sich zugetragen hat, kein Schlussstrich ist.

Ich habe den Eindruck, ins Leere zu schreiben – es ist seltsam, nicht zu wissen, was Du empfindest, während Du diese Zeilen liest. Ich wünschte, ich könnte Dein Gesicht sehen. Oh, Midhat. Ich spüre Dich manchmal in meinem Atem. Das ist nur schwer zu ertragen.

Die vielen Kriegsjahre haben schwer auf uns allen gelastet, und nun, da der Krieg zu Ende ist, möchte ich Dir eine letzte Frage stellen: Kehrst Du zurück? Ich weiß, dass Du gerade erst angekommen bist, würde Dich also nicht sofort erwarten, und ich will nicht betteln. Ich möchte Dir nur sagen, wie sehr ich mich danach sehne …

»Stopp!«

Hāddsch Taher war rot angelaufen.

»Offenbar ein Liebesbrief«, sagte Hubbard, indem er ihn weglegte und die Brille in die Stirn schob. »Wer ist Midhat?«

Taher antwortete nicht. Er holt tief Luft, verneigte sich und sagte, als er nach dem Brief griff, förmlich: »Vielen Dank, Mister Hubbard.« Im Umdrehen murmelte er noch: »Sehr freundlich von Ihnen.«

Hubbard erhob sich halb vom Stuhl und sagte zum Abschied: »*Salam.*« Er sprach das Wort so aus, dass es sich auf »Alarm« reimte.

»*Salam*«, sagte Hāddsch Taher. »Gott segne dich.«

Lailas Chauffeur fuhr Midhat durch Kairo zum Bahnhof Bab al-Hadid. Aus dem Auto beobachtete Midhat die Passanten, säuberlich nach Einheimischen und Ausländern getrennt; in der Hitze klangen Autolärm und Stimmengewirr wie gedämpft.

»Eine Fahrkarte nach Jerusalem«, sagte er zu dem Mann am Schalter.

»Heute geht kein Zug nach Jerusalem.«

»Bitte?«

»Ausgefallen. Die Gleise werden instand gesetzt.«

»Verflucht. Wann fährt der nächste?«

»Das ist der gleiche, der ausgefallen ist«, antwortete der Angestellte. »Er geht morgen früh, um sechs Uhr europäischer Zeit. Die Fahrkarte kostet sieben Piaster.«

Midhat seufzte und zählte das Geld ab.

»*Ya muallim*«, rief er dem Chauffeur zu. »Könnten Sie meine Tasche nehmen und mich morgen um halb sechs hier treffen? Morgens, nicht abends. In Ordnung?«

»Ja, Hāddsch.«

»Hāddsch!«, wiederholte Midhat boshaft. »Herzlichen Dank.« Er gab dem Fahrer einen Piaster und drehte sich zum Fahrkartenverkäufer um. »Kann man hier in der Nähe irgendwo etwas Leichtes zu Mittag essen?«

Der Angestellte beugte sich vor und musterte Midhat von Kopf bis Fuß. Dann verschwand er vom Schalter und tauchte in der Halle wieder auf. Er winkte Midhat, beschirmte seine Augen vor der Sonne und erklärte ihm den Weg zum Azbakeya-Park, der von Restaurants und Hotels umringt sei, unter denen der Efendi, wie er sagte, sicher etwas Zufriedenstellendes finde. Dann wartete er auf sein Trinkgeld. Im Sonnenschein konnte Midhat sehen, dass Staub auf seiner blauen Uniform und in der ausgestreckten Handfläche lag.

Der Wind fegte über den Weg im Park. Midhat blieb im Schatten der Feuerradbäume und Eukalyptusbäume stehen und atmete neben den Banyanbäumen, deren Stämme Löcher wie offene Münder hatten, den Blütenduft ein; er ging an den mageren Gummibäumen und Königspalmen vorbei und berührte weitausgreifend die bizarren Früchte eines Leberwurstbaumes mit den roten, fleischigen Blütenblättern. Das Gehölz öffnete sich zu einer Rasenfläche, auf der sich eine Kapelle versammelte. Die Musiker trugen Galabiya, doch ihre Streichinstrumente wirkten importiert, und die Klänge, die sie ihnen entlockten, klangen bestimmt nicht ägyptisch; trotzdem ließen drei Ghasawi-Tänzerinnen in Pluderhosen, die vor ihnen auf dem Rasen standen, Becken und nackte Bäuche kreisen, um Passanten anzulocken, als wäre es eine einheimische Melodie. Anschließend kam Midhat an einer japanischen Pagode vorbei, danach an einem Gebäude mit Satteldach und Mörtelfassade, das einem Chalet glich, durch ein Schild jedoch als »YMCA-Erholungsclub für Soldaten« ausgewiesen war. Auf der Terrasse tanzten europäische Paare mit breiten Hüten und weißen Hosen. Die Sonne fiel zwischen die Bäume, und bei dem Gedanken an die vielen Möglichkeiten, die die Abendstunden boten, fiel die Bedrückung allmählich von ihm ab. Was er durch den ausgefallenen Zug versäumte, wurde durch die Verheißungen des Abends plötzlich mehr als wettgemacht.

Während der letzten Wochen war er täglich über die Decks der *Caucase* gewandert, während der Motor unter seinen Füßen vibrierte und salzige Gischt auf seinen Wangen prickelte. Wenn er um eine Ecke bog, erwachte stets die Erinnerung an die Furcht, die ihn mit neunzehn auf der Fahrt in die Ferne erfüllt hatte, denn damals hatte er keine Vorstellung von den europäischen Sitten gehabt, und die Einsamkeit hatte ihn belastet. Nun, geübt im sozialen Umgang und wesentlich selbstbewusster, konnte er über den Grünschnabel lachen, der er damals gewesen war. Trotzdem schwelte die Angst vor der Rückkehr nach Palästina weiter.

Sein damaliger Wunsch, ein Franzose zu werden, spielte zwar keine Rolle mehr, doch er hatte eine bestimmte Vorstellung des kosmopolitischen Lebens gewonnen. Die Spaziergänge, die ihn vom Heck um das Sturmdeck zum Bug und wieder zurück führten, oder auch unter Deck, wo er zwischen den Sälen mit den Galerien und dem plüschigen Salon flanierte, waren nicht nur Gelegenheiten, bei denen er sich zu seiner neuen Reife beglückwünschte; er versuchte auch, sich auf das gefasst zu machen, was ihm bevorstand. Er würde mehr Besonnenheit zeigen müssen, würde nach einer wilden Nacht nicht mehr bei Tagesanbruch heimkehren, keinen Brandy mehr trinken, um seine Zweifel zu betäuben, nicht mehr um acht Uhr abends überlegen, was er in einigen Stunden täte und wo er dann wäre. In Nablus verbreiteten sich Gerüchte wie Lauffeuer. Gedankenlosigkeit konnte Schande über die Familie bringen. Vielleicht könnte er mit seinem Vater über seine Zukunft verhandeln und nach Jerusalem oder in eine der Hafenstädte gehen, in denen durch die Pilgerströme mehr Offenheit herrschte, eventuell sogar nach Kairo; vielleicht böte sich auch die Möglichkeit, nach Frankreich zurückzukehren. Er könnte das Geschäft nach Europa ausweiten und französische Stoffe einkaufen.

Trotzdem freute er sich auf vieles in Nablus: seine Cousins, seine Großmutter, die ganze Familie. Er hatte aber auch Langeweile zu erwarten und würde sich Ansichten fügen müssen, die er nicht teilte. Die Stunden der Schiffspassage erlaubten es ihm, über seine Pflichten und seine Stellung im traditionellen Gefüge von Nablus nachzudenken, dem er in Frankreich fünf

Jahre lang entronnen war. Während dieser Zeit hatten die familiären Regeln nicht gegolten, er hatte vieles dem Zufall überlassen und sich seiner Begeisterung für dieses und jenes hingeben können.

Der Schatten Jeannettes blieb an seiner Seite. Er hatte keine Antwort auf seinen Brief erhalten und redete sich ein, auch keine erwarten zu dürfen. Das Verfassen des Briefes hatte seine Sehnsucht vorerst gedämpft, und als er in Alexandria an Land ging, dachte er vor allem an seinen Vater und Nablus, die Braut des Nordens. Als er vor dem Bahnhof in eine Kalesche stieg, dachte er wieder an seinen Vater. Und dann noch einmal, als auf der staubigen Straße die Pyramiden in Sicht kamen, die den Wüstenhorizont mit ihrer kolossalen Geometrie verschatteten.

Die Vorhersehung schien ihm gewogen zu sein, sein Zug war ausgefallen, die Fahrt nach Nablus war aufgeschoben, und er war allein in Kairo. Ihm war eine letzte Nacht in Freiheit gewährt worden.

Er erreichte einen See, gesäumt von weißen Lichtern, und nachdem er ihn umrundet hatte, ging es durch ein Tor wieder auf die betriebsame Straße. Da war das Grand Continental, am großen Namenszug zu erkennen, davor saßen Gäste unter den zahllosen Kaffeehaus-Markisen. Er ging etwas weiter zu einem Café mit französischem Namen: *Le Grand Café Egyptien.*

Nach dem Eintreten mussten sich seine Augen erst an das Licht gewöhnen. Ein von Öllampen erhellter Raum voller runder Tische, an denen Gäste saßen und auf eine Bühne blickten. Er entschied sich für einen leeren Tisch weit vorn.

»*Steak-frites. Et un verre du vin, s'il vous plaît.*«

Der Kellner runzelte die Stirn und besprach sich mit einem Kollegen. Das Licht der Petroleumlampen schien matter zu werden, und eine Frau trat auf die Bühne. Ihre Augen waren schwarz geschminkt, Perücke und Mieder mit Münzen verziert, die sich blitzend an Schnüren drehten. Sie schüttelte den Bauch, der sich unter dem Mieder wölbte. Hinten auf der Bühne begann eine Reihe von Männern mit Kastagnetten zu klappern; die Frau ließ mit hoch erhobenen Händen einen Schleier kreisen, und dann erschienen weitere Tänzerinnen. Sie wirbelten herum und drückten den Rücken weit durch, und als die Musiker die Kastagnetten gegen andere Instrumente eintauschten – eine Kanun, ein Tamburin, eine Geige, eine Darbuka –, begann die Frau zu singen.

Ihre Stimme hatte ein hartes Vibrato; manchmal sang sie nur einen einzigen Ton, und die Schwingungen waren so klar konturiert, dass sie zwischen ihnen hin und her zu tanzen schien. Sie drehte den Kopf und lächelte vage und geheimnisvoll. Midhat sah sich um. Das Publikum bestand teils aus Europäern – die Blonden waren vermutlich Briten, die anderen Griechen oder Italiener, manche stammten eindeutig aus der Levante, außerdem gab es viele vornehme, raffiniert gekleidete Ägypter. Die Tänzerin neckte die Männer, sie streichelte die Luft. Midhat sah, wie sie die Blicke einzelner Männer auffing, woraufhin die Tischnachbarn neidisch dreinschauten und dem Glückspilz einen Klaps auf den Rücken gaben, johlten oder pfiffen. Midhat sehnte sich danach, einer der Erwählten zu sein. Er saß still da und beobachtete, wie sich die Tänzerin abwandte und den Zuschauern ihren Rücken präsentierte. Dann wirbelte sie wieder herum und sah Midhat direkt ins Gesicht. Sofort wurde er von Freude und Lust erfüllt, wie von ihr beabsichtigt.

Nach dem vierten Glas Wein wurde er von vier jungen Ägyptern eingeladen, sich an ihren Tisch zu setzen. Sie wollten wissen, woher er komme, und als er mit »Paris« antwortete, lachte die ganze Runde. Danach gab es kaum noch Zeit für Gespräche. Midhat stand plötzlich neben einer Tänzerin, angefeuert von den hinter ihm sitzenden Männern. Das Mädchen duftete nach Jasmin und Rotwein. Ihr langer, schwarzer Zopf fühlte sich wunderbar weich an.

Morgens allein im Abteil sitzend, schlang er sich den Schal um die Augen und dämmerte. Wenn er seinem Vater eine Stellung im Laden der Kamals in Kairo abringen könnte, dachte er, wäre das ein positives Resultat. In Kairo wäre er fast so anonym wie in Paris.

Am frühen Nachmittag erreichte der Zug das Jerusalemer Damaskustor, und dort rief Midhat ein Taxi und fuhr nach Norden. Täler aus weißem Gestein, die bewaldeten Ebenen von Ain al-Haramija, mit Steinen befestigte Terrassenfelder voller Weizen, die sich die Berge hinaufzogen und von Erntearbeitern wimmelten. Der Anblick der Hügel hatte eine unerwartet tiefe Wirkung, und er betrachtete wie gebannt ihre dunklen Schatten aus dem Fenster des Automobils. Nablus kam in Sicht, umgeben von grünen Olivenhainen. Weiße Häuser, runde Terrassen, die Zwiebeltürme der Minarette. Das Automobil schleppte sich die Steigung hinauf. Midhat bezahlte den Fahrer und roch, als er ausstieg, wilden Salbei.

»Mein Liebling!«

»Teta! Teta, mein Gott, wie bist du geschrumpft.«

»Und du bist gewachsen. Du bist so blass, bist du krank? *Yallah teta*, komm herein.«

»Ist mein Vater da?«

»Er erwartet dich.«

Drinnen duftete es nach Zwiebeln und Sumach, und der Geruch von kaltem Mörtel und Schimmel, der sich mit hineinmischte, weckte Erinnerungen, die infolge der langen Vernachlässigung wie betäubt dalagen. Ein ganzer Teil seines Gehirns erwachte wieder zum Leben. Die Form des Küchenfensters, die rissige Scheibe, der Silberteller – sogar Lailas kleine Tische aus Damaskus strahlten etwas aus, das er nicht greifen konnte, und durch die Ritzen der Fensterläden fiel greller Sonnenschein auf die Stickereien. In all diesen Dingen kam plötzlich die Vergangenheit zum Vorschein.

Im Kohlebecken brannte ein Feuer. Sein Blick fiel auf eine vertraute Kalligraphie gegenüber dem Fenster, und als er sich dem Diwan näherte, fragte er sich, ob man seine Heimkehr feiern würde, vielleicht mit Umm Jamil und Jamil, die unten wohnten, oder mit anderen Nachbarn. Aber niemand war zu sehen oder zu hören. Dann bog sein Vater um die Ecke, mit Anzug und Fez und kerzengerade.

»Vater.«

»Willkommen zu Hause.«

Midhat wollte ihn umarmen, aber Hāddsch Taher reagierte nicht. Erst als sein Sohn die Arme senkte, signalisierte Taher fast widerwillig durch leises Nicken und langes Blinzeln sein Einverständnis. Die Umarmung fiel kurz und steif aus.

»*Hamdillah as-salama*. Ich hoffe, die Reise war angenehm. Und nun muss ich etwas mit dir besprechen.«

»Selbstverständlich.«

»Setz dich. Gut. Also. Wir müssen über das eine oder andere reden und möglichst rasch ein paar Entscheidungen fällen.« Er verstummte und musterte Midhat prüfend. Er hatte die Finger verschränkt, und ein Daumen knetete den Rücken der anderen Hand. »Erstens. Ich weiß, dass sich ein junger Mann austoben muss. Dass er gewisse Freiheiten genießen sollte. Das, *yaani*, das ist normal. Ich habe allerdings immer gedacht, dass du während des Krieges der Osmanen in Europa weilen würdest, um zu studieren und Erfahrungen zu sammeln und anschließend als umfassend gebildeter, reifer Mann heimzukehren und den gleichen Weg einzuschlagen wie unsere Vorfahren und deine Altersgenossen. Einen ehrbaren Weg, *fhimet*? Ehrbar und … solide.«

Hāddsch Taher benutzte eine Mischung aus klassischer Sprache und Dialekt, die in Midhats Ohren komisch klang. Er hätte gern ein Glas Wasser gehabt. Sein Vater fuhr fort.

»Du wirst nie nach Frankreich zurückkehren. Solltest du es

doch versuchen, dann wären alle Verbindungen gekappt. Kein Geld, keine Unterstützung, gar nichts. Hast du verstanden? Ich dulde keine Schande.«

Midhat schwieg schockiert. Dann sagte er: »Baba.«

»Du scheinst dein Oberstübchen vermietet zu haben.«

»Was habe ich denn getan?«

»Ich kann nur hoffen, ich kann wirklich nur hoffen, dass du während der fünf Jahre im Ausland, die ich dir vollständig finanziert habe, wenigstens ansatzweise begriffen hast, was es heißt, ein Erwachsener zu sein.«

»Ja. Ich meine ... das hoffe ich jedenfalls.« Er senkte die Stimme. »Niemand ist vollkommen, nur Gott allein, den wir um Beistand und Vergebung bitten.«

»Gelobt sei Gott. Und nun, da du ein erwachsener Mann bist, müssen wir über deine Zukunft entscheiden. Unter normalen Umständen hätte ich vorgeschlagen, noch ein paar Jahre zu warten, damit du Berufserfahrung sammeln kannst, bevor wir weitergehende Pläne schmieden. Aber ich habe den Eindruck, dass wir schneller entscheiden müssen. Du hast viele Erfahrungen gesammelt, und du solltest nicht ... zu lange abwarten. Zuerst muss ich dir angesichts deines Medizinstudiums in Frankreich wohl ermöglichen, hier als Arzt zu praktizieren. Da du mein einziger erwachsener Sohn bist, biete ich dir aber auch an, mein Geschäft zu erlernen. Mit der Aussicht, die Leitung des Familienunternehmens zu übernehmen, wenn ich versterbe oder aus Altersgründen ausfalle.«

Midhat schwieg. Und als die Stille anhielt, begriff er, dass sein Vater eine sofortige Entscheidung erwartete.

»Ich ...« Er verstummte. Er wusste nicht, was er sagen sollte. Er hatte sich auf ein paar Einschränkungen gefasst gemacht, die seine Freizeitgestaltung betrafen, mehr nicht; es überrumpelte ihn, so drastisch mit seiner Zukunft konfrontiert zu werden. Er hatte immer damit gerechnet, irgendwann das Geschäft seines Vaters zu erben, aber nun sollte er sofort einsteigen? Ad hoc eine Entscheidung über seinen beruflichen Werdegang zu treffen überforderte ihn. Sein Vater schien das nicht zu begreifen. Und der Vorschlag, als Arzt zu praktizieren, verursachte Midhat einige Bauchschmerzen. Also brach aus ihm heraus:

»Aber warum darf ich nicht nach Frankreich zurückkehren?«

Hāddsch Taher riss das Kinn hoch. »Wenn du nach Frankreich zurückkehrst«, sagte er gedehnt, »wirst du enterbt.«

»Und was ist … was ist … mit Kairo?«

»Midhat, dies ist nicht der Moment, um zu feilschen.«

»Ich will gar nicht feilschen!«

»Du bist ein Mann, und du hast die Wahl. Möchtest du als Arzt praktizieren oder das Geschäft unserer Familie erlernen?«

Midhat sah weg. »Ich verstehe nicht.«

»Antworte mir. Du hast deine Ausbildung erhalten.«

»Ich … ich würde gern das Geschäft der Familie erlernen.«

»Gut. Dann fangen wir sofort damit an. Nach dem Wochenende arbeitest du mit Hisham. In einem Jahr gehst du nach Kairo, um Buchhaltung zu lernen und dir anzusehen, wie man in der Muski-Straße mit Kunden umgeht. Wie ich schon sagte, du hast offenbar große Energien, die in sinnvolle Bahnen gelenkt werden müssen. Leider muss ich morgen nach Damaskus. Anschließend kehre ich nach Kairo zurück, wo ich mindestens drei Monate bleiben werde. Ich hätte die Sache selbst in die Hand genommen, aber unter diesen Umständen muss ich deine Großmutter damit betrauen, eine Frau für dich auszuwählen.«

»Eine *Frau*?«

»Ja, Midhat, eine Frau.« Taher sog die Luft durch die Zähne. »Mein Herz brennt für meinen Sohn, und das Herz meines Sohnes ist kalt wie Stein. Das ist mein Schicksal.«

Alles in Midhat bäumte sich auf. Er saß mit offenem Mund da. Die Furcht vor seinem Vater hatte ihm die Sprache verschlagen – und er schämte sich, hatte das dumpfe Gefühl, gescheitert zu sein. Seine Ohren glühten.

Hāddsch Taher stand auf. Midhat, der sich ebenfalls erhob, sah aus den Augenwinkeln seine Großmutter. Nachdem Taher das Zimmer verlassen hatte, ging Teta auf ihn zu, zog ihn auf das Sofa und schloss ihn in die Arme. Sie duftete nach Olivenseife.

»Man begehrt stets das Verbotene, *ya sitti.*«

»Ich begreife das nicht, Teta.«

»Er glaubt, du hättest zu viele Freiheiten genossen. Aber was sollte man tun? Es war ja Krieg.«

»Ich verstehe ihn nicht. Ich habe nichts Unrechtes getan.«

»Du bist müde. Schlaf und nimm ein Bad. Umm Jamil freut sich schon auf dich. Sie kommt in einigen Stunden vorbei, wenn du dich ausgeruht hast.«

Midhat entriss sich den Armen seiner Großmutter, die sich nicht wehrte, und warf sich in seinem alten Schlafzimmer aufs Bett. Das Zimmer sagte ihm nichts mehr, und der Anblick des Fensters, vor dem er als Kind oft gesessen hatte, löste keinerlei Gefühl in ihm aus. Er fühlte sich abgestumpft, die schneidende Stimme seines Vaters hallte schmerzhaft in ihm nach. Wie hatte er sich nur einbilden können, sein Vater wäre stolz auf ihn, herzlich und fürsorglich? Türen, die er hätte durchschreiten können, waren vor seiner Nase zugeschlagen worden, und er würde nie erfahren, wohin sie geführt hätten. Midhat wurde plötzlich von seinen Erinnerungen an Montpellier durchflutet, von einer trügerischen Sehnsucht, die mit Faruqs romantischen Geschichten nichts zu tun hatte. Stattdessen war sie hässlich und unangebracht, und sie tat weh. Midhat glühte. Er kniff die feuchten Augen zu und dachte an das Haus in Montpellier, das er kannte wie seine Westentasche; an den ersten

Parkspaziergang mit Laurent. Absurd, dass ein einziger ereignisloser Nachmittag mehr Bedeutung für ihn hatte als die Heimkehr zu seiner Familie nach fünfjähriger Abwesenheit. Wie quälend und sinnlos es war, sich nach einer Zeit zu sehnen, die unter dem Strich so arm war an Glück und so reich an Schmerz.

4

Und? Wen hast du im Auge?«, fragte Jamil.

»Wie meinst du das?«, erwiderte Midhat.

Vor dem Khan wurde gestritten. Midhat reckte den Hals, um zwischen den aufgehängten Stoffbahnen durchzuschauen, sah aber nur Hinterköpfe.

»Deine Frau«, sagte Jamil. »Wer kommt in Frage? Ich meine – hast du dich schon entschieden?«

»Oh. Nein, noch nicht. Was ist da draußen los?«

»So ist das immer. Wenn du hier täglich arbeitest, bekommst du sicher schnell einen Einblick.«

Midhat trat über die Schwelle des Kamalschen Geschäfts. Am Rand des Platzes, vor dem Manara-Uhrturm, stritt sich ein britischer Soldat gestikulierend mit dem Kutscher eines Gemüsewagens, umringt von Gaffern. Midhat konnte nur den Rücken des Soldaten sehen; er trug eine Ballonmütze, eine beigefarbene Uniform mit kurzer Hose und Wickelgamaschen. Über seiner Schulter hing ein Gewehr, und er schwenkte eine Kladde. Das Gesicht des auf dem Bock sitzenden Kutschers war deutlich zu sehen, er dirigierte die Menge: Verwunderung, Belustigung, Verärgerung. Ein dritter Mann sagte etwas, ein weiterer Nabulsi, der auf der anderen Seite des Karrens stand.

»Nur ein Kilo?«, rief er dem Kutscher zu. »Die Tomaten. Wie viel hast du dabei?«

»Ich habe die Tomaten nicht gezählt. Warum sollte ich die Tomaten zählen?«

»Warum kooperiert der Mann nicht?«

»Er … sagt … er habe die Tomaten nicht gezählt.«

»Du meine Güte. Fragen Sie ihn mal nach den Auberginen.«

»Was ist eine Aubergine?«

»Das hier. Wilson, sagen Sie ihm bitte, dass er noch nicht weiterfahren kann, wir sind noch nicht fertig mit ihm.«

»Er sagt, er müsse dringend zur Moschee, Sir.«

»Mir doch egal, die Formalitäten sind noch nicht erledigt.«

»Sir«, sagte der Soldat, der Wilson hieß. »Sir, es wäre vielleicht besser, die Sache auf sich beruhen zu lassen. Die Leute machen gern Rabatz. Ich kenne das.«

Der Kutscher schaute in die Menge, machte große Augen und zog ein langes Gesicht. Midhat kam der Gedanke, dass er vielleicht nur so tat, als verstünde er kein Englisch.

»Wie heißt der Mann?«, fragte der erste Soldat den Dolmetscher. »Ich notiere ihn.«

»Sein Name?«

»Ja, sein Name.«

»Sein Name lautet ...«

»Wie heißt der Mann? Na los!«

»Al-Harami!«, rief jemand in der Menge.

»Er heißt Al-Harami.«

Allgemeines Gelächter. Die Soldaten machten kehrt, und als sie vom Platz marschierten, kamen sie an Midhat vorbei, der vor dem Geschäft stand. Beide hatten eine Kladde in der Hand, und der erste Soldate, höherrangig, wie die Abzeichen verrieten, trug einen buschigen schwarzen Schnurrbart und eine Brille. Seine Wangen waren so rot, als hätte er Sonnenbrand.

»Wer war das?«, fragte Midhat, als die Menge sich zerstreute.

»Der Kutscher? Abu Amin. Das ist wirklich zum Brüllen.«

»Nein, der Brite.«

»Oh, die listen hier alles auf. Die bekommen die Juden nicht in den Griff, also haben sie sich aufs Gemüse verlegt. Aber warte, du hast mir noch nicht alles über die Französin erzählt.«

»Jeannette, meinst du? Um ganz ehrlich zu sein: Ja, ich wollte sie wirklich heiraten. Aber ich war jung, ich wusste nicht, was ich tat.« Er verstummte.

»Am Ende ist die Familie alles«, sagte Jamil unerwartet zärtlich. »Wir stehen in der Schuld unserer Eltern. Aber du bist während deiner Abwesenheit wirklich verrückt geworden, nicht wahr?«

Midhat lachte. »*Ya Allah*, hoffentlich nicht. Aber sag mal, wie sieht es denn bei der Armee aus?«

»Nicht gut. Obwohl seit Kurzem ... musst du eigentlich hierbleiben? Können wir nicht ins Sheikh Qassem gehen?«

»Warte kurz. Hisham?«

Hinten im Laden tauchte Hisham auf, eine rote, von Quasten gesäumte Stoffbahn in den Händen.

»Ja, Midhat?«

Midhat zögerte. »Wir gehen in das Café, Hisham.«

Hisham blinzelte, sah prüfend zu Jamil und entließ dann einen nicht einzuordnenden Laut.

»Nur kurz, versprochen.«

»*In scha Allah. In scha Allah.*« Hisham verneigte sich, die Quasten wackelten.

Das Sheikh Qassem war das beliebteste Café in Nablus, dort fand man zu jeder Stunde Gesellschaft. Vor den hohen, blassgrünen Wänden war immer eine Reihe männlicher Köpfe zu sehen, Wolken von Nargila-Rauch stiegen auf, dazu hektisches Stimmengewirr. Als Midhat hinter Jamil über die Schwelle trat, wurde der Lärm noch von einem einzelnen Bariton übertönt, und kurz darauf erblickten sie dreißig bis vierzig Männer, junge und alte, die sich im hinteren Bereich des Cafés um einen Tisch drängten. Im Licht, das durch ein nahes Fenster fiel, las jemand laut aus einer Zeitung vor.

»Abertausende Menschen demonstrierten im Zentrum von

Damaskus und forderten mit lauten Parolen zum Krieg gegen Frankreich auf. Es gehen Gerüchte um, dass Emir Faisal ein Abkommen mit Clemenceau geschlossen hat ...«

Ein junger Mann, der umgekehrt auf einem Stuhl saß, die Arme auf die Lehne gestützt und mit einem Fuß auf den Boden tappend, sprang auf, als er sie sah.

»Midhat Kamal!« Es war Tahsin Kamal, ein Cousin. Er schloss Midhat in die Arme. Hinter ihm stand noch ein Cousin, Wasfi, der in England studiert hatte; und Qais Karak und Adel Jawhari, berühmt für ihre dicke Freundschaft, die seit ihrer letzten Begegnung Bärte und ein breites Kreuz bekommen hatten; außerdem Burhan Hammad, der jüngste Sohn von Hāddsch Nimr, nicht älter als vierzehn oder fünfzehn, aber schon der Größte in der Runde, mit langem Hals und schmalem Gesicht. Und weiter hinten standen zwei Brüder aus der Familie Murad bereit, um ihn zu begrüßen, Cousins zweiten oder dritten Grades von Hani, Basil und Munir.

Midhats Name machte rasch die Runde, und immer mehr Leute drehten sich nach ihm um oder standen auf.

»*Habibi* Midhat.«

Der Mann mit Baritonstimme, der am Fenster aus der Zeitung vorgelesen hatte, stand auch auf. Midhat erkannte ihn erst mit Verspätung, denn er hatte sich stark verändert. Es war Hāddsch Abdallah Atwan, eines der Oberhäupter der Familie Atwan, Eigentümer der Seifenfabrik Atwan.

Die Sozialstruktur von Nablus konnte man auf verschiedene Weisen beschreiben. Manche teilten die Stadt in Ost und West ein, als zwei getrennte Welten, die sich nur bei öffentlichen Festen unter den Arkaden des Textilmarktes überschnitten; dann veranstalteten die aus den gegnerischen Welten stammenden jungen Männer Schaukämpfe, um die Spannungen abzubauen, die sich in den zurückliegenden Monaten aufgestaut hatten. Manche führten diese Rivalität auf die

Konkurrenz zwischen den Clans der Kaisi und Jemeniten zurück, die bis in die Zeit der ersten muslimischen Siedler im Land Kanaan zurückreichte. Sie setzte sich bis heute in den Rivalitäten zwischen den Familien Atwan, Omar und Murad fort und hatte während des Bürgerkriegs im neunzehnten Jahrhundert ihren Höhepunkt erlebt. Andere zuckten nur mit den Schultern und meinten, es sei eine ganz natürliche, geographisch bedingte Aufteilung, der Osten halte sich an den Osten, der Westen an den Westen; wiederum andere behaupteten, die Ursache für die Spaltung bestehe in den unterschiedlichen Kulturen beider Fraktionen. So äßen die Menschen im Osten ihr Kunafah zwischen zwei Scheiben Brot zum Frühstück, während die Leute im Westen das Kunafah nach dem Abendessen als Nachtisch verspeisten. Die Rivalität zwischen Osten und Westen liege also schlicht an unterschiedlichen Bräuchen und Geschmäckern.

In Wahrheit war diese Spaltung kein uraltes ehernes Gesetz, sondern ging auf die Jahrhundertwende zurück, als Nablus wohlhabender wurde und die Handelswege zwischen Ägypten, Damaskus und Beirut immer bedeutsamer wurden. Damals zerbrachen die führenden Familien in viele Fraktionen, und man schmiedete zig Bündnisse. Diese beriefen sich meist auf Zwiste, die, wenn sie jüngeren Datums waren, als uralt deklariert wurden, um sodann als Rechtfertigung dieser oder jener Handlungen zu dienen. Wenn ein Omar einem Atwan eins auswischen wollte, aber keinen Vorwand dafür hatte, konnte er einfach eine uralte Geschichte aus der grauen Vorzeit seiner jemenitischen Ahnen aus dem Hut zaubern.

Je bedeutender die Seifen- und Textilindustrie wurde, desto öfter geschah genau das: Die frisch gebackenen Kapitalisten mussten immer weniger arbeiten, hatten also mehr Muße, und so kam es, dass die Gerüchte ihre zerstörerische Wirkung in den Salons der Reichen entfalteten. Das viele Geld führte zu

Unglück, das Unglück wiederum zu Intrigen und zur Verbreitung gehässiger Scherze, und die Frauen, die früher auf den Feldern Weizen gemäht und Oliven in ihren Schürzen transportiert hatten, saßen nun eingesperrt in ihren Häusern, wurden auf ihren weichen Kissen immer fetter und steckten ihre Energie in die Schwangerschaften und in das Musizieren und die Verbreitung übler Gerüchte über ihre Rivalen.

Abdallah Atwan hatte blasse Haut, schütteres Haar und tiefe Falten auf beiden Seiten des Mundes, die ihn älter wirken ließen als seine etwa fünfundvierzig Jahre. Er war bekannt dafür, in Erinnerungen an den gewalttätigen Zwist zwischen den Atwans und den Omars zu schwelgen, gern die Namen all jener herunterzubeten, die Verbrechen begangen hatten, und dazu die Namen ihrer Opfer.

Die Familien mit Landbesitz bildeten die Oberschicht. Gleich danach kamen gelehrte Familien wie die Hammads, die ebenfalls kräftig in der Politik mitmischten. Dann die neureichen Handelsfamilien, die nun auf das Territorium der politischen Ulemas vordrangen. Dieser neuen Schicht, der auch die Familie Kamal angehörte, brachte man gemischte Gefühle entgegen, denn sie waren im Aufstieg begriffen, erschienen zu den gleichen Festen, nahmen an den gleichen Konferenzen teil und heirateten ein.

Der Vergangenheit zum Trotz entstanden aber auch Freundschaften, und wenn man in der Großen Moschee kniete, konnte man die Geschichte ignorieren. Nicht so Abdallah Atwan. Und als er nun die Zeitung senkte, weniger wegen Midhat, sondern vielmehr wegen der Unruhe, für die dieser in seiner gebannt lauschenden Zuhörerschaft gesorgt hatte, und ihm die Hand reichte, tat er das auf eine Art, in der alle uralten gesellschaftlichen Zwiste und Risse zwischen ihren Ahnen zum Ausdruck kamen.

»*Hamdillah as-salama*«, sagte er.

»*Allah yisallimak*«, erwiderte Midhat.

»Die Geschäfte deines Vaters laufen gut«, sagte Abdallah.

»Du bist ein Europäer«, sagte Burhan Hammad. »Schau dich nur an.«

Tatsächlich hatte Midhat morgens eher gedankenlos seinen Nadelstreifenanzug aus der Rue Royale angezogen und war mit dem Spazierstock mit Stahlknauf in die Stadt aufgebrochen. Er betrachtete die in Nablus geschneiderten Anzüge und die von Dorfbewohnerinnen genähten Krawatten der Männer. Er zog eine Zigarettenpackung aus der Tasche und bot Burhan eine an. Dieser trug trotz seiner jungen Jahre schon einen modischen, gewachsten Schnurrbart. Er bewunderte Midhats Anzug.

»*Yallah* Midhat!«, rief Qais Karak. »Endlich sind auch die Exzentriker wieder zu Hause.«

»Wieso, wegen Europa?«, fragte Midhat, als beide Zigaretten brannten.

»Wegen deiner Haltung.« Burhan lachte Rauch aus.

Midhat setzte sich an einen Tisch, mitten im Atrium, und als Jamil Kaffee bestellte, wurden sie von den anderen umringt. Die Jungen drängten Midhat, etwas zu erzählen.

»Was soll ich denn erzählen?«, fragte er.

»Erzähl uns von den Frauen«, sagte Tahsin.

Jeder dieser Jungen und Männer, die während der vergangenen fünf Jahre älter und größer geworden waren, hatte ein anderes Bild von Midhat. Obwohl er noch nicht viel erzählt hatte, nahmen sie Facetten an ihm wahr, die den Menschen in Frankreich verborgen geblieben waren. In Midhat wallte Hitze auf, als er merkte, wie durchschaubar er war. Er selbst bemerkte keine Reste kindlicher Eigenarten oder Charakterzüge mehr an sich, keine Spur des Bildes, das man sich damals von ihm gemacht hatte. Eine kindliche Vorliebe für bestimmte Süßigkeiten oder Spiele – aus derlei oberflächlichen Dingen destillierte man in Nablus eine Schwarz-Weiß-Persönlichkeit heraus, die man dann gleichsam auflesen und in Geschichten einbauen konnte. Midhat hätte diese Überreste am liebsten isoliert und getilgt. Nicht, weil sie Makel gewesen wären, sondern weil sie ihn auf eine bestimmte Version seiner selbst festlegten.

Die amüsierten Gesichter der Umstehenden verrieten Midhat, dass man ihn als sonderbar einstufte. Vielleicht zu Recht, denn der Geschmack des Kaffees erinnerte Midhat an die Seine, das lichte Fenster weckte Erinnerungen an Lüster und Frauengesichter.

»Midhat hat gerade von der Liebesaffäre erzählt, die er in Paris hatte«, sagte Jamil.

Midhat starrte seinen Cousin an. Jamil lächelte.

»Das war nicht in Paris, Jamil.«

»Du hast aber von Paris gesprochen.«

»Nein ... ich ... in Paris gab es ...«

»Erzähl doch mal, Midhat«, sagte Tahsin.

Also bastelte Midhat aus den Frauen, mit denen er regelmäßig geschlafen hatte, eine Phantasiegestalt zusammen. Maria mit den Segeltuchgamaschen, die rothaarige Nicole – er tilgte ihre Körpergerüche und ließ sie Veilchenduft verströmen, baute Elemente diverser Balladen in seine Geschichte ein, bis jemand schrie:

»Ich glaube dir nicht.«

Midhat lachte leise, und alle klatschten sich aufs Knie. »*Ça y est!*«, sagte er. Jamil betrachtete ihn lautlos lachend. Midhat dachte daran, Jamil nach dessen Abenteuern in Konstantinopel zu fragen. Sein Cousin war zu einem feschen Mann mit ebenmäßigen Zügen herangewachsen – die Augenbrauen zwei gerade Striche, dazu eine Adlernase und schön geschwungene Lippen. Seine Brust war so breit wie die eines Offiziers, und seine Schultern waren so kräftig, als würde er Epauletten tragen. Mit dieser bella figura musste er zahllose Eroberungen gemacht haben.

»Gehst du in die Politik, Midhat?«, fragte Wasfi Kamal.

»Da bin ich längst«, antwortete Midhat.

»Ehrlich?«, sagte Jamil und gab ihm mit dem Handrücken einen Knuff gegen die Schulter.

»In Paris gab es viele politische Aktivitäten. Diskussionen, Konferenzen. Dort waren viele Exilanten. Al-Fatat …«

»Du bist Mitglied der al-Fatat?«, fragte Wasfi.

»Nein, ich war kein Mitglied. Aber mein guter Freund Hani Murad gehört zu den Gründern, *yaani*, und er schreibt mir manchmal. Er war auf der Konferenz der Sekretär des Emirs.«

»Oh, wie schön. Sehr beeindruckend«, sagte Wasfi.

»Und wie lauten die Neuigkeiten? Du bist doch so gut vernetzt, oder? Hat Faisal mit den Franzosen ein Abkommen geschlossen oder nicht? Wird Syrien unabhängig? Ich nehme an, Hani Murad hat dich auf den neuesten Stand gebracht, wenn ihr tatsächlich so dicke Freunde seid.«

»Immer mit der Ruhe, *ammo,* lass ihn ausreden«, sagte Qais Karak.

»Schon gut«, sagte Midhat. »Nun, das allgemeine Bild, das Hani in seinem Brief zeichnet …«

»Es gibt also nur einen Brief.«

»… legt nahe, dass sich Franzosen und Briten längst untereinander geeinigt haben. Das hat Lawrence, der Brite, erzählt. Es blieb also nur … tja, er musste mit den Franzosen ein Abkommen schließen, denn sonst hätten sie ihm ihre Armee auf den Hals gehetzt.«

»Wusste ich's doch«, sagte Munir Murad.

»Der Emir hat schon ein Abkommen geschlossen?«, fragte Wasfi. »*Ya Allah*, das ist nun wirklich das Schlimmste, was hätte passieren können.«

Man fuhr entsetzt zurück, doch Munir Murad kam noch näher an Midhat heran.

»Und Palästina? Hat er etwas über Faisals Haltung gegenüber dem Zionismus verlauten lassen? Die Zeitungen berichten nichts darüber, es heißt nur, dass ›Gerüchte kursieren‹. Blablabla.«

Abdallah warf missvergnügt den Kopf zurück und faltete die Zeitung zusammen, als wäre er nicht nur Abonnent, sondern hätte die Artikel selbst geschrieben.

»Nein«, sagte Midhat, »dazu hat er sich nicht geäußert. Ich finde, dass Palästina zu Syrien gehören sollte, weil Einheit mächtiger ist als Unabhängigkeit.«

Das entsprach nicht seiner Argumentation in Paris, aber der Tenor der Fragen verriet ihm, dass diese Haltung in Nablus begrüßt wurde. Und die Parole »Einheit ist mächtiger als Unabhängigkeit« hatte er in Faruqs Wohnung regelmäßig gehört, sie ging ihm also leicht über die Lippen.

»Aber natürlich sollten wir zu Syrien gehören, *habibi*«, sagte Munir Murad. »Vergiss nicht, dass du in Nablus bist. Der Bund mit Syrien ist hier eine Tatsache. Die Greise in Jerusalem, die etwas anderes behaupten, die haben bloß Angst um ihren Fez. Ist doch albern. Wer schlägt dir wohl eher den Fez vom Kopf, Emir Faisal oder Lloyd George?«

»Und du?«, fragte Midhat. »Bist du in der Politik engagiert?«

Munir und Basil Murad tauschten einen Blick. Munir legte den Kopf schief.

»Wir sind Mitglieder von Al-Fida'ija, dem Selbstopfer-Bund.«

Nun war es an Qais Karak und Adel Jawhari, einen Blick zu wechseln, und Adel verdrehte die Augen.

»Was ist das?«, fragte Midhat. »Ich habe nie davon gehört.«

»Ist auch ganz neu«, sagte Basil.

»Das ist ein Bund in Jaffa«, erklärte Tahsin Kamal.

»Ja, aber nun gibt es ihn auch in Nablus«, sagte Basil.

»Sie arbeiten mit den Fellachen zusammen«, sagte Burhan.

»Kennst du dich etwa aus?«, wollte Basil wissen.

»Ach, komm, Basil«, sagte Qais Karak.

»Tatsächlich? Ihr arbeitet auf den Feldern?«, meinte Midhat.

Jamil verpasste ihm einen Tritt unter dem Tisch.

»Nein«, erwiderte Munir. »Wir wollen ganz Palästina für unsere Sache begeistern.«

»Sie müssen schwören, jeden zu töten, der sich als Verräter erweist. Selbst wenn er ein Freund ist«, stieß Tahsin hervor.

Burhan Hammad machte große Augen und biss die Zähne zusammen.

»Tahsin«, sagte Munir, bestritt es aber nicht. Wenn überhaupt, dann machte er sich bei diesen Worten noch gerader.

»Das Problem mit derlei Bünden«, sagte Adel Jahwari, »besteht darin, dass sie Geld brauchen. Und weil Nablus die reichste Stadt ist, müssen am Ende wir bezahlen, weil alle anderen ihren Anteil nicht begleichen.«

»Das wage ich zu bezweifeln, Adel.«

»Es stimmt«, sagte Adel. »Diese Bünde sollen sich im ganzen Land ausbreiten, aber nicht jeder trägt dazu bei. Wir haben wie üblich das meiste Nationalgefühl, und die anderen ... Die Bünde schicken Bittschriften, und sie kaufen Waffen, wenn auch nur kleine Pistolen, keine deutschen Gewehre. Nicht, dass die deutschen Gewehre den Türken groß geholfen hätten, aber die Briten haben Berge von Waffen, und wir haben nichts.«

»Solange die Juden auch nichts haben, ist das egal. Gerecht ist gerecht«, sagte Tahsin Kamal.

»Gerecht ist gerecht? Bist du verrückt geworden?«, entgegnete Munir Murad. »Weißt du, wie reich die Juden in England sind? Sie besitzen ein ganzes Weltreich. Sie werden anfangen, unser Land zu kolonisieren, sie streiten sich schon jetzt mit den Bauern im Norden. Für uns gibt es kein Geld – weil die Juden alles bekommen. Manche meinen, es läge am Krieg, aber der ist vor über einem Jahr zu Ende gegangen, und was hat sich seither verändert?«

Nun nahm Abdallah Atwan die Zügel in die Hand.

»Wir müssen uns gegen alle Juden wehren«, sagte er. »Sogar gegen die einheimischen Juden, jene, die hier leben.«

»In Nablus gibt es doch nur zehn«, wandte jemand ein, »und die sind auch noch Araber.«

»Und was ist mit den Samaritanern?«, fragte jemand anderes.

»Die Samaritaner sind keine Juden«, meinte ein Dritter.

»Doch, das sind sie«, beharrte Abdallah.

Tatsächlich hatte kaum einer der Männer, die im Sheik Qassem saßen, jemals einen europäischen Juden zu Gesicht bekommen. Die Yishuv-Siedlungen waren weit von Jabal Nablus entfernt, und das Bild der europäischen Juden und Jüdinnen fußte auf den frommen Jerusalemer Amtsträgern, die gar keine Zionisten waren, und auf den samaritanischen Nabulsis, die für sich in Anspruch nahmen, die ursprünglichen Israeliten zu sein, und die den Berg Garizim für einen heiligen Berg hielten, auf dem Ibrahim von Gott aufgefordert worden war, seinen Sohn zu opfern.

Die Wut Abdallah Atwans galt jedoch allen und jedem, und seine Vorurteile waren grenzenlos. Er vermochte das heiße Eisen der Empörung zu schmieden und mit wenigen Worten, die betonten, dass er älter, also weiser war, den Zorn der Menge zu entfachen, der die feinen Unterschiede zwischen den Juden egal waren.

Als sie das Sheik Quassem verließen, war es schon fünf, und die Dunkelheit weckte die Abendwinde, die im Tal geschlummert hatten. Midhat eilte mit tauben Wangen zum Khan. Als er die Ecke des Ladens erreichte, war die Schneiderwerkstatt schon zugesperrt, aber er sah noch den Schimmer von Hishams Petroleumlampe auf dem Tresen. Er entschied sich für eine Miene freundlicher Nonchalance, die er sich angewöhnt hatte, um verzweifelte Frauen loszuwerden. Dieser Trick beruhte auf der Erkenntnis, dass eine Frau ihre verletzten Gefühle vergaß, wenn er so tat, als wäre nie etwas passiert, oder wenn doch, dann nur ein kleiner Fauxpas.

»Hisham, *ya ammo!* Ich konnte mich nur schwer losreißen«, sagte er beim Eintreten. »Ich habe mich mit einem gewissen Salim unterhalten, der überlegt, die Stoffe für die Kiswa seiner Tochter bei uns zu kaufen, eine große Bestellung, wie er meint. Na, wir haben jedenfalls lange draußen vor dem Sheik Qassem diskutiert, und ... vielleicht schaut er morgen vorbei. Wäre aber auch möglich, dass er es nur gesagt hat, weil er mich so lange nicht gesehen hatte.« Er zuckte in gespielter Demut die Schultern. »So ist das wohl, wenn man neu in der Stadt ist, dann sind alle extrem höflich zu einem. Aber keine Bange, bald bin ich ein alter Hut.«

Hisham verengte die Augen. »Salim wer? Ich weiß nichts von der baldigen Heirat einer Salim.«

»Oh, es ist eine Familie aus dem Osten der Stadt.« Midhat winkte ab. »Du kannst sie nicht kennen.«

Hisham nickte. »*Tayyeb.*« Er schloss behutsam das Rechnungsbuch. »Da kannst nach Hause gehen. Es ist spät.«

5

Also, Fatima«, sagte Widad Hammad auf dem Weg zum Hammam, »Umm Taher Kamal hat uns heute Nachmittag zum Kaffee eingeladen.«

Fatima und Nuzha folgten ihrer Mutter mit einem Schritt Abstand. Drei Gestalten in schwarzem Musselin; Nuzha, die kleinste, trug einen Korb.

»Wen eingeladen, Mama?«, fragte Nuzha.

»Nicht dich. Nur Fatima.«

Fatima schwieg dazu. Vor dem nächsten Laden umringte eine stumme Männerschar eine Nargila. Der Mann, der das Mundstück hielt, lehnte sich bei ihrem Näherkommen zurück. Er entließ Rauch aus dem Mundwinkel, der vor seinem Gesicht in die Höhe wölkte. Widad, Fatima und Nuzha schritten vorbei, die Nägel in ihren Absätzen klackerten auf dem harten Boden. Sie gingen um eine Ecke, und Widad fuhr fort:

»Umm Dawud sagt, die alte Frau Kamal schwärme ständig von ihrem vor Kurzem zurückgekehrten Enkel. Mein Enkel hat dies und jenes gemacht, mein Enkel hat in Paris gelebt. Sie wird sicher fragen, ob du ihn heiraten möchtest, Fatima, deine Schwester muss also nicht mitkommen. Die Sache ist sowieso sinnlos, weil Fatima Yasser heiraten wird.«

»Aber Mama.«

»Darüber wird jetzt nicht diskutiert.«

Die Straße wurde schmaler, als sie durch das Yasmineh-Viertel gingen und dann auf den Khan traten. Es war die Stunde nach dem Mittagsgebet, wenn Stille auf dem Markt herrschte und die Ladenbesitzer die Früchte in den Kästen umschichteten, um die angeschimmelten zu verbergen, oder vor ihren Läden plaudernd auf Stühlen saßen und zuschauten, wie Kinder unter den Bögen Ball spielten. Vor ihnen ragte der Uhrturm auf, rechts die Nasr-Moschee. Die drei schwarzen Gestalten gingen daran vorbei und betraten den Hamam durch einen aus Steinen gemauerten Eingang.

Widad ging mit ihren Töchtern einmal pro Woche ins Bad. Das war wichtig für die körperliche Gesundheit, aber noch wichtiger für ein gesundes soziales Leben, denn der Hamam war, neben den häuslichen Treffen der *istiqbalat*, ein idealer Ort, um zu schwatzen. Er bot auch die Gelegenheit, die anderen Töchter der Stadt in Augenschein zu nehmen und zu prüfen, ob sie für den eigenen Sohn geeignet waren: Bei einem *istiqbal* kleideten sich die Mädchen in Samt und Spitze, auf jeden Fall so, dass die Zwillingstugenden von Reichtum und Geschmack, soweit vorhanden, am besten zum Ausdruck kamen – aber hier, nackt im Dampf, konnte man sehen, was die Natur ihnen mitgegeben hatte.

»Wer sind die Kamals?«, fragte Nuzha.

»Gib mir die Handtücher, *habibti.*«

Ihre Mutter führte sie in die Dunkelheit des Vestibüls, und während sie bei der Aufseherin bezahlte, nahmen sie die Schleier ab. Im ersten Raum entkleideten sie sich und zogen gestreifte Wizra-Gewänder und Holzpantinen an. Im zweiten Raum hatten sich die Badenden in kleinen Gruppen versammelt, feucht glänzend wie Meeresgeschöpfe, umwogt von Dampf. Widad begrüßte ihre Freundinnen. Fatima, die so tat, als würde sie zu Boden schauen, blickte verstohlen zu der Stelle, wo die Frauen die privaten Khalwa-Waschräume betraten. Sie sah gern zu, wenn sie ihre Gewänder fallen ließen. Nicht glotzen, ermahnte ihre Mutter sie stets. Aber wie konnte man das verhindern? Sie hatte ja die Körper aller Frauen der Stadt vor Augen. Fleisch, glänzend von Schweiß und Wasser, und weil das Licht von oben einfiel, kam es zu allen möglichen Effekten. Die Rücken älterer Frauen gefielen ihr am besten, denn die dicken Speckfalten fielen wie Sahneschichten über die Hüften.

Fatima folgte Nuzha in eine Khalwa. Sie senkte den Blick, und als sie das Gewand abstreifte, sah sie, wie ihr Atem die Brust hob und senkte, hob und senkte, und dann blickte sie auf ihre Füße hinab: Die Fersen waren schon runzelig, die Sohlen vom Gehen gerötet, und in den Spalten zwischen den Zehen hingen schwarze Fusseln ihrer Strümpfe. Wenn ihre Mutter etwas zu ihrem Körper sagte, dann nur, dass sie ihn ordentlich schrubben oder schrubben lassen müsse. Dann ertränkten die Mägde ihre Haut im Schaum der Olivenölseife, und am Ende waren Glieder, Bauch und Rücken fast wund gerubbelt. Damit hatte es sich, die Arbeit war getan, und sobald sie aus dem Hamam in die trockene Luft treten würden, wäre das kein Thema mehr. Auch wenn Fatima sich zu Hause umzog, tat sie das schnell und ohne groß über ihren Körper nachzudenken, aber hier im Hamam, wo die heißen, dunklen Räume fast religiös aufgeladen waren, wo sich das Licht, das durch die runden, gefärbten Deckenfenster fiel, im Dunst verfing und träge Frauen in gestreifter Wizra schwatzend auf den Wandbänken saßen und die feuchte Luft in ihre Lungen sogen, Wassermelone und Käse essend, die von Mägden auf Rohrgeflechttabletts herumgereicht wurden – hier senkte Fatima den Blick neugierig auf ihre Beine. Blaue Adern zogen sich über ihre Oberschenkel. Das Blut pulsierte in ihren Füßen.

Zwei Mägde tauchten Luffa-Schwämme in ein Kupferbecken. Das Plätschern des Wassers hallte von den Wänden wider, der Marmorfußboden entließ eine Gluthitze. Die Schwestern saßen auf Bänken in der Khalwa, und Nuzhas Brüste pendelten, als sie sich bückte. Sie hatte mit fünfzehn schon größere Brüste als ihre Schwester, wenngleich sie nicht so wohlgerundet waren. Fatimas Adern verschwanden hinter der Wölbung ihrer Brüste, unter der Haut zeichneten sich die Rippen ab, und die Mulde auf ihrem Bauch war so breit und so tief, als wäre die Nabelschnur, die sie mit ihrer Mutter verbunden hatte, ungewöhnlich dick gewesen. Ihre Schwester hatte breitere Hüften, aber insgesamt gesehen ähnelten sich ihre Körper. Das Haarbüschel zwischen den Beinen verbarg die befremdlichste Laune der Natur, und Fatima hatte jene ihrer Schwester noch nie zum Vergleich betrachten können. Dort verbarg sich ein zweiter Mund, rot und hässlich, der Blut und andere Sekrete absonderte, salzig-säuerlich roch und für Schmerzen sorgte, die ihre Glieder nachts erbeben ließen. Dieser Körper mit all seinen unkontrollierbaren Regungen und Bewegungen war das zentrale Geheimnis ihres Lebens. Schweiß lief über ihre Stirn. Sie bückte sich, damit die Magd ihren Rücken schrubben konnte, und an ihrer Nase glitt ein Tropfen nach unten.

Ihre Mutter saß in der Nähe der Tür und unterhielt sich in dem Tonfall, den sie in Gesellschaft benutzte. »Ich habe gestern mit Umm Hashim gesprochen.« Fatima verabscheute diese gekünstelte Stimme. Sie empfand sie als unterwürfig. »Ach, wirklich?«

»Bitte umdrehen, *ya sitti*«, sagte die Magd.

Fatimas Neugier auf die Familie Kamal war erwacht. Sie kannte Umm Taher von einem *istiqbal*, aber ihr Wissen beruhte nur auf den paar Neuigkeiten, die ihr Bruder Burhan eines Abends vor zwei Wochen aus dem Café mitgebracht hatte. Ein Mann namens Midhat Kamal sei aus Frankreich nach Nablus zurückgekehrt und arbeite nun im Geschäft seines Vaters im Khan. Er habe in der Politik mitgemischt. Er kleide sich elegant und sehe gut aus. Und er habe in Paris eine Geliebte gehabt, sie heiße Pauline – an diesem Punkt war Burhan von ihrer Mutter für seine Indiskretion gerügt worden und hatte einen Schlag auf den Handrücken kassiert.

Fatima und Nuzha spülten sich ab und kehrten, wieder in das gestreifte Gewand gehüllt, in den Hauptraum zurück, um eine Erfrischung zu sich zu nehmen. Neben dem Springbrunnen standen Tabletts mit Essen, und vor den Wänden standen Nargila-Pfeifen, deren Schläuche um die Zylinder gewickelt waren. Ihre Mutter machte auf der Bank Platz für die beiden Mädchen. Als sie noch kleiner gewesen waren, hatten sie beim Essen miteinander gewetteifert. Nicht darum, so viel und so schnell wie möglich zu futtern, sondern darum, wer am langsamsten aß und am Ende das meiste übrig ließ, denn wenn man etwas verputzt hatte, besaß man es nicht mehr, und diejenige, die zum Schluss das meiste auf dem Teller hatte, war Siegerin. Fatima sah zu, wie Nuzha ein quadratisches Stück Wassermelone zum Mund führte. Sie biss hinein, ihre Lippen glänzten.

»Wie ich höre, produzieren sie jetzt ihre eigene Seife«, sagte eine Frau auf der anderen Seite zu ihrer Mutter.

»Ich weiß«, erwiderte Widad.

Eine weitere Frau ließ sich über ein viel interessanteres Thema aus. »Und sie war so wütend, dass sie sagte, ich schlafe nicht mehr mit dir, ich will die Scheidung, also, *yaani*, hat sie gestreikt und schlief nicht mehr im Bett, sondern auf dem Fußboden im Badezimmer, sie sagte, ich bleibe hier im Badezimmer, bis du dich von mir scheiden lässt. Und sie trug ihre Decken dorthin und Blumen und machte es sich so richtig gemütlich. Eines Tages kam sie nach Hause und stellte fest, dass er auch dort lag, wo sie all ihre hübschen Sachen hingetan hatte, und sie sagte: Was soll das? Und er sagte: Du hast das Badezimmer so hübsch eingerichtet, dass ich auch hier schlafen will.«

Die Frauen lehnten sich lachend zurück.

Fatima hatte runzelige Finger, als sie den Hamam verließen. Sie setzten Nuzha zu Hause ab, anschließend gingen sie weiter zum Haus der Kamals auf dem Berg Garizim. Ihr Musselin fühlte sich weich auf der Haut an, und der Wind blies ihr den Stoff gegen den Mund, sodass die Feuchtigkeit beim Ausatmen ihr ganzes Gesicht wärmte.

Eine Dienstmagd öffnete die Tür; Widad sprach sie mit Umm Mahmoud an. Sie wurden in das Wohnzimmer geführt, wo sie nebeneinander auf dem Sofa saßen, während der Wind die Fenster klappern ließ.

»*Al-salamu alekum*«, sagte Umm Taher, die lächelnd in die Tür trat. Ihr rotes Kleid war schwarz bestickt, ihr schütteres graues Haar zu einem Dutt gestrafft. Sie hatte ein rundes Gesicht und rote Lippen.

»*Wa alekum al-salam*«, erwiderte Widad, die sich erhob und den Schleier abnahm. Fatima tat es ihr gleich.

»*Ma sha Allah*, Fatima«, sagte Umm Taher. »Du bist viel größer als bei unserer letzten Begegnung.«

Sie setzten sich, und Umm Taher und Widad redeten über die Gäste einer Hochzeit, die vor Kurzem in der Stadt gefeiert worden war. Auf der Fensterbank neben Fatima lag eine Fliege auf dem Rücken. Mal hielt sie inne, dann konnte man die winzigen krummen Beinchen erkennen, mal strampelte sie hektisch.

»Das Mädchen hat eine herrliche Singstimme«, sagte ihre Mutter.

»*Ma sha Allah*«, erwiderte Umm Taher.

»Kannst du bitte etwas singen, Fatima?«, fragte Widad.

»Das muss nicht sein, wenn sie nicht möchte«, sagte Umm Taher. »Ein anderes Mal. Vielleicht beim *istiqbal* der Atwans. Spielst du denn auch die Oud?«

»Aber sicher«, krächzte Fatima. Sie räusperte sich.

»Da ist sie sehr begabt.«

Umm Taher sagte: »Die Oud ist Balsam für die Seele,

yaani … sie kann eine Erleichterung sein – zumal für Frauen. Im Hinblick auf Gott, meine ich. Man kennt solche Geschichten … Gott sei uns allen gnädig.« Ein langes Schweigen trat ein. Umm Taher schenkte den beiden ein leises Lächeln. »Würden mich die Damen bitte kurz entschuldigen?«

Umm Taher war im fortgeschrittenen Alter, wirkte aber nicht wie eine Greisin. Sie bewegte sich langsam, war jedoch nicht gebrechlich. Ihre Handgelenke waren kräftig, aber nicht bäuerisch; sie hatte blasse Haut und einen durchdringenden Blick. Als sich die Tür schloss, rutschte Fatimas Mutter seufzend auf dem Sofa hin und her. Sie legte Fatima wie zur Beruhigung eine Hand auf den Oberschenkel.

Draußen saßen zwei große schwarze Vögel auf der steinernen Gartenmauer, und beide hatte irgendetwas im Schnabel. Einer bückte sich, um zu fressen, während der andere aufpasste; das Gefieder glitzerte indigoblau, als er auf der Mauerkante entlangstakste, dann mit einem Flügelschlag auf den Torpfosten hüpfte und ebenfalls zu fressen begann. Die zwei Vögel flatterten eine Weile hin und her, dann flogen sie kreischend auf. Auf der Kalksteinmauer zeichneten sich zwei lange weiße Streifen ab.

»Schau mal«, sagte Fatima. »Die Vögel haben ihre Kacke auf der Mauer hinterlassen.«

Ihre Mutter schnappte nach Luft. Fatima dämmerte, dass es sich um irgendein Omen handelte. Widad zögerte, als würde sie ihre Reaktion abwägen. Dann gab sie Fatima einen Klaps auf die Hand. »Das ist ja widerwärtig, Fatima.«

Fatima, die wieder die weißen Streifen betrachtete, fragte sich, ob es stimmte, dass Umm Taher sie als Frau für ihren Enkel prüfen wollte. Sie war nicht gebeten worden, etwas zu singen. Und warum hatte ihre Mutter sie hierhergebracht, wenn sie diese Verbindung nicht unterstützte? Da wurde ihr die Logik ihrer Mutter schlagartig klar: Sie wollte mit ihr angeben, ob sie nun zu haben war oder nicht. Sie wurde sich ihres Aussehens auf einmal peinlich bewusst, fühlte sich bedrückt.

»Was hat sie da gesagt, Mama, über Gott und die Oud?«

»Es ging nicht um Gott. Sondern um die Frau von Hāddsch Hassan, Yassers Mutter. Sie war jahrelang unglücklich. Sie wurde fanatisch.«

»Nazeeha?«

»Ja. Hassan war zu viele Jahre abwesend. Und bei seiner Heimkehr hatte sie ... Schluss jetzt, wir sollten darüber nicht reden.«

»Schön.«

»Also gut – Hassan gab ihr die Oud. Sie sollte spielen, weil sie Wahnvorstellungen hatte. Nazeeha war immer gläubig, weißt du, und sie hatte täglich irgendwelche Visionen. Das wurde immer schlimmer, und die Gebete reichten nicht, um ihren fanatischen Glauben zu lindern. Aber mit der Musik klappte es dann. Sie mauserte sich zu einer wirklich guten Oud-Spielerin. Herrliche Stimme. Sie sang oft ägyptische Volkslieder über Harun al-Rashid, mitsamt all den Trillern. Nun, wir sollten das Thema wohl lassen.« Sie schwieg eine Weile, dann ergänzte sie: »Sie ist eine *sehr* nette Dame. Sie wäre eine gute Schwiegermutter.«

»Wohin ist sie gegangen?«, fragte Fatima.

»Nach Zawata.«

»Nein, ich meine Frau Kamal.«

Widad tippte ihr aufs Knie. »Pst.«

Widad hatte erraten, was Umm Taher tat: Kaum hatte ihre Gastgeberin die Tür hinter sich geschlossen, flitzte Teta auf der Suche nach Midhat durch den Flur. Midhat saß auf seinem Bett, ein aufgeschlagenes Buch auf den Knien.

»Schnell«, zischte sie. »Wir haben nicht viel Zeit.«

Midhat folgte ihr auf den Flur. Sie zog ihn am Handgelenk

hinter sich her und hielt nach jedem Schritt inne. Als sie vor der Tür zum Wohnzimmer standen, zeigte sie auf die Klinke. Er wollte danach greifen.

»Du Esel!«, zischte sie und packte wieder sein Handgelenk. »Nicht öffnen – bist du verrückt geworden? Schau durch das Schlüsselloch. Beeilung. Hock dich hin.«

Midhat musste ein Lachen unterdrücken. Er ging in die Hocke und wischte mit den Fingern den Dreck vom Fußboden. Seine Großmutter schlug ihn gegen den Hinterkopf. Er schaute ungläubig auf; sie riss die Augen weit auf und zeigte mehrmals auf das Schlüsselloch.

Es war nicht einfach, hindurchzuschauen. Soweit er sich erinnerte, hatte nie ein Schlüssel daringesteckt, und im Laufe der Jahre hatte sich so viel Staub darin gesammelt, dass kaum Licht hindurchdrang. Es verströmte den Grünspanduft von Metall, das lange nicht geputzt worden war. Er blies hinein, aber vergeblich. Teta zog eine Serviette aus der Tasche, zwirbelte eine Ecke auf und lutschte daran, gab sie ihm dann. Midhat schob den Stoff in das Schlüsselloch, und als er ihn herauszog, war er grau von Staub. Er beugte sich dicht vor die Tür. Teta hielt die Klinke fest.

Zwei Frauen saßen hinten auf dem Sofa. Mutter und Tochter. Die Haare der Mutter waren mit Henna schwarz-rot gefärbt, über den Ohren kurz geschnitten und in Wellen gelegt wie bei den Europäerinnen. Sie trug ein dunkelbraunes Kleid mit rot-grünem Mieder, hatte eine spitze Nase und einen großen Busen. Die Tochter war jung, etwa siebzehn, schmal und blass, mit dunklem Haar, dessen Mittelscheitel die helle Kopfhaut zeigte. Ihre Augenwinkel zogen sich nach unten, was durch zwei schwarze Striche auf den Lidern betont wurde. Sie hatte runde, prominente Wangenknochen, die ihre Lippen nach oben zu ziehen schienen, weshalb ihr Mund trotz der betrübt wirkenden Augen extrem ausdrucksstark war. Midhat hatte noch nie eine unverheiratete Nabulsiyyeh aus seiner Schicht ohne Schleier gesehen. Er kannte nur Mägde und Frauen aus der Generation seiner Großmutter. Bestenfalls noch Tänzerinnen in Kairo und natürlich Laila. Der Anblick war außergewöhnlich. Er hatte das Gefühl, eine geheime Zellstruktur durch ein Mikroskop zu betrachten. Über ihm seufzte Teta. Das Mädchen wirkte sehr ernst und hatte die Hände im Schoß gefaltet. Die Mutter rutschte unruhig hin und her. Wie es so schön hieß: Möchte man wissen, wie sich die Tochter entwickelt, dann schaue man sich die Mutter an. Dieses Mädchen schien jedoch nach dem Vater zu kommen, sie hatte keine Ähnlichkeit mit ihrer Mutter.

Teta seufzte wieder. Und just in dem Moment, als Midhat vom Schlüsselloch zurückweichen wollte, um sich nach dem Vater zu erkundigen, lachte das Mädchen. Die Tür dämpfte ihr Lachen, aber es war tief, und es schüttelte ihren ganzen Körper. Sie sah offenbar etwas durch das Fenster und zeigte darauf, reckte den ausgestreckten Arm wie ein kleines Mädchen, das noch nicht an die Ausmaße seiner Gliedmaßen gewöhnt war, und ihr trauriges Gesicht war schlagartig wie verwandelt, wie von der Schwerkraft erlöst. Die Mutter fauchte etwas und schlug ihre Hand weg.

Dann geschah etwas Sonderbares. Das Mädchen drehte sich für einen Moment um und sah Midhat direkt an. Der Blick ihrer traurigen, sehr großen und sehr schwarzen Augen zielte wie ein Pfeil auf das Schlüsselloch. Midhat fuhr zurück.

»*Tamam?*«, flüsterte Teta.

Er musste sich kurz sammeln. Dann kam er federnd auf die Beine und klopfte die Knie ab.

»*Yallah*, geh«, sagte Teta.

Als er auf Zehenspitzen verschwand, hörte er seine Großmutter sagen: »Entschuldigt, dass es so lange gedauert hat.« Die Tür fiel zu. »Diese Mägde! Sie treiben einen in den Wahnsinn, diese Mägde.«

Er ging ins Schlafzimmer und setzte sich wieder auf das Bett, schlug das Buch auf. Die Wörter krochen über die Seiten. Er wusste nicht, wie viel Zeit verstrichen war, als Teta hereinkam und sich neben ihn setzte. Sie war leicht errötet.

»Also.« Sie sah ihn fest an. »Was meinst du, *habibi*?«

»Ich finde, sie ist schön.«

»Schön genug? Umm Dawud hat erzählt, ihre Mutter wolle sie mit ihrem Cousin, Yasser Hammad, verheiraten. Das will nichts heißen, denn sie sind noch nicht verlobt. Wir könnten da noch was unternehmen. Ich habe ein paar Ideen.«

»Wer ist ihr Vater?«

»Hāddsch Nimr. Ein Gelehrter, im vergangenen Jahr war er Bürgermeister. Sie besitzen Land in Zawata. Er gehört wie dein Vater zu den Gründern des Krankenhauses. Sie ist schön. Wunderschön. Königin von Nablus, so wird sie genannt. Es heißt, sie sei ein bisschen zu stolz, aber ... Ich halte sie für eine glänzende Partie. Ihre Mutter ist wohl ... *yaani*, es ist eine gute Familie. Du musst aber wissen, ich kann das nicht mit jeder Nabulsiyyeh so machen – ich kann nicht alle Mütter zum Kaffee bitten und dich vor das Schlüsselloch setzen. Schau nicht so mürrisch, *habibi*.«

»Glaubst du wirklich, ich könnte in die Familie Hammad einheiraten?«

»Wir Kamals sind eine ehrenwerte Familie, Midhat.«

»Teta ...«

»Das Geschäft deines Vaters floriert. Ich finde, du kannst jede Frau heiraten, die dir gefällt, du bist ein reicher Geschäftsmann – wirst es jedenfalls sein. Wir könnten Erfolg haben. Willst du, dass wir es versuchen? Möchtest du dieses Mädchen heiraten?«

»Teta.«

»Ich versuche nur, die beste Wahl für dich zu treffen. Fatima ist sehr schön, und sie spielt hervorragend Oud.«

»Aber wie soll ich ... Ich kann doch keine Frau heiraten, die ich gar nicht kenne.«

»Wie willst du eine Frau vor der Ehe kennenlernen? *Ya sitti*, man heiratet, und danach lernt man das Mädchen kennen. Denk einfach mal darüber nach. Wenn du sie heiraten möchtest, versuchen wir, das zu arrangieren.«

»Ich denke darüber nach.«

»Baba sagt, du wirst noch in diesem Jahr heiraten. Wenn nicht dieses Mädchen, dann ein anderes. In der Familie Kamal gibt es zig Mädchen im heiratsfähigen Alter. Und du, du bist sehr – *yaani* –, sehr begehrenswert. Du bist Arzt, du siehst gut aus, du bist reich. Ich denke, wir dürfen ehrgeizig sein.«

Midhat war nun seit drei Wochen in Nablus. Nachts hatte er zunächst versucht, sich zum Einschlafen zu zwingen, merkte aber, dass manchmal etliche Stunden verstrichen, in denen er im quälenden Purgatorium zwischen Schlafen und Wachen gefangen war. Oftmals entfachte er eine Paraffin-Lampe, schlug ein Buch auf und murmelte französische Verse wie Beschwörungen. Und es gab weitere Tricks, etwa den, sich vorzumachen, er wolle die Augen nur kurz schließen, um gleich weiterzulesen. Manchmal klappte das, dann lullte er sein Denken ein, bis er einschlief, das offene Buch auf dem Gesicht, und wenn er erwachte, stellte er fest, dass die Seiten zerknickt waren und die Flamme der Lampe flackerte. Meist versank sein Denken in den ersten Bereichen des Dämmerzustands wie in einer weichen Membran, die die Geräusche dämpfte und den Atem verlangsamte, aber wenn ein Gedanke durch seinen Kopf streunte, begann sein Herz wieder zu rasen, dann befand er sich erneut im quälenden Wachzustand. Etwa die Vorstellung, wie Jeannette seinen Brief las; er stellte sich einen Ausdruck der Sorge, des Bedauerns vor. Bei diesen Gelegenheiten hätte er gern einen Whisky getrunken. Manchmal stand er auf und ging durch das

Zimmer, und wenn der Himmel klar war, betrachtete er das pockennarbige Antlitz des Mondes durch sein Fenster. Ab und zu sah er, wie der Gipfel des Dschabal al-Scheich in der Morgendämmerung erbleichte, und hin und wieder hatte er das Glück, einzuschlafen, nachdem er sich wieder hingelegt hatte, ohne dass er dies merkte, dann schlief er traumlos, und wenn er die Augen öffnete, stellte er fest, dass der Tag ohne ihn angebrochen war.

Sein Gehirn, das nachts auf sich selbst zurückgeworfen war, erwies sich tagsüber als zu sprunghaft, und er konnte bei ganz gewöhnlichen Interaktionen unvermittelt den Faden verlieren. Wenn er auf dem Markt war und das Rechnungsbuch prüfte, schien er die speckigen Seiten von unter Wasser zu betrachten, und die mit Tinte notierten Ziffern schwankten wie in einer Brise. Doch am Abend erfasste die Erschöpfung eine neue Ebene seines Wesens, dann waren seine Gedanken hellwach, und er fand keine Ruhe.

Als er an diesem Abend im Bett lag, konzentrierte er sich auf das Mädchen der Hammads, ihre traurigen Augen, die er durch die letzten Staubflusen im Schlüsselloch gesehen hatte. Er wälzte sich unter der Decke hin und her. Er hatte Magenbeschwerden, und eine rätselhafte Verkrampfung in seinen Gedärmen sorgte für Blähungen. In der letzten Nacht – oder war es die vorletzte gewesen? – war er von einem schmerzhaften Schluckauf geweckt worden und hatte nach einem Spurt zur Toilette, wo er sich übergeben hatte, mit einem ätzenden Geschmack im Mund im Bett gelegen. Heute saßen die Krämpfe weiter unten. Er würde einen Arzt aufsuchen müssen, wenn sich diese Beschwerden nicht legten. Fatima Hammad. Fatima Hammad würde wohl kaum einen Schwächling wie ihn heiraten.

Trotzdem schlief er an diesem Abend wie durch ein Wunder problemlos ein. Der Schlaf pirschte sich an, während sich in seinen Gedanken Bilder schemenhafter Frauen überlappten, die er in diverse Kategorien des Schmerzes einsortierte. Jene, die er verletzt hatte: Jeannette, seine Mutter. Jene, die ihn verletzt hatten: Laila, Jeannette. Und nun Fatima Hammad, deren Züge er durch die Linse des Schlüssellochs genau gesehen hatte. Als der Muezzin rief, erwachte Midhat auf der Matratze, verwundert darüber, dass die Nacht verstrichen war und das fahle Morgenlicht das Zimmer erfüllte. Ihm war speiübel, als er sich aus dem Bett hievte und Richtung Mekka auf den Boden warf.

»Morgens überprüfen wir immer das Register«, sagte Hisham.

Es war November, aber die Luft war mild, auf dem Markt wölkte Staub, man hörte Glas klirren und Räder über Steine knirschen, die Leute riefen Zahlen und Namen von Waren. Böhmisches Kristall glitzerte zwischen gläsernen Nargila-Pfeifen, und bei jedem Windstoß schwankten und rotierten die deutschen Violinen, mit Drähten an einem Wirbel aufgehängt. Vor dem Laden der Kamals drehten sich die bestickten Jacken, mal ließen sie das Licht ein, das durch die Öffnungen im Dach des Khan fiel, und mal sperrten sie es aus, je nachdem, ob sie den Rücken oder eine Schulter zeigten. Hinten im Laden, wo Midhat und Hisham saßen, war es kalt im Schatten.

»Ist nicht weiter schwierig. Manchmal notieren wir schon abends, was am nächsten Morgen eingetragen werden muss, du solltest also stets nachprüfen, ob die Zahlen stimmen ... hier ... wie wir sehen, muss noch eine Summe ergänzt werden. Solche Dinge müssen geprüft werden. Anschließend schauen wir nach den in Arbeit befindlichen Aufträgen, stellen sicher, dass der Schneider da ist, *al-salamu alekum,* geht's gut, Meister? Prima, Butrus ist da. Also – die in Arbeit befindlichen Bestellungen sind in dieser Spalte aufgelistet ... Midhat? Bist du wach?«

»Ja, Hisham. Du sagtest gerade ... der Schneider ist da.«

»Ja, und dann überprüfen wir die Bestellungen, fragen ihn, wie es vorangeht. Das tun wir gleich. Wir haben ... derzeit nicht so viele Bestellungen. Aber zum Opferfest kaufen die Leute immer, egal wie schwer die Zeiten sind. Und vor einer Hochzeit, wie du weißt. Jeder Vorgang wird dokumentiert, und hier notieren wir, ob bezahlt wurde oder nicht. Und das Datum, immer das Datum ergänzen. Hier, auf dieser Seite stehen die Schulden. Und da die Zinsen ... sie basieren darauf, wie lange die Leute säumig sind. Siehst du? Gut, du berechnest das jetzt, und ich erkundige mich, wie es mit den Bestellungen vorangeht.«

Jamil hatte recht gehabt, denn Midhat hatte tatsächlich einen guten Blick. Der Laden der Kamals befand sich am breitesten Abschnitt der Durchfahrtstraße, am westlichen Ende, von wo aus man sofort Briten entdecken konnte, die auf dem Marktplatz schnüffelten, zumal, wenn sie vor den Läden am Ausgang standen, was sie bevorzugt taten, als würden sie sich nur dann jemanden anzusprechen trauen, wenn ihnen ein Fluchtweg offen stand. Midhat hatte sogar weiter hinten im Laden einen großen Abschnitt des Khans im Blick, vom Sonnenschein erhellt wie eine Kinoleinwand. Die Soldaten kritzelten ständig in ihre Kladden, und Midhat lernte ihre Gesichter kennen. Ein Soldat hatte ein kleines Kinn, das Falten wie eine Ziehharmonika warf, wenn er den Blick auf die Kladde senkte, und wenn er sich umschaute, fiel sein Mund auf. Das glasige Blau seiner Augen war schon von Weitem zu sehen.

Manchmal erschienen die Ehefrauen der Engländer und betatschten die feilgebotenen Waren. Man konnte sie bereits aus einer Meile Entfernung erkennen, denn sie trugen meist eine Art Schleier über dem Haar und grinsten gequält, weil sie schwitzten. Frauen aus der Stadt waren eher selten, aber es gab immer ein paar Dienerinnen oder Bauerntöchter, die für ihre Familie einkauften – außerdem die ländlichen Fellachen-Frauen, die Gemüse verkauften und keinen schwarzen Schleier trugen. Sonderbarerweise – Midhat kam es jedenfalls sonderbar vor – verriet die Standardbekleidung der Nabulsiyyat nicht, ob es eine Frau mittleren Alters war, ob alt oder noch jung. Eine Nabulsiyyeh trug immer Mantel, Schleier und Tuch. Midhats Blick wurde stets von diesen seltenen dunklen Gestalten in der Menge angezogen. Aus der Entfernung konnte er anhand der Größe und des Ganges auf das Alter schließen, denn eine kleine Frau musste ein junges Mädchen sein, eine füllige hatte sicher schon mehrere Kinder geboren, aber noch nicht das Alter erreicht, in dem der Appetit nachließ und die Knochen mürbe wurden, und wenn die Gestalt näher kam, bestätigte sich seine Vermutung oder musste revidiert werden, je nachdem, welches Paar Augen im Schlitz zwischen Schleier und Tuch zu sehen war. Bei einer Gelegenheit, als sich eine Nabulsiyyeh dem Laden der Kamals näherte, stellte er verblüfft fest, dass er ihr Alter viel zu hoch eingeschätzt hatte, und als unter dem Stoff die Stimme eines jungen Mädchens erklang, dämmerte ihm, dass sie gerade erst lernte, mit der Verhüllung zurechtzukommen: Ihre vorsichtigen Schritte zeugten nicht von Gebrechlichkeit, sondern von Unsicherheit.

»Und? Wie läuft's?« Hisham blieb in der Tür der Schneiderwerkstatt stehen.

»Ich ... oh, tut mir so leid, Hisham, ich war abgelenkt.«

»Na, dann machen wir es jetzt, ist ja egal. Hier das Datum ... eine weitere Woche. Die Schuld von Abd al-Wahhab beläuft sich also jetzt auf fünf Pfund.«

Midhat notierte eine fünf in der Spalte für die Schulden.

»Und wenn jemand nie bezahlt?«, fragte er.

»Nie bezahlt?« Hisham zögerte. »Zuerst«, sagte er schließlich, »geben wir keinen Kredit mehr. Und dann ... hat man als Kaufmann noch andere Möglichkeiten. Manchmal ... arbeiten wir mit Schuldeneintreibern zusammen, aber wie du weißt, ist dein Vater nicht so hart. Du darfst nicht vergessen, dass wir einen Kredit aus Kulanz gewähren. Und manchmal gehen diese Kredite und Schulden zurück bis auf, *yaani*, bis auf unsere Großväter.«

Midhat hörte nicht mehr zu, weil eine dunkel verschleierte Gestalt direkt auf den Laden zuging. Forsche Schritte. Das Gewand vom Wind aufgebläht. Sie trat aus dem Licht in den Schatten, und dann erblicke Midhat energische dunkle Augen, und ihm stieg ein vertrauter Duft in die Nase.

»Teta! Was tust du denn hier?«

»Pass auf, *habibi*«, sagte seine Großmutter. »Wir besuchen jetzt die Samaritaner. Bist du bereit? *Yallah*, los.«

»Bitte?«

»Entschuldige, Hisham, aber wir müssen los. Es ist sehr wichtig. Sein Vater hat darum gebeten.«

»Aber natürlich, Umm Taher. Möge Gott dich behüten.«

»*Yallah*, Midhat. Nun steh schon auf.«

Midhat glitt vom Hocker. »Ich bin gerade bei der Buchführung, Teta.«

Sie hatte sich schon umgewandt und war auf die Straße gegangen. Er trabte los, um sie einzuholen. Am Rand des Khans wärmte die Sonne sein Gesicht, rings um seine Füße stieg Staub auf, und Tetas Kleid bauschte sich unter dem Tuch. Er holte sie ein, als sie unter dem Torbogen durchging.

»Worum hat mein Vater gebeten? Wozu diese Eile?«

»Die Samaritaner. Er würde das wollen, wenn er hier wäre.«

»Die Samaritaner?«

Er zögerte. Sie bog in eine Gasse ein.

»Teta«, rief er, indem er ihr folgte.

Noch eine Biegung, und dann hatten sie die Ausläufer des Viertels der Samaritaner erreicht. Sie bückte sich, als sie in einen schmalen Gang zwischen geweißelten Steinen trat. Sie klopfte an eine niedrige Holztür auf der rechten Seite und rüttelte an der Klinke. Während sie auf Schritte horchte, sah sie Midhat in die Augen, dann spähte sie in das dunkle Fenster.

»Wir sollten das erst einmal besprechen.« Er hob unwillkürlich die Stimme. »Ich finde, du überstürzt die Sache.«

Hinter ihnen erschien eine Frau in der Gasse, mit Pluderhose und unverschleiert, nur mit einem Kopftuch. Beim Anblick von Umm Taher und Midhat erschrak sie.

»*Salam*«, sagte Teta. »Wissen Sie, wo der Priester ist?«

Midhat drückte seinen Nasenrücken. Er hatte das Gefühl, gleich Kopfschmerzen zu bekommen.

»Yitzhak!«, rief die Frau in den Gang. Keine Reaktion; sie seufzte, dann musterte sie Umm Taher und signalisierte ihr zu folgen. Midhat ließ sich zurückfallen, den Blick zu Boden gesenkt und immer noch die Nase drückend. Sie gelangten zu einer offenen Steintreppe.

Teta dankte der Frau und sagte zu Midhat: »*Yallah.* Rauf da.«

Die ausgetretenen Stufen waren rutschig und viel höher als breit. Oben stemmte Teta die Hände in ihre Hüften und rang um Atem. Vor ihnen erstreckte sich ein leerer Innenhof. »Ich bin alt«, murmelte sie.

Midhats Lachen hallte im Hof und klang als Echo viel fröhlicher, als er sich fühlte. Hier oben war es warm; die Sonne hatte die Steine erwärmt. Die Kuppeldächer der Stadt waren auf drei Seiten hinter den niedrigen Mauern zu sehen und dahinter die grünen Berge. Hier oben war der Straßenlärm nur gedämpft zu hören. Die dritte und höchste Mauer des Hofes war eine Gebäudefront: die samaritanische Synagoge.

»Warum sind wir hier?«, fragte Midhat.

Eine rhetorische Frage. Für einen muslimischen Nabulsiyyeh gab es drei Gründe, den Hohepriester der Samaritaner aufzusuchen, und Teta würde niemanden mit dem Bösen Blick belegen wollen, dazu war sie nicht neidisch genug, konnte auch selbst glänzend prophezeien. Blieb also nur ein Grund. Sie hielt sich mit einer Hand an seiner Schulter fest und griff mit der anderen nach ihrem erhobenen Fuß.

»Ich will keinen Zauber«, sagte er.

Sie schaute ihn an, einen Schuh in der Hand. »Du willst keinen?«

»Nein.«

»Aber, *habibi*, das würde ihr nicht schaden, wie du weißt.«

»Darum geht es mir nicht. Ich will keinen Zauber. Ich bin mir noch nicht mal sicher … was ich will …«

»Schön, aber nun sind wir mal hier, richtig? Wir gehen rein und reden mit ihm. Danach kannst du machen, was du willst, das liegt ganz bei dir. Aber du musst begreifen, dass ich dir helfen will. Ich stehe auf deiner Seite. Die Entscheidung liegt bei dir, aber wenn ich du wäre, dann würde ich es tun.«

»Ich will das nicht, Teta.«

»Ja, ich bin nicht taub. Aber wir sind nun mal hier, und wir reden mit ihm.«

Sie zog den anderen Schuh aus und stöhnte, als sie das Paar unter den Zitronenbaum stellte. Midhat schob einen Finger unter seine Schnürsenkel, zog die Schuhe aus und folgte ihr hinein.

Gut möglich, dass er schon einmal auf dem Innenhof gestanden hatte, aber die Synagoge hatte er noch nie betreten. Sie hatte eine Gewölbedecke und schmucklose Innenwände mit Spitzbögen. Feuchte Flecken, wo die Mauer aufhörte und die Decke begann, stellenweise blätterte die Farbe ab. Neben dem Stuhl des Hohepriesters ragte etwas auf, das einer altertümlichen Standuhr glich. Der Minutenzeiger bewegte sich gegen den Uhrzeigersinn. Teta führte ihn stumm und mit bloßen Füßen unter einen Spitzbogen und blieb dort stehen.

Der Hohepriester saß auf einem Stuhl in einem Alkoven,

weißhaarig, mit schwarzen Brauen, blauem Gewand und Turban. Neben ihm kniete ein Mann auf einem Teppich. Er trug eine graue, bis zum Hals zugeknöpfte Kutte, deren Saum, unter dem die Schuhe zu sehen waren, schmutzig braun war. Er war kahl, hatte aber einen Kinnbart, üppig und drahtig wie ein Besen aus Wildschweinborsten. Er starrte etwas an, das vor ihm auf dem Teppich lag: ein Dokument mit hochgebogenen Enden, vielleicht eine Schriftrolle, verfärbt, aber in sehr eleganter Kalligraphie beschrieben. Es lag auf einer offenen Hülle aus rotem Samt.

Minuten verstrichen. Der Kniende hob die Schriftrolle an den Rändern an und enthüllte eine weitere Seite. Diese war noch verfärbter. Die buschigen schwarzen Brauen des Priesters zuckten wie die eines Hundes, als sein Blick wanderte. Schließlich sah er zu Midhat und Teta.

»*Al-salamu alekum.*«

»*Wa alekum al-salam*«, sagte Teta. »Abu Salama, wie geht's. Ich bin Umm Taher. Sie haben meinen Enkel Midhat kennengelernt?«

Midhat verbeugte sich vor dem Hohepriester, und dieser erhob sich langsam vom Stuhl und erwiderte die Verbeugung.

»*Al-salamu alekum.*«

Der Mann mit dem buschigen Bart stand nun auch. Seine Kutte hatte sich um den Bauch gebauscht, er zog sie straff, bevor er Midhats Hand schüttelte und Umm Taher zunickte. Seine dicht zusammenstehenden Augen erweckten den Eindruck, als runzelte er die Stirn, seine Augäpfel waren rosig und klein.

Abu Salama stellte ihn vor. »Das ist Pater Antoine, ein Franzose.«

»*Marhaba*«, sagte Teta.

»*Marhaban*«, sagte Pater Antoine. Er sprach das »r« französisch aus.

»*Bonjour*«, sagte Midhat.

Pater Antoine blinzelte.

Abu Salama, der die Wörter pedantisch genau aussprach und klassische Verbformen benutzte, sagte zu dem Franzosen: »Ich kann diese Dame und ihren Enkel bitten, zu warten, wenn Sie meinen, es gehe … schnell. Ansonsten dürfen Sie mich gern morgen um die gleiche Zeit besuchen.«

Pater Antoine antwortete gleichermaßen gemessen.

»Ich danke für Ihre Freundlichkeit, Abu Salama. Ich komme morgen wieder.«

Der französische Priester kniete sich auf den Teppich, um die Seite einzupacken. Er zog behutsam den roten Samt über alle vier Ecken und verschnürte das Ganze mit einer schwarzen Kordel. Die anderen drei sahen zu. Der Franzose hatte dicke, knotige, fleckige Finger mit weißen Haaren. Als er wieder stand, nickte er dem Hohepriester zu, ging aber nicht an Midhat und Umm Taher vorbei zur Tür, sondern verschwand durch einen anderen Spitzbogen, der hinten in die Synagoge führte. Seine Schritte klackerten, und als er ein letztes Mal in Sicht kam, sah Midhat, der sich nach ihm umdrehte, wie sich die Silhouette der bärtigen Gestalt im Tageslicht abzeichnete. Das Klackern klang jetzt anders, dann verhallte es.

»Und nun zu Ihnen, Umm Taher«, sagte Abu Salama. »Wie kann ich Ihnen helfen?«

Midhat starrte das verschnürte Samtpäckchen an.

»Wir brauchen einen Zauber«, sagte Teta.

»Gut. Für oder gegen?«

»Für«, sagte Teta. »Für die Liebe.«

Midhat fuhr zu seiner Großmutter herum. Die plötzliche Bewegung sorgte für einen neuen Schmerz in den Schläfen.

»Haben Sie irgendetwas …«, setzte Abu Salama an.

»Ich habe Haare.«

Teta holte einen Beutel aus ihrem Gewand, löste die Schnur und fasste mit zwei Fingern hinein. Auf ihrem Zeigefinger lag ein schwarzes Haar. Die Enden bogen sich nach unten: eines geringelt und silbrig im Licht; das andere weiß. Ein Haar samt Wurzel von Fatimas Kopf. Midhat begann zu glühen.

»Nein. Unmöglich. Nein, Teta.« Er legte ihr eine Hand auf den Rücken. »Es tut mir leid, Ihre Zeit zu vergeuden, Abu Salama. Aber Tatsache ist … nein. Tu das weg, Teta.«

Das schwarze Haar flatterte in Midhats Atem, und Teta legte einen Daumen darauf, damit es nicht herunterfiel.

»Nun, wenn er nicht möchte«, sagte Abu Salama, »dann können wir es nicht tun, fürchte ich. Dann funktioniert es leider nicht.«

Abu Salama drehte die Handflächen nach oben und hob den Blick zur Decke. Er schien damit sagen zu wollen, das liege nicht in seiner Macht. Nachdem der Hohepriester den Blick von Teta abgewandt hatte, schaute sie Midhat an. Sie durchbohrte ihn durch den Schleier mit ihrem Blick. Sie ließ das Haar wieder in den Beutel fallen, und als sie die Schnur zuzog, wirkte sie tief verärgert. Dann verneigte sie sich vor dem Priester. Midhat musste ein Lachen unterdrücken.

Er führte seine Großmutter über den Innenhof, und als sie die Stufen hinuntergingen, wiederholte sie: »Das liegt ganz bei dir.« Er hätte gern ihr Gesicht gesehen. Sie kehrten erschöpft und stumm durch das samaritanische Viertel zurück, und als sie den Laden erreichten, ging Teta weiter. Hisham hatte einen Stuhl in den Eingang gestellt. Es war die Zeit des Nachmittagsgebets, die Stimme des Muezzins hallte durch den stillen Khan. Midhat setzte sich auf den Stuhl, der zwischen zwei Stoffbahnen mit Kreuzstich stand. Der Schmerz in seinen Schläfen, der etwas abgeflaut war, hatte jetzt einen Rhythmus. Er drückte erneut den Nasenrücken zusammen und presste die Finger auf seine Augen.

Im Grunde genommen hatte er gar nichts gegen einen solchen Liebeszauber. Er war ganz im Gegenteil durchaus empfänglich dafür. Sicher, er hatte eine naturwissenschaftliche Bildung erhalten und war in der rationalen Argumentation geübt, doch der Aberglaube war ein fast unauslöschliches Relikt aus seiner Kindheit. Und bei dem Gedanken an die angebliche Zauberkraft der Samaritaner verspürte er sogar noch jetzt einen Hauch der alten Ehrfurcht. Aberglaube war nicht nur etwas für Kinder und alte Frauen. Er ging tiefer, und Leute, die skeptisch taten, waren insgeheim oft Eiferer, die in den Räumen des Hohepriesters die Namen von Vätern und Müttern murmelten, die Handflächen ausstreckten, damit diese gelesen werden konnten, und auf dem Heimweg astrologische Erkenntnisse vor sich hin sagten, um das, wofür sie bezahlt hatten, nicht zu vergessen. Als Kind hatte er Leute von toten Vögeln munkeln hören, die man angeblich über Türstürzen eingemauert hatte. Und als Erwachsener hatte er sich diesen mystischen Sinn zum Teil bewahrt, diese furchtsame Neugier, weshalb sein Herz immer noch schneller schlug, wenn von dem berüchtigten Buch und dessen okkulten Zeichen die Rede war, obwohl er natürlich wusste, dass es sich nur um religiöse Texte in der Schrift der Samaritaner handelte. Seine Gedanken kehrten zu den verfärbten Seiten auf dem Boden der Synagoge zurück, zu dem französischen Pater Antoine mit dem buschigen Bart.

Als er die Augen öffnete, kehrte Hisham gerade von der Nasr-Moschee zurück.

»Du kannst Feierabend machen«, sagte er im Näherkommen. »Heute kommt keine Kundschaft mehr.«

Auf dem Weg bergauf gelangte Midhat zu der Einsicht, dass ihn seine Müdigkeit zu leichtgläubig gemacht hatte. Er hätte sich von Teta gar nicht erst zur Synagoge führen lassen dürfen. Er dachte an Jeannette: schwer zu sagen, wie sie auf all das reagiert hätte. Doch – er wusste es, mochte nur nicht daran denken.

Sie aßen die gefüllten Zucchini, die Umm Mahmoud

zubereitet hatte. Seine Gedanken beruhigten sich, und er vergaß die Auseinandersetzung mit seiner Großmutter. »Du musst mehr essen, Teta«, sagte er. »Nimm noch eine Zucchini.«

Umm Taher ließ sich Zeit, bevor sie erwiderte: »Ich habe keinen Hunger.«

Nach dem Essen zogen sie sich in den Salon zurück, als wäre es ein ganz normaler Abend. Umm Taher strickte, und Midhat, der so tat, als würde er einen Roman lesen, versuchte, seine Gedanken zu sortieren. Umm Mahmoud machte viel Krach, während sie das Frühstück vorbereitete, und steckte dann den Kopf zur Tür hinein, um eine gute Nacht zu wünschen.

Je weiter er in seinen Gedanken kam, desto mehr flauten seine Kopfschmerzen ab, es war fast unheimlich. Der Schmerz ließ nach und wanderte immer tiefer in seinem Kopf, bis er sich auf Höhe des Schlüsselbeins aufzulösen schien. Irgendwann musste er heiraten, was hielt ihn davon ab, Teta seine Zustimmung zu signalisieren und die Frau ihrer Wahl auf Schleichwegen zu gewinnen?

Das Problem war Jeannette. Schon bemerkenswert, dass er sich nach all den Jahren, in denen sie nichts voneinander gehört hatten, immer noch Gründe ausdachte und Fakten ignorierte, um die Hoffnung nicht aufgeben zu müssen. Er musste sich konzentrieren, mit den Tatsachen konfrontieren und sie endlich als Realität akzeptieren. Die Episode mit Sylvain Leclair und Frédèric Molineu mochte er nicht wieder Revue passieren lassen, nur: Wie sollte er Jeannette vergessen, wenn er sich nicht in Erinnerung rief, wie quälend das damalige Abendessen gewesen war und wie kläglich sie dabei versagt hatte, für ihn in die Bresche zu springen? Sie hatte sich in eine klebrige Substanz verwandelt, die sich in seinem Gehirn festgesetzt hatte. Faruq hätte es als verbotene Liebe eingestuft oder mit einem anderen Klischee etikettiert, aber das traf nicht zu, im Gegenteil. Jede Einordnung glich einem wegrutschenden Stück

Eis, sie traf nicht zu, und darunter verbarg sich Jeannette, rätselhaft und unerklärlich. Das Haus in Montpellier drang immer wieder bis in die Gegenwart vor – vermutlich sagte man deshalb, Liebende seien verrückt. Wenn man alles verlor, was einen mit einem bestimmten Ort verband, dann wusste man auch nicht mehr, ob das, was sich dort zugetragen hatte, real gewesen war. Er hatte keine Fotos von Montpellier. Er hatte nur den Mantel, den er dort gekauft hatte, den französischen Hut, seine Anzüge und Krawatten.

Teta drehte ihr Stück Stoff andersherum und zog einen Faden straff. Sie leckte an einem Finger und zupfte einen neuen aus dem Knäuel.

Nablus war der Ort, an dem er Pflichten hatte. Er stand in der Schuld seines Vaters und musste schon allein deshalb heiraten. Diese Schuld hatte er bereits vor der Geburt auf sich geladen. Sein Vater verließ sich darauf, dass sich seine Fürsorge eines Tages auszahlen würde. Man konnte Familienbande natürlich für unbedeutend halten, aber wie Jamil gesagt hatte, waren sie unter dem Strich doch das Allerwichtigste.

Die Dunkelheit erfüllte die Fenster, das Feuer brannte heller. Midhat hörte auf nachzudenken, als sich die Flamme in einem Winkel seines Blickfelds herauskristallisierte, ein Spiel aus der Kindheit, dem er sich reflexartig hingab. Wenn er direkt in das Feuer schaute, verschwammen die Ränder; das Spiel bestand darin, die Flamme mit dem Blick einzufangen, wenn sie am deutlichsten zu erkennen war, ein Spiel, das naturgemäß nie ein Ende fand.

»Du musst dich bald entscheiden, Midhat«, meinte Teta unvermittelt. Sie ließ das Strickzeug in ihren Schoß fallen. »Du kannst nicht untätig bleiben.« Ihre Stimme wurde höher. »Du kannst der Entscheidung nicht ausweichen. Denn wir müssten ein anderes Mädchen finden, und dann könnte es zu spät sein. Zu spät!«

»Du hast mich vor gerade mal einem Tag gefragt, Teta.«

Sie nahm den Stoff wieder zur Hand, zog die Augenbrauen hoch, als sie die Nadel anschaute, und erwiderte milde: »Du bist ein dummer, dummer Junge.«

»Das ist frech«, sagte Midhat. »Du tust so, als hätte ich eine Wahl, aber ich habe keine Wahl. Absolut keine. Weil du die Sache schon beschlossen hast.«

»Für wen hältst du dich?« Sie neigte den Kopf zur Seite. »Du erscheinst hier mit all deinen … Kleidern – wer hat denn deiner Meinung nach dafür bezahlt?«

Sie zeigte auf die Jacke, die auf dem Fußschemel lag. Ein Seidentuch hing aus einer Tasche. Midhat sah zum Fenster.

»Ich biete dir eine sehr gute Wahl«, sagte Teta. »Warum das ganze Trara?«

Sie stand auf, und irgendetwas flog durch das Zimmer. Sie hatte ihr Strickzeug auf das Sofa geworfen.

»Mir reicht's. Tu, was du nicht lassen kannst. Fatima Hammad wird ihren Cousin heiraten, dein Vater wird dich enterben, und dann wirst du es bitter bereuen – und allein sein oder eine dumme Kuh zur Frau haben, die dir keine Kinder schenkt.«

Sie bückte sich nach dem Strickzeug, knallte die Tür hinter sich zu und ließ Midhat im halbdunklen Zimmer allein. Sein Atem ging schwer. Er richtete den Blick auf den verschwommenen Rand der Flamme.

Der nächste Tag war ein Donnerstag. Der Morgen hellte sich auf, während sich der Khan mit Menschen füllte und die Händler benachbarter Läden ihre Stühle nebeneinanderstellten, um zu plaudern. Ein paar Kunden betasteten die Stoffe, aber die meisten wollten nichts kaufen, sondern schwatzen. Während die Händler Geschichten austauschten, hielt Midhat auf der Durchfahrtsstraße Ausschau nach verschleierten Gestalten.

»Wenn er redet, weißt du, dann glaubt er tatsächlich, diese Dinge getan zu haben. Nach der Ankunft in Alexandria, sagt er, habe er …«

»Ich erinnere mich an die Geschichte.«

»Er hat diesen Soldaten am Strand entdeckt.«

»Ja, jetzt weiß ich es wieder.«

»Sein Auge quoll aus der … aus seiner …« Der Erzähler musste lachen und schlug sich auf das Knie.

»Aus der Augenhöhle.«

»Und er hat es wieder hinein…«

»Er hat es wieder hineingedrückt!«

Der andere Mann holte pfeifend Luft, dann hustete er.

»Gibt es noch Kaffee, *ammo*?«

»Einen Augenblick«, sagte Midhat.

Er füllte die Kaffeekanne am Wasserhahn, und als er ein Streichholz anriss, um das Gas zu entfachen, gab er sich automatisch der Phantasie hin, jemand renne durch den Khan und rufe seinen Namen.

In Paris hatte Faruq die Idee entwickelt, die Ehe schnüre der Romantik die Luft ab, sei also nicht der wahre Ort für romantische Liebe. Er destillierte diverse Theorien aus seiner Lektüre heraus. Als er Midhat diese unterbreitete, lag er in Saint Germain auf dem Sofa, die bloßen Füße auf die Armlehne und den Kopf auf eine Hand gebettet – die stilisierte Pose ruhender Araberinnen auf gewissen westlichen Fotografien. Je größer die äußeren Hindernisse, sagte er, desto tiefer die wahre Liebe. Sie werde rein – und das sei natürlich nicht die Liebe zur Ehegattin, sondern die zu einer anderen Frau. Je drastischer die Verbote, desto reicher das Innenleben. Damals hatte Midhat nur genickt und versucht, sich die Worte einzuprägen, weil er verzweifelt nach Prinzipien suchte, die einen Halt boten. In Nablus, im Laden der Kamals, die Kaffeekanne in der einen und mehrere Tassen in der anderen Hand, hatte er jedoch das

Gefühl, dass Faruq das Leben durch seine Theorien viel zu stark vereinfacht hatte. Wie kam es, dass sein unerschütterliches Vertrauen in Faruq auf einmal ins Wanken kam? Was hatte sich verändert? Lag es daran, dass er wieder in Palästina war? Oder daran, dass er mit einer echten Ehe konfrontiert war, anstatt in Phantasien zu schwelgen?

»Wer will Kaffee?«, fragte er in die Runde. Alle meldeten sich.

Jeder dieser Männer führte eine Ehe. Einige waren geschieden und hatten zwei, drei Mal neu geheiratet. Der Mann, der die Geschichte mit dem Auge erzählt hatte, er trug den Spitznamen »Abu Islam«, hatte eine Christin aus dem Osten von Nablus geheiratet, der Beweis für eine Liebesheirat, wie er eindeutiger nicht sein konnte.

Als er die erste Tasse einschenkte, fragte sich Midhat, ob es möglich wäre, sich seinem Vater zu widersetzen und zugleich dessen Forderungen zu erfüllen. Die Geheimnisse seiner Zeit in Frankreich, die Freuden, aber auch die Scham, ausgelöst durch ein dramatisches Erlebnis, das ihn veranlasst hatte, von dem Lebensweg abzuweichen, den sein Vater für ihn vorgesehen hatte, nach anderen Vorbildern zu suchen und Geschichte anstelle von Medizin zu studieren, sodass er nicht wusste, wie man Krankheiten kurierte, aber bestens über die Historie Westeuropas informiert war – all das entwickelte jetzt eine Eigendynamik, und was er in sich verschloss, wurde zu einer Kraftquelle. Dass viele Erlebnisse schmerzhaft gewesen waren, tat nichts zur Sache. Vielleicht würde sein Nachgeben erträglicher sein, weil es poetisch wäre, dann wäre das Verdrängen der Vergangenheit eine Tugend.

Der Rest des Tages verlief normal. Die Händler packten ihre Waren ein und verschlossen die Stände. Midhat verriegelte gerade die grüne Tür, als tatsächlich jemand durch den Khan lief und seinen Namen rief.

»Midhat! Midhaaat!«

Tahsin Kamal, seine Hosenbeine rutschten beim Laufen über den Knien auf und ab.

»Komm her, mein Freund. Im Sheikh Qassem ist ein *rawi.*«

Midhat zuckte die Schultern und befestigte das Vorhängeschloss.

»Komm her, schnell!«

»Warte kurz, ich komme. Welche Geschichte erzählt er denn?«

»Das hören wir dann ja.«

Sie gingen nicht als Einzige zum Sheikh Qassem, schon bald befanden sie sich in einer nickenden Menge. Kufiyas baumelten von den Köpfen der Fellachen, die älteren Männer trugen lange Hemden und Gürtel über dem wabbeligen Bauch, die jüngeren hatten ihre Haare mit billiger Vaseline nach hinten gekämmt. Drei Schuhputzjungen mit schmutzigem Fez trugen ihre Ausrüstung unter den Armen und brüllten einander an wie kleine Erwachsene. Ein alter Fellache mit rotem Kopftuch und viel zu großem Anzug schenkte Midhat ein zahnloses Lächeln und zeigte mit krummen Fingern auf das Café.

Im Sheikh Qassem war es dunkel und voll. Ein Kreis von Lampen in einer Ecke zeigte den Platz des *rawi* an. Neben ihm saß ein Qanun-Spieler, und man hatte die Tische verschoben, um Raum für eine kleine Bühne zu schaffen. Hinter den beiden stand ein stummes Grammophon mit einem Trichter wie eine riesige schwarze Lilie. Der *rawi* unterhielt sich mit ein paar in der Nähe sitzenden Gästen, während der Musiker das im Schoß liegende Instrument stimmte. Tahsin lehnte den Kopf gegen die hintere Wand und zog ein Gesicht: Wann fangen sie endlich an? Die Männer aus den wichtigen Familien hatten die Stühle besetzt. Midhat entdeckte Abdallah Atwan neben dem Fenster, eine Hand auf der Schulter seines jungen Sohnes, und einige Tische weiter erblickte er Jamils breiten Rücken. Er glitt zwischen den Tischen durch, um seinen Cousin mit einem Kuss zu begrüßen. Inzwischen sangen ein paar Leute zur vertrauten Melodie der Qanun mit, kamen aber manchmal aus dem Takt. Der *rawi* sah auf: Ein kleiner Junge mit Trommel war soeben eingetreten. Der Qanun-Spieler zog einen dritten Stuhl heran, und als sich der Junge auf den Sitz hievte, schaute der Dichter mit geübter Miene ins Publikum. Alle verstummten, und er summte, wobei er den Kopf hin und her bewegte. Die Töne der Qanun umwogten seine Stimme wie Wasser. Männer johlten und pfiffen.

»*Abu Zayd al-Hilali*«, sang er. »*Ana sa-akul lakum Bani Hilal, Abu Zayd al-Hilali.*«

Die Qanun verstummte, der kleine Junge ließ die Finger sachte über die Trommel fliegen. Der Dichter begann:

»Im Namen Gottes, des Allmächtigen, erzähle ich die Geschichte des arabischen Stammes Benu Hilal. Zu der Zeit von Sultan Sarhad war Rizq, der Mutige, Sohn des Nayil, ihr mächtigster Krieger. Rizq, der Mutige, hatte acht Frauen, und er hatte viele Töchter gezeugt. Aber keine seiner acht Frauen hatte ihm einen Sohn geschenkt. Die Sorge in seiner Seele wuchs, und er begann zu singen:

Ah-ah-ah, Schicksal, Welt und Bestimmung,
alles, was ich gesehen habe, soll verfliegen.
Reich bin ich, o Männer, doch fehlt mir ein Erbe,
und Reichtum ohne Erbe muss versiegen.

»Jamil«, flüsterte Midhat. »Können wir reden?«

Sein Cousin zog an der Pfeife und nickte. Sie drückten sich hinten an der Wand entlang, und die Jungen in der Tür wichen aus, um sie durchzulassen. Draußen schwand das Licht am Himmel.

»Stimmt was nicht?« Jamil warf einen Blick durch die

zerkratzte Scheibe, die die Lampen im Café in gelbe Kreise verwandelte.

»Wo soll ich anfangen? Ich muss dir etwas erzählen.«

Die Stimme des *rawi* wurde schriller: *Ein dunkler Vogel flog aus der Ferne auf sie zu.*

»Das ist Abu Zayd!«, rief jemand, und die Leute klatschten.

Ein dunkler Vogel … (»*Ayyywa!*« »*Allah.*«) *… furchterregend anzuschauen …*

»Bitte behalte das für dich, ja?«, sagte Midhat. »Meine Großmutter will, dass ich Fatima Hammad heirate. Die Tochter von Hāddsch Nimr. Er ist ein Richter und war im letzten Jahr Bürgermeister.«

»Ich weiß, wer er ist.«

»Teta hat das Mädchen und die Mutter zu uns eingeladen und mir die beiden durch das Schlüsselloch der Wohnzimmertür gezeigt.«

Jamil lehnte sich mit der Schulter gegen die Mauer. »Kaum zu glauben, Midhat. Und wie … ich meine … wie sah sie aus?«

»Ihr Gesicht war … tja, sie sah aus wie der Mond.« Er lachte über das Klischee, wie er es im Beisein Faruqs getan hätte, und bemerkte das verständnislose Lächeln seines Cousins. Wieder zeigte sich eine Kluft zwischen ihnen.

»Ein Gesicht wie der Mond«, wiederholte er und schaute auf die dunkle Straße, wo eine einsame Gestalt zum Westfriedhof ging.

Natürlich würde Jamil nicht lachen; die Franzosen hielten gewisse Wendungen für Klischees, aber in Nablus gab es dergleichen nicht; es gab nur eine öffentliche Wahrnehmung für das Verhalten, wie eine gemeinsame Währung.

Und Khadra rief, ertönte die Stimme des rawi, *o wie schön du bist, o Vogel, und wie schön ist deine Dunkelheit …*

»Teta wollte mich zu einem Zauber überreden. Ich habe abgelehnt.«

»Du glaubst nicht daran?«, fragte Jamil. »Tja, ich wohl auch nicht. Andererseits kann es nicht schaden.«

Ein musikalisches Interludium begann, unterlegt mit zarten Trommelschlägen.

»Pass auf«, sagte Jamil, »ich weiß, dass du von dieser Französin besessen bist, aber das darf dich nicht aufhalten. Ich meine – Fatima Hammad? Wenn du *das* hinbekommst …«

Jamil verschränkte die Arme, und Midhat betrachtete das verschlossene Gesicht seines Cousins von der Seite. Jamil war fast ein Jahr älter als Midhat, deshalb hatte er in der Kindheit generell die Oberhand behalten. Er war nicht nur in der Schule weiter gewesen, sondern hatte stets längere Arme und Beine und mehr Kraft gehabt. Wenn sie mit Stöcken gefochten hatten, war er meist der Sieger gewesen und hatte Midhat mit der Spitze auf dem Boden festgenagelt. Inzwischen hatten sich die Unterschiede eingeebnet, und sie waren mehr oder weniger gleich groß; Midhat horchte trotzdem auf den Tonfall seines Cousins. War es Verachtung oder Bewunderung, die ihn sagen ließ: »Wenn du *das* hinbekommst …«? Er hatte Jamil mit seinen Geschichten aus Frankreich beeindruckt, das war offenkundig.

»Ich habe ihr geschrieben«, gestand er nach einer Weile. »Der Französin.«

»*Wallah*?«

»*Wallah*. Aber sie hat nie geantwortet.«

Die Augen des *rawi*, der auf den Höhepunkt zusteuerte, wurden immer größer. Aus den Nargila-Pfeifen stiegen Rauchsäulen auf.

»Ich habe das Gefühl …«, sagte Midhat.

»Welches, *habibi*?«

»Ich weiß auch nicht.« Er vergrub das Gesicht in den Händen. »Soll ich das wirklich machen? Was meinst du? Mit dem Hammad-Mädchen?«

»Machst du Witze?«, erwiderte Jamil. »Unbedingt.«

Im Café rief jemand: »Du kannst ihn doch nicht im Kerker schmachten lassen!«

Ein junger Mann warf einen Stuhl um. Andere sprangen auf. Manche schauten amüsiert drein, andere wütend. Tahsin Kamal trat in die Tür, straffte die Krawatte und blies die Wangen auf.

»Was ist denn los?«, fragte Midhat.

»Alle sind wütend, weil Abu Zayd verhaftet wurde.«

»Das kommt doch erst viel später. Warum greift er in der Geschichte so weit vor?«

Tahsin zuckte die Schultern. »Tja, sie sind jedenfalls wütend.«

Midhat ging ins Café und sah, wie der *rawi* die Hände schwenkte. Eine hielt eine Flöte.

»Wartet!«, rief er. »Wartet noch, ich erzähle zu Ende. Einen Augenblick, bitte setzt euch alle wieder.«

»Schau dir mal Hāddsch Abdallah an«, sagte Jamil.

Hāddsch Abdallah Atwan stand ganz hinten neben dem Fenster. Er hatte eine Hand auf den Kopf seines Sohnes gelegt und reckte die andere, zur Faust geballt, gegen den *rawi* und brüllte.

»Er hat seinen Sohn bei sich«, sagte Midhat.

»Ich weiß. Er macht mir manchmal Angst.«

Den Männern, die aufgestanden waren, stand der Sinn nach Gewalt. Dann spielte der *rawi* wieder auf der Flöte, und die Spannung löste sich. Die Männer setzten sich, manche applaudierten, damit der Dichter die nächsten Verse deklamierte, in denen man Abu Zayd aus dem Kerker entließ.

6

Als Häddsch Hassan 1918 aus dem Exil zurückkehrte, musste er feststellen, dass seine Ländereien im Jordantal, seine zwanzigtausend mit Weizen bepflanzten Dunums, verheert worden waren. Die Ernte fiel komplett aus. Sein Cousin, Häddsch Nimr, vermutete, dass es entweder Vandalen oder aus dem Krieg heimgekehrte, kriminelle Infanteristen gewesen waren. Doch dagegen war nichts zu machen: Obwohl noch kein neues Justizsystem etabliert worden war, hinderten die Briten die islamischen Gerichte daran, über Landfragen zu urteilen. Hassan versank in Zawata in einer Depression, während seine Frau den lieben langen Tag die Oud spielte, die er ihr geschenkt hatte.

Ein Jahr später, im November 1919, erschien ein Vertreter des Jüdischen Nationalfonds und bot ihm neunzigtausend Pfund für das Land. Das war eine exorbitant hohe Summe, aber Hassan lehnte ab. Die britische Militärregierung hatte das Grundbuchamt geschlossen, und er wusste, dass Geschäfte dieser Art illegal waren. Doch kaum war das Verbot aufgehoben, nahm er den Verkauf in Angriff. Er verhandelte mit dem Patriarchen der römischen Kirche in Jerusalem. Sie einigten sich auf viertausend Pfund.

»Das war die richtige Entscheidung«, sagte Häddsch Nimr.

Sie saßen mit dem neuen Bürgermeister, Abu Omar Jawhari, oben im Besprechungszimmer seines Hauses. Die Bäume, die im Obstgarten schwankten, ließen den Sonnenschein über den Fußboden tanzen.

Die Sitzflächen der Stühle waren so schräg, dass man entweder auf der Kante sitzen oder sich weit zurücklehnen musste. Hassan, links von Nimr, lehnte sich zurück. Seine weite, cremefarbene Jacke erweckte den Eindruck, dass er abgenommen hatte, sein kurzer Bart war weiß wie Salz. Mit dem geraden Fez, dem trägen Blinzeln und der furchtsam bebenden Unterlippe strahlte er sogar im Sitzen eine gewisse Theatralik aus. Ihm gegenüber, rechts von Nimr, schwenkte Abu Omar Jawhari eine Gebetskette. Der fast fünfzigjährige, drahtige Mann hatte viel mehr von einem Bürokraten als die anderen: breites Gesicht, runde Brille, enger Wollanzug.

Widad brachte ein Tablett mit Gläsern und Orangensaft, den Nimr einschenkte. Seine Frau flüsterte: »Zuerst alle Gläser füllen. Danach herumreichen.« Nimr scheuchte sie fort, und als sie ging, reichte er Hassan das erste Glas.

Abu Omar sagte: »Das passiert gerade oft, wisst ihr, dass Leute ihr Land an Juden verkaufen. Aber was soll man machen, wenn man in Beirut festsitzt, neuerdings gibt es ja eine Grenze …«

»*Ya*, das ist eine schwierige Frage. Wenn man wie Hassan tickt, dann verkauft man natürlich«, sagte Nimr.

»Ich habe nicht an die Juden verkauft.«

»*Ya*, ich weiß, ich meinte ja nur, dass du es hättest tun können. Und dann bekommen wir Probleme mit den Fellachen, weil sie kein Land haben, *yaani*. Dieser Colonel Hubbard hat auch mich aufgesucht …« Er schenkte ein zweites Glas ein.

Abu Omar, der es nicht duldete, dass man sein Licht in den Schatten stellte, sagte: »Bei mir war er auch. Ich habe zu ihm gesagt, dass wir Gerichte brauchen, die darüber befinden.« Er verdrehte die Augen. »Er wollte nicht auf mich hören.«

»Sie hören nicht auf uns, wohl wahr«, sagte Nimr und reichte Abu Omar das nächste Glas. »Jerusalem wurde von den Briten zur Hauptstadt erklärt. Das ist sowieso ein lokaler

Brauch, das wurde nicht in Gesetze gegossen. Die Leute finden es immer wichtiger, dass etwas schriftlich fixiert wird, nicht nur die Briten. Wie Ibn Abidin sagt ...«

»So viel zu Ibn Abidin«, sagte Abu Omar.

»Er war ein Genie. Lokale Bräuche müssen berücksichtigt werden, andernfalls leiden die Leute. Wir brauchen eine Balance zwischen Gesetzestext und gelebtem Brauch.«

Abu Omar schüttelte den Kopf und trank einen Schluck. Auf seiner Oberlippe blieb ein kleiner oranger Rand zurück, den er mit dem Zeigefinger der Hand abwischte, in der er die Gebetskette hielt. »Da liegt der Hase im Pfeffer. Philosophie und Theologie haben sich so stark vermischt, dass inzwischen sogar die Kuttab-Schulen infiziert sind. Junge Muslime werden an diesen Werkzeugen des – *yaani* – Unglaubens ausgebildet.« Die Perlen klackerten in seinen Fingern.

»Wisst ihr was?«, sagte Nimr, der nach dem dritten Glas griff. »Letzte Woche hatte ich mit einem Fall zu tun, in dem es um ein Pferd ging. Der Kläger war ein Bauer aus der Nähe von Sebastia, den Namen des Dorfes weiß ich nicht mehr. Er verkaufte eine Stute an einen Stammkunden, der Handel wurde geschlossen, der Kunde erwarb die Stute für soundso viel Pfund, und alle waren glücklich. Aber dann, ein paar Wochen später, ist der Bauer wegen der Ernte in Nablus. Und wen sieht er, als er am Zwiebelmarkt vorbeigeht? Natürlich den Kunden, der die Stute gekauft hatte. Und der Kunde sagt strahlend: Vielen, vielen Dank für die Stute, *ya muallim*, ich bin ja so froh. Sie hat gestern ein Fohlen geworfen, die Geburt verlief gut, und das Fohlen ist kerngesund.«

Nimr stellte sein Glas auf das Tablett, und Abu Omar lachte kurz auf.

»Wir haben es also mit zwei Dummköpfen zu tun. Einmal mit dem Bauern, der nicht gemerkt hatte, dass die Stute trächtig war. Vielleicht glaubte er, sie wäre fett. Und mit dem

Kunden, der nicht ahnte, wie sehr es den Bauern fuchsen würde, eine trächtige Stute verkauft zu haben … *yaani* … zwei Pferde zum Preis für eines. Der Bauer ist natürlich verärgert und verlangt eine Extrasumme für das zweite Pferd, das unwissentlich im Kauf enthalten war. Der Kunde, so meint er, könne das zweite Pferd natürlich auch zurückgeben. Und was geschieht? Der Kunde lehnt rundheraus ab, das Pferd gehöre ihm, es sei ihm *fair and square* verkauft worden, rechtmäßig. Und der Bauer erwidert, wenn man zurückrechne, müsse die Stute geschwängert worden sein, als sie noch ihm gehört habe, sicher von einem seiner Hengste, der Nachwuchs gehöre also ihm, und so weiter und so fort.

Wenn man ein paar idiotische Aspekte außer Acht lässt, ist das ein durchaus interessanter Fall. Kann man ein Pferd sein Eigen nennen, das noch nicht geboren wurde? Denkt daran, dass ich die Aufgabe habe, die gerechteste Lösung zu finden. Und worin besteht die höchste Gerechtigkeit? Doch wohl darin, das Leben der Menschen zu erleichtern. Das kann man natürlich nicht so einfach bemessen, denn wer wollte behaupten, dass der Verkäufer durch den Verlust des Pferdes, von dem er verspätet erfuhr, nicht tief betroffen wäre? Wer kennt schon die Umstände? Vielleicht ist seine Tochter krank, vielleicht will er sie in Jerusalem privat behandeln lassen. Selbstverständlich gibt es zig Bedürfnisse, die man bis zu einem gewissen Grad berücksichtigen muss. Und deshalb, Abu Omar, wirft ein solcher Fall sowohl eine *moralische* als auch eine *logische* Frage auf. Die Logik lässt sich nicht vom Leben trennen, und wir leben gemäß der Philosophie, ob wir nun Philosophen sind oder nicht.«

»Und dein Urteil?«, fragte Hāddsch Hassan. »In dem Fall mit dem Pferd?«

»Ich verstehe den Verkäufer durchaus«, sagte Abu Omar, dessen Brillengläser wie Spiegel glänzten, als er den Kopf neigte. »Aber wie sollte man das Problem auf Landverkäufe anwenden? Nehmen wir an, ein Verpächter, der in Beirut sitzt, will seine Ländereien in Galiläa verkaufen, weil er wegen der neuen Grenze nicht an die Pachteinnahmen kommt. Und nehmen wir an, der Käufer schert sich einen Dreck um die Fellachen. Was würde Ibn Abidin dazu sagen? Im Koran heißt es ja, Eigentümer sei jener, der den Pflug führt? Ich will damit sagen, dass es unterschiedliche Arten von Logik gibt, und wenn man Geschichten erzählt, kann man sich darin verirren und die Wahrheit aus den Augen verlieren. Und die Sache mit dem Pferd ... die könnte man auf fünfzig verschiedene Arten bewerten, ja, man könnte die Details so verdrehen, dass zig Argumente dabei herauskämen.«

Hāddsch Nimr sog die Unterlippe ein, trank einen Schluck und atmete dann, den Orangensaft betrachtend, scharf durch die Zähne aus. »Immerhin hat es dir meine Argumentation verständlich gemacht. Es ist also eine vernünftige Denkweise.«

»Wie lautete dein Urteil noch gleich? Im Falle des Pferdes und seines Fohlens?«

Hāddsch Nimr wollte gerade antworten, da hallten Schritte auf der Treppe, und als er sich umdrehte, sah er das verschleierte Gesicht Widad Hammads in der Tür.

»Du hast Besuch, Abu Burhan.«

Hāddsch Nimr erhob sich, und dann trat ein blasser junger Mann ein. Er trug einen schmal geschnittenen, marineblauen Anzug und einen dunkelroten Fez. Er hatte dichtes schwarzes Haar und große, leuchtend grüne Augen und, obwohl es draußen frisch war, deutlich sichtbare Schweißperlen auf der Stirn. Er hielt seinen Spazierstock etwas ungelenk, die Spitze hing dicht über dem Fußboden, als wüsste er nicht, ob er ihn tragen oder sich darauf stützen sollte. Er blickte die anderen Männer an und verbeugte sich dann abrupt.

»*Al-salamu alekum*. Ich bin Midhat Kamal.«

»*Wa alekum al-salam*«, murmelten alle.

»Nimr Hammad«, sagte Nimr und ergriff die Hand des Besuchers. »Möchten Sie etwas Orangensaft? Widad! Bitte bring uns noch ein Glas. Und mehr Saft. Nehmen Sie bitte Platz.«

Midhat hatte die anderen beiden Männer schon erkannt: Da saßen der Bürgermeister, Omar Jahwari, und der berühmte Hāddsch Hassan Hammad. Er hatte schon seinen gesamten Mut für den Besuch bei Hāddsch Nimr aufbringen müssen, doch der Anblick der anderen Gäste überwältigte ihn regelrecht. Er hätte jetzt gern seinen Vater an seiner Seite gehabt.

»Ich bin der Sohn von Hāddsch Taher Kamal«, begann er, und als er sich setzte, bereute er das sogleich, weil Hāddsch Nimr noch stand. »Der Enkel von Muhammad Kamal.« Er wandte sich auf dem Stuhl um, weil er die Worte an Nimr richten wollte, der noch vor der Tür stand und auf Glas und Saft wartete, aber dann verkündete er der ganzen Runde: »Mein Vater besitzt das Geschäft Kamal im Khan und ein zweites in Kairo. Ich bin vor Kurzem aus Frankreich zurückgekehrt, aus Paris, wo ich Medizin, Philosophie und Geschichte studiert habe.«

Abu Omar Jahwari sah Hassan an, als wollte er sagen: nicht schlecht. Midhat spannte die Beinmuskeln an, um das Zittern zu stoppen.

»Ich kenne Ihren Vater«, sagte Hāddsch Hassan. »Wir sind Freunde. Hāddsch Taher gehört zu den Gründern des städtischen Krankenhauses, Abu Omar.« Er drehte sich wieder zu Midhat um. »Er war mir während des Krieges behilflich.«

»Ah, ja?«, sagte Midhat. Die Neuigkeit, dass es eine Verbindung zwischen ihren Familien gab, hätte ihn eigentlich ermutigen müssen; aber da er über diese Episode nicht im Bilde war und weil sich niemand anschickte, sie genauer zu erklären, war er verwirrt. Und so beschämt, als hätte er soeben offenbart, dass er seinem Vater nicht besonders nahestand. Schweigen trat ein. Er wandte sich an Nimr. »Ich möchte Sie bitten … wäre es möglich, Sie unter vier Augen zu sprechen?«

»Aber ja, natürlich.« Nimr warf einen Blick zur Tür. »Folgen Sie mir bitte.«

Als Midhat aufstand, schenkte sich Abu Omar den letzten Rest Orangensaft ein und hielt das Glas ins Licht.

Nimr führte ihn in ein feuchtwarmes, kleines Zimmer mit Deckenschräge. Das Fenster ging hinaus auf die Straße, und Midhat sah auf die ovale Eingangstreppe hinab, die er gerade erklommen hatte.

Hāddsch Nimr faltete die Hände. Midhat stellte fest, dass er Fatima ähnlich sah. Die Augen, die Lippen. Er holte tief Luft.

»Ich möchte um die Hand Ihrer Tochter anhalten.«

Nimrs Miene blieb unverändert. Die Augenbrauen hoben sich langsam.

»Ah. Leider muss ich ablehnen.«

Midhat senkte den Blick und bemühte sich um eine neutrale Miene. Er war rasant gescheitert. Auf einmal schien er wie in Zeitlupe zu denken. Von unten drangen Küchengeräusche und Frauenstimmen herauf, und als er den Blick hob, sah Hāddsch Nimr ihn immer noch an. Er musste leider ablehnen. »Wenn du das hinbekommst«, hatte Jamil im Hinblick auf Fatima gesagt. Diese Worte, aufgeladen mit neuer Bedeutung, hallten in Midhats Ohren nach. Schließlich brachte er hervor: »Ich verstehe.« Seine Stimme klang sehr ruhig.

Hāddsch Nimr brummte freundlich, dann lächelte er. »Ich danke Ihnen für den Besuch. Ein Glas Saft?«

»Nein. Danke. Danke, dass Sie sich die Zeit genommen haben.«

Midhat wäre die Treppe am liebsten hinuntergestürmt. Er verbeugte sich aber vor Nimrs Frau und starrte, als sie die Haustür öffnete, ihre Hand an; eine zarte Hand mit feinen Falten und spitzen, polierten Nägeln. Erst auf der Straße gab er seinem Impuls nach und rannte los.

Eine Person sah, wie er dahinflitzte und als ein Auto vorbeifuhr wankend am Straßenrand stehen blieb, dann die Straße überquerte. Diese Person befand sich ganz oben im Haus, sie saß im dritten dreier Bogenfenster und verteilte Olivenöl mit einem winzigen Pinsel in eine Schale mit pulverisiertem Kajal. Nuzha, die Schwester dieser Person, tupfte sich halb auf einem der Betten liegend weißliche Creme auf die Wangen.

»Was ist da draußen?« Nuzah blickte in einen Taschenspiegel und zog ein übertrieben trauriges Gesicht, um die Haut unter ihren Augen zu straffen.

»Nichts«, sagte Fatima.

Die Gestalt verschwand, um hinter einer Pergola wieder aufzutauchen. Dann rannte sie los, eine Hand auf den Fez gedrückt.

7

Midhat rannte bergauf. Als die Straße steiler wurde, verließ ihn der Schwung, und er trabte. Er hatte es versucht, hatte ihrem Wunsch entsprochen. Nablus war der falsche Ort für ihn. Das Leben hier, seine Gesetze, das war nichts für ihn. Er drosselte den Schritt und kickte einen Kieselstein weg. Teta würde das natürlich anders sehen.

»Ist doch nicht meine Schuld«, sagte er laut. »Der Mann ist ein Snob. Was kann ich dafür, dass sie ihren Cousin heiraten soll? Ich mache ihr einen Antrag, obwohl sie längst verlobt ist? Teta, ich kann nichts ... Genau genommen bist *du* schuld daran ...«

Eine dunkle Silhouette erschien oben auf dem Berg vor dem halb dunklen Himmel. Es hätte die eines Baumes sein können, aber sie bewegte sich. Midhat tauchte aus einem Dickicht auf und erblickte die Gestalt noch einmal, dann wurde sie vom Berg verschluckt. Das Licht schwand. Midhat beschleunigte seine Schritte.

»Midhat!«, rief jemand hinter ihm. »Warte, Midhat!«

»Jamil?«

»Ja, ja, ich bin's.« Jamils große Gestalt näherte sich von hinten. »Warum rennst du denn so?« Er lachte und sprintete dann los, um Midhat einzuholen. »Fürchtest du dich?«

»Nein.«

»*Ça va?*«

»*Ça va bien.*«

»Du siehst aber nicht gut aus.«

Midhat rümpfte die Nase. »Ich habe da oben jemanden gesehen«, sagte er schließlich. »Mit einem buschigen Bart.«

»Das war wohl der Bruder der Jungfrauen.«

»Wer ist das?«

»Ein Priester. Er sitzt gern ein bisschen abseits und bleibt für sich. Ziemlich sonderbar.«

»Ist er Franzose?«

»Kann sein. Warum?«

»Ich habe einen bärtigen Franzosen in der samaritanischen Synagoge gesehen.«

»In der Synagoge … Was hattest du dort zu suchen?«

»Er hat etwas studiert, glaube ich. Eine Seite oder ein Buch.«

»Ich wollte wissen, was *du* dort gemacht hast.«

Midhat zögerte. »Habe ich doch schon erzählt. Teta wollte einen Zauber.«

Jamil schwieg dazu. Midhat überlegte, ob er von seinem Besuch bei Hāddsch Nimr erzählen sollte. Er wusste nicht, ob er den Spott von Jamil ertragen würde.

»Weißt du was?«, sagte Jamil und bückte sich nach einem Stock am Straßenrand. »Sie heiratet ihn.«

Midhat brauchte eine Weile, um zu begreifen, dass er Yasser meinte. Ihm wurde flau. »Wie?«

»Sie haben schon im Buch unterzeichnet.«

Midhat blieb stehen. Jamil lachte schallend, und Midhat wartete darauf, dass er verstummte. Schließlich quetschte Jamil hervor: »War nur ein Scherz.« Er holte aus und warf den Stock auf den Hang. Midhats Entsetzen schien er nicht zu bemerken. »Vermutlich verscherbeln die Samaritaner ihre alten Bücher. Sie verkaufen die Schwarten an Fremde.«

»Und wieso?«

»Weil sie Geld brauchen, *habibi*, was sonst? Wir leben in harten Zeiten. Ach, übrigens, ich wollte dir sagen …«

»Du wolltest mir sagen, dass die Samaritaner Geld von Fremden nehmen?«

»Nein – ich arbeite jetzt auf dem Khan im Teppichladen.«

»Ah, wie schön«, sagte Midhat. »Dann können wir zusammen mittagessen.«

»Mein Vater hält es wie deiner. Ich muss ein Jahr dortbleiben, und dann werde ich befördert und darf in das Kontor. Jetzt habe ich den ganzen Tag mit Teppichen zu tun. Ist interessant.« Er klang nicht überzeugt.

Sie umrundeten die Biegung und hatten plötzlich einen viel weiteren Blick. Der französische Priester ging auf einem Pfad bergab, der von der Straße abzweigte. Er hob sein Ordensgewand, als er über die Felsen kletterte, und als er auf die Straße trat, öffnete er die Tasche, die über seiner Schulter hing, und tat ein Buch hinein. Er wirkte größer und breiter als in der Synagoge. Als er auf sie zuging, flog sein Gewand vor den Schuhen auf.

»*Bonjour*«, sagte Midhat.

Zu seiner Überraschung blieb der Priester stehen. »*Bonjour.*«

Die jungen Männer hielten ebenfalls mitten auf der Straße.

»Das ist mein Cousin«, sagte Midhat auf Französisch. »Jamil Kamal.«

»*Fursa saida.*« Der Priester neigte den Kopf. »Père Antoine.« Er hielt ihnen zur Begrüßung eine Hand hin.

»*Fursa saida*«, erwiderte Jamil.

Midhat betrachtete den Stift in der Hand von Père Antoine und fuhr auf Französisch fort: »Schreiben Sie?«

Der Priester musterte ihn. Seine Augäpfel schimmerten rosig. Dann sagte er auf Arabisch: »Ich mache mir Notizen. Ich mache Recherchen.«

»Sie forschen?«

»Ich lehre an der L'École Biblique in Jerusalem.« Er schwieg kurz. »*Je suis professeur*. Aber zurzeit lehre ich nicht. Sind Sie Student?«

»Nein. Ich war einer. Jetzt arbeite ich … Wir arbeiten beide auf dem Markt.«

»Ah«, sagte Antoine und blinzelte. »Wie interessant.«

»Das ist nicht sehr interessant«, erwiderte Midhat sofort. »Ich würde sogar sagen, es ist ziemlich langweilig. Oder, Jamil? Ich finde es ziemlich blöd.«

»*Ganz* blöd ist es aber nun auch wieder nicht«, sagte Jamil auf Arabisch. Er schaute komisch drein.

»Ich meinte nur, dass es blöd ist, wenn jemand, der studiert hat, auf dem Markt arbeitet. Das ist ...«, Midhat zuckte die Schultern, »... irgendwie banal. Und besonders honorig ist es wohl auch nicht.«

Niemand schien zu wissen, was darauf zu erwidern war. Eine kräftige Brise ging durch das Gras auf dem Berghang. Alle schwiegen, und Midhat wusste, dass er für die Verlegenheit verantwortlich war. Der Priester machte Anstalten zu gehen.

»Schön, Sie kennengelernt zu haben«, sagte Jamil.

Auf dem Heimweg sprach keiner der jungen Männer ein Wort. Als sie kurz vor dem Haus durchs Unterholz gingen, sagte Jamil: »Ich habe mein Französisch fast vollständig vergessen, weißt du?«

»Wirklich?«

»Ja. Wenn man es nicht mehr spricht, scheint es einem komplett zu entfallen.«

Teta erwartete ihn in der Küche. In seinem Geständnis schob Midhat Hāddsch Nimr die Schuld in die Schuhe.

»Du bist wirklich ein Idiot«, sagte sie ungerührt. »Warum hast du mich nicht einfach machen lassen?«

»Meinst du den Zauber?«, entgegnete er. »Der wäre doch sinnlos gewesen! Er hätte Fatima gegolten, nicht ihrem *Vater*. Du hättest ein Haar von *seinem* Kopf stibitzen müssen.«

»Nun muss ich ein anderes Mädchen für dich suchen. Du bist unglaublich. Unglaublich! Du willst wohl, dass ich mich noch krumm und bucklig schufte.« Sie stampfte aus der Küche.

»Ich kann nichts dafür«, sagte Midhat, aber da war sie schon weg.

Als er im Bett lag, fragte er sich, ob Teta recht hatte. Ob Hāddsch Nimr ihm die Hand seiner Tochter gegeben hätte, wenn er sich auf den Zauber eingelassen hätte. Auf jeden Fall war das Thema der Heirat auch nach dem Reinfall bei den Hammads noch nicht abgehakt. Wenn nicht Fatima, dann ein anderes Mädchen. Am nächsten Morgen stand er früh auf und verschwand, bevor Teta aus den Federn kam.

Zu Hishams Erstaunen stürzte sich Midhat mit Feuereifer in die Buchführung. Er brütete vormittags und nachmittags über der Berechnung von Schulden und Darlehen, wenn auch nicht, um diese oder jene Aufgabe zu erledigen, sondern wegen des Gefühls, das auf die Arbeit folgte. Er sehnte sich danach, ausgepumpt zu sein, wollte die ekstatische Leere nach der tiefen Konzentration fühlen. Er wollte ein Körper sein, der nur arbeitete, sonst nichts, um ja nicht ins Grübeln zu kommen. An jenem Abend schlief er rasch ein und erwachte am nächsten Morgen in aller Frühe.

Drei Wochen verstrichen. So lange brauchte er, um zu lernen, wie man selbstständig die Buchhaltung machte. Er musste mehrere Dinge zugleich bedenken: die Zinsen der gewährten Darlehen und die Namen der Familien, die niedrigere Zinsen zahlten, weil man ihnen lange verbunden war; er musste auf ausstehende Bestellungen achten, die Arbeit des Schneiders verfolgen und stets im Blick haben, welche Materialien gerade knapp waren. Je besser er sich mit diesen Details auskannte, desto weniger Mühe und Konzentration kostete die Arbeit, und die Flauten, die gelegentlich eintraten, wurden gefährlich lang.

Teta erwähnte keine weiteren Heiratskandidatinnen, und Midhat schnitt das Thema nicht an. Er hatte Jamil noch nicht von dem Korb erzählt, den er bekommen hatte, und wenn er sah, wie sein Cousin mit langen Schritten auf den Laden zukam und sich suchend nach ihm umschaute, schützte er Schläfrigkeit vor. Er hatte auch den Eindruck, dass Jamil distanzierter war. Vielleicht aufgrund einer latenten Scheu, die sich der langen Trennung verdankte, aber Midhat hatte den Eindruck, dass ihre Gespräche seit dem Abend im Sheikh Qassem, als er seinem Cousin von Tetas Plänen erzählt hatte, banaler geworden waren. Deshalb zog er es vor, sein Innenleben zu verbergen. Sollte Jamil je fragen, dann würde er sagen, dass er noch nicht entschieden habe, ob er mit Hāddsch Nimr reden wolle.

Um sich abzulenken, lungerte Midhat oft in der Werkstatt des Schneiders herum. Er brachte Butrus Kaffee und sah zu, wie sich die Stoffbahnen in Decken, Kopfkissenbezüge und Laken verwandelten, beobachtete, wie die schwarz-goldene Singer-Nähmaschine Seidengürtel und Taschentücher mit ihrer rasant ratternden Nadel säumte. Die meisten Produkte, die im Laden genäht wurden, gingen an Kunden auf dem Land, was das Angebot an Kleidungsstücken und Stilen beschränkte. Natürlich kleideten sich die Fellachen sehr festlich bei ihren Hochzeiten, aber der Laden war nicht auf den Bedarf der Oberschicht ausgerichtet; das war die Domäne der samaritanischen Schneider.

Der Laden der Samaritaner befand sich an einer Ecke ihres Viertels. Es gab vier Mitarbeiter, zwei Frauen und zwei Männer, und drei von ihnen saßen fast immer nähend im Halbkreis. Besonders eindrucksvoll war Eli, ein großer, dünner Mann, früh ergraut, aber mit jugendlichem Gesicht und olivbraunem Teint. Er freute sich immer, wenn er Midhat zeigen konnte, woran sie arbeiteten, und für Midhat war dies einer der reizvollsten Tagespunkte; nach dem Mittagessen ging er hin und verfolgte die Entstehung von europäisch geschnittenen Wollmänteln oder Gewändern, wie sie Frauen bei privaten Feiern trugen, mit goldenen Stickereien hinten auf den Jacken. Fertige

Stücke lagen gebügelt und gefaltet neben dem Eingang. Manche wurden auch im Fenster ausgestellt, es sei denn, der Kunde hatte sich das ausdrücklich verbeten. Nicht zu lange, um den bösen Blick nicht anzulocken, aber doch lange genug, um für den Schnitt zu werben.

Angeblich im »westlichen Stil« angefertigte Kleidung entsprach allerdings oft nicht den westlichen Vorbildern. Die Jacken waren kantiger geschnitten als jene, die Midhat aus Paris erinnerte, und obwohl viele Stoffe importiert waren – so hatte es in letzter Zeit eine wahre Flut von Baumwollstoffen aus England gegeben –, mischte man sie meist mit lokalen Stoffen, was bedeutete, dass kein Stück wirklich fremdartig wirkte. Die Samaritaner verließen sich auch keineswegs auf europäische Schnittmuster; ihre Entwürfe orientierten sich an der Nachfrage vor Ort, waren mal von den Stummfilmen der Amerikaner und Ägypter beeinflusst, manchmal auch von den Engländerinnen, die sich im Khan umsahen. Diese Damen ahnten nicht, dass die Blicke, mit denen man sie maß, nicht der Haut galten, die sie zeigten, sondern den Stoffen, in die sie sich hüllten. Außerdem variierte der Stil bei jeder Bestellung, und wenn man ein Stück nähte, wurde es den Vorlieben des Kunden angepasst, Änderungen, die wiederum Eingang in die jeweils nächste Bestellung fanden. Midhat hielt diesen Mischmasch für eine Geschmacksverirrung. Die Tunika-Kleider, die kurz vor seiner Abreise bei Pariser Partys aufgetaucht und anschließend nach Kairo gelangt waren, wurden in Nablus aus Baumwolle und schwarzer Seide genäht. Er fragte sich anfangs, ob sie für besonders füllige Damen gedacht waren, bis ihm klar wurde, dass sie, den hiesigen Gepflogenheiten entsprechend, weiter waren, damit kein Teil des weiblichen Körpers unanständig betont wurde.

Im Dezember blieb der Regen aus, und das Geschäft im Khan flaute ab. Wenn Kunden in den Laden der Kamals kamen, dann nicht, um Stoffe zu kaufen oder den Schneider aufzusuchen, sondern um ihre Schulden zu begleichen oder um Aufschub bis zur nächsten Ernte zu bitten. An einem besonders kalten Nachmittag trat ein stark gebeugter Mann mit abgenutztem Fez über die Schwelle und legte ein Bündel auf den Tresen.

»Was ist das?«, fragte Hisham.

»Die Stoffbestellung vom letzten Monat.«

Die Stimme klang vertraut. Der Mann ließ die Finger mit den markanten Sehnen auf dem Bündel liegen. Midhat bückte sich, um sein Gesicht sehen zu können.

»*Ammo* Ayman?«

»Midhat!«

Es war ein Gesicht aus Midhats Kindheit, der Vater seiner kleinen Freundin, der rothaarigen Hala Saba. Die Zeit hatte ihn entstellt, lange Furchen gingen über seine Schläfen.

»Wie geht es dir?«

»Ich habe gehört, dass du zurück bist«, sagte Ayman müde. »Ich gratuliere.«

»Die Bestellung?«, sagte Hisham.

Ayman ließ das Bündel mit einer raschen Bewegung los. Hisham begann, den Stoff auszurollen.

»Lass das, Hisham«, sagte Midhat.

Hisham sah auf. Midhat hob eine Hand und sagte mit einer Stimme, die ihm irgendwie fremd vorkam: »Schon gut. Ich übernehme das.«

Hisham musterte ihn, und nachdem er sich ironisch vor Ayman verbeugt hatte, ging er an ihnen vorbei in das Hinterzimmer.

Midhat lüpfte ein Ende des groben Tuches. »Nimm das wieder mit. Vergiss deine Schulden, sie sind abgehakt.«

Aymans Blick glitt über die Knöpfe auf Midhats Brust. »Oh, nein. Oh, Midhat, oh. Gott segne dich, *ammo*.«

Midhat bekam Hisham den restlichen Tag nicht zu Gesicht.

Der Himmel wurde fahler, als er vor der Tür rauchte. Butrus trat aus der Tür, in einen Mantel gehüllt; Hisham sei schon gegangen, sagte er. Midhat beobachtete, wie bei einem Laden nach dem anderen die Läden hinuntergingen, die Händler winkten sich zu. Er fragte sich, was aus Hala geworden war. Er fragte sich, ob sie verheiratet war.

»Es ist eiskalt«, sagte Jamil, der um eine Ecke bog. »Beeilst du dich bitte?«

»Einen Moment.«

Jamil schlüpfte an Midhat vorbei, der noch rauchte und zusah, wie die Asche immer länger wurde und abfiel. Er hörte seinen Cousin sagen:

»Was ist das?«

»Was ist was?«

»*Ma sha Allah*. Du bist ein Künstler.«

»Oh nein.« Er schnippte die Kippe weg. »Finger weg!« Er war mit zwei Schritten beim Tresen und schnappte sich das Rechnungsbuch, und während er die Seite mit dem Arm verdeckte, rief er, um vom wahren Grund seiner Erbostheit abzulenken: »Was schnüffelst du in unseren Rechnungen, verflucht?«

»Es lag doch offen da.«

Das Buch war ganz hinten aufgeschlagen. Die linke Seite zeigte Entwürfe für Westen und einige Variationen eines Hosenbeins mit Aufschlag. Rechts hatte Midhat mehrfach versucht, ein Kleid zu zeichnen. Als Jamil zurückwich, klappte er das Buch zu und ging dann in die Hocke, um den Schrank aufzuschließen, in dem es aufbewahrt wurde.

»Man schnüffelt nicht in den Sachen anderer Leute«, sagte er und schob das Buch ins Regal.

»Es war offen!« Jamil lachte. »Warum zeichnest du das?«

»Warum machst du irgendwas?«

Midhat konnte nicht gut zeichnen. Während der Schulzeit in Konstantinopel hatte er es nicht gelernt. In Montpellier hatte er in Biologie manchmal Querschnitte von Pflanzen gezeichnet. Das war seine erste Erfahrung im genauen Hinschauen und Kopieren gewesen; sein Blick war zwischen dem Präparat auf dem Glasplättchen und dem Papier hin und her gegangen. Er hatte aber nie aus der Phantasie gezeichnet, und seine Versuche im Rechnungsbuch waren ungelenk. Er hatte versucht, sich an die Gäste bei Festen zu erinnern, an Schaufensterpuppen und Damenkleider, die von Uniformen inspiriert waren. Die Nuancen hatte er aber nicht einfangen können, alle Röcke waren Dreiecke. Sie sahen aus wie halb offene Regenschirme.

Er richtete sich auf. Jamil hielt sich den Bauch vor Lachen. Als er Midhats Miene sah, verstummte er. »Was hast du denn?«

»Es wird bald dunkel.«

»Ah, natürlich. Ich warte draußen.«

Es dauerte nicht lange, die Schränke zu ordnen und abzuschließen. Midhat nahm sich die Zeit, hinter dem Tresen aufzuräumen, denn heute hatte er gegenüber Hisham zum ersten Mal so etwas wie Autorität gezeigt, und das verunsicherte ihn. Er nahm den Besen und fegte den Fußboden im vorderen Teil des Ladens, wo der nasse Dreck, der unter den Schuhen gesessen hatte, zu Staub getrocknet war und wo lose Fäden herumlagen. Als er mit dem Vorhängeschloss ins Freie trat, krümmte sich Jamil in der Kälte und stocherte mit dem Finger in einem Spalt der Außenwand. Ruckartig richtete er sich auf und erwiderte Midhats Blick. Sein Zeigefinger war voller weißer Flusen.

»Spinnweben«, sagte er.

Midhat musste lächeln, verdrehte dann aber die Augen.

»Was ich immer schon fragen wollte«, sagte Jamil, als sie losgingen. »Hast du in Paris viele Automobile gesehen?«

»Sicher.«

»Auch einen Bugatti?«

»Die Marke kenne ich nicht.«

»Das ist ein Rennwagen.«

»Kann sein. Ich kenne mich da nicht aus.«

»Die Deutschen hatten viele in Dschenin«, sagte Jamil. »Auf ihrem Stützpunkt. Tahsin ist mit einem gefahren. Er war in drei Stunden in Jerusalem, sagt er.«

»Warum bist du plötzlich so versessen auf Automobile?«

»Nicht versessen. Aber nicht jeder hat so viele gesehen.«

»In Konstantinopel gibt es doch sicher welche.«

»Ich habe nie einen Ford gesehen. In Paris hast du bestimmt jedes Automobil gesehen, das es gibt.«

»Oh, Jamil, lass das. Das ist doch idiotisch.«

»Was?«

»Hör auf damit.«

»Womit aufhören?«

»Damit ...« Er bremste sich. »Na, du weißt schon – neidisch auf mich zu sein. Wegen meiner Zeit in Paris.«

Jamil machte einen kehligen Laut.

»Nicht alles, was ich erlebt habe, war einmalig.«

»Keine Ahnung, was du meinst.«

Midhat stöhnte. Sie hatten den Stadtrand erreicht, und vor dem Hintergrund des Sonnenuntergangs verdunkelten sich die Bäume.

Nach einer Weile sagte er: »Ich war übrigens bei Hāddsch Nimr. Er hat mir einen Korb gegeben.«

»Ah, das tut mir leid.«

»Nein, tut es dir nicht. Aber egal. Ich will damit nur sagen, dass mir auch nicht alles zufliegt.«

»Ich habe nie gesagt ...«

»Wie gesagt: Es ist egal. Ich hätte das nicht sagen sollen.«

Jamil erwiderte nichts. Sie gingen langsam bergauf, und in einer Straßenbiegung wurde Midhat von einer Erinnerung eingeholt. Als wären ihm seine Gedanken hinterhergehinkt und erst nach langer Suche auf eine Assoziation gestoßen. Die Erinnerung überfiel ihn: Die windige Terrasse in Montpellier, der Rasen, der Teich. Frédèric Molineu, der sich nach den Samaritanern auf dem Berg Garizim erkundigte. Als er sich den Moment noch deutlicher vorstellte, erwachten verborgene Details. Er hatte Jeannettes nackte, nasse Beine vor Augen.

Dann ließen sie die Bäume hinter sich.

»Weißt du, wie man überprüft, ob ein Reifen ein Loch hat?«, fragte Jamil.

»Nein, wie?«

Wieder eine Biegung, der Blick auf einen Berg in der Ferne, der im Abendlicht verschwamm.

»Du benetzt deinen Finger und suchst damit nach der Stelle, wo die Luft entweicht.« Jamil rieb seine Hände. »Ich glaube, du solltest noch einen Versuch wagen.«

»Versuch?«

»Bei Fatima.«

»Fatima.«

»Wo sind deine Gedanken, *habibi*?« Jamil berührte Midhats Schulter. »Ich merke doch, dass du aufgewühlt bist. Wie hat Hāddsch Nimr denn abgelehnt? Mit welchen Worten?«

»Er sagte: ›Leider muss ich ablehnen.‹«

»Das waren seine Worte? *Wallah*. Tja, trotzdem. Ich an deiner Stelle würde es noch einmal versuchen. Er kennt dich ja nicht. Du wärst genau der Richtige.«

»Möge Gott dir gewogen sein.«

»Und ich bin nicht neidisch. Unfassbar, Midhat, dass du mir das unterstellst. Ich denke ...«

Als sie von der Straße auf den Weg zum Haus abbogen, sahen sie zwischen den niedrigen Ästen eines Baumes die Glasaugen zweier ausgeschalteter Scheinwerfer und darunter die Vorderreifen eines Automobils.

»Ah«, ertönte eine Stimme, und ein aufrechter Schemen trat auf den Weg. »Midhat.«

In Midhats Bauch zuckte es.

»Vater. Ich wusste nicht, dass du hier bist.«

»Und Jamil«, sagte Hāddsch Taher. »Guten Tag. Ich war bei deinem Vater. Du arbeitest jetzt im Khan.«

»Guten Tag, ja.«

»Ich hatte einen Termin in Haifa. Und habe auf dem Weg nach Kairo hier Halt gemacht, um zu schauen, wie es läuft. In Damaskus herrscht Chaos. Isst du mit uns?«

»Ja, er isst bei uns«, sagte Midhat.

»*Yallah*.«

Teta stand im Flur. Ihre Augen strahlten, und sie drückte Midhat einen energischen Kuss auf die Wange.

»Wo ist deine Mutter?«, fragte sie Jamil.

»Unten.«

»Du hättest sie mitbringen sollen, ich vermisse sie. Los, komm her.« Sie schüttelte Tahers Mantel aus. »Wie war es in Damaskus?«

»Täglich Demonstrationen, ich habe den beiden gerade davon erzählt.« Er hob den Fez und fuhr mit drei Fingern durch das silbergraue Haar. »Das erschwert allen das Leben, auch den Geschäftsleuten. Ihr hättet diese Menschenmengen mal sehen sollen …«

»Und dein Termin?«, fragte Midhat.

»Ein Termin?«, wiederholte seine Großmutter vom Divan.

»Eine Konferenz in Haifa. Gibt es etwas Süßes? Ich bin hungrig.«

»Warte bis zum Essen«, sagte Teta.

Taher machte eine ungeduldige Geste mit den gekrümmten Fingern, und Teta stand auf. Er drehte sich zu den jungen Männern um. »Al-Nadi al-arabi und die anderen Bünde haben sich dort getroffen. Aus Haifa, Jaffa, Nazareth …« Er winkte gelangweilt ab. Doch als er sich auf dem Stuhl zurücklehnte, schlug seine Stimmung wieder um, und er sog Luft durch die Zähne. Er klang amtlich, als er erklärte: »Wir gründen ein Komitee für ganz Palästina, mit drei Zentren, Haifa, Nablus, Jerusalem. Wir diskutieren, wie wir die Palästinenser überreden können, in Faisals Armee gegen die Franzosen zu kämpfen.«

Teta brachte ein Tablett mit Baklava herein. Taher nahm eines, das am Rand lag und mit Honigfäden am nächsten hing.

»Wo ist die Serviette.«

»Eine Armee«, sagte Jamil. »Gibt es denn Krieg?«

»Kommt darauf an. Faisal durfte eine Regierung bilden … aber die Menschen sind unglücklich. Hast du von deinem Freund Hani gehört?« Er zeigte mit klebrigem Mittelfinger auf Midhat.

Diese Frage freute Midhat, nur hätte er gern eine bessere Antwort gegeben. »Schon länger nicht mehr. Ich muss ihm endlich mal wieder schreiben.«

Hāddsch Taher lehnte sich zurück und schlug ein Bein über das andere. »Und was ist mit dir? Hast du eine Frau gefunden?«

Midhat sah aus den Augenwinkeln die Blitze aus Tetas Augen.

»Ich glaube schon.«

Teta hustete.

»Ich denke an Fatima Hammad. Die Tochter von Hāddsch Nimr.«

Jamil reckte sich nach einem Baklava, und Hāddsch Taher drehte sich zu Teta um. »Ist sie ein nettes Mädchen?«

Teta nickte und zuckte gleichzeitig mit den Schultern.

»Die Hammads sind eine gute Familie«, sagte Hāddsch Taher. »Du solltest rasch um ihre Hand anhalten. Wie alt ist sie?«

»Um ehrlich zu sein, weiß ich das nicht.«

»Siebzehn«, stieß Teta hervor.

»Was hast du denn?«, fragte Hāddsch Taher.

»Nichts.«

»Wo bleibt das Essen? *Yallah.*«

»Umm Mahmoud kocht gerade. Es ist in einer halben Stunde fertig.« Sie linste zur Tür.

»Wo ist deine Uhr, Midhat?«

Es dauerte eine Weile, bis Midhat verstand, was gemeint war. Er konnte den Blick nicht vom Gesicht seines Vaters lösen, von dem schwarzen Bart, der auf und nieder wippte, wie er die Krawatte straffte, die grauen Haare auf den Schläfen. Das Schweigen hielt an. Sein Vater sah ihm direkt in die Augen.

»Sie wird repariert«, sagte Midhat.

»Was ist denn kaputt?«

»Oh, es ist nur der … Mechanismus … er meinte, er könne das rasch wieder richten.«

»Wer ist *er*.«

»Der Uhr…macher. An der Straße … der Straße nach …«

»Jerusalem?«, sprang ihm Jamil bei.

»Jerusalem. Ein Grieche. Er repariert alle möglichen Uhren und Fotoapparate … und … alles Mögliche.«

»Na, ich hoffe, es wird nicht zu teuer.« Taher angelte sich ein weiteres Stück Baklava. »Und wie läuft es im Laden? Ich habe schon Hisham aufgesucht.«

»Gut, ja, es läuft gut. Es macht Spaß.«

»Spaß. Tja, bald bist du in Kairo. Dort wirst du noch mehr Spaß haben.«

Zu Midhats Erleichterung wandte sich das Gespräch während des Essens wieder der Politik zu. Gewisse Jerusalemer Würdenträger seien nicht besonders begeistert von Faisal, erzählte sein Vater. Sie sähen es lieber, wenn Palästina selbst für seine Unabhängigkeit kämpfen würde.

»Und es gab gewisse Unruhen. Ihr wisst ja, wie die Leute sind, wenn sie aufgestachelt werden …«

»Was für Unruhen?«, fragte Jamil.

»Das wäre sicher nicht hilfreich«, sagte Midhat. »Wir haben nicht die Macht, jemandem zu drohen. Die Europäer werden uns militärisch immer überlegen sein. Ich bezweifele, dass es sinnvoll wäre, als schwächste Partei Gewalt anzuwenden.«

»Wie kommst du darauf, dass wir die schwächste Partei sind?«, fragte Jamil.

»Denk an den Krieg.«

»England und Frankreich haben den Krieg mit Unterstützung der Araber gewonnen.«

Midhat zog eine Grimasse und schüttelte den Kopf. »Das war eine ganz andere Sache. Damals hatten wir Hilfe. Das ist nicht mit der heutigen Situation zu vergleichen.«

»*Mashi*«, sagte Hāddsch Taher, »im letzten Punkt stimme ich dir zu. Aber was die Gewalt betrifft, tja, das ist natürlich *vernünftig*. Und in Haifa wurde die Sache auf Grundlage der Vernunft erörtert. Du darfst allerdings nicht vergessen, dass in einer Masse nicht alle vernünftig sind. Versuch mal, jemandem, der hungert, Vernunft einzureden! Du und ich, wir müssen nicht hungern. Du kannst es dir leisten, so zu denken. Ich sage nicht, dass ich dir nicht zustimme, ich meine nur, dass es Leute gibt, die anders ticken. Das ist in gewisser Weise ökonomisch.«

Midhat nickte. Er suchte im Gesicht seines Vaters nach Anzeichen für Verärgerung, doch aus Mund und Augen sprach ein leises Lächeln. Dadurch beflügelt, brachte er weitere Argumente vor und konstruierte einen Kompromiss beider Positionen, also der Vereinigung aller syrischen Gebiete und der palästinensischen Unabhängigkeit, und versuchte währenddessen, die Haltung seines Vaters zu erkennen, um dieser entgegenzukommen. Hāddsch Tahers Meinung ließ sich nach seinen anfänglichen Worten über das Volk aber nur schwer bestimmen. Sein Lächeln war nicht breiter geworden. Er betrachtete

Midhat mehrmals mit einem unergründlichen Blick und nickte gelegentlich, als wollte er die Worte seines Sohnes später bewerten.

»Palästina ist winzig«, sagte Jamil. »Ohne Damaskus können wir nicht kämpfen.«

»Meine Großmutter stammt aus Damaskus«, erklärte Teta bedeutungsschwer.

»Die Zionisten wollen offenbar nicht mit uns zusammenleben«, sagte Taher. »Sie haben eine eigene Wirtschaft, und deshalb müssen wir uns selbst organisieren.«

Midhat dachte länger über diese Bemerkung nach, ohne sie ganz zu verstehen. Er merkte, dass er die Stirn runzelte, und entspannte sie wieder.

»Wie geht es deiner Frau und den Kindern?«, fragte Teta.

»Gut, allen geht es gut. Musbah geht jetzt zur Schule.«

»*habibi*, reich mir das Brot.«

»Und wann kommst du wieder, Vater?«

»Nach Nablus? Im Frühling. Der Frühling eignet sich am besten für eine Hochzeit.«

Nachdem der Tisch abgeräumt worden war, kehrte Jamil heim, und Hāddsch Taher trug den Kaffee in den Salon. Im Flur ergriff Teta Midhat beim Arm.

»Warum hast du ihm das erzählt? Du wurdest doch abgewiesen.«

»Von wem?«

In der Tür zum Salon waren die Beine seines Vaters zu sehen, er hatte sie übereinandergeschlagen. Zigarettenrauch quoll über die Schwelle.

»Hāddsch Nimr!«, flüsterte sie.

»Ach ... hab Geduld, Teta. Gib mir noch eine Chance.«

»Luftschlösser. Ich muss das dann ausbaden, weißt du?«

»Und warum?«

»Weil ich diejenige bin, die es arrangieren muss.«

»Warte ab. Einmal versuche ich es noch. Und wenn das nicht funktioniert, reden wir.«

Am nächsten Morgen schlug Taher Midhats Angebot aus, ihn zum Bahnhof zu begleiten, nahm ihn aber in den Arm und gab ihm einen Kuss auf die Wange. Midhat wartete in der Tür, bis die Schritte auf den Steinen verhallt waren. All die Male, die sein Vater schon aufgebrochen war, verschmolzen in seiner Erinnerung. Das mulmige Gefühl, zurückzubleiben und den ganzen Tag vor sich zu haben, erinnerte ihn an seine Kindheit.

Obwohl der Vorschlag seines Vaters, im Frühling zu heiraten, kaum Zeit ließ, eine Braut zu finden, hatte Midhat nicht vor, sofort wieder bei Hāddsch Nimr vorstellig zu werden. Er dachte stattdessen immer wieder an das Haus der Familie Hammad. Mehrfach träumte er in den nächsten Wochen von dem Gebäude mit den drei Bogenfenstern und dem prächtigen Eingang. Er ging heimlich in die Straße, stand extra früher auf, um auf dem Weg zum Khan einen Schlenker zu machen. Im morgendlichen Dunkel schaute er zum Dach auf, überquerte dann die Straße, um einen Blick auf die Haustür zu werfen. Er dachte nicht weiter über seine Gründe nach, blieb auch stets draußen vor der Mauer. Anfangs versuchte er anhand der Position der Fenster herauszufinden, wo sich das Zimmer befand, in dem er den Antrag gemacht hatte – das über der Küche, mit der Deckenschräge. Von außen konnte er den Grundriss allerdings nicht rekonstruieren. Manchmal sah er durch die Spalten eines Fensterladens, wie sich jemand bewegte, aber mehr gab das Haus nicht preis.

Ende der Woche stand sein Entschluss fest. Das Gefühl der Demütigung war vergessen, und er fasste wieder Mut. Sein Denken war klar, er zweifelte kaum an sich selbst. Er arbeitete flott; er unterhielt sich fröhlich mit Butrus im Hinterzimmer und mit Eli im Laden der Samaritaner. Er betete nicht; er lebte zu sehr im Augenblick, als dass er Gedanken an etwas vergeudet hätte, das über diesen hinausging.

Eines Nachmittags, er erledigte die Buchhaltung, schlug er seine Skizzen auf. Auf der ersten Seite hatte er Westen entworfen. Er packte das Blatt am Rand und riss daran. Ein lautes, sattes Geräusch. Fort mit den Pariser Kleidern. Fort mit den Dreiteilern. Als er die Blätter zerknüllte, fiel sein Blick auf die nächste Seite. Sie war mit Zeichnungen des immer gleichen Frauengesichts bedeckt. Grübchen auf dem Kinn, kleine Falten unter den Augen. Er ließ die Papierkugeln fallen und schob die Seite ins Licht. Ihm sank das Herz. Er hatte unterschiedliche Frisuren gezeichnet: kurz, lang, hinten zusammengesteckt. Aber zwei Eigenarten – Kinn und Augen – hatte er stets auf Kosten der anderen hervorgehoben. Die Lippen stimmten nicht.

»Wenn wir noch mehr blauen Taft brauchen, dann brauchen wir eben noch mehr blauen …«, ertönte Hishams Stimme im Hinterzimmer, wo er mit Butrus sprach.

Bei dem Gedanken, dass Hisham diese Zeichnungen gesehen haben könnte, lief Midhat rot an. Er legte die Hände flach auf den warmen Holztresen. Er würde sich noch ein Mal gehen lassen, ein letztes Mal noch, als würde er in einen verbotenen Schlaf sinken: Zuerst kam die Erinnerung an ihr Kinn. Dann wartete er auf den Rest. Vor seinem inneren Auge kristallisierten sich Umrisse heraus, die Form ihres Gesichts. Ihre Lippen. Süß und weich, unten rundlich. In seinem Magen kniff etwas. Die Augen fehlten noch, und er wartete auf die Erinnerung, als hinter ihm Hishams Schritte polterten. Er fuhr aus dem Traum auf, riss mit zitternden Händen mehrmals an der Seite und warf sie dann zu den anderen in den Papierkorb.

»Bevor du sagst: ›Ich möchte Fatima zur Frau nehmen‹«, sagte Jamil, »musst du ein bisschen was von dir erzählen. Ich bin

Midhat, ich habe in Paris gelebt, ich bin gebildet. Und dann sagst du: ›Ich bitte Sie um die Hand Ihrer Tochter‹, und so weiter.«

»Genau das habe ich beim ersten Mal getan.«

»Tja, dann erzähle dieses Mal mehr von dir. Und vergiss nicht, der Familie anschließend ein Kompliment zu machen. Du solltest dich auch ... ein bisschen schick machen. Was hast du damals getragen? Versuch es mit einer netteren Krawatte.«

Midhat entschied sich für ein blaues Einstecktuch und dazu passende blaue Strümpfe, und er ließ seine Schuhe polieren. Unten auf der Straße begann er bald zu schwitzen. Er klingelte an der äußeren Tür, und der Wächter führte ihn die Treppe hinauf, an der Pergola vorbei und schließlich zum Haus.

Er hatte die Sache zwar stundenlang mit seinem Cousin erörtert, konnte sich aber nicht vorstellen, dass es anders abliefe als beim ersten Mal. Widad würde die Tür öffnen und ihn nach oben führen; er glaubte sogar, dieselben Männer anzutreffen, die Orangensaft tranken. Das war allerdings im Herbst gewesen, und nun war es fast Winter, die Nordwinde flüsterten schon von Schnee. Er ging die Stufen hinauf und wollte klopfen, aber die Tür öffnete sich wie von selbst, und da stand Hāddsch Nimr.

»Verzeihung, ich wollte Sie nicht erschrecken«, sagte Midhat.

»Ah ... Hallo. Wie kann ich Ihnen helfen? Ich fürchte, ich will gerade gehen.«

»Ich würde gern ... Mein Name ist Midhat Kamal.«

»Midhat Kamal. *Al-salamu alekum*. Ich gehe zum Diwan. Begleiten Sie mich doch ein Stück.«

»Ich habe Medizin studiert«, hallte seine Stimme auf dem Weg zum Tor unter dem Bogen, »außerdem Philosophie und Geschichte. Und die Geschäfte meines Vaters in Kairo gehen außerordentlich gut.«

Nimr winkte dem Wächter, als sie auf die Straße traten.

»Der Name gewinnt an Berühmtheit. Kamal. Und mein Vater ist politisch aktiv. Er ist gerade aus Damaskus zurückgekehrt, und er hat an der Generalkonferenz in Haifa teilgenommen. Er wird bei dem Treffen des Palästinensischen Komitees, das eine Vereinigung mit Syrien anstrebt, einer der Vertreter von Nablus sein.«

Diese Behauptung traf nicht ganz zu, war aber ein hübscher Schnörkel, den Hāddsch Nimr laut Jamil im Kopf behielte, auch wenn er die Details vergäße.

»Oh, sehr gut«, sagte Nimr.

Midhat fuhr selbstsicherer fort. »Und aus all diesen Gründen glaube ich, ein ausgezeichneter Mann für Ihre Tochter Fatima zu sein.«

Sie hatten die Stelle erreicht, wo es wieder bergab ging. Nimr blieb stehen und sah Midhat an. Sein Mund stand leicht offen.

»Danach haben Sie schon einmal gefragt.«

Midhat holte Luft, um etwas zu erwidern, aber Nimr fuhr fort: »Und ich habe Ihnen auch schon gesagt, dass die Antwort – leider – Nein lautet.«

»Ich weiß, ich weiß«, sagte Midhat. »Ich wollte es noch einmal versuchen.«

»Die Antwort bleibt Nein.«

»Heiratet sie Yasser Hammad?« Das hatte Midhat gar nicht fragen wollen, und er wusste, dass er errötete.

»Wie bitte? Nein ... nein, sie heiratet nicht Yasser Hammad.« Hāddsch Nimr musterte ihn. Und schien dann doch Anstoß zu nehmen. »Ich komme noch zu spät«, sagte er. »*Ma'a l-salama.*«

Hāddsch Nimr ging den Hügel hinunter. Midhat blieb stehen, ein zweites Mal abgewiesen. Immerhin hatte er erfahren, dass Yasser nicht der Erwählte war.

Trotzdem stahl er sich auch weiterhin zum Haus der

Hammads. Es schneite noch nicht, sondern regnete nur, wenn auch urplötzlich und wie aus Kübeln. In den Spitzbogenfenstern, die über der hohen Mauer zu sehen waren, schimmerte die Morgendämmerung. Diese morgendlichen Besuche wurden zu einer geheimen Besessenheit, und während der nächsten Wochen schien Midhat in zwei Personen gespalten zu sein; die eine war der Arzt der anderen, der ihren Drang zügelte. Sein Arzt-Selbst beschränkte die Stippvisiten beim Haus der Hammads auf jeden zweiten Tag, wodurch er an den Tagen, an denen er sich den Besuch versagte, von Sehnsucht gemartert wurde. Und wenn er nachgab und in aller Herrgottsfrühe den Berg hinablief, empfand er das tröstliche Glück einer Person, die zur Liebsten unterwegs war. Leider hatte er nur ein Stelldichein mit einem Haus, und genau genommen nicht einmal das: Er konnte nur die Teile der Fenster und des Daches sehen, die die Mauer überragten.

So war es bis zu jenem Morgen. An dem Tag stand er im Nieselregen auf der Straße, als die Haustür aufging. Zwei in Schwarz gehüllte Gestalten traten heraus. Eine kleiner, eine größer, und eine der beiden musste Fatima sein. Er stellte sich auf die Zehenspitzen und spähte, während kalter Regen über sein Gesicht lief. Eine der Gestalten drehte sich auf der Treppe halb um und öffnete einen Regenschirm. Dann verschwanden sie hinter der Mauer. Das Tor wurde geöffnet, und sie huschten hindurch. Er fing den Blick einer der Frauen auf. Später wusste er nicht mehr, ob es die kleinere oder die größere gewesen war, aber er hatte ihren Blick aufgefangen, und er wusste, sie war es. Danach hatte sie ihren Kopf unter den Regenschirm gesteckt, und beide waren davongetrippelt.

Der Regen wurde heftiger, er prasselte ringsumher auf die Straße. Midhat wurde übel. Er starrte die Steinmauer an, vom Regen dunkel gestreift, und auf einmal hatte er Jeannette ganz deutlich vor Augen. Er sah, wie sie sich oben im Flur umdrehte, er sah ihre weiche, abweisende Wange und riss in einem Anfall von Ekel den Fez vom Kopf. Sein Hemd war nass. Die Pfützen auf der Straße waren groß und tief, und als er zu Hause ankam, waren seine Füße klitschnass. Umm Mahmoud schrie beim Anblick der Fußstapfen im Flur auf. Auf dem Tisch lag ein Umschlag, der an ihn adressiert war. Er trocknete seine Arme mit einem Handtuch ab und riss den Umschlag mit dem Finger auf: Hanis Handschrift.

9. Februar 1920
18 Jumada I 1338

Cher Midhat,

ich schreibe aus Damaskus – werde mit dem Emir aber bald nach Europa zurückkehren. Ich hoffe, Du bist wohlauf. Bei unserer letzten Begegnung hast Du einen Brief geschrieben, ich hoffe, die Sache ist gut ausgegangen. Du bist bestimmt froh, wieder in Nablus bei Deiner Familie zu sein. Ich vermisse Dich, mein lieber Midhat. Sobald die Region befriedet ist, sehen wir uns hoffentlich wieder, aber wie Du weißt, durchleben wir schwere Zeiten, und die letzten Gespräche mit Clemenceau waren nicht sehr ergiebig. In Damaskus, ja überall in Syrien brodelt es, aber uns bleibt nichts anderes übrig, als weiter zu verhandeln.

Nach dem Rückzug der Briten sind die Franzosen in die Küstenregion einmarschiert, und es gab Zusammenstöße. Faisal hat General Gouraud geschrieben, um die Lage zu entspannen, und Gouraud warf ihm vor, die Situation weiter anzuheizen. Das ist natürlich absurd – Gouraud verlangt von Faisal, das Gerücht zu entkräften, die Franzosen wollten einmarschieren, obwohl es genau danach aussieht? Glauben sie ernsthaft, er würde die Verhaftung Mahmoud Abd al-Salams und der anderen gutheißen, die bei der Demonstration in Sidon »Lang lebe König Fai-

sal« skandiert haben? Können wir die Zeitungen daran hindern, Faisal als rechtmäßigen König von Syrien zu feiern? Tripoli erklärt sich zu einem Teil Syriens – erwarten sie etwa, dass wir gegen die Stadt vorgehen? Syrien ist in Aufruhr, und wir müssen arabische Repräsentanten in die westlichen Gebiete schicken, um die Lage zu beruhigen. Die Franzosen drohen mit schlimmen Konsequenzen, aber ich frage Dich: Was ist so schlimm daran, wenn die Syrer mit ihren Landsleuten über die Zukunft des Landes diskutieren? Die Franzosen sagen, die Christen wollten nicht mit den Muslimen zusammenleben – auch ein Irrtum –, und sie bezeichnen die syrische Armee als scherifisch, obwohl kein Soldat aus dem Hedschas stammt. Sie sind doch alle Syrer! Wir alle sind Syrer. Die Franzosen versuchen, einen Glaubenskrieg auszulösen, und nun halten sie die Nahrungsmittel-Konvois für Aleppo auf. Verhält sich so ein Verbündeter? Wohl kaum.

Was Palästina betrifft, so sorgt die Agenda der Zionisten für tiefe Beunruhigung. Faisal möchte sich ehrenhaft verhalten, aber die Franzosen üben Druck auf ihn aus, damit er sich einem Kompromiss fügt. Ich weiß gerade nicht mehr, ob ich mich Syrer oder Palästinenser nennen soll – oder Araber, nur verstehen die Europäer unter diesem Wort einen Muslim oder jemanden, der im Zelt lebt. Was bedeutet diese Bezeichnung für Christen und Juden und alle anderen Menschen in der Levante? Wir müssen klären, was wir unter diesem Begriff verstehen – fußt er nur auf der Sprache oder auf etwas Speziellerem –, »Araber« ist ja genauso undifferenziert wie »Europäer«, und wir wissen, wie groß der Unterschied zwischen Franzosen und Deutschen ist. Ich denke also, wir sollten uns alle »Syrer« nennen. Hat man die Juden zu Christi Zeiten und zuvor Syrer genannt? Ja, das tat schon Herodot.

Wir finden hoffentlich eine Bezeichnung. Die amerikanische Kommission meint, eine Lösung, die eine Vereinigung aller Länder anstrebe, sei aussichtslos, aber wir, habibi Midhat, wissen, dass sich die stärkste Macht durchsetzt.

Als ich Paris verließ, unterrichtete Faruq noch am Lehrinstitut für Sprachen, das nach dem Friedensschluss starken Zulauf hat. Er vermisst Dich. Er hat sich nach seinem Frauenheld erkundigt, und das hat mich daran erinnert, Dir zu schreiben. Ich hoffe, Du hattest eine gute Reise, und ich hoffe ebenso, dass Nablus von den bisherigen Vorfällen verschont wurde.

Dein Bruder
Hani

8

Du musst mich untersuchen«, sagte Umm Taher. »Ich bin krank.«

»Bitte?«

»Du musst mich untersuchen, sage ich.«

»Das geht nicht«, erwiderte Midhat und suchte nach einer Ausrede. »Mir fehlen die Instrumente.«

»Du kannst das nicht ohne Instrumente machen?«

Er schloss das Buch. »Hast du überhaupt einen Husten?«

»Natürlich. Hörst du mich nachts denn nicht?«

»Hast du Auswurf?«

»Manchmal.« Sie räusperte sich, aber es kam nichts. Sie wimmerte. »Ach, ich weiß auch nicht.«

»Hast du Schmerzen?«

»Ständig.«

»Und wo?«

»Manchmal da, manchmal dort. Vielleicht bin ich schon so gut wie tot.«

»Glaubst du wirklich, du würdest noch herumlaufen, wenn du so gut wie tot wärst? Wohl kaum«, sagte Midhat und schlug sein Buch wieder auf.

Dann sagte sie in gespielter Nonchalance, die Hand auf dem Türgriff: »Dann muss ich wohl in die Klinik neben der Grünen Moschee gehen.«

»Nein, auf keinen Fall. Geh ins Krankenhaus zu den Ebal-Mädchen. Ich traue den Kliniken nicht.«

»Oh, Monsieur.« Sie zog eine Augenbraue hoch.

Umm Taher bat ihren Enkel kein zweites Mal, sie zu untersuchen. Sie ging jedoch weder ins Krankenhaus noch in die Klinik. Sie hatte keine Angst, das nicht, konnte ihre Arztbesuche aber an zwei Fingern und dem Daumen abzählen, Tahers Geburt inklusive.

Tage später ertappte sie Midhat, der neben dem Küchenfenster stand und die Wand zwischen dem Schrank und dem Regal mit speckigen Gewürzfläschchen anstarrte. Als Kind war er oft im Schlaf gewandelt, und weil sie den Anblick des durch die Flure geisternden kleinen Jungen kannte, brummte sie beruhigend, um ihn nicht zu erschrecken. Sie erschrak dann selbst darüber, dass ihr Enkel nicht er selbst war. Er erwiderte ihren Blick aus roten, müden Augen und presste die bebenden Lippen fest zusammen.

»Ich kann das nicht, Teta.«

»Was kannst du nicht?«

»Heiraten.«

Sie ließ die Zähne aufeinanderschlagen. »Jeder kann heiraten. Als junges Mädchen war ich in einen Mann verliebt, der ...«

»Ich weiß, Teta, ich kenne die Geschichte.«

»*Sitti – yallah*, setz dich. Hör mir zu.«

»Ich will die Geschichte nicht hören, ich kenne sie schon.«

»Ich will sie gar nicht erzählen. Sondern nur sagen, dass dein Blick zu kurz ist. Du siehst nur das, was du direkt vor der Nase hast – ich kenne dich doch. Vertrau mir. Ich suche keine Frau aus, die schlecht für dich wäre.«

»Ich ...«

»Sei still und hör einfach zu. Weißt du, wie entsetzt ich war, als ich meinen Verlobten kennenlernte?«

Er sah auf. Seine Augen waren feucht. Er schüttelte den Kopf.

»Ich habe nur geschrien.« Sie wedelte mit einer Hand. »*Wallahi*, meine Mutter schämte sich für mich. Aber glaub mir, ich habe mich rasch in ihn verliebt. Wirklich. Er war gut zu mir. Ich war glücklich. Meine Eltern hatten eine gute Wahl getroffen …«

Midhat sprang auf. Er rannte zur Tür.

»Wohin willst du … was tust du?«

Er riss einen kupfernen Zierkrug von der Anrichte und warf ihn mit beiden Händen gegen die Wand. Er prallte ab, tat zwei Sprünge und schlitterte dann über den Fußboden.

»Lass das!«

Er lehnte sich gegen die Wand, und sein Mund fiel auf wie der eines Babys, Speichel hing an der Lippe. Umm Taher bückte sich ächzend nach dem Krug; er hatte eine Delle.

»Du hast meinen Krug kaputt gemacht! Begreifst du nicht, wie glücklich du dich schätzen kannst? Merkst du denn nicht, wie neidisch die Leute in der Stadt auf dich sind?«

»Was geht das *dich* an?«

»Was mich das angeht! Du bist ja verrückt. Willst du mich umbringen? Ich *verpasse* dir eine.«

»Ich kann das nicht, ich muss frei sein.«

Das war der Tropfen, der das Fass zum Überlaufen brachte. Umm Taher knallte den Krug auf den Tisch. »Frei wovon?«

Er legte sich die Fingerspitzen auf den Mund und riss sie dann nach vorn.

»Hilf mir, Teta, du musst mir helfen – ich möchte allein bleiben, ich will nur … Hilf mir, Teta, ich will kein Mädchen, das ich nicht kenne.«

»Ich habe dir doch schon erklärt …«

»Begreifst du denn nicht? Ich liebe eine andere.«

»Du bist nicht anders als alle anderen, *habibi*«, sagte Umm Taher nachdrücklich. »Du musst vergessen. Das ist abgehakt.«

Midhat warf ihr einen verblüfften Blick zu. »Wie meinst du das?«

»Du bist hier. Das viele Grübeln macht dich krank – ich sehe doch, wie du grübelst, und das tut dir nicht gut.«

Umm Taher spürte tief in ihrer Lunge das Gewittergrollen eines kurz bevorstehenden Hustenanfalls.

»Ich finde eine schöne Frau für dich, das verspreche ich. Eine schöne, kluge Frau. Du wirst nur mit ihr zusammenleben, ohne andere Familienangehörige, du wirst unabhängig sein. Du musst nicht mit mir zusammenleben, das verspreche ich …«

»Teta …«

»Ich werde nicht ewig da sein, und wer kümmert sich dann um dich? Wer sorgt dafür, dass dein Haus sauber ist, wer kocht dir etwas und pflegt dich, wenn du krank bist? Glaubst du, ein Geist würde dein Bett machen? Glaubst du, ein Geist würde deine Kleidung waschen?«

Er reckte das Kinn; sie änderte die Taktik.

»*Yallah*, *habibi*, wenn wir eine Frau für dich finden, platzt dein Vater vor Stolz. Er wird sehr, sehr stolz sein, und dann, *habibi*, kannst du tun und lassen, was du willst. Nach Kairo ziehen, mit Baba arbeiten, reisen – was auch immer. Und du wirst dieses wunderbare, wunderschöne Mädchen an deiner Seite haben. Und du wirst Kinder haben – so viele Kinder wie du willst.«

Sie holte Luft, um fortzufahren. Da brach der Husten aus ihr heraus, heiser und rau.

»Du musst ins Krankenhaus, Teta.«

»Nein«, krächzte sie und spürte seine Hand auf ihrem Rücken. Sie holte pfeifend Luft, hustete wieder.

»Du kennst dich besser mit dem Heiraten aus, aber ich bin Mediziner.«

»Wasser.«

Der Wasserhahn zischte. »Und dann«, rief er, »das Krankenhaus gehört Dar Hammad, richtig?«

Sie schnaubte angewidert. »Diese Familie Hammad. Allesamt Snobs. Durch und durch Snobs.«

Wie allgemein bekannt war, hatte Hāddsch Tawfiq Hammad das städtische Krankenhaus in einem Wutanfall gegründet, ausgelöst durch den Versuch eines englischen Missionars und Arztes, seine Schwester zu bekehren. Mit Unterstützung wohlhabender Bürger – darunter Hāddsch Taher Kamal – renovierten Tawfiq und Nimr, sein Cousin, einen alten Palast am Fuße des Ebal. Sie ließen Wände einreißen, um vier lange Stationen zu schaffen, und engagierten die französischen Schwestern von St. Joseph als Krankenschwestern, weil diese nicht missionierten.

Obwohl ihr Sohn zu den Gründern gehörte, begab sich Umm Taher lieber nicht in das komische Gebäude, in dem es nach Tod und Wundbenzin stank. Noch immer klang es beim Luftholen, als würden Räder über Steine rattern, aber sie jammerte nicht. Wenn sie in Gesellschaft husten musste, schob sie das auf die Trockenheit und den vielen Staub.

Es hatte tatsächlich seit einer Ewigkeit nicht mehr geregnet. Die Terrassenfelder auf den Berghängen wurden grau, und bei starkem Wind stürzten Äste von den Bäumen. Und während die Imame beteten, es möge vor dem Schneefall noch einmal richtig regnen, machte unter den Damen die Nachricht die Runde, dass Madame Atwan ihr *istiqbal* im Innenhof ihres Palastes geben wolle, weil es an dem Abend trocken bleiben sollte. Umm Taher hatte keine Lust auf ein Fest. Sie musste trotzdem hin, weil sie die Pflicht hatte, eine Frau für Midhat zu finden, bevor Taher im Frühling zurückkehrte.

Obwohl bereits eine Winterkälte in der Luft lag, beschworen die Wände des Innenhofes die Illusion des Frühlings herauf. Der Wind fuhr durchs Laub, und die Blätter präsentierten der Reihe nach die Unterseite. Diener mit Kaffeetabletts defilierten aus dem Haus. Der schwarze Inhalt der Tassen schwappte und funkelte.

Hinten auf dem Innenhof standen Frauen Schlange, um

einen Fotoapparat mit Stativ zu betrachten. Sie traten zu zweit vor den Apparat und ließen die Finger über die Lederbälge gleiten, tippten mit den Fingernägeln auf die Emaille rings um die Linse, die sie wie vorgeschrieben nicht anfassten. Sie tauchten abwechselnd unter das schwarze Tuch und gurrten erstaunt, wenn sie durch den Sucher schauten. Eigentümerin des Apparats war Elmas, eine Armenierin aus Nazareth, die danebenstand, um die Einzelteile zu benennen. Sie wiederholte mehrmals das Wort »Kodak«.

Madame Atwan, auf der anderen Seite des Innenhofes stehend, beobachtete dieses erste Spektakel des Abends. Oder das zweite Spektakel, denn das erste war sie selbst: Sie ließ die Hand für die Lippen des nächsten Gastes gleich in der Luft hängen, nur sank ihr Arm immer tiefer, sodass die letzten Gäste auf ein Knie sinken mussten. Die Reife glitten auf ihren Unterarmen nach unten, jene über dem Ellbogen schnitten ins Fleisch. Das Seidengewand umschloss ihre nackten Schultern, und ihre Schuhe mit den angeschrägten Absätzen lugten abwechselnd unter dem Rock hervor, weil sie immer wieder das Gewicht verlagerte.

Sie friert sicher schrecklich, war Umm Tahers erster Gedanke, als sie die Finger ihrer Gastgeberin küsste. Sie reihte sich hinter Umm Jamil hustend in die Schlange vor dem Fotoapparat ein.

»Deine Gesundheit«, sagte Umm Jamil.

»Der Staub.«

»Wundervoll!«, riefen die um die Kamera versammelten Damen. »Wundervoll!«

»Meine Lungen singen. Hör mal.«

»Das kann man sich kaum anhören«, meinte Umm Jamil.

»Wundervoll!«

»Wenn du Schmerzen hast, musst du die Mädchen vom Berg aufsuchen.«

»Ich mag keine Krankenhäuser.«

»Hast du Midhat gefragt?«

»Ja, aber ihm fehlen die Instrumente. Er meint, ich solle zu den Ebal-Mädchen gehen. Ich will aber nicht zu den Mädchen.«

»Wie geht es ihm?«

»*Wallah*, er braucht eine Frau. Jungen in dem Alter haben so viel Energie, dass sie nicht wissen, wohin damit.«

»Jamil ist genauso. Er kann sehr mürrisch sein.«

Sie standen ganz vorn in der Schlange. Umm Jamil ging zur Kamera, und Umm Taher nahm eine Tasse Kaffee von einem vorbeigleitenden Tablett. Er war kalt und sehr süß. Sie nippte daran, hustete und presste die Lippen zusammen. Sie hatte plötzlich Tränen in den Augen, und um dies zu verbergen, tat sie einen Schritt nach vorn und stellte sich zu Umm Jamil.

»*Yallah*, schlüpf darunter«, sagte Umm Jamil und hob das schwarze Tuch.

Umm Taher klammerte sich an Umm Jamils Arm, um das Gleichgewicht nicht zu verlieren, tauchte ins Dunkel ein und stellte sich vor den Sucher. Sie japste. Vor ihr befand sich eine helle Glasscheibe. Oben auf der Scheibe, vielleicht auch irgendwo im Inneren des Apparats, stand die ganze Feier kopf. Sie taumelte, packte den Arm von Umm Jamil, und das Bild bewegte sich. Es war eine Geistererscheinung: Die Frauen gingen losgelöst von ihren Schuhen und setzten mit dem Kopf auf dem Boden auf. Die Köpfe hingen wie schwarze Medaillons rings um den Springbrunnen, der wiederum wie ein gewaltiger steinerner Kronleuchter aussah.

»Oh, là, là«, flüsterte sie.

Da ertönte die Stimme von Madame Atwan.

»Widad Hammad!«

Die kopfstehenden Gesichter fuhren herum. Umm Taher stieg das Blut in die Wangen, und sie war froh über den Schutz, den das Tuch bot. Widad Hammad betrat die kopfstehende Szene und reckte der Gastgeberin die Arme entgegen. Zwei Mädchen folgten ihr. Fatima war die Größere, besser gesagt die Längere der beiden, und sie war sogar im Kopfstand schön, bei Gott. Umm Taher wurde schwindelig; sie griff nach Umm Jamil, die ihr das Tuch vom Kopf zog, und rang nach Atem.

Dort, auf der anderen Seite des Innenhofes, standen die Frauen der Familie Hammad, und das richtig herum. Fatima trug ein schwarzes Samtkleid und ein Perlenkollier. Ihre Schwester hatte schlichtere Züge, ihre Augen lagen dicht beieinander; und was an Fatimas Mund üppig wirkte, war bei ihr viel zu groß geraten.

Die Ankunft der Hammads war offenbar ein Signal für die Dienstmädchen, denn als sich Umm Jamil vom Fotoapparat entfernte, ergriffen zwei von ihnen das Stativ und trugen den Apparat in einen Alkoven, wo ein drittes Mädchen wartete, um ihn mit einem großen, schwarzen Tuch zu verhüllen. Enttäuschung überflog die Mienen der wartenden Frauen, doch sie schwärmten zu den Grüppchen aus, die sich auf dem Innenhof gebildet hatten, und plauderten, eine Tasse Kaffee nach der anderen trinkend.

»Seine Frau ist bildschön. Und ihr Kleid war irrsinnig teuer«, sagte eine Dame, die auf einem Hocker saß, und justierte ihren Arm, um die Kaffeetasse gerade halten zu können. »Der Kragen. Wie ein Halbmond. Silber.«

»Woher haben sie bloß so viel Geld?«

Umm Taher presste eine Hand auf die Brust, und Umm Jamil drückte ihren Arm. »Willst du mein Tuch?«, fragte sie

Umm Taher schüttelte den Kopf.

»*Sie* ist sehr schön«, meinte Umm Jamil und zeigte auf ein Mädchen mit lockigen Haaren. »Wer ist ihre Mutter?«

»Weiß ich nicht.« Umm Taher beobachtete weiter die Hammads und Madame Atwan. Widad Hammad trug eine bestickte

Jacke, goldfarben und mit roter Paspelierung auf dem Rücken, die Taille war ungewöhnlich schmal geschnitten. Widad fuhr herum und erkannte sie.

»Umm Taher!«

»*Marhaba*«, erwiderte Umm Taher majestätisch. »Schön Sie wiederzusehen.« Sie kam langsam näher.

Die Absätze von Widads teuren Schuhen klackerten, als sie den letzten Abstand überbrückte. »Wie geht es Ihnen?« Sie küsste Umm Taher drei Mal. »Was gibt es Neues?«

»Gut geht es, und Ihnen?«

»Danke, auch gut. Nuzha, Fatima, begrüßt Madame Kamal.«

»*Al-salamu alekum*«, sagten die Mädchen.

»*Ma sha Allah*«, erwiderte Umm Taher. »Sie haben zwei wirklich hübsche Töchter.« Sie verengte die Augen zu einem Lächeln. Sie ertrug es nicht, dass Midhat abgeblitzt war, sie ertrug es nicht.

»Wir haben uns gerade über den französischen Priester unterhalten«, sagte Madame Atwan, die sich aus einer anderen Runde löste und zu ihnen trat. »Sind Sie ihm schon begegnet?«

»Nein, noch nicht«, antwortete Umm Taher.

»Wie sieht er denn aus?«, fragte Widad.

»Bärtig«, sagte eine Dame in einer grünen, elegant gerafften Tunika und formte mit der Hand einen Bart über ihrem Kinn. »Langes Gewand. Stellt viele Fragen.« Sie kritzelte in die Luft.

»Ja, er stellt Fragen«, sagte die Madame. »Sie stellen alle Fragen. Jeder will wissen, wie wir leben.«

»Doch, ich kenne ihn«, sagte Umm Taher unvermittelt.

Widad sah sie an.

»Haben Sie ihn im Krankenhaus gesehen?«, fragte Madame Atwan.

»Nein, in der …«, sie richtete ihren Blick auf ein Fenster über dem Innenhof, in dem ein Licht aufgeflammt war. »Ich kann mich nicht mehr erinnern.«

»Warum sind diese Leute so neugierig?«, sagte die Frau in der grünen Tunika. »Wir haben genug Sorgen. Ich habe genug von diesen Europäern. Ich hasse sie, niemand ist heimtückischer, glauben Sie mir. Ein Araber lügt einem wenigstens ins Gesicht.«

Widad wollte gerade etwas erwidern, als Madame Atwan rief: »Jetzt machen wir ein Foto!«

Verblüfft sahen Umm Taher und Widad einander an. Sie folgten dem Blick von Madame Atwan: nach oben. Der Himmel war schwarz. Es würde bald regnen.

»Sind wir bereit für das Foto?« Ein panisches Beben, die Frauen scharrten mit den Hufen. Das Glasauge des Apparats funkelte, als zwei Mädchen das Stativ packten. Ein drittes lief mit dem schwarzen Tuch hinterher, das abgerutscht war.

»Elmas! Elmas?«

»Hier bin ich, Madame. Wen soll ich fotografieren?«

Madame Atwan zögerte. »Mich. Und dann die anderen. Wo soll ich mich hinsetzen?«

Ohne eine Antwort abzuwarten, trabte sie über die Fliesen und griff nach einem freien Kissen, das sie dann etwa in die Mitte des Innenhofes legte. Ihre Gäste fächerten sich auf und wichen zurück. Sie setzte sich auf dem Kissen in Pose, zur Seite geneigt wie eine Römerin.

»Geht es so?«, fragte sie jemanden. Sie tastete nach ihrem Ohrring und drehte ihn um, damit die Gravur zu sehen war. Sie legte das Kinn in Falten, um ihre Ketten zu überprüfen.

»Ja, so ist es gut«, sagte eine junge Ehefrau, die sich hinhockte, um das Kleid der Madame zu richten.

Elmas, die Fotografin, stand mit dem Fotoapparat bereit. Die in der Nähe stehenden Damen sahen zu, wie sie den Verschluss justierte und den Apparat auf der kurzen Schiene vor und zurückschob. »Gut so«, rief sie. »Den Kopf ein wenig zur Seite neigen.«

Sie flüsterte einem Dienstmädchen etwas zu, und dieses eilte ins Haus und kehrte mit einer kleinen Kiste und einem Gerät zurück, das wie ein kurzes Kehrblech mit Holzgriff aussah. Elmas öffnete die Kiste. Sie holte zwei Töpfe heraus und hielt sie hoch wie eine Magierin, um dem Publikum die Etiketten zu zeigen. Auf einem stand *Magnesium*, auf dem anderen *B. N.*

»Fünf Löffel davon«, sagte sie laut und leerte sie auf das Blech, »und sechs davon ... fünf, sechs. Ein Streichholz, bitte.«

Das kleine Streichholz zischelte und verströmte einen Schwefelhauch. Elmas trat einen Schritt nach vorn, in der einen Hand das Kabel mit dem Auslöser, mit der anderen reckte sie das Blech. Die auf dem Kissen sitzende Madame räusperte sich und strich mit einem Finger ein Haar aus ihrer Stirn. Elmas senkte das Blech und warf das Streichholz darauf, und bevor sie sich's versahen, blitzte es grell. Ebenso schnell wurde es wieder dunkel. Jubel und Pfiffe erfüllten den Innenhof, über dem sich die Wolken ballten. Madame Atwan richtete sich lächelnd wieder auf, und mehrere Frauen liefen zu ihr, um ihr aufzuhelfen, und riefen: »Vorsicht!« Elmas, immer noch das Blech reckend, deutete verschämt eine Verbeugung an.

Der Blitz hatte Umm Taher geblendet. Sie sah nur ihre Kapillargefäße, weiß und vergrößert, die alles andere verdeckten, die klatschenden und schwatzenden Frauen, die Gestalten der jungen Mädchen und den glitzernden Schmuck.

»Wie geht es dir, Umm Taher?«

Umm Jamil stand jetzt neben ihr.

»*Tamam, tamam.*«

»Und nun alle Damen zusammen!«

Es begann zu regnen, kleine Tropfen. Die Blätter rings um den Innenhof begannen zu zucken.

Umm Taher wurde neben Umm Jamil in die zweite Reihe gezogen. Sie ließ ihren Blick über die Versammlung ernster Gesichter gleiten und starrte dann geradeaus, während Elmas die

Pulver für ein zweites Blitzlicht mischte. Dann ein echter Blitz und ein Geräusch wie berstendes Glas, als der Regen prasselte. »Oh, *Mama!*«, sagte Umm Jamil und warf Umm Taher ritterlich ihr Tuch über den Kopf, während sich die drei Reihen der Frauen wieder zerstreuten. Trotz der Unterbrechung applaudierten sie dem Donner, als wäre er eines der Spektakel des Abends, und pfiffen, als sie im prasselnden Regen zu den schützenden Türen liefen. »*Ya salam!*«, riefen sie, während die Dienstmädchen Elmas halfen, den Fotoapparat einzupacken.

Der Regen beendete alle Förmlichkeit. Die lachende Horde versammelte sich im Salon, schüttelte die Kleider aus und übertönte das Gewitter mit ihrem Geschnatter. Eine kleine, verschleierte Frau trat mitten in den Raum und verneigte sich vor Madame Atwan, drehte sich dann zu den anderen Frauen um und intonierte im Tempo eines Trauergesangs: »*Ishma'na ... ya ... nokh.*« Sie hielt kurz inne, dann vervollständigte sie den Satz: »*Al-kukay ... a ... a ... ayn ... kokh.*«

Wieder klatschten die Frauen und pfiffen.

Ishma'na ya nokh al-kukay-ayn kokh
da akul al-molch halakna
amilu ala ghee ... eerna.

»Umm Jamil«, sagte Umm Taher.

»Ja, *habibti.*«

»Eine Frage. Hast du in letzter Zeit irgendetwas über Midhat gehört?«

Umm Jamil legte den Kopf schief.

»Ich meine ... gab es etwas ... irgendwelche, *yaani* ...«

»Ah. Nein, nein, ich habe nichts dergleichen gehört. Was bereitet dir Sorgen?«

Umm Taher wedelte mit einer Hand, als wollte sie einen Gestank vertreiben.

»Ich habe das mit Hāddsch Hassan gehört«, sagte Umm Jamil. »Du auch?«

»Nein. Erzähl mal.«

»Hat all sein Land im Tal verloren. Für einen Spottpreis an die Juden verkauft.«

»Warum?«

»Ich habe drei Versionen gehört. Erstens: Er ist in Sorge um seine Frau, die verrückt zu werden droht. Zweitens: Das Land war nicht fruchtbar genug, und er brauchte das Geld. Drittens: Er spielt. Ich weiß nicht, was zutrifft.«

Während dieser Worte bemerkte Umm Taher, dass Widad und Fatima Hammad nur ein paar Schritte entfernt standen. Fatima blickte zu Boden, aber Widad starrte sie an. Sie war auf einmal aschgrau im Gesicht.

»Ein Jammer, vor allem für seinen Sohn«, fuhr Umm Jamil fort. »Er hat kein Erbe mehr zu erwarten.«

Erst als sie von Umm Jamil bis vor ihre Tür gebracht worden war, begriff Umm Taher, dass die Feier ein Fehlschlag für sie gewesen war. Sie hatte sich überhaupt nicht nach möglichen Bräuten umgeschaut.

In ihrer Brust rumorte es, dann hustete sie laut. Wenn sie stürbe, würde sie Umm Midhat im Himmel wiedersehen, das wäre schön. Sie stellte sich vor, auf dem Bett zu liegen, während sich die weinende Umm Jamil ihres Leichnams annahm. Ein würdiges Gesicht, geschlossene Augen. Nein: offene Augen. Sollten sie ihre Augen kurz vor der Beerdigung schließen, das wäre schöner. Sie hob im Dunklen eine Hand und deutete mit den Fingern die Bewegung an. Als sie sich im Bett herumwälzte, dachte sie an Midhat. Sie durfte ihn nicht im Stich lassen. Sie seufzte. Ein Schleimklumpen verfing sich in ihrer Kehle, und als sie husten musste, schienen Stromstöße durch ihre Brust zu gehen.

Es war ein öder Morgen. Das gestrige Gewitter hatte nichts als Kälte zurückgelassen. Sie hüllte sich in zig Schichten, denn sie hatte beschlossen, das Krankenhaus doch noch aufzusuchen.

Der Wind schmerzte in ihrer Kehle und riss ihr den Atem aus den Lungen. Sie verließ die Stadt auf der nach Norden führenden und dann nach Westen abschwenkenden Straße und näherte sich dem Berg Ebal. Im Foyer des Krankenhauses fiel ihr zuerst der Geruch auf, beißend und chemisch süß, er war bis in den Hinterkopf spürbar. Mitten im Foyer stand eine große Truhe mit einem Schlitz für Geld, dahinter bot eine Reihe hoher Fenster einen Blick auf einen dicht mit Bäumen bestandenen Garten und Äcker. Vor einem der Fenster ragten die beiden Spitzen einer Stuhllehne auf – draußen war eine Veranda. Sie griff in ihre Handtasche, um Geld in die Truhe zu tun, und dann erschien eine Krankenschwester rechts neben ihr. Sie forderte Umm Taher mit einem Wink auf, ihr zu folgen.

Die Station war lang und stand voller Betten. Die Bilder an den Mörtelwänden hingen schief, von der Decke hing eine große Gaslampe. Umm Taher vermied es, die Patienten anzuschauen, sah aber aus den Augenwinkeln, dass es Mädchen waren, die ein schmales Band um den Kopf gebunden hatten. Die Absätze der Krankenschwester hallten auf den Fliesen, und die Bettdecken verschoben sich, als die Patientinnen Umm Taher hinterhersahen. Lagen sie den lieben langen Tag da und glotzten jeden an, der durch die Station ging? Es gab sicher einen anderen, gut abgeschirmten Raum, in dem die ehrwürdigen alten Damen ruhten.

Auf Höhe des vorletzten Bettes sah sie dann doch hin. Das Bettzeug war so reglos, dass auf den ersten Blick niemand darunterzuliegen schien; aber dann erblickte sie eine Frau, die auf dem Rücken lag und die Decke anstarrte.

»Wie geht es Ihnen, Madame?«, fragte die Krankenschwester.

»Was ist da los?«, fragte Umm Taher und zeigte auf die reglose Frau. »Lebt sie?«

»Ja, sie lebt«, sagte ein Mädchen mit einem Augenverband im Nachbarbett. »Sie ist verrückt.«

Da rief ein Mann aus einer erleuchteten Türöffnung: »Würden Sie bitte Ihren Namen nennen?«, und die Krankenschwester trat sofort in Aktion. »Bitte sehr.« Sie schickte Umm Taher durch die Tür und schloss diese hinter ihr.

Ein kahlköpfiger Araber wusch seine Hände in einem Becken.

»Ich bin Doktor Ibrahim. Wie heißen Sie?«

»Mahdiya Umm Taher Kamal.«

»Danke.« Doktor Ibrahim trocknete die Hände mit einem Flanelltuch ab und griff nach einem Klemmbrett. »Nehmen Sie bitte Platz.«

Die einzige Sitzmöglichkeit war ein wackelig wirkendes Bett mit weißem Laken. Der Raum war makellos sauber und voller Utensilien. Umm Taher betrachtete die Regale gegenüber, auf denen Spaliere durchsichtiger Flaschen standen, die ihr die Etiketten zuwandten. Als der Arzt eine Schublade öffnete und wieder schloss, griff sie nach einer sehr kleinen, ganz am Rand stehenden Flasche. Die Schriftzeichen auf dem Etikett ähnelten Reiskörnern.

»Können Sie Französisch lesen?«

Sie sah auf. Der Arzt hatte sich eine Schürze umgebunden.

»Ich kann gar nicht lesen.«

»Ah, dann ist es ja egal. Keine Sorge, ich untersuche Sie nicht. Ich bin Chirurg. Aber da kommt schon Schwester Sarah. Bonjour, Schwester, dies ist Madame Kamal. *La madame vient avec une maladie pulmonaire.*«

Diese Krankenschwester war klein, hatte schwarze Haare und ein hageres Gesicht. »*D'accord.*«

Der Arzt zog ein Stethoskop von seinem Hals und reichte es

ihr. »*Fursa saida*, Madame Kamal«, sagte er und hob im Gehen eine Hand.

Schwester Sarah sprach etwas mehr Arabisch als ihre Kollegin. Sie bat Umm Taher, den Schleier abzunehmen, drückte dann das kalte Metallstück am Ende des Schlauches auf Umm Tahers Brust und bat sie, ein- und auszuatmen. Dann forderte sie sie auf, sich zu bücken und hinten ihr Gewand zu raffen, damit sie den Rücken abhorchen konnte. Das Metall war nun schon etwas wärmer. Umm Taher musste erneut ein- und ausatmen. Ihre Lungen rasselten, als wären sie durch das Horchen der Schwester lauter geworden. Dann klopfte etwas Hartes und Metallisches an ihrer Wirbelsäule entlang. Als es kühl am Rücken wurde, wusste sie, dass die Krankenschwester einen Schritt zurückgewichen war.

»Ist es *sill*?«

»Nein«, sagte Schwester Sarah, die etwas in ein großes Buch schrieb. »Nein, es ist keine Tuberkulose.«

Sie musste nicht über Nacht bleiben. Die Schwester gab ihr ein Medizinfläschchen mit Gummipropfen und riet ihr, abends vor dem Zubettgehen stets zwei Tropfen in eine große Schale mit heißem Wasser zu tun und zu inhalieren.

Als Umm Taher gehen wollte, sah sie hinter einem Fenster im Foyer einen Kahlkopf sitzen. Sie ging die Außentreppe hinunter und umrundete das Gebäude. Er saß in der Ecke der Veranda und schaukelte auf dem Stuhl. Sein helles Gewand war mit einer Art Schultertuch versehen. Er hatte sich eine Decke über den Schoß gelegt und schien die Landschaft zu skizzieren.

Sie suchte sich einen Stuhl am Rand des Fensters, und ihr Herz beruhigte sich, wie auch der Wind Luft holte, wodurch die leblose Landschaft kurz zur Ruhe kam.

Nach einer Weile erhob sich der Priester und kam auf sie zu. Er bat sie fließend, aber nicht akzentfrei auf Arabisch, sich etwas weiter weg auf einen Stuhl zu setzen. Sie nickte, zog ihr Tuch straffer und richtete den Schleier im Nacken. Aber anstatt sie anzusprechen oder ihr überhaupt Aufmerksamkeit zu schenken, zog er nur die Decke zurecht und skizzierte weiter. Vielleicht hatte er sich bloß bewegt, um einen neuen Blickwinkel zu bekommen. Umm Tahers Lungen pfiffen. Sie lauschte dem Stift, der auf dem Papier flüsterte, dem fernen Gesang eines Vogels und dem Ticken der Uhr, hinten an der Wand.

Nach einer Weile fragte er, ohne seine Arbeit zu unterbrechen: »Kommen Sie oft ins Krankenhaus?«

»Nein. Ich bin selten krank, mein Enkel hat Medizin studiert.«

»Ach ja?« Er schaute sie an. »Und wo?«

»In Frankreich.«

»Ah, ich bin Franzose! Wo in Frankreich?«

»In Paris. Und in ... Montpeliano. Montpe...«

»Aha«, sagte der Priester.

Sie plauderten unverbindlich über das Krankenhaus, den Krieg, die Briten; der Priester brachte sie zum Lachen, als er einen Witz über die Rivalität zwischen England und Frankreich zum Besten gab. Sie erzählte ihm auch eine lustige Geschichte, eine berühmte, die sich um die Samaritaner und einen lüsternen griechischen Priester drehte, doch als sie merkte, dass er nicht mehr skizzierte, sondern sich Notizen machte, unterbrach sie sich mit den Worten: »Was schreiben Sie da?«

Der Stift glitt rückwärts über die Seite, dann verharrte er.

»Etwas, das ich nicht vergessen möchte. Bitte verzeihen Sie. Fahren Sie fort.«

Sie setzte die Geschichte nicht fort. Sie müsse jetzt ihre Medizin nehmen, sagte sie. Sie öffnete die Pforte der Veranda und nahm den Weg zwischen den Bäumen. Als sie unten stand und sich umdrehte, sah sie zwei Gestalten auf der Veranda: den

Priester und eine schwarz gekleidete Frau, die unter ihrem Schleier gestikulierte.

Zwei Tage später ging sie noch einmal hin, und weil sie eine halbe Stunde zu früh dran war, führte man sie auf die Veranda. Dort saß der Priester mit seinem Buch in einem Schaukelstuhl. Er erwiderte ihr Nicken und widmete sich wieder der Aussicht. Vögel zwitscherten, die Uhr tickte. Der Priester schwieg. Umm Taher beobachtete die Bewegung des Minutenzeigers. Dann holte sie tief und ruckelnd Luft.

»Wie ich höre, haben Sie mit der Familie Hammad gesprochen.«

Der lange Bart zuckte, als er das Gesicht verzog. Er blinzelte.

»Hāddsch Nimr Hammad war sehr freundlich«, antwortete er. »Und natürlich gehört ihm das Krankenhaus.«

»Wie geht es ihnen?«, fragte Umm Taher. »Was gibt es Neues? Ich habe Sie eine ganze Weile nicht gesehen.«

Ein Schweigen. »Haben Sie von Hāddsch Hassans Exil gehört?«, fragte der Priester.

»Oh, ja, ja, selbstverständlich. Und er hat sein Land im Jordantal verkauft. Der arme Mann.« Sie verstummte. »Sonst noch etwas?«

»Ich fürchte, viel mehr weiß ich nicht über die Familie Hammad. Aber warten Sie mal ... ich schaue in meine Notizen.« Er blätterte eine Seite nach der anderen geräuschvoll um.

»Vielleicht wissen Sie ja ... wer in letzter Zeit die Samaritaner aufgesucht hat?«

Sie sah ihn herausfordernd an, wobei sie an ihre Geschichte über den griechischen Priester dachte. Es war ein Handel. Eine Hand wusch die andere.

»Hm, da war eine Dame, die um einen Zauber für ihren Enkel bat ...«

Ihr Herz pochte.

»Davon abgesehen habe ich mal jemanden aus einer der führenden Familien gesehen, durfte aber nicht zuhören. Sie sind in einen anderen Raum gegangen.«

»Ah. Welche Familie?«

»Es war ein Atwan.«

»Atwan. Wissen Sie vielleicht, welchem Zweck der Zauber dienen sollte?«

»Nicht so genau. Es ging um einen Vogel, wenn ich mich recht erinnere. Ich habe das nicht notiert, fürchte ich, denn ich wollte … nicht respektlos sein.«

Er grinste breit, seine Arme wackelten, und er machte ein glucksendes Geräusch. Sie begriff, dass er lachte.

»Aber gewiss, aber gewiss«, erwiderte sie etwas verwirrt.

Die Tür ging auf. »Madame«, sagte die Krankenschwester.

»Vielen Dank«, sagte Umm Taher, indem sie aufstand.

»Gern geschehen. Ich hoffe, wir sehen uns wieder, Madame.«

9

Père Antoine, der auf einem östlichen Gipfel des Berges Garizim saß, beobachtete, wie der Wind im Tal durch Baumkronen und Gräser pfiff und die ganze Landschaft pulsieren ließ. Der abwechselnd abflauende und auffrischende Wind zerrte an der stämmigen Gestalt des Priesters, und die schwarze Kapuze seines Gewands flog auf wie der Rock einer Tänzerin.

Der Felsen, auf dem er saß, glich einem gewaltigen Backenzahn, und die Mulde darauf war so blank, als hätten im Laufe der Zeit Hunderte Menschen dort gesessen, Schäfer, Wanderer oder Bettelmönche wie er selbst. Er konnte die Füße auf einen kleineren Felsen setzen, hinter dem es steil bergab ging: Die Felsen verschwanden, und der Blick öffnete sich auf weiße Zitadellen und umherlaufende Menschen. Links von ihm wurzelte ein uralter, riesiger Olivenbaum, dessen Rinde so rissig und knotig war, dass man eine ganze Horde stehender oder hockender Gestalten mit offenem Mund darin erkennen konnte, wie Lüstlinge auf einem mittelalterlichen Relief des Jüngsten Gerichts. Der Baum hatte einen Umfang von gut drei Metern, das hatte Antoine eines Morgens mit ausgebreiteten Armen selbst abgemessen. Er hatte mehrfach gehört, es sei der älteste Baum in Palästina. Derlei Behauptungen musste man aber mit Vorsicht genießen, denn Fremdenführer übertrieben gern, damit die Zuhörer tiefer in die Tasche griffen. Sie sahen den Baum aber durchaus zu Recht als ein Wunder an. Antoine suchte diesen Ort immer wieder auf, eben wegen des Baumes mit der herrlichen Krone, die den Ausblick trefflich flankierte.

Dort unten im Tal war der Jakobsbrunnen. Die Russen

hatten vor über einem Jahrzehnt begonnen, eine Kirche darüber zu errichten, aber wegen der Revolution waren die Bauarbeiten eingestellt worden. Die Kirche glich einer Ruine, obwohl sie noch gar nicht richtig zum Leben erwacht war, und der Jakobsbrunnen lag nur halb frei, obwohl man den Bauschutt weggeräumt hatte. Die Religionsgemeinschaften, die sich auf Abraham beriefen, würden sicher bis in alle Ewigkeit über Orte und Relikte streiten, aber in diesem Fall waren sie einer Meinung – dies war der Brunnen Jakobs, die Stelle, wo Jesus der Frau aus Samaria begegnet war und sich, so das Johannes-Evangelium, »müde vom Weg auf den Brunnen setzte« und sie bat, etwas Wasser für ihn zu schöpfen. Bislang hatte sich kein Nabulsi die Mühe gemacht, den Brunnen zu renovieren, obwohl man sich sehr um die anderen Heiligtümer im Tal bemühte. Kein Nabulsi, gelegentliche geschäftstüchtige Fremdenführer ausgenommen, interessierte sich für europäische Touristen. Andere Städte schufen ganze Viertel für Pilger und Leute, die Antiquitäten suchten. In Nablus gab es kein einziges Hotel für Ausländer.

Genau deshalb war Nablus für Antoines Studien bestens geeignet: Die Stadt hatte sich so gut wie nicht verändert. Ihre Bewohner spielten kein Theater wie die verarmten Einwohner Jaffas, die sich als Schäfer verkleideten und Passagieren, die von Bord der Kreuzfahrtschiffe gingen, Holzsplitter vom Kreuz Christi andrehten. Das war in Nablus undenkbar. Trotz oder gerade wegen der christlichen und samaritanischen Elemente war Nablus das Musterbeispiel einer islamischen Stadt. Antoine studierte sie liebevoll und notierte alle Geschichten, die er im städtischen Krankenhaus aufschnappte.

Père Antoine war offiziell Professor für orientalische Studien an der L'École Pratique d'Études Bibliques in Jerusalem. Er war vor gut zwanzig Jahren als Schüler dorthin gegangen, ungefähr zur Zeit der Dreyfus-Affäre, als Frankreich die kirchlichen Orden verjagte und Scharen von Dominikanern Lyon verließen. Der junge Antoine hatte durch die klerikale Gerüchteküche bereits von Père Lavignes neuer École in Jerusalem erfahren. Lavigne wollte den Katholizismus gegen die Modernisten verteidigen, wenn auch mit einem unorthodoxen Ansatz: Die Studenten sollten wissenschaftlichen und historischen Standards genügen und das Evangelium durch »moderne« Methoden in ein neues Licht rücken, zugleich aber alle Erkenntnisse, die sie gewannen, für die Verteidigung des Glaubens an das Übernatürliche nutzen.

Antoine war damals neunzehn und hatte Frankreich noch nie verlassen. Er reiste mit dem Schiff von Marseille nach Port Said, von dort mit dem Zug nach Jerusalem und musste nach seiner Ankunft feststellen, dass Lavignes Ruf dem Projekt mehr Substanz verliehen hatte, als es tatsächlich besaß. Die Abtei stand noch nicht, obwohl die Priester den Grund über der Grabstätte des Heiligen Stephanus bereits vermessen hatten. Antoine musste sich mit drei anderen Seminaristen, die zum Beginn des neuen Semesters angereist waren, vorübergehend in den Räumen eines einstigen türkischen Schlachthauses einquartieren.

Père Lavigne selbst aber war keine Enttäuschung. Dieser mittelgroße Mann mit schütteren Haaren, freundlich verzogenem Mund und braunem Bart steckte die jungen Männer sofort mit seiner Begeisterung an. Seine Rede bei der Einführungsveranstaltung vermittelte den Eindruck eines großherzigen Visionärs, der sich nicht furchtlos, aber doch tapfer bemühte, sie alle auf den Pfad zur Wahrheit zu führen.

Nach einigen Wochen war die Wirkung wechselseitig: Bruder Antoine war das Ass in den semitischen Sprachen, und Lavigne meinte, er sei ein fähiger und bereits von den Selbstzweifeln großen Ehrgeizes geprägter Geist. Während der folgenden fünf Studienjahre und noch über die Priesterweihe hinaus fungierte Lavigne als Antoines persönlicher Mentor. Er förderte Antoines Rigorosität, seine Eigenständigkeit, seine fromme Hingabe. Antoines Denken war ganz nach Lavignes Geschmack: der seltene Fall eines hingebungsvollen Katholiken mit einem so reinen Glauben, dass er stets ein klarsichtiges Auge auf die Erde richten konnte.

Die durch die Modernisten ausgelöste Krise stellte für jeden Exegeten eine Erschütterung dar. Lavigne hatte den Mut, den Kampf offen auszutragen und die ganze Schule in die Schlacht zu führen. Um den Glauben zu verteidigen und der Bibel auf den Grund zu gehen, sollten sie auf sein Geheiß die Techniken literarischer Interpretation furchtlos auf die biblischen Texte anwenden. War es wirklich ein Kamel, das durch das Nadelöhr ging? Oder hatte man den Text möglicherweise falsch transkribiert und missverstanden? Durch den Glauben ihres Meisters bestärkt, täglich den Boden betretend, über den schon Jesus gewandelt war, und eine Etage über den sterblichen Überresten des Hl. Stephanus wohnend, lasen die jungen Brüder das Evangelium auf Griechisch, studierten und sprachen Aramäisch, umkreisten die ewigen Fragen und sahen tapfer der Tatsache ins Gesicht, dass ihr altvertrautes Vulgärlatein eine Verwässerung war. Im verrückten Trubel Jerusalems fiel es ihnen indes leicht, sich den wahren Leib Christi vorzustellen, die heilenden Hände, die auf dem Hügel Golgotha unter einem fahlen, heißen Himmel von Nägeln durchbohrt worden waren, und diese Visionen verliehen ihnen einen Mut, den die Protestanten längst nicht mehr besaßen.

Das höhere Ziel war also metaphysisch, aber Lavignes Vision für die Schule war ganz ortsgebunden und konkret. Er verwandte viel Energie darauf, den Lehrplan im Hinblick auf Sprachen, Archäologie und Geographie zu erweitern und entsprechende Dozenten anzuwerben. Die Schule wuchs, es entstand ein Flügel, der als Wohnheim diente. Thomas von Aquin war ihr Vorbild: Alles im Himmel wie auf Erden war miteinander verknüpft, alles hatte seine Essenz. Als Gelehrte versuchten sie, diese Essenz mit ihrem Intellekt zu erfassen wie Pilger, die ihre Hände auf den Salbungsstein legten.

Das Papsttum war allerdings argwöhnisch. In Rom fand man, dass Lavignes »historische Methode« dem Modernismus, den sie angeblich bekämpfen wollte, verdächtig ähnlich war. Lavignes Anmerkungen zur Genesis wurden verboten. Das päpstliche Misstrauen entmutigte die Schüler aber nicht, sondern spornte sie im Gegenteil an. Eine fieberhafte Hingabe erfasste die provisorischen Vorlesungssäle. Sie waren Pioniere. Zuerst hatten sie den Zorn Frankreichs auf sich gezogen, nun den Zorn Roms. Sie waren eine Gemeinschaft von Brüdern, die im Sturm der Rationalität das göttliche Leuchtfeuer der Autorität der Kirche ansteuerte.

Am Stadtrand tauchte ein Automobil auf. Es bewegte sich wie ein Käfer auf der Straße, die durch das Tal führte, und passierte eine winzige Gestalt, die etwas trug; die Gestalt trat zur Seite, und als das Automobil um eine Kurve bog, wölkte Staub auf. Es war sicher der Wagen eines Briten; kein Araber in Nablus besaß ein solches Gefährt, obwohl die Chauffeure manchmal Einheimische waren. Die Gestalt setzte ihren Weg fort. Antoine notierte:

»Damen im Krankenhaus fragen: Automobile?«

Ein Muezzin nach dem anderen stimmte seinen Gesang an. Antoine verlagerte den Fuß. Eine Frau im Mantel bog vom Pfad ab und kam auf ihn zu. Sie trug eine Kopfbedeckung – nein, einen Nonnenschleier. Es war Schwester Louise.

»Schwester! Ich habe Sie gar nicht erkannt.«

Er erhob sich und wies auf den Felsen. Sie verzog das Gesicht, als wäre das nicht nötig, legte dann aber eine Hand hinten auf den Felsen und nahm vorsichtig Platz. Antoine ließ sich ächzend neben ihr auf den Boden sacken.

»Wie geht es den Patienten heute?«

»Noch ein Junge mit Grippe.«

»Sie klingen verärgert.«

Schwester Louise presste die Lippen zusammen. »Vielleicht bin ich das auch.« Sie seufzte. »Ich muss Ihnen etwas gestehen. Nach einer längeren Diskussion haben wir beschlossen, das Krankenhaus bald ganz an die Stadt Nablus zu übergeben.«

»Tatsächlich?«

»Ja, dieses Mal ist es uns ernst. Wir bilden weiter die einheimischen Mädchen aus, mehr aber nicht. Sie möchten, dass wir die Mädchenschule erweitern. Schauen Sie mich nicht so an – das ist der allgemeine Wunsch. Sie schätzen unsere Reinlichkeit.« Anstatt zu lächeln, spitzte sie die Lippen. »Sie halten Reinlichkeit für ein Merkmal der Muslime. Wir richten also eine Apotheke ein und besuchen weiter die Dörfer. Aber das Krankenhaus ... Ibrahim ist sehr kompetent. Ich weiß nicht, was das für Ihre Recherchen bedeutet, Pater, aber ich nehme an, er hat nichts dagegen, dass Sie auf der Veranda sitzen. Ich bin schlicht erschöpft. Man unterstellt uns, wir würden spionieren, doch kaum treffen Verwundete aus Jerusalem ein, sollen wir wieder bleiben. Das ist ermüdend.«

Schwester Louise sah tatsächlich müde aus. Sie hatte das elegante Gesicht einer Schildkröte: zerfurchte, straff über die Knochen gespannte Haut.

Die Schwestern von St. Joseph waren eine stille, geduldige Schar. Sie hatten sich jahrelang mit den Honoratioren von Nablus herumgeschlagen, die ihnen allerlei Vergehen unterstellten, von der Bekehrung ihrer Patienten zum christlichen Glauben bis dahin, den örtlichen Ärzten das Wasser abzugraben. Als sich die Schwestern während des Krieges mit Typhus infizierten, waren die Überlebenden immun, also von hohem Wert, und deshalb bat sie der damalige Bürgermeister, Hāddsch Nimr Hammad, zu bleiben und bot ihnen die Leitung des neuen städtischen Krankenhauses an. Die Nonnen erhielten keine Mittel von den Briten. Ihr Teetisch war karg gedeckt, sie waren mager und boten den sauberen, etwas abgespannten Anblick von Frauen, die gut haushalten konnten. Antoine fand es vor allem bewundernswert, dass sie sich nicht an ihre französische Identität klammerten. Sie dienten wahrhaftig Gott allein.

»Und was macht Ihre Arbeit?«

»Ach, dies und jenes. Es belastet mich, dass ich noch keinen konkreten Zusammenhang …«

Er sah ihr ins Gesicht. »Wissen Sie, manchmal schaue ich in meine Notizen und entdeckte interessante Dinge, Pfade, die ich weiterverfolgen könnte. Und manchmal schaue ich hinein und weiß nicht mehr, was so wichtig daran ist.«

Er tippte mit zwei dicken Fingern auf den Ledereinband seines Buches. Sein Bund mit Schwester Louise war etwas Besonderes; in ihrer Gegenwart war er viel offener. Äußerlich wirkte sie hart, aber es gelang ihr stets, ihm Geständnisse zu entlocken, obwohl er verschlossen war, und sie schien sich jeden Urteils zu enthalten. Außerdem war sie eine unverzichtbare Hilfe bei seinen Recherchen, weil Nablus Fremden meist verschlossen blieb. Krankheiten, Krankenhäuser, Medizin – dadurch erhielt er Einblicke. Schwester Louise versorgte ihn mit Patienten, die bereit waren, mit ihm zu reden, und man rechnete ihm die Treue zum Krankenhaus hoch an. Antoine verließ sich fast vollständig auf sie – nicht nur, um mehr über Nablus zu erfahren, sondern auch, um Erkenntnisse über sich selbst zu gewinnen.

»Sie schreiben doch sicher über die Stadt«, meinte sie.

»Ja, ja, aber meine Notizen kommen mir zurzeit vor wie eine Liste lokaler Gerüchte. Ich befürchte, dass meine Schlussfolgerungen … aber gut, so weit bin ich noch nicht.«

»Was haben Sie denn? Erzählen Sie mal.«

»Listen. Feinde und Bündnisse. Familie gegen Familie. Vor allem dieser Atwan.« Er schnippte gegen den Einband. »Der Seifenfabrikant. Kennen Sie ihn? Er führt ständig Rachefeldzüge gegen irgendjemanden – typisch für Nablus, wie ich finde. Diese Stadt …« Er betrachtete die Gebäude, die sich unter ihnen ausbreiteten. »Zwischen diesen Bergen grassieren Neid und Skandale.«

»Das ist immer so. Skandale gibt es überall.«

Er brummte. »Nein, ich denke nicht. Hier ist es anders. Ich muss gestehen, dass es mich fasziniert. Hier liegt eine hohe Spannung in der Luft.«

Als wäre dies ein Zeichen, frischte der Wind auf, und der Rosenkranz von Schwester Louise schlug gegen den Felsen.

»Ich suche jedenfalls nach einer Form.«

»Einer Form.«

»Für meine Studie. Wenn es nur um die hiesigen Intrigen ginge, was würde das erhellen?«

Sie breitete die Hände aus. »Das Leben in einer muslimischen Stadt?«

»Sicher, das wäre die Prämisse. Aber … ist das nicht zu banal? Im Idealfall möchte man doch etwas erhellen – die Lehren der Kirche. Ich frage mich, ob es ein Fehler war, eine islamische Stadt …«

»Ihr letztes Projekt waren die Beduinen.«

»Ja, aber wissen Sie, die Wüste konserviert. Die Arbeit hing direkt mit den Bibelstudien zusammen, weil es die Beduinen schon zu biblischer Zeit gab. Und das war von Anfang an klar.«

»Ich finde, Sie sollten weitermachen. Vielleicht gehen Ihnen die Augen noch auf.«

Antoine schwieg. Er rieb mit einem Finger über den Schnitt der Seiten.

»Es wäre bedauerlich, wenn Sie das Thema fallen ließen.« Sie schenkte ihm ein kurzes Lächeln. »Wenn Sie vorhätten, einen anderen Ort zu untersuchen, meine ich.« Sie stützte sich auf den Felsen, um wieder auf die Beine zu kommen. »Ich muss mich auf den nächsten Morgen vorbereiten. Sie sollten auch nicht mehr lange bleiben, denn es ist kalt und wird bald dunkel. Sie bleiben heute Abend doch bei uns?«

»Ich sollte nach Jerusalem zurückkehren. Ich war zu lange fort, und angeblich gibt es bald Schnee.«

»Dann auf Wiedersehen, Pater. Auf bald, hoffe ich.«

»Auf Wiedersehen.«

Während sie zum Pfad ging, setzte er sich schwer atmend auf den Felsen. Er schlug das Buch auf und legte ein Bein auf den kleinen Felsen vor ihm.

Seit dem Krieg hatte sich vieles verändert. Die Zahl der Studenten an der L'École war gestiegen, und die Vision, die Lavigne für die Schule gehabt hatte, ließ sich nicht mehr in Reinform bewahren. Er hatte zwar nette Kollegen in Jerusalem, darunter sogar Freunde, hatte aber auch den Eindruck, dass sie inzwischen ungebührlich stark für die französischen Interessen eintraten. Im Gegensatz zu Louise und ihren Schwestern in Nablus. Die Heilige Stadt wurde natürlich ständig belagert, und das nicht nur von den Franzosen: Alle Europäer rangelten untereinander um ihr eigenes Viertel; hier ein Spital, dort eine Kirche, um die Ecke eine Missionsstation, zwei Etagen darüber ein Archäologie-Beauftragter. An jedem Gesims eine Flagge, als hätte Allenby nichts bewirkt, und obwohl sich die Diplomaten säkular gaben, gab es immer Überschneidungen mit Fanatikern aller Facetten, die für ihren jeweiligen Erlöser brannten, sowie mit Leuten, die begierig auf alles Alte oder Ehrwürdige waren. Mit anderen Worten: Man konnte nicht neutral bleiben. Und selbst im Falle von Leuten, die ausschließlich von ihrem Glauben angetrieben zu werden schienen, war es schwierig, den mystischen Impuls vom nationalen Impuls zu trennen, der nun jeden im Griff zu haben schien. Wenn sie eine neue Schriftrolle entdeckten, erröteten sie vor Eifer, genauso bei der Erwähnung byzantinischer oder mesopotamischer Legenden, man grub täglich Amulette aus und brütete in Büros, deren Fenster auf den Gewürzmarkt blickten, über Inschriften, und obwohl sich jeder als Gelehrter bezeichnete und einen Anstecker am Revers trug, konnte man Touristen und Wissenschaftler kaum auseinanderhalten, weil alle das gleiche irre Flackern in den Augen hatten.

Antoine hatte seine Abhandlung über die Beduinenstämme diszipliniert vollendet. Und nun das Werk über Nablus. Père Lavigne hatte mit einem Eifer, der seinen weißen Bart Lügen strafte, immer betont, wie wichtig die ethnographische Praxis sei, obwohl zu Anfang keiner gewusst hatte, was diese zur Erhellung des Glaubens beitrüge. Am Schreibtisch sitzend, auf dem sich die Papiere türmten, hatte er sein Lob stets mit einer Ermahnung verbunden: »Sei präzise, Antoine, denn alle um dich herum sind ungenau. Und dichte einem Forschungsgegenstand niemals etwas an.«

Antoine fragte sich, ob alle Gelehrten zugleich Fanatiker waren. Jerusalem besaß allerdings etwas, das schlummernde Energien wecken konnte. Gestern hatte er miterlebt, wie eine Schwedin, die von einem Stipendium der Theologischen Gesellschaft lebte, bei einer nachgespielten Kreuztragung in Tränen ausbrach, obwohl es ein Araber war, der mit krummer Nase die hölzerne Last schleppte und wie eine Marionette auf der Via Dolorosa dahinschlurfte. Aber gut, auch er spürte diese Regungen manchmal; und nun, hoch über Nablus neben dem ältesten Baum Palästinas sitzend, während der Wind seinen Bart zerzauste, notierte er im Buch, dass der Reiz des Metaphysischen von den Hügeln Judäas bis in die stille Bibliothek reichte, wo man beinahe hören konnte, wie die britischen

Zionisten mit Begeisterungsrufen die Sturmwinde des Fortschritts ritten.

Ein mächtiger Wolkenschatten, unregelmäßig geformt wie ein Kontinent, glitt zuerst über die Stadt und anschließend über die Berghänge. Antoine konnte das städtische Krankenhaus gerade eben erkennen: ein winziges Rechteck an dem Ort, wo sich ein Olivenhain in die Ausläufer des Ebal schmiegte. Das Wohnhaus der französischen Schwestern konnte er aber nicht sehen. Es wurde vermutlich von einem der überdimensionierten Paläste verdeckt.

Er packte alles ein, und als er zum Autobusbahnhof aufbrach, dachte er an die Entscheidung der Schwestern, ihren Dienst im Krankenhaus zu beenden. Die Nabulsis verdächtigten ständig irgendjemanden der Spionage für die Türken. Man hatte fast den Eindruck, sie würden die Osmanen vermissen, obwohl sie von diesen unterdrückt worden waren. Ein Fellache, der einen beladenen Maulesel auf den Berg führte, kam ihm auf der Straße entgegen.

Die Menschen schienen zu vergessen, dass auch in früheren Zeiten strenge Gesetze gegolten hatten. Was vielleicht daran lag, dass man nicht mehr an der Vergangenheit rührte; was sich zugetragen hatte, war wie in Stein gemeißelt, niemand fragte sich, ob es anders hätte kommen können. Aktuelle Entwicklungen dagegen führten zu der Überlegung, warum es so war und ob es nicht auch anders sein könnte; man empfand die geltende Gesetzgebung als einschnürend und bildete sich deshalb ein, früher hätten die Leute mehr Freiheiten genossen. So gesehen war es ganz natürlich, dass sich die Nabulsis beim Anblick der britischen Soldaten, die vor den alten Gefängnissen Paraden abhielten, daran erinnerten, wie gut man sich mit den osmanischen Offizieren verstanden hatte, deren Töchter oft mit den Einheimischen verheiratet worden waren. Und diese Erinnerung machte den Leuten wiederum bewusst, dass ein britischer Vater seine Tochter niemals mit einem Araber verheiraten würde.

Er stieg in den ersten Bus nach Jerusalem und kaufte eine Fahrkarte. Als sie das Damaskustor erreichten, ging die Sonne unter.

10

Nachts begann es zu schneien, und am nächsten Morgen war Nablus in ein dichtes weißes Gestöber gehüllt. Der Schnee reichte bis zu den Oberschenkeln und ließ die Häuser in Stille versinken. Kein Vogel zwitscherte. Nach wenigen Tagen wurde das Getreide feucht, das Gemüse begann zu faulen. Man band sich Sackleinen um die Beine, wenn man zu einem Nachbarn wollte, und Neuigkeiten, die man bei diesen Besuchen nicht erfuhr, erfuhr man nie.

Eisblumen bedeckten die Fensterscheiben und trübten den Blick auf den Berg Garizim. Midhat verließ sein Schlafzimmer nur zu den Mahlzeiten. Seit dem letzten Gespräch hatte Umm Taher das Thema Heirat nicht mehr angeschnitten, doch beim Nähen, das ihr einziger Zeitvertreib war, musste sie daran denken, was der Priester über die Samaritaner erzählt hatte. Das erwähnte Detail konnte bedeutungslos sein; der Fluch – ein Zauber mit einem Vogel war stets ein Fluch –, den er beobachtet hatte, konnte allen und jedem gegolten haben. Während sie aus dem Küchenfenster auf den öden weißen Schnee starrte, befürchtete sie trotzdem, dass irgendein Nabulsi ihren Enkel mit einem Fluch belegt haben könnte: um zu verhindern, dass er heiratete, oder um dafür zu sorgen, dass er verrückt wurde. Sie hatte zig Schreckensvisionen. Midhat sah nicht, was vor seiner Nase war, sie dagegen hatte überdeutlich vor Augen, was die Zukunft bereithalten konnte.

Mitte Februar 1920 brachen die ersten Kugeldisteln auf den Berghängen durch den Schnee. Das Weiß des Himmels gerann und verblasste und wich einem fahlen Blau. Die Schneedecke der Berge bekam Löcher, die Straßen wurden grau, die Stadtbewohner wagten sich wieder auf die größeren Straßen, und die Kinder spielten auf den schneefreien Flecken.

Eines Morgens im März stellten alle fest, dass die Kälte nachgelassen hatte. Die Luft war in Bewegung, Vögel zwitscherten, in den Bergen schmolz das Eis und strömte als Wasser zu Tal, das den Schnee auf den Straßen in Matsch verwandelte. Die Frauen von Nablus zogen nach Ras al-Ayn, um mit Körben voller Nüsse neben den Wasserfällen zu sitzen, während ihre Kinder Salat im eisigen Wasser wuschen, die Blätter in den Handflächen bergend, damit sie nicht von der Strömung zerfetzt wurden. Zeitungen zirkulierten wieder, Telegraphenverbindungen wurden aktiviert, und in Nablus erfuhr man endlich, was in Damaskus und Jerusalem los war.

Die Verhandlungen zwischen Faisal und den Franzosen, die Hani in seinem Brief beschrieben hatte, waren bald allgemein bekannt. Ebenso die Krawalle im Hinterland. Die Agitation erreichte auch Palästina, und in den Küstenstädten wurden Leute mit Transparenten fotografiert, auf denen zu lesen stand: »Palästina gehört zu Südsyrien« oder »Kein Fußbreit den Zionisten in Palästina«. »Von den Briten gewaltsam niedergeschlagen«, schrieb der Journalist. »Kundgebungen wurden verboten.«

»Hast du schon etwas gehört?«, fragte jemand.

Midhat hatte den Laden gerade betreten und die Jacke ausgezogen; der Kopf der Person zeichnete sich schemenhaft in einem Spalt zwischen den Kleiderständern ab.

»Burhan?«, fragte Midhat zögernd.

»Ja, ich bin's«, sagte Burhan. »Schon etwas gehört?«

Neben Burhan erschien das Gesicht Adel Jawharis, dazu eine Gaslampe, die beide erhellte und einen Lichtstreif quer über den Fußboden warf. »Redet ihr gerade darüber?«, fragte er.

Midhat sog Luft durch die Zähne und hob die Hand.

»Es gibt Neuigkeiten«, sagte Adel. »Ich glaube, Faisal wurde zum König gekrönt.«

»König wovon?«

»Das würden wir auch gern wissen.«

Burhan zuckte mit den Schultern. »Hey, hey«, sagte er zu jemandem, der nicht zu sehen war. »Ist das eine Zeitung? Oh, Verzeihung.«

»Guten Morgen, Midhat«, sagte Hisham, als Adel ihn durchließ. »Hast du schon das mit König Faisal erfahren?«

»Hast du Informationen? Wir wissen gar nichts.«

»Morgen, Midhat«, sagte jemand anderes.

»Wir wissen rein gar nichts«, sagte Midhat. »Oh, Qais, ich habe dich nicht gesehen.«

»Gleich wisst ihr alles«, sagte Qais. Er grinste. »Schaut mal, was ich habe.«

»Woher hast du die?«, fragte Burhan.

»Mein Vater ist vor einer Stunde aus Jerusalem zurückgekehrt.«

Draußen rief jemand: »Qais hat die Zeitung!«

»*Zut alors*«, sagte Midhat.

»Wie bitte?«, fragte Burhan.

»Schnell«, sagte Midhat, »gib mal her.«

Der Ruf hatte im Markt rasch die Runde gemacht, und Qais musste zurückweichen, weil immer mehr Männer in den Laden der Kamals drängten. Midhat schob ein paar Kartons zur Seite, um Platz zu schaffen, und reichte Qais eine leere Kiste, während alle anderen um die Stühle rangelten. Es begann zu dämmern.

»Sind wir endlich so weit?«, fragte Qais.

»Ja!«

»Moment, Moment.« Ein alter Mann schwenkte eine arthritische Hand. »Bekommt man hier einen Kaffee?«

»Faisal!«, rief Qais und stellte sich breitbeinig wie ein Redner auf die Kiste.

»Bitte sehr«, flüsterte Midhat dem alten Mann zu und gab ihm eine Tasse.

»Emir Faisal zum … König … von Syrien … erhoben.«

Pfiffe und Applaus. Midhat schaute über das Meer von Köpfen und erblickte Jamil, der mit vor der Brust verschränkten Armen in der Tür lehnte. Ihre Blicke trafen sich.

Midhat rief: »Wird auch erwähnt, welche Länder zu Syrien gehören?«

»Wartet kurz!«, sagte Qais. »Wartet alle mal einen Moment! Ich muss erst den Rest lesen.«

Doch die Menge war zu groß geworden, um zur Ruhe gebracht werden zu können. Einige Leute versuchten, ein altes Bauernlied anzustimmen. Hisham hob die knochigen Arme und senkte die offenen Handflächen, um für Ruhe zu sorgen, aber das half auch nicht. Midhat drängelte sich zur Ecke durch, in der Qais stand.

»Palästina wird auch genannt?«

»Ja«, sagte Qais. »Damaskus ist unsere Hauptstadt.«

»Gib mal her«, sagte ein großer Mann und holte eine Brille hervor.

»Also«, sagte Qais, »gehören wir jetzt zu Syrien.« Er drehte sich zu Adel um. »Richtig?«

Adel blinzelte. »Ich weiß nicht recht. Haben sie nicht gerade unsere Kundgebungen verboten?« Er starrte den Artikel an. »Vergesst nicht, dass wir keine Armee haben.«

»Faisal hat eine Armee«, sagte Jamil.

Am gleichen Abend wurden Midhat und Jamil von den Gebrüdern Basil und Munir Murad gebeten, bei einer »Operation« zu helfen. Ein Onkel mütterlicherseits hatte im arabischen Aufstand mit Faisal gegen die Osmanen gekämpft und die Flagge des Scherifen aufbewahrt – Rot, Schwarz, Grün und Weiß –, die er hoch zu Ross geschwenkt hatte. Es war fast Mitternacht, als Basil und Munir mit dieser Flagge auf das Dach der Stadtverwaltung kletterten und sie an einem freien Mast hissten. Midhat und Jamil drehten derweil wie angewiesen Runden um das Gebäude und nickten einander zu, wenn sie sich begegneten. Als Basil pfiff, eilten sie zur Rückseite, um den beiden beim Hinunterklettern zu helfen.

Am nächsten Morgen sah man sie vom Berg aus: die Farben des arabischen Aufstands, nun die Farben der arabischen Unabhängigkeit, die über der Stadt im Wind flatterten. Jeder in Nablus war aufgewühlt. Jede Kleinigkeit, jeder Wink, jede Regung löste in der Stadt eine ganze Welle von Bewegungen aus. Am nächsten Morgen war die Flagge verschwunden. Aber das war egal. Alle hatten sie gesehen.

Obwohl Midhat und Jamil beim Hissen der Flagge geholfen hatten, saßen sie während der nächsten Wochen eher mit Qais Karak und Adel Jawhari zusammen als mit den Gebrüdern Murad. Basil und Murad sprachen immer in Parolen und waren stets einer Meinung, Qais und Adel dagegen debattierten gern. Nach der Arbeit gingen alle vier – Midhat, Jamil, Qais und Adel – in das Sheikh Qassem, um die Zeitungen zu lesen. Adel, ein Mitglied der Muslimisch-Christlichen Gesellschaft, offenbarte ihnen den Plan, beim Nebi-Musa-Fest in Jerusalem für Faisal zu demonstrieren.

Midhat wusste nicht, wann sein Vater käme, aber gegen Ende März hatte Teta immer noch keine Frau für ihn gefunden, und er dachte nicht mehr länger darüber nach. Im April fanden überall in der Region religiöse Feste statt, und Nebi Musa hatte sich zum wichtigsten gemausert, denn man pilgerte nach Jericho zum Grab von Moses. Das Fest fiel mit dem Karfreitag des orthodoxen Kalenders zusammen, und während der letzten Jahre hatte sich der Pilgerzug zunehmend säkularisiert, weil immer mehr Christen mit den Muslimen unterwegs waren und am ersten Sonntag des Monats nach Jerusalem zogen. Manchmal stießen auch Jerusalemer Juden dazu – in diesem Jahr aber wohl nicht, denn in diesem Jahr überschnitt sich Nebi Musa mit dem Passah-Fest.

»Das ist eine fantastische Gelegenheit«, sagte Adel und zwang Midhat und Basil, schneller zu gehen. Jamil war ihnen schon voraus. »Sie können unsere Kundgebungen untersagen, aber sie würden es nie wagen, ein religiöses Fest zu verbieten. Sie reden immer von der Erhaltung des Status quo – die Folgen eines Verbots könnten dramatisch sein.«

Es war Freitag, und sie zogen mit einer Nargila-Pfeife nach Ras al-Ayn. Unterwegs hatten sie Basil aufgegabelt, der am Rand der Qaysarijeh-Straße geraucht hatte. Basil fragte, wohin sie gingen, und Adel meinte, er könne ja mitkommen. Als Basil fragte, ob er Munir mitnehmen dürfe, hatten Midhat und Adel einen Blick getauscht. Ein Bruder war auszuhalten; beide wären unerträglich. »Du kannst ja später zu uns stoßen«, hatte Adel gemeint, woraufhin Basil mit den Worten »Ich komme ja schon« nachgegeben und sich Midhat angeschlossen hatte.

»Bist du auch dort?«

»Meinst du Nebi Musa?«, erwiderte Basil. »Aber natürlich sind wir da.«

Er kratzte sich am Rücken und hob dabei die Jacke an. In seiner Hose steckte eine Pistole. Der Griff, offenbar gerade gewienert, ragte über den Bund.

»Wozu hast du eine Pistole?«

Basil sah geradeaus und kaute innen auf der Wange.

»Was hast du damit vor?«

»Habt ihr mal von Jabotinsky gehört?«, fragte er schließlich.

»Nein.«

»Er ist Zionist. Er baut eine zionistische Armee auf. Wenn

wir sie besiegen wollen, müssen wir den Umgang mit Waffen üben.«

Der vorausgehende Adel lachte schallend. Jamil gestikulierte mit den langen Armen, seine Hemdsärmel leuchteten in der Sonne.

»Und er hatte einen winzigen Hund«, erzählte Jamil, »und den nannte er Naila!«

»Darf ich fragen«, sagte Midhat, »warum du die Waffe nach Ras al-Ayn mitnimmst?«

»Ich will mich daran gewöhnen, sie bei mir zu tragen.«

»An welche Quelle setzen wir uns, Jungs?«, fragte Adel, indem er herumfuhr.

»Das kannst du entscheiden«, sagte Midhat.

Ein Kreis von Frauen, die am Straßenrand saßen, setzte sich in Bewegung und verschwand so rasch wie ein Schwarzdrosselschwarm.

»Hast du noch mehr Waffen?«, fragte Midhat.

»Willst du auch eine?«, erwiderte Basil. »Vielleicht können wir vor dem Fest noch eine beschaffen. Die Kontaktperson …«

»Nein, nein, ich will keine«, sagte Midhat.

»Ist nur für den Fall der Fälle«, meinte Basil mit nachsichtigem Lächeln. »Nur für den Fall der Fälle.«

Der erste Tag der Prozession verlief ohne Zwischenfälle. Pilger machten sich auf den Weg nach Jerusalem, beteten in der al-Aksa-Moschee, kampierten über Nacht vor den Stadtmauern und zogen dann weiter nach Jericho. Am Sonntagmorgen trafen sich Midhat und Jamil in aller Frühe. Auf dem Weg bergab hörten sie die Pilger in der Ferne singen. Auf der Nördlichen Straße erblickten sie den festlichen Umzug samt Trommeln und Zimbeln, grau in der fahlen Dämmerung.

Jamil und Midhat nahmen den ersten Zug nach Tulkarem und stiegen nach Lydda um. Auf dem dortigen Bahnsteig standen Engländerinnen mit geschlossenen Regenschirmen. Midhat sah, wie sie das Kinn selbstgerecht reckten. Nach einer Weile bemerkte er, dass alle Frauen seinem Blick auswichen. Er wählte aufs Geratewohl eine aus. Rote Haare, eine hässliche Haube. Billige Lederhandschuhe, ein Fotoapparat.

»Ich bin schon jetzt müde«, meinte Jamil.

Die junge Frau mit den roten Haaren sah ihn nicht an. Dann fuhr der Zug mit lautem Zischen ein, und sie und ihre Freundin griffen nach der Haltestange. Alle Frauen stiegen ein. Midhat erinnerte sich an Fotos der Züge, die französische Soldaten an die Front gebracht hatten, und die Spitzen der Regenschirme kamen ihm vor wie Gewehrmündungen.

»Adel ist dort drüben, glaube ich.«

Jamil zeigte an das Ende des Bahnsteigs, dann packte er die Haltestange und stieg in den Waggon. Er tauchte unter dem Arm einer fremden Person durch, und nachdem Midhat ihm gefolgt war, schloss der Schaffner die Türen. Die Lok tutete, und der Bahnsteig blieb zurück. Der Waggon war voll und warm. Sie konnten die Prozession sehen, sie schlängelte sich durch die Täler bis Jerusalem.

Während der nächsten drei Stunden versank Midhat in einem Tagtraum. Er dachte daran, dass Hani geschrieben hatte, sie sollten sich als Syrer bezeichnen, und er fragte sich, was ihnen noch bevorstand. Vielleicht ein Unabhängigkeitskrieg. Welche Folgen hätte das für Nablus? Er hatte erlebt, wie der Krieg die Regeln des Alltags auf den Kopf stellte. Vielleicht könnte er dem Zugriff seines Vaters entkommen, denn Syrien wäre dann frei – und Midhat auch. Jamil fing seinen Blick auf und zwinkerte ihm zu. Die Sonne verschwand immer wieder hinter den Bergen, und das Spiel der Schatten hob die Wangenknochen seines Cousins hervor. Hinter ihm saßen die ausländischen Frauen. Aber was hätte er von einer solchen Freiheit? Teta hatte recht: Er wusste nicht, was er wollte. Sein *tableau vivant* von König Faisal als Herrscher Palästinas wich einer Vision seiner selbst in Kairo, verheiratet, als Vater kleiner Kinder. Er überlegte, woher das Bild rührte, und begriff dann entsetzt, dass er sich gerade vorgestellt hatte, mit Laila verheiratet zu sein.

Das Echo einer Trommel rang mit dem Takt der Kurbelwelle. Eine Frau rief: »*There are so many people!*« In den Fenstern sah man Köpfe und Flaggen. Das Rumoren der Menge drang so dumpf an ihre Ohren wie das Rauschen eines Wasserfalls auf der anderen Seite einer Schlucht.

Midhat bremste Jamil mit einem Arm, damit die Frauen zuerst aussteigen konnten. Einige bedankten sich bei ihm, und als er sich verneigte und den Fez lüpfte, ließ Jamil lachend einen Handrücken gegen seine Brust klatschen. Beim Aussteigen schienen sie in eine Gewitterwolke einzutreten.

»Michael, ist das die Prozession nach Hebron?«, rief ein Engländer mit Strohhut. »Ich dachte, die kommt erst in einer Stunde.«

Sie folgten der Menge zur Altstadt. Ein Mann mit Fez hob ein Grammophon über seinen Kopf, aber die Musik ging unter. Die Menge wurde dichter, es ging langsamer voran, und am Straßenrand erschien ein Pferd, auf dem ein stämmiger Mann mit bleistiftschmalem Schnurrbart saß. Die beiden mittleren Knöpfe seiner Weste waren aufgesprungen, und die eiförmige Öffnung enthüllte das weiße Hemd.

»*Ya*, Kameraden!« Er reckte das Doppelkinn. »Bleibt friedlich! *Ya*, Kameraden!«

Vor dem Jaffa-Tor saßen sie hinter einer Gruppe junger Europäer fest, die nicht weitergingen. Midhat ergriff Jamil beim Arm.

»Wir gehen rein, oder?«

»Aber sicher«, rief er, ließ Jamils Arm los, drängelte sich durch die Gruppe und wurde dann durch das Tor gerissen.

Die Europäer waren jetzt ausgewichen, und als sich die Leute bückten, um durch den Eingang zu gelangen, sah Midhat, dass am Ende der Menschenschlange etliche Araberinnen gingen. Viele trugen wie die Männer Transparente und Banner; einige schwenkten sogar die Flaggen der arabischen Revolte. Sie riefen etwas. »*Filastin ardna*« lautete die erste Parole, die zweite verstand er nicht. Die Menge drängte weiter, und als sie aus dem Gang ins Freie geschoben wurden (»Geh mir ja nicht verloren«, sagte Midhat und ergriff einen Ärmel seines Cousins), sahen sie auf den Balkonen weitere Frauen, die bunte Taschentücher auf sie hinabsegeln ließen.

Ein Sufi-Derwisch mit langem Gewand und abgetragener Samtjacke begann vor einer Schar von Trommlern zu tanzen. Er drehte den Körper hin und her, sein Gewand wirbelte. Er warf den Kopf vor und zurück und ließ die Füße auf den Boden klatschen. Staub stieg auf wie Nebel. Die Menge, gerade noch in Bewegung, wurde zum Publikum. Man begann zu klatschen, dann kristallisierte sich ein Lied aus der Kakophonie heraus und wurde von immer mehr Menschen aufgenommen, und als Midhat näher zum Derwisch gedrängt wurde, entglitt Jamil seinem Griff. Die Füße des Tänzers klatschten immer schneller auf den Boden, und Midhat kam ihm nahe genug, um die Stimme des Mannes zu hören: »*La ilaha illa llah la ilaha illa llah*.«

Da geschah etwas Unvorhergesehenes. Der zwischen den Menschen eingequetschte Midhat spürte, wie etwas in seiner Brust aufflammte. Ein sonderbares Gefühl, fast wie Freude, nur dass es intensiver und zugleich gefasster war. Er nickte im Takt und schnalzte mit der Zunge. Er konnte die Füße des Derwischs nicht sehen, beobachtete aber dessen elegante, mechanische Drehungen, befeuert durch die geballten und gereckten Fäuste. Jemand packte ihn beim Nacken.

»Alles in Ordnung?« Jamils Haare waren zerzaust, seine

Stirn glänzte, seine Oberlippe war verkrustet. »Da, schau mal, sie tanzen einen Dabke!«

Der Derwisch machte einem Spalier von Landleuten Platz, die einander untergehakt hatten und auf und ab sprangen. Einer nach dem anderen schlurfte mit rhythmischen Schritten in das freie Rund, sprang und warf die Beine aus. Irgendwo ertönten Flöten. Midhat senkte seinen Blick. Seine Schuhe waren voller Staub. Er wurde in den Rücken gestoßen.

»Du weißt, wie man den Dabke tanzt.«

»Nein, weiß ich nicht!« Er lachte japsend und gab den Stoß zurück.

Die Truppe der Araberinnen stand jetzt unter dem Bogen vor der Wand, und sie klatschten mit, während die Menge immer dichter wurde. Eine der Frauen, die vorne stand und nicht klatschte, zog Midhats Blick an. Sie sah ihn unverwandt an. Er versuchte, sie im Getümmel im Blick zu behalten, aber sie spürte offenbar, dass er sie entdeckt hatte, denn sie wandte sich ruckartig ab. Sie blieb reglos stehen und bot ihm das Profil dar. Ohne einen Gedanken an Jamil zu verschwenden, begann Midhat, sich zu ihr durchzudrängeln. Sie hielt den Kopf still, aber er konnte einen hellen Augenwinkel mit schwarzer Iris erkennen. Ohne Gegenpart glich das Auge einem Objekt, und so hatte er nicht das Gefühl, in ihre Augen zu schauen, sondern zu beobachten, wie sie ihn ansah. Irgendjemand raubte ihm die Sicht, und er schob die nächste Person zur Seite, um die Frau erneut in den Blick zu bekommen. Da erhielt er plötzlich einen Schlag auf die Schulter, und der Kreis der Tänzer schloss sich. Die Menge kam in Bewegung. Alle Pilger, die am Tor gewartet hatten, stürmten auf ihn zu, und die Frau drehte sich zu ihm um. Er hatte sie ertappt: Fatima Hammad; die Augen mit den nach unten weisenden Winkeln verrieten sie, und obwohl er nur die Augen sah, hatte er auf einmal ihre ganze Gestalt vor Augen.

Der wuchtige Strom der Menschen drängte ihn nach rechts ab, und Fatima verschwand zwischen den Frauen. Midhat wirbelte herum, um Jamil zu erzählen, was er gesehen hatte, doch alles war in Bewegung, und sein Cousin war nicht da. Er überflog die vorbeihuschenden Gesichter.

»Midhat!«, rief jemand. »Midhat!«

Es war der winkende Basil Murad, sieben oder acht Köpfe weiter. Die dichte Menschenmenge, in der er sich befand, bewegte sich schneller als jene Midhats, und Basil wurde mitgezogen. Midhat kämpfte gegen den Strom der Menschen an und erwog, sich wieder zum Jaffator durchzukämpfen, wo die Frauen standen. Als er herumfuhr, stellte er jedoch fest, dass sie verschwunden waren. Er betrachtete die Menge, die sich an ihm vorbei durch den enger werdenden Innenhof schlängelte. Leute drückten von hinten. Jamil musste irgendwo dort hinten sein. Er wollte Basil winken, aber der war auch nicht mehr da. Er hatte keine Wahl, er musste nachgeben. Er ließ sich von der Menge weiterschwemmen.

* * *

Fatima und Nuzha hatten sich vor Tagesanbruch mit Burhan im Flur getroffen, um den aufbrechenden Pilgern zu winken. Ihre Mutter war in Lydda und ahnte von nichts. Auf der dunklen Straße ertönten Trompeten und Trommeln, und Fatima dachte sofort an das Nebi-Rubin-Fest, und Erinnerungen keimten auf: die schläfrige Aufregung, wenn sie frühmorgens im Zelt erwachte, die Geräusche, wenn die Musiker ihre Instrumente stimmten.

Die Dunkelheit verstärkte die Geräusche der Schritte. Auf der Nördlichen Straße wurde die Musik lauter, und dann kam die tanzende Menge in Sicht. In der Dunkelheit schaukelten Lampen an Stöcken und erhobenen Armen, ihre Flammen huschten vorbei wie fliehende Sterne.

Die Frauen aus der Stadt bildeten die größte Gruppe unter den Leuten, die den Aufbrechenden alles Gute wünschen wollten. Die beiden Schwestern stellten sich daneben, und Nuzha begann zaghaft zu jaulen. Sie drehte sich lachend zu Fatima um, und Burhan zögerte kurz. Dann unterdrückte er seine Scheu und reihte sich zwischen den Männern ein. Er spreizte die Beine und begann, in die Hände zu klatschen.

»Fatima? Bist du das?«

»Wer sind Sie?«

»Muna al-Jayyusi. Kennst du mich denn nicht?«

Ein Paar blasser Augen. Helle Wimpern.

»Muna? Aber natürlich kenne ich dich! Wie geht es dir, ich habe dich seit der Schule nicht mehr gesehen.«

»*Ikshif alayya, ya tabib* ...«, sangen die Pilger und stampften mit den Füßen.

»Komm doch mit«, sagte Muna. »Wir nehmen in Tulkarem den Zug. Die Straßen sind bestimmt überfüllt.«

»Nach Jerusalem?«

»Keine Sorge, wir schauen nur zu. Komm mit.«

»Der Zug geht in zwanzig Minuten«, sagte ein dünnes Stimmchen.

»Nur wenn du möchtest ... Fatima«, sagte Muna.

Die Gruppe brach auf. Fatima ergriff ihre Schwester beim Arm. Nuzha erstarrte.

»Wenn er fragt«, meinte Nuzha, »sage ich, du hilfst in der Schule.«

Fatima hielt Ausschau nach Burhan. Er hatte sich abgewandt und schwenkte ein Taschentuch, das er aus der mütterlichen Kommode stibitzt hatte.

Auf dem Bahnsteig waren sie zu zwölft. Sie setzten sich im Waggon auf die Holzbänke und starrten in die anbrechende Dämmerung.

Fatima konnte vor Furcht nicht klar denken. Nuzha hielte

sicher Wort, aber Burhan könnte sie vielleicht verpetzen, und ihr Vater würde es dann sicher ihrer Mutter erzählen. Fatima fürchtete ihre Mutter am meisten. Nicht ihr Vater gab zu Hause die Regeln vor; es war eher, als verkörperte er das Gesetz, ein zorniger Geist, den Widad beschwor, um ihre Kinder einzuschüchtern.

Bis vor Kurzem hatte Fatima die Legende vom Zorn ihres Vaters geglaubt und war stets verstummt, wenn er eingetreten war. Aber nach dem *istiqbal* der Atwans hatte sie vormittags die hochemotionale Stimme ihrer Mutter im Büro ihres Vaters gehört.

»Ich weiß«, sagte ihr Vater. »Hassan hat es mir erzählt. Ich habe ihn beim Verkauf beraten.«

»Du hast ihn dabei *beraten*?«

»Ja.«

»Eine Katastrophe! Die Männer halten Tag und Nacht um Fatimas Hand an, und du weist sie alle ab.«

»Tag und Nacht?«

»Ich weiß über Midhat Kamal Bescheid. Er war hier. Tu nicht so überrascht.«

»Das reicht.«

»Das reicht, obwohl du es nicht für nötig erachtet hast, mir davon zu erzählen? Seine Großmutter hat uns zum Kaffee eingeladen – *ya Allah*. Was bist du nur für ein Ehemann.« Dann klatschte etwas.

»Ich sagte, es reicht.«

»Sie ist sehr begehrt. Sie wird nicht für immer begehrt sein. Willst du, dass sie den Emir heiratet? Wie genau soll dein idealer Mann aussehen? So bildhübsch ist sie nun auch wieder nicht, Nimr, es gibt Tausende schöner Mädchen, so selten ist die Schönheit nicht. Ich kenne dich, ich weiß, du wirst warten, bis unser Familienname ausstirbt und in Vergessenheit gerät. Willst du, dass ich sterbe? Willst du wirklich, dass ich sterbe, willst du mich umbringen? Nicht mal in der Hölle haben Frauen einen Mann wie dich.«

Fatima dämmerte, dass sie Zeugin eines Zwistes geworden war, der bedeutete, dass ihre Eltern keine felsenfeste Front bildeten, was wiederum hieß, dass die Drohung »euer Vater wird zornig sein« nicht wirklich ernst zu nehmen war. Seither fürchtete Fatima nicht mehr den Zorn ihres Vaters, dafür aber den ihrer Mutter. Nicht das Gesetz, sondern die Haushofmeisterin des Gesetzes. Und wann immer sie ihren Vater seitdem beobachtete, fragte sie sich, warum sie sich so lange für dumm hatte verkaufen lassen. Er war zu stark mit seinem außerhäuslichen Leben beschäftigt, um seinen Töchtern viel Aufmerksamkeit zu schenken, und obwohl sie davon in den letzten Jahren etwas mehr bekommen haben mochte, waren die Gedanken, die er sich über ihre Heirat machte, nur Erweiterung seiner Rolle als Richter gewesen: Er taxierte sie mit Abstand.

»Keine Bange«, meinte Muna. »Wir bleiben nur ein paar Stunden, wir wollen bloß die Reden hören.«

Im Dämmerungsschein bemerkte Fatima, dass die Haut um die Augen ihrer Freundin zarte Falten hatte.

»Bist du verheiratet?«, fragte Fatima.

»Nein«, sagte Muna, und ein Lächeln trat in ihre Augen. »Ich bin Lehrerin. An der Fatimiyah Schule. Bist du verheiratet?«

Fatima drehte sich zum Fenster um. »Noch nicht.«

Sie verharrten auf dem Bahnsteig, während sich die Waggons leerten. Dann kristallisierte sich in ihrer Schar eine Anführerin heraus: eine ältere Frau mit Schleier und weißem Sonnenschirm, den sie wie einen Stock vor sich hertrug. Sie führte sie auf die Straße. Muna hielt Fatimas Hand.

»Du hast mir gefehlt.«

Fatima legte sich eine Hand auf die Brust, um das Gleiche zum Ausdruck zu bringen, und stellte überrascht fest, wie wild ihr Herz pochte.

Die Straßen wimmelten von Menschen. Der kühle Nachtwind war noch nicht abgeflaut, und die Frauen blieben dicht beieinander. Fatima wünschte sich, festere Schuhe angezogen zu haben. Vor dem Jaffator, unter dem Uhrturm, mündete der Menschenstrom in ein Meer, abgesessene Reiter führten ihr Pferd am Zügel. Es herrschte ein schier unglaublicher Lärm. Sie merkte, wie sehr sie sich getäuscht hatte, denn dies war überhaupt nicht wie Nebi Rubin. Nebi Rubin wurde mit Kindern im Freien am Strand gefeiert, aber dies war ein Fest für Männer. Sie hatte noch nie so viele auf einem Haufen gesehen. Sie beobachtete ihre ruckartigen Bewegungen, die Kiefer, die bloßen Hälse, und in ihren Gedanken verschmolz der Aufbruch zum Nebi Musa mit dem Verlassen ihres Zuhauses anlässlich ihrer Hochzeit. Beides war furchtbar, beides widerwärtig. Sie verkrampfte unter dem Tuch ihre Hände und fummelte mit einem Daumen nervös an der Schleife ihrer Schärpe.

»Dicht an der Mauer bleiben, meine Damen!«

Sie folgten dem weißen Regenschirm in den Schatten des Torbogens.

»Ich hätte nie gedacht, dass es so viele sind!«, sagte Muna und hob die Hände, um zu klatschen.

Fatima starrte die Männer an, und als sie merkte, dass ihre Nase lief, griff sie unter den Schleier.

Und da erblickte sie Midhat Kamal. Er war zu sehen, weil er eine freie Fläche vor sich hatte, auf der man Dabke tanzte. Sie wusste, wie er aussah, denn vor einigen Wochen hatte Burhan ihn am Haus vorbeigehen sehen und sie ans Fenster gerufen. Jetzt lachte er. Er hob die Arme, um sich gegen einen anderen jungen Mann zu verteidigen, etwas größer, mit dunklerer Haut und pfeilgerader Nase, der ihm in den Nacken fasste. Der Anblick Midhats war wie Balsam für Fatima. Er machte ihr keine Angst. Sein Lächeln, sein kupferfarbener Teint. Sie beobachtete ihn. Irgendwie schaffte er es, Teil des Ganzen zu sein und es zugleich distanziert zu beobachten, genau wie sie. Sein Lachen hatte etwas Befreites. Er sprach mit seinem Begleiter. Dann brach wieder ein Lachen aus ihm heraus und löste seine Züge.

Schließlich spürte sie ein erneutes Trommeln in der Brust, und ihr kam der ernüchternde Gedanke, dass sie sich nur etwas einbildete. Die sehnsuchtsvolle Phantasie ging mit ihr durch. Sie kannte Midhat Kamal ja gar nicht. Sie hatte nur seinen Namen erfahren und sich anhand der Berichte Burhans ein Bild gemacht, und dann hatte sie ihn mit einem Charakter versehen und aus dem Treiben herausgelöst. Darum fiel er ihr ins Auge, als eigenständiges menschliches Wesen in diesem Meer von Männern.

Er wandte den Blick von den Tänzern ab, und als seine lachend hochgezogenen Augenbrauen durch ein Stirnrunzeln nach unten gedrückt wurden – die Sonne schien im direkt ins Gesicht –, wusste sie, dass er sie bemerkt hatte. Sie riss überrascht den Kopf weg. Trotzdem konnte sie nicht anders, als ihn wie ein scheues Wild weiter aus den Augenwinkeln zu betrachten. Er sah immer noch zu ihr, und sie wusste genau, dass er sie trotz ihrer Verhüllung erkannt hatte. Er wollte zu ihr, das war offensichtlich, und sie begriff, dass sie ihn durch ihren Blick angelockt hatte. Sie hatte ihn provoziert, er konnte nicht ahnen, wer sie war, sie war bloß eine Frau, die einen Mann geködert hatte. Zwischen ihren Optionen schwankend, tat sie schließlich beides: Sie sah ihn aus beiden Augen offen an. Und dann fuhr sie herum und trat im Gewirr der Tücher, Röcke und Schirme der anderen Frauen den Rückzug an.

* * *

Vor dem Gebäude des Arabischen Clubs kam es zu einem Gerangel, als man Pappbecher über die Köpfe weiterreichte. Midhat nahm einen. Der überschwappende Inhalt trocknete sofort auf seinen Fingern, was für ein unangenehm klebriges Gefühl sorgte. Der Becher enthielt etwas Limonade. Ihm lief das Wasser im Mund zusammen, und er trank: Die Limonade war warm und zuckersüß.

Draußen drängten sich die Feiernden, und auf dem Balkon des Arabischen Clubs stand ein Spalier von Männern, alle mit Fez und alabasterfarbenem Anzug und Krawatte, jeder mit einem Zettel in der Hand. Einer reckte eine Flagge, um die Menge auf sich aufmerksam zu machen. Und da war auch Basil, nur einige Köpfe entfernt, er stieß die Faust in die Luft und brüllte.

Der Gesang wurde umso kräftiger, je mehr Stimmen einfielen: »*Falastin arad-na, al-Yahud aklab-na! Falastin arad-na! al-Yahud aklab-na!*« Die Worte flogen in der Menge von Mund zu Mund. *Palästina ist unser Land, die Juden sind unsere Hunde*. Sie schienen Midhats Gehirn ganz auszufüllen. Sein Unbehagen verflog, er vergaß Dreck und Schweiß und den Durst, den die Limonade geweckt hatte. Er war einer von ihnen. In seiner Brust flammte wieder die fast unheimlich beglückende Freude auf. In seinem Inneren hallte der Gesang, wenn auch ohne Worte, und nun strömte das Gefühl auch in seine Gliedmaßen, die zuckten wie unter den Schlägen eines Reflexhammers. Er klatschte in die Hände, stampfte mit den Füßen.

Als er sich umdrehte, sah er, wie am Tor jemand eine Faust ins Gesicht bekam, dann dunkle Spritzer auf den Mauern, und das brachte ihn zur Besinnung. Er schmeckte plötzlich Metall im Mund. Brust und Ohren taten weh, die Trommeln sorgten für einen Anflug von Panik. Jemand stolperte, und die Gesichter ringsumher verwandelten sich, sie wurden hart wie Masken. Speichel flog, Augen blitzten, Arme wurden zu Schlagwaffen. Die Worte waren jetzt real, in all ihrer Gewalt; er gewann seine Fassung wieder und spürte durch sein verschwitztes Hemd den kratzenden Wollmantel auf Rücken und Armen. Schließlich begann der erste Redner auf dem Balkon zu sprechen, und der Trommelschlag ebbte ab wie ein Wind bei plötzlicher Flaute.

Hinter dem Redner wurde ein Banner mit dem Bild Emir Faisals entrollt, und Midhat drehte sich noch einmal um. Das brutale Intermezzo, das er beobachtet hatte, war vorbei; er konnte die Blutspritzer nicht mehr sehen, aber der Uhrturm vor dem Jaffator war weit entfernt, und die Menschenmenge stand im Weg. Idiotisch, dass er geglaubt hatte, Jamil hier zu finden.

Die Menge begann wieder zu brodeln. Die nächste Mauer befand sich rechts von ihm. Midhat drängelte sich dorthin durch, verschwitzte Arme stießen gegen verschwitzte Rücken. »Entschuldigen Sie, entschuldigen Sie.« Er setzte eine gequälte Miene auf, kam damit aber auch nicht schneller voran. Die Mauer war feucht und rau. Die Unglücklichen, die ihr zu nahe kamen, wurden regelrecht plattgequetscht, und er begriff, wieso viele hinaufgeklettert waren. Ein Junge weinte. Midhat zog ein Taschentuch hervor und hielt es ihm hin, aber der Junge nahm das zusammengeknüllte Tuch nicht wahr. Tränen liefen ihm unablässig aus den Augen, rollten über die Wangen und fielen zu Boden.

Dann wurde der Gesang wieder angestimmt. Midhat entdeckte eine Öffnung in der Mauer, gleich hinter dem Jungen.

»*Ammo*, rein da.«

Er griff nach dem Rücken des Jungen. Der zuckte zusammen und schlug ihn in den Bauch. Midhat japste verdutzt. Er starrte das verkniffene Gesicht an, das sich von ihm abwandte, holte tief Luft und bahnte sich einen Weg zum Durchgang. Dieser führte in eine Gasse, in der Leute zum Platz drängten, und weil die Gasse sie bergab führte, konnte Midhat sehen, dass die Menge überschaubar war. Er kämpfte sich mit seiner künstlich gequälten Miene durch, die Lippen verzerrt wie der heulende Junge.

Auf der Straße war die Luft frischer, und in seinen Kleidern erkaltete der Schweiß. Er rang um Atem. Seine Rippen taten weh. Die Gasse verlief unter einem wuchtigen Bogen, und nach kurzer Zeit war die Menge nur noch eine dumpfe Vibration im Mauerwerk. Er lehnte sich gegen eine Mauer, um zu verschnaufen; sie kühlte seinen Nacken. Als er den Kopf hob, sah er einen Ausschnitt des blauen Himmels, der zwischen den Gebäuden gefangen war.

Da ertönte in der entgegengesetzten Richtung ein neues Geräusch. Ein anderer Rhythmus, ein anderer Trommelschlag, der immer näher kam. Eins, zwei, eins, zwei. Beigefarbene Jacke und Krawatte, braune Shorts. Militärstiefel, eins, zwei. Zuerst glaubte er, die britische Armee würde zum Schutz des Festes anrücken, doch beim Anblick der Gesichter begriff er, dass es weder Engländer noch indische Kolonialsoldaten waren. Er erinnerte sich an Basils Erwähnung einer »zionistischen Armee«. Die Soldaten marschierten vorbei, es mussten Hunderte sein, darunter nicht nur Männer: Er sah nach hinten gebundene Locken, und alle marschierten im Gleichschritt, ein Gewehr auf dem Rücken, Patronengurte um den Oberkörper. Eins, zwei, ihre Stiefel knallten auf den Boden. Dann bog das letzte Paar um die Ecke, und sie waren verschwunden.

Midhat ergriff die Flucht. Wenn er als Soldat gekämpft hätte, dann hätte er gewusst, dass Menschen in einer Masse keine selbstständigen Wesen mehr waren. Er hatte zwar über Menschenmengen gelesen, während des Studiums in seinen Aufsätzen über die Französische Revolution auch darüber geschrieben, er hatte Fotografien gesehen und Berichte gehört, war aber noch nie Teil einer Masse gewesen. Was ihn am stärksten ängstigte, als er zu laufen begann und hinter sich die Rufe hörte, war die Tatsache, dass auch *er* etwas gespürt hatte. Das Fieber der Eintracht vor dem Arabischen Club.

Als er die Stadt durch das Ziontor verließ, kam er an einigen

Polizisten vorbei, die vor der Stadtmauer standen und mit ihren Waffen hantierten, und er wurde von Panik erfasst. Die Mittagssonne brannte. Um den Taxistand zu erreichen, musste er bis hinter das Damaskustor, und bei der Aussicht auf den langen Weg ging ihm die Luft aus. Er hatte gerade ein paar Schritte getan, da kam ein Polizist mit Tropenhelm angerannt und richtete das Gewehr auf ihn.

»Ich muss Sie durchsuchen.«

»Bitte?«

Der Polizist legte das Gewehr an. Midhat hob die Hände.

»Ich muss Sie durchsuchen.«

»Aber … ich verlasse die Stadt.«

»Hände oben lassen!«

Unter dem groben Griff des Polizisten schmerzten seine Rippen. Der Mann tastete Midhats Taille ab, strich über beide Beine, untersuchte die Hosenaufschläge und forderte ihn auf, die Schuhe auszuziehen. Seine Strümpfe waren verschwitzt, die Fußsohlen wund.

»Gut. Sie können gehen.«

Ein Taxi kam auf der Straße angebraust. Midhat pfiff und winkte und stieß auf der Rückbank hervor: »Nablus.«

»Da müssen wir den Umweg nehmen«, sagte der Fahrer.

»Dann nehmen Sie eben den Umweg.«

Er schloss die Augen, gegen das Leder gelehnt. Hupen, Rufe. Sein Atem beruhigte sich – er dämmerte ein. Im Rot seiner geschlossenen Augen erschien Jamil. Jamil, in einen See von Leichen geworfen. Er riss die Augen auf.

Ein Pilgerzug schleppte sich auf der Straße dahin, die parallel zu jener verlief, auf der sie fuhren. Händler am Straßenrand hoben die Handflächen vor die Stirn.

»Jemand sollte sie warnen«, sagte der Taxifahrer. Er beugte sich über das Lenkrad.

»Ja«, sagte Midhat.

Die Pilger schlugen ihre Trommeln. Midhat rief sich ein neues Bild Jamils vor Augen: Er bahnte sich wie ein Schwimmer, der aus einem See watete, einen Weg durch die Menge, die er um mehrere Köpfe überragte.

»Was ist denn passiert?«, fragte Teta.

»Ich muss was trinken.«

»Was ist passiert?«

»Weiß ich auch nicht. Wir hätten nicht hinfahren sollen, das war eine blöde Idee.«

»Wo ist Jamil?«

Midhat schluckte und wischte sich über den Mund.

»Hast du ihn zurückgelassen?«

»Teta, dort waren Massen. Du verstehst das nicht.«

»Wie? Was verstehe ich nicht?«

»Es waren Menschenmassen, Teta! Das war ... das war ...« Er setzte sich und stützte den Kopf auf die Hände. »Ihm passiert schon nichts.«

»Wir müssen es Umm Jamil sagen.«

»Warum soll sie sich ängstigen? Warte noch. Ein bisschen.«

Teta sah ihn scharf an. »Ein bisschen« war ein Zugeständnis, er erkannte seine Niederlage an und stand auf.

»Na gut«, sagte er.

Ein Blick auf das Gesicht von Umm Jamil, und Midhat wusste, dass er manches verschweigen musste. Die Frauen bestürmten ihn am Küchentisch mit Fragen, und in seiner Erschöpfung presste er das, was er erlebt hatte, in ein paar stimmige Fakten und Bilder: die Menschenmasse, ihre schiere Zahl; die Hitze, die Gesänge; wie er von Jamil getrennt worden war; seine Entscheidung, die sinnvollste, wie er betonte, der Menge zu folgen, um ihn wiederzufinden, was, wie er später merkte, unmöglich war; die Reden, an die er sich kaum erinnern konnte; das Banner mit dem Bild Faisals; seine Flucht.

Sie staunten ihn an wie Kinder bei einem *hakawati*. Nach einer Weile hob Umm Jamil eine Hand und presste ihre Lippen aufeinander. Midhat bemerkte, dass ihr Kopf zu zittern begann, und wünschte sich, er wäre offener gewesen, er hätte sich am liebsten berichtigt, damit sie sich in keine Phantasien hineinsteigerte. Nun, da er sich Teta gegenüber nicht mehr rechtfertigen musste, wurde ihm deutlich bewusst, wie schändlich es von ihm gewesen war, Jamil zurückzulassen. Das sagten ihm sogar die paar Fakten, die er den Frauen offenbart hatte.

»Ich setze Wasser auf«, sagte Teta.

Sie warf ein Büschel getrockneten Salbeis auf den Tisch, und Midhat pflückte ein Blatt vom Stängel. »Ihm passiert schon nichts, da bin ich mir sicher.«

In Umm Jamils Augen sammelten sich Tränen, die über die Falten in ihrem Gesicht liefen.

»Ihm passiert nichts«, sang Teta.

Das Wasser kochte, der Tee färbte sich golden. Umm Jamils Brust hob sich stoßweise. Teta schenkte drei Tassen ein und kramte im Speiseschrank nach Brot und einem Krug Labneh-Bällchen in Olivenöl und kippte ein paar auf einen Teller. Midhat wischte das Öl langsam auf und beobachtete, wie es über das Porzellan kroch.

Kurz vor neunzehn Uhr hörten sie die Haustür.

»Oh, das ist er!«, rief Umm Jamil.

Die Stühle quietschten. Jamil hatte ein blaues Auge, und seine Lippe war geplatzt, sein Hemdkragen dunkel von Dreck und Schweiß. Er stützte sich auf eine Kommode, als würde er gleich zusammenbrechen.

»Oh mein Gott«, sagte Midhat.

»Du bist schon da«, sagte Jamil.

Midhat versuchte, etwas zu erwidern. Zu seinem Entsetzen brachte er nichts hervor.

»Was ist mit deinem Gesicht passiert?«, fragte Umm Jamil.

»Ich habe einen Ellbogen abgekriegt.« Jamil verzog schmerzhaft das Gesicht. »Sie haben getanzt. Wo bist du abgeblieben? Ich habe dich aus den Augen verloren, und danach habe ich dich gesucht.«

»Entschuldige«, sagte Midhat, »die Polizei … ich … ich … bin abgehauen.«

»Du hast ihn im Stich gelassen!«, fauchte Teta. »Du hast ihn im Stich gelassen, und er wurde verprügelt!«

»Er hat richtig gehandelt«, sagte Jamil.

»Setz dich, *habibi*«, sagte seine Mutter.

Jamil blieb stehen. »Es war schlimm. Sie sind direkt zum jüdischen Viertel gezogen.« Er sah Midhat in die Augen, und Midhat spürte, dass er etwas verschwieg. »Die Briten haben die Tore verriegelt. Ich musste warten, bis es dunkel wurde, dann bin ich über die Mauer geklettert.«

»Hat Basil …«

»Ich habe Basil nicht gesehen. Ich wollte nur weg. Ich weiß nicht, was passiert ist, ehrlich.«

»Du bist verletzt!«, rief Umm Jamil und zeigte auf seine Schulter. Umm Taher schnappte nach Luft.

»Nein, Mutter«, sagte Jamil und schüttelte ihre Hand ab. »Das ist nicht mein Blut.«

Alle schwiegen.

»Wir hätten nicht hinfahren sollen«, sagte Midhat schließlich.

»Du hättest nicht hinfahren sollen!«, rief Teta, als wollte sie ihm widersprechen.

»Nein, nein«, sagte Jamil und hob müde eine Hand. »Das war schon richtig. Es ist wichtig, das miterlebt zu haben.«

* * *

Die Frauen hatten sich im Gänsemarsch aus der tobenden Menge zurückgezogen. Vor dem Jaffator war der Aufruhr noch schlimmer. Sie drängelten sich bis zum Rand der Menschenmasse durch, und Fatima, die vor Panik fast den Kopf verloren hätte, rannte aus der heißen Sonne unter die Markise der Christakis-Apotheke. Mehrere Frauen folgten ihr dicht auf den Fersen, die rutschenden Schleier festhaltend, und drückten sich neben ihr gegen die Scheibe. Die Apotheke hatte zu, denn es war Sonntag, und die Schaufensterdekoration bot ein Bild der Stille. Die Sonne enthüllte den Staub auf einer Reihe grüner Arzneiflaschen; im schrägen Schatten der Markise war das Fenster stockdunkel. Im nächsten Moment versank das staubige Licht in Dunkelheit, und Rufe auf Englisch übertönten den Lärm. Ungefähr zehn Polizisten kamen auf der Straße angelaufen, rote, runde Feldmützen auf dem Kopf. Sie blieben stehen, als ein lautes Kreischen aus dem Jaffator drang. Gewalt war in dem Gewimmel nicht auszumachen – bis irgendjemand das Hemd einer anderen Person packte und ein großer, geschmeidiger Engländer mit langer Nase und hängenden Schultern mit dem Gewehr in der Hand losstürmte.

»Schnell«, sagte die Anführerin und hielt ihren Schirm über zwei ihrer Begleiterinnen. »Zum Taxistand.«

Auf der Straße klammerten sie sich aneinander und stiegen dann getrennt in die Automobile. Fatima schlug die Hände vor das Gesicht, um den Thronvers aufzusagen. Dann rief sie plötzlich: »Ich habe kein Geld!«

»Ich habe welches«, sagte Muna. »Entschuldige, das konnte ich nicht ahnen. Wenn ich gewusst hätte, was hier los ist, hätte ich dich nicht gedrängt, mitzukommen.«

»Ich bin wohlauf. Gott sei Dank. Wir sind alle unversehrt.«

Das Taxi setzte Fatima zuerst ab. Sie machte sich auf die Begegnung mit ihrer Mutter gefasst und dachte sich eine nicht ganz so beschämende Version der Wahrheit aus; wer würde ihr schon eine Lüge abkaufen, so voller Staub wie sie war? Sie horchte im Flur, hörte aber nichts. Ihre Mutter war noch nicht zurück.

Sie wusch sich die Stirn im Bad mit einem Schwamm, zog sich aus und spülte ihren ganzen Körper ab. Bilder der Prozession und des Aufruhrs, des brodelnden Meers von Männern gingen ihr durch den Kopf, und im Nachhall des Erlebten begann sich ein Beschluss herauszukristallisieren, der sich verfestigte und sie selbst immer mehr überzeugte.

Nuzha lag im Schlafzimmer auf dem Bauch und schmökerte in einer Zeitschrift.

»Ist Burhan da?«

»Oh, du bist zurück. Ja, er ist da, aber er verpetzt dich nicht. Wie war es?«

»Brutal.«

Nuzha zuckte überrascht zusammen.

»Möchtest du etwas aus der Küche?«

Ihre Schwester schüttelte den Kopf. Fatima verließ das Zimmer, ging die Treppe hinunter und flüsterte vor dem Arbeitszimmer ihres Vaters: »Baba.« Keine Reaktion. Sie legte mehr Nachdruck in ihre Stimme. »Baba.«

Ein Stuhl knarrte. »Wer ist da?«

»Fatima.«

Die Tür ließ sich schwer öffnen, gebremst durch den Teppich.

»Du musst fest drücken.«

Die Tür öffnete sich zu einem sonnenhellen Arbeitszimmer. Zwei große Bücher lagen aufgeschlagen auf dem Tisch, an dem ihr Vater saß. Das Zimmer war voller Kissen, und es roch nach Papier und Körperausdünstungen. Die Fensterscheibe leuchtete grell.

»Was gibt's?« Nimr schob die Brille in die Stirn.

»Darf ich mich setzen?«

Er wirkte verdutzt, wandte aber nichts ein.

»Baba …«, hauchte sie. »Ich möchte dich fragen, ob …« Sie zog einen Fingernagel über das vom Rock bedeckte Bein und sah auf. Nicht zum Gesicht ihres Vaters, sondern zum Bücherregal. Irgendwo erklang Musik; in einem anderen Zimmer. »Ich habe Angst.«

»Angst?«

Sie senkte den Blick.

»Ah. *Davor* musst du keine Angst haben. Und hör nicht auf deine Mutter.« Er nahm die Brille von der Stirn und setzte sich schräg auf den Stuhl. »Sie kennt sich nicht aus. Hör zu, *habibi*, wir finden schon einen Mann für dich, keine Sorge. Jemanden mit Geld, einem guten Namen, einer guten Familie.«

»Wie wäre es mit Midhat Kamal?«

Er holte Luft, um etwas zu sagen, atmete dann wieder aus und schüttelte den Kopf. »Die Familie Kamal gilt nichts, Fatima.«

»Warum denn nicht?«

»Weil ich etwas Besseres für dich möchte. Ich will …« Er bewegte die Lippen rasant, aber stumm, suchte nach Worten und verwarf sie wieder. »Wie kannst du es wagen, meine Entscheidung in Zweifel zu ziehen«, sagte er schließlich, und in seiner Stimme schwang Überraschung mit. »Ich bin dein Vater. Schäm dich, Fatima, wirklich: Schäm dich.«

»Entschuldige. Ich habe bloß Angst, und ich glaube, Midhat …«

»Warum willst du ausgerechnet ihn heiraten? Hat dir deine Mutter das eingeredet?«

»Burhan hat von ihm erzählt. Ich würde gern …«

»Du würdest gern diesen Kamal heiraten.«

»Ja.«

»Er ist keine gute Partie.«

»Wieso? Warum ist er keine gute Partie?«

Er öffnete wieder den Mund. Aber dieses Mal überwand er

seinen Zorn durch eine schnelle Antwort. »Weil er nicht gut genug ist. Er ist nicht gut genug, um mit mir verwandt zu sein! Wer sind diese Kamals? Nichts!« Er war heiser. »Was gefällt dir an ihm? Erzähl.«

Sie zögerte. Was für ein bizarrer Tag! Sie versuchte, sich in Erinnerung zu rufen, was sie über Midhat wusste, aber viel war es nicht. »Es gefällt mir, dass er in Frankreich gelebt hat«, sagte sie. »Sie nennen ihn den Pariser. Er ist sehr kultiviert – heißt es. Sein Aussehen gefällt mir. Und ich mag …«

»Du hast ihn gesehen?«

»Burhan hat ihn mir gezeigt«, sagte sie rasch. »Durch das Fenster.«

»Ich muss wohl ein Wörtchen mit Burhan reden.«

»Er wollte das gar nicht. Ich habe ihn darum gebeten. Es ist meine Schuld, ich wollte ihn sehen, weil ich gehört hatte, wie du über ihn gesprochen hast – über Midhat, mit Mama, und da habe ich mich gefragt, wie er so ist. Und Burhan war gerade da, also hat er mich auf ihn aufmerksam gemacht, als er mit ein paar anderen auf der Straße vorbeiging.«

»Und da hast du beschlossen, ihn zu mögen.«

»Ja.«

»Wie verdient er sein Geld?«

»Mit Bekleidung. Sie haben eine Firma. In Nablus und in Kairo, glaube ich.«

»Hm. Ich nehme an, das Geschäft ist stabil. Nicht jedermanns Geschäft ist stabil.« Er schüttelte den Kopf. »Ich muss darüber nachdenken.«

Er setzte sich auf dem Stuhl wieder richtig hin. Sie begriff mit leichter Verspätung, dass er sie damit aufforderte zu gehen.

»Danke, Baba.«

»*Yallah*.«

Der Beschluss, zu dem Fatima im Bad gelangt war, sah so aus: Selbst wenn sie sich nur einbildete, dass Midhat nicht so war wie die meisten anderen Männer, wäre diese Einbildung besser als etwas vollkommen Unbekanntes. Besser, sie folgte einem Beschluss, auch wenn dieser keine echte Grundlage hatte, und träfe ihre eigene Wahl, als beim Kragen gepackt und über die Klippe ins Meer geworfen zu werden.

11

Was hatte die Krawalle ausgelöst? Das fragten sich die Leute. Die Berichte widersprachen einander, und jeder Augenzeuge meinte die unumstößliche Wahrheit zu kennen. Laut einer Version begannen die Auseinandersetzungen, als ein jüdischer Junge die Fahne des Propheten packte und einen Fetzen davon abriss. Andere behaupteten, der Fahnenträger habe eine alte orthodoxe Dame angespuckt und als räudige zionistische Hündin beschimpft. In wieder anderen Berichten war von einer Fahne keine Rede, sie konzentrierten sich stattdessen auf einen Vorfall im Hotel Amdursky, wo man einen alten Mann mit Knüppeln zu Boden geschlagen hatte. Einige meinten, der alte Mann sei Jude gewesen, die Angreifer Araber; andere, der Mann sei Araber gewesen, die Angreifer Juden aus Jabotinskys Truppe; alle behaupteten unisono, dass jemand, der dem auf dem Marmorfußboden liegenden, blutenden Mann habe helfen wollen, sofort von den Angreifern niedergestochen worden sei, und genau diese Wilden seien verantwortlich für die Krawalle, die daraufhin in den Straßen ausbrachen und vier Araber und fünf Juden das Leben kosteten, von den zahlreichen Verletzten ganz zu schweigen.

Eine Ursache für diese Ungewissheiten war die Beschaffenheit der Jerusalemer Altstadt, denn die Gassen waren verwinkelt, Treppen erschwerten Pferden und Wagen das Durchkommen, und die Mauern der Gebäude waren so dick und robust, dass man in der einen Straße nicht hören konnte, was in der nächsten geschah. Da half es auch nicht, dass die Briten monatelang an einem Stadtplan gearbeitet hatten, um die Stadt in vier Viertel für die vier größten Bevölkerungsgruppen einzuteilen, eine Regelung, die einmal als ewige Ordnung angesehen werden sollte, sodass sogar die Araber, die fünfzig Jahre später Anhänger mit dem Grundriss der vier Viertel feilboten, nicht mehr wussten, dass es eine Erfindung der Briten war, damit sich ihre Truppen in den Straßen besser orientieren und jeden, der ihnen über den Weg lief, identifizieren konnten: Der ist Christ, der Jude, der Armenier, je nach dem nächsten Straßennamen. Im April 1920 verliefen sich die Briten aber noch und mussten nach dem Weg fragen, und am Vormittag des Nebi-Musa-Festes hatten sie so wenige Ordnungskräfte, dass die Krawalle drei volle Tage dauerten. Drei Tage wirbelten die Federn zerfetzter Kissen und Decken aus den Fenstern wie der Schnee, der gerade erst geschmolzen war, und vermischten sich mit dem Blut, das sich in den Gossen sammelte und rot glänzte, wenn eine Feder hineinfiel. Als nach drei Tagen eine Ausgangssperre verhängt wurde, war das Rot durch den Dreck schwarz geworden, und die Anführer, die den Menschen vorangeritten waren oder die Masse vom Dach des Arabischen Clubs aufgerufen hatten, um jeden Preis gegen die Pläne der Zionisten zu demonstrieren – und sei es ruhig und friedlich –, waren nach Ägypten geflohen und in Abwesenheit zu Haftstrafen verurteilt worden.

»Wir leben nicht mehr im zwölften Jahrhundert, Pater«, sagte Père Antoine. »Und deshalb rechnet man nicht damit, sich auf einmal in einem heiligen Krieg wiederzufinden.«

Père Lavignes Bart fegte über den Tisch, als er versuchte, einen davonsegelnden Zettel einzufangen.

»Das ist kein heiliger Krieg, Antoine. Das waren Krawalle. Bitte nicht so dramatisch. Die Briten sind noch nicht lange hier – was ist bloß mit dem Füllfederhalter los, er schreibt auf einmal nicht mehr.«

Er drückte die Feder in das Papier und hinterließ eine schmale Kerbe in Gestalt eines »I«.

»Ich mache mir Sorgen um die Christen.«

»Die Christen machen dir Sorgen?«, meinte Lavigne mit leisem Lächeln. »Ah, da fällt mir etwas ein. Am nächsten Donnerstag versammelt sich die neue Palästinensisch-Orientalische Gesellschaft. Kommst du? Ich halte die Einführung.«

»Wie kommt das?«

»Ich wurde zum Präsidenten gewählt.« Seine Augen schimmerten wässerig. Vielleicht lag das am Licht.

»Wie schön. Glückwunsch.«

»Wir veranstalten die Tagung hier im Konvent. *Alors* – fahr nicht nach Nablus, ja? Nur dieses eine Mal nicht.«

»Ich bleibe natürlich.«

Lavigne setzte noch einmal den Federhalter an. »Gott sei mit dir, Pater«, sagte er, ohne aufzuschauen.

Père Antoine neigte den Kopf, um seinen Hut aufzusetzen, und trat in die Gluthitze des Kreuzgangs. Es war Mai, und Jerusalem war bereits ein Backofen. Auf dem Weg zum Dormitorium lief er im schmalen Schatten der Mauern.

Obwohl man den Briten nun offiziell die zivile Verwaltung Palästinas übertragen hatte, fand Antoine die Krawalle an Nebi Musa nach wie vor verstörend. Er war in Jerusalem gewesen, als die Menge durch die Straßen getobt war, hatte im Innenhof der Grabeskirche gestanden, als die Menschenmasse die hohen Holztore durchbrach. Dann tat sich in der Menge eine Lücke auf, und was er sah, traf ihn wie ein Schlag: Blut, das auf die Steine tropfte. Die Leiche eines Ordensbruders, der schlaffe Arm eines Unschuldigen, abgeschlachtet beim Gebet.

In all den Jahren, die er hier verbracht hatte, war ihm noch nie so unbehaglich zumute gewesen. Wenn er junge Araber an den Straßenecken sah, begann sein Herz zu rasen. Auf der

Veranda des Krankenhauses in Nablus verlor er die Nerven und kämpfte sich durch die Gespräche. Er hatte geglaubt, bei seinem Mentor auf Verständnis zu stoßen, musste aber einsehen, dass er sich geirrt hatte, und das war eine schmerzhafte Erkenntnis. Er ging zu seinem Zimmer hinauf und überlegte, wie er die Sache gegenüber Schwester Louise am geschicktesten ansprechen konnte.

Nachmittags stieg er in einen Bus und langte vor Anbruch der Abenddämmerung beim Haus der Schwestern an. Schwester Sarah teilte ihm mit, Louise sei auf einer längeren Visite bei einem kranken Kind in einem Dorf, sieben Stunden zu Fuß entfernt. Niemand wisse, wie lange sie bleibe. Antoine, der sich dünnhäutig und angespannt fühlte, notierte während der nächsten drei Tage Klatsch und Tratsch im Krankenhaus. Als Louise dann immer noch nicht wieder da war, hielt er das Versprechen, das er Lavigne gegeben hatte, und kehrte nach Jerusalem zurück, ohne sich erholt zu haben.

Am Donnerstagnachmittag, eine halbe Stunde vor der Konferenz von Lavignes Gesellschaft, sah Antoine von seinem Tisch in der Bibliothek der L'École auf und stellte fest, dass er nicht mehr allein war. Drei britische Polizisten kamen die Treppe herunter. Hätten sie nicht hastig und beklommen die Kopfbedeckungen abgesetzt, weil sie heiligen Boden beschritten, dann hätte Antoine geglaubt, sie wollten ihn verhaften.

»Guten Tag, Pater Anthony«, sagte der Mann in der Mitte. »Ich bin Major Hodges.«

»Guten Tag«, sagte Antoine.

»Wir sind hier, weil wir Sie um Hilfe bitten möchten.«

Major Hodges war nicht gerade klein. Er wirkte nur so, weil er einen überproportional großen Kopf hatte. Graues, von Weiß durchsetztes Haar, dicht unter der Nase ein gestutzter dunkler Schnurrbart. Ein kleines Kinn – jedenfalls eines, das klein wirkte, weil es im Doppelkinn verschwand, das aus dem Kragen quoll. Als er sich räuspernd zu einem seiner Männer umdrehte, wackelte das Doppelkinn.

»Wir haben erfahren, Pater Anthony, dass Sie ein Experte für Nablus sind.«

»Experte? Oh, so weit würde ich nicht gehen. Ich interessiere mich allerdings sehr für die Stadt, das ist richtig.«

»Aha. Die Sache mit Nablus ist ... darf ich mich setzen?«

»Aber sicher.«

»Nehmen Sie Platz, Gentlemen.«

Drei Stühle quietschten auf dem Steinboden. Major Hodges saß direkt neben Antoine. Er griff an den Lederschirm seiner Feldmütze.

»Die Leute in Nablus sind aufmüpfig, das ist das Problem. Darf ich fragen, ob wir hier unter uns sind?«

»Ich bin allein.«

»Gut. Nablus. Ein Rattennest. Und dummerweise haben wir dort keine ...« – er senkte die Stimme – »... Informanten mehr, und das schon seit etwa 1917. Wir haben die französischen Nonnen gebeten, die Augen offen zu halten, aber ... wie Sie sicher wissen, ist Nablus ein spezieller Fall – eine Stadt voller Fanatiker. Jede Menge Unruhestifter. So nennen wir die Leute beim CID, dem Criminal Investigation Department. Sie scheinen noch schlimmer zu sein als die Bewohner Hebrons.«

Antoine senkte den Kopf, wenn auch nicht zustimmend, sondern um zu signalisieren, dass er zuhörte.

»Wenn man in Jerusalem einen Unruhestifter schnappt, stammt er in zwei von drei Fällen aus Nablus. Ungelogen. Unser Problem besteht darin, dass wir vor Ort so gut wie keine Informationen mehr bekommen, verstehen Sie? Wir haben vor Kurzem eine neue Abteilung eingerichtet, aber es hilft nicht mal, die Uniform abzulegen. Niemand spricht mit uns.«

Antoine warf einen Blick auf die beiden anderen Offiziere.

Einer hatte mächtige hellrote Koteletten, der andere die zarten Züge eines Heranwachsenden.

»Wir haben uns größte Mühe gegeben, um einen Einheimischen an Bord zu holen. Wir haben uns umgehört und dann erfahren, dass Sie sich in der Stadt auskennen. Wir wollen herausfinden, inwieweit die Krawalle von neulich im Vorfeld geplant wurden. Nablus ist glänzend organisiert, was, tja, die Aktivitäten dort betrifft. Außerdem sind die Bürger, wie schon gesagt, aufmüpfig. Sollten die Unruhestifter einen Plan haben, den man als systematisch einstufen kann und der die Leute aufwiegeln soll, dann müssen wir das beobachten. Verstehen Sie? Auf der jüdischen Seite kennen wir unsere Pappenheimer. Auf der arabischen Seite nicht, und ich will ganz offen sein: Wir tappen im Dunkeln und haben nicht genug Leute. Wir sammeln zwar Fingerabdrücke, aber was wir wirklich brauchen, sind Fakten, Namen, Verbündete. Tratsch, wie er auf dem Markt kursiert. Wir haben einen Bericht über die führenden Familien, aber er ist schon drei Jahre alt, und alles ist ständig in Bewegung – und es ist fast unmöglich, in Nablus einen vertrauenswürdigen Araber zu finden, der mit uns spricht und obendrein Englisch kann.« Er holte Luft und sah Antoine an. »Wir möchten wissen, ob Sie …«

»Ob mir etwas zu Ohren gekommen ist.«

»Ja.« Er nickte. »Und gern …« – er atmete schwer aus – »… noch mehr als das. Vielleicht wären Sie ja bereit, für uns zu arbeiten? Sie sind Kleriker, ich weiß, aber ob Sie es glauben oder nicht: Unter Ihresgleichen sind Informanten keine Seltenheit. Und Sie beherrschen die Sprache und haben durch Ihre Studien über die Araber viel Fachwissen angesammelt.« Er lächelte hintersinnig. »Sie würden eine Aufwandsentschädigung erhalten. Sie wäre nicht üppig, aber die Regierung Ihrer Majestät wüsste Ihre Dienste zu schätzen.«

Er schürzte die Lippen und drückte den Mützenschirm so

fest, dass seine Fingernägel erbleichten. Antoine wandte sich ab und sah aus dem Fenster seiner Lesenische.

»Was würde das für mich bedeuten?«

»Bedeuten …«, wiederholte Hodges. »Sie müssten sich auf den Märkten aufhalten. Hier und da Neuigkeiten aufschnappen. Am Anfang reichen Kleinigkeiten. Unter dem Strich geht es darum, Aufschluss darüber zu erlangen … wer die Aufrührer sind. Dann schließen Sie ein paar Freundschaften.«

Antoine schaute in den Himmel. *Nablus ist aufmüpfig*. Ja, gut möglich. Es war eine komplexe Stadt, in der darum gestritten wurde, wer den Ton angab. Diese Polizisten waren Trottel. Man hatte sie aus allen Winkeln des Weltreiches zusammengekratzt und ging mit jedem Aufruhr in den Kolonien auf die gleiche Art um. Obwohl er die Polizisten verachtete, spürte Antoine, dass sich hier eine – ja, was? Eine Gelegenheit bot?

Tatsache war, dass er eventuell schon über die Informationen verfügte, die sie brauchten. Er kannte sich mit den Familien gut aus, wusste, wer mit wem verfehdet oder verbündet war. Er wusste, welche Verbrechen begangen wurden und wie man sie sühnte. Er wäre jedoch nie darauf gekommen, dass die Racheaktionen, die er gelegentlich mitbekam, Fälle für die britische Polizei wären; er betrachtete sie mit dem Blick eines Anthropologen. Trotzdem hatte er alle aufgelistet, sie konnten analysiert werden, und das Blutvergießen beim Nebi-Musa-Fest belastete ihn nach wie vor.

»*O Jesu, vivens in Maria veni et vive in famulis tuis*. Gott, mein Gebieter, sei mir in Deiner Güte gnädig.« Er legte die Hände auf seinen Bauch und senkte den Kopf. »Höre mich, o Herr. Ich bin mir meines Weges nicht gewiss. Führe mich auf meinem Weg und lenke meine nächsten Entscheidungen. Ich neige demütig mein Haupt vor Dir.«

Der Major machte große Augen.

»Nichts für ungut, aber ich habe Ihnen wenig zu bieten.«

»Ah«, sagte der Major, der seine Überraschung zügelte. »Wenn das so ist … Vielleicht denken Sie ja trotzdem noch einmal über den Vorschlag nach.« Er holte einen versiegelten Umschlag und eine Visitenkarte aus der Tasche. »Major Hodges. Ich bin im Polizeihauptquartier in der alten russischen Niederlassung stationiert.«

»Meine Antwort lautet Nein.«

Hodges zögerte. »Gut. Sie wollen also nicht. Ich suche Sie in den nächsten paar Tagen trotzdem noch mal auf. Mal schauen, wie Sie dann … zu der Sache stehen.« Bevor Antoine etwas einwenden konnte, war Hodges aufgestanden. »Also dann, Jungs, verabschiedet euch vom Pater. Auf Wiedersehen, Pater Anthony. Auf geht's.«

An der von Père Lavigne organisierten Tagung nahmen ein paar gelehrte Juden und Araber teil, aber das Publikum bestand überwiegend aus Engländern und Franzosen, viele aus der L'École, sowie einigen Amerikanern, Griechen und Armeniern, darunter Priester und Rabbis, die durch ihre Gewänder und Kopfbedeckungen auffielen, dazu Archäologen und Diplomaten, die sich nur durch das Maß an Eleganz und die Menge an Pomade unterschieden. Man hatte Werbung für die Tagung gemacht, aber die einzigen wissenschaftsfremden Personen, die Antoine entdeckte, waren vier Frauen, die hinten in der letzten Reihe plauderten. Sie brachten sich gegenseitig zum Schweigen, als Père Lavigne vorn ans Rednerpult trat. Antoine glitt auf einen freien Stuhl, direkt am Mittelgang.

Lavigne schien noch heftiger zu zittern, als er allein am Rednerpult stand. Er hielt die Brille mit bebender Hand fest, und sein Kopf vollführte Bewegungen, die zwischen Nicken und Erschaudern lagen.

»Was tun wir?«, begann er mit breitem Lächeln. »Wir bieten ein wahrhaft sonderbares Bild. Europa, Asien, ja die ganze

Welt hat bis vor nicht allzu langer Zeit die schlimmsten Schrecken in ihrer gesamten Geschichte durchlitten. Die Erde bebt immer noch. Auf der ganzen Welt machen sich Komitees Gedanken, wie sie für die Bürger das tägliche Brot beschaffen sollen. Und da sind wir nun, meine Herren, und wollen über die Bedeutung von Wörtern und grammatikalischen Regeln diskutieren, über uralte geographische Tatsachen, über Wildblumen, alte Melodien und Schriftzeichen, die man in die Felsen Palästinas graviert hat.« Er lachte sanft. »Wir wissen, dass das eine wichtige Aufgabe ist. Unser Unterfangen ist nicht sinnlos, ganz im Gegenteil. Wenn irgendetwas das Dunkel der Zukunft erhellen kann, wenn es etwas gibt, das die Gegenwart erklären, uns auf unserem Weg leiten und uns helfen kann, die derzeitigen Prüfungen zu bestehen, etwas, das uns frische Hoffnung schenkt, dann die Lehren, die wir aus der Vergangenheit ziehen. Das Licht, das aus der Geschichte zu uns heraufscheint.« Er hielt kurz inne, blätterte um und legte den Finger auf die oberste Zeile. »Es darf uns aber nicht mehr um eine Geschichtsschreibung gehen, die phantastische Tableaus entwirft und das Chaos der Fakten in eine adrette Reihenfolge bringt. Nein. Unsere Methode, meine Herren, basiert auf Präzision und konkreten Daten, auch wenn diese auf den ersten Blick nicht immer sensationell sein mögen. Sorgsame, geduldige Forschung – so sieht die heutige Geschichtswissenschaft aus. Und dafür reicht die Kraft eines einzelnen Mannes nicht mehr aus. Die Tage von Herodot, ja sogar von Bossuet und Macaulay sind gezählt. Wir, meine Herren, müssen zusammenarbeiten. Und wahrhaftig, wenn ich mich hier umsehe, würde ich meinen, dass man eine Bandbreite von Fachwissen, wie sie hier versammelt ist, nur in Jerusalem finden kann, auf einem Terrain, das sich während der Jahrtausende durch eine wahrhaft außergewöhnliche Vielfalt von Zivilisationen immer wieder tiefgreifend gewandelt hat.«

Als man applaudierte, griff Lavigne nach der Brille. Er wedelte den Mann weg, der ihm die Stufen hinunterhelfen wollte, und tapste zu seinem Platz in der ersten Reihe. Er zog eine buschige Augenbraue hoch, um seinen Nachbarn anzulächeln.

Es folgte eine kurze Ansprache des amerikanischen Konsuls, dann wurde verkündet, dass es vor den ersten Vorträgen eine Pause gebe. Im angrenzenden Raum wurde Tee serviert.

»Bitte nur Milch«, sagte Antoine zum Kellner.

Der Junge sah ihn verständnislos an.

»*Bas halib.*« Antoine zeigte auf das Kännchen.

Neben einer Pyramide importierter Kekse meinte ein blonder Mann mit Mittelscheitel: »Wie abscheulich. Die Türken hatten einen wirklich lausigen Geschmack.«

»Sieht aus wie ein Leuchtturm«, erwiderte sein Gesprächspartner.

»Reden Sie über die Uhr?«, fragte ein dritter, kleinerer Mann.

»Ja«, sagte der Blonde. »Storrs will sie abreißen lassen.«

Antoine kannte den Uhrturm am Jaffator gut. Er war während der Regierungszeit des letzten Sultans aus industriell produzierten Steinen erbaut worden und passte nicht recht zu der uralten Stadtmauer. Hell, kantig und mit schmalen, spitz zulaufenden Bogenfenstern, über denen die Uhren angebracht waren. Oben ein Halbmond, der einen Stern barg. Angeblich wurde der Turm erbaut, als man die Zeitrechnung umstellte, zum Zeichen der Fortschrittlichkeit des Sultans.

Die Teepause neigte sich dem Ende entgegen. Man verkündete das Thema des ersten Vortrags – »Substantiv-Klassen der hamitischen Sprache« –, und als sich die Menge in Bewegung setzte, entdeckte Antoine Lavigne neben der Tür. Er umschloss eine der weichen, knotigen Hände seines Mentors mit beiden Händen und gratulierte ihm zu der Rede. Es sei, sagte er, die perfekte Einführung gewesen.

»Du bleibst nicht?« Lavignes Mund stand offen. Seine Unterlippe blutete leicht.

»Ich muss dringend etwas erledigen. Entschuldige. An der nächsten Tagung nehme ich teil. Versprochen.«

Bei seiner Ankunft im Haus der Schwestern fand Antoine Schwester Louise im kleinen Esszimmer vor, allein am Tisch sitzend und ein Glas Wasser trinkend.

Vor einigen Jahren hatte man die Trennwand zu dem kleinen Wintergarten eingerissen, um das Esszimmer zu vergrößern, und so bot sich vom Esstisch aus ein Blick auf den üppigen, in Dämmerlicht getauchten Garten mit der kleinen Rasenfläche, die gesäumt wurde von einem Spalier blühender Kräuter. Jede Wand des Esszimmers war mit einem Kreuz geschmückt, unter der Decke hing eine schalenförmige Kupferlampe mit einem verbeulten Anhänger und schwarz angelaufenen Silberperlen. Sie brannte nicht.

»Schwester.« Das Flechtwerk des Stuhls knarrte, als Antoine Platz nahm. Er legte die Hände auf die marmorne Tischplatte und wurde von bleierner Erschöpfung erfasst. »Schwester, ich bin in Versuchung geraten.«

Schwester Louise schwieg. Dann sagte sie: »Sie wissen, dass ich Ihnen keine Absolution erteilen kann, Antoine.«

Dicht vor der Tischkante wies der Marmor einen kreisförmigen Abdruck auf. Antoine strich mit einem Finger darüber; er war rau. Irgendjemand hatte eine Zitronenhälfte mit dem Gesicht nach unten liegen lassen.

»Was war es denn?«, fragte sie.

»Ich bin nicht darauf eingegangen.« Er klang trotzdem betrübt. »Ich habe mich beherrscht.« Er ließ die Hand auf dem kalten Stein liegen und spitzte die Ohren, um sicherzugehen, dass sie tatsächlich allein waren. Dann sah er Louise in die Augen, die, wie er feststellte, ängstlicher dreinschauten, als ihre

Worte geklungen hatten. »Wie schaffen Sie das?«, fragte er. »Wie schaffen Sie es, sich nie anfechten zu lassen?«

»Wie ich das schaffe?« Sie hielt seinem Blick stand. »Nun, ich bin ja nie allein.« Er sah weg, und sie fuhr fort: »Sie dürfen den Mut nicht verlieren.«

»Ich weiß nicht mehr, warum ich diesen Weg eingeschlagen habe.« Er spürte, dass er den Tränen nahe war, und hätte gern die Hände vor das Gesicht geschlagen. »Gott helfe mir. Ich weiß nicht, was los ist.«

»Sie wissen es nicht mehr, weil Sie immer allein sind.«

Antoine starrte sie an. »Allein?«

»Wollen Sie mir erzählen, was passiert ist? Wir können uns an einen anderen Ort begeben …«

»Nein. Ich meine … ja. Das kann ich Ihnen auch hier erzählen. Würden Sie … darf ich die Tür schließen?«

Schwester Louise war schon auf den Beinen. Sie schloss in Sekundenschnelle ab und saß dann wieder auf ihrem Stuhl.

»Ich war in der Bibliothek.« Er schaute zum dunklen Glas der Türen, in dem ihre Spiegelbilder zu sehen waren. »Allein, ja. In Jerusalem, in der Klosterbibliothek, und dort suchte mich ein Polizist auf. Ich las gerade … na, das tut wohl nichts zur Sache. Er kam mit zwei Kollegen.« Er senkte den Blick. »Vielleicht sollte ich etwas weiter ausholen … ich weiß nicht recht, wo ich anfangen soll …«

»Beginnen Sie einfach dort. Sie saßen in der Bibliothek.«

»Ja, in der Bibliothek, und dann kamen diese drei Polizisten. Sie wollten wissen, ob ich bereit wäre, ihnen zu helfen. Sie kamen zu mir, weil ich Experte bin, verstehen Sie? Nablus beunruhige sie, meinte der Major, dort seien die Leute extrem fanatisch und … Er sagte da etwas, Schwester, nämlich, dass zwei Drittel aller Unruhestifter beim Nebi-Musa-Fest aus Nablus stammten. Glauben Sie das?«

Schwester Louise befummelte eine Toastrinde, die auf der

Untertasse lag. Eigentlich war sie keine Frau, die Nervosität zeigte. »Wir hatten Probleme in Nablus, wie Sie wissen.« Sie ließ die Rinde los und wischte ihre Finger ab. »Bevor ich mehr dazu sage, muss ich aber darauf hinweisen, dass *wir* noch dort sind.«

»Aber Sie schließen das Krankenhaus ...«

»Nein, wir schließen es nicht, Pater, wir geben unsere Aufgaben nur weiter. Wir bleiben vor Ort, wir behalten unsere Klinik und die Schule und setzen die Besuche in den Dörfern fort. Sie wissen, Pater, dass wir nie das Ziel verfolgt haben, die Menschen hier zu ändern. Wir bekehren nicht, wir predigen nicht einmal – wir erfüllen nur die Pflicht, die der Herr uns auferlegt hat.« Sie bekreuzigte sich rasch.

»Ja, ich weiß. Aber die Frage, ob fanatische ... ich meine, Sie hatten Probleme, wie Sie sagen. Und in Nablus gibt es Eiferer, davon bin ich überzeugt. Ich liebe diese Stadt. Habe sie geliebt. Aber wissen Sie, als ich in Jerusalem Zeuge dieser Schrecken wurde, da hatte ich das Gefühl, irgendetwas zu verdrängen, mir etwas vorzumachen ... Der Major hat mir dies gegeben.«

Er zog den Umschlag aus seinem Gewand und öffnete ihn. Er enthielt nur ein Blatt Papier. Oben standen die mit Schreibmaschine getippten Worte: STRENG GEHEIM.

Kategorien
Nationalistisch
Pro-Französisch
Anti-Britisch
Anti-Zionistisch
Gefügig

»Gefügig«, sagte Schwester Louise nach einer Weile. »Meine Güte. Haben Sie eingewilligt? Ihnen zu helfen?«

»Nein. Wie schon gesagt. Ich habe abgelehnt.«

»Aber Sie waren versucht?«

»Versucht – oh ja, ich war versucht! Lassen Sie mich das erklären. Vor dem Besuch der Polizei war ich beim Nebi Musa. Ich habe grauenhafte Dinge gesehen – ich hatte das Gefühl … Schwester Louise, ich hatte das Gefühl, mich vielleicht geirrt zu haben. Ich war überzeugt, dass es besser sei, wenn ich mich nicht einmische. Aber nach meinen Erlebnissen kann ich mir nicht mehr vormachen – denn ich habe mir etwas vorgemacht! –, dass es reicht, Brauch und Sitte des Alltags zu erforschen. Als wäre das alles. Damit will ich sagen, dass ich mich nicht nur mit Dingen beschäftigen kann, die sich im legalen Rahmen bewegen – dem ihrer Gesetze oder der Gesetze der Briten. Ich kann nicht so tun, als wären illegale Handlungen kein Teil des gesellschaftlichen Lebens. In dieser Hinsicht lag ich falsch. Auch das Illegale gehört zum großen Ganzen!«

Schwester Louise warf ihm einen kurzen Blick zu und schaute dann in den Garten.

»Man kann nicht forschen«, fuhr Antoine fieberhaft fort, »und dabei so tun, als hätte man keine Prägungen – jeder hat seine Prägungen. Ich bin Franzose, und ich sehe in Frankreich die Schutzmacht der Katholiken in der Levante. Ich gehöre dazu, ich bin davon nicht losgelöst – ich sehe die Dinge kritisch, ja, aber ich schwebe nicht frei von allem in der Luft. Also habe ich mich gefragt, ob meine Arbeit … ob sie vielleicht helfen kann, die Ursachen der Gewalt zu ergründen. Ob sie mir vielleicht zu der Einsicht verhilft, dass ich ein Teil des Ganzen bin, als …« Er führte den Gedanken nicht zu Ende. »Ich weiß auch nicht, Schwester. Ich vermag meinem Irrtum nicht auf den Grund zu gehen. Ich weiß weder ein noch aus. Ich weiß nur, dass ich mich geirrt habe. Sei es dadurch, dass ich die Bitte der Polizei abgelehnt habe, oder durch mein …« – er zeigte auf sich selbst – »… meine fortgesetzten Zweifel. Ich bin jedenfalls in Versuchung geraten, Schwester. Ich vertraue meinen Instinkten nicht mehr.«

»Ach, kommen Sie, Pater. Kommen Sie.« Sie beugte sich vor und warf das Schreiben auf den Tisch. »Hören Sie auf zu weinen.«

»Ich weine nicht. Ich bin schlicht ratlos.«

»Vielleicht wissen Sie ja tatsächlich etwas.«

»Oh, ich weiß vieles. Die Frauen im Krankenhaus erzählen mir so manches, natürlich auch viele Banalitäten, aber insgesamt bieten diese Gespräche einen Blick auf das, was sich abspielt, sie zeichnen sogar ein Bild – ob kriminelle Absichten verfolgt werden, kann ich nicht sagen, aber man agiert verdeckt. Was ich weiß, wäre zweifellos *nützlich* ...«

»Ja, Sie haben sicher vieles gehört. Aber ich meinte etwas anderes. Ich frage Sie ganz offen: Warum beichten Sie das ausgerechnet *mir* und keinem geweihten Priester, den Sie in Jerusalem rasch gefunden hätten?«

»Was? Wollen Sie damit sagen ...«

»Nicht, dass Sie denken, ich wollte Sie zurückweisen.«

Er musterte sie. Er konnte sogar im Zwielicht erkennen, dass sie aufgebracht war.

Sie ergänzte: »Aber die Frage drängt sich mir auf.«

Im Obergeschoss hallten Schritte. Ein lautes Knarren, dann ein Poltern, als etwas Schweres abgestellt wurde.

»Sie haben gesagt, ich sei allein«, sagte Antoine nach einiger Zeit leise. »Wie meinen Sie das?«

»Ich habe auf meine Schwestern angespielt, denn wir treffen alle Entscheidungen gemeinsam. Sie haben die L'École Biblique, gewiss, aber aus Ihren Erzählungen geht hervor, dass das nicht das Gleiche ist. Die Leute kommen und gehen. Ihnen fehlt eine gemeinsame ... Vision wäre wohl zu viel gesagt, aber uns Schwestern eint ein gemeinsames Ziel. Wenn eine stürzt, sind die anderen sofort zur Stelle, um ihr zu helfen.«

»Sie meinten das Alleinsein also nicht in dem Sinne, dass ich Gott verloren hätte.«

»Oh.« Sie verlor die Contenance und machte ein bestürztes Gesicht. »Nein – gute Güte.« Es schien ihr die Sprache zu verschlagen. Die Scham Antoines wurde noch tiefer.

Der Türgriff rüttelte, und aus dem Flur war ein Ruf zu hören: »Ist jemand da drin?«

»Einen Moment.«

Schwester Louise ging zur Tür und öffnete sie für eine junge Frau mit Krankenschwesterntracht und verwirrter Miene, die eine Kerze hielt.

»Entschuldige, Schwester Marian. Ich habe versehentlich zugesperrt.«

»Ich wollte nur die Lampen entfachen.« Schwester Marian schielte zu Père Antoine.

Er stand auch auf, griff nach dem Blatt Papier, das sich auf dem Tisch wölbte, und bückte sich, um sein Gesicht zu verbergen.

»Vielleicht geben Sie uns noch einen Moment, Schwester«, sagte Louise. »Unser Gespräch dauert nur noch ein paar Minuten.«

Schwester Marian knickste und griff nach der Klinke. Schwester Louise sah Antoine in die Augen und wartete, bis Marians Schritte verhallt waren.

»Ich rate Ihnen«, sagte sie knapp, »Ihre Arbeit fortzusetzen. Sie hat ihren Wert. Lassen Sie sich nicht von Gedanken an Nationen, Gesetze oder Mächte beeinflussen. Die L'École Biblique genießt den Ruf, neutral zu sein, vergessen Sie das nicht. Lassen Sie sich nicht in die Politik verwickeln. Das sollten Sie beherzigen.« Aus ihrem Blick sprach eine fast verzweifelte Eindringlichkeit. »Das wäre sinnlos. Und wenn Sie mich jetzt bitte entschuldigen, ich muss zu Bett.«

Am nächsten Morgen, alle tranken ihren Kaffee, wurden die Gartentüren des Esszimmers weit geöffnet, um die Brise hereinzulassen. Schwester Louise war nun wieder kompetent und undurchschaubar, aber wie Antoine merkte, brach sie nicht mit zum Krankenhaus auf. Als die Schwestern loszogen, hörte er Schwester Marian sagen, sie besuche ein weiteres Dorf.

Das Gespräch des letzten Abends hatte Antoines Dilemma nicht gelöst, im Gegenteil. Die abschließenden Worte von Louise hatten ihn überrumpelt, und er hatte die ganze Nacht über ihre Bedeutung nachgedacht. Ebenso über Hodges' Behauptung, die Tätigkeit als Informant sei unter seinesgleichen keine Seltenheit. *Wir haben die französischen Nonnen gebeten, die Augen offen zu halten.*

Die Krankenhausveranda war verwaist. In der hinteren Ecke schwankte Antoines Schaukelstuhl im Wind. Er schmiegte sich in den vertrauten Sitz, schlug im Notizbuch eine leere Doppelseite auf und begann, die Aussicht zu skizzieren. Er kannte sie so gut, dass er kaum hinschauen musste. Im Vordergrund drei Olivenbäume. Ein erdiger Hang mit Schatten und Felsen. In der Ferne erhob sich der Ebal. Darüber erstreckte sich der Himmel.

»Pater«, sagte jemand mit heller Stimme. »Wir haben dich lange nicht gesehen.«

Die Verandatür stand offen, und eine kleine Frau mit langem Hals trat ins Freie.

»Randa«, sagte Antoine. »*Al-salamu alekum, kef halak.*«

Randa war die Frau eines Arbeiters in der Seifenfabrik. Sie war zurzeit als Hausmädchen tätig, und da sie Gerüchte liebte, hatte sie sich als nützliche Quelle für Antoines Recherchen erwiesen. Nach den Gesprächen gab er ihr ein paar Pennys. Anfangs hatte er dabei gemurmelt: »Für Ihre Mühe«, war aber zu der Einsicht gelangt, dass er besser so tat, als wäre es die milde Gabe eines Priesters für eine Bettlerin und nicht der Lohn für ihre Informationen. Randa erleichterte ihm die Sache, weil sie stets über Rückenschmerzen klagte, über die harte Woche und die immer teureren Lebensmittel. So konnte er die Bezahlung als spontane Tat ausgeben.

»Uff, mein Rücken tut weh«, sagte sie, als sie neben ihm Platz genommen hatte.

Antoine blätterte um.

»*Salamtik*. Na? Was wurde in letzter Zeit so erzählt?«

»Es gab eine Blutfehde«, hauchte sie, »zwischen der Familie Murad und der Familie Shawwaf. Einer der Murads besuchte den Shawwaf. Der hatte seine Bäume gefällt.«

»Warum hat er die Bäume gefällt?«

Randa sah ihn verdrossen an. »Weil er nicht bezahlen konnte!«

Antoine nickte. Er notierte das Datum in der oberen rechten Ecke und schrieb: *Murad – Shawwaf.*

»Und welche politischen Themen sind dieser Tage aktuell?«

»Uff«, sagte sie wieder. »Probleme, Probleme.«

»Probleme welcher Art?«

»*Yaani.*« Sie kaute auf der Unterlippe. »Haben Sie denn nicht von den Krawallen gehört? Die Krawalle in Nablus. In Jaffa, in Haifa. Das Land ist in Aufruhr. Das ist sehr schlecht.«

»Wegen der Zionisten.«

»Die Zionisten sind schlimm. Sie wollen das Land haben.«

»Was unternehmen die Leute ... was tun die Leute dagegen?«

»*Yaani.*«

»Was?«

»Sie werden kämpfen.«

»Wer wird kämpfen?«

»Die jungen Männer.«

Antoine blätterte wieder zu seiner Zeichnung um, umriss mit feinem Strich einen Felsen im Vordergrund, dann noch einen. Er schraffierte einen Schatten, indem er die Bleistiftspitze in ganzer Länge auf das Papier drückte.

»Erzählen Sie doch mal … wie erging es den Menschen nach Nebi Musa?«

»Die Leute haben gestritten.«

Er wartete.

»Manche Leute sagen, man solle den Juden etwas geben.« Sie seufzte. »Andere sagen, dass sie alles wollen, wenn sie einen Teil bekommen, und dass wir dann nichts mehr haben. Weil es in England so viele Juden gibt. Und der Mandub al-Sami, der neue Gouverneur Palästinas, ist ein Jude. Also wird es ein jüdisches Reich. Man streitet und streitet. So war es immer. Nablus wurde auf Neid und Intrigen erbaut.«

»Und wie sehen Sie das alles, Randa?«

Sie spielte mit einem Fingernagel. »Ich weiß nicht, Vater.«

»Ich habe da eine Frage. Ist Nablus Ihrer Meinung nach – wie soll ich sagen … radikaler als andere Städte in Palästina? Ich meine …«

»Aber sicher!«

Antoine hielt inne. In seinem Kopf hallten die Worte von Hodges nach: *Stadt voller Fanatiker.* »In welcher Hinsicht?«

»In Nablus werden Waffen beschafft.« Randa schürzte die Lippen.

Antoine war erstaunt. »Waffen?«

»Aus dem Bedu.«

»Verstehe. Nur in Nablus?«

Sie zuckte die Schultern. Auf dem Geländer hob eine Spinne ihr hauchdünnes Bein, testete die Luft. Antoine zerbrach sich den Kopf über eine weitere Frage.

Dann sagte Randa: »Ich habe gehört, wie Marwan sagte, man transportiere sie in Linsenkrügen. Sie haben sich in einem Dorf getroffen …« Sie verstummte.

»Marwan?«, sagte Antoine.

Aber Randa schwieg. Sein Stift kullerte in die Mulde zwischen den Seiten.

»Und wie geht es Ihrer Familie?«

»Wir leiden großen Hunger. Die Hühner, wir hatten Ärger mit den Hühnern. Letzte Woche war es zu heiß für sie.«

Antoine holte einen Schilling aus der Lederbörse.

12

Im Mai 1920 diskutierte alle Welt über das Mandat, aber Midhat dachte nur an Fatima Hammad, vor allem an ihren Anblick beim Nebi-Musa-Fest. Wenn er sich die scheue Gestalt vor Augen rief, entfesselte das stets ein intensives Gefühl, nicht unähnlich dem Drang, der ihn in aller Herrgottsfrühe wie einen Schlafwandler zu ihrem Haus trieb, wo er die Fenster anstarrte, als wollte er diese zwingen, seinen Blick zu erwidern.

Das Abendessen stand bevor, und er roch Zwiebeln, hörte Geschirr klirren. Er sah zur Zimmerdecke auf und kämpfte gegen die Müdigkeit an. Vor einigen Monaten hatte er sich noch einreden müssen, unbedingt heiraten zu wollen, und nun schien dieser Wunsch eine Tatsache zu sein. Wenn er sich in Erinnerung rief, wie ihn das Mädchen angestarrt hatte, spürte er noch den Reiz des Schicksalhaften – er hatte sie erkannt, und sie hatte ihn erkannt, und das inmitten Hunderter Menschen.

Bei der Erinnerung an die Menschenmenge und ihre latente Gewaltbereitschaft erbebte seine Brust, und er richtete sich auf. Seine Bücher lagen auf der Fensterbank, ihre Kanten leuchteten im Abendlicht. Er kramte nach Füller und Stift. Er hatte hier nicht mal einen Schreibtisch. Der einzige im Haus befand sich nebenan im ungenutzten Arbeitszimmer seines Vaters.

»Umm Mahmoud?«, ertönte die Stimme seiner Großmutter.

Er griff nach einem Buch, um den Ellbogen daraufzustützen, und richtete die Feder des Füllers auf die obere linke Ecke des Blattes. Er hatte seit jeher diesen Impuls, wenn er ein Ereignis beschreiben, analysieren und die Folgen ergründen wollte. Er notierte die Überschrift: FATIMA HAMMAD. Er betrachtete die Wörter, in lateinischer Schrift von links nach rechts geschrieben. Sollte er das nicht besser auf Arabisch schreiben? Er schrieb »Fatima Hammad« auf Arabisch. Danach konnte er nur noch an französische Wörter denken. Er wurde von einem leichten Unwohlsein erfasst und sah auf, weil er merkte, dass er die gestreifte Tapete des Schlafzimmers in Montpellier und das Fenster mit Blick auf den grünen Rasen vor sich sah, die kühlen Dielen unter den Füßen spürte.

Seine Gedanken und Erinnerungen, ob gewollt oder zufällig – sie durften nicht für immer durch seine Erlebnisse bei den Molineus geprägt werden. Er musste, um ein normales Leben führen zu können, wenigstens versuchen, damit abzuschließen. Der Teil seines Wesens, der sich bei dem Anblick des Derwisches geregt hatte, der von der grölenden Menge und ihren Parolen geweckt worden war, behagte ihm ganz und gar nicht. Er zögerte, den Füller in der Hand. Nach einer Weile schrieb er: »Liebe Jeannette.« Liebe Jeannette, ja, und weiter? Er starrte die Seite wie verblödet an. Sein Füller malte einen Kreis, den er mit Zickzacklinien füllte.

Am nächsten Tag, Hisham war gerade nicht da, saß er lesend im Laden. Die Luft war gelb von Pollen. Er hatte dieses Buch vor zwei Jahren in einem Laden an der Seine gekauft; als er in den Angeboten stöberte, war er durch Zufall auf diesen Bericht über eine Reise durch das Heilige Land gestoßen und hatte die Francs sofort auf den Tresen gelegt. Seither vertrieb er sich heimlich die Zeit damit, Beschreibungen des Ortes zu lesen, aus dem er stammte, ließ sich von einer Gegend bezaubern, die auf Französisch so präzise beschrieben wurde, dass er sich nach seiner Kindheitslandschaft zu sehnen begann, obwohl er mitten darin saß. Ein Schatten fiel auf die Seite, und er erschrak.

»*Al-salamu alekum*«, sagte Hāddsch Nimr Hammad.

Midhat murmelte eine Antwort. Hāddsch Nimr trug einen

Sommermantel mit geschlossenem Gürtel. Er wirkte mager. Er machte einen Schritt in die Ecke mit den fertig genähten Jacken, senkte den Blick dann auf den kleinen Ofen und die Kaffeeutensilien. Er trat vor ein Regal, in dem sorgsam gefaltete Stoffe lagen. Er berührte einen, der auf Augenhöhe lag, gelb und gemustert mit blauen Blumen, ließ einen Finger über den Rand gleiten und strich mit dem Daumen über das Muster.

»Haben Sie einen bestimmten Wunsch?«, fragte Midhat. »Wenn Sie etwas für eine besondere Gelegenheit suchen, empfehle ich Ihnen die samaritanischen Schneider.« Er redete zu schnell und betonte die Konsonanten zu stark. »Sie arbeiten gleich um die Ecke. Wir …« – er zuckte mit den Schultern – »… führen vor allem Kleider für die Fellachen.«

Nimr kehrte zu den Regalen mit den Stoffen zurück. »Für die Fellachen«, wiederholte er. »Und hier werden Sie arbeiten?«

»Bitte?«

Hāddsch Nimr drehte sich zu ihm um. Er hatte markante Augenhöhlen, sein Schnurrbar war voll und grau.

»Ich gehe hier in die Lehre«, antwortete Midhat vorsichtig. »Und danach werde ich in Kairo sein, wo mein Vater lebt.« Er verstummte kurz. »Das Geschäft in Kairo ist größer, wissen Sie. Geräumiger.«

Nimr nickte. »Und Sie sind noch nicht verlobt?«

»Nein«, sagte Midhat. »Nein, ich bin nicht verlobt.«

Er nickte wieder. »Wenn das so ist … wenn das so ist, dürfen Sie meine Tochter heiraten, wenn Sie möchten.«

Midhat stand der Mund offen. Er hatte den Impuls zu lachen, und vor seinem Mund erschien eine Hand, seine eigene, um das Lachen zu unterdrücken.

»Vielen Dank. Gott segne Sie.« Er glitt vom Stuhl und hatte das Gefühl, auf Puddingbeinen zu stehen. »Aber sicher, ja«, hörte er sich sagen. »Bei Gott, ich würde Ihre Tochter sehr gern zur Frau nehmen.«

Hāddsch Nimrs Blick glitt zur Seite. »Dann rechnen wir damit, dass Sie bald um ihre Hand anhalten.«

»Ja.«

»Die Hochzeit wird nach dem Ramadan gefeiert.«

»Ja, ja, natürlich …«

»*Ma'a l-salama.*«

Er sah Hāddsch Nimrs Mantel ein letztes Mal im gelben Licht flattern, und auf einmal war die Stille gewaltig. Midhat lachte laut auf. Er hatte den Impuls, loszurennen. Doch er setzte sich mit überkreuzten Beinen hin. Der oben liegende, gekrümmte Fuß bewegte im schnellen Takt ein unsichtbares Pedal. Schließlich tauchte eine Gestalt in der Tür auf, und er kam auf die Beine.

»Hisham, ich muss los! Ich muss weg!«

Er rannte den Berg hinauf. Drei Fellachinnen versperrten ihm den Weg, als es bergauf ging – Erde prasselte in die Tiefe, als er den Frauen auf dem steil abfallenden Straßenrand auswich. Dann rannte er weiter nach Hause.

»Teta! Teta! Wo bist du? Hāddsch Nimr hat eingewilligt!«

Seine Großmutter kam im Nachthemd aus ihrem Schlafzimmer, die grauen Haare zum Dutt gebunden. Sie quietschte vor Freude und packte ihn bei den Ohren, um seinen Kopf zu sich hinabzuziehen.

»Wann, wann, wann?«

»Gerade eben!«

»Das müssen wir sofort deinem Vater mitteilen!«

»Die Hochzeit soll nach dem Ramadan stattfinden, sagt er.«

»Was hat seinen Sinneswandel bewirkt?«

»Das weiß ich nicht.«

»Du erzählst es gleich Jamil, und danach informieren wir deinen Vater!«

Sie klatschte in die Hände und schrie leise auf.

»Du bist verrückt«, sagte Midhat.

Umm Jamil schnitt Tomaten in der Küche, ihre Finger waren voller Saft und Samenkerne.

»Jamil ist im Laden«, sagte sie und musste unvermittelt lächeln. »Was ist denn passiert?«

»Erzähle ich dir später. Ich will es zuerst meinem Cousin sagen.« Er drückte ihren Oberarm und gab ihr einen Kuss.

Er flog bergab. Er war fast unten, da merkte er, dass er außer Puste war, und blieb im Schatten eines großen Baumes stehen. Er hob den Kopf zum wolkenlosen Himmel. Die Sonne glühte über ihm zwischen dem Laub, die grünen Blätter leuchteten. Er setzte seinen Weg langsamer fort, zog die Krawatte gerade und strich das Haar auf den Schläfen zurück. Vor dem Markt rauchten Männer ihre Pfeife in der Hitze, und als sie sich zu ihm herumdrehten, grüßte er sie. Ein Wasserschwall schwappte aus der Tür einer Käserei und sprenkelte sein Hosenbein mit dunkelgrauen Flecken. »Halb so schlimm!«, rief er. Er konnte die fermentierende Milch riechen. Auf einer Kreuzung gingen vier englische Polizisten vorbei. Hinter ihnen drei Araber – auch in Uniform. Gewehre. Munitionsgurte. Einer der Engländer nickte ihm zu; seine Freude stand ihm offenbar ins Gesicht geschrieben. Midhat erwiderte das Nicken, denn er hätte jetzt am liebsten die ganze Welt umarmt.

Seine Gedanken fielen wie von selbst an ihren Platz. Wie herrlich diese Stadt war! Während er auf dem Weg zum Teppichladen durch die Gassen lief, dachte er, dass Kinder von sich aus dazugehörten. Sie waren automatisch sozial eingebunden, man nahm ihre Ähnlichkeit mit dieser oder jener Person wahr, man konnte gewisse Vorhersagen über ihre Zukunft treffen. Wenn man erwachsen war, gab es diese Bindungen zwar immer noch, aber man gehörte nicht mehr automatisch dazu. Dazu bedurfte es mehr – und das hatte er nun. Ab jetzt würde er dazugehören. Er wusste nun ganz genau, was zu tun war, es stand ihm deutlich vor Augen. Seinem Leben in Nablus hatte etwas gefehlt, und es war verrückt, dass sich diese Leerstelle so rasch, nachdem er sie bemerkt hatte, mit dem beglückenden Gefühl füllte, bekannt zu sein und andere zu kennen. Während der Jahre in Frankreich hatte er sich oft nach einem Gefühl der Zugehörigkeit gesehnt. Er hatte das für Nostalgie gehalten, ein Irrtum, denn das Gefühl gehörte keineswegs der Vergangenheit an. Nein, nein, nein, es war ein Teil der Zukunft! Das lag auf der Hand; das war vollkommen einleuchtend. Die Ereignisse der Vergangenheit mündeten in die Gegenwart. Alle Reize Europas, alle Zufälle und Wunder, sogar Nebi Musa, die erlebten oder gefühlten Schrecken, Scham und Schmerz – all das lief direkt auf ihn zu. Gestern hätte er seine Sehnsucht nach Fatima Hammad noch nicht von anderen Aspekten lösen können, etwa von seinem Vater, von seinem Bedürfnis nach dem, was ihm verweigert wurde, von seiner Sehnsucht nach einer Frau. Aber nun, so kurz vor dem Ziel seiner Wünsche, stand ihm alles glasklar vor Augen. Vor ihm schien sich eine stabile Wand zu erheben: das Fundament eines Hauses. Er hatte dem Wunsch seines Vaters entsprochen – und ihm zugleich getrotzt. Er war ein Teil seiner Familie, aber er war auch er selbst. Er hatte mit kräftiger Hand den ersten Stein für dieses Haus gesetzt, und andere hatten das bemerkt, Hāddsch Nimr Hammad hatte das bemerkt, er sah das Gebäude, das nun entstehen würde.

In Jamils Laden war es finster, weil Wände und Fenster mit Teppichen verhängt waren. Midhat war kaum eingetreten, da schlugen ihm schon die Gerüche von Wolle und Färbemittel entgegen. Jamil, der ein dünnes Hemd trug, hielt Handfeger und Kehrblech. Ein Kunde beschrieb mit lebhaften Gesten ein Muster, und Jamil nickte. Als er Midhat sah, hob er einen Zeigefinger.

»Hāddsch Nimr hat eingewilligt«, sagte Midhat, nachdem der Kunde gegangen war. Er biss sich auf die Unterlippe und grinste. »Ich werde Fatima heiraten.«

»Glückwunsch.«

Midhat wartete auf weitere Worte, aber sie blieben aus, und so war er es, der die Hand seines Cousins ergriff und schüttelte. Er sah Jamil in die Augen und merkte, dass sie nicht lächelten. Er hatte plötzlich einen Stein im Magen.

»He, Jamil«, sagte ein junger Mann hinten im Laden. »Willst du die behalten, oder werfen wir sie weg?« Er hielt zwei Lumpen in die Luft.

»Gut, dann bis später«, sagte Midhat. Er musterte seinen Cousin noch einmal, und als er keine Gefühlsregung bemerkte, drückte er seine Wange gegen die Jamils, um sein Gesicht zu verbergen. Er spürte, dass Jamil im Nacken schwitzte. Er schien mit anderen Gedanken beschäftigt zu sein.

Auf dem Rückweg fragte sich Midhat, ob sein später Erfolg bei Hāddsch Nimr den Neid seines Cousins geweckt hatte, der nach seinem anfänglichen Scheitern wohl abgeflaut war. Midhat wurde zornig, aber die Erinnerung an den Korb, den er zunächst bekommen hatte, erinnerte ihn wieder an seinen Erfolg, und das erfüllte ihn mit stürmischer Freude. Wenn er daran dachte, leuchtete in seinen Gedanken ein helles Licht auf. Nichts würde das trüben können. Er hatte sich voll auf sein Ziel konzentriert, und er hatte es erreicht.

»*Ya muallim.*« Er winkte dem Mann, der am Telegraphen saß. »Ein Telegramm nach Kairo, bitte.«

Der Mann zog ein Formular von einem Stapel und schob es ihm hin. Midhat schrieb: »Hāddsch Nimr hat eingewilligt. Ich heirate Fatima Hammad. Die Hochzeit findet nach dem Ramadan statt. Bitte dich, nach Nablus zu kommen, wenn ich offiziell um die Hand anhalte. *Salamat.* Midhat.«

Er bezahlte, grüßte, ging. Bei dem Gedanken an das Lob seines Vaters lief ihm ein wohliger Schauder über den Rücken, und er stürmte den Berg hinauf. Unten die Stadt, die weißen Gebäude, die Balkone und Minarette.

Als er die Tür öffnete, hörte er Frauenstimmen. Umm Taher, die sich angekleidet hatte, trank im Salon Kaffee mit einigen Freundinnen. Er trat in die Tür und hob eine Hand.

»*Salam.*«

»Setz dich zu uns!«, sagte seine Großmutter.

»Gesegnet seist du«, sang Umm Dawud.

»Ah, vielen Dank. Meine Großmutter hat schon alles erzählt?«

»Warum denn so traurig?«, rief Umm Taher.

»Nicht traurig. Nur müde. So viel Aufregung! Ich habe es Jamil erzählt.« Er nickte seiner Tante zu.

»Freut euch, denn Gott ist nicht immer in Geberlaune«, sagte Umm Taher selbstgefällig zu ihren Gästen.

Teta streckte einen Arm aus, um ihn willkommen zu heißen. Er setzte sich neben sie und schob einen Fingernagel unter eine Schokoladenhülle. Umm Jamil beklagte sich gerade über den schleppenden Teppichverkauf. Andere brummten zustimmend. Das war anders als im Bekleidungsgeschäft; der bevorstehende Ramadan kurbelte den Verkauf von Teppichen nicht an. Außerdem, sagte sie, konzentriere Jamil sich nicht genug auf den Laden. Er sei verschwunden in seiner ganz eigenen Welt.

»Oder was meinst du?«, fragte sie Midhat.

»Um ehrlich zu sein, bin ich ihm in letzter Zeit selten begegnet. Ich war so damit beschäftigt …« Er gestikulierte, als würde er sich schon auf die Heirat vorbereiten. »Aber du hast vielleicht recht. Er ist anders als sonst. Er verbringt viel Zeit mit den Gebrüdern Murad.«

»Seit ihr zwei von dem Jerusalemer Krawall zurückgekehrt seid, ist nichts mehr wie früher.«

»Nein, nichts«, meinte Umm Dawud.

»Vielleicht braucht Jamil auch ein Mädchen«, sagte Teta. »Das ist gesund, wisst ihr. Man muss es rauslassen.«

»Teta«, rügte Midhat.

»Das ist keine Altersfrage, glaube ich«, sagte eine andere Frau. »*Wallahi l-asim*, mein Sohn war bis dreißig ein Griesgram.«

»Finde ein Mädchen für ihn, dann wird er wieder«, sagte Teta.

»Vielleicht interessieren ihn Teppiche nicht so sehr«, meinte Midhat.

Umm Jamil schürzte die Unterlippe. »Da könntest du recht haben.«

Die Neuigkeit von Midhats Verlobung machte rasch die Runde. Während der nächsten Tage trällerten alte Damen, die er gar nicht kannte, bei seinem Anblick, und Greise raunten heiser: »Die Familie Hammad! Die Familie Hammad!« Wie man munkelte, würde Abu Omar Jawhari die Unterzeichnung des Ehevertrags persönlich übersehen. Sogar Hāddsch Abdallah Atwan nickte ihm eines heißen Nachmittags im Manshiyah-Park zu.

»Der Pariser«, rief er. »Ich habe es schon gehört.«

»Danke«, erwiderte Midhat mit geübter Anmut.

Abdallah lachte schallend, die Falten links und rechts seines Mundes vertieften sich. Midhat begriff, dass er sich voreilig bedankt hatte, denn Abdallah hatte noch gar nicht gratuliert.

Schließlich sagte dieser: »Ja, gut gemacht. Zurzeit gibt es selten gute Nachrichten in Nablus. Die Leute lieben Hochzeiten.«

Das andere Thema, das in aller Munde war, war das britische Mandat, das nun offiziell begann. Wenn Midhat von der Arbeit zurückkehrte, hörte er Fragen wie diese: »Weißt du, worin der Unterschied zwischen den Briten und den Franzosen besteht?« Flugblätter der Kolonialbehörde, die auf Arabisch und Hebräisch verkündeten, dass der Völkerbund die Mandate der europäischen Mächte bestätigt habe, flatterten durch die Straßen. Frankreich sollte Syrien und den Libanon verwalten, Großbritannien Palästina. Von Unabhängigkeit war keine Rede. Die Mandate waren eine Übergangsmaßnahme, sie stellten die Länder unter Aufsicht, »bis diese imstande sind, sich selbst zu verwalten«, also eine eigene Regierung bilden konnten.

Das Antworttelegramm von Midhats Vater ließ nicht lange auf sich warten: Ein finanzielles Problem halte ihn bis auf Weiteres in Kairo fest, aber es sei bald gelöst. Trotzdem könne er nicht kommen, wenn Midhat den offiziellen Antrag mache. »Ich komme im Juli zur Feier«, hieß es im Telegramm, »und weise das Geld für Brautgabe und Hochzeitsvorbereitungen in den nächsten Tagen an. Ich bin stolz auf Dich.«

Midhat verspürte eine tiefe Sehnsucht. Nur die letzten Worte drückten ein Gefühl aus: »Ich bin stolz auf Dich.« Er faltete das Telegramm in der Mitte. Dann ging er in das dunkle Schlafzimmer seines Vaters, holte dort tief Luft und betrat das Arbeitszimmer. Er setzte sich an den Schreibtisch.

Das Zimmer war viel kleiner als Tahers Büro in Kairo. Es gab nur den Schreibtisch, einen Stuhl, den Aktenschrank neben der Tür und ein kleines Bücherregal neben dem Fenster, das einen Blick auf den Hang bot, wo ein Vogel in der Abenddämmerung in einem Weißdorn von Ast zu Ast hüpfte. Eine Lampe gab es nicht. Midhat öffnete eine Schreibtischschublade, in der ein Füllfederhalter klapperte; er holte ihn heraus und nahm ein Blatt Papier vom Stapel, stieß die Schublade mit dem Fuß zu. Tinte war in die Kappe gelaufen; er starrte das leere Blatt an und drehte den Füller zwischen den Fingern. Er beschmierte seine Finger mit Tinte, als er schrieb: »Mein lieber Vater.« Es war so dunkel, dass er die Worte kaum lesen konnte. Er griff nach einem neuen Blatt.

Cher Hani,

ich heirate Fatima Hammad, Tochter von Hāddsch Nimr Hammad. Wie ich höre, ist die Lage in Damaskus dramatisch. Die letzten Ereignisse haben uns alle stark aufgewühlt. Ich hoffe, Du kannst trotzdem an der Feier teilnehmen – sie wird wohl am dritten Tag nach id al-fitr stattfinden. Hoffentlich bist Du wohlauf. Ich vermisse Dich. Meine bevorstehende Heirat erfüllt mich mit Freude, aber die Stimmung in Nablus ist natürlich nicht gerade fröhlich. Wir fragen uns besorgt, was uns bevorsteht. Ich wünsche Dir alle Segen des heiligen Monats Ramadan. Möge Gott mit Dir sein.

Dein Midhat

Da Häddsch Taher nicht kommen konnte, bestand Teta darauf, Midhat zu begleiten, wenn er den offiziellen Antrag machte. Sie hätte wohl sowieso darauf beharrt. An dem Morgen brauchte sie aber so lange, um sich zu entscheiden, was sie tragen sollte – ein blaues Gewand und silberne Ohrringe –, dass die anderen Männer der Familie Kamal schon vor dem Haus der Hammads warteten, als sie dort ankamen. Jamil lehnte an der Mauer. Sein Vater, Abu Jamil, winkte, als sie sich näherten. Wasfi war auch da, in Begleitung beider Brüder.

»Da kommt Tahsin«, sagte Jamil und zeigte über Midhats Schulter auf eine magere Gestalt, die den Hügel hinabflitzte.

»Nicht rennen!«, rief Abu Jamil. »Er wird noch seine Schuhe ruinieren.«

Midhat lachte nervös, als Abu Jamil auf die Klingel drückte. Der Pförtner erschien, und sie traten im Gänsemarsch ein, eine Reihe nickender Männer mit Anzug und Fez. Umm Taher und Midhat waren die Schlusslichter. Er hatte vergessen, wie groß die Eingangshalle war. Sie glich einer Kirche. Die Hammads waren zahlreicher als die Kamals, doch unter der hohen Kuppeldecke wirkten sie zunächst wie eine kleine Schar. Häddsch Hassan stand ganz hinten, außerdem waren Häddsch Tawfiq, ein paar ältere und mehrere jüngere Männer anwesend.

Hāddsch Nimr stand mit verschränkten Händen am Rand. Die Hammads hatten viel weißere Bärte als die Kamals, von denen Abu Jamil der Älteste war. Die Kamals schüttelten der Reihe nach die Hände der Hammads, nickten *al-salamu alekum, al-salamu alekum, wa alekum al-salam, al-salamu alekum, wa alekum al-salam.*

Als Midhat das Spalier ablief, erblickte er Fatima, die weiter hinten neben dem Sofa stand, dicht bei ihrer Mutter. Ihre Haare waren in der Mitte gescheitelt, und sie trug einen zarten weißen Schleier, der bis über den Mund fiel. Cremefarbenes Kleid, lange Perlenkette. Stark geschminkte Augen. Er lächelte. Sie sah ihn an, ohne das Lächeln zu erwidern. Ihre Schuhe: aquamarinblau. Mit einer Macht, die nicht ihm selbst zu entspringen schien, löste sich Midhat aus dem Reigen des Händeschüttelns und ging auf sie zu. Er zog eine Mohnblume aus der Jackentasche, die er auf dem Berghang gepflückt hatte. Die Blüte mit den zarten, leuchtenden Blättern schwankte auf dem schlaffen Stängel. Fatima griff danach, und der Anblick ihrer Finger rührte ihn, im Ansatz kräftig und dann schmal zulaufend. Ihrem verschleierten Mund entwich ein leises Lachen, als sie seinem Blick begegnete. Alle sahen zu: Hāddsch Nimr, Widad, Fatimas Schwester, ihr kleiner Bruder. Teta strahlte.

Ein Hausmädchen brachte ein erstes Tablett mit Kaffee, und die Männer ordneten sich zu zwei Reihen. Widad verschwand und kehrte mit einem zweiten Tablett zurück, mit dem sie zwischen den beiden Reihen durchging, damit sich jeder eine Tasse nehmen konnte. Dann räusperte sich Abu Jamil und sprach Hāddsch Nimr an.

»Unser Sohn, Midhat Kamal, Sohn Hāddsch Taher Kamals, möchte Sie um die Einwilligung bitten, Ihre Tochter, Fatima Hammad, zur Frau zu nehmen.«

Die Pause. Hāddsch Nimr nickte seinen Angehörigen zu, und alle setzten die Tasse gleichzeitig an die Lippen. Dann stellten sie sie auf das Tablett, um klatschen zu können, ein paar Leute pfiffen. Umm Taher trat vor, um Widad zu umarmen. Abu Jamil küsste Midhat auf die Wange.

Midhat konnte seinen Blick nicht von Fatima lösen. Sie hielt den Blick beharrlich gesenkt, hatte aber eindeutig ein Lächeln auf den Lippen. Davon würde er während des ganzen Ramadan zehren müssen.

Nach dem Antrag sah Midhat Jamil nur bei den Abendessen, zu denen er und Teta nach Sonnenuntergang nach unten gingen. Er vertrieb sich die meisten frühen Ramadan-Nachmittage mit Adel Jawhari und Qais Karak. Sie lenkten sich durch Gespräche ab, während sich der Körper an das Fasten gewöhnte. Nach der *iftar*-Mahlzeit suchten die drei die mitternächtlichen Innenhöfe auf, um einem Puppenspieler zuzuschauen, der seine Marionette tanzen ließ, oder sie passierten das Delta eines überfüllten Cafés, in dem ein *rawi* auf dem Stuhl stand, Geschichten erzählte und dabei stets den umgedrehten Fez im Auge behielt, der klimpernd herumgereicht wurde.

Adel und Qais waren ausgezeichnete Gesellschaft. Sie mochten einander, ohne neidisch zu sein, und akzeptierten Midhat ohne Wenn und Aber. Qais wirkte ernst, fast naiv und hatte zugleich die Eigenarten eines älteren Mannes; er hatte große Hände, einen Stoppelbart und legte beim Lachen die Stirn in Falten, als fände er alles etwas absurd. Er hatte für eine Jerusalemer Zeitung vier Bücher rezensiert und sprach davon, dorthin zu ziehen, um einen Beruf daraus zu machen – obwohl diese Flucht vor dem familiären Betrieb zur Seifenherstellung bei seinem Vater und seinen Onkeln sicher nicht auf Zustimmung stieße.

Adel war schlagfertiger als Qais, aber auch sehr moralisch. Er hatte in Beirut studiert, war vor einem Jahr heimgekehrt und hatte sich, auf der Suche nach einer Bestimmung, der hiesigen Muslimisch-Christlichen Gesellschaft angeschlossen. Er war eines ihrer jüngsten Mitglieder und hielt Midhat und Qais immer wieder Vorträge über Politik, hatte auch gerade die Petition gegen die Mandatsherrschaft unterschrieben.

Am neunten Tag des Ramadan gingen die drei nach dem Abendgebet in der Moschee zum *iftar* zu Adels Haus.

»Was ich dich immer schon fragen wollte«, sagte Qais. »Willst du wirklich als Arzt praktizieren?«

»Arzt? Nein«, antwortete Midhat. »Wieso denn? Das Vorhaben habe ich schon lange aufgegeben.«

»Dann gehst du in die Politik.«

»Nein. Das ist nichts für mich. Ich bleibe im Textilgeschäft. Wir werden zu meinem Vater nach Kairo ziehen.«

»In den Familienbetrieb? Und das bei all deiner Erfahrung, *yaani!*«

»Geh nicht nach Kairo«, meinte Adel.

»Warum denn nicht?«, fragte Qais.

»Weil wir Midhat hier brauchen. Leute wie Midhat.«

»Der Fremde aus Paris ...« Qais sang die Wörter fast.

»Wir brauchen die aufrechten Menschen«, sagte Adel.

»Tja, wisst ihr, mir ist da etwas klar geworden«, sagte Midhat. »Es geht nicht nur um den Familienbetrieb. Es geht um mehr, um etwas ... Ich habe das noch nicht vollständig durchdacht. Aber wenn die wichtigsten Geschäfte in Kairo getätigt werden, dann werden wir in Kairo leben«, beschloss er seine Worte. »So einfach ist das.«

»Das kann ich verstehen«, sagte Qais. »Es ist nicht einfach, sich hier frei zu fühlen.«

»Nein, nein, das meine ich nicht. Mir geht es nicht um Freiheit. Sondern um ... Zugehörigkeit.«

»Ihr wisst doch, was man über die Frauen von Nablus sagt«, meinte Qais. »Sobald man Nablus mit ihnen verlässt, sind sie auf einmal sehr willig. Wenn ihr versteht, was ich meine.«

Adel sog Luft durch die Zähne. »Was soll das heißen? Er heiratet bald.«

Adel wohnte mit Geschwistern und Eltern im Stadtzentrum – obwohl er stets behauptete, es sei der Westen –, im Erdgeschoss eines Neubaus im traditionellen Stil, mit kleinem Patio und einem Becken zum Auffangen des Regenwassers. Sie saßen draußen am Tisch. Zuerst kamen Adels zwei jüngere Brüder dazu, dann sein Vater. Die umliegenden Gebäude waren dunkel, aber der Himmel leuchtete noch geisterhaft fahl. Midhat begann, eine Geschichte zu erzählen, denn die Kühle sorgte für einen klaren Kopf.

»In Frankreich bin ich mal mit dem Zug gefahren.«

»Mit was?«, fragte Adels schwerhöriger Vater.

»Mit dem Zug«, sagte Adel.

»Ich saß also in dieser Bahn und sah einen Mann, der etwas weiter weg saß.«

Er zeigte auf Qais, zwei Stühle weiter. Qais ermutigte ihn durch einen Blick, im Kerzenschein wirkten seine Augen sehr groß.

»Er war sehr schick«, erzählte Midhat. »Anzug, Krawatte.« Er zeigte auf seine eigene Kleidung und drückte den Rücken durch. »Schnurrbart, sehr dünn. Blond, Hut. Und wir tauschten einen Blick.« Er schloss die Augen und verneigte sich halb zur Begrüßung.

Qais, der die Rolle des blonden Franzosen übernahm, verneigte sich auch und lachte.

»Und dann fährt der Zug los …«

»Wohin wolltest du denn?«, fragte Adel.

»Oh, äh … nach Lyon.«

»Warum?«

»Das ist eine andere Geschichte«, sagte Midhat und wedelte mit den Fingern. »Also, der Mann steht auf und steigt aus. Ich muss noch eine Station weiter fahren. Als der Zug den Bahnhof verlässt, sehe ich, dass er etwas auf seinem Platz vergessen hat. Klein, aus Leder. Eine Brieftasche. Ich hebe sie auf – ah, Monsieur, Monsieur! Ich winke aus dem Fenster – er ist schon weg. Ich setze mich, die Brieftasche in der Hand – ich will ja nicht, dass man sie stiehlt …«

»War Geld darin?«, fragte Qais.

»Viel Geld. Zehnhundert oder fünfzehnhundert Francs. Was soll ich machen? Ich kann sein Geld nicht nehmen, das wäre unehrenhaft. Also schaue ich in die Brieftasche und sehe eine Adresse. Auf einem Kärtchen wie diesem. Name und Adresse.«

»Wie hieß er?«, fragte Adel.

»Laurent«, sagte Midhat.

Er hatte den Namen kaum ausgesprochen, da stieg eine Hitze in ihm auf, die sein Gesicht erglühen ließ. Seine Kopfhaut stand in Flammen. Laurent. Der gute Laurent. Es war der erste Name, der ihm in den Sinn gekommen war.

»*Yallah*«, sagte Adels Vater milde.

»Also«, sagte er, nun leiser, hob den Blick zum fahlen Glanz des Himmels und atmete langsam aus. »Die Adresse lautet so und so, es ist ein Ort … irgendein Ort … in der Nähe von Lyon. Ich steige aus und gehe zu einem anderen Bahnsteig, eine kleine Brücke führt über die Gleise. Ich warte auf den nächsten Zug, das dauert etwa fünfzehn Minuten. Dann steige ich an der gleichen Station aus wie der blonde Mann. Ich nehme ein Taxi – in Frankreich gibt es viele, viele Taxis – und bitte den Fahrer, mich zu der Adresse zu fahren. Der Fahrer sagt: Oh, dorthin wollen Sie? Ich sage ja, dorthin will ich. Gut, die Fahrt ist kurz, wir kommen an, und was steht da? Ein Schloss. Ein echtes Schloss! Ein langer Weg, Bäume, und als ich an das Ende gelange, sehe ich Pferde über Weiden traben.«

In einem dunklen Innenhof verrät das Weiße der Augen, wohin jemand schaut. Als Midhat die Pferde erwähnte, merkte er, wie Qais skeptisch zu Adel blickte. Adel versuchte erst gar nicht, das Beben seiner Brust zu verbergen. Ein leises Beben, vielleicht musste er nach dem Essen aufstoßen; Midhat beeilte sich trotzdem, die Geschichte zu Ende zu bringen.

»Ich klopfe also an die Tür und frage nach diesem Monsieur … Laurent. Man sagt mir, er sei kein Monsieur! Sondern ein Herzog! Ungelogen, das schwöre ich bei Gott – und dann sehe ich den blonden Mann, er kommt hinten durch eine Tür.« Er zeigte quer durch den Patio auf ein Fenster, in dem eine Lampe schimmerte. »Er kommt heraus und umarmt mich, alle Diener schütteln meine Hand … es wird eine tiefe Freundschaft. Er war so dankbar. Er sei überzeugt gewesen, das Geld sei gestohlen worden, meinte er. Ich blieb drei Nächte dort. Danach kehrte ich zurück nach Paris.«

»Kaum zu glauben«, sagte Adels jüngster Bruder. »Das ist wirklich erstaunlich.«

Adel sah Midhat in die Augen und begann zu lachen. Midhat, immer noch leicht erschüttert, weil er aus Versehen Laurents Namen benutzt hatte, fragte sich, ob Adel die Wahrheit seiner Geschichte laut anzweifeln und ihn blamieren würde. Aber dann schlug in seinem Inneren etwas um; seine Bauchmuskeln entspannten sich, und er musste ebenfalls lachen, worauf sich Adel erleichtert zurückwarf und sich auf das Knie schlug.

Vielleicht war es unwichtig, dass er die Geschichte erfunden hatte. Es war eine gute Geschichte, und das genügte. Für ihn war es die beste Methode, von sich selbst zu erzählen; zwanghaft nah an der Wirklichkeit zu bleiben war sinnlos. Als die Heiterkeit abflaute, erlebte er einen der seltenen Momente, in denen er sich von außen betrachten konnte. Er begriff in einem Sekundenbruchteil, dass er für die Männer in Nablus eine Rolle spielte, die das Gegenteil seiner Pariser Rolle war – jener, die er dort vor den Frauen gespielt hatte. Er war stets der Fremde gewesen, und wenn er eine Frau umworben hatte,

hatte er oft absichtlich fehlerhaft gesprochen, obwohl er die französische Sprache fast fließend beherrschte, und gemerkt, wie leicht es ihm fiel, den Charmeur zu spielen und zugleich den Reiz des Verborgenen zu wahren: etwas Geheimnisvolles, nach dem sich die Frauen sehnten, das Rätsel, das er in seinem Inneren barg.

Er dachte an Jeannette, die ihn über den Tisch hinweg immer wieder durchdringend angeschaut hatte. Er fragte sich, was sie von seinem Märchen gehalten hätte, und durch den Abstand zu sich selbst begriff er, dass er sich vielleicht blamiert hätte. Kurz wurde er wütend, beherrschte sich aber, und der Moment verstrich.

Nachdem es dunkel geworden war, drehte sich das Gespräch wie immer um die Vorfälle beim Nebi-Musa-Fest. Adels Vater behauptete, die Ratifizierung des Mandats sei eine Reaktion darauf, und sie hätten ihre Chancen durch die blutigen Krawalle verspielt. Adel unterstützte seinen Vater in gewisser Weise, indem er seine Tiraden gegen den Entzug der Bürgerrechte wiederholte. Diese Diskussion hatten sie schon viel zu oft geführt, und sie drehte sich wie immer im Kreis. Sie verlor an Schwung, und Midhat fiel plötzlich Basils Pistole ein, ein Gedanke, der wie jener an Jeannette aus dem Nichts kam. Sonderbar, denn er hatte die Pistole ganz vergessen. Hāddsch Nimrs Einwilligung war so rasch nach dem Nebi-Musa-Fest gekommen, dass sie in seinem Gehirn alles andere ausgeblendet zu haben schien.

»Gab es Schießereien an Nebi Musa?«, fragte er.

»Natürlich sind Schüsse gefallen«, antwortete Adel.

»Was?«, entfuhr es seinem Vater.

Adel, der das für Schwerhörigkeit hielt, rief: »Ich sagte, natürlich …«

»Das hast du mir verschwiegen!«, sagte sein Vater.

»Ich wollte dich nicht beunruhigen.«

»Wer hatte denn Waffen dabei?«

»Wie soll ich das wissen? Jabotinsky war bewaffnet. Das waren sicher die Juden.«

»Oh«, warf Midhat ein, »ich erinnere mich …«

Er hatte noch ein Bild vor Augen. Die Armee oder Miliz in Jerusalem.

»Woran erinnerst du dich?«, wollte Qais wissen.

Aber Qais hatte die Worte als Einziger gehört; die anderen redeten weiter. Midhat winkte ab. »Ach, nichts.«

Er staunte über sich selbst. Auf dem Heimweg fragte er sich, wie er die in Reih und Glied marschierenden Männer und Frauen Jabotinskys hatte vergessen können. Die Version von Nebi Musa, die er Teta und Umm Jamil aufgetischt hatte, hatte seine wahren Erinnerungen ersetzt. Wie sonderbar. Die Ränder seines Gehirns kamen ihm erschreckend dunkel vor. Er fragte sich betroffen, was er noch vergessen hatte oder vergessen würde.

Am nächsten Tag erklomm Midhat nach Feierabend den heimischen Berg und rief in der Tür nach seiner Großmutter. Auf dem Tischchen lag ein Telegramm. Aus Kairo.

»Teta«, rief er, griff nach dem Umschlag und ging in die Küche.

Dort war niemand. Eine Schranktür stand offen; er schloss sie. Sie war weder im Salon noch im Schlafzimmer. Er ging in sein Zimmer, wo durch ein Fenster zu sehen war, wie die rote Sonne den Horizont streifte. Er stellte sich auf seine Matte und begann zu beten, hob die Hände zu den Ohren, bückte sich, richtete sich auf, kniete sich hin. Nachdem er sich zwei Mal auf den Boden geworfen hatte, hob er den Kopf und erschrak. Teta saß auf seinem Bett.

»Hast du mich erschreckt! Bist du ein Geist?«

»Ich habe einen Fehler gemacht.« Ihre Stimme klang

brüchig. »Verzeih mir. Ich war wütend auf Umm Mahmoud. Sie ist gegangen.«

»Warum denn?«

»Ich weiß nicht, was passiert ist.« Sie warf die Hände in die Luft und ließ sie wieder fallen. »Ich weiß auch nicht, was im Moment mit mir los ist. Sie hat das Essen anbrennen lassen, und da ist mir der Kragen geplatzt. Ich hätte nie damit gerechnet, dass sie abhauen würde.«

»Oh, oh, schon gut, Teta. Das macht nichts.« Er setzte sich neben sie auf das Bett und sah, dass ihre Finger im Schoß zitterten. »Du hast dich überanstrengt.«

»Es ist wichtig! Die Hochzeit! Umm Mahmoud ist eine glänzende Köchin, jedenfalls meist ... sie muss das Mansaf zubereiten.«

»Das wird schon. Wir finden eine andere.«

»Ich will Umm Mahmoud. Erzähl es nicht deinem Vater.«

»Wir werden ... Weißt du was? Ich gehe zu Umm Mahmoud und versuche, die Sache wieder einzurenken.«

»Oh ... würdest du das tun?« Als sie ihn ansah, begann sie zu weinen. »Ich liebe sie. Sie ist schon so lange bei uns.«

»Natürlich mache ich das. Alles wird gut.«

»Ich weiß, ich weiß. Was ist das hier?«

Sie meinte den Umschlag, den er auf das Bett geworfen hatte. Das weiße Papier wurde von der Abendsonne rosa gefärbt.

»Vermutlich die Brautgabe.«

Sie lächelte ihn unter Tränen ironisch an. »Du hast den Umschlag noch nicht geöffnet?«

»Ich habe gebetet.«

»Zuerst Gott, danach das Geld. Du bist ein guter Muslim.«

Sie riss den Umschlag auf und zog das Telegramm heraus. Ihr Lächeln verschwand. Sie runzelte die Stirn.

»Was steht da? Ich kann das nicht lesen.«

»Lass mich mal sehen.«

Liebe Umm Taher, lieber Midhat,

mein lieber Mann ist verstorben. Möge Gott ihm Frieden schenken. Er hatte einen Herzinfarkt. Er war in seinem Büro. Wir schliefen alle noch. Bitte kommt.

Laila

Midhat stand der Mund offen.

»Nein«, sagte Teta.

»Baba.«

Ein scharfer Ruck ging durch Midhats Wirbelsäule. Er kniff die Augen zu und presste das Kinn auf die Brust, als wollte er einem Schlag ausweichen.

Das war zu viel für Teta. Sie rutschte von der Matratze auf den Fußboden, und als er aufsah, erblickte er ihren gekrümmten, bebenden Rücken. Sie begann zu jaulen. Zuerst leise, dann immer gedehnter und schriller. Sie schlug kraftlos gegen die Wand. In Midhat schien etwas aufzuquellen. Seine Arme und Beine fühlten sich schmerzhaft leicht an. Der Fußboden war verschwunden.

Sie würden gleich am nächsten Morgen nach Kairo aufbrechen. Midhat fand noch etwas Reis, den er mit etwas Wasser in die Pfanne tat. Er rührte um, bis sich die unförmigen Klumpen im heißen Wasser auflösten, und schüttete die trübe Flüssigkeit am Ende in den Abfluss bei der Hintertür. Teta kam herein, als er gerade ein paar alte Weinblätter auf eine Platte legte. Sie kippte den Reis wortlos in einen Kochtopf und kramte zwischen den Gewürzbündeln im Schrank. Das Brot, das er aufgewärmt hatte, war hart, als sie fertig war. Sie aßen schweigend.

Sie erwachten morgens, als der Musharati trommelnd an ihrem Haus vorbeiging. Nach dem Frühstück nahmen sie den Zug nach Tulkarem und stiegen dann in den Direktzug nach Kairo um. Es gab nur wenige Reisende, denn es war Ramadan, und so hatten sie direkt beim Speisewagen vier Plätze für sich allein. Midhat setzte sich ans Fenster. Teta betete während der ganzen Fahrt, wobei sie sich hin und her wiegte, ab und zu den Blick hob und die Hände reckte. Midhat war von einer sonderbaren, trockenen Verzweiflung erfüllt, als wäre alle Flüssigkeit in seinem Körper verdunstet.

Es war Abend, als sie in Kairo eintrafen. Seit seinem Besuch vor achtzehn Monaten hatte man die Schäden in der Stadt wieder repariert, und es wimmelte von Menschen, die nach dem *iftar* feierten. Das Taxi, das sie am Bahnhof nahmen, fuhr auf einem breiten Boulevard mit vielen Teestuben und Buchläden dahin, in den glitzernden Eingängen der Kaufhäuser standen Männer mit hohen Stiefeln. Sie mussten einige Minuten vor der Tür des Hauses in Abbassia warten, bis ein Hausmädchen öffnete. Sie wurden in den Salon geführt. Laila trug Schwarz. Sie war etwas fülliger geworden, und es war kein Schwangerenbauch. Sie wirkte zornig, als sie ihre Arme nach Midhat ausstreckte, und aus der Nähe konnte er ihre trüben, roten Augen sehen.

»Es war ein Herzinfarkt.« Ihre Oberlippe zitterte. »Möge Gott ihm gnädig sein. Er aß gerade … er aß gerade … Pistazien. In seinem Büro. Dummer Mann.«

»Mein Beileid«, murmelte Midhat. Er versuchte, sich die Szene vorzustellen. Dann ließ er sie im Dunkeln versinken. Er schloss die Augen.

»Mama«, sagte Laila, indem sie die Arme nach der ungeliebten Schwiegermutter ausstreckte.

Umm Taher begann zu weinen. »Wo ist er?«

»Unter der Erde.«

»Du hast ihn schon begraben? Wer hat ihn gewaschen?«

»Ich habe ihn gewaschen«, sagte Laila.

Laila schickte das Hausmädchen los, um Midhat und dessen Großmutter zu ihrem gemeinsamen Zimmer zu führen. Teta bestaunte die vergoldete Zimmerdecke und die Samtkissen auf dem Bett. Eine dünne Matratze wellte sich auf dem Fußboden; Midhat stellte seine Tasche daneben, als Teta das Mädchen nach dem Badezimmer fragte. Nach ihrer Rückkehr flüsterte sie: »Schau dir das mal an«, und griff dann nach einem Stuhl in der Ecke. Nach einem Blick auf den Kompass stellte sie den Stuhl schräg vor das Fenster, damit er zur Qibla zeigte. Midhat legte sich auf die Matratze und schlief rasch ein.

Als er erwachte, war der Stuhl leer. Stimmen hallten durch den Flur nach oben. Der Rücken seiner Anzugjacke war zerknittert, und er holt eine frische Jacke aus der Tasche.

»Sehr groß, nicht wahr?«, sagte unten eine laute Stimme.

Und eine andere: »Marie! Das ist ja eine Überraschung.«

Im Bad gab es ein modernes weißes WC. Auf einer Seite erhob sich eine frei stehende Badewanne, und gegenüber reichte der lange Hals eines Waschbeckens bis zum Fußboden. Die drei Objekte glänzten wie saubere Zähne. Midhat kniete sich auf die Fliesen, in deren Fugen etwas Wasser stand, und legte die Stirn auf den Porzellanrand der Wanne. Er war hart und kalt. Irgendjemand rief seinen Namen. Nach einer langen Pause hörte er leise Schritte, und dann erklang eine Kinderstimme.

»Midhat?«

»Ich komme«, sagte er förmlich. Er stand auf und öffnete den Wasserhahn, drehte ihn wieder zu und machte die Tür auf.

Der Bote war Musbah, Ältester von Midhats Halbgeschwistern, langbeinig und ängstlich, mit Flaum auf der Oberlippe und dunklen Brauen. Er wartete, bis Midhat die Schuhe angezogen hatte, und folgte ihm dann die Treppe hinunter. Die Halle war voller Menschen, Männer und Frauen. Laila sagte laut: »Das ist sein Sohn. Der älteste Sohn.«

Musbah trat von der untersten Stufe, und es trat ein Moment der Verwirrung ein, in dem niemand grüßte. Als die Gäste den Unterschied zwischen beiden bemerkten, wandten sie sich Midhat zu. Er ging hinter Musbah durch die Halle und schüttelte Hände, vergaß aber sofort jedes Gesicht und jeden Namen und sah, wie Laila ein Tablett mit Essen entgegennahm und durch eine Tür weiter hinten trug. Stühle standen an den Wänden. Kinder gingen ein und aus, Midhats kleine Halbbrüder Nadim und Nashat trugen identische Samtanzüge, Dunja und Inshirah karierte Kleider. Musbah saß allein in einer Ecke neben dem Fenster.

»Ich kannte Ihren Vater gut«, sagte ein älterer Mann. Er drückte Midhat einen schweren silbernen Koran in die Hände. »Er war ein anständiger, gütiger Mensch.«

Die Gäste blieben zu lange, und das ehrerbietige Gemurmel verkam zu trägem Klatsch. Die Kinder waren schon lange im Bett, als Teta, bei einer Runde Kairoer Frauen stehend, einen Hustenanfall bekam. Eine der Frauen rieb ihren Rücken, aber Laila nutzte den Moment, um sie zu drängen: »Du musst zu Bett gehen, Umm Taher. Zu Bett!« Schließlich zogen die letzten Gäste den Mantel an, schlangen sich einen Schal um den Hals und verabschiedeten sich.

Mitten in der Nacht zog jemand heftig an Midhats Ohrläppchen. Als er die Augen öffnete, erblickte er das große bleiche Gesicht Tetas, die sich über ihn beugte.

»Nicht auf dem Rücken liegen. Du siehst aus wie tot.«

»Was?«

»Ich kann nicht schlafen. Ich fürchte mich.«

Er hatte geträumt. Er wusste nicht mehr, was. Dann kehrten die Erinnerungen schlagartig zurück.

»*Yallah*«, sagte sie tragisch und ließ sich auf das Bett sacken.

Er wuchtete sich hoch und schlüpfte neben ihr unter die Decke.

»Leg dich hin.«

Die Dunkelheit hüllte sie wieder ein. Kurz darauf zwängte sich die Sonne durchs Fenster und legte sich schwer auf Midhats Augenlider. In einem anderen Zimmer weinte ein Kind. Die Oberseite des Deckbetts fühlte sich kalt und klamm an, und Teta schnarchte mit dem Rücken zu ihm.

Ohne Mahlzeiten, die den Tag einteilten, hielt sich Midhat an die Gebetsrufe. Er zählte die dazwischenliegenden Stunden und halben Stunden. Wenn der Muezzin hinten in der Straße wieder begann, verließ er das Zimmer, in dem sich die Familie versammelt hatte, und ging nach oben, um sich zu waschen und zu beten. Teta verbrachte den ganzen Vormittag in ihrem Schlafzimmer, wiegte sich auf dem Stuhl hin und her, die Handflächen zur Decke gedreht. Mittags stieß sie dann zur Familie. Die Kinder weinten immer wieder. Was sie begriffen und was Laila ihnen erzählt hatte, war unklar, aber sie spürten die Trauer, die in der Luft lag, und verliehen ihr reihum Ausdruck, sodass sie nie lange verebbte. Immer, wenn eines der Kinder zu klagen begann, sah Teta zum Himmel auf. Musbah, alt genug, um zu verstehen, weinte fast gar nicht. Er war auch als Einziger alt genug, um zu fasten, und er schaute gequält zu, wenn seine Geschwister mittags ihre Tränen mit Löffeln voller Essen stoppten. Das Essen war ihr einziger Trost, wenn auch ein vorübergehender. Alle anderen Versuche, sie zu trösten, etwa durch Umarmungen oder beruhigende Worte, wurden mit Schlägen der kleinen Arme abgewehrt. Manchmal murmelten sie die Silben »ma-ma«, aber wenn Laila sie auf den Arm nahm, sträubten sie sich dagegen.

Die blonde Duna sah ihrem Vater am ähnlichsten, vor allem aufgrund der starken Wangenknochen. Ihre Nase war noch kindlich rund, und sie legte die Stirn oft in Falten. Nashat war seit dem Herbst gewachsen, und Laila zog ihm mit genervtem Schnaufen immer wieder das Hemd über den Bauch. Inshirah und Nadim hatten Lailas Augen. Inshira hatte auch ihre schmale Nase geerbt, aber Nadims großer Schädel und seine dünnen Lippen hatten kein Vorbild. Mit derlei Beobachtungen und Gedanken gingen die Stunden zwischen den Gebeten dahin. Mit etwas Glück würde Midhat heute nicht ganz so nah an den Abgrund geraten. Und abends hätte er keine Zeit, weil wieder alles voller Leute wäre. Und morgen führen sie nach Nablus, und dann würde all dies bald im Nebel der Vergangenheit versinken.

Als der Abend den nächsten Schwung kondolierender Gäste bescherte, hatte Midhat keinen Appetit.

»Ich bin satt«, sagte er und schob den Teller weg.

»Du hast gefastet«, sagte Teta erbost. »Du bist zu dünn.«

Gut möglich, aber es war herrlich, hungrig zu sein, denn seine ganze Energie ballte sich im Magen. Sein Kopf war wie leergefegt.

Nachts schlief er tief und fest. Aber dann, einige Stunden vor der Morgendämmerung, wurde er schlagartig wach. Die Rohre dröhnten ungewohnt laut, und er glaubte zunächst, von dem Geräusch geweckt worden zu sein. Dann wurde er sich des wunden Gefühls in seinem Magen bewusst, das sogar im Liegen Schwindel auslöste. Er schlich aus dem Schlafzimmer nach unten. Als er die Küche betreten wollte, erblickte er die Tür zum Arbeitszimmer seines Vaters. Sie war zu. Er öffnete sie.

Die Jalousien beider Fenster waren zugezogen, und das gelbe Licht einer Straßenlaterne fiel durch die Lamellen. Man hatte die Sitzfläche des Stuhls unter den Schreibtisch geschoben, an dessen Rändern Stapel von Papieren lagen; dazwischen war die Tischplatte leer. Das Zimmer roch noch nach seinem Vater, nach Moschus und Tabak.

Er hatte schlagartig Bilder vor Augen. Er konnte sie weder stoppen noch sich dagegen wappnen. Eine Szene, die außerhalb seines bewussten Denkens entstanden sein musste, auf

Grundlage der Details, die man ihm geschildert hatte, und die sich jetzt unaufhaltsam abspielte. Er sah, er fühlte, wie es seinem Vater, der den Mund voller Pistazien hatte, die Brust zuschnürte. Das blanke Entsetzen, das Verhängnis: Ein Schmerz schoss durch die Arme seines Vaters, im Unterleib pulsierte ein tiefer, undefinierbarer Schmerz, ein Engel des Todes glitt durchs halb offene Fenster ins Zimmer, während die zerkauten Pistazien aus dem Mund auf sein Hemd fielen. Sein Japsen, sein glühendes Gesicht. Der Körper verkrampfte sich, um die bereits hinuntergeschluckten Nüsse zu erbrechen. Und dann Stille, der Körper lag schlaff auf dem Tisch, er hatte sein Leben ausgehaucht.

Die leere Tischplatte starrte Midhat an. Er hob ein Bein und trat dagegen. Der schwere Tisch bewegte sich kaum. Midhat trat noch einmal, nun kräftiger. Und noch einmal, grunzend, er legte sein ganzes Gewicht in den Tritt, und noch einmal, und dann glitt der Tisch zur Seite und enthüllte die weißen Stellen, wo die Füße gestanden hatten.

Er war wütend. Er hatte alles für diesen Mann getan. Hatte sich all seinen Ansichten gefügt, jeder Entscheidung. Und das mit Erfolg! Er war mit dem Hammad-Mädchen verlobt! Und wo war sein Vater jetzt? Midhat hatte das Gefühl, dass sein Leben ein schwankendes Gebilde war, das rings um ihn zusammenbrach. Er schlug mit der Faust auf den Tisch, die Knöchel nach unten. Er spürte den Schmerz in den Fingern, und in seiner Raserei schlug er mit der Handkante zu, er hämmerte einen Rhythmus wie den von Tetas Gesang und hörte, wie er stöhnte. Er griff nach einem Blatt, las unbewusst den Titel, es ging um Konzessionen; es war wie alles andere auch geschäftliche Korrespondenz. Er riss das Blatt in der Mitte durch. Das Zerreißen kam ihm vor wie ein Blutvergießen, und das Geräusch erschreckte ihn so sehr, dass er sich beruhigte.

In der Halle ertönte ein Geräusch, und was auch immer

Midhat gepackt hatte, es ließ ihn wieder los. Er atmete aus, wobei ihn schwindelte, und riss am Schreibtisch – zuerst an der oberen Kante und dann, als sich nichts bewegte, an den Beinen, was einen Papierstapel, der nicht beschwert war, in hohem Bogen auf den Boden flattern ließ –, und als die Beine fast wieder am alten Platz standen, sammelte er die Zettel auf. Dann öffnete er die Tür und sah, dass seine Hand blutete.

Vor ihm stand der kreidebleiche Musbah. Beim Anblick Midhats wirkte er erleichtert. Vielleicht hatte er sich vor einem geisterhaften Wiedergänger gefürchtet, einem Dschinn auf dem Weg in die Unterwelt – und nun zog er den Kopf ein und wollte gehen. Midhat bemerkte erst in diesem Moment, dass sein eigenes Gesicht tränenüberströmt war. Er wischte es mit einem Ärmel ab und rief: »Warte.«

Musbah war schon auf halbem Weg zur Küche. Midhat strich sich über das Haar und überprüfte die Knöpfe seiner Pyjamajacke. Er lutschte das Blut von seiner Hand.

»Warte. Ich wollte mir dir reden. Komm, wir gehen hier hinein.«

Sie setzten sich auf das Sofa im dunklen Salon. Er konnte Musbah atmen hören und betrachtete die kleinen, auf den Knien liegenden Hände. Der Junge war schon angezogen, und die Ärmel seiner Samtjacke waren zu kurz. Sein Mund war geschlossen, die Augen traten hervor. Er hatte ein sonderbares Gesicht: breite Stirn, aber mädchenhaft zarte Züge.

»Ich möchte dir etwas sagen.« Midhat senkte die Stimme. »Wie du weißt, habe ich meine Mutter verloren, als ich noch sehr klein war. Damals war ich so alt wie Dunja.«

Musbah sah ihn aus großen Augen an.

»Alles wird gut.«

Er wartete. Der Junge schwieg.

»Er wird im Himmel glücklich sein. Dort ist es besser. Er war ein guter Muslim, ein gütiger, aufrechter Mann. Man wird ihn belohnen. Verstehst du? Er wird glücklich sein. Ja, ich glaube, er ist schon jetzt glücklich. Denk immer daran.«

»Ja.«

»Er war ein guter Vater«, sagte Midhat mit brechender Stimme.

»Ja«, sagte Musbah, und als er sich von Midhat abwandte, sah es tatsächlich so aus, als würde er sich an etwas Schönes erinnern.

Am dritten Tag schlief Teta bis Sonnenaufgang, und dann mussten sie aufbrechen. Laila blinzelte, als sie ihnen winkte, im Schatten der Haustür stehend, umringt von ihren Kindern. Als das Taxi losfuhr, erwartete Midhat einen ersten bissigen Kommentar über Laila oder das Haus. Zu seiner Überraschung sagte Teta nichts. Sie starrte durch die Scheibe. Midhat fragte sich plötzlich, ob sie jemals zuvor in Kairo gewesen war.

Während der Zugfahrt vollführte Teta die üblichen Gesten entrückten Betens – ihre offenen, wie erstarrten Hände flogen hin und her, als würde sie Tamburin spielen. »Was machen wir jetzt bloß«, sagte sie unterschiedlich tief verzweifelt, manchmal zu sich selbst, manchmal halb zu Midhat, und dann betete sie erneut und sang stumm in sich hinein; die Worte vermischten sich mit den Stimmen des Schaffners und des Mannes, der die Haltestellen ausrief, als würde er Waren anpreisen. Midhat wiederholte diverse tröstende, aber hohle Mantras. »Alles wird gut« lautete eines, »ich bin ja bei dir« ein anderes.

Der Zug folgte der Küste von Gaza, und das Meer funkelte hart und weiß in der Sonne. Midhat wünschte sich zum ersten Mal in seinem Leben, frommer zu sein. Er hatte natürlich gebetet, nur kam ihm das manchmal vor wie etwas Öffentliches, obwohl es genau genommen sehr privat war, und die Lektionen des Korans kannte er in- und auswendig, denn er hörte sie ständig, sie stellten die Textur seiner Welt dar, bildeten aber nicht den zentralen, lebendigen Teil seines Geistes, den Teil, der gerade vibrierte, in diesem Zug, der ratterte und ratterte, während Midhat versuchte, seine Gedanken zusammenzuhalten. Als Kind hatte er seinem Glauben die gleiche Neugier entgegengebracht wie den Geheimnissen anderer Religionen – dem Christentum mit seinem heiligen Feuer, den Samaritanern mit ihren Alphabeten –, aber diese Neugier hatte sich in relativ jungen Jahren gelegt, als er den Eindruck gewonnen hatte, dass die traditionellen Religionen sehr weltliche Angelegenheiten waren, ein Reich der Moralvorschriften und Gesetze und der immer gleichen Geschichten und Feiertage. Sie waren nichts Geistiges, sondern etwas Praktisches.

Nun betrachtete er das Meer, das sich in der Ferne hinter den vorbeihuschenden Bäumen bewegte, die einsamen Fischerboote, die auf den Wellen schwankten. Er spürte, dass er den Rand von etwas Großem und Finsterem berührte, den eines Behältnisses, das einer Quelle glich und zugleich eine Leere war, und er fragte sich halb unbewusst, wozu die Offenbarung ursprünglich gedient hatte. War all das wirklich so bedeutsam, dass man bis aufs Blut darüber streiten musste, was es hieße, wenn Gott Hände hätte und ob Er das Universum erschaffen habe? Darunter schwelte die drängende Frage nach den Dimensionen – ein Fußmarsch von mehreren hundert Meilen, eine Tagesreise mit dem Zug von Nablus bis Kairo beeindruckte den Geist nicht, aber wenn man sich diese Entfernung vertikal vorstellte, dann verdeutlichte sie, wie winzig der Mensch war, dann dachte man unwillkürlich an den Tod. Musste man die Nase auf die Erde drücken, um sich der Distanz zum Himmel bewusst zu werden? Der Gedanke rief ihm die eigene Sterblichkeit in Erinnerung. Oh, aber wieso musste man sich anlässlich des Todes eines anderen Menschen zwangsläufig den Kopf über die eigene Sterblichkeit zermartern?

»Was machen wir jetzt bloß?«, sagte seine Großmutter, als wäre ihr das gerade erst eingefallen.

»Alles wird gut«, antwortete er mit zusammengebissenen Zähnen.

Er hatte immer zu schematisch gedacht. Darin bestand das Problem. Eine Überlegung überdeckte die andere. Das gewaltige Behältnis der Dunkelheit, das er gespürt hatte, zerfiel schon wieder unter seinem geistigen Griff, er konnte es nicht festhalten, bestenfalls nur mit vagen Metaphern greifen, die es aber verfälschten. Er dachte probehalber an das Leben nach dem Tod, wie es im Heiligen Buch beschrieben wurde. Er konnte sich seinen Vater nicht in einem Garten vorstellen. Das war ein falsches Bild. Das war unpassend.

»Nicht weinen, *habibi*«, sagte seine Großmutter.

»Alles wird gut.«

Er richtete seine Gedanken auf Fatima und zeichnete im Stillen Bilder des Ehelebens. Die Minuten fügten sich zu Stunden, und schließlich erreichten sie Tulkarem, wo sie nach Nablus umstiegen.

Sie standen um die Mitte des Nachmittags vor ihrem Haus. Keine Umm Mahmoud, die sie begrüßte. Dann entdeckten sie etwas auf der Türschwelle: ein Umschlag in der Trauerfarbe Weiß. Der Poststempel lag halb im Schatten. Ein scheußlicher Anblick. Es tat weh. Teta ignorierte den Umschlag und hantierte mit dem Türschloss. Als sie über die Schwelle trat, hob Midhat den Brief auf.

18. Mai 1920
29 Sha'ban 1338

Lieber Midhat,

tausend Glückwünsche – Du bist sicher sehr glücklich. Ich hoffe, ich kann zur Hochzeit kommen. Wie Du vielleicht gehört hast, stocken die Franzosen ihre Streitkräfte auf – ich kann nicht viel erzählen, nur, dass Faisal nervös ist und es von allen Seiten Forderungen hagelt. Die Leute hier bilden sich seit dem Erhalt der Nachrichten über all die Demonstrationen und so weiter ein, die Palästinenser hätten größere Freiheiten, als es tatsächlich der Fall ist. Wir werden sehen.

Dar Hammad ist eine erstklassige Familie – gut gemacht. Ich freue mich auf die Feier.

Dein Bruder

Hani

13

Offizieller Vollstrecker des Testaments von Hāddsch Taher war ein Anwalt aus dem Sinai, der ihm im Textilgeschäft wiederholt zur Seite gestanden hatte. Die inoffizielle Vollstreckerin war Laila, und ihre Macht war ungleich größer als die des Anwalts. Sie war in finanziellen Angelegenheiten immer gewieft gewesen, und nach dem Tod ihres Mannes war das nicht anders. Keine Woche nach seiner Heimkehr erhielt Midhat den ihm zugemessenen Erbteil. Laila hatte die Schulden Hāddsch Tahers getilgt und den Rest zwischen sich selbst, Midhat und den anderen Jungen aufgeteilt. Dunja und Inshirah hatten kleinere Anteile erhalten. Midhat bezahlte von seinem Erbe die Brautgabe für Fatima und erwarb ein Haus am südwestlichen Stadtrand, in dem er nach der Heirat wohnen wollte.

Das Haus war einstöckig, und der frühere Bewohner, ein älterer Herr, hatte seine Möbel mitgenommen. Die neue Einrichtung wurde von Hāddsch Nimr finanziert und von Widad ausgewählt; sie kümmerte sich auch um die Hochzeitsvorbereitungen, weil Umm Taher noch trauerte. Die Feier, die gleich nach dem Ende des Fastens stattfinden sollte, würde die Festlichkeiten des *id al-fitr* durch ein dreitätiges Fest beschließen. Alle, die eine Einladung erhielten, schätzten sich glücklich, und auch die samaritanischen Schneider profitierten davon, denn sie fertigten ein Gewand nach dem anderen für die Gäste der Braut an.

Hani konnte am Ende doch nicht kommen. Die Streitkräfte in Damaskus waren von den Franzosen zerschlagen worden, und er war mit Emir Faisal ins Exil gegangen: Er telegraphierte aus Amman, um abzusagen. Die Hochzeitsfeier wurde von Beginn an durch Absagen getrübt, und so war Midhats Freude etwas gedämpft.

Eli, der Samaritaner, half Midhat bei der Auswahl der Kleidung: ein besonders hoher Fez, eine Foulard-Krawatte, das feinste Einstecktuch und die glänzendsten, spitzesten italienischen Lederschuhe, braun, mit schwarzer Kappe und doppelter Zickzacknaht. Fatima trug ein weißes Kleid im europäischen Stil mit Seidenaufsätzen auf Schultern und Ellbogen, hüftbetont und mit breiter Schärpe. Ihre Schwester hatte ihr die Brauen mit einer Paste aus Mehl und geschmolzenem Zucker gewachst, ihre Haare in Locken gelegt und zu einem Zopf geflochten, der auf dem Kopf aufgerollt wurde; ganz oben hatte ihre Mutter einen Schleier festgesteckt. Ihre Füße steckten in weißen Seidenstrümpfen. Als sie das elterliche Haus verließ, waren die Hände mit Henna-Symbolen bemalt, darunter ein Stück Holz, Spiegel, Schere und Zuckerwürfel.

Am Abend der Zaffeh-Prozession war es windig, und die Kerzen erloschen immer wieder. Nach der rituellen Waschung im Hammam und den Tänzen, bei denen sich die Frauen auf den Mund tippten und die Zunge flattern ließen wie zwitschernde Vögel, nach der Verlesung der Fatiha und dem Segen auf den Stufen des Hauses der Familie Hammad ging das junge Paar im bunten Licht venezianischer Lampen, begleitet von Querpfeife und Tamburin, an der Spitze der Parade zu dem neuen Haus im Südwesten der Stadt. Dort löste sich die Prozession vor der Tür auf, man sang Lieder und wünschte lautstark »grüne Füße«. Midhat und Fatima überschritten die Schwelle und lauschten, nachdem sie die Tür geschlossen hatten, stumm der Menge, die in die Stadt zurückströmte. Sie lächelten einander höflich an. Sie hatte ihre Augen stark mit Kajal geschminkt, ihr Gesicht war dick gepudert.

»Hallo«, sagte er.

»Hallo.«

Eine große Gartenlaterne stand auf dem Fußboden; Midhat hockte sich in gespielter Selbstsicherheit hin, öffnete die kleine Glasscheibe und entfachte den Docht mit einem Streichholz. Dann packte er den Griff der Laterne und winkte Fatima, ihm zu folgen. Und so kam es, dass die beiden, einem Impuls gehorchend, den ersten Teil der Hochzeitsnacht damit verbrachten, ihren neuen Garten zu erkunden.

Das Grundstück lag an einem Hang, und der Garten hinter dem Haus bestand aus vier schmalen Terrassen. Auf der obersten und breitesten standen ein schmiedeeiserner Tisch und drei Stühle. Auf der zweiten und dritten Terrasse schienen früher Blumen und Gemüse in den quadratischen Beeten gewachsen zu sein, aber nun wucherte das Unkraut so wild, dass es bis auf den Weg vordrang. Auf der untersten und schmalsten Terrasse stand ein großer Stall mit rissigem Betondach, neben dem ein verwilderter Rosenstrauch wuchs. Midhat hob die Laterne und warf einen Blick in den Stall. Keine Hühner. Nur ein paar alte, weiße Kerben auf dem Boden. Er ging in einem Bogen zurück, der Lichtschein der Laterne zitterte über die Pforte und warf einen gestreiften Schatten auf die Gasse, die den Garten unten begrenzte. Fatimas Seidenkleid schimmerte. Sie ging die Gartentreppe wieder hinauf, und Midhat beeilte sich, ihr den Weg zu erhellen.

»Möchtest du etwas essen?«

»Nein.«

Er wollte fragen: »Bist du müde?«, oder: »Sollen wir zu Bett gehen?« Aber jede Formulierung schien einen schlüpfrigen Unterton zu haben, und er beschloss, den Mund zu halten.

Im Flur tauschte er die Laterne gegen eine Lampe ein und ging auf den drei flachen Stufen voran, die in das Schlafzimmer hinabführten. Es war kalt, die Steinwände waren nicht gestrichen, und das einzige Fenster, das es gab, saß hoch oben in der Wand, die Fensterläden waren zu. Eine Tagesdecke aus cremefarbener Seide lag auf dem Bett, und vor der gegenüberliegenden Wand standen zwei grün gepolsterte Stühle und ein Schrank mit Perlmuttintarsien, alle mit hohen, geschwungenen Beinen. Neben der Tür hing ein Spiegel mit verschnörkeltem Rahmen. Midhat beobachtete, wie Fatima alles in sich aufnahm. Die altmodische, feminine Einrichtung entsprach nicht seinem Geschmack, aber das musste ihm egal sein, denn sie war ein Geschenk seiner Schwiegermutter für seine Frau. Fatimas Hände waren noch mit Henna bemalt, sie hatte Ringe unter den Augen und viel Parfüm aufgelegt. Midhat stellte die Lampe auf den Nachtschrank, flüsterte »*habibti*« und wollte nach ihrer Hand greifen.

Ihr entsetztes Lächeln enthüllte die Zähne. Er trat auf sie zu und konnte ihr gerade noch einen Kuss auf die Stirn geben, bevor sie zurückwich. Er griff behutsam nach ihrem Kinn, drückte seine Lippen zuerst auf das eine müde Auge, danach auf das andere. Seine linke, auf dem Hosenbund liegende Hand löste den obersten Knopf aus der Öse.

»Was tust du?«

»Nichts. Ich ziehe mich nur aus.«

Er bückte sich nach ihren Lippen. Hände stemmten sich gegen seine Brust.

»*Habibti.*«

Ihre Arme gaben nach, und sie erlaubte ihm, sie auf die Lippen zu küssen, hielt ihn aber weiter auf Abstand. Der zweite Hosenknopf löste sich mit einem noch lauteren Geräusch, und sie drückte ihn noch weiter weg. Er ergriff sie.

»Du musst keine Angst haben.«

Sie entriss ihm die Handgelenke. Ihr Lächeln war verflogen. In einem Moment der Unentschlossenheit tat sie einen falschen Schritt und stolperte gegen die Bettkante, plumpste mit einem dumpfen Geräusch auf das Bett. Als sie den Rock lüpfte, zeigte sich, dass der Absatz eines Schuhs abgebrochen war.

»Warte, ich helfe dir.«

Sie war zu schnell. Sie schnürte den ersten Schuh auf wie eine Pianistin, die eine rasante Tokkata spielt, und dann hatte sie beide ausgezogen und bückte sich, um sie unter das Bett zu schieben. Als sie den Kopf hob, war sie knallrot. Midhat war nach einem Schritt mit halb offener Hose stehen geblieben.

»Ohne Licht ist es leichter.« Er reckte einen Arm und drehte die Flamme aus. Sie rang um Atem, als es plötzlich dunkel wurde. Er setzte sich auf das Bett.

»Komm ja nicht näher.«

Zu seiner Verblüffung war ihre Stimme einige Schritte entfernt.

»Sonst schreie ich.«

Das einzige Licht fiel schwach durch eine Ritze am Rand des Fensterladens. Es umriss Fatimas Körper, aber ihr Gesicht lag im Dunkeln. Er sah, wie sie die Ellbogen anwinkelte; ihre Finger wirkten abwehrbereit. Die Stille wurde immer angespannter.

»Du bist meine Frau.«

Sie holte tief und lange Luft. Das beruhigte Midhat, denn sie schien sich wieder zu fassen. Dann bog sie die Finger zu Krallen und stieß, obwohl er sich nicht weiter genähert hatte, den angedrohten Schrei aus. Er war schrill und gellend und bohrte sich wie Nadeln in seine Ohren.

»Oh Gott, nein, bitte lass das.«

Doch sie hielt den Ton. Holte Luft und schrie weiter, während sie zurückwich, wenn auch nicht mehr ganz so laut, holte noch einmal Luft, was für ein erneutes kurzes Abflauen sorgte, und dann stand sie vor dem Fenster. Nun konnte er ihr Gesicht sehen. Sie riss die Augen weit auf, ihre Brust hob und senkte sich rasch.

»Ich komme nicht näher. Ich lasse dich in Ruhe, aber bitte hör auf. Bitte.«

Er machte sich auf einen weiteren Schrei gefasst, aber sie blieb stumm. Er sah zu, wie sie sich auf den Stuhl neben dem Fenster setzte. Sie zog die Füße auf den Sitz, als wollte sie ihre Beine an sich ziehen, stellte sich dann aber auf den Stuhl, wobei sie sich gegen den Schrank stützte. Sekunden später knarrte Holz, und der Schrank hob sich ein wenig auf der anderen Seite, als sie sich mit einem Fuß von der Stuhllehne abstieß und auf das Möbel hievte. Alle vier Schrankbeine wackelten, ihr Kleid raschelte, und dann saß sie obendrauf und krallte sich an den Blätterknäufen fest.

»Jetzt kannst du mir nicht mehr nahe kommen.«

Er suchte ihre Augen, sah aber nur ihre Hände.

»Stimmt«, sagte er.

Er betrachtete den leeren Stuhl und überlegte kurz, sich daraufzustellen und sie herunterzuziehen. Er stemmte die Hände in die Hüften. Ein Lachen entwich ihm; es klang grausam. Er setzte sich auf das Bett.

»*Allahu akbar*«, sagte er zu sich selbst.

Die Stellschraube der Petroleumlampe war rostig, ließ sich also schwer bewegen und schnitt in seine Finger. Der Lichtschein erfüllte das Zimmer: Sie hockte im Schneidersitz auf dem Schrank. Er legte einen Fuß auf sein Knie und zog den Schuh mit einer Hand aus; für den zweiten Schuh brauchte er beide Hände und prustete angestrengt. Er lockerte die Krawatte mit dem Zeigefinger.

»Willst du die ganze Nacht da oben hocken?«

Er hatte überlegen, ja hochmütig klingen wollen, aber seine Stimme hatte einen flehenden Unterton, Fatima hatte ihn also sofort in der Hand. Sie schwieg. Während er Jacke und Hemd auszog, stieß er ein paar würdevolle Seufzer aus, und als er sich in Unterwäsche ins Bett legte, bemühte er sich so sehr, sie nicht anzuschauen, dass er am Ende zusammenzuckte, denn sie hatte ihn natürlich die ganze Zeit angestarrt.

»Brauchst du Hilfe, um runterzukommen?«

»Nein.«

»Soll ich die Lampe brennen lassen?«

Keine Antwort. Die Flamme zuckte, als ginge ein Wind, und der Ruß schwärzte das obere Ende des Glaskolbens. Er drehte den Docht herunter, was leicht ging, und als es dunkel war, erfasste ihn die tagelang unterdrückte Müdigkeit, sie übermannte ihn in Sekundenschnelle.

Die traumlose Nacht währte nur einen Augenblick. Er erwachte, wie er eingeschlafen war, auf dem Rücken. Die Zimmerdecke war so dunkel, dass er sich anfangs einbildete, es wären nur ein paar Stunden verstrichen, doch als er sich aufrichtete, sah er das kalte Licht des Morgens im Spalt des Fensterladens. Fatima schlief auf dem Stuhl. Sie hatte sich so hingekauert, dass sich das Hochzeitskleid über den Oberschenkeln bauschte, ihre mit Henna bemalten Füße lagen übereinander. Midhat stieg aus dem Bett, um sie besser betrachten zu können. Ihr Mund stand offen, und die Haare hatten sich aus dem Dutt gelöst. Sie schien zu spüren, dass er vor ihr stand, denn ihre Augenlider bebten, und ihr Mund zuckte. Er machte kehrt. Sie sollte sich ungestört umziehen, das Haus allein erkunden, sich ohne ihn daran gewöhnen.

In der Eingangshalle stand seine Reisetruhe. Er tippte dagegen. Sie hatte ihn auf all seinen Reisen begleitet, wie er wehmütig dachte, und war von Kratzern und Schrammen bedeckt, die sie durch unachtsame Gepäckjungen oder auf schwankenden Schiffen davongetragen hatte. Ganz oben lag eine Leinenhose. Er zog sie im Salon an, einem schmalen Raum mit hohen Fenstern zum Garten. Nachdem er den Mantel angezogen hatte, brach er zum Berg Garizim auf.

Das Haus der Familie sollte verkauft werden. Umm Taher

wollte nach unten zu Umm Jamil ziehen und vom Erlös des Verkaufs des Obergeschosses leben. Obwohl dies erst nach der Hochzeit geschehen sollte, verbrachte Umm Taher schon jetzt die meiste Zeit unten. Midhat traf sie in Umm Jamils Küche an, wo sie den Tee, den sie mit Honig gesüßt hatte, mit dem Finger umrührte.

»Was tust du hier?«, fragte sie. »Wo ist deine Frau?«

Er setzte sich auf einen Stuhl und erzählte ihr seufzend, was sich in seiner Hochzeitsnacht zugetragen hatte. Teta lauschte geduldig. Dann begann sie zu lachen.

»Was hast du mit ihr angestellt?«

»Wie meinst du das?«

»*Yaani*, sie hatte Angst. Du musst es langsam angehen, *habibi*. Umm Jamil!«, rief sie unvermittelt. »Komm her.«

Midhat nahm an, dass sie seiner Tante eine andere Frage stellen wollte, aber zu seinem Entsetzen erzählte Teta Umm Jamil brühwarm, was er gerade berichtet hatte. Er versuchte, sie durch die Worte »Muss das sein?« zu bremsen, aber sie redete noch schneller, japste und legte dramatische Pausen ein. Umm Jamil schaute Midhat und Umm Taher abwechselnd mit großen Augen an, nickte mit ihrem Vogelköpfchen und lächelte leise und wissend.

»Also habe ich ihm geraten«, beschloss Umm Taher ihre Worte, »die Sache langsam anzugehen. Das arme Mädchen hat sich gefürchtet. Hab ich recht?«

»Hast du es mit Zärtlichkeiten versucht?«

»Oh Gott«, sagte Midhat, »das ertrage ich nicht.«

»Das musst du aber«, sagte Umm Jamil. »*Yaani*, Küsse, die sind sehr wichtig.«

»Nein, das ist alles nicht …« Er stöhnte. »Ich kehre heim. Es war ein Fehler, hierherzukommen.«

Er verschwand eilig. Es war noch zu früh, um in das neue Haus zurückzukehren, wo ihn Fatima möglicherweise voller

Furcht erwartete. Er schlug den alten Weg durch die Stadt ein und ging in den Khan.

Im Eingang stand kein Stuhl, und von außen wirkte der Laden der Kamals verlassen. Doch in der Schneiderwerkstatt waren Stimmen zu hören. Butrus saß an seinem Arbeitstisch, umringt von drei anderen Männern. Sie sahen auf, als Midhat eintrat, und lösten sich voneinander, um ihn zu begrüßen. Seine alten Freunde, die samaritanischen Schneider. Sie lächelten, und Eli trat vor, um ihm zu gratulieren, sie hatten die Hochzeit sehr genossen.

»Wo ist Hisham?«

»Er ist aufgebrochen, um dich zu holen«, sagte Eli.

»Stimmt etwas nicht?«

Eli sah den am Tisch sitzenden Butrus an.

»Du wartest besser auf Hisham«, sagte der.

Auf diesen Wortwechsel folgte eine bizarre halbe Stunde, in deren Verlauf Midhat das Gespräch immer wieder unterbrach, um auf eine Antwort zu drängen. Jedes Mal tauschten die Schneider den gleichen unbehaglichen Blick und schüttelten den Kopf. »Warte auf Hisham.« Butrus machte Kaffee, und die Samaritaner zogen Stühle heran und erkundigten sich nach der Hochzeit. Midhat, der sich die ganze Zeit fragte, was sie ihm verschwiegen, forschte in ihren Gesichtern nach Hinweisen und gab unbeteiligte Antworten. Er war so beschäftigt, dass er überrascht war, als Hisham plötzlich hinter seinem Stuhl stand.

»Habt ihr es schon erzählt?«, fragte er die Schneider.

»Nein, sie haben mir nichts erzählt«, sagte Midhat, indem er sich erhob. »Was ist denn los?«

Hisham schaute verängstigt. »Dein Vater …«, sagte er.

Midhat wartete. »Ja? Was ist mit meinem Vater?«

»Er … er …« Hisham schluckte und blickte zu Boden.

»Was?«, sagte Midhat.

»Er hat das Geschäft auf Umm Musbah eingetragen.«

»Bitte?«

»Das Geschäft. Es läuft auf den Namen seiner Frau.«

Midhat war sprachlos. »*Wie?*«

Hisahm hob die Hände.

»Und was bedeutet das?«

Was das bedeutete, war natürlich offensichtlich. Aus den Mienen der Männer sprach tiefes Mitleid. Eli klammerte sich an eine Stuhllehne, als hätte er Schmerzen.

»Wir sind vertraglich verpflichtet, er und ich.« Hisham zeigte auf den Schneider, und Midhat bemerkte, dass seine Hände zitterten. »Wir müssen für sie arbeiten. Und du, *habibi* … Es tut mir leid, ich bin … ich bin …«

»Du wusstest es die ganze Zeit?«

»Verzeih mir.« Hisham zog ein zerknirschtes Gesicht.

Midhat rang um Atem. »Du hast es gewusst, und du hast es mir verschwiegen. Hisham!«

»Ich wollte nicht, dass du mit diesem Wissen zu deinem toten Vater fährst«, sagte Hisham flehentlich. »Ich wollte nicht, dass du … voller Wut Abschied von ihm nimmst.«

»Und was soll ich jetzt tun?« Midhat spürte, dass er weinerlich dreinschaute. Er wünschte sich, die anderen wären nicht da. Es war eine dumme Frage, und natürlich antwortete niemand. »Wie lange seid ihr vertraglich gebunden?«

»Unser Gehalt kommt aus Kairo. In Nablus stocken die Verkäufe.«

»Hisham – wie lange bist du vertraglich gebunden?«

Hisham warf dem Schneider einen verzweifelten Blick zu.

»Verstehe«, sagte Midhat. »Ihr braucht euer Gehalt. Schon gut.«

Nichts war gut. Als er auf die Straße trat, schlug der Schock in Wut um. Er sah sich nach etwas um, das er durch die Gegend treten konnte. Einen losen Stein der Straßenpflasterung. Als er zutrat, merkte er, dass es eine Tomate war, die fast zerplatzt wäre. Er hämmerte mit der Unterseite der Faust gegen die Wand, was ihm einen ordentlichen Schmerz bescherte, dann marschierte er mit raschen Schritten los. Er durfte es nicht riskieren, dass einer der Schneider herauskam, um ihn zu trösten.

Wie sollte er Fatima jetzt ins Gesicht sehen? Wie sollte er ihr beichten, dass er plötzlich ohne Lebensunterhalt dastand, der Hāddsch Nimr maßgeblich davon überzeugt hatte, dass er ein passabler Ehemann war? Er hatte nur noch das kleine, dunkle Haus mit dem leeren, vollgeschissenen Hühnerstall hinten im Garten, das er gekauft hatte. Er würde die Hälfte des Erlöses vom Verkauf des alten Hauses brauchen, aber auch das würde nicht lange vorhalten. Bei dem Gedanken an Teta schlug er sich die Hände vor das Gesicht. Er erwischte einen der Arbeiter im Eingang des Teppichladens.

»Wo ist Jamil? Jamil, hast du kurz Zeit? Ich muss mir dir reden.«

Er führte seinen Cousin auf die Straße und erzählte ihm, was er gerade erfahren hatte.

Jamil war entgeistert. »Was? Das kann nicht sein. Sie wird dich doch wohl wenigstens anstellen.«

»Wie sie Hisham anstellt, meinst du? Weißt du, wie viel Hisham verdient? Davon kann ich meine Familie und meine Großmutter nicht ernähren ... Außerdem würde ich nicht einmal dann für diese Frau arbeiten, wenn sie mich bezahlte.«

»Aber das ist unmöglich. Das ist undenkbar, Midhat. Hast du das nachgeprüft? Ich dachte immer, er hätte dir das Geschäft versprochen.«

Midhat breitete die Handflächen aus.

»Ich kann das nicht glauben. Sie muss ihn dazu überredet haben. Was ist bloß *los* mit der Frau ...«

»Ich weiß nicht, was ich tun soll.«

»Aber dein Vater ... Das überrascht mich wirklich.«

Bei dem Wort »Vater« verknotete sich etwas in Midhats Brust, und er schrie: »Mein Vater!«

Jamil suchte die Straße mit einem Blick ab. »Los, lass uns eine Runde drehen.«

Midhat ließ sich führen. Die Straße hinab, vorbei an der Fatimijah Schule. Auf Höhe des oberen Stadtrands an Rafidia vorbei. Sie passierten das Dorf Balata und schlugen dann einen Weg ein, der sie in nördlicher Richtung durch die Berge führte, und nach einer Weile hatte Midhat nicht mehr den Drang zu sprechen. Seine Wut war zerstoben wie ein Vogelschwarm, und er fühlte sich wie betäubt. Er schaute hinunter auf die Ebene. Auf den Hügelkämmen leuchtete rosiges Gestein zwischen dem Grün, und der blaue Himmel darüber war weiß gefleckt.

»Ich bin so erschöpft«, murmelte er. Die Worte fühlten sich gut an. Er wiederholte sie. »Ich bin so erschöpft.«

Das stimmte allerdings nicht ganz, denn das Gehen vertrieb seine Müdigkeit und kurbelte sein Denken an. Er hatte das Gefühl gehabt, als würde er ertrinken, aber nun tauchte er wieder auf.

»Du weißt, dass mich alle den ›Pariser‹ nennen?«

»Sicher.«

»Schon komisch, ich bin erst seit einem Jahr zurück, habe aber das Gefühl, als wäre es eine Ewigkeit. Ich spiele immer mal wieder mit dem Gedanken, dorthin zurückzukehren.«

»Das geht nicht, *habibi*. Dein Leben ist hier.«

»Welches Leben?« Er lachte freudlos auf. »Ich habe keines.«

»Bitte. Du hast gerade die schönste Frau der Stadt geheiratet. Du bist erfolgreich. So sieht das jeder.«

»Ich habe sie *ihm* zu Gefallen geheiratet. Ich könnte ebenso gut wieder verschwinden. Was habe ich denn schon erreicht? Hier hält mich nichts ...«

»Du hast sie nicht nur *ihm* zu Gefallen geheiratet. Ich kenne dich. Du liebst sie.«

Midhat biss die Zähne zusammen. »Eine Fremde kann man nicht lieben. Das ist ein Ding der Unmöglichkeit.«

Sie hatten eine Art Gipfel erreicht, hinter dem es zunächst wieder abwärts und dann erneut aufwärts ging. Als sie stehen blieben, erwachte ringsumher alles zum Leben.

»Möchtest du wissen, was letzte Nacht passiert ist? Fatima, sie … sie ist vor mir geflohen. Sie ist auf den Schrank geklettert und wollte nicht herunterkommen.«

Ein kurzer Blick zu seinem Cousin, er wartete auf das Lachen. Jamil, der einen Fuß auf einen Stein gesetzt hatte und verschnaufte, legte ihm eine Hand auf die Schulter.

»Das wird sich geben. Sie ist eine Frau. Sie ist noch ganz unerfahren.«

»Erzähl das nicht weiter, ja?«, bat Midhat. »Wobei es Teta sicher schon überall ausposaunt hat.«

»Du schaffst das. Ich weiß, dass du das schaffst.«

»Warum magst du mich nur dann, wenn ich Fehler mache?«

»Mein Gott«, sagte Jamil und zog die Hand weg. »Das stimmt nicht, Midhat. Du bist dermaßen arrogant!« Er lachte auf.

»Wie meinst du das? Wieso arrogant?«

»Wie ich das meine? Na, du bildest dir ein, du wärst der Mittelpunkt von allem. Oh nein. So meine ich das nicht. Warte, sei nicht sauer.«

»Ich bin nicht sauer. Ich verstehe nur nicht.«

»Schön. Möchtest du wissen, wie mein Leben während der letzten zwei Monate ausgesehen hat? Interessiert dich das?« Jamil machte eine sonderbare Kopfbewegung, schien kurz in sich hineinzuhorchen. Dann fuhr er sanfter fort: »Zunächst einmal habe ich miterlebt, wie zwei Menschen getötet wurden. Direkt vor meinen Augen, nur ein paar Schritte entfernt. All das Blut. Ich habe gesehen, wie …« Er presste die Lippen zusammen. »Der erste war ein Jude, ein junger Typ, unser Alter. Der zweite war ein Araber, der von einem Freund des Juden getötet wurde. Das geht mir ständig im Kopf herum, weißt du? Das lässt mich nicht los …«

»Das war an Nebi Musa? Das wusste ich nicht.«

»Du hast ja nie gefragt! Du hast dich kein einziges Mal danach erkundigt. Sobald wir zurück waren, bist du wieder in deiner Welt abgetaucht und hast Gedichte gelesen. Der Pariser, der mit seinen bunten Krawatten herumstolziert. Du hast mich nie gefragt, sondern bist einfach verschwunden.«

Midhat versuchte sich an die Zeit nach Nebi Musa zu erinnern, an die Ereignisse, an das, was er getan hatte, aber dann blieb er an Jamils letztem Vorwurf hängen.

»Wie schon gesagt – ich habe dich in der Menge aus den Augen verloren, wie hätte ich dich finden sollen?«

»Ich weiß.« Jamil winkte ab. Vielleicht hatte er dieses Thema nicht anschneiden wollen, vielleicht waren ihm die Worte in der Hitze der Diskussion herausgerutscht. »Du solltest mal über deinen Tellerrand schauen. Das Land geht den Bach runter. Unsere Fellachen sind am Verhungern, sie laufen herum und rauben Leute aus. Weißt du, wie viele Menschen in der vergangenen Woche beraubt wurden? Achtest du jemals auf das, was die Leute erzählen?«

»Jamil, mein Vater ist gestorben. Du sagst das, obwohl du gar nicht weißt, wie es mir ergangen ist … du meldest dich ja nicht mal bei mir!«

»Niemand kauft mehr Teppiche, und trotzdem kommen sie alle rein, sie sehen sich um, sie tun so, als wollten sie etwas kaufen, und weißt du, wieso? Weil sie nichts Besseres zu tun haben. Der Tod deines Vaters schmerzt mich, aber wir haben Damaskus verloren, und nun wird es hier einen jüdischen Staat geben, dank der Briten. Das wird wie in den schlimmsten

Jahren der Türkenherrschaft sein. Wahrscheinlich noch schlimmer.«

Jamil setzte den Weg fort, aber Midhat rührte sich nicht vom Fleck. Jamil bemerkte das mit Verspätung und hielt weiter oben auf dem Hang inne. Beide waren noch außer Atem.

»Warum tust du mir das an?«, fragte Midhat.

Sie standen vor einer Öffnung im Berghang, einer kleinen Höhle. Der Wind ging durch Midhats Hemd, und er fröstelte. Auf Jamils Stirn tanzte eine Locke hin und her.

»Ich hätte nie gedacht, dass du so wenig Mitgefühl aufbringst.«

Jamil riss die Arme hoch. »Mitgefühl!«, sagte er.

Midhat drehte sich ruckartig um und brach in die entgegengesetzte Richtung auf, wieder bergab. Er wollte nur noch weg, in die Vergangenheit zurückkehren. Die Gegenwart war bloß nacktes Gestein, das keinen Schutz bot. In der Vergangenheit waren alle Schmerzen längst überstanden, alles war ihm vertraut, nichts konnte ihn mehr verletzen.

»Midhat!«

Er ging weiter. Die Sonne schien mit entsetzlicher Klarheit. Es gab keine Sicherheit.

Als er den Pfad erreichte, stellte er fest, dass Jamil ihm nicht gefolgt war. Vor ihm zischelte eine Eidechse über einen Felsen und verschwand. Und beim Anblick des offenen Geländes holte es ihn wieder ein: das sengende Gefühl, nach dem er sich früher, in der Geborgenheit seines Schlafsaals in Konstantinopel, gesehnt hatte. Nur war es jetzt viel stärker. Der Umriss seines Körpers schrumpfte, seine Haut brannte. Er konnte das Gefühl nur lindern, indem er rannte.

* * *

Fatima ordnete ihre Kleidung in den Schrank ein, dann zog sie Midhats Reisetruhe die Treppe hinunter ins Schlafzimmer. Als der Deckel auffiel, musste sie lachen. Dieser Mann hatte viel mehr Zeug als sie. Sie berührte die oberste Schicht; da war etwas Weiches, eine Art Hausmantel, dick und mit rotbraunem Futter. Hemden, Krawatten und gemusterte Baumwolltücher. Sie wollte den Deckel zuklappen, und als sie den rechten Arm hob, spürte sie ein schmerzhaftes Reißen im Nacken und ließ ihn sinken. Sie rieb die Stelle und betrachtete ihr Spiegelbild. Eine Schulter war merklich höher als die andere. Sie brauchte Bockshornklee.

Die Speisekammer stand voller Tabletts mit Essen, das ihre Verwandten zubereitet hatten. Teller mit Reis, Schalen voller Muskraut, gefüllte Zucchini und Maqluba, dazu zwei Beutel mit frischen Tomaten und Gurken sowie zwei Schüsseln mit Obst. Kein Bockshornklee. Aber sie entdeckte eine Tüte mit getrockneten Weinblättern. Sie holte das Obst mit dem Arm heraus, der nicht schmerzte, und legte es auf den Tisch. Die Guaven waren klein und hart. In den Einkerbungen der Orangenschalen saß weißer Staub. Sie setzte eine Pfanne mit Wasser auf, griff nach einem großen Messer und einer Zwiebel, die sie auf dem Tisch zuerst halbierte und dann viertelte, bis die Einzelteile wie glasige Scherben auseinanderfielen. Sie sang. Als sich die Küche mit Wasserdampf füllte, öffnete sie das Fenster zum Garten. Im Sonnenschein wirkten die schmiedeeisernen Stühle nachlässig lackiert. Sie knetete ihren Nacken mit den Fingern.

Der Reis kühlte ab, als sie die Haustür hörte. Sie drehte sich nicht um, als Midhat eintrat; sie schichtete die Weinblätter zu einem Haufen auf und kippte reichlich Olivenöl in eine Schale. Sie faltete die ersten mit Reis gefüllten Blätter zu kleinen Päckchen und spitzte die Ohren, um zu hören, wo er war, horchte auf Schritte oder ein Knarren. Das nächste Geräusch kam jedoch von direkt hinter ihr, im Flur vor der Küche. Sie beeilte sich, ihre Überraschung zu verbergen.

»Bekomme ich einen Kaffee?«, fragte er.

Sie wischte die Hände am Geschirrtuch ab, das in ihrem Gürtel steckte, und öffnete einen Schrank. Tellerstapel.

»Der Kaffee ist in diesem hier.«

»Und die Kanne?«

»Nimm diese – nein, die. Hast du … hast du alles, was du brauchst?«

»Bockshornklee. Den haben wir nicht.« Sie öffnete den Krug mit Kaffee. »Aber sonst habe ich alles, ja. Oh, bis auf …« Sie drehte sich zu ihm um.

»Bis auf was?«

»Wer holt das Wasser? Zu Hause haben wir einen Brunnen.«

»Der Wasserträger kommt vorbei«, sagte Midhat. »Wir wohnen ja nicht so entlegen. Schaffst du es denn wirklich? Ich meine … brauchst du ein Hausmädchen?«

»Oh. Nein, wahrscheinlich nicht. Jedenfalls vorerst.«

Der Kaffee schäumte. Er nahm die Tasse entgegen, die sie ihm eingeschenkt hatte, trank aber nichts. Er saß am Tisch und sah zum offenen Fenster, während Fatima mit flinken Fingern die Weinblätter faltete. Sie legte vier weitere gefüllte Blätter zu den anderen auf den Teller.

»Woran denkst du?«, fragte sie.

Midhat sah zu ihr auf. Sie befürchtete, ihre Frage könnte ihn ärgern. Aber dann sagte er: »Ich dachte … an etwas, das ich in Frankreich erlebt habe.«

»Stimmt dich das traurig?«

»Nein, nicht besonders. Ich war … ich hatte einen Freund, der sein Leben verlor. Ein sehr intelligenter Mann. Er hatte seine eigenen Vorstellungen, was das Leben betrifft. Er glaubte, alles würde eine Einheit bilden, der Tod eingeschlossen.« Er nippte am Kaffee. »Aber das ist wohl unwichtig. Was machst du da?«

Nach kurzem Zögern erwiderte sie mit ungläubig zitternder Stimme: »Weinblätter!«

»Du machst das hervorragend.« Er senkte den Kopf dicht über die Tischplatte, als wollte er sie von der Seite betrachten. »Sie sind sehr klein.«

»Das hat mir meine Mutter so beigebracht. Nein, genauer gesagt habe ich es von einem Türken gelernt. Wie du weißt, wohnten früher Türken in unserem Obergeschoss.«

Sie tauchte wieder ein Blatt in das Öl. Sie spürte seinen Blick.

»Das ist mir neu.«

Der letzte Reis bildete eine Kruste in der Pfanne. Sie kratzte ihn mit einem Löffel ab, und er fiel auf den Teller.

»Nun sind wir verheiratet«, sagte sie und biss sich innen auf die Wange.

Midhat lachte, und sie wusste, dass er sich abgewandt hatte.

»Ja. Nun sind wir verheiratet.«

Gegen Abend konnte sich Fatima als Siegerin betrachten, aber sie war nicht froh darüber. Midhat hatte sie den ganzen Tag nicht angerührt und auch nicht auf die vergangene Nacht angespielt. Sie unterhielten sich weiter auf eine freundliche, unverbindliche Art, wenn auch nicht wie ein Ehepaar. Fatima dachte oft an die lachenden Frauen im Hamam. Sie wussten, wie es zu sein hatte. Im Grunde gehörte ihre Ehe diesen nackten Gestalten, die im Dampf des Hamams tratschten. Im Laufe des Nachmittags merkte sie, dass sie ihre Selbstbeherrschung bei der Zubereitung der Weinblätter vollständig verbraucht hatte. Sie weinte eine Weile am Küchenfenster. Rückblickend kam ihr die letzte Nacht trotz der Furcht einfacher vor als der Tag, denn nun stand sie hier, und ihr Mann saß dort, und das Licht schälte die vagen Umrisse einer Zukunft heraus, deren zeitliche und räumliche Dimensionen ihre Vorstellungskraft überstiegen. Die Angst, die sie nun befiel, war viel größer als die Angst vor zu viel Nähe oder einem kurzen Akt oder dem Geräusch des Atems ihres Mannes. Als sie am Fenster stand, wusste sie nicht, wohin mit den Händen, und verschränkte die Finger schließlich so fest, dass sich weiße und rosa Flecken bildeten. Sie versuchte sich auf die nächsten Stunden zu konzentrieren, aber ihre Gedanken wandten sich trotzdem immer wieder den vor ihr liegenden Jahren zu, Jahre voller Ungewissheit, deren Ende im Dunkeln lag.

Als der Abend anbrach, las Midhat im Salon, und sie spielte Oud. Es galt als Tugend, wenn eine Frau die Oud spielen konnte. Sie versuchte, zu ihrem eigenen Vergnügen zu spielen, als hätte sie vergessen, dass er da war, sang die Worte sogar halb, als würde sie für einen Auftritt üben. Da er nicht aufblickte, konnte sie ihn genauer betrachten. Er wirkte müde. Er war blass, seine Lider waren schwer. Sie mochte den Anblick seines Armes unter dem aufgekrempelten Ärmel. Nachdem sie ein paar Melodien zur Hälfte gespielt hatte, legte sie das Instrument auf ihre Oberschenkel und griff nach den Wirbeln, als wollte sie es stimmen.

»Was liest du da?«, fragte sie.

»Hm?«

Er sah sie mit dem gleichen Blick an wie vorhin, als sie wissen wollte, was er dachte. Sein Gesicht hatte offene Züge. Es wirkte gefällig, drückte aber auch Unbekümmertheit aus, wie sie fand. Er zeigte ihr den Buchrücken. Eine europäische Sprache. Roter Leineneinband und ein zerfleddertes schwarzes Lesebändchen.

»Flaubert«, sagte er. »Sprichst du Französisch?«

»Nein. Etwas Englisch. Und ich kenne drei deutsche Wörter.«

»Wie lauten sie?«

»*Abendessen. Mittagessen. Heiß*. Ich wusste noch mehr, aber die habe ich vergessen.«

Er runzelte die Stirn, den Kopf zur Seite geneigt, die Lippen leicht geöffnet. Sie ergänzte:

»Nach dem Abzug der Türken waren Deutsche bei uns.«

»Oh … ja, ich erinnere mich daran. Mein Vater hat mir das erzählt.«

Er betrachtete sie eine Weile, wandte sich dann wieder dem Buch zu. Sie fragte sich, ob es eine traurige Geschichte war. Er sah wieder auf, schien etwas sagen zu wollen. Er verharrte kurz in dieser Haltung; sie wartete voller Unbehagen, bis er sich eines anderen besann. Sie lehnte den runden Rücken der Oud gegen die Wand.

»Wohin gehst du?«, fragte er.

»In die Küche.«

Dort gab es nichts zu tun. Sie polierte die Tischkante mit einem feuchten Lappen. Der Lappen blieb sauber; sie hatte schon einmal darübergewischt.

Sie achtete darauf, vor Midhat ins Schlafzimmer zu gehen, zog sich vor dem Spiegel aus und schlüpfte in ein Nachthemd. Als er klopfte und eintrat, trug er einen blauen Pyjama mit schwarzen Paspeln. Gestern hätte sie dieser Anblick noch in Angst und Schrecken versetzt. Nun kicherte sie, denn es bedeutete, dass er den Pyjama vorher aus dem Zimmer geholt hatte, ihr also zuvorgekommen war. Die Jacke fiel oben etwas auf, als er sich ins Bett legte. Sie schlüpfte neben ihn. Die Decken waren schwer. Eine Weile lagen sie stumm auf dem Rücken. Dann fragte Midhat:

»Warst du in Jerusalem, um die Nebi-Musa-Prozession zu sehen?«

Ihr stockte der Atem. »Ja.«

»Ich habe dich dort gesehen.«

Fatima war alarmiert. Ehemänner waren wie Eltern, sie wollten nicht, dass eine Frau Schande über sich brachte. Sie wartete wie erstarrt.

»Bist du allein hingefahren?«

»Ja«, flüsterte sie, und die Tränen brannten in ihren Augen.

»Mach dir keine Sorgen.«

Aber diese Worte riefen ihr nur die letzte Nacht in Erinnerung, die jetzt nicht mehr fern, sondern ganz nahe zu sein schien, und ihr Herz pochte. Sie sehnte sich nach Dunkelheit, um verbergen zu können, dass ihr Gesicht und ihr Hals glühten, und warf einen hilflosen Blick auf die neben ihm stehende Lampe. Bevor sie auf den Schrank geklettert war, hatte sie sich genauso ausgeliefert gefühlt.

»Warum hast du Angst?«

Die Decke verschob sich. Er drehte sich zu ihr um. Sie konnte seine weißen Augäpfel sehen.

»Ich spüre, dass du dich fürchtest. Mir macht es nichts aus, dass du zum Nebi Musa gefahren bist. Ich habe nur gefragt, weil ... ich mich gefragt habe, ob du etwas gesehen hast. Irgendetwas Schreckliches.«

»Ich habe nichts gesehen. Ich war nur kurz dort, ich kam an, und dann war ich schon wieder weg ...«

»Das war schon verrückt, findest du nicht auch?«, sagte er. »Diese wütenden Menschenmassen.«

Sie holte zu laut Luft. »Sie sind ungebildet. *Yaani*, arme Leute. Arme Leute sind wütend. Darum gibt es das Zakāt, die Abgabe der Reichen an die Bedürftigen.«

Midhat rollte sich auf den Rücken. Er löschte das Licht. Fatimas Röte schwand, und sie lauschte dem einlullenden Flüstern eines Luftzugs. Sobald sie sich beruhigt hatte, sprach sie ihn leise an.

»Erzählst du mir von Paris?«

»Paris?«

»Ich würde gern etwas darüber erfahren.«

Er begann zögernd und blieb zunächst einmal vage. »Ich habe während des Krieges in Paris gelebt. Damals gab es nur wenige Männer. Bis auf die alten. Außerdem gab es einige Araber.«

Nach einer Weile entspannte er sich und setzte zu einem Monolog an. Seine Worte entwarfen Bilder, und Fatima sah Balkone und Terrassencafés, sie hörte Stimmen und das Klimpern von Glas und Besteck, während sie durch verwaiste Straßen ging und Theater voller Frauen betrat, alle elegant, alle voller Sehnsucht nach ihren Männern an der Front. Sie rückte im Schutz des Dunkels dichter an ihn heran, spürte die Vibrationen seiner Stimme tief in seiner Kehle, spürte die Wärme, die seine halb nackte Brust verströmte. Sie spürte sie an ihrer Schulter, als er sich zu ihr umdrehte, und war überrascht, wie nahe sein Körper war. Sie war sensibel genug, um zu begreifen, dass er durch seine Berichte einen Teil seines Inneren enthüllte und dass es ihn Mühe kostete, ihr seine Erlebnisse verständlich zu machen. Es rührte sie, dass er sie ins Vertrauen zog. Sie legte zaghaft eine Hand auf seine Brust und spürte, wie sein Herz unter der Pyjamaseide pochte.

»Fahren wir mal dorthin?«

Er legte eine Hand auf ihre Finger. »Ja, gut möglich.«

Er sagte noch etwas, das sie nicht verstand. Sie hatte seinen Mund gefunden und küsste ihn. Ihre Stirnen berührten sich unbeholfen. Schweiß stand auf seiner glatt rasierten Oberlippe. Sie griff nach seinem Schritt, erstaunt und entsetzt über ihren Wagemut. Die sonderbare Anatomie, die da unter dem Stoff aufragte, erstaunte sie noch mehr, und sie riss die Hand weg.

»Schau mich nicht an«, sagte sie.

»Ich kann dich gar nicht sehen. Es ist stockdunkel.«

Das war eine glatte Lüge, denn sie konnte ihn noch erkennen. Sie schloss die Augen, glühend vor Scheu, und er begann, das Nachthemd über ihren Beinen nach oben zu schieben. Sie musste ihr Becken anheben und hob dann die Arme, um es abstreifen zu können. Sie glühte zwar, fröstelte aber zugleich und hatte eine Gänsehaut, und als er ihre Hüfte berührte, zuckte sie zusammen. Dann merkte sie, dass er zögerte, ergriff ihn beim Nacken und zog ihn auf sich.

Der Schmerz war unerträglich. Ihre Scham verpuffte sofort in der unerträglichen Hitze. Seine Arme zitterten unter seinem Gewicht, die Haare fielen ihm in die Stirn und streiften ihr Gesicht. Sie nahm seinen schweren Atem erst wahr, als sich ihre Blicke begegneten, und er fragte: »Geht es dir gut?«

Sie lächelte. »Ja. Danke der Nachfrage.«

Am nächsten Morgen erwachte sie allein. Sie hörte draußen zwei Fellachen rufen, die einander begrüßten oder sich Anweisungen gaben. Sie stand auf, ging in die Küche und weichte das Laken in einer Schüssel ein. Das Blut trübte das Wasser. Sie riss das Fenster auf, der Wind kühlte ihren Nacken.

Sie fühlte sich nicht wohl, war aber gefasst – ja, so konnte man das nennen. Der Wind fuhr durch den Garten, ließ die Bäume tanzen und zerzauste die Büsche. Dieser Garten, sowohl umhegt als auch offen, gehörte ihr – sie eilte in das Schlafzimmer, holte einen Mantel aus dem Schrank und schlang sich einen Baumwollschal um den Kopf; ihre Knöchel lugten zwischen Mantelsaum und Hausschuhen hervor. Sie öffnete die Türen des Salons, trat auf die oberste Terrasse und stellte einen am Tisch lehnenden Stuhl auf die Beine. Obwohl sie außerhalb des Gartens niemanden sehen konnte, blieb sie dicht bei der Tür.

Eigentlich Unsinn, denn hier konnte sie niemand sehen. Sie wohnten am Rand der Stadt. Das hatte ihr anfangs im Magen gelegen, aber nun fand sie es wunderbar. Ihre Befürchtung, zu weit vom Zentrum, von den vertrauten Häusern, von ihrer Familie entfernt zu sein verflog allmählich – denn vielleicht wäre sie so endlich nicht mehr von der Zustimmung anderer abhängig. Wäre es nicht herrlich – sie dachte an die Stimmen auf den

Feldern, die sie geweckt hatten –, ein Fellache zu sein, so viel Freiheit zu haben? Morgens laut zu rufen, während man mit anderen Männern aufs Feld ging?

Die Aussicht war tatsächlich spektakulär. Nicht nur der blaue Himmel mit den aufgewühlten weißen Wolken, sondern auch der über die Erde wirbelnde Wind, und während sie zusah, wie der Garten zum Leben erwachte, begann eine Wäscheleine auf dem Innenhof hin und her zu schwingen wie eine Halskette. Ihr kam der Gedanke, dort das Laken zum Trocknen aufzuhängen. Sie wrang den Stoff in der Küche über dem Waschbecken aus und trug ihn nach draußen. Die Baumwolle klatschte auf die Leine und entfaltete sich.

Sie war so abgelenkt, dass sie die reglose Gestalt erst spät bemerkte. Bei ihrem Anblick erschrak sie, und ihr Nacken tat plötzlich wieder weh. Sie hatte weder die Pforte noch Schritte gehört. Die Gestalt stand ganz unten im Schatten. Fatima beschirmte die Augen mit einer Hand und sah, dass sich die Person in Bewegung setzte und die Stufen hinaufging. Ihr anfänglicher Schrecken legte sich, als sie sah, dass es eine Frau war: ein grobes, bäuerliches Kleid, kein Schleier. Die Frau blieb auf der zweiten Terrasse stehen, und nun konnte Fatima ihr Gesicht erkennen. Eine alte Frau, wenn auch noch mit vielen Zähnen. Große, gütige Augen, hohe Stirn. Sie hatte eine Hand in das Tuch über ihrer Brust gekrallt.

»Ich habe geklopft«, rief sie mit tiefer, rauer Stimme.

Fatima wich zu den Stühlen und zur Salontür zurück, die, wie sie entsetzt merkte, aufgeschwungen war.

»Sie haben mich nicht gehört«, sagte die Frau.

»Wer sind Sie?«, rief Fatima, aber der Wind riss ihre Stimme davon.

Die Frau stand weiter ungerührt da, und Fatima hatte das absurde Gefühl, selbst der Eindringling zu sein; das lag wohl an dem Ernst und der Ruhe der Frau. Fatima dagegen fühlte sich so haltlos wie ein flatterndes Stück Leinen. Vielleicht war die Frau eine frühere Angestellte, vielleicht hatte sie für den alten Herrn gearbeitet. Womöglich war sie ein Dschinn. Fatima warf einen Arm aus und schrie so laut sie konnte: »Verschwinden Sie aus meinem Haus! Aus meinem Garten – raus!«

»Madame.« Die Frau legte die gewölbten Handflächen aneinander, als wollte sie etwas einfangen. »Madame, bitte.«

Fatima starrte sie an. War sie eine Bettlerin? Sie sollte vielleicht ins Haus fliehen – gut möglich, dass die Frau von ihr erfahren hatte, von der frisch gebackenen Braut, und sich einbildete, sie problemlos ausrauben zu können, weil sie noch so jung war und so entlegen wohnte, sie kannte grässliche Geschichten. Doch bei dem Gedanken, dass man sie für leichte Beute halten könnte, wurde Fatima wütend und blieb, wo sie war. Sie zog den Mantel vor dem Bauch zusammen, wand den Schal noch straffer um den Kopf. Das tat sie demonstrativ und ruckartig, um ihre Kampfbereitschaft zu signalisieren. Diese paar Sekunden genügten der Frau, um ihr Anliegen vorzubringen.

»Madame – ich möchte Ihren Mann sprechen.«

»Wen?«

»Ihren Ehemann.« Die Frau kam zum ersten Mal ins Wanken. »Midhat Bey?«

»Was wollen Sie denn von ihm?«, rief Fatima.

»Ich möchte ihm sagen, wie leid es mir tut.«

Die Fremde tat einen Schritt, als wollte sie nach oben gehen, und als sie den Kopf hob, erblickte Fatima die runzelige Haut rings um ihre Augen. »Richten Sie ihm das bitte aus? Es tut mir leid ...« Tränen glitzerten silbrig auf ihrem Gesicht. »Richten Sie ihm aus ... Umm Mahmoud tue es unendlich leid, ihn verlassen zu haben. Sie trauere um seinen Vater, *Allah yirham-o*. Richten Sie ihm das bitte aus, Madame.« Sie sah Fatima kurz in die Augen, packte das Tuch fester, das auf ihrer Brust lag, und ging die Stufen wieder hinab, wobei sie mit der freien Hand winkte und sich verneigte. Sie öffnete den Riegel der Pforte. »*Allah yikhalli-ki. Salam. Salam. Salam.*«

DRITTER TEIL

I

Eine halbe Stunde, bevor man ihn hängte, setzte Hanis Onkel, Fuad Murad, sein Testament auf einer leeren Seite hinten in einem Roman auf. Mit seinem Wächter am Galgen sitzend, trennte er die Seite behutsam heraus. Dann legte er sie oben auf das Buch, kehrte der tief stehenden Sonne den Rücken zu und schrieb im Schatten, den sein Körper warf.

Ich verfasse diesen Willen am Samstagabend um halb neun, am vierzehnten Schawwal *dreizehnhundertdreiunddreißig gemäß des arabischen Kalenders. Zur neunten Stunde dieses Abends soll ich gehängt werden, so lautet das Urteil. Ich setze diesen Willen also eine halbe Stunde vor meinem Tod auf, während ein Mitverurteilter, Muhammad Abd al-Karim, zur Kreuzigung geführt wird. Ich freue mich für ihn, denn er ist zu unserem Allmächtigen Herrn aufgebrochen. Ich begrüße den Tod voller Glück, und wenn ich diese Welt verlasse, dann als Muslim, der an Gott und das Leben nach dem Tod glaubt.*

Seht, dass meine Hand nicht zittert …

… schrieb er, und der Stift ruckelte über die in den Einband gestanzte, vergoldete Schrift. Er ernannte seinen Onkel zum Testamentsvollstrecker, bezifferte den Erbteil für seine Frau und seine Schwestern. Den Großteil seines Vermögens sollte seine Tochter Sahar erben.

* * *

Und damit ich den Tod reinen Gewissens begrüßen kann, sei ergänzt, dass ich Rabia al-Dura, die mir im Hotel Continental die Handtücher besorgt hat, fünfeinhalb Kurusch schulde.

Im Jahr 1915, dem Jahr, als ihr Vater Fuad auf der Plattform des Galgens in Aley stand, flankiert von zwei anderen Syrern, die Schlinge um den Hals und buchstäblich in seine Vergehen gewickelt, die man auf große Blätter geschrieben und wie Schürzen unter seinen Armen befestigt hatte, war Sahar Murad sechs Jahre alt.

Ihre Erinnerung sah folgendermaßen aus: Ein Bote brachte einen Brief zu ihnen nach Dschenin. Ihre Mutter fiel vor der Haustür auf die Knie. Es war Sommer und sehr heiß. Tage, vielleicht auch Wochen später bekamen sie Besuch.

»Guten Morgen, Schwester«, sagte ein großer Mann, als er in die Eingangshalle trat. Er betrachtete Sahar, beugte sich dann zu ihr herab, sagte »*Ma sha Allah*« und strich über ihr Haar. Ohne Sahar aus den Augen zu lassen, sprach er ihre Mutter an. »Wir müssen etwas bereden.«

Ein paar Tage danach hörte Sahar die Stimme eines anderen Mannes in der Halle. Weil sie glaubte, es wäre ihr Vater, ging sie nachschauen.

»Da ist sie ja«, sagte der Mann. Er war nicht ihr Vater. Er breitete die Arme aus, und sie ließ sich argwöhnisch umarmen. Sofort wurde sie hochgehoben, auf den Arm des Mannes, und lehnte an seiner Schulter. Sie war eigentlich schon zu groß dafür, und sie hörte seinen Atem. Er sagte fröhlich: »In ein paar Jahren sehe ich dich wieder, *habibti*.«

Den dritten Besucher hatte Sahar am besten in Erinnerung. Er hatte Ringe unter den Augen, und er roch nicht gut. Er betrachtete sie, begrüßte sie im Gegensatz zu den anderen aber nicht. Er drehte sich nur zu ihrer Mutter um und sagte: »*Yal-*

lah. Reden wir.« Ihre Mutter wirkte besorgt; das vergaß Sahar nie.

Sie wusste nicht mehr, wann sie begriff, dass ihr Vater tot war, ob es ihr allmählich oder schlagartig bewusst wurde. Sie erinnerte sich noch an die Furcht ihrer Mutter. Sie ließ Sahar an den Wochentagen nur vormittags allein, wenn eine Frau namens Mariam erschien, um ihr das Lesen beizubringen, und an den Samstagnachmittagen, wenn Noura, das Hausmädchen, ihr bei den Hausarbeiten half. Sie hatten selten Gäste, aber wenn, dann wusste Sahar das stets im Voraus, weil ihre Mutter einen Schleier anlegte und sie im Schlafzimmer einschloss. Während dieser einsamen Stunden öffnete Sahar die Schublade mit den Tüchern ihrer Mutter und schlang sie um ihren Kopf. Wie sie damit aussah, wusste sie nicht, denn im Schlafzimmer gab es keinen Spiegel.

Sahar hatte trotzdem keine einsame Kindheit. Von drei Frauen erzogen – ihrer Mutter, Mariam und Noura –, entwickelte sie eine unbändige Neugier, spielte stundenlang im Garten hinter dem Haus, studierte die Wurzeln des Walnussbaums, riss am Gras und untersuchte den Erdboden. Mariam versorgte sie mit Büchern, die waren Tore zu fernen Ländern und in die ferne Vergangenheit, und als sie geübter war, verschlang Sahar selbstständig die Kapitel über die Geschichte des Islam und kämpfte sich durch romantische ägyptische Romane, um ihr neues Wissen dann abends für ihre Mutter zusammenzufassen, die nicht lesen konnte.

Sie hatte zwei Erinnerungen an ihren Vater. Erstens daran, auf seinem Knie gesessen zu haben. Das Knie ging auf und ab, und sie lachte währenddessen, es war ein glucksendes Lachen, das an sich schon lustig war. Zweitens erinnerte sie sich daran, von seinen großen Händen unter den Armen gepackt worden zu sein. Als sie elf wurde, es war das erste Jahr nach dem Krieg, fragte Sahar ihre Mutter dann doch, warum ihr Vater tot war. Zu ihrer Überraschung antwortete ihre Mutter – die auf einem Stuhl saß und mit einem feuchten Tuch Dreck von einem Schuh wischte – ganz ohne jedes Zögern.

»Er war mit Leuten befreundet, die etwas gegen die Türken hatten.«

Sahar balancierte auf einem Bein. »Warum hatten sie etwas gegen die Türken?«

Ihre Mutter hielt bei der Arbeit inne und starrte geradeaus, den Schuh erhoben, um sich den Schoß nicht schmutzig zu machen. »Weil ... wir von ihnen regiert wurden.«

Sahar seufzte. Sie kannte das inzwischen, diese Mischung aus Enttäuschung und Mitleid, wenn ihre Mutter mit ihrer Weisheit am Ende war.

Dann ergänzte ihre Mutter: »Die Araber wollten Unabhängigkeit, weißt du?«

Der Hacken des Schuhs, nun blank poliert, glänzte im Licht.

»Und wo sind die Türken jetzt?«

»In der Türkei, nehme ich an.«

»Jetzt sind die Engländer hier«, sagte Sahar.

»Stimmt. Angeblich nur vorübergehend, bis wir unabhängig werden. *In scha Allah*. Es kann nur besser sein als unter den Türken.«

Sahar bekam mit dreizehn ihre Regel. Man hatte sie immer wieder gewarnt. »Sag mir sofort Bescheid«, hatte ihre Mutter ihr eingeschärft, »wenn es beginnt, musst du mir das sofort sagen.« Sahar, die nicht wusste, was die Blutung bedeutete, hatte nach diesen Warnungen zwangsläufig Angst. Sie lief zum Schlafzimmer und überbrachte die Neuigkeit. Sie hatte manches erwartet, aber nicht diese Reaktion: Ihre Mutter drückte ihre Hand so fest, dass es schmerzte. Sie starrte Sahar an, als wollte sie in sie hineinschauen.

»Was ist denn, Mama?«

Ihre Mutter holte tief und mitfühlend Luft. »Du musst heiraten.«

Wieder war Sahar enttäuscht und wartete stumm darauf, dass das Gefühl verflog. Sie hatte Mitleid mit dem beschränkten Verstand und der Einsamkeit ihrer Mutter. Schließlich sagte sie: »Ich werde dir erlauben, bei mir zu wohnen.«

Ihre Mutter öffnete den Mund, es sah aus, als wollte sie lachen. Dummerweise war es nur der Übergang zum Weinen.

»Oh nein, Mama, bitte nicht weinen.«

»Sahar, ich muss dir etwas erzählen. Aber hol mir zuerst ein Taschentuch.«

Nach dem Tod ihres Vaters seien drei Onkel zu Besuch gekommen. Wisse sie das noch?

Sahar dachte an den stinkenden Mann mit den dunklen Augenringen. »Ja.«

»Jeder meiner Brüder möchte dich mit seinem Sohn verheiraten. Warum? Weil du den Großteil des Vermögens deines Vaters erbst. Es sind schlechte Männer. Sie kommen immer noch zu Besuch. Regelmäßig. Ich empfange sie jeden Monat. Ich habe ihnen nicht erlaubt, dich zu sehen. Und nun ... nun müssen wir ihnen sagen, dass du so weit bist. Wir müssen eine Möglichkeit finden ...«

Sie beschlossen, Sahars Pubertät geheim zu halten, sogar vor Noura und Mariam. Sie lösten die Nähte in Sahars Kleidern, um zu vertuschen, dass ihre Brüste wuchsen.

So verbrachte Sahar das ganze Jahr. Die kleine Welt, in der sie lebte, war zum ersten Mal stark geschrumpft, und sie durfte zwei von drei Bewohnerinnen nicht mehr trauen. Tagsüber schaute sie voller Sehnsucht von der Türschwelle in den Garten, den sie mied, weil sie befürchtete, im Freien von jemandem gesehen zu werden. Ihre Neugier war zwar immer noch groß, aber von Furcht durchsetzt, und die Gedanken, die sie sich über ihre Onkel machte, grenzten an Besessenheit.

Mariam gab durch nichts zu erkennen, dass sie ahnte, was los war. Ihr Unterricht wurde immer mehr zu einer Gesprächsstunde, denn Sahar konnte fast genauso gut lesen wie ihre Lehrerin und brauchte nur noch Übung. Manchmal lasen sie gemeinsam die Zeitung und diskutierten über aktuelle Ereignisse. Es gab nicht viel zu berichten; nach den Krawallen des letzten Jahres hatte sich die Lage im Land beruhigt, und die Gerüchte, die Mariam aufschnappte, drehten sich meist um die Eisenbahn, die man gerade sanierte. Und um ein Ding, das sich Telefon nannte: Es gebe eines im Postamt, und damit könne man ein Gespräch mit jemandem in Jerusalem führen, erzählte sie; die Stimmen würden durch Kabel reisen. Im Frühling hatte Mariam eine Neuigkeit aus noch weiterer Ferne. Sie hatte erst in einer Lokalzeitung davon gelesen und stieß anschließend auf eine Doppelseite in einer ägyptischen Zeitschrift, die sie abonniert hatte.

Am achtundzwanzigsten März 1923 waren zwei Frauen in Kairo aus dem Zug gestiegen. Eine war sehr berühmt, die Ehefrau eines Mannes, der von den Briten getötet worden war. Sie kehrten von einem Kongress in Rom zurück, und als sie den Wagen verließen, verstummten alle Freunde und Bewunderer, die sich zur Begrüßung auf dem Bahnsteig versammelt hatten. Beide Frauen trugen Schwarz, ihre Röcke reichten bis zu den Fußknöcheln; eine trug einen großen, silbernen Anhänger an einer dicken Kette, die andere eine Rosette. Die Kopftücher waren über den Ohren festgesteckt. Viele Menschen hielten den Atem an. Beide Frauen waren nicht verschleiert. Eine lächelte. Die andere reckte ihr Kinn. Und dann spendeten die Frauen, die sie umringten, tosenden Beifall. Einige rissen ihren Schleier ab und enthüllten ihr Gesicht. Die Blitzlichter der Kameras zischten.

Sahar fiel auf, dass Mariams Finger zitterten, als sie die Zeitung umblätterte.

»Was hat das zu bedeuten?«, fragte Sahar.

»Wenn ich das wüsste«, antwortete Mariam.

Im Sommer verbrachte Sahar die heißesten, ungemütlichsten Stunden des Tages lesend auf dem Bett. Sie legte die Geschichtsbücher weg und lebte nur noch in Romanen. Eines Nachmittags näherte sie sich dem Ende eines Romans über eine ägyptische Königin, die vor vielen Jahrhunderten regiert hatte. Sie versuchte gerade, ihr Lesetempo zu drosseln, damit das Buch nicht zu schnell zu Ende war, als ihr bewusst wurde, dass ihre Mutter das Zimmer betreten hatte.

»Sie wissen es«, sagte sie.

Die auf dem Rücken liegende Sahar setzte das Buch auf ihrer Brust ab. »Wer weiß was?«

»Deine Onkel. Zwei sind heute zu Besuch gekommen. Der dritte wird gleich erscheinen.«

* * *

Als Hani Murad in Paris angekommen war, hatte er sich nach einem Leben gesehnt, das politisch bedeutsam war. Aber nachdem er ein Jahr für Emir Faisal tätig gewesen war, träumte er nur noch von einem häuslichen Dasein. Als die Delegation endgültig nach Damaskus ging, um die neue Verwaltung zu organisieren, stießen er und seine Kollegen auf immer größere Hindernisse. Die Franzosen wurden zunehmend brachialer, die Lichter, die die Bewegung entfacht hatte, wurden von der Zensur der Reihe nach zum Erlöschen gebracht, und dann verwandelte sich die allgemeine Verzweiflung in eine persönliche, und während im Palast jeder über sein Scheitern nachgrübelte, schwelgte Hani in einer heimlichen Phantasie. Er stellte sich vor, in einer Anwaltskanzlei zu arbeiten. Und zu schreiben – er könnte sich wieder der Geschichte der Türkei zuwenden, mit deren Übersetzung er begonnen hatte. Er malte sich ein Haus aus. In Nablus? Jerusalem? Eine Frau. Der Trost, der im Wissen lag, was zu jeder Stunde eines jeden Tages geschähe.

1920 war der Widerstand der Araber gegen die Franzosen in Syrien zusammengebrochen, und sie verloren den Kampf für ihre Unabhängigkeit im Handumdrehen. Hani und der Emir, die aus Damaskus fliehen mussten, nahmen hinten in einem Taxi mit vier Wangenküssen Abschied voneinander. Faisal ließ sich von den Briten zum König des Irak ernennen und hätte dort eine britische Beraterin an seiner Seite. Im Frühling 1923 kehrte Hani als Palästinenser nach Palästina zurück. Wie vorhergesagt, blieb ihm keine andere Wahl. Der Traum einer vereinigten Levante war vorerst verpufft.

In Jerusalem herrschte bei seiner Ankunft Ruhe. Jedenfalls war es ruhiger als zuvor. Hani besuchte Salons, klopfte alten Freunden auf den Rücken und grinste, wenn sie ihn mit Küssen begrüßten; er mischte sich in Gespräche ein und hielt, wenn er um seine Meinung gebeten wurde, kluge Monologe. Konnten sie mit den Briten und ihrem quasi-demokratischen System kooperieren, wenn das hieße, den Zionismus zu akzeptieren? Oder sollten sie alles boykottieren und weiter bedingungslos für die Unabhängigkeit kämpfen, die man ihnen schuldete, sowohl aufgrund früherer Versprechen als auch aufgrund eines natürlichen Rechts?

»Was meinst du, Hani?«, fragten sie. »Könnte man die Engländer dazu bewegen, den Zionismus nicht weiter zu unterstützen?«

Hani wurde an den Tischen festgehalten, und er wurde immer heiserer, während er seine Sicht der Dinge darlegte. Er mietete eine Wohnung in Jerusalem. Er verabredete sich mit den Oberhäuptern führender Familien, redete sich seine diversen Weisheiten und Erfahrungen von der Seele, erkundigte sich, ob sie zur Kooperation oder zum Boykott tendierten. Er abonnierte alle Zeitungen, um sich über die lokalen Meinungen zu informieren. Er kaufte einen Schreibtisch, den er in seinem neuen Arbeitszimmer vor das Fenster stellte, und sah zu, wie die Menschen in beiden Richtungen durch das Damaskustor strömten.

Er stieg in einen Zug nach Norden, um seine Familie zu besuchen. An dem Tag dachte er vor allem an seine Tante, Umm Sahar, denn er hatte das quälende Gefühl, die Schuld daran zu tragen, dass sie Witwe war.

Vor Jahren, während seiner frühen, naiven Zeit in Paris, hatte Hani einen Brief nach Dschenin geschrieben, in dem er seinen Onkel Fuad gedrängt hatte, sich seiner Truppe im Exil lebender arabischer Denker anzuschließen, die sich privat trafen, um mit Feuereifer zu diskutieren. Der Krieg war ausgebrochen, seine Freunde waren neuen Einflüssen ausgesetzt, und Hani, jung und voller Ideale, wollte seine Welt mit seinem Onkel teilen. Seine Gruppe verschlüsselte die Briefe meist mit einem Zahlencode, aber weil Fuad den Code nicht kannte, schrieb Hani offen auf Arabisch. Er erhielt nie eine Antwort. Kurze Zeit später erreichte ihn die Nachricht von Fuads Hinrichtung. Diese Einladung an seinen Onkel, die er gedankenlos in den Briefkasten in der Rue du Four geworfen hatte, verfolgte ihn bis heute.

Jahrelang hatte er die Entschuldigung an seine Tante einstudiert. Sie hatte sich stark verändert, als er in Dschenin eintraf: Ihre Handgelenke ragten aus den Ärmeln ihres Gewandes, ihr zarter Rücken war krumm. Beim Anblick dieser mageren, einsamen Gestalt in einem dunklen Flur wurde ihm schlagartig bewusst, wie egoistisch sein Wunsch nach Vergebung war, und er begriff, dass er besser den Mund hielt. Es wäre zu schmerzhaft für sie, sich an dieses lang zurückliegende, schreckliche Ereignis zu erinnern. Sonderbar, dass er sich eingebildet hatte, sie wäre unverändert, sozusagen in der Trauerzeit stehen geblieben, obwohl in seinem eigenen Leben so viele Jahre verstrichen waren. Sie lächelte, als Hani ihre Hände ergriff und sich nach ihrem Befinden erkundigte. Ach, so und so, sagte sie. Dann erwähnte sie eine Tochter. Der Sonnenschein fiel kurz durch die Wolken ins Zimmer, Möbel und Bücherregal leuchteten auf und verblassten wieder. Er sagte, er freue sich, sie zu sehen, er habe sie sehr vermisst. In Wahrheit fühlte er sich bedrückt und war froh, als es Zeit zum Aufbruch war.

In der Tür bemerkte sie: »Du erinnerst mich an ihn.«

»An wen?«

Sie lächelte.

»Ich habe damals einen Brief geschickt«, begann er, ohne sich bremsen zu können, »aus Paris ...«

Sie schüttelte den Kopf, immer noch lächelnd.

»Wenn ich irgendetwas für dich tun kann«, meinte er, »dann sag es mir bitte.«

Auf dem Rückweg nach Jerusalem machte Hani in Nablus Station, um seinen alten Freund Midhat Kamal zu besuchen.

Midhat wohnte seit seiner drei Jahre zurückliegenden Heirat mit Frau und Kind in einem kleinen Haus am Stadtrand. Die Tochter hieß Massarra, und sie war ein Jahr alt.

Im Gegensatz zu Hanis Tante hatte sich Midhat seit ihrer letzten Begegnung kaum verändert. Er hatte nur ein kleines Bäuchlein bekommen. Seine Haare waren voll und kräftig, und obwohl es zunächst den Anschein hatte, als wäre seine Jungenhaftigkeit verflogen, begann er wieder zu scherzen, sobald sie nach den ersten Artigkeiten im Salon saßen, seine Augenbrauen gingen wie früher in die Höhe, und seine Augen funkelten spitzbübisch. Anfangs nahm er demonstrativ seine Tochter auf ein Knie, aber als sie zu strampeln und zu jammern begann, erschien Fatima, nahm sie stumm auf die Arme und verschwand mit ihr in der Küche.

»Ich habe mit Bedauern vom Tod deines Vaters erfahren«, sagte Hani. »Gott segne ihn.«

»Oh.« Midhat winkte mit einer Hand ab, aber es schien ihm die Sprache verschlagen zu haben. Fatima hatte *maamul*-Kekse gebacken, die noch warm und krümelig waren, und sie aßen sie schweigend. Dann sagte Midhat: »Wir haben ein neues Geschäft aufgezogen. Wir nähen Kleidung. Ich arbeite mit einem Samaritaner zusammen. Und mit Butrus, unserem alten Schneider. Wir produzieren Anzüge.«

»Wie schön«, erwiderte Hani. »Meinen Glückwunsch. Möge Gott dein Geschäft blühen und gedeihen lassen.«

Midhat grinste. »Wir importieren auch Damenbekleidung aus Kairo.«

»Tja, ich sehe ziemlich verlottert aus«, meinte Hani. »Vielleicht sollte ich in deinen Laden kommen. Dieser Anzug ist uralt. Ich habe ihn in Paris gekauft. Erinnerst du dich an den Laden?«

»Den mit der Blondine?«

»Richtig. Dort gab es diese phantastischen Krawatten.«

»Ich habe noch drei oder vier.«

»Nicht dein Ernst!«

»Doch, doch.« Midhat lachte in sich hinein. »Sie haben eine halbe Schublade für sich. Fatima hält mich für verrückt. Wie dem auch sei – erzähl mal von der Politik. Wie sieht es aus?«

»*Yaani* ... die Zionisten sind nicht mehr ganz so eifrig bei der Sache, und deshalb bekämpfen sich die Araber untereinander. Nashashibi, Husseini, du weißt ja, wie das ist.«

»In Nablus ist es genauso.«

»Ich bin aber optimistisch, was die Delegation nach London betrifft. Ja, da bin ich optimistisch.«

Es gab keinen Anlass für Optimismus. Hani wusste nicht, warum er Midhat etwas vormachte. Vielleicht war das immer so, wenn sich Freunde wiedersahen: Erste Eindrücke nach einer langen Trennung waren wichtiger als die beim Kennenlernen, weil sie mit Erwartungen verknüpft waren, die den Erinnerungen entsprangen. Ein erstes Kennenlernen erforderte Bescheidenheit; ein erstes Wiedersehen nach langer Zeit verlangte Prahlerei. Tatsächlich war der Delegation von ihren Unterstützern auf britischer Seite nahegelegt worden, die Forderungen abzumildern. Keine Unabhängigkeit, hieß es, die bekommt ihr sowieso nicht. Schmeichelt und demonstriert eure friedlichen Absichten. Bittet darum, bei der Einwanderung mitreden zu dürfen. Dann wirkt ihr vernünftig, dann haben die jetzigen Machthaber vielleicht ein Einsehen.

Einige Tage später boykottierten die Araber die Wahl eines gesetzgebenden Rates. Wer eine britische Institution akzeptierte, der akzeptierte auch die britische Herrschaft. Hani saß am Schreibtisch und beobachtete die Menschenmenge vor dem Damaskustor, als sein Telefon klingelte.

»Hier die Vermittlung«, sagte jemand. »Hani Murad?«

»Am Apparat.«

»Madame Murad möchte Sie sprechen.«

Ein Klicken, ein Rascheln, dann sagte eine andere Stimme: »*Amto*, kommst du noch einmal zu uns?«

»Hallo, Tante. Was ist denn?«

»Kommst du? Ich kann … ich kann nicht … am Telefon reden …«

»Verstehe«, sagte Hani, dem Heimlichtuerei zur zweiten Natur geworden war. »Bin schon unterwegs.«

Im Flur wirkte seine Tante noch zerbrechlicher als beim letzten Mal.

»Du hast gesagt, ich solle mich melden, falls du etwas für mich tun kannst. War das ernst gemeint?«

»Unbedingt«, sagte Hani.

»Meine Tochter ist vierzehn. Sie ist die Alleinerbin Fuads. Drei ihrer Onkel …«

Sie war mit ihrer Geschichte noch nicht weit gekommen, da begriff Hani schon, worum es ging, und er hielt sich an einer Stuhllehne fest.

»Ach, natürlich!« Seine Tante bat ihn mit einer Geste, sich zu setzen. »Ich bin so sehr Mutter, dass ich ganz vergessen habe, wie man Gastgeberin ist. Ich setze Wasser für den Kaffee auf.«

»Der Altersunterschied ist sehr groß«, meinte Hani, während seine Tante im Schrank kramte. »Weißt du, wie alt ich bin? Vierunddreißig. Wenn sie zwanzig ist, wird sie begreifen …« Er legte die Hände übereinander. »Ich verstehe, dass du in der Klemme sitzt, aber ich frage mich, ob es richtig wäre …«

»Ich weiß, wie ich sie erzogen habe«, sagte Umm Sahar, die ihn anschaute, die Kaffeekanne in der Hand. »So wird sie nie von dir denken. Ich bitte dich, *amto*. Mir bleibt keine Wahl.«

Jede Artigkeit war verflogen; sie stellte die Kanne auf den Herd, setzte sich neben ihn und drückte ihre Hände auf die seinen. Er musterte ihr Gesicht. Er hatte den Tod ihres Mannes verschuldet. Er hatte diese Frauen des Schutzes beraubt. Er senkte den Blick auf ihre Hände, so schmal, dass die Knöchel Münzen glichen.

»Darf ich sie sehen?«

Als Sahar von ihrer Mutter gerufen wurde, lauschte sie schon an der Tür. Sie zögerte, bevor sie eintrat. Das war ein Albtraum. Wie war das möglich? Noch ein Onkel.

»Er ist ein guter Mann«, sagte ihre Mutter.

Der gute Mann war schon grau. Er war groß und dünn, und die schweren Augenlider verliehen seiner Miene etwas Ironisches. Er lächelte Sahar an. Sie hätte sich am liebsten übergeben.

An jenem Abend legten sie ihr den Schleier an. Ihre Mutter betete laut und weinte. Nach Anbruch der Dunkelheit stiegen sie in ein Automobil nach Jerusalem, und Sahar schlief auf der Rückbank, wachte hin und wieder auf, weil der Motor zu laut war, und tastete nach der Hand ihrer Mutter.

Man hatte sie wohl nach oben getragen, denn morgens erwachte sie neben ihrer schlafenden Mutter. Hinter der Wand ertönte mit Unterbrechungen eine Männerstimme. Sahar kroch aus dem Bett, und als sie die Tür einen Spalt öffnete, erblickte sie den guten Mann, der an einem Tisch vor dem Fenster stand und in ein glänzendes Ding sprach, ein Telefon, wie sie ahnte.

Der Scheich war sogar noch kleiner als Sahar, und er hatte einen Kopf wie eine polierte Nuss. Als er um elf Uhr kam, legte er einen Stapel Papiere auf den Tisch und öffnete den Koran. Die Mutter werde die Braut vertreten, erklärte er, wobei er Sahar kaum eines Blickes würdigte. Diese saß stumm am anderen Ende des Sofas wie eine Heldin, die sich in ihr Schicksal ergibt, während ihre Mutter und Hani auf die formellen Floskeln des Scheichs antworteten. Nur ein paar Minuten, dann hatten sie im Ehebuch unterschrieben.

»Wir schicken dich auf eine Schule«, sagte Hani, nachdem der Scheich gegangen war, und strich über Sahars Kopf.

11. Februar 1924

Liebe Sahar,

ich möchte Dich zunächst darauf hinweisen – bitte nimm mir das nicht übel –, dass mir in Deinem letzten Brief zwei Fehler aufgefallen sind. Der Satz »von den zwölf Mädchen in meiner Klasse sind nur vier von uns Muslimas« müsste lauten: »Nur vier der zwölf Mädchen in meiner Klasse sind Muslimas.« Der andere Fehler besteht in Deiner Verwendung des Konjunktivs; bedenke, dass es die Möglichkeitsform ist.

Ich habe wie üblich in der Politik zu tun. Wird in der Schule viel darüber gesprochen?

Salamat,

Hani

15. März 1924

Lieber Hani,

danke für Deine Korrekturen. Die Schule ist gut. Ich genieße den Unterricht in Erdkunde, Englisch und Geschichte. Ich dachte, der Literaturunterricht würde mir gefallen, weil ich gern lese, aber ich mag die Lehrerin nicht. Sie ist sehr von sich überzeugt und mag es nicht, wenn man eine andere Meinung vertritt!

Meine Lieblingslehrerin ist Miss Schmidt. Sie unterrichtet Erdkunde. Sie wirkt auf den ersten Blick nicht besonders nett, aber ich glaube, sie ist ein gewissenhafter Mensch. Außerdem ist sie intelligent.

Die Lehrerinnen reden in der Schule nicht über Politik, die Schüler aber schon. Die meisten Mädchen hier mögen den Mufti nicht. Sogar die muslimischen Mädchen reden davon, den Schleier lieber abzulegen. Bitte erzähl das nicht meiner Mutter.

Ist Deine Arbeit anstrengend? Was hältst Du von dem Mufti?

Salamat,

Sahar

23. Dezember 1924

Liebe Sahar,

bitte entschuldige, dass ich erst jetzt schreibe, aber ich hatte wie üblich viel um die Ohren. Es ist uns nicht gelungen, einen weiteren Kongress zu organisieren, denn die Risse gehen tief. Die Zahl der einwandernden Zionisten wächst, überall wird Land verkauft, und die Araber bilden immer noch keine gemeinsame Front. Ich bezweifele, dass es richtig wäre, meine Meinung über den Mufti zu äußern. Tatsächlich bin ich in dieser Hinsicht noch unentschieden. Ich mag keine Stellung beziehen und daran festhalten, als hinge meine Ehre davon ab; diese Haltung erlebe ich überall, zum Schaden der nationalen Sache. Man schützt Prinzipientreue vor, obwohl man nur seine Macht behaupten will. Man versucht gar nicht erst, über den Tellerrand zu schauen, und so streiten wir alle untereinander, während uns das Land unter den Füßen weggezogen wird.

Ich weiß, dass Du Geschichten und Romane vorziehst, aber ich lege Dir ans Herz, Lyrik zu lesen, auch wenn sie im Unterricht nicht behandelt wird. Beginne mit al-Barudi, denn er ist in moralischer Hinsicht sehr weise. Auch den ägyptischen Dichter Hafiz Ibrahim mag ich sehr. Hier ist etwas von Ahmed Shawqi, vielleicht gefällt es Dir:

Und der Stern betrachtete uns wie ein regloses,
stilles Auge,
Sodass unser Bund beim Abschied zerfloss.
Nun trennt uns ein Meer und jenseits dessen
eine Wildnis.
Meine Nacht ist jetzt hier in Ägypten, ihre
im Westen,
Wie glücklich ihre Nacht über ihre Gesellschaft
sein muss!

Dein Hani

17. Januar 1925

Lieber Hani,

mir hat sehr gefallen, was Du über die Probleme geschrieben hast, vor denen die Araber heute stehen.

Ich finde das Gedicht sehr schön. Ich kenne ein bisschen von al-Barudi und Shawqi, werde aber mehr lesen.

Wir haben von den Protesten während des Besuches von Lord Balfour gehört. Zeigen sie nicht, dass wir die Zwiste vergessen können, wenn es um etwas Größeres geht?

Verzeih den kurzen Brief. Heute haben wir Sport, und ich spiele Tennis.

Sahar

26. Mai 1925

Liebe Sahar,

es hat mich sehr gefreut, Dich bei Deiner Mutter gesehen zu haben. Du wächst rasant, und ich gestehe, dass es mich überrumpelt hat, wie groß Du schon bist! Und Du kannst Dich glänzend ausdrücken.

Ich schreibe Dir aus Amman. Ich besuche hier meinen Freund, den irakischen König Faisal, anlässlich eines Treffens, bei dem es um den neuen Aufstand in Syrien geht. Seine Gesellschaft ist sehr angenehm, er ist das Musterbeispiel eines Ehrenmannes, und er bedenkt stets die Schicksale anderer.

Hani

29. Juni 1925

Lieber Hani,

die Abschlussprüfungen des Schuljahres sind geschafft, und nun haben wir Ferien. Wir bleiben bis August in Jaffa, weil meine Mutter nicht will, dass ich nach Dschenin komme.

Bist Du in Syrien? Wir haben von dem Aufstand gegen die Franzosen gehört. Ich hoffe, Du bist in Jerusalem. Aber ich schicke diesen Brief ja dorthin, also bist Du in jedem Fall in Jerusalem, wenn Du diese Zeilen liest! Ich bete, dass Du nicht in Syrien bist.

Da ich jetzt Ferien habe, lese ich Zeitungen. Hast Du auch gehört, dass die Briten einem arabischen Dorf das Wasser nahmen, zugunsten der Juden, die in Jerusalem Häuser bauen, und dass die Araber gegen die Regierung klagten und am Ende Recht bekamen? Ich finde, das zeigt, dass die britische Regierung eine gerechte Regierung ist, dass sie sich den eigenen Gesetzen beugt, wenn die Argumentation stimmt.

Salamat,
Sahar

2. Oktober 1925

Liebe Sahar,

ich musste lächeln, als ich Deine Worte zum Wasserstreit las. Ja, das Recht wirkt manchmal langweilig, ist aber die Grundlage unseres Lebens. Ob die britische Regierung gerecht ist, muss sich allerdings noch zeigen.

Zum Glück war ich nicht in Syrien. Wir haben jedoch ein zentrales Komitee zur Unterstützung der syrischen Opfer gegründet, und wir haben in einem Brief an den Völkerbund gegen den brutalen französischen Beschuss von Damaskus protestiert.

Ich frage mich allmählich, ob wir in Palästina eine Revolution wie in Syrien brauchen. Im Norden gibt es Leute, die sich dafür starkmachen. Unsere Tragödie besteht darin, dass die nationale Bewegung der Palästinenser derzeit keine Strategie hat. Jeden Monat kommen über tausend jüdische Einwanderer ins Land, und es liegt auf der

Hand, dass sie sich einen jüdischen Staat wünschen. Wir mögen in der Mehrheit sein, werden aber behandelt wie eine Minderheit, und ich merke, dass man vorhat, uns in eine solche zu verwandeln. Die britische Politik, den Status quo zu wahren, ist grundfalsch.

Ich lasse gerade ein neues Haus im Musrara-Viertel erbauen, das Dir hoffentlich gefällt. Der Architekt ist ein Türke, der in der Nachbarschaft viele Häuser entworfen hat. Währenddessen arbeite ich mich an häuslichen Zwisten und Landstreitigkeiten ab, und obwohl wir in eine politisch heikle Situation schlittern, haben wir gesellschaftlich viel mit den Briten zu tun. So gibt es viele Partys.

Du bist nun wieder in der Schule. Wie hat Dein letztes Jahr begonnen?

Salamat,

Hani

15. November 1925

Lieber Hani,

zu Beginn des letzten Schuljahres erfüllen mich ungewohnte Gefühle. Ich werde mich nur schweren Herzens von meinen Freundinnen trennen können, vor allem von Margo und Lamees. Ich werde sie natürlich weiterhin sehen, aber nicht mehr täglich. Heute findet im Innenhof ein Konzert statt, und Lamees spielt Klavier.

Wie ist das Haus in Musrara? Wie sonderbar, dass es nur noch so wenige Monate sind. Heute hatten wir Nähunterricht, und ich habe mir einen Turbanhut genäht. Ich fürchte, diese Details langweilen Dich, aber ich habe nicht mehr zu erzählen, also vergib mir!

Sahar

9. Januar 1926

Liebe Sahar,

die Details, die Du schilderst, langweilen mich kein bisschen. Ich erfahre immer gern, was Du täglich tust. Nicht mehr lange, so Gott will, dann erzählst Du mir diese Dinge beim Abendessen. Ich hoffe, ich habe es erwähnt, aber Dein Arabisch hat sich ungeheuer verbessert, und auch Deine Handschrift ist sehr schön.

Bitte entschuldige, dass ich nicht viel schreibe, aber ich muss mich auf den Hochkommissar vorbereiten, den ich heute Abend treffe, und morgen nehme ich an der Versammlung einiger Kollegen in der Altstadt teil. Ich freue mich sehr darauf, Dich im Mai zu sehen. Mein Haus ist fertig.

Salamat,

Hani

Nachdem Sahar im Frühling zum letzten Mal durch das Tor der Schule gegangen war, unverschleiert, stieg sie in ein Taxi und fuhr schnurstracks zum neuen Haus ihres Mannes in Misrara, einem Viertel im Westen Jerusalems, nicht weit von den Mauern der Altstadt. Und da war er und erwartete sie oben auf den Stufen vor der Haustür. Er wirkte nicht so groß wie in ihrer Erinnerung. Er sah definitiv älter aus. In der Schule hatten sie alle um diesen Mann beneidet, und er war ihr stiller Stolz gewesen. Als sie im neuen Kleid über die Schwelle trat, die Tasche mit Büchern in der Hand, war ihr erster Eindruck aber, dass Hani dem Bild, das sie sich gemacht und mit den anderen geteilt und angehimmelt hatte, nicht ganz entsprach.

Das Haus war zweistöckig und hatte viele Zimmer, zur Straße hin gab es Bogenfenster. Im Erdgeschoss gab es den üblichen Innenhof mit Teich und Springbrunnen und einen Fußboden aus reich verzierten schwarzen, roten und blauen Fliesen.

Als Sahar ihrem Mann in das Wohnzimmer folgte, patschten ihre Schuhe auf den Fliesen.

Ein Jahr später, als das Erdbeben von Jericho auch Jerusalem erschütterte, erschien ein Riss in den Fliesen, der sich quer über den Innenhof zog und kurz vor dem Teich endete. Nachdem sich der Staub gelegt hatte und die Opfer in der Stadt gezählt worden waren, übernahm es Sahar, den Fußboden zu reparieren. Sie las mit dem Hausmädchen die Scherben auf, die teilweise senkrecht standen, was eine unregelmäßige Spur von Löchern auf dem Fußboden hinterließ. Hani, wie üblich mit den Gedanken woanders, wusste nicht mehr, wo der Architekt die Fliesen beschafft hatte. Sahar lieh sich ägyptische Einrichtungskataloge von ihren Kolleginnen im Frauen-Bund, setzte dann einen ihrer Turbanhüte auf und ging mit einem Beutel voller Scherben in die Keramikläden des armenischen Viertels. Vielen Händlern war sie wegen ihres Mannes bekannt, und man legte unterwürfig Terrakotta- und Porzellanproben mit diversen Glasuren auf den Tresen. Alle waren zu bunt, und die gemusterten passten schon gar nicht, denn sie hätten sich nicht in das Gesamtbild gefügt, dazu waren die Ornamente zu üppig. Ein Händler, dem bereits der Schweiß auf der Stirn stand, bestand darauf, sein Lager zu durchsuchen, bis Sahar ziemlich gereizt den Namen des Architekten nannte, der ihr Haus entworfen hatte, und wissen wollte, ob dieser hier jemals Fliesen geordert habe.

»Oh, Madame«, sagte er, »ich würde mich geehrt fühlen, wenn das so wäre.«

»Das heißt also Nein.«

Als sie sich zum Gehen wandte, rief ihr der Händler nach, wenn sie den Architekten persönlich fragen wolle, könne sie ihn in der al-Aqsa-Moschee finden. Er leite die Reparaturen, die nach dem Erdbeben erforderlich seien.

Der Architekt hockte in der westlichen Ecke des Hofes der

Moschee. Er trug einen blauen Anzug. Als Sahar neben ihm stand, stand er lächelnd auf. Er hielt ein Lineal in der einen Hand, in der anderen einen schmuddeligen Zettel. Sein gewachster schwarzer Schnurrbart war von Grau durchsetzt, ebenso die Haare, die sich auf einer Seite des Kopfes bauschten.

»Sie haben mein Haus gebaut«, sagte Sahar. »Ich bin auf der Suche nach den Fliesen, die Sie für den Innenhof benutzt haben.«

Der Architekt tat zunächst so, als würde er sich an das Haus erinnern. Aber wie sich schnell zeigte, stimmte das nicht, und er gestand, so viele Häuser in dem Viertel gebaut zu haben, dass er die Entscheidung über Dinge wie Fliesen und dergleichen an seine zahlreichen und ständig wechselnden Assistenten und Auszubildenden delegiert habe.

»Ich denke«, sagte er schließlich, »dass sie in Italien bestellt wurden.«

»Italien?«

»Ja. Nur weiß ich nicht mehr, wo.«

Sie bedankte sich betrübt, und er erkundigte sich nach ihrem Namen, hielt ihre Hand etwas länger als gewöhnlich und sah ihr in die Augen. Sahar kehrte in den armenischen Keramikladen zurück, wo der Händler bei ihrem Anblick hinter dem Tresen hervorschoss.

»Zeigen Sie mir bitte noch einmal die Fliesen?«, fragte sie.

Sie entschied sich für schlichtes Schwarz, Blau und Rot und legte ihre Scherben zum Vergleich daneben. Das neue Rot war am unpassendsten; auf dem Fußboden des Innenhofes wirkte es im Vergleich mit dem ins Orange spielenden Rot der ursprünglichen Fliesen fast vulgär.

Im Laufe des Jahres blichen die neuen Fliesen aber aus. Hani hatte sie gar nicht bemerkt, und als sie ihn darauf aufmerksam machte, sagte er nur: »Gut gemacht.« Zwei Jahre später ärgerte sich auch Sahar nicht mehr über die unpassenden Fliesen; sie gewöhnte sich daran, fand sogar Gefallen an ihnen. An einem Herbsttag des Jahres 1929 drängten sich zweihundert weibliche Delegierte von Frauenorganisationen aus ganz Palästina im Innenhof, mit Hüten und Schuhen, deren Hacken auf den Fliesen wie eine Kanonade klangen. Diejenigen Jerusalemer Frauen, deren Männer die höchsten Ränge bekleideten, saßen auf Stühlen, alle anderen standen vor den Wänden und lauschten oder meldeten sich, wenn sie etwas sagen wollten.

Nach den Krawallen, die es wegen der Mauer gegeben hatte, waren alle erbost. Für die Juden war es die Klagemauer und für die Muslime die Buraq-Mauer, wo der Prophet zum Himmel aufgefahren war. Die Juden hatten eine Wand errichtet, die Männer und Frauen voneinander trennte, eine Verletzung des Status quo der heiligen Stätten, von den Türken festgelegt und von den Briten bewahrt, und eine Maßnahme, die darauf hinzuweisen schien, dass die Juden das Ganze in Besitz nehmen wollten. Die Folge waren Krawalle: Araber starben, Juden starben; doch die Araber wurden im Nachhinein viel härter bestraft, einige sogar zum Tod durch den Strang verurteilt.

Die Frauen wählten Madame Husseini zur Vorsitzenden. Sie bat mit erhobener Hand um Stille. Sie würden zum Regierungshaus marschieren. Eine Delegation – zu der auch die erst einundzwanzigjährige Sahar gehörte – sollte sich direkt zum Hochkommissar und dessen Frau begeben, um ihnen eine Liste mit Forderungen zu überreichen und ihnen mitzuteilen, dass man zu demonstrieren gedenke.

(»Und sie haben die Schleier vom Gesicht gezogen«, sagte Hani, der Midhat die Geschichte erzählte, »und dann haben sie zu ihm gesagt: Wir werden auf die Straße gehen und gegen die Balfour Declaration und die ungerechte Behandlung der Araber demonstrieren. Und was sagt der Kommissar? Er sagt:

Ich werde die Proteste gewaltsam niederschlagen, wenn es sein muss. Und was haben die Frauen darauf erwidert?«

»Was?«, fragte Midhat.

»Dass sie trotzdem demonstrieren werden. Aber – in *Automobilen.*«

»Nein«, sagte Midhat lächelnd.

»Jawohl. Hundertzwanzig Automobile.«)

Sahar saß in einem Buick 154 hinter dem Chauffeur; neben ihr saß eine Christin aus Jaffa namens Jamila. Mrs Abdul, schon älter, betätigte vom Beifahrersitz aus die Hupe. Automobile vor ihnen, Automobile hinter ihnen, die Bürgersteige auf beiden Straßenseiten voller Polizisten. Die Frauen fuhren in einem hupenden Konvoi am Damaskustor vorbei und schrien Parolen aus den offenen Fenstern. Vor jedem ausländischen Konsulat stiegen fünf Frauen aus den Fahrzeugen an der Spitze und übergaben gemeinsam die Memoranden. Gegen halb sechs, die heiße, rote Sonne ging unter, zerfiel der Konvoi in Gruppen von Fahrzeugen, die durch die Stadt zu ihren jeweiligen Vierteln, Städten und Dörfern zurückkehrten.

* * *

1933 erzählte Hani Midhat diese Geschichte noch einmal. Es war eine mehrerer Anekdoten über seine Frau, die er jederzeit voller Stolz zum Besten geben konnte. An jenem Abend war er gerade aus dem Irak zurückgekehrt und erschöpft aufgebrochen, um Zigaretten zu kaufen, als er seinen Freund in der Nähe des neuen King David Hotels erblickte. Er erkannte Midhats Silhouette auf Anhieb: die aufrechte Haltung, der schlendernde Gang, als würde er seine Umgebung in aller Ruhe begutachten und im Stillen bewerten, ein flatterndes Paar Handschuhe in der Hand. Zehn lange Schritte, dann hatte Hani ihn erreicht.

»Was machst du denn hier?«, fragte er, indem er Midhat bei der Schulter ergriff.

Sie standen vor dem Hotel, groß und mit vielen Fenstern wie ein Regierungsgebäude.

»Hani!«, sagte Midhat. »Wir wollten ins Kino.« Sein Erstaunen schlug in ein Lächeln um. Seine Lider hingen schwer über den Augen; sein Schnurrbart war sorgsam gestutzt und gewachst. »Meine Großmutter und die Kinder – sie sind im Kino, aber ich musste mal Luft schnappen. Ich habe dich vermisst, Hani. Wir haben uns zuletzt vor über einem Jahr gesehen. Wo hast du dich herumgetrieben?«

»Ich war gerade in Bagdad. Zur Beisetzung von König Faisal.«

»Bravo«, sagte Midhat und nickte anerkennend, als hätte Hani einen Auftrag erfüllt, den er erteilt hatte. »*Allah yirham-o*, ein großer Mann. Nehmen wir einen Drink, was meinst du?«

Eine Frau im grauen Ballkleid ging am Arm eines Mannes im Frack an ihnen vorbei in die Hotellobby. Midhat und Hani folgten den beiden, und die Frau schaute furchtsam über ihre Schulter. Sie bogen in den Flur ein, der zur Hotelbar führte. Ein Grammophon in der Ecke ließ Klaviermusik durch den Raum wabern. Die Wände waren dunkel, die Regale hinter dem Barkeeper verspiegelt, was die Flaschen und Gesichter glitzernd vervielfachte. Midhat entschied sich für zwei Barhocker neben dem Fenster, das einen Blick auf den üppigen Innengarten des Hotels bot. Zwischen den Sträuchern installierte Leuchten erhellten die Tische, an denen Journalisten in grauen Anzügen und Touristen mit geröteten Gesichtern saßen.

»Zwei Whisky.«

»Du wirst nie erraten, wen ich gesehen habe«, sagte Hani.

Midhat schüttelte den Kopf, als wären seine Ohren verstopft.

»Faruq al-Azmeh.«

»Ach, du meine Güte. In Bagdad?«

»Er war unterwegs, um sich mit einer Frau zu treffen. Du weißt ja, wie er tickt.«

Midhat kippelte auf seinem Barhocker nach hinten und hielt sich dabei am Rand des Tresens fest.

»Er hat sich nach dir erkundigt«, sagte Hani. »Wollte wissen, ob du immer noch liest und immer noch verliebt bist.«

»Tja, du kannst ihm gern sagen, dass ich verliebt bin.«

»Er wird kahl, glaubst du das? Er ist natürlich unverheiratet.«

»Das überrascht mich.«

»Ehrlich? Seine ganze Philosophie war gegen die Ehe gerichtet.«

Eine attraktive Frau mittleren Alters im schwarzen Kleid war im Spiegel hinter den Flaschen zu sehen. Midhat beobachtete, wie sie durch die Hintertür verschwand. »Ich glaube nicht, dass Faruq *gegen* die Ehe war«, sagte er. »Er fand es nur verlockend, seinen Liebschaften nachgehen zu können.«

Hani lachte in sich hinein und trank einen Schluck. »Da sitzen wir nun. Zwei verheiratete Männer.«

Das war der Übergang zu der Geschichte, die Hani nach einem langen Seufzer begann. Midhat hatte diverse Versionen gehört, aber Hani beschrieb bei dieser Gelegenheit zum ersten Mal in allen Details, wie er seine junge Frau aus den Klauen dreier gieriger Onkel gerettet und in tiefster Nacht nach Jerusalem gebracht hatte.

So wie Hani die Sache erzählte, war es eine teils absurde Abenteuergeschichte. Midhat grinste meist und lachte an den passenden Stellen. Doch als Hani die Rolle seiner Frau in den Komitees und Demonstrationen der Frauen schilderte – alles so wohlbekannt, dass Midhat die gebotene Überraschung nahezu durchgehend heuchelte –, gewannen die Anfänge der

Geschichte im Nachhinein eine fast unheimliche Wucht. In dem Bericht über Sahars Onkel verbarg sich irgendetwas, da schien eine andere Stimmung oder Bedeutung mitzuschwingen. Sogar die komischen Stellen, vor allem aber die zu Beginn – die drei Männer, der Anruf der Tante, die nächtliche Fahrt –, schienen etwas Abgründiges zu haben, es konnte dabei nicht nur um geschickt unterlaufene Ansprüche gehen. Midhat kam der Gedanke, dass eine tragische Geschichte, die man rasant erzählte, leicht zur Komödie werden konnte und das Publikum, das die Abgründigkeit nicht erfasste, zum Lachen brachte. Sein Freund ließ sich weiter über die Zeitungsartikel aus, in denen seine Frau gelobt wurde – »Und ihre Reden über Einigkeit und Freiheit, wirklich, ich bin stolz auf sie« –, aber Midhat lauschte nur mit halbem Ohr, weil er sich fragte, wie man seine eigenen Scharaden nach seinem Tod kolportieren würde, wenn er nichts mehr unter Kontrolle hätte, wenn die Details seines Lebens in den Gedanken und der Phantasie anderer ein Eigenleben gewännen.

»Die Tragödie«, meinte Hani, »besteht darin, dass die drei Araber trotzdem gehängt wurden. Weit weniger, als man zunächst verurteilt hatte, und doch brennt es in der Erinnerung. Es wurden Märtyrer geschaffen. Der Tod erschafft solche Mythen, weißt du?«

»Ja«, sagte Midhat. »Schrecklich. Erinnerst du dich an die Geschichte über den Mann in Nablus, der den Spitznamen Barbar trug?«

»Nein«, erwiderte Hani, »die kenne ich nicht.«

»Wirklich nicht? Tja, dann erzähle ich sie mal. Angeblich hasste dieser Mann seinen Spitznamen. Er hatte ihn bekommen, weil er in seiner Jugend eine Quasselstrippe gewesen war.«

Wieder war zwischen den Flaschen mit Gin und Brandy im Spiegel kurz die in Schwarz gekleidete Frau zu sehen, begleitet von einem geisterhaften Mann im Tweedanzug.

»Als er erwachsen war, stiftete er in Nablus unter seinem richtigen Namen eine Moschee, Salim Basha oder so, ich weiß es nicht mehr genau. Anschließend lebte er viele Jahre in al-Salt, und als er nach Nablus zurückkehrte, fragte er auf der Straße einen kleinen Jungen, wo sich die Moschee von Salim Basha befinde. Und der Junge antwortete: ›Meinen Sie Barbars Moschee?‹«

Hani lachte schallend und kippte auf dem Hocker nach hinten. Der Barkeeper zuckte zusammen, begann aber zu kichern, als er merkte, dass die beiden lachten.

2

Midhat hatte nie Skrupel, wenn er einen Abend in Cafés oder Bars voller Juden und Europäer verbrachte und etwas trank. Er brauchte ab und zu etwas Freiheit, musste der Enge und Strenge von Nablus kurz entkommen. Um ehrlich zu sein, brauchte er auch eine Erholung von seinem eigenen Zuhause, von Fatimas zunehmend bissigen Erwiderungen und den rasch in Gewalt umschlagenden Kabbeleien der Kinder, die das Haus in ein Kriegsgebiet verwandelten; er musste sie immer wieder voneinander trennen und darüber richten, wer angefangen hatte und wer nicht.

Midhat und Fatima hatten vier Kinder. Massarra wurde zuerst geboren, gefolgt von Taher. Khaled, der dritte, kam im Jahr des Erdbebens von Jericho zur Welt und war der Einzige, der in den Armen der Hebamme nicht schrie.

Das vierte Kind wurde 1929 geboren, zwei Jahre nach Khaled. Es war das Jahr der Klagemauer-Krawalle, des Massakers an Juden in Hebron, von Sahar Murads Gang zum Hochkommissar, und die erneut von einer Schwangerschaft gebeutelte Fatima begriff mit ihren achtundzwanzig Jahren, dass sie niemals Herrin ihres eigenen Körpers gewesen war. Also legte sie sich heimlich in die Badewanne und löffelte den kompletten Inhalt einer Flasche mit Steppenrauten-Samen, die nach fauliger Erde rochen und schmeckten. Sie hatte die Flasche für unverschämt viel Geld bei einem der letzten Quacksalber in der Altstadt gekauft, der sie unter Euphemismen und mit einem widerlichen Zwinkern über den Tresen gereicht hatte. Die ominöse Medizin sorgte nach einigen Stunden für einen üblen, schmerzhaften Durchfall, doch es erschien weder Blut noch Fötus, und ein paar Monate später erblickte die kleine Ghada an einem frischen Frühlingstag im städtischen Krankenhaus das Licht der Welt. Fatima war ausgelaugt, und Midhat freute sich.

Vor den Empfängen, die seine Frau Jahr um Jahr monatlich für alle wichtigen Damen von Nablus gab, brachte Midhat die Kinder für gewöhnlich zu seiner Großmutter und fuhr dann mit dem Taxi nach Jerusalem, um den Abend mit seinem Freund, dem Journalisten Qais Karak, und den Tanzmädchen des Ma'arif Cafés zu verbringen. Manchmal fuhr er mit Qais und Adel Jawhari – Jamil äußerte sich stets verächtlich dazu – im Automobil zur Küste, dann stolzierten sie über Balkone mit Meeresblick, und Midhat, einen offenen karierten Hausmantel über dem bunten, aus Frankreich importierten und mit Farina 1709 parfümierten Tuch, qualmte einen von Adels Zigarillos.

In den Küstenstädten gab es eine unausgesprochene Trennung zwischen Tag und Nacht, anders gesagt zwischen der Fron des Tages und nächtlichem Tanz und Trunk. So jedenfalls sah Midhat diesen Widerspruch, der ihn, im Gegensatz zu Adel, nicht weiter störte. Im Sommer 1934 kamen sie im Casino Café in Jaffa eines Abends mit einem Mann ins Gespräch, der sich als glühender Zionist entpuppte.

»Unfassbar, dass ich auch nur ein Wort mit ihm geredet habe«, sagte Adel, der hinter Midhat auf den von Lampen erhellten Pier trat. »Kannst du das glauben? Ich nicht.«

Midhat klopfte ihm auf den Rücken und setzte, während sich ganz in der Nähe die dunklen Wellen brachen, zu einer leisen, utopischen Argumentation an. Es sei unmöglich, einander aus dem Weg zu gehen, denn man lebe in demselben Land; heute Abend würden sie alle dieselbe Tanztruppe sehen, man spiele Musik, der Wein fließe, und jemand habe gerade einen

Witz erzählt, warum also nicht die Kameradschaft genießen, die bei Tagesanbruch sowieso zu Ende sei?

»*Habibi* Midhat«, sagte Adel unter einer Straßenlaterne. »Du bist naiv.«

Midhat schwieg. Er dachte an Jamil. Er sah seinen Cousin hin und wieder bei Familienessen und war halbwegs über sein Leben im Bilde, aber seit dem Streit, der nach Midhats Hochzeit entbrannt war, hatten sie sich voneinander entfremdet und sahen sich selten. Im Grunde seit Nebi Musa. Jamil war unverheiratet und hatte die letzten fünfzehn Jahre »der Sache« gewidmet, sich für den Boykott des Mandats und seiner Institutionen eingesetzt. Midhat wusste, dass Fatima Jamils Engagement bewunderte, was er als indirekte Kritik an seiner Untätigkeit auffasste. Die Kinder dagegen schienen vor ihrem Onkel auf der Hut zu sein, wenn sie am Opferfest neben ihm saßen. Außer Khaled, der Jamil mit einer Faszination beäugte, die Midhat beschämte.

Nachdem sie wieder hineingegangen waren, winkte Midhat den Kellner herbei, und eine Stunde später knutschte Adel mit einem schwarzhaarigen russischen Mädchen namens Polinka. Midhat konnte die beiden aus der Ecke sehen, in der er saß, eine Tänzerin auf den Knien.

Obwohl Midhat stolz darauf war, ein Bon Vivant zu sein, konnte er sich mit seinen neununddreißig Jahren nicht mehr wirklich als kerngesund bezeichnen. Der Arzt meinte, er esse zu viel. Er trank auch zu viel Kaffee und rauchte zu viele Zigarren. Und er trank liebend gern Arak – ein geheimes Laster, von dem auch der Arzt nichts wusste.

Nach Ghadas Geburt hatte er anderthalb Wochen unter einer gespenstischen Paranoia gelitten: Wenn er abends die Augen schloss, bebte stets das Bett. Anfangs unterstellte er Fatima, schuld daran zu sein, und als sie das abstritt, stellte er sich vor, das ganze Zimmer würde beben, als trampelte jemand auf dem Dach herum. Nach Mitternacht verlor die Logik die Kontrolle. Am nächsten Abend war das Beben so heftig, dass er meinte, es müsse der Vorbote eines neuen Erdbebens sein. Er war so angespannt, erwartete und registrierte jede noch so kleine Vibration, dass er kaum ein Auge zutat. Er litt nicht im Stillen, sondern weckte mehrmals seine Frau, um sie zu fragen, ob sie es auch gespürt habe. Am nächsten Morgen nahm sich Fatima der Sache an. Sie zwang Midhat, sich auf das Sofa und anschließend ins Gras zu legen. Diese Experimente blieben ergebnislos, doch am nächsten Abend sprach Midhat unvermittelt in die Dunkelheit, die über ihrem Bett lag.

»Es ist ein ganz eigenartiger Rhythmus. Bumm-Bumm, Bumm-Bumm.«

Das Bett wackelte, als Fatima sich aufrichtete und auf ihn herabsah. Ihre Augen funkelten. Sie hatte ihre Haare zu einem Dutt gebunden, der im Dunkeln schemenhaft zu erkennen war.

»Das ist dein Herz«, sagte sie. »Du *Idiot.*«

Midhat horchte aufmerksam. Sie hatte recht. Das Beben folgte immer kurz auf einen Herzschlag. Es war sein Blut. Fatima schlug ihn gegen die Schulter, und Midhat musste schallend lachen. Sie zischte: »Du weckst noch die Kinder!« Einen Augenblick später überraschte sie ihn, indem sie sich kichernd gegen das Kopfbrett sinken ließ, ihre angewinkelten Beine zuckten unter der Decke. Ein intimer Moment, der sich auf selige ein oder zwei Stunden ausdehnte, in denen das Bett noch stärker bebte als sonst. Am nächsten Tag meinte der Arzt, Midhat solle vor dem Schlafen weniger Kaffee und Zucker zu sich nehmen. Doch tatsächlich gewöhnte er sich an das rhythmische Beben, denn seit er die Ursache kannte, fand er es nicht mehr so belastend.

Eigentlich schlief er meist morgens mit Fatima, vor allem nach einer getrennt verbrachten Nacht, wenn er in Jerusalem oder an der Küste gewesen war und sie in Nablus ein *istiqbal* besucht hatte. Midhat glaubte, der Reiz liege in der Unterbrechung der Routine, die sie einander etwas entrückte und die Erinnerung an den Zauber zu Beginn ihrer Ehe weckte. Wenn er von einem auswärts verbrachten Abend heimkehrte, schien Fatima durch die Veränderung weicher geworden zu sein, also nicht mehr so ironisch wie üblich, weil sie, wie er annahm, ihre Bissigkeit am Vorabend hatte austoben können. Außerdem schienen ihre Ausflüge in die Gesellschaft eine beruhigende Wirkung auf sie zu haben, weil ihr bewusst wurde, dass es dem Rest der Welt, unter dem sie das übrige Nablus verstand, nicht besser erging als ihnen selbst. Es war das Bewusstsein, dass andere gesehen und bewertet hatten, was sie nun, im morgendlichen Zwielicht im Bett liegend, selbst erblickten. Und beide schätzten diese Eifersucht, weil sie das Verlangen schürte: Indem sie die ganze Welt in ihr Schlafzimmer holten, fiel es ihnen leichter, allein miteinander zu sein.

November 1935. Midhat vernahm Stimmen in der Küche, die verstummten, als man seine Schritte auf den Terrakottafliesen hörte.

Im morgendlichen Dunst war der ferne Berg nur schemenhaft zu erkennen, der Garten mit den Bäumen, Möbeln, Büschen und der Mauer grau wie Asche. Fatima saß am Küchentisch, die Fersen auf der Stuhlkante, die Beine vor der Brust. Ihre Nackenmuskeln waren so angespannt, als hätte sie gerade an der Wand gelehnt. Neben ihr beugte sich Nuzha über ein Bild, das auf dem Tisch lag.

Obwohl Nuzha jünger war als Fatima, war sie während der letzten fünfzehn Jahre rascher gealtert. Sie war erst Anfang dreißig, aber ihre Haare ergrauten, um ihren Mund waren Falten. Fatima bezeichnete ihre Schwester hinter vorgehaltener Hand oft als Einfaltspinsel; aber Nuzha war keineswegs dumm. Sie hatte sich nur eine Unbeschwertheit bewahrt, die Fatima nie besessen hatte.

»Schau mal«, sagte Nuzha, »das haben wir zwischen den Sachen meiner Mutter gefunden.«

Zwei knochige Finger drehten das Foto so hin, dass Midhat es anschauen konnte. Das verblasste Foto zeigte zwei Reihen von Frauen in festlicher Kleidung, im Vordergrund knieten einige. Die meisten Gesichter waren verschwommen, Augen und Münder nebelige Linien und Löcher, aber gewisse Schmuckstücke oder Kleidungsdetails waren gestochen scharf zu erkennen. Die Blattmuster der Blumentöpfe im Hintergrund waren deutlich zu sehen, und darüber hingen die echten Blätter wie ein fleckiger Nebel.

Midhat zeigte mit dem kleinen Finger auf eine Gestalt in der hinteren Reihe, eine der wenigen mit erkennbarem Gesicht.

»Das bist du«, sagte er. Die kleine Nuzha blickte starr in die Kamera. Neben ihr stand ein Schemen.

»Ja, das bin ich. Sieht es nicht aus, als würden wir tanzen?«

Midhat musterte die Gestalten, aber es war nicht genau zu erkennen, ob sie sich bewegten oder nicht.

»Wo bist du da? Wo wurde das Foto aufgenommen?«

»Das weiß ich auch nicht. Lustig, oder? Damals war ein Fotoapparat eine Rarität, ich kann mir also nicht vorstellen …«

»Das *istiqbal* der Atwans«, sagte Fatima gedämpft. Ihre Nase und Stirn glänzten im Licht, das durch das Fenster fiel.

»Oh«, sagte Nuzha. »Stimmt, das war bei den Atwans. Aber warum sind alle in Bewegung?«

Midhat sagte: »Das muss wohl …«

»Muss es?«, unterbrach Fatima ihn.

Er betrachtete den angespannten Nacken seiner Frau, nahm das Foto dann zur Hand und hielt es dicht vor seine Augen. Er untersuchte die Blumentöpfe.

»Es regnet.« Er legte es wieder auf den Tisch.

Seine Frau hatte manche Ticks, aber am meisten ärgerte ihn das demonstrative Desinteresse. Das war ein aristokratischer Zug, den er verabscheute, allein schon durch ihre reglose Miene konnte sie Langeweile signalisieren. Dann sanken die Mundwinkel ab, und sie schien die Augen kaum noch offen halten zu können. Manchmal provozierte er sie gern, und so hatte er das Foto in einiger Entfernung von ihr auf den Tisch gelegt. Doch Nuzha griff wie üblich munter ein und reichte das Foto ihrer Schwester, sodass sie sich nicht bewegen musste, um es noch einmal anschauen zu können. Sie betrachtete es, sagte aber kein Wort.

Midhat klopfte an die Tür des Schlafzimmers der Mädchen, und Ghada flitzte heraus, um ihn zu begrüßen.

»Baba, Baba, Baba, ich habe geträumt, dass es ein Erdbeben gab.«

»Oje«, sagte Midhat. »Brauchst du den Kamm noch, Massarra?«

Massarra, die ihre Haare flocht, reichte den Kamm nach hinten, während sie sich weiter im Spiegel betrachtete.

»Wir waren mitten im Erdbeben«, fuhr Ghada fort, während sich Midhat auf das Bett setzte und sie zwischen seine Knie zog, »und dann sind wir in Urlaub gefahren.«

»Warum sind deine Haare so wirr?« Er berührte den verfilzten Klumpen auf einer Seite ihres Kopfes. »Hat dich das Erdbeben im Bett herumgeworfen?«

Ghada schnalzte mit der Zunge, legte den Kopf in den Nacken und gluckste, als er sie an den Schultern umdrehte, um hinten an ihre Haare zu kommen. Er kämmte die Zotteln behutsam, bis sich die Haare lösten. Ghada verschränkte die Finger über dem Kopf, während er sich abmühte, und als sich die Haare lösten, kämmte er sie ganz gerade. Zwei saubere

Strümpfe lagen auf einem Stuhl. Er hockte sich vor Ghada, und sie hielt sich an seinem Kopf fest, während sie auf einem Bein balancierte.

»Schuhe.« Er zeigte auf das Schuhspalier unter dem Fenster. »Taher! Guten Morgen, *habibi*.«

Sein ältester Sohn näherte sich oft auf leisen Sohlen. Taher war groß für einen Elfjährigen, hatte ein stilles Wesen und einen eindringlichen Blick, und sein langer, schmaler Schädel ertrank in schwarzen Locken. Er überhörte seinen Vater, ging zur Tür hinaus und verschwand.

»Bist du fertig, Massarra? Khaled? Wo steckt der denn?«

»Ich brauche noch viereinhalb Minuten«, sagte Massarra.

»Wo ist Khaled?«

»In meinem Bett.«

»Du hast ihn nicht geweckt? Khaled, aufstehen!«

»Ich habe ihn geweckt!« Massarra fuhr pikiert herum. Der fertige Zopf lag um ihren Hals, den anderen hielt sie weiter fest. »Er ist wieder eingeschlafen.«

Nachdem sie rasch Fladenbrot mit Zatar gefrühstückt hatten, brachen die Jungen zur Schule auf. Midhat wartete im Flur, während sich die Mädchen von Mutter und Tante verabschiedeten. Dann nahm er Ghadas Hand.

Der Nebel lichtete sich, doch es hatte nachts geregnet, und seine Stiefel waren bald voller Dreck. Ein Spritzer landete auf der Kappe eines Schuhs von Ghada; er nahm sie auf die Arme, und sie legte ihm die Hände um den Hals.

Massarra zupfte an Ghadas Rock. »Ich kann sie tragen.«

»Sie ist zu schwer.«

»Nein, ist sie nicht. Du machst das falsch.«

Er erwiderte nichts. Dann erreichten sie den gepflasterten Boden in der Nähe der Schule, und er musste sie sowieso wieder absetzen.

»Nimm sie einfach an der Hand.«

Massarra wirkte zufrieden. »Komm, Kleine«, sagte sie.

Seine Töchter verschwanden zwischen den Aushängen, die am Tor hingen, und tauchten dann wieder auf. Sieben oder acht Aushänge verkündeten die immer gleiche Botschaft: »Recht kommt vor Stärke, und das Volk kommt vor der Regierung.« Der Wind pfiff durch eine weiter entfernte Straße, und als Midhat das Tor erreichte, flatterten die Aushänge wie Fahnen an den Eisenstangen. »Bekämpft die Briten, bekämpft die Juden, bekämpft die arabischen Verräter – gezeichnet: die Rebellische Jugend.«

Hinter dem Zementweg drängten die Schülerinnen die Treppe hinauf.

Bei ihrer Eheschließung im Jahr 1920 hatten Midhat und Fatima noch vorgehabt, Nablus irgendwann zu verlassen. Ihre Träume von Europa oder Kairo waren aber verblasst, weil sie sich hier, in dieser Stadt mit ihren kleinen Bequemlichkeiten, wo jeder jeden kannte, allmählich eingerichtet hatten; ein Umzug in ein fremdes Umfeld wäre ein zu starker Bruch gewesen.

Tatsächlich war es so, dass Midhats ganze Existenz in Nablus wurzelte, seit er das Geschäft seines Vaters verloren hatte. In einem anderen Land, selbst in einer anderen Stadt von vorn zu beginnen hätte bedeutet, bei Null anzufangen. *Nouveautés Ghada*, das Geschäft, das er gemeinsam mit dem Samaritaner Eli eröffnet hatte, nachdem der örtliche Laden der Kamals geschlossen worden war, befand sich in der Neustadt zwischen der Barclays Bank und einem Laden für Sportausstattungen. Und *Nouveautés* hatte trotz aller Schwankungen floriert: Vor fünf Jahren, als das Interesse an Damenbekleidung stark gewachsen war und Nablus endlich Anschluss an die anderen Städte gefunden zu haben schien, hatte der Umsatz einen neuen Rekord erreicht. Die Schleier waren zwar nicht ganz verschwunden, aber wie in den konservativeren Vierteln

Jerusalems oder an der Küste benutzte man nur noch hauchdünne Chiffonstoffe; die Röcke reichten bis über die Knie, und die schwarzen Strümpfe in den Regalen von *Nouveautés* waren immer sofort vergriffen.

Nicht jeder in Nablus freute sich über Midhats Erfolg. Während der letzten zehn Jahre hatten ihm mehrere Bekannte die kalte Schulter gezeigt, und mehr als eine Frauengruppe hatte vor dem Schaufenster innegehalten und finster die ausgestellten Kleider angestarrt, in dem Glauben, unsichtbar zu sein. Teta meinte, das sei zur Zeit seines Vaters genauso gewesen: Jemand, der es aus eigener Kraft schaffe, erfahre mehr Missgunst als einer, der seine Privilegien ererbt habe. »Nicht zuletzt deshalb ist er nach Kairo gegangen.«

»Ach, tatsächlich?«, erwiderte Midhat. Er hätte nie gedacht, dass sich sein Vater gewünscht hatte, Nablus zu entfliehen.

»Wie es so schön heißt«, sagte Teta, »der Biss eines Löwen ist angenehmer als neidische Blicke.«

Wenn die Leute Midhat betrachteten, sahen sie einen Mann, der über seinem Stand geheiratet hatte, sie sahen einen Genussmenschen, einen Optimisten, einen Frauenliebling und sorglosen Anhänger des Westens. Obwohl Midhat nicht einmal genug verdiente, um mit seiner Familie ins Ausland fahren zu können, wurden er und seine Frau rasch zur Zielscheibe des Neides im Ort. Elegant, charmant, gebildet; ihr Haus war kein Palast wie das der Familie Atwan, aber Fatimas *istiqbals* waren berühmt für ihr Flair und die geübte Nonchalance der auf einem armenischen Stuhl sitzenden Hausherrin. Allein ihre Begabung für die Oud bot Anlass zu Bosheiten, und wenn sie das Instrument wieder in den mit Samt gefütterten Kasten tat, während ihre Gäste die Limonade austranken und durch die Gartenpforte schlenderten, flüsterte sie zum Schutz vor dem Bösen Blick die Sonnenaufgangs-Sure.

1935 ging in Nablus die Angst um, und mit der Angst kamen die Anfeindungen. Der Finger, der vorher noch auf den Feind gezeigt hatte, zeigte nun auf den Abtrünnigen in den eigenen Reihen, und unter einem »Abtrünnigen« verstand man jeden Nachbarn, dem es angeblich an Überzeugung mangelte. In den jüdischen Siedlungen hatte man Waffenlager angelegt, und während sich die arabischen Eliten in Diskussionen darüber verzettelten, wie weit eine Zusammenarbeit gehen dürfe, verlief ihre nationale Bewegung knirschend im Sand. In Europa wurde die Situation immer brenzliger, und die jüdische Einwanderung schwoll durch die Flüchtlinge stark an. Ohne ein Ventil für ihren Zorn wurden die Bewohner von Nablus auf den Märkten zunehmend aggressiver; wenn man durch den Suk ging, hörte man die Leute mit einer Vehemenz reden, die in keinem Verhältnis zu den getätigten Geschäften stand. Sogar die Frauen wurden zu Furien – dünn verschleierte Bürgerinnen von Nablus stiegen vor dem Postamt auf Podeste, um den Zeigefinger gen Himmel zu recken und ihrer Wut auf die britische Doppelzüngigkeit und alle Bürger von Nablus, die nicht entschieden genug für die Sache eintraten, Luft zu machen.

Adel beklagte diese internen Zwistigkeiten. Basil Murad hatte sogar *ihm* vorgeworfen, nicht radikal genug zu sein. Aber man wisse ja, ergänzte er, das Glas auf dem Tisch hin und her drehend, dass schwelende Konflikte, getarnt als politische Empörung, rasch ausbrechen könnten. Midhat erlebte mehrmals, dass Fatima bei seiner Heimkehr in einer Wohnzimmerecke stand, brennenden Salbei schwenkte und Beschwörungen murmelte. Er versuchte, dies mit einem Lachen abzutun. Die Tatsache, dass er kein politischer Aktivist war und sich geschäftlich mit einem Samaritaner zusammengetan hatte, trug allerdings nicht dazu bei, Fatimas Furcht vor dem Bösen Blick zu lindern.

Obwohl *Nouveautés* weiterhin relativ gut florierte, führte Eli den aktuellen Umsatzverlust auf die politische Situation zurück. Die Leute wollten nicht den Eindruck erwecken, Geld übrig zu haben. Das war nicht gut für den Widerstand. Vor gerade einmal einem Monat hatte man in Jaffa Munitionskisten entdeckt, die für die Juden bestimmt gewesen waren, und daraufhin hatten die Araber in ganz Palästina einen Tag gestreikt. Massarra bestand darauf, dass Midhat sie zur Demonstration mitnahm, nur war Ghada im Garten gestolpert, hatte sich das Knie gestoßen und bat ihn, sie nicht allein zu lassen, was zu einer langen, fruchtlosen Diskussion führte. Am Ende schmollten die Mädchen während des ganzen Streiktages in ihrem Zimmer, und Midhat machte ein Nickerchen.

Die Seifenindustrie traf es am schwersten. Der ägyptische Markt brach ein, und dann stampften die Juden eigene Fabriken aus dem Boden, die »Seife auf Nablus-Art« für den Export produzierten, nur dass sie statt des Olivenöls das viel günstigere Kampferöl verarbeiteten. Wie Qais Karak eines Abends in Jerusalem Midhat und Adel mit einem verblüfften Lachen gestand, verdiente sein Vater, der berühmte Seifenfabrikant, sein Geld inzwischen hauptsächlich mit der journalistischen Arbeit. Wenn Midhat an der Seifenfabrik der Atwans vorbeigekommen war, hatte er oft gehört, wie Abdallah Atwan lautstark über die Juden geschimpft hatte. Das zwischen den beiden Bergen eingeklemmte Nablus wuchs ohnehin langsamer als andere Städte. Verglichen mit Jaffa, Jerusalem, Haifa und Akka – alle mit Zugang zum Meer und an den Routen der Touristen und christlichen Pilger gelegen, elektrifiziert und voller Kinos –, verkam die Stadt im provinziellen Hinterland und lebte nur noch von den Erinnerungen an ihren früheren Ruhm; die Bewohner riefen sich fast zwanghaft die Ära ins Gedächtnis, als Nablus »das kleine Damaskus« gewesen war.

»Wenn *Nouveautés* weiter wächst«, erzählte Midhat Fatima oft am späten Abend, »können wir Kairo in Erwägung ziehen.«

Sie alle, sogar die Kinder, spürten jedoch, wie wichtig es war, in Nablus zu bleiben. Das war ihre Pflicht. Man musste über die lokalen Rivalitäten hinwegsehen, denn unter dem Strich galt ein Sprichwort der Beduinen, das da lautete: Der Feind deines Feindes ist dein Freund. Und obwohl Midhat nicht so aktiv war wie Jamil und Adel, war er ein Nabulsi, und in Nablus atmete jeder die gleiche Luft der Unterdrückung.

Er erlaubte sich selten die Frage, ob alles anders hätte kommen können, sah aber manchmal von den Rechnungsbüchern auf und hörte ein Geräusch, als würde ein heftiger Wind in seinen Ohren sausen, und dann hatte er schlagartig sein ganzes Leben vor Augen, und ihm schwindelte, als stünde er am Bug eines Schiffes. Auf der lichten Spitze des Augenblicks verharrend, drehte er sich um und sah wie aus weiter Ferne, welchen Verlauf sein Leben genommen hatte. In Gestalt seiner Ehe, seines Berufs, seiner Familie, seines Hauses. Aus dieser Perspektive schien er keine andere Wahl gehabt zu haben.

Meist war es Adel, der von Jamil erzählte. Dieser debattierte in den nationalen Clubs, hielt Reden, verfasste Petitionen, sammelte Verbündete, ließ Beziehungen spielen, um bei den Beduinen am Ostufer des Jordans Waffen zu beschaffen. Manchmal glaubte Midhat, er hätte einen ähnlichen Lebensweg einschlagen können wie sein Cousin. Er dachte an seine herrliche Studentenzeit, als er in Paris mit Faruq, Hani und den anderen im Drama des »Exils« gefangen gewesen war, trunken von der Vorstellung, dass man produktive Diskussionen führen müsse. Damals war er, vor seinen Freunden mit dem Likörglas herumfuchtelnd, überzeugt gewesen, wichtige Gedankengänge zu verfolgen und seinen Teil zu den Diskussionen beizutragen, die sie in irgendwelchen Zimmern führten. Nun lächelte er seine Cousins und Landsleute an und murmelte nur noch, die Zunge schwer vom Arak. Das war nicht sein Leben.

Als sich Midhat *Nouveautés Ghada* näherte, konnte er Eli hinter dem Tresen sehen. Elis Ohren ragten unter dem Fez hervor, und er fuhr sich mit zwei Fingern durch den Bart.

»Guten Morgen, Abu Taher«, sagte Eli, riss die Augen auf und setzte sich ruckartig auf. Er schob eine Zeitung über den Tresen. Midhat reckte sich nach der Schlagzeile.

»Ist etwas passiert?«

»Nicht, was du denkst«, antwortete Eli. »Wir haben einen Schaden.«

»Einen Schaden?«

»Komm mit und schau selbst.«

Midhat folgte Eli in die Schneiderwerkstatt. Butrus war noch nicht da, aber die Fensterläden standen offen. Auf dem Tisch standen zwei Petroleumlampen zwischen dem Schwungrad der Nähmaschine und einem Stapel von Baumwollstoffen. Die Kolben beider Lampen waren zerbrochen.

»Ach, so ein Jammer.« Midhat berührte den Zacken eines kaputten Kolbens. »Aber keine Katastrophe. Wo sind die Scherben?«

»Es geht nicht um die Kosten«, sagte Eli warnend. »Sondern darum, wie es passiert ist. Wie konnten die Gläser kaputtgehen?«

Midhat hatte Erfahrung mit abergläubischen Menschen, denn sowohl seine Frau als auch seine Großmutter zählten dazu. Und deshalb wusste er sofort, dass auch Eli abergläubisch war: der in dunkle Ecken schielende Blick, das Zucken der Lippen, wenn ein Schutzzauber gemurmelt wurde. Ungewöhnlich war nur, dass sich Eli offen dazu bekannte.

»Du glaubst, das wäre mit Absicht geschehen? Das halte ich für unwahrscheinlich, Eli.«

»Wenn ich es doch sage. Beide Lampen? In meinen Augen ist das ein Zeichen.«

Das geborstene Glas der einen Lampe ragte so regelmäßig

auf wie die Zacken einer Papierkrone. »Wir haben eine dritte. Wo ist sie?«

Der Fensterladen knallte außen gegen die Wand, als Eli die Haltestange wegstieß, und im Licht, das durch das Fenster fiel, öffnete Midhat die Schränke.

Die mangelhafte Stromversorgung in Nablus hatte wie vieles andere auch politische Ursachen. Der Stadtrat hatte vor über zehn Jahren beschlossen, die Electric Company zu boykottieren, ein zionistisches, von den Briten unterstütztes Unternehmen. Der Verzicht auf elektrisches Licht war bis heute ein Anlass für Stolz: Nirgendwo sonst in Palästina war man so konsequent. Nicht in Haifa, nicht in Jaffa, nicht in Jerusalem. Zum Glück brauchten Midhat und Eli tagsüber selten Petroleumlampen, weil ihr Geschäft eine breite Fensterfront hatte; Butrus benutzte sie allerdings häufig in seinem Hinterzimmer, denn dort säumte er oft bis spät in die Nacht Kleider.

Midhat stieg zum Lagerraum hinauf. Er räumte eine leere Kiste aus dem Weg, und als er am Geländer entlangging, erblickte er den zwischen den Regalen verharrenden Eli. Dieser trat schließlich auf die unterste Treppenstufe und verdrehte den Oberkörper, um Midhat etwas zuzurufen.

»Abu Taher, ich muss dir etwas sagen.«

Er verrenkte sich noch etwas mehr, um Midhat in die Augen schauen zu können. Seine Haut war so rein, dass er in einem bestimmten Licht wie ein Kind aussah.

»Da war mal ... vor vielen Jahren ... habe ich mitbekommen, wie dich jemand mit dem Bösen Blick belegt hat. Ich weiß noch ... ich weiß noch, wie Abu Salama das meiner Mutter erzählt hat.«

Midhat musste das erst einmal verdauen. Sein Körper erschlaffte unwillkürlich.

»Weißt du, wer das war?«

»Nein.«

»Und du glaubst, diese Person hätte die Lampen zerschlagen?«

»Ich weiß nicht. Die Leute sehen dich, und dann denken sie … wir leben in schweren Zeiten, Abu Taher.« Eli sah flehentlich zu ihm auf. »Die Leute sind zornig … Was? Warum lachst du?«

Midhat hatte die Hände vor das Gesicht geschlagen. »Weil wir nicht alles dem Bösen Blick anlasten können, *habibi.*«

»Das ist nicht komisch.«

»Entschuldige. Ich lache ja nicht mehr.« Er nahm die Hände vom Gesicht. »Außerdem sagst du, das sei Jahre her, oder?«

»Ja.«

»Tja, wir können wohl wenig dagegen tun, richtig?«

»Doch, das können wir. Du musst den Fluch ausfindig machen.«

»Und wo?«

»Er muss irgendwo in deinem Haus versteckt sein. Vermutlich ein Vogel. Und ein Amulett.«

Midhat schüttelte den Kopf. »Nichts für ungut, *habibi*, aber ich glaube nun mal nicht an dergleichen. Tut mir leid. Es sind nur zwei Lampen! Aber … wenn es dich glücklich macht, schaue ich mich zu Hause um. *Yallah*, an die Arbeit.«

Midhat übertrieb es mit dem Humor, auch Fatima gegenüber. Je paranoider und mystischer seine Frau war, desto energischer pochte Midhat grinsend auf Sinn und Verstand. Doch als das Tagesgeschäft wieder begann, plagten ihn ungute Gedanken. Wäre es denkbar, dass jemand in Nablus so missgünstig war, dass er auf einen Zauber zurückgriff, um ihm zu schaden? Feindseligkeit blieb Feindseligkeit und konnte auf zig Arten Schaden anrichten, egal, ob man an dergleichen glaubte oder nicht. Er ging die Leute in der Stadt durch. Er dachte an Jamil. Aber er gehörte zur Familie und würde so etwas niemals tun.

Eli hatte die Idee gehabt, Midhat als Geschäftspartner zu gewinnen; er meinte, Midhats Stilgefühl habe ihn darauf gebracht, außerdem sein Interesse an der Arbeit im Laden der Samaritaner. Nach Midhats Zustimmung hatten sie begonnen, alles zu planen, und irgendwann hatte Eli gefragt, ob er noch das Album mit den Entwürfen habe.

»Album mit Entwürfen? Was meinst du?«

»Nach deiner Rückkehr aus Paris hast du Kleider entworfen«, sagte Eli. »Das wurde mir erzählt.«

Die einzigen Zeichnungen, die Midhat jemals gemacht hatte, waren die Kritzeleien hinten in den alten Rechnungsbüchern seines Vaters. Er hatte sie schon vor langer Zeit herausgetrennt und vernichtet. Hatte man ihren Wert so übertrieben, dass man nun von einem »Album« sprach? Das hatte sicher Jamil verzapft. Oder Hisham. In einer solchen Stadt entging den Leuten nichts.

»Ach ja, die«, sagte Midhat leichthin. »Die habe ich vor einer Ewigkeit weggeworfen. Ich könnte neue machen. Vielleicht erinnere ich mich sogar an die Entwürfe. Natürlich mit deiner Unterstützung, *cher* Eli.«

Damals war es noch nicht lange her, dass ihm das Geschäft seines Vaters genommen worden war, und deshalb bemühte sich Midhat nach Kräften, in Eli kein Mitleid zu wecken. Man wählte zwar niemanden aus Mitleid zum Geschäftspartner, aber trotzdem schien er sich als Künstler, Geschäftsmann und Intellektueller darstellen zu müssen, um den Eindruck aufrechtzuerhalten, er müsse sich zu der Zusammenarbeit mit Eli herablassen. Deshalb begann diese mit einer gewissen Verstellung, und so entwickelten sich die Dinge weiter, denn beide Männer tendierten dazu, ihre Meinung nicht offen zu sagen. In Midhats Fall entsprang dies dem Wunsch, zu beeindrucken und nicht zu verletzen; in Elis Fall war es die tief verwurzelte Vorsicht des Angehörigen einer bedrohten Glaubensgemeinschaft, die in einer anderen Kultur zu überleben versuchte. Und es war nicht gerade üblich, dass ein Samaritaner und ein Muslim gemeinsam ein Geschäft aufmachten.

Obwohl Midhat nie Anlass zu dem Verdacht gehabt hatte, dass Eli etwas für sich behielt, glaubte er in vielen Verhaltensweisen seines Partners eine gewisse Geheimniskrämerei zu entdecken. Etwa die Neigung, erst einmal abzuwarten, bevor er antwortete; seine Art, lieber zu schweigen, als Nein zu sagen. Er merkte, dass er sich genauso nach Elis Vertrauen sehnte wie nach dem Vertrauen Fatimas. Er grollte seiner Frau, weil sie es ihm nicht gewährte; wenn Eli Vorsicht walten ließ, tat er das immerhin aus gutem Grund. Er hatte Midhat erst letzte Woche erzählt, dass die Samaritaner durch einen Hagel von Steinen geweckt worden waren, der auf ihre Häuser niedergegangen war. »Und wir sind nicht mal Juden!«, sagte er und schwenkte eine Krawatte, die er auf Bitte von Butrus untersuchen sollte. Die ängstlicheren Samaritaner verließen die Altstadt und ließen sich in einem neuen Viertel auf dem Berg Garizim nieder. Man konnte den Vandalen ja schlecht vor Augen führen, dass sich die Israeliten laut griechischer und aramäischer Annalen schon zu Zeiten von Moses von den Samaritanern abgespalten hatten. Für einen enteigneten Bauern waren sie alle gleich, alle »Juden«.

Eines Frühlingsabends, kurz vor dem Erdbeben, hatte Eli Midhat zum Abendessen eingeladen. Midhat war zuletzt mit seiner Großmutter im samaritanischen Viertel gewesen, vor sieben Jahren, als sie einen Liebeszauber hatte haben wollen, und fast genauso lange hatte es gebraucht, bis Eli ihn einlud. Unterwegs besuchten sie den alten Hohepriester und stellten fest, dass die Tür des Hauses von Abu Salama offen stand. Der Priester war nicht im ersten Zimmer. Midhat ging in das zweite voran und rief:

»Guten Tag, Abu Salama.«

Gut möglich, dass Abu Salama, ein alter Mann, sie nicht gehört hatte. Vielleicht war er auch zu sehr in das vertieft, was er gerade tat. So oder so, Midhat merkte gleich beim Betreten des Zimmers, dass sie störten.

Abu Salama saß neben einem Jungen vor einem Tisch, auf dem diverse Dinge ausgebreitet worden waren. In der Mitte lag ein langer Pergamentstreifen, oben und unten mit jeweils einem Stein beschwert, weil sich die Ecken wölbten. Daneben stand eine Schale mit Wasser und einem Schuss Farbe; wiederum daneben lagen schmuddelige Lumpen; auf der anderen Seite standen Mörser und Stößel neben einer Flasche mit dunklem Inhalt. Die Reste am Flaschenhals glänzten klebrig. An der Tischkante, dicht vor Midhat und Eli, lagen Safranfäden auf einem Blatt Papier. Abu Salama hielt einen Lumpen. Der alte Mann grüßte nicht, sondern starrte sie bloß an, sein Mund ein Riss im verwitterten Gestein seines Gesichts.

Midhat sah Eli fragend an. Eli war plötzlich kreidebleich. Er verbeugte sich vor Abu Salama, murmelte einen Gruß und bugsierte Midhat danach rasch aus dem Haus.

Die entsetzte Miene seines Kollegen verriet Midhat, dass er etwas Verbotenes erblickt hatte. Er hatte schon vor langer Zeit begriffen, dass er etwas, das er nicht sehen durfte, möglichst rasch vergessen musste, doch als ihn Eli schweigend zu seinem Haus führte, gewann der Reiz der Sache die Oberhand. Er war einerseits neugierig, andererseits regte sich ein ungreifbareres Gefühl. Ein Wiedererkennen – oder eine Verbundenheit. Er war Zeuge einer Machenschaft geworden. Der Hohepriester schien das Pergament zu färben, auf dem ein Farbstreifen zu sehen gewesen war. Außerdem hatte da Safran gelegen, und die klebrige Flasche enthielt sicher irgendeinen Saft oder ein Pigment.

Eli wich während des ganzen Essens Midhats Blick aus. Seine Unterlippe zuckte, und er starrte seine alte Mutter, die die gefüllten Kartoffeln servierte, so unablässig an, dass sie schließlich fragte: »Was ist denn los? Habe ich irgendwas im Gesicht?« Midhat war dankbar für das Schweigen. Die Panik seines Kollegen verriet Scham. Was vielleicht hieß, dass manche der Dokumente, die die Samaritaner an Fremde verkauften, gefälscht waren – was wiederum nahelegte, dass sie auch in anderen Dingen eine gewisse Scharlatanerie walten ließen. War das schändlich? Nicht unbedingt. Er stellte sich einen Ausländer vor, einen Franzosen, der das gefälschte Dokument zu Hause in Frankreich studierte, als authentisch einstufte und in seinem Bücherschrank einsortierte. Dadurch entstand ein anderes Bild der Samaritaner. Sie erfanden Dinge, um frei zu sein, ja, das war ihr Antrieb, nicht nur in materieller Hinsicht, denn sie waren arm, sondern auch im Hinblick auf anderes. Wenn man sich selbst erfand, trotzte man dem Bild, das andere von einem hatten – das Fälschen war zugleich ein Erschaffen. Deshalb leuchtete es ein, dass der Hohepriester das Färben übernahm, nicht eine rangniedrigere Person. Wenn man schon mogelte, dann bitteschön präzise, denn es erforderte das Auge eines Künstlers und Fingerspitzengefühl, wenn man überzeugend betrügen wollte.

Als Butrus im Laden eintraf, eine Stunde, nachdem Midhat die kaputten Lampen gezeigt worden waren, holte er die dritte im Handumdrehen hervor. Er hatte sie unter einem Berg Lumpen versteckt, eine alte Angewohnheit, wie er gestand, falls er einen Ersatz brauchte. Zu den kaputten Lampen sagte er: »Das war sicher eine Fledermaus.« Er zog seinen Mantel aus und widmete sich dann dem ersten Kunden, das Maßband zwischen die Zähne geklemmt.

Der restliche Tag verging ereignislos, und Midhat verabschiedete sich schon vor dem Ende der Geschäftszeit, weil sie Gäste zum Abendessen erwarteten. Er war um halb sechs zu Hause. Um sechs Uhr klingelte es an der Tür.

»Guten Abend, *habibi*!«

Hani Murad trat ein, sein Mantel glitzerte regennass.

»Guten Abend«, sagte auch Sahar, die in der Tür erschien.

Midhat umarmte die beiden, und dann kam Fatima in einem schwarzen Kleid mit rundem Kragen aus dem Schlafzimmer. Sie trug glitzernde Ohranhänger und eine mehrfach gelegte silberne Halskette, die auf der schwarzen Seide ihres Kleides schimmerte.

Fatima und Sahar bemühten sich um ein gutes Verhältnis. Sie waren nur sechs Jahre auseinander – eines weniger als Fatima und Midhat –, aber Fatima hatte ein Problem damit, Sahar als Ebenbürtige anzuerkennen. Sie war inzwischen ebenso besessen von Status wie ihre Mutter und gab sich gegenüber Sahar oft überheblich, was diese höflich ignorierte. Im Umgang mit Herablassung war sie Expertin und besaß außerdem die Gabe, sowohl ehrerbietig als auch entspannt zu wirken.

Obwohl ihre Familien aus dem Umkreis von Nablus stammten, verkörperten Sahar und Hani den Idealtypus des freigeistigen Jerusalemers. Dieser war in vielen Fällen ein Zugewanderter, der sich ohne den Einfluss der Familie in der Metropole ungehemmt entfalten konnte. Sahar, die sich weiter für die nationale Bewegung und die Frauenrechte in der gesamten arabischen Welt engagierte, unter anderem für die Heraufsetzung des Heiratsalters und den Verzicht auf den Schleier, war berühmt für ihre Reden bei Kundgebungen und Demonstrationen. Die Frauen, mit denen sie zu tun hatte, entstammten allen gesellschaftlichen Schichten, Fellachen eingeschlossen; allen Klassen, allen Glaubensrichtungen.

Wenn sie mit Hani und Sahar zusammentrafen, hatte Midhat den Eindruck, dass seine Frau sich noch stärker auf ihren Nabulsi-Stolz versteifte und noch unnachgiebiger war als sonst, als wollte sie den Geist der Stadt in aller Reinheit verkörpern.

»Wie geht's«, sagte Fatima steif und küsste Sahar auf beide Wangen.

»Wie war die Fahrt?«, fragte Midhat, der Hani aus dem Mantel half. »Angenehm?«

»Oh ja, sie verlief glatt.«

Fatima zeigte auf das Esszimmer.

»Wenn ihr dort bitte Platz nehmt.«

Fatima trug Sahars Tasche in das Gästezimmer, und Midhat bemerkte, wie Hani ihr nachschaute. Seine Frau war an diesem Abend eleganter gekleidet als Sahar, die nur ein schlichtes Baumwollkleid trug.

Sie saßen im hell erleuchteten Esszimmer, Hani gegenüber von Midhat, Sahar gegenüber von Fatimas leerem Stuhl. Das Fenster zeigte den schwarzen Himmel, und der Regen klatschte gegen die Scheibe. Fatima brachte ein Tablett mit Salat, den sie auf ihren besten Tellern angerichtet hatte, deutsches Porzellan. Sie hütete dieses Goldrandgeschirr mit dem Kranz aus rosa und gelben Blumen und dem Netzmuster wie ihren Augapfel; es war ein Geschenk ihrer Mutter. Da sie sich kein neues Porzellan leisten konnten, mussten sie eines pflegen, das nie aus der Mode käme. Die deutschen Teller standen in einem eigenen Schrank mit zwei Schlössern.

»Wo sind die Kinder?«, fragte Hani.

Fatima tat ihm etwas auf. »Bei meiner Mutter.«

»Fehlen sie dir?« Midhat grinste und zwinkerte Sahar zu. »Das ist vielleicht ein Zeichen.«

»Erzähl doch mal, Sahar«, sagte Fatima. »In Tulkarem gibt es offenbar Streit unter den Damen. Weißt du etwas darüber?«

»Was für ein Streit?«, fragte Midhat.

»Das ist nur eine alberne Rivalität.« Sahar lächelte. »Um ehrlich zu sein, weiß ich auch nicht viel.«

Fatima verengte die Augen und wollte bereits eine andere Frage stellen, als Hani dazwischenging.

»Die Sache mit den Frauen ist die«, sagte er zu Midhat und wackelte dabei auf dem Stuhl hin und her, »dass sie oft besser zusammenarbeiten als wir Männer. Wir könnten viel von ihnen lernen. Diese Rivalitäten sind doch eine Katastrophe. Tu ja nicht so, als wäre Nablus da besser. Ich bemühe mich zwar, meine Prinzipien und die Praxis auf einen Nenner zu bringen, aber ...«

»Ich glaube«, meinte Sahar, »dass sich viele Männer vor der Zukunft fürchten. Sie haben Angst, etwas zu verlieren. Frauen dagegen haben hinter den Kulissen immer kooperieren müssen. Deshalb können wir uns zurücknehmen.«

»Weniger egoistisch sein?«, ergänzte Midhat.

»Ja, so könnte man das sagen.« Sahar stieg eine Röte in die Wangen. Sie hatte eine Ausstrahlung, die alles, was sie sagte, freundlich klingen ließ. »Aber auch unter Frauen gibt es Konkurrenz. Ich will nur sagen, dass die Zusammenarbeit zurzeit oft dadurch erschwert wird, dass man sich nicht in den anderen hineinversetzen kann.« Um dies zu illustrieren, vollführte sie eine Geste, als würde sie Teig falten. »Und weil wir nie unabhängig waren, wissen wir auch nicht, wie das ist.«

»Das sagt sie natürlich nicht in ihren Reden«, warf Hani ein. »Da soll die Botschaft die Menschen einen.«

»Tja, nur halte ich keine Reden mehr.«

Sie lächelte Fatima an. Fatima musterte sie kurz und erwiderte das Nicken mit einem demonstrativen Blinzeln.

»Aber die Menschen haben von dir gelernt«, fuhr Hani fort, an seine Frau gerichtet. Er wandte sich an Midhat. »Eine Frau darf alles aussprechen. Niemand stört sich daran.«

»Darf sie das wirklich?«, fragte Midhat.

»Und was ist mit Qassam?«, meinte Fatima.

»Wie meinst du das?«, sagte Hani.

»Wie ist es mit seiner Art, etwas auszusprechen?«

»Na, das ist etwas ganz anderes, denn Qassam ist ein Prediger.«

»Aber er entfaltet seine Wirkung«, sagte Fatima. »Vor allem

nach dem Fund der Waffen in Jaffa. Die Leute wollen ihn hören.«

Midhat sah sie erstaunt an.

»Sicher, die Fellachen«, sagte Hani. »Aber es hat natürlich eine andere Wirkung … wenn Frauen reden.« Er zeigte auf seine Frau. »Im Hinblick auf die Europäer ist das vorteilhaft. Und auch für uns. Das ist ein Zeichen für Aufgeklärtheit, ein Beweis für eine fortschrittliche Gesellschaft, und es zeigt, dass wir reif genug sind, uns selbst zu regieren.«

Fatima blieb hartnäckig. »Aber die Briten fürchten sich vor Qassam.«

»Oh, auf jeden Fall«, erwiderte Hani, dessen Augen größer wurden. »Und vor den Frauen fürchten sie sich nicht.«

»Also«, mischte sich Midhat ein, »hattest du viel mit Qassam zu tun?«

»Ja, wir hatten Kontakt«, sagte Hani. »Er könnte sich als mächtiger Verbündeter erweisen.« Er zog die Schultern hoch und zeigte die Handflächen, als wollte er um Verzeihung bitten. »Von Qassams Gruppe, vielleicht auch von Nablus abgesehen ist fast niemand bereit, sich gegen die Briten zu erheben … militärisch, aber auch durch zivilen Ungehorsam, der die beste Möglichkeit des Widerstands darstellt, darauf weise ich seit Jahren hin. Du hast die Berichte gelesen, du kennst die Zahlen. Die Juden sind bewaffnet. Sollte es zum Kampf kommen, dann wäre Qassam viel besser gewappnet als die nachgiebigen Demokraten.«

Ein langes Schweigen trat ein. Midhat riss ein Stück Brot ab; es war noch warm, und der Dampf zerflockte im Lampenschein.

»Ihr habt ein schönes Haus«, sagte Sahar.

»Es wird nicht richtig warm«, erwiderte Fatima. »Der Wind aus dem Gebirge pfeift durch die Ritzen.«

»Gut für die Wäsche.«

»Den Garten kennst du schon, nicht wahr?«, fragte Midhat.

»Oh ja«, sagte Sahar. »Ich habe ihn bei unserem letzten Besuch gesehen. Er ist herrlich.«

»Schade, dass es schon so dunkel ist, sonst hätte ich dir die Hühner gezeigt.«

»Warum sollte sie die Hühner sehen wollen?«, fragte Fatima.

»Und die Rosen und Bäume und so weiter.« Midhat schwenkte das Brot. »Ich finde die Hühner großartig.«

Sahar und Hani tauschten ein Lächeln. Sobald sie weiteraßen, stand Fatima auf und ging in die Küche.

»Es regnet nicht mehr«, sagte Hani.

»Tja, im Dunkeln ist auch mit den Hühnern nicht gut munkeln«, meinte Midhat. Er wartete auf ein Lachen, und als es ausblieb, fügte er hinzu: »Soll ich Musik auflegen?«

»Warte bis nach dem Essen«, rief Fatima.

»Sie hat die Ohren einer Fledermaus«, sagte Midhat.

»Übrigens haben wir in Kairo ganz wunderbare Musik gehört«, erzählte Hani.

»Ja, die war herrlich«, sagte Sahar.

Sie hatten keine Zeit, dieses Thema fortzusetzen, denn Fatima kehrte zurück, und sie mussten auf das Fleisch pusten, das dampfend auf gewürztem Reis und Pinienkernen lag. Neue Teller wurden mit einem dumpfen Geräusch auf den Tisch gestellt. Fatima sagte zu Sahar:

»Ihr gründet jetzt also eine Familie?«

Midhat, der nach dem Servierlöffel griff, sah sie stirnrunzelnd an.

»Woher weißt du das?«, fragte Sahar.

»Du hast erwähnt, dass du keine Reden mehr hältst«, antwortete Fatima. »Da habe ich gestutzt.«

Nach dem Essen tranken die Frauen einen Tee im Salon. Midhat wartete, bis sie außer Sicht waren, dann sah er Hani an und zog eine Augenbraue hoch. »Arak?«

»Aber gern.«

Hani drehte sich auf seinem Stuhl um, während sich Midhat vor den Schrank hockte.

»Fatima weiß nichts davon.«

»Wovon?«

»Sie glaubt, es wäre Milch.«

»Ehrlich!«

»Manches muss man für sich behalten. Ah – ich habe die Musik vergessen. Schauen wir mal, schauen wir mal.«

Das Essen sorgte für eine gewisse Schwere, aber ein Schluck Arak, und die Schnur um sein Gehirn schien sich zu lösen. Er schlenderte zum Schrank und ging die Schallplatten durch. Er entschied sich für eine Sängerin aus Aleppo und setzte den Tonarm auf die Platte. Die Streicher begannen.

»Manchmal denke ich …«, sagte er.

Die Sängerin stimmte ihr Lied an.

»Was denkst du, *habibi*?«

Hani lehnte sich zurück, die Beine übereinandergeschlagen, einen Arm über die Stuhllehne gelegt. Er kannte Midhat seit vielen Jahren. Er hatte ihn schon in Paris gekannt. Er war zwar nicht in Montpellier gewesen, aber trotzdem der Einzige, der von sich behaupten konnte, Midhats Leben zur Gänze zu kennen. Die Tatsache, dass er es meist aus der Ferne miterlebt hatte, weil er in einer anderen Stadt gewesen war, war dabei sicher hilfreich, denn die Distanz sorgte für eine größere Klarheit. Midhat setzte sich auf Sahars Stuhl und äußerte sich zunächst etwas vage.

»Nichts ist vollkommen. Meist gibt es eine Diskrepanz zwischen Innen und Außen. Im Leben. In unseren Verhaltensweisen. Meinst du nicht auch?«

Hani reagierte mit einer typischen Geste, die zu einem echten Manierismus geworden war: Er legte den Kopf schief, den Mund geöffnet, kniff beide Augen zu und schlug dann eines auf, um in eine Ecke zu starren, als müsste er ganz besonders scharf nachdenken. »Ähm, tja, nein ... um ehrlich zu sein, kann ich dir nicht zustimmen. Ich glaube an Konsequenz. Ich denke ... nun, der Idealfall wäre, stets konsequent zu sein.« Während er sprach, ließ er sein Glas im Schneckentempo auf dem Tisch kreisen. »Weißt du, es gibt Leute, die auf ihren Meinungen beharren, als hinge ihre Ehre davon ab. Sie bleiben dabei, egal wie die Situation aussieht, weil ... etwa weil ihre Familien darauf pochen, dass es so sein müsse. Das ist eine Frage der Ehre. Glaube ich jedenfalls. Aber genau diese Leute sind fast *immer* korrupt. Sie sagen dies, tun aber das. Natürlich begehen wir alle Fehler, aber in vielen Fällen hängen jene, die immer so felsenfest überzeugt tun, ihr Fähnlein in den Wind – weil sie ihre Fehler vertuschen wollen, nehme ich an.« Er stieß einen Finger in die Luft. »Und trotzdem glaube ich, dass man an den eigenen Grundsätzen festhalten sollte.« Er ließ die flache Hand durch die Luft sausen, als wollte er Tabula rasa machen. »So müssen wir etwa an unserer Politik festhalten, nicht mit den Engländern zu kooperieren. Ganz konsequent. Und ich bin nach wie vor der Ansicht, dass wir ein vereintes Syrien brauchen – irgendwann jedenfalls. Genau das schuldet man uns, denn wir haben auf Seiten der Engländer gekämpft, sie schulden uns das. Und wir hätten es fast, *fast* bekommen. Wichtig ist aber vor allem, dass wir nicht *dogmatisch* sein dürfen, wenn das ... unseren Zielen abträglich ist. Flexibel zu sein ist eine andere Art von Konsequenz. Der Meinung war ich schon immer. Wenn auch ... mit gewissen Einschränkungen.«

Hani hatte sich so weit von Midhats Ausgangspunkt entfernt, dass dieser kurz ins Schwimmen geriet. Er wollte gerade etwas einwerfen, als Hani fortfuhr:

»Zum Beispiel die Frauen. Ich habe immer geglaubt, und du sicher auch, dass sich Frauen niemals in die Politik einmischen sollten. Das war meine feste Überzeugung – Frauen haben nun mal ihre Aufgaben. Ihre Pflichten reichen nur bis zur Haustür. Aber ich wurde eines Besseren belehrt. Was soll ich sagen? Ich bekenne, mich geirrt zu haben. Bei welchem Thema war ich vorhin …? Ach ja – man sollte flexibel sein, nicht dogmatisch. Damals war ich natürlich noch ledig. Und die Ehe ändert alles …«

»Ja«, sagte Midhat energisch, um die Zügel des Gesprächs wieder in die Hand zu bekommen, »die Ehe ändert alles. Um ehrlich zu sein, habe ich bei meiner Eingangsbemerkung gar nicht an Politik gedacht – obwohl ich dir zustimme. Du hast da einen … philosophischen Nagel auf den Kopf getroffen.« Er lachte in dem Gefühl, zwanzig Jahre zurückversetzt worden zu sein; sie saßen wieder in Faruqs Pariser Wohnzimmer. »Ich wollte auf etwas Simpleres hinaus, nämlich auf unser Innenleben. Wenn das Leben nicht perfekt ist …« Er musterte Hani, weil er ihn nicht in Verlegenheit bringen wollte. »Als junger Mensch hat man viele Träume … ich will damit sagen, dass die Vergangenheit und alles, woran man sich erinnert, zu einer Privatphilosophie wird. Und ich erinnere mich an Dinge …« Er schüttelte theatralisch den Kopf.

Hani grinste breit. »Ah, ich verstehe. Der alte Midhat!« Er ließ den Arak im Glas kreisen. »Der Philosoph, der ewig Verliebte …«

Midhat hatte schon wieder ein falsches Register gezogen. Er sah seinen lächelnden Freund stumm an. Die Streicher spielten ein Crescendo, und nach einer knisternden Pause begann ein neues, langsameres Stück. Er lachte und hob eine Hand. »Ich vermisse dich, *habibi.*« Er schenkte Arak nach und tat Wasser hinzu, das in den Gläsern wölkte.

»Ich vermisse dich auch.«

Sie tauschten einen liebevollen Blick. Midhat sah Hani nur ein oder zwei Mal im Jahr, und trotzdem war ihre Freundschaft so fest wie eh und je. Im Falle Jamils war es genau andersherum, denn er wohnte in der Nähe, aber es herrschte eine emotionale Distanz.

»Was du gerade gesagt hast«, begann Midhat, nun in einem ernsthaften Ton, denn wenn er schon nicht formulieren konnte, was ihm wirklich auf dem Herzen lag, dann konnte er wenigstens verhindern, in die Rolle des romantischen Clowns gedrängt zu werden, »könnte auch das Resultat einer radikalen Wandlung sein, nicht wahr? Wenn Leute an ihren Überzeugungen festhalten, ignorieren sie die Realität. Ist das nicht sogar das Wesen des Glaubens? Man sucht die Eintracht, die sich unter der Zerstrittenheit verbirgt.«

»Oh, ich wünschte wirklich, das wäre so, *habibi*«, sagte Hani. »Wenn das *wahrhaftig* so wäre!« Er schüttelte den Kopf. »Ich glaube aber, dass jemand wie Qassam gerade wegen der Zerstrittenheit einen so großen Reiz auf die Leute ausübt. Denn er ist ein Außenseiter, ein Prediger, ein Mann des Volkes. Stell dir mal vor, du wärst ein armer muslimischer Bauer. Was würde dir der Begriff ›Nation‹ dann bedeuten? Du hattest ja nie eine. Du bist nie gereist, du liest nicht, warum solltest du dir also auf einmal eine Nation wünschen? *Yaani*, die ist für dich vollkommen abstrakt – du hast dein Ackerland, du hast dein karges Auskommen, du hast deine Religion. Um diese Leute für uns zu gewinnen, haben wir ihnen vor Augen geführt, dass unser Land einer Bedrohung ausgesetzt ist und dass sie es wert sind, vollwertige Bürger mit allen Rechten zu sein. So haben wir es versucht. Qassam dagegen appelliert direkt an ihren *Glauben* …«

Sie hörten die Haustür. Dann die Stimme von Midhats jüngster Tochter:

»Ahlen!«

»*Hi baba*«, sagte Midhat, der sich zurücklehnte und die Hände auf die Brust legte.

»Lass das. Ich sagte, lass das!«

»Was ist denn los?«, fragte Midhat.

Nuzha schaute zur Tür herein. »Keine Sorge, sie kabbeln nur. Guten Abend. Oh, Hani, ich habe dich gar nicht gesehen.« Sie neigte grinsend den Kopf zur Seite. Sie war außer Atem. »Wo ist Sahar?«

»Im Salon«, antwortete Midhat. »*Hi baba* – oh! Was ist denn mit deinem Hemd passiert?«

Khaled war unter Nuzhas Arm erschienen, er sah stinksauer aus.

»Ghada hat mich mit Dreck beschmiert.«

Midhat sah Hani an, dann wieder seinen Sohn. »Wasch das besser rasch aus, bevor deine Mutter etwas merkt.«

»Ich mache das«, sagte Nuzha.

Im Salon klingelte das Telefon. Midhat kam auf die Beine und schob Khaled zur Seite. Als er eintrat, sah Fatima vom Sofa auf.

»Die Kinder sind da?«

Er nickte und griff nach dem Hörer. Er liebte diese Geste. Als er den Hörer auf sein Ohr drückte, wurde seine Freude allerdings von einer sonderbaren, dem Arak geschuldeten Traurigkeit überlagert, und er fand es plötzlich albern, stolz auf sein Telefon zu sein.

»Hier die Vermittlung. Eli Kahen bittet um ein Gespräch mit Midhat Kamal.«

»Midhat Kamal am Apparat.«

Die Verbindung knisterte.

»Midhat!«

»Ich höre.«

»Midhat, es hat gebrannt!«

»Was?«

»Ein Brand! Ein Brand im Laden! Irgendjemand hat im Laden Feuer gelegt!«

»Nein.«

»Doch!«

»Ich bin sofort da.«

Der Hörer klapperte auf die Gabel.

»Was ist passiert?«, fragte Fatima.

»Sag ihm, er soll das lassen«, kreischte Ghada, die in den Salon stürmte. »Baba!«

»NICHT JETZT!«, donnerte Midhat.

Ghada duckte sich in der Tür.

»Was ist denn passiert?«, fragte Fatima noch einmal und stand auf.

»*Nichts*«, sagte Midhat. »Gibt bloß ein Problem im Laden.«

Hani fuhr. Der Himmel hing tief und war so pechschwarz, als würde er bersten. Midhat malte sich Fatimas Reaktion aus, wenn er ihr alles erzählte. Für sie wäre es eine Schande, so war es immer. Ihn selbst lähmten Fehlschläge nicht mehr so stark wie früher; er wusste inzwischen, dass Brüche ein Teil des Lebens waren, das wiederum auf den Tod hinauslief. Warum also Angst haben, wenn es nur diesen einen Endpunkt gab? Fatima dagegen – sie war extrem unsicher, wollte alles immer machen, wie es sich gehörte, und fürchtete das Gerede der Leute. Angesichts einer solchen Katastrophe wäre sie wohl außer sich vor Wut. Sie waren noch zwei Straßen vom Laden entfernt, als Midhat ein Brandgeruch in die Nase stieg. War das Rauch, dieser dunkle Schemen, der über den Dächern hing?

»Nein, nein, nein, nein.« Er rang die schwitzenden Hände. »Nein, nein, nein, nein.«

Als sie um die Ecke bogen, erblickten sie eine Menschenmenge. Der Brand schien gelöscht worden zu sein. Britische Polizisten; Pferde ohne Reiter; zwei Löschwagen, beide ein Ford T, standen schräg zueinander, die Schläuche waren ausgerollt.

Hani hielt, und Midhat sprang aus dem Wagen und sah sich in der dunstigen Dunkelheit hektisch um. Dann traf ihn der beißende Gestank wie ein Schlag, und als er zum Laden ging, wirbelten verbrannte Stofffetzen durch die Luft. Irgendjemand rief seinen Namen. Eli rannte auf ihn zu, der Wind, der an der Hose zerrte, entblößte seine mageren Beine. Seine Hände waren schwarz, und Midhat konnte sehen, dass er geweint hatte.

Die Fensterscheiben des Gebäudes waren kaputt oder voller Ruß, die Steinmauern von langen, dunklen Streifen bedeckt. Eine träge Rauchwolke quoll in die Höhe und trübte die Sterne. Ein Feuerwehrmann wartete, bis die warme Sicherheitstür aus Metall entriegelt worden war, und führte sie dann hinein. Sie konnten kaum etwas erkennen, denn der Strahl der Taschenlampe, elektrisch und mit Kurbel, blieb in grauen Schwaden hängen. Der Raum stank sonderbarerweise nach ranzigem Fleisch. Die Kisten oben auf der Treppe schienen unversehrt zu sein, das Geländer war nur halbhoch verkohlt. Als sie die Schneiderwerkstatt betraten, schlug ihnen der Gestank verbrannter Stoffe mit doppelter Wucht entgegen. Ein Polizist zeigte auf den Tisch, der nur noch ein Haufen Asche war, und sagte: Dort ist das Feuer ausgebrochen. Dann wies er auf das hintere Fenster, durch das man den Schlauch gezwängt hatte: zwischen dem oberen Rand und der Decke war alles dick verrußt. Eli packte Midhat am Oberarm.

»Das wird entsetzlich stinken.«

Midhat sah, dass Hani ihnen gefolgt war, und wich seinem Blick aus. Verkohlte Klumpen zerbröselten beim Hinausgehen unter ihren Schuhen. Draußen hatten sich die Gaffer zerstreut.

»Und die anderen Gebäude sind nicht betroffen?«, fragte Midhat, der einen Schritt auf das Sportgeschäft zu tat.

»Nein, und die Bank ist auch verschont geblieben«, sagte Eli. Er senkte die Stimme. »Diese Lampe. Ich habe geahnt, dass so etwas passiert.«

»Weiß Butrus Bescheid?«

»Er hat kein Telefon, aber ich habe seine Mutter angerufen.

Fahr nach Hause und schlaf dich aus, Abu Taher. Wir kümmern uns morgen um alles.«

»Ich bin bei Tagesanbruch wieder hier.«

»Oh nein.« Eli drehte sich zu ihm um. »Du wirst in deinem Haus nach dem Ding suchen, das ich dir beschrieben habe.«

»Komm, wir kehren heim«, sagte Hani. »*Yallah, habibi.* Lasst uns gehen.« Als sie die Autotüren öffneten, ergänzte er: »Ich kann dir gar nicht sagen, wie leid mir das tut. Das ist schrecklich. Wenn ich irgendetwas tun kann – oder wenn du möchtest, dass wir euch in Ruhe lassen und zurückfahren …«

»Nein, auf keinen Fall«, sagte Midhat. Er rang sich ein Lächeln ab. »Das ist ein echter Schock. Entschuldige. Du darfst nicht verschwinden. Mir müsste es leidtun, denn so etwas habt ihr nach eurer langen Fahrt sicher nicht erwartet.«

»Ich helfe dir gern. Morgen Vormittag bin ich in Dschenin, aber wenn ich nach meiner Rückkehr irgendetwas tun kann …«

Als sie das Haus erreichten, war die Luft wieder sauber, und die Autotüren fielen in der Dunkelheit klatschend zu. Im Haus war es still, und als Midhat die Stufen zum Schlafzimmer hinabging, die Nerven gespannt bis zum Zerreißen, konnte er seine Frau hören. Ein Brand und der Böse Blick: Katastrophe und Skandal, zwei Dinge, die Fatima in Rage bringen würden.

3

Fatima litt darunter, dass sie kein glanzvolleres Leben führte und nur einen kleinen Geschäftsmann geheiratet hatte. In den ersten Ehejahren hatten beide noch ihren romantischen Mythos gepflegt: Wie Midhat zwei Mal vergeblich um ihre Hand angehalten hatte und wie sie sich beim dritten Mal für ihn entschied. Das war die Grundlage all dessen, was folgte. Viele Bilder, die sie sich aus der Distanz voneinander gemacht hatten, hatten sich natürlich als Irrtum entpuppt oder korrigiert werden müssen. Dadurch geriet die Grundlage ihrer Ehe ins Wanken, und es bedurfte zusätzlicher Anstrengungen, um das Gleichgewicht zu wahren. Fatima dachte inzwischen ungern an die Anfangszeit zurück, denn die Erinnerung an die Jahre, in denen ihre Zukunft noch nicht entschieden war, fand sie quälend. Was hatte sie von ihrer Ehe erwartet? Warum hielt sie Midhat für gescheitert? Weil er keinen Reichtum angehäuft hatte? Weil er nie mit ihr ins Ausland gereist war? Weil sie sich in ihm getäuscht hatte?

Für den ersten Riss sorgte die Neuigkeit, dass die Firma Kamal auf Lailas Namen eingetragen war. Fatima hatte anfangs nicht begriffen, was das bedeutete. Doch als sie miterlebte, wie sich Midhat während der folgenden Jahre bemühte, eine Existenz aufzubauen, übertrieb sie seine Leistungen vor ihren Freundinnen, und dadurch tat sich eine Kluft zwischen ihren Wünschen und der Wirklichkeit auf, die für tiefe Enttäuschung sorgte. Midhat wiederum war überzeugt, dass Fatimas Schwindeleien die Beliebtheit von *Nouveautés Ghada* unter den Nabulsiyyat erhöhte, und dafür war er ihr dankbar. Die Frauen bewunderten Fatima. Im Gegensatz zu Midhat liebten sie ihre demonstrative Langeweile und ahmten sie nach. Wenn Fatima ein paar ausgewählten Frauen erzählte, die Kairoer Anzüge, die ihr Mann verkaufe, seien gerade der letzte Schrei, dann wurde das rasch Wirklichkeit.

An diesem Abend erzählte Midhat seiner Frau nicht, dass man ihn eventuell mit einem Fluch belegt hatte, denn der Brand war Neuigkeit genug. Er spielte ihn herunter, während er sich zum Schlafen umzog, beschrieb das Feuer als klein, seine Stoßseufzer galten angeblich Elis Überreaktion. Diese Samaritaner, meinte er, machten aus jeder Mücke einen Elefanten. Es sei nichts zerstört worden, was nicht ersetzt werden könne.

Morgens erwachte er voller Furcht. Hani war nach Dschenin aufgebrochen, und nachdem Midhat die Mädchen zur Schule gebracht hatte, fand er im Flur eine Notiz, die ihm sagte, dass Fatima und Sahar eine Freundin besuchten. Als er Eli anrief, nahm dessen Frau ab. Ihr Mann kümmere sich um die Schäden, sagte sie, habe aber eine Nachricht hinterlassen: Zuerst die Türen untersuchen. Danach zwischen den Baumwurzeln schauen, unter den Betten, losen Dielenbrettern oder Steinen. Und obwohl man Kunden, die für einen samaritanischen Zauber bezahlten, davon abriet, Vorratskammern als Versteck zu wählen, müsse er auch dort gründlich suchen, denn wenn jemand in Panik gerate, könnte er den Fluch rasch in einem Schrank versteckt haben.

Ihr Haus hatte acht Türen. Dort konnte Midhat weder lockere Steine noch Risse im Putz entdecken. Er fand nichts über oder unter den Türschwellen. Dann fiel ihm ein, dass eine Steinplatte vor der Hintertür lose war, aber als er mit einem Küchenmesser daneben hockte, merkte er, dass der Zement bombenfest war, und befand, dass es zwecklos war.

Als er auf die Knie fiel, um unter den Betten nachzusehen, wünschte er sich, einen schlankeren Helfer zu haben. Er hätte zum Laden gehen und darauf pochen sollen, dass Eli ihm mit Rat und Tat zur Seite stand. Bei der Vorstellung, jemand könnte ihm zuschauen, musste er fast lachen.

Zehn Jahre nach der Eröffnung von *Nouveautés Ghada* erhielt Midhat einen Brief von seinem Halbbruder Musbah. Sie hatten sich seit der Beerdigung ihres Vaters nicht mehr gesehen, und der Brief war im Ton eines Erwachsenen gehalten, den gewisse Skrupel plagten. Er schrieb nach all den Jahren, um Midhat zu erläutern, dass ihr Vater zum Zeitpunkt seines Todes hohe Schulden gehabt habe.

Midhat las den Brief im Salon, neben der Tür an die Wand gelehnt. Musbah erläuterte weiter, ihr Vater habe für einen im Gefängnis sitzenden Kairoer Freund eine hohe Kaution gezahlt, nur sei er gestorben, bevor er sie habe zurückfordern können. Er und seine Mutter hätten viel Zeit und Kraft darauf verwendet, die Summe von dem Mann zurückzuerhalten, aber aufgrund juristischer Trickserei sei ihnen das misslungen; der Familienbetrieb sei daraufhin in finanzielle Schieflage geraten, und sie seien aus Abbassia in ein kleineres Haus in einem günstigeren Viertel umgezogen.

Damit war der Brief noch nicht zu Ende. Musbah, der wohl ahnte, dass Midhats Gefühl, ungerecht behandelt worden zu sein, ebenso ausgeprägt wie hartnäckig war, setzte, von der aktuellen Krise ausgehend, zu einer Analyse der Ursachen an. Midhat ahnte schon, worauf sein Halbbruder hinauswollte, da hatte er den Brief noch nicht zu Ende gelesen. Er schloss die Tür und setzte sich in den Sessel neben dem Telefon. Im Kohlebecken erstarb das Feuer, und der Duft des Essens, das Fatima kochte, drang durch die Türritzen herein.

Unser Vater war stolz auf Dich. Das hat er mehr als einmal zu mir gesagt, und Du musst wissen, dass er es auch gegenüber meiner Mutter erklärt hat, nicht immer zu ihrer Freude. Er war stolz auf Deine Bildung, er war stolz auf Dein Medizinstudium, und er war stolz darauf, dass Du von Deinen Altersgenossen geachtet wurdest. Deshalb denke ich – weiß es sogar ganz genau –, dass er glaubte, Du könntest aufgrund Deiner exzellenten Ausbildung und der angesehenen Familie, in die Du einheiraten wolltest, ohne seine Hilfe bestehen. Aus all diesen Gründen meinte er wohl, dass Du die Unterstützung, die meine Mutter nötig hatte, nicht brauchen würdest. Sie musste ja fünf kleine Kinder durchbringen. Ich bedauere, dass das Erbe nicht gerechter aufgeteilt wurde, aber in Anbetracht der kleinen Summe, die übrig war, kann ich verstehen, dass er zu der Einsicht gelangte, meine Mutter hätte angesichts der schwierigen Umstände jeden Halt nötig, den ihr die Firma noch bieten konnte.

Es war der Versuch einer Erklärung; teils Entschuldigung, teils Verteidigung. Und es blieb unklar, ob Musbah die Beschlüsse ihres Vaters tatsächlich kannte oder nur zu erraten versuchte. Midhat studierte die Formulierungen, die den Stolz des Vaters und dessen Überzeugung schilderten. Die Wortwahl ließ keine Schlüsse darauf zu, wie hieb- und stichfest die Aussagen waren.

Er faltete den Brief drei Mal und kerbte das Papier mit den Fingernägeln. Warum die alten Wunden wieder aufreißen? Der Tod hatte die Beschlüsse seines Vaters längst besiegelt; heute konnte man nur spekulieren. Das Verhalten seines Vaters, wie von Musbah erklärt, leuchtete aber ein und schwächte die Grausamkeit der Entscheidung im Nachhinein etwas ab. Aber keine Erklärung, egal wie überzeugend, konnte die Wunde heilen, die Midhat zugefügt worden war. Die Freude über den Stolz seines Vaters wurde rasch von Trauer überlagert.

Außerdem schämte er sich für das von Teta in die Welt gesetzte und nie hinterfragte Märchen, er habe einen Abschluss als Mediziner. Er faltete den Brief ein weiteres Mal und warf ihn ins Feuer. Das Papier krümmte sich in den Flammen und zerfiel sofort zu Asche.

Wahrlich ein schwacher Trost, dass sein Vater stolz auf ihn gewesen war. Fatima rief zum Abendessen, ihr Ruf hallte durch den Flur. Er wartete darauf, dass der Schmerz abflaute, doch er war zu tief, und Midhat schlug sich mit der Faust gegen die Stirn. Auch in diesem Fall hatten die Jahre in Frankreich über seine Zukunft entschieden. Da passte es gut, dass sein Vater geglaubt hatte, die Jahre im Ausland hätten seinen Sohn gestählt.

Er erzählte niemandem von Musbahs Brief. Während der nächsten Monate begann er sich jedoch zu fragen, ob die Entscheidung seines Vaters nicht doch ihr Gutes gehabt hatte. Vielleicht war er gegenüber seinen Halbgeschwistern im Vorteil, gerade weil er auf sich allein gestellt gewesen war. Nach den Auslandsjahren, in denen er keinen Schutz gehabt hatte und früh mit der Zerbrechlichkeit von Beziehungen, ja des Lebens überhaupt konfrontiert worden war, war er vielleicht besser gerüstet, falls es zu einer Katastrophe käme.

Nachdem er die Schränke ergebnislos durchsucht hatte, nahm sich Midhat den Baum im Garten vor. Er hatte keinen Spaten und grub mit einem Servierlöffel zwischen den Wurzeln. Er schwitzte; die Hitze schien sich unter seinem Hemd zu ballen. Er kniete sich auf eine alte Zeitung und grub mit den Händen. Wie gestern bildete sich auch an diesem Morgen Nebel, aber kein so dichter, und als die Sonne die Wolken durchdrang und seinen Nacken glühen ließ wie im Fieber, begannen die Hühner im Stall laut zu gackern. Er richtete sich in der Hocke auf und wischte sich mit der Handfläche über das Gesicht. Er konnte das Betondach des Stalls sehen. Als sich das aufgeregte Geflügel beruhigte, kam ihm der Gedanke, dass der Stall das ideale Versteck für einen Fluch wäre, denn er stand gleich neben der Pforte – man konnte unbemerkt eindringen und etwas im Heu verbergen.

Der Geruch von Hühnerkacke überraschte ihn immer wieder. Midhat schlüpfte durch die Gittertür, das Halstuch vor Mund und Nase gepresst. Das Geflügel drängte sich flatternd, zuckend und hopsend auf einer Seite. Er liebte es, wie sich die Tiere bewegten.

»Los, Leute«, sagte er. »Verratet mir mal, *yallah*, wo ist das Ding versteckt?«

Die Bretter, auf denen sie brüteten, lagen voller Heu, doch er fand keine Eier. Ein mutiges Huhn wackelte herbei, um seinen Fuß zu untersuchen, ruckte den Kopf hin und her und sah ihn schief an. Midhat stieß aus Versehen mit dem Fuß gegen die Futterschale.

»Abu Taher«, ertönte Fatimas Stimme. »Was tust du da?«

Er drehte sich um. Fatima und Sahar standen vor der Pforte und musterten ihn unter ihren Tüchern.

»Sammelst du die Eier ein?«, fragte Sahar.

Fatima war bleich.

»*Habibti*«, sagte Midhat und hob die Hose an den Knien, um wieder aus dem Stall zu steigen. Er rieb die dreckigen Finger aneinander und wischte sich mit dem Handgelenk eine Locke aus der Stirn. Seine Frau versuchte, ihren Atem zu beruhigen. Er musste sich entscheiden: entweder ihren Zorn ertragen oder die Wahrheit beichten und ihre Wut in Furcht verwandeln, indem er ihren Aberglauben ausnutzte. Für beide wäre es wohl besser, bei der Wahrheit zu bleiben. »Ich muss mit dir reden.«

Sahar verstand. Die Pforte knarrte; sie ging die Stufen zum Haus hinauf. Fatimas Miene erstarrte. Er hatte nicht die Zeit, um auszuloten, ob sie ihm beistehen oder ihm die Schuld geben würde, denn er hatte nun mit dem Reden begonnen und musste fortfahren.

»Eli meint, es gäbe einen Fluch«, flüsterte er. »Irgendjemand hat mich mit dem Bösen Blick belegt. Uns beide.«

Ihr Blick überflog sein Gesicht. Sie atmete flacher, und er wusste, dass es geklappt hatte.

»Bist du sicher, dass der Fluch hier im Haus ist?«

»Wie meinst du das?«

»Wann wurdest du verflucht? Wenn das schon lange her ist, könnte er sich auch in deinem alten Haus befinden.«

»Ah, ja. Da könntest du recht haben, ja.« Er öffnete die Gittertür, und die Hühner drängten gackernd nach vorn. »Ja, *habibti*, das ist ein ausgezeichneter Gedanke. Er sagte, es sei schon lange her.«

»Ausgezeichnet?«, fragte Fatima. »Nein. Nein. Das ist nicht ausgezeichnet.«

Sie zuckte zusammen, und ihr Blick schoss zur Terrasse, als hätte sich dort jemand bewegt.

Das alte Haus gehörte jetzt seinem Cousin Wasfi. Umm Taher wohnte noch unten bei Umm und Abu Jamil und Jamil, und sie hatten beschlossen, die obere Wohnung an einen Verwandten zu verkaufen: zuerst den Nachbarn wählen, danach das Haus, wie es hieß. Umm Mahmoud war wieder angestellt, nun bei Wasfi und dessen Frau. Sie war trotz ihres Alters noch rüstig und umarmte Midhat jedes Mal, wenn sie ihn sah. Wenn Midhat die eine Partei besuchte, besuchte er zugleich die andere, und obwohl er in der Hoffnung, unbemerkt zu bleiben, auf Zehenspitzen zu Wasfis Haustür schlich, rief ihm jemand aus einem unteren Fenster etwas zu.

Umm Jamil winkte begeistert hinter einer Blumenvase.

»Ah, hallo«, sagte Midhat. »Ein hübscher Baum.« Er zeigte

in eine unbestimmte Richtung und kehrte dann zur unteren Haustür zurück.

»Hallo«, sagte seine Großmutter. Sie lag auf dem Sofa, bedeckt von einem Berg bestickter Stoffe, und neben ihr auf dem Stuhl lag ein Durcheinander von Garnrollen, jeweils von einer Nadel durchbohrt. In der Küche war das Geschepper von Pfannen und kochendes Wasser zu hören; Umm Jamil schrie, um den Lärm zu übertönen: »Wir haben von dem Brand gehört!«

»Ja, was ist denn passiert?«, fragte Umm Taher. »Setz dich.«

»Ach je.« Midhat sank seufzend in einen Sessel und legte seinen Fez auf den Tisch.

»Na?«

»Wir kennen die Ursache noch nicht, Teta.«

»Ist es schlimm?«

»Nein, so schlimm ist es nicht. Eli kümmert sich darum. Es war ein Unfall. Mit der Lampe, du weißt schon.«

»*Ya Allah*«, sagte Umm Jamil, die ein Tablett mit heißem Kaffee brachte. »Wenn wir endlich Strom hätten, würde so etwas nicht passieren.«

Umm Taher sog Luft durch die Zähne.

»Jamil ist bei einem Treffen«, sagte Umm Jamil zu Midhat.

»Aha.«

»Irgendetwas, du weißt schon – etwas Nationalistisches. Es geht um einen Streik, glaube ich.«

Sie legte hoffnungsvoll den Kopf schief. Sie berichtete Midhat immer noch von Jamils Aktivitäten, offenbar in der Hoffnung, er hätte weitere Informationen. Zudem war sie besorgt, weil Jamil kein Interesse am Heiraten zeigte. Manchmal sagte sie: »Heute wird nicht mehr so oft geheiratet«, aber sie klang nicht überzeugt, und dann ruhte ihr Blick auf Midhat, als erwartete sie eine Bestätigung oder Verneinung. Er hatte Mitleid mit ihr; er merkte, wie sehr sie sich bemühte, das Verhalten ihres Sohnes anhand der wenigen Informationen zu verstehen, die sie in ihrem Wohnzimmer aufschnappte.

»Nun denn.« Er lächelte und wurde vor einer hohlen Phrase bewahrt, weil Teta plötzlich sagte:

»*Ma sha Allah*, du siehst aus wie dein Vater.«

»Wirklich? Oh, Teta.«

»Du ähnelst meist deiner Mutter, aber heute siehst du aus wie Taher. *Allah yirham-o*. Das liegt an deinem Gesicht. Du hast jetzt ein größeres Gesicht.«

»Danke. Wie steht es um deine Gesundheit?«

»Ich sterbe vor mich hin. Reichst du mir den Zucker? Meine Lungen und meine Blase schmerzen, besten Dank, so ist das Leben nun mal. Wollte Fatima nicht mitkommen?«

»Sie ist zu Hause. Wir haben Gäste. Hani und Sahar.«

»Hani! Wie geht es Hani? *Habibi* Hani. Ich mag ihn.«

»Es geht ihm prächtig. Er hat viel um die Ohren.«

»Viel um die Ohren.« Umm Taher sog wieder zischend Luft ein. »Jeder hat viel um die Ohren.«

»Ist Wasfi zu Hause?«

»Oh, Wasfi, der ist der Schlimmste«, sagte Umm Taher. »Er besucht uns kaum noch. Nicht wahr?«

Umm Jamil zog eine ausdruckslose Grimasse und schüttelte den Kopf. Sie nippte am Kaffee und inspizierte dabei einen Riss in der Wand.

Weder Wasfi noch seine Frau waren da, aber die Wohnungstür war nicht zugesperrt. Die Möbel aus Midhats Kindheit standen größtenteils noch, die neuen Bewohner hatten nur geringfügige Veränderungen vorgenommen. Sogar die üppigen blauweißen Wandverzierungen aus Porzellan, über die sich Teta bis heute beklagte, weil die Farben nicht mit den Stühlen aus Damaskus harmonierten, waren noch da. Midhat hatte das Gefühl, sich hier unerlaubt aufzuhalten, vor allem, als er einen Blick in das Schlafzimmer seiner Kindheit warf – in das man ein zweites Bett für Wasfis jüngeren Sohn gequetscht hatte. Die Gegenstände um ihn herum hatten den Zauber der Vergangenheit eingebüßt und riefen ihm nur sein Alter ins Bewusstsein, die Zeit, die verstrichen war, seit ihm all das vertraut gewesen war.

Er strich über den Putz des Kücheneingangs. Er starrte die Steinplatten der Türschwelle an, stupste mit einer Schuhkappe dagegen. Dann betrat er sein ehemaliges Zimmer. Wasfis Söhne hielten Ordnung, unter den Betten standen nur ihre Schuhe. Die Schränke enthielten Kleidung, saubere Bettlaken und Decken.

Er betrat das Schlafzimmer seines Vaters, jetzt das von Wasfi und dessen Frau. Midhat war erstaunt, dass sie immer noch in dem europäischen Bett schliefen, das Laila aus Kairo mitgebracht hatte, damals, als die Straßen noch nicht geteert gewesen waren und keine direkte Zugverbindung existiert hatte. Er musterte den Fußboden, die Wände. Er öffnete den Schrank und tastete hastig in der Wäsche herum, und als er nichts fand, schloss er die Schranktüren und ging in das frühere Arbeitszimmer seines Vaters.

Dieser Raum hatte sich noch weniger verändert als die anderen. Vor dem Fenster stand derselbe Tisch, derselbe Stuhl. Dasselbe Bücherregal, wenngleich mit anderen Büchern darin. Ganz oben lag eine alte Ausgabe von Montesquieus *De L'Esprit des Lois*, als hätte man vor Kurzem hineingeschaut und das Buch dann nachlässig wieder abgelegt. Es war ein bräunliches Buch mit wirbelartigen Wülsten oberhalb und unterhalb des Titels. Er tippte darauf und ließ es offen in seine Hand fallen.

Die Regungen des Volkes sind stets zu träge oder zu gewaltsam. Manchmal überrennt es mit hunderttausend Waffen alles, was vor ihm liegt; und manchmal schleicht es insektengleich mit hunderttausend Füßen.

Er mühte sich mit den Sätzen ab, denn er hatte seit Jahren kein Französisch mehr gelesen. Seine Bücherregale zu Hause waren voller französischer Bücher, nur schlug er sie nicht mehr auf, weil er es mühsam fand, sich durch die Seiten zu kämpfen.

Vor einigen Jahren hatte er versucht, sich mit einer der katholischen Schwestern von St. Joseph auf Französisch zu unterhalten. Die »Ebal-Mädchen«, wie sie von manchen Leuten bis heute genannt wurden, hatten die Leitung des städtischen Krankenhauses schon vor langer Zeit an mehrere im Westen ausgebildete Ärzte und Krankenschwestern abgegeben. Da sie sich den Gebäuden und manchen Patienten bis heute verbunden fühlten, schauten sie aber gelegentlich vorbei und erteilten überflüssige Tipps und Ratschläge. Seine Großmutter, die dem Krankenhaus anfangs misstraut hatte, vergötterte es inzwischen und ließ sich dort mindestens einmal in der Woche untersuchen. Manchmal begleitete er sie, und bei einer dieser Gelegenheiten hatte er versucht, sich mit einer abgemagerten älteren Nonne zu unterhalten, die krank daniederlag. Sie hieß Schwester Louise. Midhat stellte aber fest, dass er über *bon soir* hinaus nichts mehr sagen konnte. Die Wörter fühlten sich in seinem Mund zäh und verdorrt an. Die Sache wurde noch schlimmer, weil es Teta offenkundig peinlich war – und nach seiner Heimkehr griff er nach den alten Dichtern, die er früher geliebt hatte. Fatima erzählte, sie habe ihn eine halbe Stunde später schlafend im Sessel entdeckt, die Brille auf der Stirn, das offene Buch auf der Brust.

Er kämpfte sich durch den Absatz von Montesquieu. Er siebte schweren Sand, wobei er versuchte, etwas Greifbares darunter zu finden. Seine Gedanken glichen einem zu langsam laufenden Uhrwerk.

Inzwischen war es heller Tag. Als er aufblickte, sah er, wie Lichtstrahlen durch die Tür fielen; trotzdem war es kalt, und er hielt das Buch mit hochgezogenen Schultern vor sein Gesicht. Die tief stehende Sonne schien fast horizontal ins Fenster, sie blendete ihn und ließ seine Finger rötlich schimmern. Im Lichtschein wogte glitzernder Staub, aufgewirbelt durch einen Luftzug, die Schatten auf dem Fußboden waren scharf umrissen. In diesem Licht entdeckte Midhat eine gekachelte Ecke. Dort hatte früher etwas gestanden. Vielleicht eine Kommode, vielleicht ein Regal oder ein Stuhl. Schon komisch, denn man konnte einen Raum und dessen Einrichtung seit Jahren kennen, aber wenn etwas fehlte, wusste man einfach nicht, was es gewesen war. Die Kachel, vor der das vergessene Möbel gestanden hatte, wurde vom Licht deutlich konturiert. Sie hatte einen schwarzen Umriss, der darauf hindeutete, dass sie lose war. Midhat legte den Montesquieu zur Seite, hockte sich in die Ecke und zog an der Kachel. Sie wackelte. Er brauchte eine Klinge.

Die Küche sah aus wie früher; die Schublade enthielt anderes Besteck. Er fischte ein Messer mit Knochengriff heraus, und sobald er wieder im Arbeitszimmer hockte, schob er die Klinge hinter die Kachel. Diese löste sich nur schwer und mit einem schabenden Geräusch. Als er merkte, dass sich die Klinge verbog, half er mit den Fingern der freien Hand nach. Die Kachel war dicker als gedacht, und als er sie endlich lösen konnte, stäubten Schmutz und Zementkrümel in den Raum. Er schob die Hand in das Loch, ertastete die Kanten eines Gegenstandes, kleiner und leichter als Stein, und dann kam eine hölzerne Zigarrenkiste zum Vorschein.

Er wischte den Staub ab. Die graugrüne Banderole war an der Seite durchtrennt. Das bunte Papier, das die Kiste umgab, war zerfetzt. Der Deckel ließ sich leicht öffnen, und Midhat stieg ein intensiver Tabakgeruch in die Nase, süß und scharf, nach Zeder duftend. Es roch wie sein Vater. Er spürte den kratzigen Bart seines Vaters auf der Wange.

Die Kiste enthielt allerlei. Midhat wischte die Finger an der Hose ab, bevor er die Dinge zur Hand nahm: Zwei Bronzefiguren griechischer Frauen, deren Gewandfalten und Gesichter voller Grünspan waren. Daneben lag ein aufgerolltes Stück Stoff. Midhat öffnete es – es war weich und cremefarben, wies keine Zeichen auf und war nicht gesäumt. Ein Lumpen zum Polieren der Figuren? Eine kleine Pappschachtel mit einem Damenring – silbern, mit Gravur. Er war aufrichtig schockiert, als er ihn zwischen Daumen und Zeigefinger hielt. Ob diese Dinge am Ende doch Wasfi gehörten? Andererseits verriet ihm der Geruch eindeutig, dass sie das Eigentum seines Vaters gewesen waren. Wem mochte der Ring gehört haben? Seiner Mutter? Er war perplex. Ohne seinen Vater hatten diese Dinge keine Bedeutung mehr, ihre Geschichte war gekappt worden. Trotzdem schien sich das Bild des Mannes namens Hāddsch Taher Kamal im Licht dieses Fundes zu verändern; seine dunkle, unbekannte Seite wuchs plötzlich. Er hätte seinen Vater nie als abergläubisch eingestuft, im Gegenteil, denn er war ein extrem rationaler Mensch gewesen und hatte das ererbte Geschäft zu einer lukrativen Firma gemacht, neidisch beäugt von vielen kleinkarierten Nachbarn. Aber diese verborgenen Dinge zeugten von Misstrauen. Ein Silberring in einer Zigarrenkiste, versteckt hinter einer Kachel? Der Ring hatte keinen Stein, war also nicht wertvoll genug, um das Versteck zu rechtfertigen. Und was enthielt die Kiste außerdem? Er kramte darin. Mehrere Dokumente. Ein abgenutzter, schmaler Lederriemen mit Löchern wie ein Gürtel; der rissige Lack des Leders zerbröselte und hinterließ bräunlichen Staub auf den Fingern. Midhat untersuchte die Dokumente. Der erste Umschlag enthielt die Ferrotypie eines unbekannten Hauses. Als er sie ins Licht hielt, glitzerte die Aufnahme metallisch. Das war kein Haus in Nablus. Der Eingang bestand aus gestreiften Steinen, die Fenster waren verrammelt. Menschen waren darauf nicht zu sehen.

Er nahm den zweiten Umschlag zur Hand. Dieser war fliederfarben. Darauf stand:

Monsieur Midhat Kamal
Maison de Famille Kamal
Naplouse
Palestine

Er starrte die Handschrift an. Er drückte den Umschlag mit einer geübten Bewegung an den Kanten zusammen, damit er sich auftat, und fischte den Brief heraus. Seine Hände begannen zu zittern. Im Gegensatz zu Montesquieus Sätzen konnte er diese Worte problemlos lesen.

7. Oktober 1919

Lieber Midhat,

vier Jahre sind verstrichen, seit du Montpellier und damit auch uns verlassen hast. Vier Jahre! Ich kann das immer noch nicht fassen, schon gar nicht schwarz auf weiß. Ich ertappe mich oft dabei, an Dich zu denken. Vielen Dank für Deinen Brief. Um die Wahrheit zu sagen, belastet mich die Neuigkeit, dass Du in Paris warst, doch ein wenig – der Gedanke, dass wir uns hätten schreiben können. Du fragst Dich vielleicht, warum ich nicht geantwortet habe – es lag daran, dass es mich so lange geschmerzt und aufgewühlt hat. Vor allem war ich wohl durch den Wind. Ich fürchte, dieser Brief wird Dich vor Deiner Abreise nicht mehr erreichen, also schicke ich ihn nach Nablus – was bedeutet, dass Du diese Zeilen zu Hause liest. Ich hoffe, Deine Reise verlief glatt und problemlos.

Ach, ich will Dir schon so lange schreiben – und nun, da ich hier sitze, den Stift in der Hand, fehlen mir die

Worte. Was ich Dir sagen möchte, ist plötzlich so schwierig auszudrücken.

Du hast die Wärme des Hauses mitgenommen, als Du fortgegangen bist. Wir hatten nicht bemerkt, wie viel Glück und Freude uns Deine Anwesenheit beschert hatte. Ich wünschte, ich hätte mich anders verhalten – wenn wir doch nur wiedergutmachen könnten, was geschehen ist. Aber wahrscheinlich hast Du recht, es wäre Unsinn, das zu versuchen. Ich wünsche mir nur, dass das, was sich zugetragen hat, kein Schlussstrich ist.

Ich habe den Eindruck, ins Leere zu schreiben – seltsam, nicht zu wissen, was Du empfindest, wenn Du diese Zeilen liest. Ich wünschte, ich könnte Dein Gesicht sehen. Oh, Midhat. Ich spüre Dich manchmal in meinem Atem. Das ist kaum zu ertragen.

Die vielen Kriegsjahre haben schwer auf uns allen gelastet, und nun, da der Krieg zu Ende ist, möchte ich Dir eine letzte Frage stellen: Kehrst Du zurück? Ich weiß, dass Du gerade erst angekommen bist, würde Dich also nicht sofort erwarten, und ich will auch nicht betteln. Ich möchte Dir nur sagen, wie sehr ich mich danach sehne. Ich habe Dir Unrecht getan – Du musst wissen, dass nicht nur Du Fehler begangen hast –, und ich hoffe und wünsche, dass sich manches von dem, was bei dem Essen entzweigegangen ist, wieder kitten lässt. Du ahnst ja nicht, wie entsetzt ich war, als ich am nächsten Morgen merkte, dass Du verschwunden warst. Das kannst Du nicht ahnen – selbst jetzt, vier Jahre später, quälen mich noch tiefe Gewissensbisse, ist die Erinnerung schmerzhaft. Anfangs war mir nicht bewusst, dass es Gewissensbisse waren, ich habe mich abgelenkt und bin zu Marian nach Divonne-les-Bains gefahren. Als Krankenschwester habe ich nicht viel getaugt, aber man brauchte sogar

Hilfe beim Putzen, und obwohl mir bei den vielen Verwundeten wenig Zeit blieb, habe ich ihnen abends gern etwas vorgelesen, vor allem den Todgeweihten.

Divonne war kein heiterer Ort, aber ich hatte lange nicht mehr so viele Menschen um mich, und das hat mich zerstreut. Außerdem war ich froh für Marian, denn so musste sie all das Grauen nicht allein miterleben. Und es gab einen Garten, in der Nähe des Lazaretts, der meist menschenleer war, dort fand ich Frieden, saß still da und dachte an Dich. Und als ich den Ort nach dem Ende des Krieges, der so schwer auf allen gelastet hatte, wieder verließ, da war mir auf einmal klar, was ich getan hatte.

Ich weiß nicht genau, was sich zwischen Sylvain und meiner Mutter abgespielt hat, aber ich nehme an, dass sie sich in ihn verliebt hatte. Ich glaube nicht, dass er sich unehrenhaft verhalten hat; er war sogar derjenige, der schließlich auf Distanz ging. Er war wie ein großer Bruder für sie, denke ich, und sie hat ihm sicher auch viel bedeutet. Ich weiß nur, dass er ablehnte, als er von meinem Großvater gefragt wurde, ob er sie heiraten wolle. Mehr weiß ich nicht. Und mehr werde ich wohl nie erfahren; Sylvain ist schwierig, und mit zunehmendem Alter wird er noch schwieriger, er hat immer sehr ungehalten reagiert, wenn ich ihm Fragen gestellt habe. Ich nehme an, da ist eine Wunde zurückgeblieben, und es steht mir wohl nicht zu, daran zu rühren. Inzwischen ist er viel in Paris, wir bekommen ihn also kaum noch zu Gesicht.

Ich bedauere es, Dich in die Geschichte meiner Mutter hineingezogen und Dir das Gefühl gegeben zu haben, die offenen Fragen für mich beantworten zu müssen. Im Grunde sehnte ich mich bloß nach Trost und nach je-

mandem, mit dem ich über diese Dinge reden konnte. Das war eine ungute Besessenheit. An dem schrecklichen Abend vor Deinem Verschwinden habe ich Dich nicht verteidigt – und das tut mir unendlich leid. Als Entschuldigung kann ich nur sagen, dass ich schockiert und nicht stark genug war, um mit meinem Denken, meinen Moralvorstellungen und Gefühlen umzugehen. In dem Moment war es die Treue zur Familie – zu meinem Vater –, denn unter dem Strich gibt es nur ihn und mich, weitere Familienangehörige habe ich nicht –, die meine Reaktion auf den Zwist bestimmt hat. Ich bin einem Instinkt gefolgt, weiß im Rückblick aber, dass es falsch war. Was meine Mutter betrifft, so habe ich inzwischen das deutliche Gefühl, dass es höchste Zeit ist, mit der Vergangenheit abzuschließen und aufzuhören, den Anlass für ihren Tod zu ergründen. Meine Besessenheit hat mich lange daran gehindert, den Augenblick zu genießen. Ich habe das Gefühl, als hätte sich mein Denken in dieses Rätsel verbissen wie ein Fisch in einen Haken, und es fiel und fällt mir schwer, mich ohne Schmerz loszureißen, obwohl ich genau das tun muss, weil ich andernfalls auf der Stelle treten würde. Ich will nicht für immer an diesem Haken hängen. Vieles von dem, was ich ihr angelastet habe, trifft im Grunde auf mich selbst zu: die Lebensverweigerung, all die Krankheiten, um nicht in die Welt hinauszumüssen. Ich glaube, bei mir ist das ähnlich – denn ich fühle vor allem, dass es mich davon abgehalten hat, Dich richtig zu würdigen, lieber Midhat. Wie oft werde ich in diesem Brief noch »ich fühle« schreiben! Ich bin keine besonders gute Briefschreiberin …

Hier ist Winter, und der Teich ist vereist. Montpellier ist still; ich weiß nicht, ob wir noch einmal ein Fest geben werden. Gestern haben wir das Klavier stimmen lassen, und ich habe geübt. Ich vermisse Dich so sehr. Komm bitte zurück.

Für immer die Deine,

J.

Während des Lesens empfand Midhat keinen Schmerz. Doch als er sich dem Ende näherte und ahnte, dass er nun gleich wieder in der Gegenwart landen würde, begann er die Lektüre von vorn und las alles noch einmal. Er las den Brief ein drittes und ein viertes Mal, irgendwann glichen die Worte einer Beschwörung, und er wusste nicht mehr, wie oft er sie gelesen hatte.

Er stürzte aus dem Hier und Jetzt. Jeannette stand neben ihm und sprach. Es war wie ein Wunder. Dieses Stück Papier versetzte ihn in jene andere Zeit, an jenen anderen Ort. Er stand mit Jeannette im Garten am Teich; er ging mit ihr durch eine Straße in Montpellier, er saß mit der Gewissheit im Hörsaal, abends zu ihr zurückzukehren, er erwachte vor der Dämmerung und fand sie im Flur vor. Er hörte ihren Atem in seinem Ohr.

Plötzliche Geräusche. Er kam abrupt wieder zu sich und legte den Brief auf den Fußboden.

»Midhat? Geht es dir gut?«

Ein Mann beugte sich über ihn, verdeckte das Licht.

»Was ist los mit dir? Was ist los mit ihm?«

Jamils braun gebranntes Gesicht. Er schaute besorgt oder zornig drein.

»Midhat?«

Midhat sah sich um. Er war im Arbeitszimmer seines Vaters. Es war hell. Zwischen Jamils Beinen sah er den Schreibtisch und das Fenster, er sah die Unterseiten von Platte und Sitz, er sah hoch oben den Himmel, und das Zimmer schlug ihn ins Gesicht. Die grausame Transparenz der Gegenwart, dieses grelle Weiß. Ein Teil seines Gehirns, den er viel zu lange abgeschottet hatte, wurde von krampfartigen Schmerzen durchzuckt. Er stöhnte. Er spürte die Wärme des neben ihm hockenden Jamil, und dann schob sich das Gesicht seines Cousins in sein Blickfeld.

»Warum hat er ihn aufbewahrt?«

»Was aufbewahrt, Midhat?«

»Warum hat er ihn aufbewahrt?«

»Midhat?«

Eine zweite Person trat ein. Midhat sah Beine näher kommen.

»Was tut er da?«

Welcher Aberglaube hatte seinen Vater veranlasst, den Brief aufzubewahren? Midhat schaute Jamil verwundert an. Hatte sein Vater geglaubt, es wäre etwas Samaritanisches? Eines der Dinge, die sie fälschten und mit Farbe auf alt trimmten? Glaubte er, der Brief wäre so etwas wie ein Amulett, weil er in einer fremden Sprache geschrieben worden war? Er stemmte die Hände auf den Fußboden.

»Das kann nicht sein.«

»Was kann nicht sein?«

Er stöhnte. »Fass mich nicht an.«

»Was kann nicht sein, Midhat?«

Hatte er geglaubt, der Brief hätte magische Kräfte, weil er ihn nicht hatte lesen können? Ja. Gut möglich, dass sein Vater das so gesehen hatte. Das leuchtete sogar ihm ein.

»Midhat, du musst aufstehen, *habibi.*«

Das hier lag jenseits des Natürlichen. Er presste eine Hand auf seinen Bauch. An der Wand hing ein großes, durchsichtiges Objekt wie ein schwebender Teich. Sein Herz schlug noch schneller.

»Hörst du mich, Midhat?«

Hani stand neben ihm. Er schaute liebevoll und besorgt. Oh,

Hani, hätte er gern gesagt. Er brachte die Worte nicht über die Lippen. Tränen strömten über sein Gesicht.

»Können wir ihm aufhelfen?«

»Steh auf, Midhat. Los, nimm seine Hand.«

»Ich muss zurück, ich muss zurück. Haltet mich nicht auf.«

»Wohin zurück, *habibi*?«, fragte Hani zärtlich. »Ich halte dich bestimmt nicht auf. Kannst du aufstehen? Nimm seinen Arm – vorsichtig.«

In dem Moment, als sie ihm auf die Beine halfen, ertönte ein schrilles Pfeifen. Es war, als würden seine Trommelfelle von spitzen Silberklingen durchbohrt werden. Midhat presste die Hände auf die Ohren und stöhnte. Das tat so weh, der schrille Pfeifton war purer Schmerz. Er drang wie ein Virus in seinen Kopf ein und pfuschte dort herum. Irgendjemand musste diesem Ton ein Ende setzen.

»Schluss damit!«, sagte er, als sie ihn ins Wohnzimmer führten.

Die Zeit bewegte sich träge. Midhat merkte, dass man ihn durch den Flur führte, er spürte bei jedem Schritt, wie seine Füße auf den Boden trafen. Doch da war jetzt ein kleiner Riss, und er konnte hindurchspähen. Irgendjemand zwang ihn, einen Blick durch den Spalt zu werfen. Er streckte einen Arm aus, spürte ein fernes Pochen im Bein.

»Midhat, Midhat, setzt du dich hier hin? Ich bin's, Hani. Setzt du dich bitte?«

»Hani!«, sagte Midhat. »Du bist mein Freund.«

»Ja! Ja, ich bin hier«, sagte Hani. »Wie fühlst du dich? Bist du …«

»*Je suis complètment lucide. Une lucidité absolute. Qu'est-ce que c'est, qu'est-ce que c'ette folie?*«

Und als hätte er plötzlich einen Blick auf sich selbst erhascht, sackte er wieder in den Ledersessel und begann zu lachen.

4

Auf dem Weg zum elterlichen Haus sah Fatima das Flugzeug. Es flog hinter den Berg Ebal, ein Insekt mit Markierungen auf den Flügeln, der Motor war sogar aus dieser Entfernung zu hören. Es schwankte wie bei leichtem Wind, flog einen Bogen und ging in Schräglage, wobei es die beeindruckend langen Flügel präsentierte.

Es war ein Mittwoch. Sie besuchte ihre Eltern meist am Freitag. Als sie in der Tür stand, flog ein gereizter Ausdruck über das Gesicht ihrer Mutter.

»Wir haben Gäste«, sagte Widad und trat zurück, um sie hereinzulassen.

»Wer ist da?«

»*Ammo* Hassan. Und der französische Priester.«

»Welcher französische Priester?«, fragte Fatima.

»Ein Freund deines Vaters. *Yallah*, wir trinken gerade Kaffee.«

»Können wir unter vier Augen sprechen?«, sagte Fatima, aber ihre Mutter hatte ihr schon den Rücken zugekehrt und ging die Treppe hinauf.

Oben stieß Widad die Tür auf, und eine der Stimmen war deutlicher zu hören: ihr Vater.

»So sehe ich das, und ich glaube wirklich ...«

Man schenkte den beiden eintretenden Frauen keine Beachtung, aber Hāddsch Hassan, der einen rotbraunen Fez trug, nahm seine Nichte durch ein leises Nicken zur Kenntnis, und der französische Priester warf ihr einen kurzen Blick zu, um dann etwas auf die Worte ihres Vaters zu erwidern. Widad bot

Fatima den letzten freien Stuhl an und setzte sich auf einen Fußschemel. Fatima betrachtete den Franzosen neugierig. Der Saum seines schwarzen Gewandes war schmutzig, sein weißer Bart war struppig und stachelig wie ein Strauch, seine Stirn breit und faltig. Die Fenster färbten den Himmel grau, obwohl er blau war; auf dem Tisch stand ein Tablett mit Keksen und Kaffee, und auf dem Stuhl neben Hāddsch Nimr lag ein dickes, ungebundenes Buch, dessen Seiten noch nicht aufgeschnitten waren.

»Einige Frauen bringen ihnen Proviant und Munition«, sagte Widad.

»Wer?«, fragte Nimr.

Widad schloss die Augen.

»Hoffentlich nicht auch du«, sagte er.

»Wer bringt wem Munition?«, fragte Fatima. Hassan und Nimr tauschten einen Blick, und um von ihrer Neugier abzulenken, ergänzte sie matt: »Ich habe draußen ein Flugzeug gesehen.«

Die erwünsche Wirkung trat ein. Hassan drehte sich zu ihr um. »Du konntest es sehen?«

»Ja, es flog in der Ferne vorbei.«

»Fa... sie haben jemanden umgebracht, weißt du?« Er wandte sich wieder ab. »Einen Briten.«

»Und wo sind sie jetzt?«

»Im Versteck«, antwortete ihre Mutter.

»Ich wollte darauf hinaus«, sagte Nimr im Ton einer Person, die eine lange Unterbrechung erdulden musste, »dass man im Hinblick auf diese Dinge nicht konsequent genug sein kann.«

»Welche Dinge?«, fragte Hassan.

»Es ist besser, die Regierungsgewalt zu dezentralisieren«, sagte Nimr, »und ebenso, die Überwachung religiöser Gesetze zu dezentralisieren, weil das den Bedürfnissen der Zivilgesellschaft entspricht.«

»Das diskutieren wir schon seit Ewigkeiten«, meinte Hassan, der nach einem Keks griff.

Fatima appellierte mit einem Blick an ihre Mutter. Widad sah sie aber nicht an, sondern hob nur das Kinn.

»Wenn man im Rahmen eines Staates, also der bürgerlichen und religiösen Gesetze, lebt, dann gleichen sie Naturgesetzen«, sagte ihr Vater.

Er richtete diese Worte an den französischen Priester, der als Einziger zuzuhören schien. Hassan fegte Krümel von seiner Brust, ohne das Bröckchen einer gekochten Feige zu bemerken, das an seinem Kinn hing.

»Nur wenn wir das Ganze mit Abstand betrachten, können wir erkennen, dass es Konstrukte des Menschen sind, die nicht alles umfassen.«

»K... Konstrukte!«, entfuhr es Hassan. »Des Menschen!« Er sah den Priester an, als müsste der ebenso fassungslos reagieren, aber Pére Antoine hatte nur Augen für Nimr.

»Die Fellachen«, fuhr Nimr fort, »halten an lokalen Heiligen und Anführern fest, die nicht *halal* sind. Aber so weiten sich die Gesetze an den Rändern der islamischen Welt aus. Sie verändern sich.«

Fatima wünschte sich plötzlich nicht mehr, das Gespräch möge enden. Sie hatte die entscheidenden Details aufgeschnappt und stürzte sich ins Getümmel. »Haifa liegt doch nicht am Rand der islamischen Welt, Baba«, sagte sie. »Und die Anhänger Qassams sind nicht nur Fellachen.«

Ihr Vater betrachtete sie. Fatima hatte im Laufe der Jahre das Recht erworben, Meinungen zu vertreten, die von den seinen abwichen. Sie war bekannt für ihre vernünftigen Ansichten und hatte sich einem Status angenähert, der dem einer Witwe glich, die durch den Tod ihres Mannes und ihr Alter eine gewisse Autorität erworben hatte. Nur, dass Fatima erst zweiunddreißig und niemand gestorben war. Nuzha nahm an den Gesprächen niemals teil und hätte, wäre sie dabei gewesen, wohl auch nichts gesagt. Schoss Fatima über das Ziel hinaus, galt das noch als jugendlicher Überschwang. So wie jetzt, als sie ihrem Vater widersprach, noch dazu im Beisein von Gästen, selbst wenn es sich nur um einen heiligen Mann und einen Verwandten handelte. Sie hielt kurz den Atem an, denn sie wusste nicht, ob sie sich durch das energische Nicken des neben ihr sitzenden Franzosen bestärkt fühlen sollte.

»Sie hat recht«, erklärte der französische Priester. Er hatte einen schweren Akzent. »Ich war letzte Woche in Haifa und habe festgestellt, dass sich meist Arbeiter für die Predigten von Qassam interessieren. Eisenbahnarbeiter, Hafenarbeiter, Postangestellte. Die Unterstützung, die er in den Dörfern genießt, ist ein relativ neues Phänomen.«

Hāddsch Hassan beäugte den Bart des Priesters, und seine Kinnlade bebte, weil er dringend etwas loswerden musste. »Ich kann Ihnen versichern, Pater Antoine«, sagte er und hob eine Hand, »dass diese Arbeiter ursprünglich Fellachen waren. Es sind Landleute, die nach dem Verlust ihres Landes nach Haifa gezogen sind. Ich frage mich, ob die Bezeichnung Arbeiter überhaupt zutrifft, denn die meisten sind doch arbeitslos. Oder etwa nicht?«

Der Franzose sah zur Decke auf, während er diese Informationen verdaute.

»Ich meinte«, sagte Hāddsch Nimr zu Fatima, nun etwas gütiger, »dass die Fellachen einen lokalen Anführer bevorzugen. Das entspricht ihrer Mentalität. Sie mögen einen Scheich, und Qassam vereint als Person das Religiöse und das Politische. Das ist neu.«

»Sie werden das jetzt ungern hören«, erwiderte der Franzose. Hāddsch Hassan legte wie auf ein Stichwort hin die Stirn in Falten. »Aber in meiner École gibt es mehrere Studien zu diesem Thema.«

Nimr sagte so heiter, als hätte er das überhört: »Wohnen Sie in Nablus bei den Ebal-Mädchen?«

»Ja.« Der Franzose lächelte. »Nur bin ich mir nicht sicher, ob es noch Mädchen sind.«

Fatima bemerkte ein Zucken auf der Stirn ihres Vaters.

»Schluss jetzt, Fatima.« Ihre Mutter sprang auf und schwang eine Hand, als hätte sie ein störrisches Tier vor sich. »Wir kochen Tee.«

Fatima stand auf. Um ihre Verärgerung darüber zu verbergen, aus dem Gespräch gerissen zu werden, schaute sie so ausdruckslos drein wie bei ihrer Ankunft vor zwanzig Minuten.

Nach dem Vormittag mit Sahar hatte sich Fatima nicht überwinden können, allein heimzukehren, denn dass sich in ihrem Haus vielleicht der Böse Blick verbarg, ängstigte sie sehr. Außerdem belastete sie der Vorfall im Garten, genauer ihr Mann, der mit verdreckten Händen im Hühnerstall gestanden hatte, und das vor Sahars Augen. Angst und Neid gehörten zwar zusammen, aber Fatima genoss den Neid der anderen, legte sogar Wert darauf, aber wer würde sie schon um das Bild ihrer Ehe beneiden, das sich Sahar geboten hatte? Sobald Sahar nach Dschenin aufgebrochen war, floh Fatima in das elterliche Zuhause.

Sie ging oft dorthin, wenn sie etwas belastete, obwohl sich das Haus nie als die Zuflucht erwies, die sie gebraucht hätte. Die Erwartung, dass nach ihrer Heirat alles beim Alten geblieben oder dass alles wieder wie früher wäre, wenn sie kam, war natürlich Unsinn. Trotzdem hoffte sie, nach dem Betreten des Hauses die vertraute Stimmung, das vertraute Verhalten der Bewohner und die vertrauten Dekorationen aus ihrer Jugendzeit vorzufinden. Sie sehnte sich nach dem Ort, wo ihr Status unangreifbar gewesen war und wo sie – dies vor allem – nichts hatte tun müssen, um ihn zu bewahren. Solange Fatima alle Bewerber um ihre Hand abgewiesen hatte, war sie begehrt und berühmt gewesen. Dass sie ihren Ehemann selbst ausgewählt hatte, spielte keine Rolle, denn nun war sie bewertet, eingeordnet und des kostbaren Geheimnisses beraubt, das darin bestanden hatte, jung zu sein und sich noch nicht festgelegt zu haben. Das war die Realität, mit der sie leben musste. Wenn sie auf ihre Jugend zurückblickte, bildete sie sich ein, dass es besser gewesen wäre, an der Vorfreude auf das Glück festzuhalten, weil diese das wahre Glück gewesen war. Dabei vergaß sie allerdings, wie sehr sie es gehasst hatte, sich so konturlos zu fühlen.

Wenn sie etwas belastete, fand sie Veränderungen in ihrem Elternhaus besonders schmerzhaft, aber ihre stillen Sehnsüchte überlagerten diesen Schmerz gleich wieder, die Tatsachen entglitten ihr. Ah, nun fiel es ihr wieder ein: Ihre Mutter war jetzt bockig, wo sie einst leidenschaftlich gewesen war. Ihr Vater war jetzt starr, wo er sich früher flexibel gezeigt hatte. An diesem Tag arbeitete er sich wieder einmal an seiner Analyse Qassams ab, wobei er aufgrund seiner starren Sicht der Dinge Fakten ignorierte, die sogar Fatima bekannt waren. Nach den vielen Jahren des Lernens und des Versuches, Klarheit zu erlangen, war Nimr auf halber Strecke zum Gipfel versteinert und wandte seine Vorstellungen unterschiedslos auf alles an.

Ihre Mutter nieste, als sie die kalte Küche betraten.

»Du wolltest unter vier Augen reden?«

»Ja.«

»Also, worum geht es? *Yallah.*«

»Ich mache mir bloß Sorgen. Und ich bin müde.«

»Was ist denn los?« Widad griff nach einem Teller, der auf der Anrichte lehnte, und schnippte mit dem Fingernagel gegen einen Haarriss am Rand.

»Im Geschäft meines Mannes gab es einen Brand.«

Ihre Mutter horchte auf. »Unglaublich – ist der Schaden groß?«

»Er sagt, es sei nicht so schlimm.«

»Du glaubst, jemand hätte das Feuer gelegt.«

»Das weiß ich nicht«, sagte Fatima abwehrend. Sie ging um den Tisch. »Ich bin einfach nervös.«

»Das ist überflüssig, glaube mir.«

»Ja, ja.«

Widad stellte den Teller ab. »Und was meint dein Mann dazu?«

»Wie gesagt: Angeblich ist es nicht so schlimm«, antwortete Fatima. Sie hasste es, über Midhat zu reden, denn was das Verhältnis zu ihrer Mutter betraf, so war ihr Mann sozusagen das Symbol für ihren freien Willen. »Ich fühle mich ... ach, ich weiß es nicht, Mama.«

»Also gut. Und wie geht es den Kindern?«

»Prima, den Kindern geht es prima.«

»Du bringst sie nie mit.«

»Wie meinst du das? Ich habe sie erst gestern Abend mitgebracht.«

»Ja, aber nie, wenn du vorbeischaust. Dann kommst du immer allein.«

»Tja, ich brauche manchmal eine Pause. Ich wüsste nicht, wieso ...«

»Glaubst du, ich könnte in meinem Leben eine Pause einlegen?«

»Warum bist heute so gereizt, Mama ...«

»Bitte entschuldigen Sie«, ertönte das Stimmchen von Selma, dem Hausmädchen, das geduckt in der Esszimmertür stand. »Draußen wartet jemand.«

Als Widad die Tür zum Flur öffnen wollte, ergänzte Selma: »Nein, Verzeihung, hier drüben.« Sie zeigte auf das Fenster zum Küchengarten hinter ihr.

Widad folgte ihr bis zur Tür, dann wich sie zurück.

»Wer ist es?«

»Das weiß ich nicht.«

Fatima trat an ihre Stelle und sah die langen Beine eines Mannes, der vor dem Blumenbeet auf und ab ging. Die Beine hielten inne, und der Mann bückte sich, um durch das Fenster zu schauen.

»Jamil?«, sagte Fatima. »Das ist Midhats Cousin.«

Jamil hüpfte von dem erhöhten Beet und winkte Fatima ernst. Er war so schlaksig und hager wie alle Radikalen und hatte sich einen Schal straff um den Hals geschlungen.

Widad erschien in einem Mantel, drängte sich an Fatima vorbei und entriegelte und öffnete das Erkerfenster. »Warum sind Sie nicht an die Haustür gekommen?«, rief sie.

»Dort hat niemand reagiert«, sagte Jamil. »Kann ich mit Ihrer Tochter sprechen?«

»Was ist denn los?«, fragte Fatima.

»Verzeihen Sie, Madame.« Er sprach Fatima über die Schulter ihrer Mutter an. »Können wir kurz reden?«

»Möchten Sie denn nicht hereinkommen?«

»Midhat hatte einen Unfall.«

»Wie bitte?«, sagte Fatima.

»Er hatte einen Unfall. Verstehst du?«

»Ist er am Leben?«, fragte Widad.

»Ja, ja, er ist am Leben.«

Fatima bemühte sich, nicht zu rennen. Sie knöpfte den Mantel mit zitternden Fingern zu, während sie zu Jamil ging, der schon auf der Terrasse vor der Haustür stand.

»Wo ist er?«

»Ganz ruhig«, sagte Jamil und fügte schnell hinzu: »Er ist im Haus meiner Mutter, es geht ihm besser, er schläft. Wir wissen auch nicht, was passiert ist.« Als sie vor der unteren Pforte standen, hob Fatima den Riegel. »Ich glaube, er hat sich den Kopf gestoßen. Er ist nicht …«

»Was ist er nicht?«

»Er ist nicht … ganz klar im Kopf. Er ist ein bisschen …« Er schwenkte die flache Hand vor dem Gesicht.

»Wie meinst du das?«

»Du wirst ja sehen.«

Als sie um die Ecke bogen und die südliche Straße zum Berg Garizim beschritten, hätte Fatima Jamil am liebsten geschlagen.

»Kannst du mir nicht einfach erzählen, was passiert ist?«

»Wie gesagt: Das weiß ich nicht. Wir sind ja gleich da.«

Umm Jamil öffnete die Haustür. Umm Taher und Hani saßen im Salon; Umm Taher wippte auf einem Stuhl vor und zurück.

»Er schläft!«, rief sie beim Anblick Fatimas. »Du darfst ihn nicht wecken!«

»Was ist denn passiert?«, fragte Fatima.

Hani sprang auf. Im Tageslicht wirkten seine Haare sehr grau, und sie bemerkte die Schramme auf seinem Wangenknochen. »Wir haben ihn oben entdeckt«, sagte er sanft. »Er war vollkommen außer sich. Komm mit.«

Er führte sie durch den Flur und blieb vor Umm Tahers Schlafzimmer stehen. Sie legte eine Hand auf die Klinke. »Ich warte hier«, sagte Hani. Fatima nickte.

Das Bett stand hinten im Zimmer vor einem Fenster. Sie konnte sehen, dass sich Midhats Brust unter der Decke regelmäßig hob und senkte. Sein schwarzer Schopf war gerade eben zu sehen. Sie näherte sich dem Bett. Er hatte sich zum Fenster gedreht, sie konnte das Ende einer Augenbraue sowie einen Nasenflügel sehen. Als sie sich setzte, seufzte die Matratze unter ihrem Gewicht. Sie strich die Haare weg, die sein Gesicht verdeckten, ein geschlossenes Auge kam zum Vorschein.

»Was ist dir passiert?«, flüsterte sie. Dann legte sie die Handfläche auf seinen warmen Kopf. Er regte sich nicht. Sie strich über seinen Haaransatz, untersuchte ihn behutsam, als glaubte sie, eine Wunde finden zu können.

Als sie den Salon wieder betrat, drehten sich alle zu ihr um. Die Männer standen, die Frauen saßen. Sie riss sich zusammen und sprach Hani an.

»Wie ist dieser Unfall passiert?«

Hani tauschte einen Blick mit Jamil. »Warten wir ab, wie es ihm morgen früh geht.«

»Er stand wohl unter Schock«, sagte Jamil. »Der Brand und so weiter. Wir haben ihn oben gehört, er war sehr aufgewühlt.«

»Hat er dort etwas gefunden?«, fragte Fatima, die an den Bösen Blick dachte.

Hani zog ein erstauntes Gesicht. Es schien ihm kurz die Sprache zu verschlagen. Er tauschte wieder einen Blick mit Jamil. »Ich führe sie nach oben.«

Das Tageslicht blendete sie. Der Himmel war blassblau, der Wind blies so stetig, dass die letzten Blätter an den Bäumen unaufhörlich tanzten. Sie gingen um das Haus und stiegen dann zur oberen Wohnung hinauf. Wasfi öffnete die Tür.

»*Marhaba*, Fatima. Wie geht es ihm?«

»Er schläft«, sagte Hani. »Ich möchte ihr die Kiste zeigen.«

»Bitte«, sagte Wasfi und führte sie durch den Flur.

Fatima betrat diese Wohnung selten. Wenn sie Midhats Familie besuchten, gingen sie zu Umm Jamil, und wenn Wasfi zu Hause war, kam er nach unten. Sie wusste, dass Midhat sie damals heimlich durch ein Schlüsselloch gemustert hatte, und deshalb hatte dieses Haus ihrem Gefühl nach eine spezielle, damit verknüpfte Aura. Sie fühlte sich nicht ganz wohl, denn es war so labyrinthisch, und sie bildete sich ein, jede geschlossene Tür hätte ein Guckloch. Wasfi führte sie zu Häddsch Tahers früherem Arbeitszimmer und wartete draußen, während Hani etwas unter dem Tisch hervorholte. Es war eine Zigarrenkiste.

»Diese Sachen hier hat er angeschaut.« Er schob die

knochigen Finger über den Deckel und zog ihn mit den Fingerspitzen auf.

Die Kiste enthielt allerlei Krimskrams. Sie schob die Dinge mit dem Finger hin und her. Zwei weibliche Bronzefiguren. Ein Ring. Ein schlichtes Tuch. Und ein Umschlag. Sie öffnete ihn. Er enthielt die Ferrotypie eines Hauses.

»Was ist das?«

»Wenn ich das wüsste«, entgegnete Hani.

»Und mehr war nicht darin?«

»Nein, weiter nichts.«

»Hani«, sagte Fatima. »Hat er dich geschlagen?«

Hani legte die Hand auf die Schramme auf seiner Wange, als würde sie ihm jetzt erst wieder einfallen. »Ja«, sagte er. »Aber nicht mit Absicht.«

Fatima schloss die Augen, von Scham überwältigt. Hinter den geschlossenen Lidern sah sie, wie ihr Mann die Fassung verlor und zuschlug, es glich einer echten Erinnerung.

* * *

Père Antoine verließ das Haus der Hammads kurz nach Hāddsch Nimrs Tochter. Das Flugzeug flog immer noch Schleifen über den Bergen – die Engländer hatten die Täter noch nicht aufgespürt. Wenn das passierte, würden sie die Banditen zur Abschreckung anderer töten.

Er setzte sich seufzend in Bewegung. Der Besuch bei Hāddsch Nimr Hammad hätte die Krönung seines Projekts sein sollen: Er hatte ein Exemplar seiner nunmehr veröffentlichten Studie über Nablus an einen Nabulsi übergeben wollen, der sie lesen würde – oder das wenigstens konnte. Während der jahrelangen Recherchen war Hāddsch Nimr eine seiner wenigen höherstehenden Informationsquellen gewesen. Als ein Mitbegründer des Krankenhauses war er den Schwestern nahe und beantwortete im Gegensatz zu anderen alle

Fragen, die der Pater nach der Stadt und den Familien stellte. Nimr hatte das Buch zwar sehr höflich entgegengenommen, aber Antoine hatte gespürt, dass es ihn nicht interessierte. Aber so waren die Nabulsi, niemals direkt. Ein Jammer, dass sich kaum jemand für seine Studie interessierte. Andererseits waren alle abgelenkt, es war erst gestern zur Jagd auf Qassam geblasen worden.

Die Straße zur Bushaltestelle führte bergab, und das Flugzeug verschwand hinter den Gebäuden. Das laute Brummen mischte sich mit der Geräuschkulisse von Antoines Körper, dem in der Kehle rasselnden Atem, der durch die Nase schoss, das Schlagen seiner Stiefelsohlen auf den Pflastersteinen. Als er die Hügelkuppe erreichte, kam das Flugzeug hinter der großen Moschee wieder in Sicht: ein kleiner weißer Punkt mit schattengrauen Kanten.

Das rief ihm die Graf Zeppelin in Erinnerung, die Jerusalem vor einigen Jahren überflogen hatte – ein noch absurderer Anblick. In der L'École Biblique waren alle nach draußen gerannt, als das riesige Luftschiff auf dem Höhepunkt eines Gewitterschauers am Himmel erschienen war. Das Wetter verlieh der Begebenheit etwas von einem Wunder: Die Sonne durchbrach die bleiernen Wolken, aus dem Dunst tauchte ein silbriges Luftschiff auf und kreiste vier Mal über der Altstadt, eine riesige dicke Zigarre, die über Minarette und Kuppeln glitt. Einer der Brüder meinte, Jerusalem sehe aus, als sei es im Meer versunken, und da komme ein U-Boot, mit dem man die Zerstörungen begutachten wolle. Hundert Meter über der Grabeskirche wurden die Motoren des Zeppelins ausgeschaltet, und man entrollte eine riesige deutsche Fahne, was auf dem Ölberg für Beifall und Tumult sorgte. Während der letzten vier Jahre hatte sich aber manches verändert. Die Briten würden es nicht mehr dulden, dass deutsche Zeppeline mit Hakenkreuzen auf den Flossen Jerusalem überflogen.

Als der Bus Jerusalem erreichte, dämmerte der Abend. Und als Antoine die Polizeiwache betrat, herrschte dort Ruhe.

»Guten Abend, Pater.« Der diensthabende Polizist senkte die Zeitung. »Sie sind spät dran.«

Die Leuchte auf dem ersten Tisch war von einer Staubschicht überzogen.

»Ich möchte meinen Bericht abgeben.«

»Michaels ist hinten im Büro.«

Antoine ging schnaufend durch den Flur. Seine Forschungen über Nablus waren abgeschlossen und damit wohl auch seine Tätigkeit als Informant. Er war siebenundsechzig und erwog, sich in Nablus zur Ruhe zu setzen. Schwester Louise war vor drei Jahren an Typhus gestorben, und er hatte als Einziger dafür plädiert, sie in Nablus zu bestatten. Diese Stadt sei ihr Zuhause, betonte er gegenüber Schwester Marian, und deshalb solle sie auf dem katholischen Friedhof am Fuß des Berges Ebal ruhen. Die Schwestern hielten sich aber an die Anweisungen der Familie, und so wurde der Leichnam für viel Geld per Schiff nach Frankreich überführt. Seither war Marian anstelle von Louise die wichtigste Kontaktperson Antoines im Orden, allerdings bot sie weder die gleiche Gesellschaft noch spendete sie den gleichen Trost. Als Antoine jetzt darüber nachdachte, begriff er, dass Louise der einzige Mensch gewesen war, den er wirklich gekannt hatte. Er hatte den Kampf um ihre letzte Ruhestätte verloren, aber wenn er in Nablus bei den Schwestern weilte, war es, als würde er ihr Grab besuchen und Blumen vor den Stein mit ihrem Namen legen.

Père Lavigne erwartete sicher, dass er seinen Ruhestand im Jerusalemer Konvent verbrachte. Mit Lavignes Gesundheit ging es jedoch rasant bergab, und Antoine fragte sich, ob er es ohne Louises Beistand ertragen würde, seinen Mentor dahinsiechen zu sehen.

Michaels sah auf, als Antoine eintrat. Seine Brille wirkte

winzig in seinem Gesicht. Die Lampe warf einen scharf umrissenen gelben Kreis auf seinen Tisch.

»Guten Abend, Pater. Sie sind spät dran.«

»Guten Abend, Inspektor. Ich bringe meinen Bericht.«

»Legen Sie ihn bitte dort ab.«

»Ich möchte noch etwas ergänzen – diesen Scheich betreffend, Qassam.«

Michaels legte den Stift weg.

»Ich habe heute eine hochstehende Familie in Nablus besucht. Man hat über den Scheich, die Jagd auf ihn und seine Männer diskutiert. Es war die Rede von Frauen, die Waffen in die Berge schaffen.«

»Steht das in Ihrem Bericht?«

»Nein, das habe ich erst heute Nachmittag erfahren.«

»Verstehe.« Er wirkte nachdenklich. »Gibt es weitere Informationen über den Waffenschmuggel?«

»Steht alles im Bericht. Eine Quelle, ein Patient des Krankenhauses, behauptet, man schaffe die Waffen über den Jordan. Sie kommen von den Beduinenstämmen. Ich brauche noch mehr Informationen.«

»Versuchen Sie herauszubekommen, an welchen Tagen der Schmuggel über die Bühne geht. Und zu welcher Uhrzeit. Ich setze die anderen Agenten auch darauf an.«

Antoine hatte Schwester Louise nie erzählt, dass er eingewilligt hatte, für die Briten zu arbeiten, obwohl es ihre Reaktion gewesen war, die ihn dazu veranlasst hatte. »Glauben Sie mir«, hatte sie gesagt, »das lohnt sich nicht.« Diese Bemerkung hatte zur Folge gehabt, dass er ihr nicht mehr alles anvertraute. Sie hatte ihm mit diesen Worten schlagartig vor Augen geführt, dass ihr Vertrauensverhältnis extrem unausgewogen war: Er hatte vieles mit ihr geteilt, sie aber wenig mit ihm.

Michaels hatte Hodges ersetzt, und er bat zunächst einmal

um Eckdaten über Nablus: Demographie, Wirtschaft, berühmte Bürger der Stadt. Als sich die Lage weiter zuspitzte, lieferte Antoine konkretere Informationen. Die Briten waren jedoch so stark mit den jüdischen Kommunisten beschäftigt, dass sie den Informationen über die Araber keine große Beachtung schenkten. Deshalb waren sie anfangs nicht weiter beunruhigt, als Antoine, der im Krankenhaus manches aufgeschnappt hatte, von Waffenlieferungen aus Transjordanien berichtete. »Halten Sie die Augen offen«, sagte Michaels. »Sie meinen die Ohren«, erwiderte Antoine.

Lassen Sie sich nicht in die Politik verwickeln, es lohnt sich nicht. Antoine dachte oft an diese Worte. Er hatte noch die Stimme von Louise im Ohr, halb murmelnd, als wäre es ein Nachgedanke. Er fragte sich oft, welche Rolle sie gespielt hatte, ob sie für die Briten oder die Franzosen tätig gewesen war und warum sie ihm von der Informantentätigkeit abgeraten hatte. Antoine hielt die Briten zwar für ziemlich unfähig, aber die Dienste, die er für sie leistete, stellten für ihn keine Belastung dar, sondern eher eine Erleichterung, weil er die in Nablus gärende Unruhe andernfalls hätte beobachten müssen, ohne verhindern zu können, dass sie in Gewalt umschlug. Als Informant half er, die Gefahr zu bannen, und das beruhigte ihn in moralischer Hinsicht. So hatte er im letzten Monat über das Gespräch von vier Frauen aus der muslimischen Oberschicht berichtet, die von einem geheimen Plan gemunkelt hatten. Er hatte vielleicht ein klein wenig dazu beigetragen, dass nun dieses Flugzeug am Himmel kreiste, und das war Balsam für seine Seele.

Fünfzehn Jahre waren vergangen, seit er die Monographie über Nablus in Angriff genommen hatte. Die Niederschrift, die Einteilung des im Laufe eines Jahrzehnts gesammelten Materials in Kapitel und die Erstellung eines Indexes hatten einen regelrechten Freudenrausch ausgelöst. Dieser hatte allerdings dafür gesorgt, dass er nach der Fertigstellung in ein tiefes Loch stürzte. Die Studie, zu der Lavigne ihn ermutigt hatte, war trotz allem kein entscheidender Beitrag zur Erforschung des christlichen Glaubens. Immerhin war sie gründlich, und sein Porträt der Stadt, die im Schutz zweier Berge lag, erfüllte ihn mit Stolz. Seine Erkenntnisse über die Unterdrückung der Frauen waren durchaus bahnbrechend, zumal es nicht leicht war, mit ihnen in Kontakt zu treten. Seine Geheimwaffen waren natürlich das Krankenhaus und die Priesterwürde. Jeder vertraute einem heiligen Mann, sogar einem Christen.

An der L'École hatte sich niemand zu seiner Publikation geäußert. Nachdem er mit den Büchern aus Frankreich zurückgekehrt war, hatte er die Monographie auf einer Tagung der Palestine Oriental Society vorgestellt; andere Vorträge hatten die Flora Galiläas und die Eigenarten alter Verbformen behandelt. Die Teilnehmerzahl der Tagungen bröckelte; das Zeitalter der genauen Beobachtung, das Père Lavigne ausgerufen hatte, war schon wieder zu Ende. Was hatte es überhaupt bedeutet? Sie hatten ein gemeinsames Ziel gehabt, richtig? Oder täuschte er sich da? In der Teepause nach seinem Vortrag entspann sich eine höfliche Diskussion, und Lavigne, der seine Höhle ausnahmsweise verlassen hatte, um dem Vortrag zu lauschen, lächelte und gab seinem alten Schüler einen Wangenkuss. Das war es dann auch.

Nun musste er den Blick in die Höhe richten. Louise war tot; Ehre war nur noch im Himmel zu erlangen. Was hatten die Hinweise ergeben, die er verfolgt hatte, als wäre er des *Rätsels Lösung* auf der Spur? Eine Publikation, die niemand lesen würde. Und doch, bei Gott – wie herrlich kamen ihm die Jahre seiner Recherchen jetzt vor! Diese muslimische Stadt hatte sein Leben strukturiert. Er war erschöpft, er hatte den Ruhestand dringend nötig – doch die Aussicht, seine Informantentätigkeit aufzugeben und damit seine letzte Aufgabe in Palästina zu beenden, verhängte alles wie mit einem Leichentuch, und er sehnte sich nach einer letzten Pflicht, um in Gottes Augen wieder Gnade zu finden.

Kerzen schmückten den Tisch im Speisesaal des Konvents. Ein Franziskaner und ein Dominikaner diskutierten bei Reis und Eintopf vor staunenden Seminaristen über die Einheit der Kirche. Père Lavigne kleckerte Bratensauce in seinen Bart und starrte ins Leere. Nach dem Abendessen schwänzte Antoine die Messe und trottete zum Dormitorium. Im Schatten fing ihn ein Bote ab.

Qassam tot. Bitte nach Nablus zurückkehren. J. M.

Er brach am nächsten Morgen in aller Frühe auf. Der Bus erreichte Nablus um kurz nach elf, und als Antoine die Seifenfabrik der Atwans passierte, stellte er fest, dass man die zu Werbungszwecken aufgestapelten Seifen weggeräumt und den Eingang mit einem Vorhängeschloss versperrt hatte. Auch das Postamt war verrammelt. Er überquerte die Gleise auf der wackeligen Brücke und stand Minuten später zwischen blitzblank gescheuerten Gebäuden, blühenden Beeten und Obstbäumen des nördlichen Stadtviertels, inzwischen eine feine Wohngegend, die vom Erdbeben weitgehend verschont geblieben war. Die Fenster des Hauses der Schwestern waren hell erleuchtet, und Antoine hatte das Gefühl, heimzukehren. Jerusalem war ihm fremd, Frankreich noch fremder; Nablus war sein Zuhause.

Er wollte die Pforte öffnen, als er im Haus laute Stimmen hörte. Man öffnete nach dem ersten Klopfen, und Schwester Marian winkte ihn herein. Zwei andere Schwestern flohen wie Tauben die Treppe hinauf, an den Wänden bewegten sich die Heiligenbilder.

»Was ist denn los?«

»Oh – Père Antoine.« Schwester Marin fasste sich an ihre Schläfen unter dem Schleier. Vor ihren Füßen stand ein zugedeckter Korb.

»Schwester Marian, ich brauche die …«, sagte eine junge Nonne mit Brille und scharfen Zügen. »Oje.« Sie hielt einen Patronengurt.

Antoine merkte auf. Er starrte sie an.

»Ich werde alles erklären, Pater«, sagte Schwester Marian. »Aber … Sie müssen schweigen, wenn die Soldaten kommen, denn sonst schweben wir in Gefahr.«

»Ja, sicher.«

»Wenn sie kommen«, sagte sie und führte ihn zum Esszimmer, »werden wir alle ganz ruhig sein.«

Antoine setzte sich an den Esstisch, und Schwester Marian faltete neben ihm die Hände zum Gebet. Er beobachtete ihre murmelnden Lippen. Und zu seinem Entsetzen wurde ihm klar, dass er sich geirrt hatte.

Wie von Schwester Marian vorhergesagt, wurde am nächsten Morgen gegen die Tür gehämmert. Sieben Soldaten nahmen Aufstellung.

»Dürfen wir Ihnen ein paar Fragen stellen?«

Die Nonnen blieben tatsächlich ruhig. Antoine fand es verblüffend, wie unbedarft die jungen Soldaten wirkten, wie unsicher und verwirrt, als sie mit Mütze und Gewehr in Händen dastanden. Er glaubte, aus ihren Fragen die Sehnsucht nach einem Trost herauszuhören, wie man ihn bei heiligen Frauen suchte, und er erinnerte sich daran, diese Sehnsucht als junger Mann auch empfunden zu haben. Der Gedanke an Schwester Louise schmerzte, und er zog sich, geübt im Verschwinden, in eine unauffällige Ecke des Esszimmers zurück.

Dieses Zimmer. An diesem Tisch, auf dessen Stühlen die

Soldaten nun Platz nahmen, hatte Antoine Louise gebeichtet, vielleicht für die Briten spionieren zu wollen. Es war ihm ein Rätsel, wieso ihm nie in den Sinn gekommen war, dass sie sich für die andere Seite entschieden haben könnte. Andererseits: Warum hatte sie es nie erzählt? Vielleicht hatte sie geahnt, wie er sich entscheiden würde, und das Geheimnis deshalb für sich behalten – er senkte den Kopf –, ja, gut möglich. Man konnte ihr das jetzt nicht mehr vorwerfen.

Schwester Louise war sehr fähig gewesen, aber vielleicht war Marian eine noch bessere Schauspielerin. Sie speiste die Soldaten mit ein paar Plattitüden über das Wesen der Araber ab, während sie Kaffee in sieben winzige Tassen einschenkte.

Als die Soldaten abrückten, ging Antoine wortlos die Treppe hinauf. Durch sein Schlafzimmerfenster sah er, wie ein Ziegenhirte eine träge Herde durch das Tal trieb, und hinter der geschlossenen Tür konnte er die Schwestern im Flur tuscheln hören. Er fragte sich, ob er sich geirrt hatte – vielleicht stand ihr Orden doch im Dienst französischer Interessen und wollte die englische Herrschaft untergraben. Aber das leuchtete ihm nicht ganz ein.

Er presste die Finger auf den Mund und konfrontierte sich mit dem Gedanken, dem er bisher ausgewichen war. Das Bündnis zwischen den Schwestern und den Arabern musste tiefere Wurzeln haben. Louise hatte etwas in ihnen gesehen, das ihm entgangen war. Er hob den Blick zum Bildnis der Jungfrau Maria mit ihrem Strahlenkranz, das über dem Fenster hing, und fragte sich, ob er eine andere Haltung zu Nablus entwickelt hätte, wenn er die Wahrheit gekannt hätte. Er schlug sich die Hände vor das Gesicht. Wie kam es, dass seine Meinung über ein ganzes Volk so unstet, so abhängig von den Ansichten seines Umfelds war? Nein, nicht von den Ansichten seines Umfelds. Von denen Louises.

Die Bestattung Qassams fand am nächsten Tag in der

Moschee in Haifas Hafenviertel statt. Antoine und die Schwestern lasen, dass Tausende Menschen aus allen Regionen des Landes nach Haifa zogen und die Zeremonie um eine Stunde verzögerten.

»Ein Zeichen für das, was noch kommt«, sagte Schwester Celine und ließ das Korbgeflecht ihres Stuhles knarren.

Die französischsprachigen Zeitungen lagen auf dem Tisch. Nun, da die Schwestern Antoine ins Vertrauen gezogen hatten, verschwiegen sie nichts mehr. Antoine wunderte sich über die Prophezeiung von Schwester Celine. Was mochte da noch kommen?

»Wie war er so?«

»Qassam?«, fragte Schwester Marian. »Sehr intelligent. Furchteinflößend. Und natürlich charismatisch.«

»Wissen Sie«, sagte er, »in der Palestine Oriental Society war man ziemlich dumm. Ich habe dort oft die Behauptung gehört, Araber hätten keine eigene Meinung. Sie wurden immer als eine Masse von Idioten gesehen, die von einer Elite beherrscht wird.« Er zeigte auf das Luftbild in der Zeitung. »Und nun das. Die trägen Massen haben sich aus eigenem Antrieb organisiert.«

Doch seine Grimasse täuschte über seine Gemütsverfassung hinweg. Er erinnerte sich verblüffend genau daran, selbst Klischees wie jene formuliert zu haben, die er nun abtat. Diese muslimische Stadt, »einsam in den Bergen«. »Abgeschnitten ...« – die erinnerten Worte regten sich wieder auf seinen Lippen – »... von den Zeitläuften.«

Schwester Celine sollte recht behalten. Im Laufe des Winters zeigte sich, dass die Briten Qassam zum Märtyrer gemacht hatten; die aus biblischen Bauern und levantinischen Schurken bestehende Bevölkerung erwachte auf bedrohliche Weise zum Leben, infiziert von dem Wunsch nach einer Nation. Im

Januar 1936 versammelten sich Lokalpolitiker aus Nablus in einer Seifenfabrik, um über einen Generalstreik zu diskutieren. Bewaffnete Banden, von Qassam inspiriert, wüteten weiter im Umland. Angriffe gegen jüdische Zivilisten zogen Vergeltungsaktionen nach sich. Im April hatten die Araber landesweit Streikkomitees organisiert, und man einigte sich auf eine Liste von Forderungen und Zielen: eine politische Teilhabe, die dem Bevölkerungsanteil entsprach, ein Ende der jüdischen Einwanderung. Im ganzen Land weigerte man sich, Steuern zu entrichten und Handel zu treiben. In den Hügeln eskalierte die Gewalt gegen die Soldaten und jüdischen Siedler.

Die Briten verfügten weder über genug Soldaten, noch kannten sie das Terrain. Als sich der Winter dem Ende zuneigte, erhielt Antoine mehrere Telegramme von Michaels. »*Warte auf Ihren Bericht. J. M.*« »*Erstatten Sie Bericht ans Hauptquartier. J. M.*« »*Sollen wir jemanden schicken? J. M.*« Das vierte Telegramm beantwortete Antoine folgendermaßen:

»*Verzeihung, aber ich bin sehr krank und ans Bett gefesselt. Muss bald ins Krankenhaus. Ihr A. K.*«

Letzteres war keine Lüge, denn er machte sich an demselben Nachmittag auf den Weg zum Krankenhaus. Es war Mai, und längs der stillen Straßen baumelten gekappte Telegraphendrähte. Vor dem Postamt, das mit Sandsäcken vor Bomben geschützt war, gab es einen großen Blutfleck auf dem Bürgersteig. Hinter der Ecke lag ein britisches Militärfahrzeug auf dem Rücken, die Scheiben waren eingeschlagen, das hufeisenförmige Lenkrad zeigte nach unten. Ein stark beschädigtes Haus duckte sich zwischen Schuttberge, als wollte es sich jeden Moment zu alter Größe erheben.

Er nickte den Krankenschwestern im Foyer zu und setzte sich auf seinen Stammplatz auf der Veranda. Sein Schaukelstuhl war nicht mehr da. Er setzte sich auf einen normalen Stuhl, richtete den Blick auf das Gehölz und dachte an Louise.

Nachdem man sie, in ein Leichentuch gehüllt, auf den Esstisch gebettet hatte, hatte er sie lange betrachtet. Er erinnerte sich an ihre Hände, auf der Brust übereinandergelegt; über den Knochen spannte sich die Haut wie dünner, gelber Stoff.

Im Flur ertönten Männerstimmen, sie wurden immer lauter, dann wurde die Verandatür aufgestoßen, und eine Schwester arretierte sie mit einem Bolzen. Verbundene Arme und Beine, viele Krücken, ein Mann mit Kopfverletzung, einer, der eine Hand verloren hatte. Sie setzten sich und redeten laut. Ein oder zwei nickten Antoine zu; er erwiderte ihr Nicken ernst. Sehr ungewöhnlich, dass so viele Patienten auf einmal an die frische Luft gingen. Zwei Stühle weiter ließ ein Mann mit strahlend blauen Augen und grauen Haaren die Knöchel knacken. »Manchmal sind die Schmerzen stärker, dann schwächer«, sagte er mit geschliffenem, städtischem Akzent. Sein Nachbar schwieg. Trotz der Arm- und Kopfverbände erweckte er den Eindruck, kampfbereit zu sein, sich jederzeit über die abblätternde Balustrade schwingen zu wollen, die sie von der Wildnis trennte, und im Gestrüpp unterzutauchen. Wiederum daneben trank ein älterer Herr mit weißem Turban und Adlernase einen Kaffee. Irgendjemand schaltete ein Radio ein. Ein kurzes Brummen, dann eine Stimme. »... Überfall auf der Straße von Nablus nach Tulkarem gegen – äh – acht Uhr. Angeblich zwei Opfer ...« Eine Stunde war verstrichen, als eine Krankenschwester gegen das Fenster pochte. Die Sonnenbadenden fuhren aus ihrer entspannten Haltung auf, warfen die Decken auf die Stühle und trabten im Gänsemarsch wieder hinein.

Als Antoine am nächsten Morgen kam, war die Veranda von Patientinnen besetzt. Er setzte sich hinten in die Ecke. Es dauerte nicht lange, da ging ein Flüstern durch die Runde, und alle verstummten wie verängstigte Tiere. Eine Schar arabischer Männer tauchte aus dem Gehölz unterhalb des Krankenhauses auf. Sie trugen allerlei Waffen: Gewehre, Küchenmesser, sogar angespitzte Stöcke. Sie rannten den Hang hinauf und kletterten dann einzeln über die Felsen. Sekunden später erschienen ihre britischen Verfolger, deren Fahrzeuge zwischen den Bäumen stecken blieben, und nachdem die Soldaten ungeordnet abgestiegen waren, trabten sie in ihren schweren Stiefeln durch das Gehölz, blieben immer wieder stehen und sahen sich prüfend um, verschwanden hinter dem dichten Laub der Olivenbäume und tauchten wieder auf. Als sie bergauf gingen, so wurde es Antoine später erzählt, fanden sie nur Bauern vor, die das Land bestellten und ihren gewöhnlichen Arbeiten nachgingen.

Antoine, der an jedem sonnigen Tag wiederkam, bekam alles Mögliche mit. Wer da und wer dort kämpfte, wer ein Verräter war, wer diesen jüdischen Siedler oder jenen Polizisten getötet hatte. Aref Abd al-Razzaq war eine bekannte Persönlichkeit, berühmt dafür, an einem Ort gesichtet zu werden, um kurz darauf zehn Kilometer entfernt auf jemanden zu schießen. Die über die Juden kursierenden Gerüchte waren teils einleuchtend, teils absurd: Man sprach von Massakern, von Plänen, den Haram zu besetzen, und von anderen finsteren Perversionen. Die Kämpfer saugten all das wie einen Treibstoff in sich auf, der ihre Kampfbereitschaft schürte. Die stärksten Elixiere waren aber die Geschichten über die Briten, Quelle allen Übels und aller Unterdrückung, von der die verprügelten, wimmernden Patienten im Krankenhaus Zeugnis ablegten.

Die Patienten schienen sich an Antoines Anwesenheit nicht zu stören. Er schrieb das den »Ebal-Mädchen« zu, die von den Verantwortlichen im Krankenhaus immer noch hochgeschätzt wurden und natürlich die Rebellen unterstützten, obwohl sich mancher fragte, ob das nicht selbstverständlich war. Möglicherweise hielt man ihn auch für ungefährlich, weil er kein Engländer, sondern Franzose war. Vielleicht glaubten manche, er sei ein Patient, der bald wieder in sein Krankenbett musste. Oder sie scherten sich nicht um ihn, weil er ein alter Mann war. Wenn man als verrückter alter Mann galt, ließen einem die Leute vieles durchgehen.

Er hatte weder Buch noch Stift dabei. Er machte sich keine Notizen, sondern beobachtete, wie die Prämisse seiner Monographie zerbröselte. Diese hatte gelautet, dass Nablus, durch zwei Berge von der Welt abgeschirmt, ähnliche Eigenschaften hatte wie Bernstein: zunächst flüssig, dann erhärtend und dem neugierigen Auge offenbarend, was darin konserviert worden war. Nun musste Antoine mitansehen, wie rasch sich Sitten und Gebräuche ändern konnten. Das betraf sogar die Zusammensetzung der Gruppen auf der Veranda, Menschen jeden Standes, Seite an Seite sitzend – Erkrankungen ebneten Standesunterschiede zwar ein, aber das Krankenhaus war dennoch zuvor fast ausschließlich von Christen und Angehörigen niederer Stände aufgesucht worden. Inzwischen waren die kleineren Kliniken in Nablus überflüssig, der Glaube an die moderne Medizin war fest verankert, man hatte die Behandlungsmöglichkeiten des Krankenhauses erweitert, bot besseres Essen und professionelle Hebammen an, nicht zu vergessen die neumodische Methode, auch an die frische Luft gehen zu können – so gesehen konnte man das städtische Krankenhaus durchaus als einen Mikrokosmos betrachten, der die größeren Veränderungen in der Stadt widerspiegelte. Andererseits veränderte jeder Krieg die Gewohnheiten, und die Lage glich allmählich einem Krieg, zumal angesichts des Streiks, also der Tatsache, dass die Araber eine umfassende und dauerhafte Aktion organisieren konnten – all das war ungewöhnlich, all das überstieg Antoines Vorstellungsvermögen.

Eines Nachmittags im Mai saß er wieder auf der Veranda und hielt die Hutkrempe fest, weil ein kräftiger Frühlingswind blies. Das Wetter schreckte die Patienten jedoch nicht ab, sie kamen wie üblich nach draußen, um Sonne zu tanken. Nicht, dass es viel Sonne gab. Antoine betrachtete die

Spielarten von Weiß am Himmel, dazwischen die gelben und blauen Tupfer.

»Guten Morgen *tout le monde!*«

Ein großer Mann in einem Dreiteiler aus dünnem Wollstoff trat auf die Veranda, die Hände hinter dem Rücken verschränkt, und strahlte die Patienten an.

»*Ya*, Hāddsch«, sagte er stirnrunzelnd zu dem Alten neben der Tür. »Wie geht es Ihrer Lunge? Besser?«

»Besser, besser«, sagte der alte Mann.

»Gelobt sei Gott.«

Der nächste Kranke drehte sich auf seinem Stuhl um. Antoine konnte die Antwort des Arztes zwar nicht hören, sah aber, wie dieser mitfühlend den Kopf schüttelte. Der neue Arzt, der sich nicht vor einer möglichen Ansteckung zu fürchten schien, legte die Hände im Vorbeigehen hinten auf die Stuhllehnen, und Antoine bekam Gesprächsfetzen in diversen Akzenten mit. Da waren Jungen und Männer der Fellachen, Dorfbewohner aus dem Umland von Nablus und Patienten aus der Oberschicht, und nach dem Tonfall zu urteilen, schienen sich alle gut zu kennen.

»Was?«, sagte ein Kämpfer mit Verband. »Natürlich habe ich Schmerzen. Zwei Leute haben aus kürzester Entfernung auf mich geschossen. Aus gut einem Meter. Danke, ja.« Er nickte und wandte sich ab, verzerrte übertrieben das Gesicht, als er an seinen Ellbogen griff.

»Manchmal sind die Schmerzen stark«, sagte ein anderer wieder, »und manchmal schwach.«

»Tut mir leid, das zu hören.«

»Man hat mir Eis gegeben, aber das Eis fühlte sich sehr heiß an, und das fand ich beunruhigend.«

»Keine Sorge, das ist normal.«

Das plötzliche Rauschen der Büsche kündigte einen weiteren Windstoß an, der die Stimmen in eine andere Richtung wehte.

»*Bonjour, Monsieur.*«

Der Mann im Dreiteiler stand neben Antoine, sein Gesicht lag im Schatten. Die Hände schienen zu fragen, ob der Stuhl nebenan frei sei. Antoine wies darauf.

»*Merci.*«

»*Vous parlez français?*«, fragte Antoine.

»*Bien sûr.*« Der Mann zog die Nase hoch. »*J'ai habité ein France depuis longtemps. Pendant la guerre.*«

»*Pendant la guerre – en bataille?*«

»*Non, non. Pour les études.*«

»*De médécine?*«

»*Oui. J'ai pris le serment d'Hypocrite.*« Er begann, seine Taschen abzuklopfen. Seine rotbraune Krawatte hatte ein Muster aus grünen Ringen.

»*D'Hippocrate*«, verbesserte Antoine.

»*Oui, le même.*«

»Ah«, sagte Antoine und schlug sich sanft auf ein Knie. »Jetzt weiß ich, wer Sie sind. Der Eigentümer des Kleidergeschäfts. Kamal.«

Ein Schweigen trat ein. Monsieur Kamal zog ein Taschentuch hervor und putzte sich die Nase. Antoine betrachtete den Olivenhain, als wäre dieser ein Meer, und lauschte den Bäumen.

»*La Provence*«, sagte Midhat. »*C'est tellement belle.*«

»*C'est vrai*«, sagte Antoine. »*Mais moi, je préfère ici. Le paysage de la Provence me rapelle cette vue – mais vous parlez français très bien, Docteur.*«

Midhat erwiderte auf Arabisch. »Ich bin kein Arzt.«

Antoine musterte ihn. Die Jovialität war verflogen, das Gesicht mit den vollen Wangen und schmalen Brauen spannte sich an. Ein Wind ging durch das Tal und warf sich über das Verandageländer. Midhats Haare wurden aus der Stirn geweht, und er schloss grimmig die Augen, die Schnurrbarthaare flatterten in der Brise.

»In welchem Bett liegen Sie?«

»Oh …«, sagte Antoine. »Ich bin kein Patient.« Er lachte.

»Ts-ts-ts«, erwiderte Midhat. »Kein Bett für einen heiligen Mann! So weit ist es schon gekommen.«

Dann legte Midhat die Finger außergewöhnlich langsam auf die Stuhllehne und stand auf. Er ging zwischen den Patienten hindurch und blieb vor der Tür wie angewurzelt stehen. Eine Krankenschwester eilte auf die Veranda.

»Da sind Sie ja!« Sie ergriff ihn beim Arm. »Warum sind Sie angezogen? Kommen Sie. Kommen Sie wieder herein, *ammo*, kommen Sie wieder herein.«

Auf dem Heimweg regnete es. Unsichtbare Tropfen prasselten auf Antoines Hände und Gesicht. Er erspähte Schwester Marian vor der Kapelle, sie hielt einen Regenschirm und straffte ihren Mantelaufschlag. Bei seinem Anblick lächelte sie.

»Sie wirken glücklich, Schwester.«

Sie folgte ihm und hielt den Regenschirm über seinen Kopf.

»Schon sonderbar, dass das Verhalten von Schülerinnen einen so großen Einfluss auf die Stimmung haben kann.«

»Sie haben gerade unterrichtet.«

»Kinder können so unvorhersehbar sein. Heute waren sie mit Begeisterung bei der Sache.«

»Wie alt?«

»Sieben und acht. Sie haben meist Blumen gemalt, aber auch das hier – schauen Sie mal. Ist das nicht wunderbar?«

Er nahm ihr den Regenschirm ab, als sie einen Packen Papier unter dem Mantel hervorzog. Sie zeigte ihm das oberste Blatt: ein kindliches Bild des unbefleckten Herzens Mariä, klein und rot und mit goldenem Strahlenkranz. Auf dem Blatt darunter konnte er die Spitze einer purpurroten Blume mit dickem grünem Stängel erkennen.

»Sehr gelungen.«

»Sie ist Muslimin.« Schwester Marian presste die Lippen zusammen, um ein Lächeln zu unterdrücken. »Sie haben mir die Bilder geschenkt. Ich hänge sie im Esszimmer auf. Wie war es im Krankenhaus?«

Während Antoine überlegte, wie er seinen Tag beschreiben sollte, nickte er dem Kutscher eines Zweispänners zu, der vorbeifuhr.

»Zum Abendessen gibt es Lamm«, sagte Schwester Marian.

»Wunderbar.«

»Einer der Dorfbewohner, die außerhalb von Dschenin verwundet wurden, hat Schwester Margareta ein Schaf geschenkt.«

»Konnte sie ihn gesund pflegen?«

»Ich glaube, er hat einen Arm verloren.«

Sie standen vor der Tür. Schwester Marian schloss auf, und als sie in den kühlen Flur traten, fragte sie: »Wissen Sie schon, was Sie als Nächstes schreiben?«

Da löste sich endlich seine Zunge. »Ich bezweifele, Schwester«, sagte er voller Inbrunst, »dass ich noch einmal etwas schreiben werde.«

Er spürte die Bedeutung der Worte schon, da hatten sie seinen Mund noch nicht verlassen. Schwester Marian reagierte im Gegensatz zu Louise nicht darauf. Weder las sie, noch interessierte sie sich für die Bedeutung von Antoines Worten. Ihr Horizont war beschränkt; sie fragte nur aus Höflichkeit. Sie hob ein Blatt an, wellig durch den Regen und die Wasserfarben.

»Irgendwann muss jeder den Hut an den Nagel hängen«, sagte sie, tat das Blatt zur Seite und griff nach dem nächsten. »Letzte Woche war der Assistent des Bildungsdirektors hier, ein Mister Jerome. Er legte uns nahe, den Lehrplan nicht zu literarisch zu gestalten. Man befürchtet offenbar, wir könnten die Mädchen auf dumme Gedanken bringen.«

»Und was versteht er unter *literarisch*?«

»Sie fänden es besser, wenn wir hauptsächlich Handarbeit unterrichten würden. Und Hygiene, denn davon sind diese Leute besessen. Der Direktor bezeichnet das als Erhaltung des Status quo oder als Bewahrung der Tradition, denn arabische Mädchen sollen zu Hause bleiben. Seltsam ist nur …« – sie sagte dies, ohne zu lächeln, hatte einen Fleck auf dem Tischtuch entdeckt und bücke sich, um daran zu kratzen – »… dass es groß in Mode ist, die Mädchen zur Schule zu schicken. Es fehlt uns allmählich an Lehrpersonal. Jeder Vater in Nablus scheint sich zu wünschen, dass seine Töchter Geschichtsunterricht erhalten, und wissen Sie, wieso? Damit sie als Heiratskandidatinnen attraktiv sind. Die Männer in Nablus schätzen gute Gesprächspartnerinnen. Unter dem Strich«, seufzte sie und richtete sich auf, »scheinen alle das gleiche Ziel zu verfolgen.«

Sie legte die Bilder auf die Anrichte und nahm die Decke ab, enthüllte die braune, polierte Tischplatte, die von einer weniger gewissenhaften Schwester stellenweise zerkratzt worden war.

»Jedenfalls hat es niemanden aufgehalten«, sagte sie, als sie den Schrank öffnete, um ein neues Tischtuch herauszuholen, »dass man die Geschichtsbücher zensiert.«

»Wie lange unterstützen Sie die Leute schon, Schwester?«

»Die Araber?«

»Ja.«

»Sie meinen mich persönlich?«

»Sie alle.«

»Seit Kriegsende.« Sie sah ihm in die Augen. »Wissen Sie, Pater, Unterstützung ist ein weites Feld. Was Qassam angeht … da ging es zunächst nur darum, den Mund zu halten. Aber dann dämmert es einem, dass man Position bezogen hat. Eine Seite zu unterstützen kann schlicht und einfach bedeuten, dass man die andere nicht unterstützt.«

»Ja, gewiss«, erwiderte Antoine gelassen. Aber Sekunden später wollte er Gewissheit haben, obwohl er es längst ahnte, und er fragte: »Und Schwester Louise? War sie …«

»Sie auch. Wir alle. Und das bis heute. Warum sollten wir gegen die Einheimischen arbeiten, wenn wir die Pflicht haben, uns für sie zu engagieren?«

»Ja, warum sollte man das tun. Und … darf ich fragen, woher Sie die Waffen beschafft haben?«

»Ach, Pater, das war doch nur etwas Munition.« Sie warf die neue Decke auf den Tisch. Das Leinen flattert und fiel dann schwer über die Kante. Sie streckte den Arm aus und strich die Falten mit der linken Hand glatt.

Er wandte sich zum Gehen. In der Tür stehend sagte er dann unwillkürlich: »Es würde mich interessieren, ob das Ganze unausweichlich war. Die Kämpfe und die … ganze Situation.« Er wartete auf ihre Reaktion. »Ein Volk in Not, das die Rechte eines anderen Volkes beschränkt. Ich frage mich, inwieweit …«

Schwester Marians Stirnrunzeln, zunächst fragend, wirkte nun angespannt.

Antoine sagte: »Ich habe den letzten Teil meiner Karriere …« – dieses Wort schmerzte ihn überraschend stark – »… damit verbracht, die Strukturen dieser Stadt zu ergründen. Mir wurde beigebracht, dass alles, was es gibt, von Anfang an angelegt war. Aber vielleicht vereinfacht man die Zusammenhänge auch, um ein schlüssigeres Bild zu erhalten?«

Sie öffnete die Besteckschublade.

»Vielleicht verzerrt man …« Sie schien nicht mehr zuzuhören. Er konnte sich nicht bremsen. »Schwester Marian, ich beobachte diese Menschen genau. Ich weiß auch nicht, warum. Ich weiß nicht, warum ich hier bin. Nablus bedeutet mir alles, ich kann die Stadt nicht verlassen. Und doch habe ich keinen konkreten Anlass für meine Beobachtungen. Ich helfe ja niemandem.«

»Müssen Sie denn unbedingt helfen?«, sagte Schwester Marian, die die Gabeln zählte. »Sie sind ja kein Missionar.«

»Nein, der bin ich nicht.«

»Sie sind ein Diener des Wissens«, sagte sie schlicht und ließ die Gabeln auf den Tisch klirren.

5

In Midhats Vorstellung war die Krankenstation kleiner. Wenn er die Augen öffnete, war er jedes Mal überrascht, wie groß der Raum war – er schien durch die Betten nicht nur gegliedert, sondern auch vergrößert zu werden. Die anderen Patienten raschelten, schliefen, blinzelten, husteten, beteten – aber wenn er die Augen schloss, hörte er nichts mehr, dann schloss sich ein Vorhang um sein Bett, dann war es warm und still.

Als Midhat die Augen abermals aufschlug, drehte er den Kopf nach hinten, um aus dem Fenster schauen zu können. Ein Olivenhain. Die Bäume standen in Reih und Glied. Die jüngeren waren dünn und geschmeidig, die alten stämmig und knorrig. Er streckte den Arm aus, ergriff einen und riss ihn aus; dichter, brauner Nebel stieg aus der Erde. Das Problem mit den Dingen bestand darin, dass sie selbst dann etwas hinterließen, wenn sie fielen, und der Baum blieb stehen, obwohl er ihn in der Hand hatte, und er riss an dem Baum, der weiter im Boden wurzelte, und plötzlich war der Stamm so hauchdünn wie eine Oblate, schmolz in der Hitze seiner Hand und entglitt ihm.

Die Olivenernte war gerade beendet worden, aber die Bäume trugen schon wieder neue grüne Früchte, hart und klein inmitten des Laubes. Offenbar war alles unaufhörlich am Wachsen.

Die Krankenschwester, Jumana, half ihm in eine Sitzposition. Sie knöpfte sein Hemd mit trockenen Fingern auf und zog es von seinem Rücken. Er hörte, wie Tropfen prasselten, als sie den Schwamm über der Schüssel ausdrückte, und sein Fleisch kribbelte erwartungsvoll. Er spürte die nasse Wärme zuerst auf den Schultern, danach in den weichen, haarigen Achselhöhlen, und dann klatschte der Schwamm wieder in Jumanas Schüssel. Sein grober Rand kitzelte, als sie seine Handgelenke wusch, und als die Hände an der Reihe waren, musste er wie immer lachen. Er hätte nicht im Traum daran gedacht, dass ein fremder Mensch einmal seine Hände waschen würde. Danach waren Brust und Bauch an der Reihe, sie zwängte den Schwamm zwischen die Speckfalten; sie wusch seinen Nacken, der mehr als alles andere für Sauberkeit stand, denn wenn der Nacken geschrubbt war, fühlte man sich so sauber, dass man nicht einmal mehr baden musste; woran lag das wohl? Vielleicht an der Nähe zum Gehirn – und zu guter Letzt glitt die Wärme unten über seinen Rücken, sie kühlte sich an der Luft rasch wieder ab.

Wenn alle anderen in der Station stöhnten und husteten und redeten und beteten, drehte er sich manchmal zum Fenster und betrachtete den Hain im Mondschein, denn Jumana ließ den Fensterladen über Nacht immer einen Spalt offen, für ihn, vor allem für ihn, wie er dachte. Midhat glaubte, nie im Leben klarer bei Verstand gewesen zu sein. Er war schon vor geraumer Zeit ins Krankenhaus eingeliefert worden, er wusste nicht genau, wie lange er schon hier war, vielleicht Monate. Ein Denken, das jahrelang geruht zu haben schien, war hier erwacht. Schwer zu sagen, warum. Vielleicht war er im Schlaf gewandelt; war durch den Trott der endlosen Tage, durch seine Familie, durch das Geschäft und alle möglichen Kleinigkeiten, die Zeit aufsaugten wie Reiskörner Wasser, ausgelaugt worden. Im Krankenhausbett liegend, umgeben von Husten und Röcheln, Weinen und Toben, aber befreit von den täglichen Zwängen, widmete er sich dem Denken und fühlte sich gelassen. Probleme gab es nur, wenn sein Denken innehielt, wenn er wieder Körper war, denn beides zugleich war nicht möglich. Wenn er das Denken einstellte, quoll sein Fleisch auf. Er konnte das nicht verhindern, dann war er ein großes rosa Ding, und er betrachtete entsetzt seine Hände. Denken,

denken, ein Balsam – nichts schaffen – nur denken, eine beruhigende Tätigkeit, denn in den Winkeln der Station lauerte Bedrohliches. Die Gedanken flossen von einem Gegenstand zum nächsten, er schloss die Hände darum, betastete die Texturen. Worüber er nachdachte? Meist über sich selbst. Er tanzte zwischen zwei, drei, vier Versionen seiner selbst hin und her, und diese Versionen schoben sich übereinander wie unterschiedliche Karten ein und desselben Ortes. Er nahm die Unstimmigkeiten seines Denkens zur Kenntnis, ohne Schlüsse daraus zu ziehen. Manchmal erschien sein Vater in seinen Gedanken. Dann musterte er ihn kurz von der Seite, vermied es aber, die Zigarrenkiste zu betrachten, er rührte nicht an Dingen, die keinen Sinn ergaben.

Rechts von ihm lag ein Junge namens Sami, der sich beide Beine gebrochen hatte und nachts weinte.

»Hörst du den Krach?«

»Welchen Krach?«

»Er ist so laut, dass ich keinen Schlaf finde.«

»Ich höre nichts dergleichen.«

»Das ist unerträglich.«

Midhat sagte: »Das müssen die Rohrleitungen sein.«

Ihm kam der Gedanke, dass er jemand war, der solche Sätze oft von sich gab: »Das müssen die Rohrleitungen sein.« »Oh, das muss am Wetter liegen.« »Es muss wohl dies, muss wohl das, muss wohl jenes – muss es denn überhaupt?« Ja, es musste.

Ihre langen Finger, die Nägel wie Monde. Und warum hatte er ihr Kinn so deutlich vor Augen? Winzig und mit Grübchen. An der Decke schwankte eine Lampe.

Er packte voller Entsetzen die Bettdecke: So würde sie nicht mehr aussehen. Wie viele Jahre war das her – ein, zwei, drei, vier, fünf, sechs, sieben, acht, neun, zehn, elf, zwölf, dreizehn – er zählte fünfzehn Jahre. Mehr als fünfzehn Jahre! Zwanzig Jahre. Zwanzig Jahre. Ihr Gesicht hatte sich bestimmt verändert. Mitleid krampfte seinen Magen zusammen, sein Gesicht glühte, Tränen liefen ihm über die Wangen – armer Midhat. Er sagte laut: »Armer Midhat.« Bettzeug raschelte, und er wusste, dass sich jemand zu ihm umdrehte. »*Habibi* Midhat«, sagte Midhat. »Armer, armer Midhat …« Er begann wieder zu weinen. In diesem selbstmitleidigen Moment schien das Glück zum Greifen nahe zu sein.

Er träumte von Jeannettes Mutter, Ariane Molineu, bildete sich ein, sie wäre Jeannette. Dann erwachte er, sah prüfend zu den Olivenbäumen – noch da, fahle Morgendämmerung – und rief sich den Traum und die Tatsache in Erinnerung, dass beide Frauen eine Person waren. Vielleicht war das eine Erklärung. Gleichzeitig wurde das Bild von schwarzem Nebel verhüllt, wie Ruß den Kolben einer Lampe verdüsterte.

Das Licht auf dem Rasen veränderte sich. Er ging hinten in seinem Garten die Stufen hinauf, im vertrauten Rhythmus der Schritte, anfangs mit dem rechten Fuß zuerst, nach dem halben Weg mit dem linken, und oben auf der Terrasse fand er den Tag vor, an dem er den Brief entdeckt hatte wie eine verlegte Spielkarte. Er betrachtete den Tag, und seine Arme und Beine stießen gegen harte und weiche Gegenstände. Er dachte an sein Entsetzen – vage, um sich dem Schrecken nicht ganz auszusetzen –, das erste Entsetzen über den Traum, der sich da materialisierte, und seine Eingeweide durchdrangen die Haut. An diesem Punkt war er vor allem angeekelt.

Inzwischen fand er den Ansturm der Vergangenheit nicht mehr ganz so grauenvoll; er konnte wieder denken. Das neue Entsetzen, schlimmer als das alte, entsprang der Tatsache, dass sich jeder vormachte, die Vergangenheit wäre abgehakt. Jeder lebte auf der Oberfläche des Daseins und machte sich vor, nicht zu wissen, worauf er stand. Wie sollte er, Midhat Kamal, sich nach der Erkenntnis, wie brüchig alles war, jemals wieder etwas vormachen können?

»Hallo«, sagte Teta.

Er war überrascht, Teta am Fußende seines Bettes auf einem Stuhl sitzen zu sehen. Es war heller Tag. Er verspürte einen leichten Hunger. Er hörte Schritte im Flur. Seine Großmutter wirkte sowohl erschöpft als auch ängstlich. Er musterte sie wie ein Foto. Runzeliges Gesicht. Viel runzeliger als gedacht. Oberlippe hinter der geschürzten, platten, rosigen Unterlippe verborgen, unter der Fältchen in die Höhe strebten, als wollte die Lippe das Kinn verschlucken. Wässerige Augen, bläuliches Braun, ein Mischmasch. Schwere, teigige Wangen, die auf Höhe der Kinnlade in Falten zerfielen. Die Haare grau, lang, schütter, hinter den Kopf gebunden. Der Körper sowohl groß als auch klein: der einst volle Busen geschrumpft und geschwunden. Sie wirkte schwach, und wären die Wangen nicht gewesen, dann hätte sich unter der Haut der Schädel abgezeichnet. Ihm wurde bewusst, dass das Leben den Menschen nicht schlagartig verließ, sondern flackernd erlosch, wie eine Flamme immer schmaler und höher wurde.

»Geh nicht, Teta«, sagte er.

Sie schürzte die Lippen, was weitere Falten warf. »Irgendwann muss ich gehen. Stört es dich, wenn ich etwas esse?«

Midhat sank auf das Bett und fragte sich, ob er verschwinden würde, denn es gab so viele andere Personen, die ihn aus sich selbst hinausdrängten und sein Gefühl für sich selbst erstickten. Er versuchte, eine der vier Versionen seiner Person zu erinnern, die er gerade noch im Kopf gehabt hatte, fand aber keine mehr. Ihm war nur dieser sonderbare Scherenschnitt geblieben. Ein umgekehrtes Ebenbild. Ein Abklatsch.

Da tauchte eine Erinnerung auf. Seine Tochter Ghada, die im Garten in einer Pfütze herumtollte. Sie warf die Arme nach hinten, um aufzuspringen, und das Wasser spritzte auf ihre Beine.

Es war Winter, als Teta sagte, er werde in einigen Monaten

nach Bethlehem in eine psychiatrische Anstalt verlegt, die von den Briten geleitet werde. Die dortigen Krankenschwestern seien besser für ihn, weil sie die richtige Ausbildung hätten.

»Ja«, sagte er. »Gute Idee.«

Hani hatte ein paar Strippen gezogen, um ihn auf der Warteliste nach oben zu befördern. Er nahm diese Tatsachen auf wie ein Gerücht und fragte sich später, wo er davon gehört hatte.

Bei einer anderen Gelegenheit sagte er: »Es geht mir viel besser. Ich glaube, ich muss nicht nach Bethlehem.«

»Doch, doch, du musst. Die dortigen Krankenschwestern …«

Tetas Stirn zuckte, sie wirkte verängstigt. Das weckte eine Befürchtung in Midhat: Wie hatte er sie so erschrecken können?

»Du hast mich missverstanden«, sagte er sanft. »Ich bin nicht krank. Ich bin nicht verrückt. Ich bin nur sehr traurig. Das ist schon alles.«

»Ja«, sagte Teta schwach.

Fatima kam zu Besuch. Sie setzte sich auf Tetas Platz und sah ihn mit Augen an, in denen ein trüber Zorn glühte.

»Wo sind die Kinder?«

»Zu Hause.«

»Wie geht es ihnen?«

Er betrachtete sie, die im Schoß verkrampften Hände, und empfand das gleiche tiefe Mitleid wie bei Teta. Seine Gefühle waren unerreichbar. Er sagte nichts weiter. Stattdessen hatte er, während er seine Frau bemitleidete, wieder das Gefühl, als würde sich sein Selbst auflösen. Um dies zu überstehen, hielt er sich mit beiden Händen an der Matratze fest. Als das Gefühl abflaute, öffnete er die Augen und sah anstelle Fatimas eine Frau mit dichtem schwarzem Schleier, der nur die Augen freiließ.

»Warum trägst du einen Schleier?«

»Alle müssen jetzt einen Schleier tragen«, sagte Fatima.

»Dies ist ein Krankenhaus«, erwiderte Midhat. »Keine Moschee.«

Sie seufzte. Eine Krankenschwester ging mit einer Rolle Wundverband vorbei.

»Erstaunlich, dass du so reinkommen durftest«, fuhr er fort. »Schleier sind sehr unhygienisch.«

»Die Revolutionäre haben uns befohlen, einen Schleier zu tragen.«

»Revolutionäre?«

»Damit wir uns von den Jüdinnen unterscheiden, nehme ich an.«

»Revolutionäre?«

»Ja. Wir erleben gerade einen Aufstand. Wir werden von den ruhmreichen Fellachen angeführt.«

»Und das Geschäft? In meinem Geschäft gab es einen Brand, Fatima.«

»Es wird gestreikt. Alle Geschäfte sind geschlossen.«

An das übrige Gespräch erinnerte er sich nicht mehr. Er wusste, dass es anstrengend gewesen war, denn hinterher war er müde, und als er erwachte, stellte er fest, dass man ihn im Bett fixiert hatte, indem man die Decke gestrafft und die Ränder unter die Matratze geklemmt hatte. Die Luft war warm, die Decke, ein doppelt gelegtes Laken, bildete einen Baldachin zwischen Bauch und Knien.

Als Fatima das nächste Mal zu Besuch kam, trug sie ein Tuch um den Hals; das Gesicht war unbedeckt. Er lachte freudlos.

»Das ist ja eine ganz neue Mode, meine Liebe.«

Er wusste nicht mehr, was sie erwidert hatte. Er war mit einem Gedanken beschäftigt, nahm wie durch Watte wahr, dass er weitersprach und dass sie reagierte, und als er dann wieder erwachte, war sie weg, und er konnte sich an nichts mehr erinnern.

Das Wetter wurde milder, und Jumana erlaubte ihm, auf der Terrasse frische Luft zu schnappen. Er fühlte sich munterer, wenn er den Wind im Gesicht spürte, und im Freien erlebte er lichtere Momente. Er wechselte Worte mit Patienten und Besuchern und sah verblüfft zu, wie sich der Frühling der winterlichen Felder bemächtigte.

Eines Tages, Jumana hatte ihm geholfen, Anzug und Krawatte anzulegen, trat Midhat, auf den Stock gestützt, ans Geländer. Als er sich umschaute, erblickte er hinten auf der Veranda einen Mann. Sein Herz sank. Er hatte ein schrilles Pfeifen im Ohr.

»Was hat der hier zu suchen?«

»Wer?«, fragte Jumana, indem sie sich umdrehte.

Es war Doktor Molineu. Stark gealtert, nicht mehr so geschmeidig und beweglich. Rundlicher, bärtig – doch er war es, ganz eindeutig. Midhat sah Jumana in die Augen.

»Bringen Sie mich weg«, flüsterte er.

Er hatte die Worte noch nicht ganz ausgesprochen, als ihm ein neuer Gedanke kam. Er fasste frischen Mut. Wenn der Doktor hier war, konnte er Jeannette eine Nachricht übermitteln.

»Warum denn?«, fragte Jumana und streichelte seinen Arm. »Hat Sie etwas erschreckt?«

»Ein Mann, den ich von früher kenne …«, sagte Midhat und begann zu zittern. Seine Gedanken gerieten durcheinander. Welche Nachricht sollte er ihr zukommen lassen? Er reckte einen Arm und zeigte. »Dort.«

»Wo?«

Midhat sah noch einmal hin, dann verstummte er. Der Mann, der ganz hinten saß, war nicht Doktor Molineu. Sondern ein alter Priester. Mit weißem Rauschebart und breitkrempigem schwarzem Hut.

Er wurde in einem heißen Auto nach Bethlehem gefahren.

»Wo ist Hani?«, fragte er.

»In Sarafand.«

»Sarafand?«

»Ja.«

»Und Fatima?«

»Kümmert sich um die Kinder.«

Teta und Umm Jamil, die auf dem Rücksitz links und rechts neben ihm saßen, begannen zu beten.

Vor dem Krankenhaus in Bethlehem wurden sie von zwei Krankenschwestern erwartet. Eine sprach Umm Jamil an, während sie Midhat in einen Rollstuhl half.

»Sie können ihn dienstags besuchen.«

Midhat brach in Tränen aus. Teta ging um das Auto und stützte sich auf die Motorhaube.

»Welche Behandlung bekommt er hier?«

»Hier gibt es keine Behandlung«, sagte die größere Krankenschwester.

»Was?«

»Wir behandeln nicht medizinisch.«

»Wenn Sie eine solche Behandlung wünschen, müssen Sie sich an das jüdische Krankenhaus in Jerusalem wenden.«

»Wieso haben wir ihn dann hier untergebracht?«, wollte Teta von Umm Jamil wissen.

»Möchten Sie das Bett oder nicht?«, fragte die größere Krankenschwester. »Wir haben eine sehr lange Warteliste, es gibt mindestens hundert Personen …«

»Wie lange muss er bleiben?«

»Kommt darauf an.«

Sie küssten Midhat viele Male. Er verbarg seine Tränen nicht. Der Flur, in den er geschoben wurde, war dunkel, hinter den Türen ertönten Stimmen. Als man ihm den Anzug ausziehen wollte, bestand er darauf, dies selbst zu tun. Zu seiner

Überraschung willigte man ein. Während er allein in einem kleinen Raum die Knöpfe öffnete und seine Hose auf das Bett legte, fragte er sich, ob er diesen Rest Würde der Tatsache verdankte, dass er mit Hani Murad befreundet war. Er legte Hemd und Sakko ordentlich auf die Matratze, danach die Strümpfe, und zog den grünen Kittel an. Er wurde gewogen und im Rollstuhl zu einem Bett geschoben, das ganz hinten in der Station stand, zwischen einer kalten, verputzten Wand und einem dicken Mann mit breiter Stirn, der sich über Midhats Anblick zu freuen schien. Er hatte sich wohl nach Gesellschaft gesehnt, denn der andere Bettnachbar wirkte weggetreten. Midhat war sich seiner eigenen Leibesfülle bewusst, und er fand es abscheulich, dass der Mann vielleicht eine Parallele zwischen sich selbst und ihm zog.

»*Bon soir, Monsieur*«, sagte Midhat. Und als er von der Krankenschwester zugedeckt wurde, murmelte er: »Vielen Dank, Mademoiselle.«

»Oh, la, la«, sagte der Mann. »Ein Pariser.«

»Ja«, sagte Midhat, indem er sich im Bett aufrichtete. »Ich habe in Paris gelebt.«

Das hielt den Mann nicht vom Plappern ab, und Midhat war bald über alles im Bilde, was an Gerüchten und Geschichten zwischen den Krankenbetten kursierte, unter anderem über die frühere Oberschwester, Miss Whitaker. Miss Withaker war *innhablat* gewesen, also verrückt geworden, und hatte eine palästinensische Krankenschwester in eine Gummizelle gesperrt. Daraufhin hatte man sie in ein Irrenhaus bei Beirut gesteckt.

»Und die Briten mussten das bezahlen«, erzählte der Mann. »Sie kommen für sie auf, obwohl sie uns kaum finanzieren können. Wie lange mussten Sie auf einen Platz warten?«

»Nicht lange«, antwortete Midhat kühl.

Daraufhin schwieg der Mann endlich. Nach einer Weile

hörte Midhat, wie er andere Nachbarn ansprach, konnte die Antworten aber nicht verstehen.

In dieser Station war er nicht entspannt. Während der nächsten paar Tage bemerkte er bei der Rückkehr aus dem Speiseraum, dass Gerüche in der Luft hingen, und wenn er aus dem Bett stieg, musste er darauf achten, wohin er trat, weil es einen klebrigen Fleck auf dem Fußboden gab. Er gab sich größte Mühe, das ständige Stöhnen und die unheimlichen Schreie zu ignorieren, die nachts über den Flur hallten. Als diese schlagartig verstummten, fragte sich Midhat, ob sein Verstand gesiegt, ob er den Lärm so erfolgreich verdrängt hatte, dass er ihn sogar dann nicht mehr hören konnte, wenn er die Ohren spitzte. Nach einer Weile vernahm er Fetzen anderer Geräusche, Gemurmel und Schlurfen, und er fragte sich, wieso das Geschrei verstummt war, ob das vielleicht mit einer Betäubung oder anderen finsteren Machenschaften zu tun hatte. Er vermisste das freundliche Gemurmel im Krankenhaus von Nablus, und als eine britische Krankenschwester an sein Bett trat, um ihm mitzuteilen, die Oberschwester wolle ihn gern persönlich sprechen, erwiderte er unwillkürlich: »Bitte lassen Sie mich raus. Ich bin nicht verrückt.« Die Schwester half ihm in den Rollstuhl, und während sie ihn durch den feuchtkalten Flur zu einem der hinteren Büros schob, erklärte er mehrfach, lieber zu Fuß gehen zu wollen.

Die Oberschwester war eine große, braun gebrannte Frau mit Sommersprossen und widerspenstigen schwarzen Haaren, die sie unter einer weißen Haube festgesteckt hatte. Hinter ihrem Metallschreibtisch sitzend, informierte sie ihn auf Englisch darüber, dass er von den Schwestern als »fügsam« eingestuft worden sei. Midhat analysierte ihre Worte und übersetzte sie dann ins Französische, wobei sie ihn misstrauisch beobachtete. Als er begriff, dass eine Reaktion von ihm erwartet wurde, nickte er und verschränkte die Finger im Schoß. Seine Muskeln kannten diese Geste gut, denn es war die eines Ladenbesitzers, der sich dazu herabließ, einem Kunden zu lauschen. Er fühlte sich plötzlich gedemütigt und drückte seine Fingerspitzen in die Haut zwischen den Knöcheln.

»Wir verlegen Sie auf die Reha-Station, Mister Kamal«, sagte die Oberschwester.

Er bemerkte, dass ihr Mund einem Schnabel ähnelte, mit einer Lücke zwischen Zähnen und Lippe, in der sie Körner für ihre Vogelküken hätte transportieren können.

Die neue Station war heller, obwohl das vergitterte Fenster neben seinem Bett nur einen Blick auf eine Mauer bot. Links von ihm lag Yusef Qadri aus Hebron. Rechts von ihm ein Pole namens Henryk. Dieser war sehr mager und blond, und seine Füße ragten zwischen den Bettpfosten auf. Er war ein Geiger und hatte bei den Pogromen gelitten. Yusef war genauso mager und immer stumm. Henryk war ein Plappermaul. Er sprach perfekt Französisch.

Am zweiten Tag fragte er: »Weißt du, warum wir hier sind?« Er warf einen Blick zum Fenster, und auf seinem Hals strafften sich die Sehnen wie die Saiten eines Klaviers.

»Und warum?«

»Weil wir ein Innenleben haben.«

»Ein was?«

»Das ist eine Zivilisationskrankheit. Darum gibt es mehr verrückte Juden als verrückte Araber.«

Midhat musterte Henryks Gesicht. Die spitzen Wangenknochen betonten die großen, halb hinter den Lidern verborgenen Augen.

»Unsinn.«

»Doch. Wir sind der Natur entfremdet«, erwiderte Henryk. »Wir sind zivilisiert. Ihr Araber dagegen – ihr seid eins mit der Natur.«

Midhat stöhnte und drückte sich das Kissen auf den Kopf. Er schloss die Augen und lauschte seinen Schritten, zuerst durch den Garten und dann die Treppe zur Terrasse hinauf. Rechts, links, rechts, links. Auf halber Strecke wechselte er: links, rechts, links, rechts. Er schrak aus dem Schlaf auf und stieß mit dem nackten Fuß gegen die kalte Emaille des Bettpfostens.

Es war Vormittag, und eine Krankenschwester stand neben seinem Bett.

»Sie haben Besuch. Kommen Sie mit in den Besucherraum. Na, nun kommen Sie schon«, wiederholte sie mit einer fröhlichen Stimme, die ihrer Miene widersprach.

Er schlüpfte in die Slipper und folgte ihr in einen Flur, dessen Wände auf der einen Seite von Betten und auf der anderen von Stühlen gesäumt waren. Er fragte sich, wie es wäre, in diesem hektischen Flur zu liegen. Dann führte eine Treppe in einen kleinen, unverputzten Raum, dessen Türen einen Blick in einen verdorrten Garten boten. Es war Sommer, wie Midhat verblüfft feststellte. Zwei andere Patienten hatten auch Besuch, und Teta saß in der Nähe der Tür, sie verschränkte die Finger im Schoß. Er setzte sich neben sie, und ihre Augen verrieten ihm, wie furchtbar diese Anstalt war.

»Oh, Teta«, sagte er.

Er fühlte sich so beschämt, als wäre er ein offizieller Vertreter des Krankenhauses. Sie beugte sich vor, um ihm etwas zuzuflüstern, und er sah das Baumwollkleid unter ihrem Mantel, bestickt mit blauen Sternen. Nach einer Weile wurde ihm bewusst, dass sie immer noch nichts gesagt hatte, und als er wieder in ihre Augen sah, begriff er, dass sie glaubte, er würde sie nicht verstehen. Das versetzte ihm einen Stich, und plötzlich stand eine Mauer zwischen ihnen. Er hätte gern gesagt: Ich verstehe. Aber sobald er die Worte formen wollte, stieg etwas Heißes, Schweres und Schmerzhaftes in seiner Kehle auf und verschloss seinen Mund. Er spürte, wie angespannt er dreinschaute. Er hätte gern gesagt, dass er hier fehl am Platz war. Er beobachtete, wie sie versuchte, mit ihrem Unbehagen fertigzuwerden, wie sie tief Luft holte und diese dann wieder entließ. Hinter ihr sagte eine Frau: »Und Bassima kommt nächste Woche zur Schule …«

Teta wuchtete sich auf die Beine. Er wurde in ihren Schatten getaucht, als sie sich bückte, um ihm einen Kuss zu geben. Sie sagte etwas zu der neben der Tür stehenden Krankenschwester und humpelte dann mit ihrer kaputten Hüfte hinaus. Jede Faser seines Körpers streckte sich nach ihr.

Bei seiner Rückkehr in die Station trug Henryk eine Brille und las ein Buch. Seine Finger verdeckten den Titel.

»Was lesen Sie?«

»Einen Roman.«

Midhat wartete auf weitere Erklärungen. Das durch das Fenster fallende Licht ließ die Wand gegenüber bläulich schimmern, und er fand es bedauerlich, vom Bett keine Aussicht zu haben. Nicht, dass der Blick besonders schön gewesen wäre. Vielleicht wollten die Schwestern nicht, dass sie auf dumme Gedanken kamen. Auf der ersten Station hatte sein Bettnachbar von Patienten erzählt, die Ausbruchsversuche unternommen hatten.

»Auf dem Schiff war es eiskalt«, sagte Henryk.

Midhat glaubte zunächst, er würde aus dem Buch vorlesen. Dann sah er, dass der Roman mit dem Einband nach oben auf Henryks Schoß lag.

»Bitte?«

»Und so voll.« Er begegnete Midhats Blick. »Ich rede von dem Schiff. Mit dem meine Familie und ich gekommen sind.«

»Ah.«

»Es war September. Wir rechneten also mit mildem Wetter. Aber das Wetter war schrecklich.« Er erzählte das wie einen

Witz und lächelte. »Wir waren Hunderte, und wir fuhren mit dem Zug nach Bulgarien, meine Frau, unser Sohn Aleksander und ich. Wir gaben uns als Touristen aus, weil die jährliche Quote schon überschritten war. Urlaub in Palästina. Wir hatten kaum Gepäck. Die Grenzer haben bestimmt geahnt, dass wir keinen Urlaub machen wollten. Ich glaube sogar, sie hatten Anweisung, mitzuspielen. Aber wir wollten in Bulgarien an Bord des Schiffes gehen, und meine Frau sagte, ich könne meine Geige nicht mitnehmen – wer fährt schon mit einer Geige in Urlaub? Ich wehrte mich, denn ich wollte meine Geige unbedingt mitnehmen. Dann trafen wir einen Schleuser, er hieß Lejba. Wir zahlten … wir zahlten siebenhundertfünfzig Zloty pro Kopf, auch für unseren Sohn, insgesamt zweitausendzweihundertfünfzig Zloty. Unfassbar, oder? Wir bekamen Pässe mit neuen Namen. Wir wurden die Wolmarks. Mein neuer Name lautet Henryk Wolmark. Meinen alten verrate ich nicht, denn er ist mit meiner Geige in Polen geblieben. Dann wiederholte der Schleuser, ich dürfe meine Geige nicht mitnehmen. Touristen mit Musikinstrumenten seien verdächtig, sagte er. Aber wenn …« Henryk drehte sich wieder zu Midhat um, seine Lider hoben sich zum ersten Mal und enthüllten das makellose Weiß um die graublaue Iris. »… aber wenn die Grenzer wussten, was wir vorhatten, warum musste ich dann meine Geige zurücklassen?«

Er schien eine Antwort zu erwarten. Midhat schwieg. Er wollte diese Geschichte nicht hören.

»Wegen der Briten«, sagte Henryk schließlich, »das ist die Antwort. Aber dazu komme ich noch. Zuerst ging es auf Kreuzfahrt.« Er lachte heiser. »Meine Frau und ich hatten zwei Mäntel gekauft, wir trugen sie die ganze Zeit.« Er lachte noch einmal. »Aleksander – der arme Aleksander. *Papa*, sagte er, *Papa, mir ist so kalt, darf ich unter deinen Mantel schlüpfen?* Wenn sie uns unbedingt hierherverpflanzen wollen, können sie doch auch für eine angenehmere Reise sorgen, oder? Das Essen – der Kapitän hat uns todsicher übers Ohr gehauen. Ich hüllte Aleksander mit in meinen Mantel, und dann saßen wir da und sangen.«

Danach schwieg er. Yusef Qadri stöhnte, und Henryk seufzte. Midhat wartete. Henryk nahm das Buch zur Hand und betrachtete den Umschlag. Midhat sah, dass der Titel auf Polnisch war.

»Die Juden wurden bedroht«, sagte Henryk schließlich. »Aber wir waren noch vergleichsweise gut dran. Wir hatten Glück. Meinem Onkel und meiner Tante in Danzig ist es schlimmer ergangen.«

Als er sich abwandte, glitt sein Schlafanzugoberteil über der hageren Flanke nach oben. Midhat überlegte, ob Henryk sich selbst eingeliefert hatte oder auch von Familie und Freunden gebracht worden war. Er beschloss, am nächsten Dienstag darauf zu achten, ob Henryk in den Besucherraum geführt wurde. Midhat konnte bei ihm zwar keine Anzeichen psychischer Instabilität erkennen, aber – als er dies dachte, sank er auf den Rücken – vielleicht konnte er den seelischen Defekt anderer nicht erkennen, weil er selbst einen hatte.

Ein furchtbarer Gedanke. Midhat, in seinem Denken eingekapselt, durfte seinen Wahrnehmungen nicht mehr trauen. Er dachte an das schrille Pfeifen, das manchmal in seinen Ohren gellte, und analysierte seinen Fall ohne Scheuklappen.

Er hatte zwanzig Jahre darüber grübeln können, was im Haus der Molineus passiert war. Anfangs hatte er geglaubt, er hätte Jeannette durch seine Vorwürfe gegen Sylvain Leclair von sich fortgestoßen. Und er hatte das akzeptiert, wie man das Ende einer Geschichte über einen Fremden akzeptierte – er hatte sich diesem Ende bereits gefügt, als er in Paris den Abschiedsbrief an Jeannette geschrieben hatte, immerhin in gutem Französisch, denn er wollte ja verstanden werden, er hatte klar und geschliffen formuliert, und dann hatte er Hani in der Rue Spontini alles vorgelesen und darauf geachtet, dass auch ja jedes Komma stimmte. Anschließend war er nach Palästina zurückgekehrt und hatte ebenso langsam wie entschlossen seine letzten Hoffnungen erstickt. Er hatte mutig nach vorn geblickt – dafür musste er sich loben, jawohl – und sich auf die Zukunft eingelassen. Die Vergangenheit war mit der Zeit verblasst. Er hatte geheiratet und war Vater geworden, er verdiente sein Geld, genoss soziale Anerkennung – war jemand, der es aus eigener Kraft geschafft hatte.

Es lag also nahe, Jeannettes Brief als brutalen Angriff zu deuten. Wäre er in Montpellier geblieben, wäre er jetzt nicht so stolz, dann sähe vielleicht alles anders aus. Er hatte immer noch vor Augen, wie sie sich im Flur abgewandt hatte; sie hatte ihn nicht anschauen mögen. Sie hatte damals sicher nicht geahnt, dass dies nicht der Schlusspunkt gewesen war. Seine Wut flammte auf, sie loderte gegen Jeannette. Sie war unglaublich egoistisch. Absolut typisch für sie, nach all der Zeit wieder den Arm nach ihm auszustrecken und ihn fertigzumachen.

Er ließ sich kurz gehen. Er schloss die Augen und gab sich einer Phantasie hin. Er konnte den Schutzwall spüren, den er gegen diese bestimmte Phantasie errichtet hatte, und als er ihn einriss, ächzte sein ganzer Körper. Er war wieder in Nablus. Gerade von Bord des Schiffes gegangen. Und da, im Flur, lag der Umschlag mit seinem Namen darauf. Er griff danach, riss die Lasche mit den Fingern auf. Er hörte Jeannettes Stimme, und ihre Worte hatten plötzlich eine andere Bedeutung, sie erfüllten ihn mit Dringlichkeit, mit Hoffnung, mit dem Gefühl, noch eine Chance zu haben – er nahm die Tasche, die er noch nicht ausgepackt hatte, und ging wieder in die Berge. Er nahm den Zug nach Tulkarem, den Zug nach Alexandria. Er ließ alles zurück – Teta, seinen Vater, seine Familie. Er saß in einem Zug nach Ägypten, er ging an Bord eines Dampfers nach

Marseille. Und da stand sie, auf dem Kai, und erwartete ihn. Er sah sie schon von Weitem, ihr dunkles Haar. Und dann ihr Gesicht, er konnte sie erkennen, er schloss sie in die Arme, vergrub seine Nase in ihren Haaren. Tränen füllten seine Augen, und er lächelte selig, während er Jeannette betrachtete, die im Krankenhaus unter der Zimmerdecke schwebte.

Ein Quietschen: die Gummisohlen einer Krankenschwester. Ein paar Betten weiter nieste ein Patient. Midhat blinzelte und wischte die Tränen weg.

Er stellte fest, dass er besser denken konnte. Er analysierte seinen Zustand: Gelassenheit, keine Probleme mit den Augen, kein verschwommener Blick. Er verschränkte die Finger auf dem Bauch und konzentrierte sich. War das möglich? Hatte der Sturm der Verwirrung seinen Höhepunkt überschritten und war abgeflaut? Er hatte einen Krampf im Fuß und hob das Bein, ließ den Knöchel kreisen, um ihn zu lösen. Das Bein war schwach und wund. Er drehte sich zu Henryk um, der auf dem Rücken lag, die Arme verschränkt, auf der Unterlippe kauend. Er warf einen Blick auf Yusef Qadri; der schlief.

Dann trat Fatima auf die klare Bühne seines Geistes, gefolgt von Teta und Eli und dem ausgebrannten Laden, gefolgt von allen häuslichen Fakten und seinen Kindern. Sein Herz krampfte sich zusammen. Er musste heimkehren. Sie brauchten ihn. Er hatte den Schmerz schon früher in sein Leben integriert; das würde ihm wieder gelingen. Jeannettes Brief offenbarte im Grunde nur, dass sein Vater grausam gewesen war und ihn verraten hatte. Und natürlich, dass die Liebe nicht erloschen war, obwohl er das geglaubt hatte. Nun war sie jedoch erkaltet, hatte also keine Bedeutung mehr.

»Wir haben unsere Väter zu sehr geliebt«, sagte er laut.

Er reckte das Kinn, um die Tränen zu stoppen. Er dachte daran, wie er Ghada im Arm gehalten hatte: Würde er seiner Tochter antun, was ihm von seinem Vater angetan worden war? Würde er sie verlassen? Er spürte einen Schmerz, der nie verflöge, andererseits war nichts mehr an der Situation zu ändern, oder? Er konnte den Brief nicht mehr beantworten oder sie anrufen und sagen: Jeannette, ich bin's, wollen wir uns treffen? Er konnte nicht an Bord eines Schiffes nach Marseille gehen. Er konnte die Kluft nicht mehr überbrücken.

Er erhaschte einen kurzen, trüben Blick auf sein jüngeres Selbst – dort, auf der anderen Seite des Abgrunds. Der Bodensatz, das Muster und der Tonfall von Henryks Geschichte, die Sache mit seinem wahren Namen, der zusammen mit der Geige in Polen geblieben war – vermutlich sorgte der Abstand dafür, dass Ort und Zeit verschmolzen und den Blick auf einen jungen Mann freigaben, der in Montpellier aus dem Zug stieg. Da stand er nun: Hundemüde, eine riesige Reisetruhe schleppend, mit der Aussicht auf eine glänzende Zukunft, voller Enthusiasmus und Furcht. Wie kam es, dass er sich so weit von diesem alten Selbst entfernt hatte? Die Kluft war gewaltig. Midhat tastete mit einem Fuß nach dem Rand des Abgrunds, der sein Leben zerschnitt; der einstige Optimismus war verflogen. Er war gespalten: Hier war sein jetziges Selbst, in der Ferne stand ein junger, drahtiger Mann, arglos, nicht gerüstet für kommende Schlachten. Er bedauerte den jungen Mann, weil dieser nicht wusste, was ihm bevorstand.

»Das hier«, sagte er, »entspricht so gar nicht den Erwartungen, die ich in jungen Jahren hatte.«

Henryk atmete aus. »Stimmt.«

Geräusche ertönten, polternde Schritte, klappernde Teller. Eine Krankenschwester, die ein Klemmbrett schwang, scheuchte sie zum Mittagessen. Midhat schob die Füße in die Slipper, die neben seinem Bett standen, und schlurfte Henryk hinterher.

Im Speiseraum hing der aromatische Dampf eines Eintopfs in der Luft. Midhat betrachtete die Gesichter der Patienten, die ihre gefüllten Teller zu den Tischen trugen. Ob sie auch so klar im Kopf waren wie er, ob man sie auch weggesperrt hatte, weil sie miterlebt hatten, wie ein Teil ihrer Welt zerstört worden war? Manche entsprachen tatsächlich dem Typus des Irren, den jedes Kind sofort erkannt hätte: entweder singend oder apathisch und stumm, immer nur krumm auf dem Stuhl sitzend. Viele, auch Henryk, erweckten jedoch den Eindruck, freundlich und beherrscht zu sein.

»Aufwachen!«, sagte die Frau mit der Schöpfkelle.

Die grünbraune Flüssigkeit schwappte auf den Tellerrand, als er zu Henryk ging. Yusef Qadri folgte ihm auf den Fersen. Sie saßen am Tisch, eine Platte mit Buchweizenbrot zwischen sich, und die Gabel zitterte in Yusefs Fingern.

Midhat hasste es, von den Krankenschwestern beim Essen beobachtet zu werden. Er wusste inzwischen, dass man am besten langsam und unauffällig aß, denn wer das Essen verweigerte oder zu hungrig futterte, erregte Aufmerksamkeit, dann machten sie sich sofort Notizen. Die Oberschwester, diese Riesin, patrouillierte zwischen den Tischen. Midhat tunkte das Brot in die Suppe.

»Ich höre ihren Gesprächen gern zu«, sagte Henryk. Midhat bemerkte drei Krankenschwestern, die miteinander plauderten. »Sie glauben, wir würden sie nicht hören.« Henryk hob den Löffel. »Aber ich höre sie. Die eine hat gerade einen wahrhaft theatralischen Satz von sich gegeben. Famose Formulierung.«

Alles verlief geordnet. Zuerst kratzten die Schwestern die Essensreste in einen Eimer, dann stapelten sie die Teller auf metallenen Rollwagen und brachten sie weg, und erst danach durften die Patienten ihre Stühle quietschend zurückschieben und im Gänsemarsch hinausgehen.

In der Station hatte jemand die Deckenleuchten angeknipst, weil es dunkel war, und der Lichtfleck mit den Schattenstreifen der Gitterstäbe, den die Sonne auf die Wand warf, war weiter nach rechts gewandert und fast verblasst. Midhat zog die Slipper aus und schlüpfte unter die Decke.

»In den Dardanellen«, erzählte Henryk, »dort haben die Briten uns erwischt.«

Midhat hörte wortlos zu. Er wollte die Geschichte von Henryks Schicksal nicht hören. Er schloss die Augen und sah wackelige Bilder vor sich, eine violette See und Gischt, die auf sein Bett sprühte. Er stellte sich im Dunkeln seinem Körper, in seinen Adern pochte das Blut. Er öffnete die Augen und spitzte wieder die Ohren.

»Sie verfolgten uns und ließen uns nicht in den Hafen einlaufen. Wir mussten nach Griechenland zurückkehren. Du kannst dir sicher vorstellen, wie verzweifelt wir waren. Meine Frau weinte. Wir legten auf Tinos an. Wir hatten an Bord ein paar Freundschaften geschlossen, insgesamt waren wir über dreihundert. Dreihundertfünfzig Leute, glaube ich. Einen jungen Mann, Julian, mochten wir am liebsten, er begeisterte sich für die Hechaluz-Bewegung. Wir nicht so sehr. Meine Frau hatte zwar ein bisschen dafür übrig, aber wir wollten vor allem weg, weil wir in Polen so arm gewesen waren, wir hatten kein gutes Leben, und dann gab es auch noch die Pogrome, sie wollte nicht, dass Aleksander dort aufwuchs, sie befürchtete, auch uns könnte passieren, was sich in der Nachbarschaft abspielte. Wir hörten die Geschichten über Palästina, über das dortige Leben ... Julian war ein echter Enthusiast. Er hat mich vieles Neue über den Zionismus gelehrt. Wir blieben einen Monat auf der Insel Tinos, und im November stachen wir wieder in See. Oh, Midhat, das war schrecklich.«

Als er direkt angesprochen wurde, wandte sich Midhat dem Erzähler zu. Henryk lag auf dem Rücken, den Blick nach oben gerichtet, und fuchtelte mit den Händen.

»Zehn Wochen auf See. Ich fragte mich, warum wir überhaupt aufgebrochen waren. Wieso? Ah, ich erinnere mich.«

Er tippte mit den Fingern auf den Rücken der anderen Hand. »Meine Frau wollte es so. Meine Frau wollte, dass wir fuhren. Wir wollten nach Griechenland zurückkehren, aber die Griechen ließen uns nicht mehr an Land.« Midhat sah zu, wie Henryks Finger im fahlen Sonnenschein wie Seetang schwankten. »Wir versuchten es noch einmal mit Tel Aviv, vergeblich, und da war ich, wie du ahnst, schon monatelang auf See und sehnte mich nach meiner Geige. Das war keine Kleinigkeit. Das schmerzte, und ich sah nur Wasser. Kein blaues Wasser. Schmutziges, graues, ekelhaft grünes Wasser. Es war Winter, der Himmel wurde schwarz, wir hatten in Griechenland noch einen Mantel für Aleksander gekauft, für mehr reichte das Geld nicht. Wir hätten nie gedacht, so lange auf See zu sein.« Er hielt Daumen und Zeigefinger dicht aneinander. »Die Rationen waren winzig, kleiner als hier. Steinhartes Brot. Grässlich. Eines Nachts, wir ankerten dicht vor der Mittelmeerküste und schliefen gerade in den Stockbetten, weckte uns Julian. Wir wollen auf eigene Faust aufbrechen, sagte er, kommt ihr mit? Wie denn?, fragte ich. Mit Rettungsbooten, antwortete er. Und die Leute auf Wache?, fragte ich. Die wissen Bescheid, meinte Julian, sie sind mit von der Partie. Insgesamt waren wir vielleicht vierzig bis fünfzig Personen, alle gingen an Deck, manche im Schlafanzug, aber mit Stiefeln. Dann stahlen wir die Rettungsboote, im Grunde ein Verbrechen. Wir ruderten durch die Dunkelheit, es war unglaublich kalt, und wir ließen viel zurück, denn die Boote waren klein, man konnte kein Gepäck mitnehmen. Mein Gott, in jener Nacht war es stockdunkel, und wir hielten zitternd auf die Lichter am Ufer zu.«

Er verstummte.

»Und was ist dann passiert?«, fragte Midhat.

»Tja, ich bin hier«, sagte Henryk. Er senkte die ausgestreckten Arme auf die Decke wie ein Kind.

Midhat hatte das Gefühl, aus der Geschichte geworfen worden zu sein. Er fragte sich, ob ihm der Höhepunkt entgangen war, der erklärte, wie Henryk in dieser Irrenanstalt gelandet war. Er zerbrach sich den Kopf über die geeignete Formulierung, um sich nach Frau und Kind zu erkundigen, kam aber nicht auf die passenden Worte. Der Lichtfleck auf der Wand verschwand, und die gelben Deckenleuchten wurden heller. Ein Moskito, der sich am Blut eines Patienten gesättigt hatte, surrte vorbei und setzte sich neben dem Bett auf die Wand.

»Danke für deinen Brief«, sagte eine Stimme.

Ein Klatschen, als jemand den Moskito erschlug; auf der Wand blieb ein Blutfleck zurück.

Midhat musste sich nicht umdrehen, um zu wissen, wer gesprochen hatte. Er glühte plötzlich vor Aufregung.

»Ach ja, der Brief«, sagte er. »Gern geschehen. Wirklich. War mir ein Vergnügen. Ich bin froh …« – er lachte leise – »… dass er dich erreicht hat.«

Er drehte sich um, weil er ihr Gesicht sehen wollte. Wirklich sagenhaft. Viel detaillierter, als er es sich jemals vor Augen hatte rufen können. Sie lächelte, und die Haut unter ihren Augen warf kleine Falten. Er griff nach ihrer Schulter und schnappte nach Luft, als er die vertraute Straffheit ihres Körpers spürte. Seine Wut verpuffte.

»Du hast die Wärme des Hauses mitgenommen«, sagte Jeannette und senkte den Blick, während sie um Worte rang. »Als Krankenschwester habe ich nicht viel getaugt, aber man brauchte sogar Hilfe beim Putzen.« Sie lächelte.

»Du warst sicher besser, als du glaubst.«

Sie berührte seine Hand, und ihre kühlen, trockenen Finger jagten ihm einen Schauder durch die Brust. Er holt Luft, als er die Wärme ihres Körpers spürte. Dies war die Realität.

»Vier Jahre sind vergangen, seit du uns in Montpellier verlassen hast«, sagte sie. »Vier Jahre! Das ist unfassbar.«

»Das finde ich auch. Deine Stimme …« Er schüttelte den Kopf. »Ich habe deine Stimme vermisst.«

»Ich wünsche mir nur, dass das, was sich zugetragen hat, kein Schlussstrich ist.«

Ein zorniges Zucken lief über Jeannettes Stirn, dann von den Augenwinkeln über die Wangen.

»Es hat mich so lange geschmerzt«, sagte sie.

»Ich weiß.«

Das Gesicht! Wie oft hatte er versucht, es wachzurufen, aber nur vage Details vor Augen gehabt. Er drückte ihre Schulter fester, spürte den harten Knochen, strich mit der freien Hand über die Haut unterhalb ihres Kinns, spürte ihre herrlich kühle, weiche Wange, und dann wurden seine Ohren, seine Nase und sein Gaumen von Sinneswahrnehmungen bestürmt – ein Rasen im Sonnenschein, die Kristalle eines Lüsters, ein Baum, durch das Fenster gesehen – das Echo in einer hohen, dunklen Kirche, der muffige Geruch, die zwischen den Wänden hallenden Stimmen. Dann ein schrilles Pfeifen.

»Ich wünschte, ich könnte dein Gesicht sehen«, sagte Jeannette.

Er griff nach ihren Händen und drückte sie.

»Aber ich bin doch hier«, sagte er.

Er spürte eine aufkeimende Panik.

»Ich spüre dich manchmal in meinem Atem.«

»Ich wünschte, ich wäre in der Jerusalemer Anstalt«, sagte Henryk.

Midhat drehte sich um. Henryk saß aufrecht auf seinem Bett und rieb sich die Augen.

»Angeblich gibt es dort Behandlungsmethoden, die einen ins Koma versetzen. Ich habe es so satt, wach zu sein.«

»Jeannette?«, sagte Midhat.

»Wer ist Jeannette?«

Midhat streckte die Hände aus. Er spürte die Luft.

»Tja, warum bist du nicht nach Jerusalem gegangen!«

»Das ist viel zu teuer«, sagte Henryk fast beleidigt.

Als Midhat noch einmal hinschaute, sah er, wie Henryk eine Hand unter die Decke schob. Als er sie wieder hervorzog, lag eine goldene Scheibe auf seiner Handfläche. Er strich mit dem Daumen über den Rand. Es war eine Taschenuhr. Er ließ den Deckel aufklappen und begann, die Uhr aufzuziehen. Midhat starrte ihn an. Das Uhrwerk begann zu ticken. Er konnte das Zifferblatt sehen – mit arabischen Ziffern. Sein Herz schlug so schnell, dass ihm die Luft wegblieb.

Er fragte stockend: »Woher hast du die?«

»Was?«

»Das da.« Midhat zeigte darauf. »Die Uhr.«

»Ach, die!«, sagte Henryk. »Sie war ein Geschenk.«

»Von wem?«

In Henryks überraschte Miene mischte sich etwas anderes. Er betrachtete Midhat interessiert.

»Warum willst du das wissen?«, erwiderte er. »Ich habe sie von einer Freundin.« Sein großer Mund war weiter geöffnet als nötig.

»Darf ich sie anschauen?«

»Nein.«

Midhat zögerte kurz. Dann: »Bitte.«

»Warum sollte ich sie dir geben?«, meinte Henryk. »Vielleicht willst du sie ja behalten.«

Midhat fuhr unter seiner Decke zu Henryk herum. »Wie heißt die Freundin?«

»Serena.«

»Nein, das stimmt nicht.«

»Du bist ja manisch«, sagte Henryk und schaute belustigt drein.

Midhat wiederholte so ruhig, als hätte er die Frage noch nicht gestellt: »Woher hast du die Uhr?« Aber seine Hand, die unkontrolliert danach greifen wollte, untergrub diese Finte. »Ich will sie anschauen. Ich will sie anschauen.«

»Sie gehört mir.« Henryk lachte. »Ich gebe sie nicht her. Glaubst du, ich würde einem verrückten Araber eine so wertvolle Uhr geben?«

»Her damit! Her damit!« Midhat sprang aus dem Bett. Er packte Henryks Hals und würgte ihn, bis seinem Bettnachbarn die Augen aus dem Kopf quollen und sein Gesicht rot anlief. Er versuchte, Midhat wegzustoßen, war aber zu schwach. Sein Gegner schrie erst auf Arabisch, dann auf Französisch.

»LÂCHEZ-MOI! LÂCHEZ-MOI!«

Irgendjemand ergriff Midhat bei den Handgelenken, jemand anderer legte einen Arm um seinen Oberkörper. Er wurde zu seinem Bett geschleift, und dann drückte man seine Arme und Handgelenke fest auf die Matratze.

»Nein, nein, nein.« Die Stimme gurgelte in seiner Kehle. Vier Krankenschwestern drückten ihn aufs Bett. Seine Brust brannte. »Ich habe ihn umgebracht, ich habe Laurent umgebracht.« Er rang um Atem. »Für nichts und wieder nichts. Ich habe ihn für nichts und wieder nichts umgebracht.«

6

Ghada Kamal fand Beerdigungen herrlich. Nach Schulschluss, um fünfzehn Uhr, horchte sie auf Trommelschläge, und wenn sie nach dem Verlassen des Schulgeländes welche hörte, folgte sie ihnen, selbst wenn sie schwach und weit entfernt waren. Sie suchte die Straße nach untypischen Menschenansammlungen ab, horchte im Verkehrslärm auf klagende Rufe – und wenn der Verkehr stockte, wenn Fußgänger in eine Gasse auswichen, lief Ghada los, die leere Brotdose gegen die Brust gepresst; sie bog um eine Ecke, danach um eine weitere, bis sie den Trauerzug der dunkelblau und schwarz gewandeten Menschen erblickte, zuerst die Männer, dann die Frauen, danach die Trommler und dicht hinter dem Verstorbenen die Angehörigen, die abwechselnd den Gesang anstimmten: »Es gibt keinen Gott außer Allah.« Alle anderen wiederholten im Chor: »Es gibt keinen Gott außer Allah.« Ghada mogelte sich in die Prozession und folgte dem Sarg beglückt bis zum Friedhof.

Während der Abwesenheit ihres Vaters wohnte sie im Haus von Sido Nimr und Teta Widad, und einer der Vorteile bestand darin, dass Schule und Stadtzentrum viel näher waren. Der Nachteil bestand darin, dass es nur einen Eingang gab. Zu Hause stieg sie über die Gartenpforte und tat dann so, als hätte sie sich die ganze Zeit zwischen den Blumen aufgehalten, aber die Gartenmauer von Sidos Grundstück war zu hoch, und wenn sie klingelte, verriet sie sich. Genauso, wenn sie nicht klingelte, denn ihre Mutter erkundigte sich stets, ob man die Klingel gehört habe, und konnte so leicht feststellen, ob ihre jüngste Tochter daheim war. Massara flunkerte manchmal, um

Ghada zu helfen: »Vielleicht habe ich die Klingel gehört, vielleicht auch nicht, ich weiß nicht genau«, aber Taher spitzte gezielt die Ohren. »Wo ist Ghada?«, fragte Fatima. »Ist Ghada zurück?«

»Frag lieber, ob heute jemand gestorben ist«, antwortete Taher. »Denn Ghada ist bestimmt bei einer Beerdigung.«

Ghada machte zu schaffen, dass man inzwischen fast alles mitbekam, was sie tat. Das war wohl ein blöder Nebeneffekt, wenn man älter wurde.

Ihre Mutter war im beigefarbenen Nachthemd in Sidos Haus von einem Schlafzimmer zum nächsten gegangen, um ihren Kindern zu sagen, dass sie bis zur Rückkehr ihres Vaters bei ihren Großeltern wohnen würden. Ghada blies wortlos die Wangen auf und warf sich aufs Bett. Sie hörte Massara fragen, wann er zurückkehre, und die Antwort lautete: »Weiß ich nicht.«

Baba hatte schon Ghadas siebten Geburtstag versäumt. »Du bist bloß einen Tag älter, kein ganzes Jahr. Das ist eine Illusion, weißt du?«, hatte Khaled gesagt. Es war auch der Tag, an dem man den Generalstreik ausgerufen hatte, und das hatte ihr den Geburtstag verdorben, denn der Streik war das einzige Thema der Gäste, die zum Kuchenessen kamen. Die Tragik von Ghadas Leben bestand darin, dass man sie übersah, wenn sie wahrgenommen werden wollte, aber wahrnahm, wenn sie lieber übersehen worden wäre.

An ihrem Geburtstag waren abends Schüsse zu hören gewesen, aber davon abgesehen waren die Straßen ungewöhnlich still gewesen. Als sich Ghada auf die Suche nach Beerdigungen machte, waren die Geschäfte zu, man hatte die Eisengitter heruntergelassen und mit Vorhängeschlössern gesichert, und anders als am Ende eines Markttages üblich, lagen weder Verpackungsmaterial noch Müll herum, weder Bänder noch Zettel noch leere Schachteln. Und von den gelegentlichen

Trupps bewaffneter Fellachen abgesehen, die durch die Stadt marschierten, konnte sie keine Anzeichen für einen Streik erkennen. Während sie den Strang aus Wolle, den sie »Katze« nannte, auf dem Weg zum Östlichen Friedhof bergauf hinter sich herschleifte, fragte sie sich, ob die Männer nach Jerusalem gefahren waren, um dort zu streiken. Sie stellte sich vor, wie ihr Vater am Damaskustor jemanden mit seinem Stock schlug. Andererseits konnte sie die Beerdigungstrommeln in dieser Stille deutlicher hören und die Trauerzüge einholen, bevor sie das Grab erreichten.

Sie mochte die christlichen Beerdigungen am liebsten, weil dort nicht nur getrommelt, sondern richtig musiziert wurde. Sie starrte die blitzschnellen Finger der Musiker wie gebannt an. Da sie selbstbewusst ausschritt, glaubten alle, sie hätte den Verstorbenen gekannt. Die Friedhöfe waren ihr vertraut; sie kannte die Anordnung der Grabsteine. Sie kannte die christlichen Kirchen und ihre Friedhöfe, die orthodoxen und die römisch-katholischen Zenotaphe und Monumente, und sie kannte den muslimischen Friedhof im Westen der Stadt mit den Grabstätten der Familie ihrer Mutter, die regelmäßig frisch verputzt wurden, sowie den Östlichen Friedhof, weiter im Norden, in der Nähe Ebals und des Bahnhofs. Nachdem der Sarg mit dem Verstorbenen in die Erde gesenkt worden war und der Scheich oder Priester seine heiligen Worte gesprochen hatte, verließ Ghada die Grabsteinspaliere und kehrte durch die stillen Straßen zum Haus ihrer Großeltern zurück.

Eines Juninachmittags, die Trauergäste hatten sich zerstreut, blieb Ghada noch ein Weilchen und schaute in das Portal der griechisch-orthodoxen Kirche. Ein später Regen sorgte für intensive Düfte, und ihre Schuhe waren voller Friedhofsmatsch. Letzte Weihrauchschwaden drangen aus der Kirche, schwelende Reste in den Fässchen, die vor wenigen Minuten im Mittelgang geschwenkt worden waren. Nur der Priester war geblieben, mit langer schwarzer Robe, einem Hut und einem Bart, der aus seinem Gewand zu wuchern schien. Er entzündete die Wachsstöcke, indem er die Flamme seiner dünnen Kerze an die Dochte hielt.

Die Tage wurden länger. Und weil noch ein Rest Wärme in der feuchten Luft lag, bemerkte Ghada nicht, dass es dunkel wurde. Sie nahm erst wahr, dass sich das Licht veränderte, als der Ruf zum Gebet von den Minaretten ertönte. Sie japste. Ihr erster Impuls bestand darin, loszurennen, und genau das hätte sie auch getan, nur füllte sich die Straße in diesem Moment mit anderen Menschen, die auch alle rannten.

Ihr stockte der Atem, und sie wich in das Portal zurück. Die Zahl der rennenden Menschen wurde immer größer. Ihre Füße trommelten im Zwielicht auf den Boden, die Kopftücher der Männer flatterten. Ghada hörte das Klackern der Sachen, die sie bei sich trugen. Sie umklammerte ihre Brotdose und blieb mucksmäuschenstill. Dann nahm die Zahl der Leute ab, sie rannten in größeren Abständen vorbei. Diese Szene hatte etwas Unheimliches, was, wie Ghada mit Verspätung begriff, daran lag, dass niemand sprach. In der Ferne ertönte eine Salve von Gewehrschüssen, und einige der geisterhaften Fellachen beschleunigten das Tempo. Gegenüber tauchte eine Frau in einer Tür auf. Sie trat zur Seite, und drei Männer flitzten in ihr Haus.

»Was tust du denn hier, Kleine?«

Ghada sah auf. Der Priester stemmte eine Hand gegen den Bogen des Kirchenportals. Er hatte buschige Augenbrauen, die seine tiefen Augenhöhlen verschatteten.

»Wo sind deine Eltern?«

Ghada zog ein langes Gesicht.

»Nicht weinen. Nein, nein, nein.«

Er hockte sich hin und murmelte, wie es für kinderlose Menschen typisch war, »Na, na, na«. Dann nahm er sie auf die Arme und trug sie in die Kirche. Sie begann bitterlich zu weinen, denn dieses erste Zeichen von Güte ließ ihren einzigen Damm gegen die Angst zerbröckeln.

»Weißt du, wo du wohnst?«

»Natürlich weiß ich, wo ich wohne«, entfuhr es ihr trotzig.

»Wir warten ab«, flüsterte er und zeigte auf die Tür, »bis sich die Rebellen versteckt haben.«

Zwei große, gepanzerte Fahrzeuge erschienen draußen vor dem Portal, Scheinwerfer warfen Lichtbahnen auf die Straße. Dann ertönten Stimmen. Rufe auf Englisch.

Ghadas Hintern sackte auf das harte, blank polierte Holz einer Kirchenbank, und nachdem der Priester die Türen geschlossen und verriegelt hatte, hockte er sich mit einer Gelenkigkeit hin, die ungewöhnlich war für einen Priester; er redete wieder auf sie ein, aber sie konnte ihn nicht hören, weil sie zu sehr mit ihren unaufhörlich fließenden Tränen beschäftigt war. Dann wurde ihre Nase mit einem Lappen geputzt, und er setzte sich neben sie auf die Bank. Draußen krachten Schüsse; er wollte ihr die großen, alten Hände auf die Ohren legen, aber sie stieß ihn weg. Als endlich Stille einkehrte, hatte sie aufgehört zu weinen. Der Priester öffnete die Tür zum stockdunklen Abend und gab ihr durch einen Wink zu verstehen, auf seine Arme zu klettern.

Unterwegs sang er laut. »*Irham-na, ya Rabbu, irham-na, li-anna-na mutuhayyirun an kulli jawab.*« Die Melodie war langsam und getragen, sehr feierlich. Ghada, die sich an seinen Hals klammerte, spürte die Vibrationen seines Körpers, und die Brotdose, die er hielt, schlug unter ihren Füßen rhythmisch gegen seinen Oberschenkel. Sie kamen an einer Gruppe von Soldaten vorbei, die in das Fenster eines Hauses starrten, und der Priester sang lauter. Die Soldaten hoben den Blick wie Tiere und starrten; der Priester sang ein paar Worte auf Englisch, die Ghada aus der Schule kannte: »Lob und Preis dem Herrn, dem Sohn und dem Heiligen Geist.« Die Soldaten verloren das Interesse.

Als er sie vor dem Tor absetzte, flüsterte sie: »Vielen Dank, Pater.«

»Gute Nacht.« Er hielt noch die Brotdose. Dann legte er ihr kurz eine Hand auf den Kopf. Sie war die Treppe halb hinauf, als er weitersang. Im schwachen Licht, das aus den Fenstern fiel, sah sie sein schwarzes Gewand hin und her wogen.

Ihre Mutter machte ihr auf. »Wo, in Gottes Namen, hast du gesteckt?«

»Der Priester hat mich gebracht.«

»Priester?« Sie knallte die Tür zu. Ihre Nasenflügel bebten. »Keine Beerdigungen mehr! Schluss damit! Wenn du nach der Schule nicht sofort nach Hause kommst, wird dir ein Dämon folgen, und dann frisst er dich. Er frisst dich *auf.*«

Ghada betrachtete das Gesicht ihrer Mutter. Den zornig gereckten Hals. Sie sah richtig hässlich aus.

»Wo ist Ghada gewesen?« Taher stand in der Eingangshalle, er trug einen Tweedanzug und einen zu großen Fez.

»Hau ab«, sagte Ghada.

»Du schickst deinen Bruder nicht fort.«

Taher grinste und ging, wobei er auf Englisch sang: »Ghada hatte einen Gaul, der war ein weißer Schimmel. Und wo der Gaul mit Ghada war, das weiß allein der Himmel.«

»Wo hast du das denn aufgeschnappt?«, fragte Fatima.

Der Junge zuckte mit den Schultern. »Uselbart, Uselbart, was hast du nur gemacht? Ich habe Hāddsch Amin nach Damaskus gebracht.«

»Hör auf, Englisch zu sprechen.«

Ghada zwängte sich an ihrer Mutter vorbei und rannte die Treppe zu ihrem Schlafzimmer hinauf. Massarra saß am Fenster und stopfte ein Loch im Rock, den sie über den Oberschenkeln gerafft hatte. Sie sah kurz auf, als Ghada hereinkam.

Ghada lag auf dem Rücken und harrte ihrer Bestrafung. Sie

horchte auf Schritte und hielt den Atem an, wenn sie jemanden kommen hörte. Aber die Schritte verhallten jedes Mal. Sie drehte sich zur Wand um. Der Wind säuselte, und ein leichter Regen prasselte gegen die Fensterscheiben.

Sie erwachte am nächsten Morgen. Ihre Schwester war fort. Man hatte sie zugedeckt, und als Ghada die Decke hob, stellte sie fest, dass sie noch angezogen war. Irgendjemand hatte ihr die Schuhe ausgezogen und auf den Fußboden gestellt.

Sie zog eine frische Unterhose an und zwängte die Füße in die Schuhe, die noch schlammig waren. Sie holte sich in der Küche ein Stück Käse und verließ das Haus. Sie konnte ihre Mutter nirgendwo entdecken. Der Morgen war kühl und sonnig. Auf der Straße waren ein paar Autos unterwegs, aber keine Passanten. Hinten auf einem Ford Tender drängten sich Soldaten, über ihre Waffen gebeugt. Sie ignorierten Ghada. Ganz vorn in der Straße, die zu Sidos Haus führte, hielt sie kurz inne. Dann bog sie auf die steil ansteigende Straße ab, die zu ihrem alten Zuhause führte.

Unterwegs stellte sie sich vor, Baba wäre dort. Ihre böse Mutter hielt sie von ihm fern. Nach einer Weile mischte sich Sehnsucht in diese Phantasie, und als die Ecke des Hauses in Sicht kam, begann sie zu rennen. Sie machte sich bereit, in seine Arme zu springen, und als sie vor der Tür stand, lachte sie atemlos.

Die Fensterläden waren zu. Im Schatten des Baumes war die Luft kühler. Die geschlossene Tür machte sie wütend. Trotzdem war ihre Sehnsucht nach Baba riesig, und sie strich über das rostige Geländer, dessen Farbe abblätterte, und ging die Stufen hinauf, um den Türgriff auszuprobieren, aber das kalte Metall, das sie mit feuchten Fingern ergriff, bewegte sich nicht. Dann hörte sie Krach. Im Haus oder in der Nähe des Hauses, sie wusste es nicht genau – sie sprang die Treppe hinunter und rannte los. Der Weg kam ihr dieses Mal weiter vor, und ihre

Beine taten weh, ihre Schuhe schlugen auf den Boden. Bei der Kreuzung verlangsamte sie die Schritte, aber ihr Herz raste weiter.

* * *

»Ich habe dich gesucht«, sagte die vor der Tür stehende Sahar. »Deine Nachbarin hat erzählt, dass du jetzt hier wohnst.«

Es war früher Nachmittag, und Fatima hatte nicht mit Besuch gerechnet. Sahar schwitzte stark, denn es war heiß.

»Ist es in deinem Zustand nicht riskant, bei dieser Hitze unterwegs zu sein?«

»Ja, es gibt so einiges, das ich besser nicht machen sollte.« Sahar seufzte und breitete die Hand über ihren Schwangerschaftsbauch.

Sie saßen lange im Wohnraum, Fatima auf dem Sofa mit Blick auf die Tür, Sahar schräg auf einem Stuhl. Inzwischen war auch ihr Hals angeschwollen, und sie wirkte so schwerfällig und plump, als wäre sie von den Veränderungen ihres Körpers überwältigt worden.

»Bedien dich.« Fatima nickte in Richtung einer Schale mit Datteln. »Sind viele Soldaten unterwegs?«

Sahar nickte. »Auf der Straße nach Jerusalem. Ich habe einen umgestürzten Zug gesehen.«

»Und wie geht es deinem Mann? Ist er noch in Haft?«

»Ja. Ich habe kaum etwas erfahren. Ich weiß, dass er sehr aktiv ist. Er schreibt an die Briten und den Hochkommissar. Anders gesagt: Er arbeitet. Er hat mir erzählt ...« – sie musste lachen – »... er hat mir erzählt, dass sie täglich meditieren. Nur so halten sie das aus.«

»Bekommen sie frische Luft?«

»Ja, sie dürfen auf den Hof«, sagte Sahar.

»Wie ich höre, ist das wichtig.«

»Und Midhat?«

»Midhat schreibt nicht«, antwortete Fatima. Dann schwieg sie kurz. »Sein Bein scheint gut zu heilen.«

»Ah, das freut mich.«

Fatima musterte Sahar. Der Mensch, mit dem sie am liebsten geredet hätte, war Hani. Sie sehnte sich danach, dass er ihr versicherte, alles werde gut, bald sei alles überstanden, Midhat sei nur vorübergehend aus dem seelischen Gleichgewicht und würde sich erholen. Denn von seiner allseits gerühmten Weisheit abgesehen, kannte Hani ihren Mann besser als jeder andere. Sie wollte hören, dass es eine rationale Ursache gab. Das hatte Midhat sonst immer gesagt. Es fiel ihr immer schwerer, nicht den Kopf zu verlieren, denn sie musste ihr kärgliches Gemüse in den Wohnzimmern fremder Leute besorgen und stand ständig am Rand des Abgrunds, sodass sie morgens ausgepumpt und ohne Appetit erwachte. Ihre Eltern waren ihr auch kein Trost, obwohl sie bei ihnen wohnte. Ihr Vater war zu distanziert, um etwas mit ihr zu besprechen, und die Vorbehalte ihrer Mutter gegen Midhat waren alt und zäh.

Sie konnte all das nicht in Worte fassen. Sie war es gewohnt, ihre strahlende soziale Rüstung zu tragen, und wusste deshalb nicht, wie sie sich von Sahar trösten lassen sollte, obwohl sie sich genau das wünschte. Nachdem sie länger in Gedanken versunken war, bemerkte sie Sahars Lächeln und begriff, dass ihre Miene sie verraten hatte. Sie sagte:

»Wie lange wird noch gestreikt? Was meinst du?«

»In ein oder zwei Monaten werden sie Zugeständnisse machen, schätze ich.«

»Sie?«

»Die Briten.« Sahar wuchtete ihre Beine keuchend in eine andere Position. »Manche Leute glauben, sie müssten ein Einsehen haben, weil wir im Recht sind, aber da täuscht man sich im britischen Justizwesen. Ehrlich gesagt, Fatima, glaube ich, dass die Briten schockiert sind, wir haben sie schockiert, und das könnte das Einzige sein, was sie zum Einlenken bewegt. Sie nennen uns kriminell. Als wäre es kriminell, sich eine Nation zu wünschen.« Sie lachte, und ihre müde Stimme klang zum ersten Mal munterer. »Wir sind alle Verbrecher! Sie müssten uns alle einsperren.«

»Oh Gott, nein.« Fatima empfand plötzlich Mitleid für Sahar, das kurz darauf in Selbstmitleid umschlug. »Du solltest es bei einem Kind belassen«, sagte sie.

»Nur eines?«

»Vier sind zu viel.«

»Sind Kinder so schwierig?«

Fatima schüttelte den Kopf und hauchte: »Ghada.«

Draußen ertönte eine Stimme: »Fat-meh? Fat-i-ma! Mach die Tür auf!«

»Immer mit der Ruhe.«

Umm Taher stand erschöpft unten vor der Treppe. Sie hatte einen schmalen Chiffonstreifen über ihre Haare gelegt und hinten verknotet und gestikulierte auffordernd mit der ausgestreckten Hand. Fatima eilte die Treppe hinab und hielt ihr den Ellbogen hin, damit sie sich abstützen konnte.

»Was ist denn los? Ist alles in Ordnung?«

»Alles bestens, *mama.*« Umm Taher hinkte langsam nach oben. Den Halt von Fatimas Arm brauchte sie nicht. »Aber Wasfi und Jamil haben jede Menge Kämpfer bei uns versteckt, und nun ist überall Dreck, überall. Ich habe es so satt. Dieser Krach. Und ihre *Stiefel.*« Sie kam stöhnend ins Zimmer. »Sahar! Wo ist dein Mann? Oh, la, la, du bist ja schon ziemlich schwanger.«

»Er ist im Gefangenenlager.« Sahar kam wankend auf die Beine und beugte sich vor, um zwei Küsschen zu geben.

»Immer noch? Möge Gott dir Kraft schenken, *habibti.*« Umm Taher tätschelte ihren Arm. »Ich habe heute Midhat besucht.«

»Wie geht es ihm?«, fragte Fatima leise.

Umm Taher verzog den Mund, lächelte aber nicht. »Wo ist Ghada?«

»Du musst bloß fragen, wer heute gestorben ist«, sagte Massurra, die mit ausgestreckten Armen ins Zimmer kam. »Hallo, Teta.«

»Wer ist denn heute gestorben?«, fragte Umm Taher. »Und wo ist deine Großmutter?«

»Ich lebe noch«, sagte Widad spöttisch, aber müde, als sie ins Zimmer schlurfte. Dann sagte sie in ihrem geselligen Singsang: »Wie geht's, wie steht's.« Anschließend küsste sie jeden Gast. »*Ma sha Allah*«, meinte sie mit Blick auf Sahars Bauch. »Wie viele Monate hast du noch?«

»Heute haben viele Menschen den Tod gefunden«, sagte Sahar. »In Ain al-Haramija. Sieben. Noch sieben Monate, meine ich, nicht Tote. Die Zahl der Toten kenne ich nicht.«

»Wer sind die Toten?«, fragte Fatima.

»Ach, ist doch immer das Gleiche«, sagte Umm Taher, indem sie sich setzte. »Die Aufständischen, Steine auf der Straße, das Militärfahrzeug hält, die Engländer steigen aus und werden von den Kämpfern beschossen, die sich in den Hügeln verbergen. Ein paar Aufständische wurden getötet, die anderen sind jetzt bei uns.«

»Das sind die Kämpfer, die jetzt bei euch sind?«, fragte Fatima.

»Ja, ja.«

»Geh wieder nach oben, Massarra.«

»Warum denn, Mama?«

»Sie sollte bleiben«, meinte Umm Taher. »Die Kinder müssen das hören. Wir kämpfen doch alle, sogar du und ich.«

»Alle außer mir«, sagte Sahar. »Ich kämpfe nicht.«

»Die Schwangerschaft ist auch ein Kampf. Du wirst einen Kämpfer zur Welt bringen. Es wird ein Junge, *in scha Allah*«, sagte Umm Taher.

»Wie geht es deinem Enkel?«, fragte Widad.

Umm Taher verengte die Augen. »Sein Bein heilt gut.«

»Du musst nicht …«, begann Widad behutsam, bremste sich aber.

»Du gehst jetzt nach oben, Massarra«, sagte Fatima.

»*Wieso*?«, erwiderte Massarra.

Umm Taher faltete die Hände. »Nun, es geht ihm besser.«

»*Ich* weiß, wo Baba ist«, sagte Massarra.

Alle sahen das Mädchen an. Mit ihrem Bubikopf hätte sie recht erwachsen gewirkt, wenn sie sich nicht auf einem Bein hin und her gedreht hätte.

»Er ist im Irrenhaus«, sagte Massarra.

»Baba ist nicht verrückt«, erwiderte Umm Taher. »Baba ist bloß traurig.«

»Ja, aber warum ist er traurig?«, fragte Massarra. »Das will mir niemand sagen. Ist er traurig wegen Palästina?«

Umm Taher lachte. »Könnte sein. Vielleicht bedrückt ihn die Lage in Palästina.«

»Wie ist die Anstalt?«, fragte Widad.

»Ich möchte nicht weiter darüber reden«, sagte Fatima. »Zieh nicht dieses Gesicht, Mama.«

»Ich ziehe kein Gesicht.«

»Wir müssen ihn dort rausholen«, sagte Umm Taher.

»Warum denn?«, fragte Fatima, schüttelte dann aber den Kopf, damit Umm Taher nicht antwortete. »Je mehr wir reden …«

»Ich behalte alles für mich, das verspreche ich«, sagte Sahar. Sie legte sich eine Hand aufs Herz und ließ die andere unter ihrem Bauch liegen, als müsste sie ihn stützen. »Ich kann es sowieso niemandem erzählen. Ich lebe mehr oder weniger allein.«

»Du lebst allein? In diesem Zustand?«, meinte Umm Taher. »*Ya salam*, was ist nur mit uns passiert? Jemand müsste bei dir sein. Du solltest bei mir wohnen.«

»Vielen Dank, Teta«, sagte Sahar. »Nach dem Tod meiner Mutter …«

»*Allah yirham-ha*«, sagte Umm Taher.

»Danke, *Allah yirham-ha*. Ich habe in Jerusalem jedenfalls keine Familie mehr, von meinem Mann einmal abgesehen, und nun, da er inhaftiert wurde …«

»Ts-ts-ts«, sagte Widad theatralisch und schüttelte den Kopf. »Sie nehmen uns alles. Sie nehmen uns alles.«

»Ich habe natürlich ein Hausmädchen«, sagte Sahar, »also habe ich keinen weiteren Bedarf.«

»Bedarf, Bedarf. Es gibt solche und solche Bedürfnisse«, sagte Umm Taher. »Da steht jemand vor der Tür.«

»Ach ja?«, sagte Fatima.

»Jawohl, ich habe es gerade gehört.«

Nun hörten es alle – ein lautes Pochen wie das Bellen eines Hundes. Fatima ging zum Fenster und beschirmte die Augen mit der Hand, um hinausschauen zu können.

»Ein Mann. Wo ist mein Tuch?«

Umm Taher gab einen Schnarchlaut von sich. Widad zog ein Tuch von ihrem Hals, schlang es zwei Mal um den Kopf ihrer Tochter und steckte die Zipfel unter ihr Kinn; Fatima zog Sahars schwarzen Schleier zwischen den Mänteln hervor und wählte für sich selbst einen braunen aus.

»Ich habe keinen«, sagte Massarra.

»Du sollst nach oben gehen, habe ich gesagt«, befahl Fatima. »Teta.«

»Ja?«, sagte Umm Taher.

»Möchtest du auch einen Schleier?«

Es wurde wieder geklopft, mehrmals hintereinander und lauter.

»Nein, danke«, sagte Umm Taher und schloss nachdrücklich die Augen. Sie drehte den Kopf zur Seite, um den Stofffetzen vorzuführen, den sie über ihre Haare geschlungen hatte. Sie band ihn hinten fest, aber ihr Nacken und die langen, grauen Strähnen lagen bloß.

»Ab mit dir, Massarra«, rief Fatima, als sie zur Tür eilte.

Massarra machte einen Schnarchlaut wie ihre Großmutter und trottete aus dem Zimmer.

Draußen stand ein Aufständischer. Er hatte eine Kartoffelnase und kantige, vorspringende Wangenknochen. Sein Kopftuch war oben mit einem schwarzen *i'qal* befestigt, und er trug eine Militärjacke im osmanischen Schnitt, die einen bizarren Kontrast zu der schmutzig braunen Pluderhose bildete. Die Mündung des Gewehrs ragte über seine Schulter.

»Guten Tag«, sagte Fatima. »Kann ich Ihnen helfen?«

»Wo ist Ihr Mann?« Er strich über die Patronengurte auf seiner Brust.

»Im Krankenhaus«, antwortete Fatima.

»Ist er Arzt?«

»Nein.«

Er musterte sie unverhohlen. »Wir wollen wissen, ob Sie Munition oder kampffähige Männer im Haus haben.« Sein Akzent war nicht zu überhören, sie tippte auf den Norden Galiläas. Er schielte an ihr vorbei ins Zimmer, in dem die Frauen saßen, stumm und bis auf Umm Taher alle verschleiert.

»Ist das eine Jüdin?«, fragte der Rebell.

»Nein«, sagte Fatima. »Das ist die Großmutter meines Mannes.«

Er legte die Stirn in Falten. »Also. Irgendwelche Männer?«

»Nur mein Vater«, antwortete Fatima. »Und er ist zu alt.«

»Ihre Söhne?«

»Die sind zehn und zwölf.«

»Brüder?«

»Mein Bruder kämpft schon. Burhan Hammad, vielleicht kennen Sie ihn ja.«

»Nein«, sagte der Rebell. Das militärische Gehabe verließ

ihn kurz, und er wandte den Kopf ab, als dächte er nach. Fatima begriff, dass er horchte. Er drehte sich um und rief einem unten wartenden Begleiter zu: »Hier gibt es niemanden.« Als er sich wieder zu Fatima umwandte, reckte er eine nach außen gekehrte Faust.

Sie nickte.

»Gott sei mit Ihnen, Madame.«

»Wir haben Geld gesammelt«, sagte Sahar, als Fatima die Tür schloss und das Tuch vom Kopf zog. »Für die Kämpfer.«

»Bravo«, erwiderte Fatima. »Ich mache mir Sorgen um Ghada. Weiß jemand, wo sie steckt?«

Da wurde noch einmal an die Tür geklopft.

»Das ist ja wie im Taubenschlag!«

»Vielleicht ist es deine Tochter«, sagte Sahar.

Als Fatima den Schleier wieder anlegte, hörte sie ihre Mutter fragen: »Und wie steht es um deine Gesundheit, Umm Taher?«

»Ich sterbe so vor mich hin.«

»Ich glaube, du wirst uns alle überleben.« Widad lachte trocken.

Dieses Mal war es ein anderer Aufständischer. Der erste war noch da, er stand ein paar Stufen weiter unten, aber da sein Begleiter wesentlich kleiner war, befanden sich ihre Köpfe auf gleicher Höhe.

»Ich muss eintreten«, sagte der zweite Aufständische. Er hatte eine barsche Stimme. Seine Haare waren grau, sein Körper war sehnig, und er hatte einen Sonnenbrand auf der Stirn.

»Bitte.« Fatima trat zur Seite.

»Ihr Name?«

»Kommt Ihr Begleiter auch herein?«

»Er bleibt draußen.«

Als sie die Tür schloss, sah sie, wie der erste Aufständische das Gewehr von der Schulter nahm und sich auf eine Stufe stützte, um sich hinzusetzen.

»Ihr Name?«, wiederholte der zweite Aufständische.

»Hammad.«

»Beruf?«

»Wie? Oh ... mein Vater ist Richter und Gelehrter.«

»Wo ist er tätig?«

»Hanafi.«

Er schürzte die Unterlippe und nickte.

»Verheiratet?«

»Ich? Ja.«

»Name?«

»Kamal.«

»Beruf?«

»Laden... Ladenbesitzer. Bekleidung.«

»Wegen des Streiks ist alles geschlossen, richtig?«

»Ja, gewiss.«

»Ist Ihr Mann hier?«

»Nein.«

Er wartete darauf, dass sie dies weiter ausführte.

»Er liegt im Krankenhaus. Er hat sich ein Bein gebrochen.«

»Ah, im Kampf.«

»So in etwa.«

»Gut, ich muss mich umschauen.« Der Aufständische ging auf die drei sitzenden Frauen zu. Sahar streichelte demonstrativ ihren Bauch.

»Warten Sie bitte kurz«, sagte Fatima, »ich muss meinen Kindern Bescheid sagen.«

Sie konnte hören, wie ihre Mutter dem Mann auf der Treppe einen Kaffee anbot. Er sagte: »Um ehrlich zu sein, Madame, bin ich halb verhungert, denn wir sind stundenlang gelaufen. Vielleicht haben Sie ja ein Stück Brot oder ...«

Fatima ging zuerst in das Zimmer der Jungen. Taher las auf dem Bett. Khaled, der auf dem Fußboden saß, notierte mit einem stumpfen Bleistift Zahlen in ein Übungsheft.

»Wir haben Besuch von einem Mann, der sich im Haus umschauen muss. Seht zu, dass ihr ordentlich ausseht, und räumt hier auf.«

»Wer ist es denn, Mama?«, fragte Khaled.

Sie schaute auf ihren Sohn hinab. Dann sagte sie zögernd: »Ein Aufständischer.«

Khaled stand der Mund offen, dann grinste er.

»Kein Grund, aus dem Häuschen zu sein. Ihr bleibt beide hier oben. Und ihr seid mucksmäuschenstill.«

Das Zimmer der Mädchen lag gegenüber.

»Wo ist Ghada, Massarra?«

»Hier bin ich, Mama!«

Ghada saß auf der Fensterbank, die Beine vor die Brust gezogen und mit den Armen umschlungen.

»Wo hast du gesteckt, um Himmels willen?«

»Sie war die ganze Zeit hier«, sagte Massarra.

Für Fragen blieb keine Zeit. Fatima sprach mit Massarra wie mit einer Erwachsenen. »Gleich schaut sich jemand im Haus um. Ihr müsst mir helfen. Ihr müsst ganz still sein.«

Massarra nickte beflissen.

Fatima drückte die Tür zum Arbeitszimmer auf und erblickte ihren halb auf dem Schreibtisch liegenden Vater. Er hatte die rechte Hand angewinkelt wie eine schlafende Katze ihre Pfote; Unterlippe und Mundwinkel waren von getrocknetem Speichel verkrustet. Die Lampe neben dem Buch brannte nur noch schwach, offenbar war das Petroleum fast alle.

»Baba«, flüsterte sie.

Er winselte, sein Kopf kippte zur Seite.

»Baba.«

Er zog die Augenbrauen hoch. »Ich schlafe, *habibti*.«

»Ich weiß. Bitte entschuldige. Aber unten sind zwei Aufständische. Sie wollen sich im Haus umschauen. Gibt es irgendwo Geld? Oder ... oder haben wir Waffen?«

Ihr Vater schwieg kurz. Dann richtete er sich auf dem Stuhl auf und blinzelte, um wach zu werden. »Wir haben eine deutsche Pistole. Im Küchenschrank. Aber die ist alt.« Er kniff die Augen zusammen, als müsste er in grelles Licht blicken. »Mindestens zwanzig Jahre.«

»Kommst du runter, Baba? Wir Frauen sind ganz allein.«

Er setzte sich schräg auf den Stuhl und schloss wieder die Augen. »Sag ihnen, dass ich schlafe.«

Die beiden Aufständischen saßen auf dem Sofa. Widad bot ihnen auf einem silbernen Tablett Kaffee an, dazu einen Teller mit Keksen und einen anderen, auf dem Brot mit wildem Thymian lag. Beim Anblick Fatimas sagte der erste Aufständische fast entschuldigend: »Wir essen erst mal einen Happen.«

»Lassen Sie es sich schmecken«, erwiderte Fatima und wollte hinzufügen: »*Bon appétit*«, eine Wendung, die Midhat in ihrer Familie eingeführt hatte, aber sie bremste sich noch rechtzeitig.

»Aus welchen Dörfern kommen Sie?«, fragte Sahar.

»Ich bin aus Schiib in Galiläa«, sagte der erste Aufständische. Er riss mit den Zähnen ein Stück Brot ab, eine Bewegung, die seinen ganzen Körper zu beanspruchen schien. Widad schob ihm den Teller mit Olivenöl hin.

»Tayiba«, sagte der zweite, kleinere Mann und ergänzte mit sichtlichem Zögern: »Das ist ein Dorf in der Nähe von Tulkarem.«

Da waren Schritte zu hören, und Fatimas Söhne erschienen hinter ihr in der Tür. Khaled hatte eine Tweedjacke mit zu kurzen Ärmeln angezogen. Taher trug seinen Fez und hatte ein Buch dabei. Fatima schloss genervt die Augen.

»Wie heißen Sie?«, fragte Khaled und lehnte sich auf den Fußballen nach vorn.

Die Aufständischen sahen ihn an. Khaled erwiderte ihren Blick fast sehnsüchtig, doch Taher wirkte leicht verstört, wie

Fatima bemerkte. Er drückte das Buch fest gegen seine Brust und biss die Zähne zusammen.

»Ich heiße Abu Raja«, sagte der Große aus Schiib.

Er drehte sich zu seinem Begleiter um. Der kleinere aus Tayiba zuckte mit den Schultern und schüttelte den Kopf. Er griff schwungvoll nach der Tasse und leerte sie mit einem Schluck.

»Sind Sie Aref Abd al-Razzaq?«, fragte Khaled.

»Nein«, antwortete der kleinere Aufständische. »Aber Aref ist mein Cousin. Wer hat dir von ihm erzählt?«

Khaled strahlte. »Jeder kennt Aref ...«

»Gut, gut«, sagte Fatima. »Schluss jetzt. Ihr geht wieder nach oben, Jungs. Ab mit euch!«

Taher zerrte Khaled am Ellbogen mit. Fatima wartete, bis sie die Treppe hinauf waren, dann richtete sie leise ein paar Worte an den Cousin von Aref.

»Wir haben eine Pistole. Sie ist unten in der Küche. Möchten Sie mitkommen, oder soll ich sie holen?« Als sie ihren Blick über die anderen schweifen ließ, bemerkte sie ein Unbehagen in Umm Tahers Miene, das sie verwirrte.

»*Ich* hole sie«, sagte Widad. »Wenn Sie mich kurz entschuldigen.«

Sie warteten stumm. Im Fenster über der Tür wurde der Sonnenschein schwächer. Sahars Miene wurde ausdruckslos; sie sah mit leerem Blick zu Boden. Fatima erwog, die Männer zu bitten, ihnen etwas Privatsphäre zu gönnen, war aber wie versteinert. Warum fragte sie nicht einfach? Die Männer wären doch sicher guten Willens. Immerhin waren sie hier, weil sie bereit waren, für die Palästinenser zu kämpfen, nachdem die Politiker versagt hatten. Und wo war ihr Vater? Er schlief oben selig. Und ihr Mann? Hatte in seinem ganzen Leben keine Waffe angerührt. Hani saß in einem Gefangenenlager, und Wasfi, Jamil und die anderen halfen zwar, ja, genau wie viele Frauen berühmter Männer, die bei den Protesten Parolen skandierten, aber die bewaffneten Männer und Frauen, die tapfer kämpften, waren immer noch überwiegend Landleute.

Ihr Kopf begann zu schmerzen. Da lag Sahar, schwanger und erschöpft, mit dem Schleier vor dem Gesicht, gegen den sie stets gekämpft hatte. Die Märchen der Aufständischen oder die Lieder der Schuhputzjungen, in denen westlich gekleidete Frauen als Huren beschimpft wurden, all das schmeckte nach Missgunst, die sich als tatkräftiger Einsatz tarnte. Aber war dieser Preis zu hoch für die Freiheit? Sie betrachtete Arefs Cousin, der ihr am nächsten saß. Er hatte die Finger verschränkt und starrte zwischen den Armen zu Boden. Sie holte Luft und witterte etwas Säuerliches. Vermutlich sein Körpergeruch.

Umm Taher wirkte im Gegensatz zu Sahar ungewöhnlich aufmerksam. Sie hatte ihre Hände gefaltet und verzog den Mund, was als Bewunderung oder Missbilligung aufgefasst werden konnte, je nachdem, und starrte die Aufständischen an. Sobald sie weg waren, würde sich Fatima nach Midhat erkundigen. Abu Raja sah sich im Zimmer um, ließ den Blick über die sparsam dekorierten Wände und die geschlossenen Türen gleiten. Als sein Blick auf Fatima fiel, schien er beschämt dreinzuschauen. Schließlich polterten Widads hochhackige Schuhe die Treppenstufen hinauf.

Sie trug die in Juteleinen gewickelte Waffe feierlich und hoch erhoben vor sich her. Fatima stand auf, und ihre Mutter setzte sich, um das Bündel auszuwickeln. Die Waffe, die zum Vorschein kam, war so groß, dass sich Fatima erstaunt fragte, wie sie sie während ihrer Kindheit hatte übersehen können. Ein langer silberiger Lauf, ein abgenutzter hölzerner Kolben; sie war schwer, wie Fatima sah, als sich die Sehnen der Hände ihrer Mutter strafften. Der kleine Messingring unten am Griff glitzerte, als Widad die Pistole in die Hände des Cousins von Aref Abd al-Razzaq legte.

Er schüttelte die Waffe. »Keine Patronen?«

»Leider nein«, sagte Widad.

Der Gutmütigere von beiden, Abu Raja, hantierte gekonnt mit der Pistole, spähte durch den Lauf und überprüfte Kimme und Korn. Er tauschte einen Blick mit seinem Begleiter, den die Frauen nicht zu deuten wussten.

Die angekündigte Inspektion des Hauses erwies sich als flüchtig. Die kleine Mahlzeit und die Waffe hatten offenbar für Nachsicht gesorgt, und die zwei Aufständischen erzählten nicht gerade erfreut, dass sie noch viele andere Häuser durchsuchen mussten, und sagten, sie wollten die Damen nun nicht weiter stören. Arefs Cousin ging zuerst hinaus, und Abu Raja stellte Sahar eine Frage, als fiele sie ihm nachträglich ein.

»Wo ist Ihr Mann?«

»Sarafand«, antwortete Sahar.

»Name?«

»Hani Murad.«

»Um Himmels willen«, sagte Abu Raja, und sein Begleiter stutzte laut und eilte wieder herein. »Warum sagen Sie das erst jetzt? Hani Murad. *Ya Allah*, Ihr Gatte ist ein großer Mann, ein *großer* Mann.«

Fatima umklammerte die Türklinke.

»Danke«, sagte Sahar.

»Sie ist schwanger«, ergänzte Fatima.

»*Ma sha Allah*«, sagte Arefs Cousin, der nun kerzengerade dastand und sich verneigte, eine Hand auf die Brust gelegt. »*Allah yikhalli-ki. Allah yikhalli-ki.*«

Fatima beobachtete die Aufständischen, die im Schutz der Dunkelheit verschwanden. Sie huschten lautlos wie Tiere über die Terrasse und die Stufen hinab auf die Straße.

Die Frauen nahmen wortlos ihre Schleier ab. Widad führte Umm Taher nach oben in das freie Schlafzimmer, und Fatima sah ihnen nach. Sie blieb mit ihrem unerfüllten Bedürfnis nach Trost zurück.

»Wie fühlst du dich?«, fragte sie Sahar. »Brauchst du etwas? Du solltest bleiben, du könntest in meinem Bett schlafen.«

Sahar runzelte die Stirn. Sie sagte: »Danke. Ein Glas Wasser wäre gut. Ich komme mit in die Küche.«

»Nein, nein, nein, du bleibst hier. Hast du genug gegessen?«

»Reichlich.«

Fatima ließ den Wasserhahn in der Küche viel länger laufen als nötig. Sie packte den kalten Rand der Spüle, und die Berührung ließ sie erschaudern. Rund um den Abfluss hatte das Porzellan lange Kratzer, und irgendetwas Grünes lag auf einer Strebe des Siebes. Als sie Schritte hinter sich hörte, riss sie sich zusammen und füllte rasch das Glas.

»Du musst dich ausruhen«, sagte sie und setzte überrascht hinzu: »Oh, du bist es, Teta.«

»*Habibti.*« Umm Taher humpelte in das fahle Licht, das durch das Fenster fiel. Ihre Miene war nicht mehr so angespannt, die Wangen waren schlaff, ihre Augen strahlten. »Wir müssen ihn wieder nach Nablus bringen«, sagte sie. »Das rate ich dir dringend. Wir müssen ihn zurückholen …«

»Setz dich, setz dich, nimm Platz.«

Tetas Hände zitterten. »Er behauptet, jemanden umgebracht zu haben.«

»Was?«

»Keine Sorge.« Sie lächelte herablassend. »Er hat niemanden umgebracht.« Ihre Gesichtsmuskeln erschlafften wieder, und das Lächeln verflog. »Er ist bloß verrückt.«

»Wie kannst du das wissen?«

»Vertrau mir. Ich weiß es.«

»Und wen hat er umgebracht – wen glaubt er umgebracht zu haben?«

»Er ist kein Mörder«, wiederholte Umm Taher, als hätte Fatima dies unterstellt. »Vielleicht ein Irrer, aber kein Mörder. Wir müssen ihn jedenfalls dort rausholen.«

Fatima senkte den Blick auf Umm Tahers Finger, die auf dem Tisch lagen und noch so kräftig und gelenkig wirkten, als wären die Falten bloß ein Handschuh, den sie übergestreift hatte. Sie flüsterte: »Und wie sollen wir ihn dort rausholen?« Dann sah sie auf, weil sie Umm Tahers Miene sehen wollte.

Die hob ihre Stimme und sagte etwas selbstmitleidig: »Wieso muss ich solche Dinge immer allein regeln?« Sie breitete die Hände aus. »Warum bist du nicht mitgekommen, *mama*?«

»Entschuldige«, sagte Fatima. »Die Kinder …«

»Deine Mutter kann auf die Kinder aufpassen! Ich hasse den Ort, ich hasse … wie konnte Hani nur glauben, das wäre eine gute Einrichtung? Wir wissen doch, dass von den Engländern nichts Gutes kommt, nichts, was sie machen, ist gut. Das war dumm.« Sie murmelte vor sich hin, bis sie Fatimas Blick auffing. Dann entspannte sich ihr Gesicht. »Nicht weinen«, fauchte sie. »Wenn ich geahnt hätte, dass du heulst, hätte ich dir das nicht erzählt.«

Ein Ruck ging durch Fatima. Sie erwiderte mit eisigem Zorn: »Umm Taher, ich habe mich schon entschuldigt. Ich begleite dich gern beim nächsten Mal. Aber Sahar wartet oben auf mich, und sie braucht einen Schluck Wasser. Wenn du mich also bitte entschuldigst.«

»Ja, ja, geh nur«, sagte Umm Taher und wedelte mit der Hand.

Sahar schlief. Die Hand, die sie unter ihren Bauch gelegt hatte, lag offen da, und ihre gelösten Haare hingen über der Rückenlehne. Fatima wollte gerade eine Decke holen, als sie sich in Sitzposition stemmte. »Ah. Vielen Dank.«

»Gern geschehen.« Fatima stellte ihr das Glas hin und blieb stehen, als Sahar danach griff. »Hat dein Mann etwas erzählt?« Sie hörte diese Worte, als hätte jemand anderes gesprochen. »Über Midhat? Über den Vorfall?«

Wenn Fatima nicht alles täuschte, wand sich Sahar. Kurz darauf hatte sie aber den Eindruck, dass es nicht Skrupel waren, sondern ein körperliches Unwohlsein, denn Sahar hielt das Glas wie Ghada mit beiden Händen und trank mit fast verzweifelten Schlucken. Nachdem sie es geleert hatte, legte sie die Stirn in Falten. »Was hätte er mir denn erzählen sollen?«

»Ich weiß auch nicht«, sagte Fatima bemüht nebensächlich. Sie stützte sich mit einer Hand auf die Rückenlehne des Stuhls und gestikulierte vage mit der anderen. »Irgendwas. Fällt dir nichts ein?«

»Tut mir leid. Ich kann mir vorstellen, dass es sehr schwierig für dich ist.«

Fatima lächelte unwillkürlich. »Ja, es ist schwierig. Das verstehst du sicher. Das liegt wohl auf der Hand.«

»Nein, du bewältigst das gut. Aber ich verstehe, dass es dich belastet. Mich belastet es jedenfalls, und ich habe nur ...«

»Ich habe meine Mutter. Und Midhats Großmutter.« Sie zog eine ironische Miene. »Genau genommen werde ich von Müttern belagert.«

Sahar lächelte, und Fatima fiel ein, dass ihre Mutter vor Kurzem verstorben war. Sie unterbrach das Schweigen durch ein abruptes: »*Allah yirham-ha*«, doch ihre Wangen glühten. Obwohl Sahar durch nichts zu erkennen gab, dass sie verletzt war, wunderte sich Fatima erneut darüber, wie rasant ihre sozialen Kompetenzen schwanden.

»Was macht der Laden?«, fragte Sahar. »Was ist nach dem Brand passiert? Der Schaden muss recht groß gewesen sein.«

»Eli – kennst du Eli? – kam vorgestern vorbei. Die Reparaturen sind fast abgeschlossen, aber das Lager ... der Gestank ist noch schlimm. Sie müssen alles wegwerfen. Tja, so ist das nun mal. Sie können noch nicht öffnen.« Fatima merkte, dass sie die manierierten Gesten ihrer Mutter imitierte. Den aufgesetzten Übereifer. Sie riss sich zusammen und setzte eine ausdruckslose Miene auf.

»Eine schwierige Situation«, sagte Sahar mitfühlend.

»Ich beklage mich nicht. Alles andere ist wichtiger. Wir bringen alle Opfer für die größere …«

»Ja, das stimmt.«

Fatima schwieg. »Ich sollte dir wohl dein Bett zeigen.«

»Da war ein Brief«, sagte Sahar.

Fatima begriff erst mit leichter Verspätung, was sie meinte. »Von wem?«

»Von einer Frau. Er wurde vor vielen Jahren geschrieben.«

Die Worte hingen in der Luft. Fatima starrte ins Leere. Die Spitze einer Nadel bohrte sich in das weiche Fleisch zwischen ihren Rippen. Sie hörte sich wie in weiter Ferne fragen: »Eine Französin?«

Sahar nickte. »Der Brief war auf Französisch«, sagte sie leise. »Ich habe ihn nicht gelesen. Hani …«

»Ich will nichts davon wissen«, flüsterte Fatima.

Sie wurde von tiefer Müdigkeit überwältigt. Sie schloss die Augen und sah Midhat im Krankenbett vor sich. Natürlich hatte er andere Frauen gehabt. Ihre Brust schmerzte.

Doch im nächsten Moment wichen alle Gedanken an Midhat dem Bewusstsein, dass eine Schwangere vor ihr saß. Sie sah Sahar an, die herrschaftlich träge auf ihrem Stuhl ruhte. Warum hatte sie ihr von dem Brief erzählt? Was bezweckte sie damit? Sie dachte sofort an hinterlistige Motive: Sahar versuchte, ihr die Ehe madig zu machen, weil ihr eigener Mann in einem Gefangenenlager saß. Sie war einsam, und die Einsamkeit ließ Frauen verbittern. Sie hatte ihr Gesicht halb abgewandt, sah Fatima aber nachdenklich an. Sie musste Sahar das Bett zeigen, konnte sich aber nicht vom Fleck rühren. In ihrem Inneren gefror etwas. Draußen dunkelte es, man musste die Lampen entfachen. Ihre Hand lag bleich auf der Rückenlehne.

»Mama«, hörte sie eine Stimme.

Massarra stand am Fuß der Treppe. Sie hatte ein Bein angewinkelt und drehte den Fuß hin und her.

»Wir haben Hunger.«

»Ihr habt Hunger? Wie meinst du das?«

»Wir haben noch nichts gegessen.«

Sie folgte dem Blick ihrer Tochter zu dem Silbertablett, das auf dem Kaffeetisch stand, den leeren Tassen, den Brotstückchen, den Tellern mit Öl und Thymian und Feigengebäck. Ghada erschien hinter ihrer Schwester auf der Treppe und schrie laut: »Mama, ich habe Hunger!«

Fatima explodierte.

»DANN MACHT EUCH WAS ZU ESSEN!«

Massarra zuckte mit keiner Wimper. Sie musterte ihre Mutter eindringlich, und ihre Lippen bebten leise.

»Du bist kein Kind mehr«, sagte Fatima.

»Weiß ich doch«, sagte Massarra.

Fatima holte aus und gab ihrer Tochter eine Backpfeife. Hinter ihr schnappte Sahar nach Luft. Die auf der Treppe stehende Ghada wirkte plötzlich sehr klein und blass. Massarra lief hochrot an, nicht nur dort, wo sich die Hand ihrer Mutter abzeichnete, sondern im ganzen Gesicht. Auf ihrer Kinnlade zuckte ein Muskel. Sie drehte sich um und sagte: »Komm mit, Ghada.« Diese zögerte, dann ergriff sie die Hand ihrer Schwester und ging mit ihr nach unten.

Fatima kehrte Sahar weiter den Rücken zu und starrte die Stelle an, wo ihre Töchter gestanden hatten.

»Bitte verzeih mir«, sagte Sahar. »Ich wollte nicht, dass du dich aufregst. Ich hielt es für besser, dir die Wahrheit zu sagen.«

Fatima spürte, wie ihr die Gesichtszüge entglitten, und hoffte, dass ihr das im Dunkeln nicht anzusehen war. Ihr Herz raste.

»Du musst dich ausruhen«, murmelte sie. »Komm, ich zeige dir … dein Zimmer.«

7

Jamil zielte mit dem Gewehr auf die Hintertür des Sports Club, die soeben geöffnet wurde. Er atmete ein, entließ dann die Luft aus den Lungen und presste den Gewehrkolben gegen die Wange. Sein Herz hämmerte. Die Tür ging auf, und Jamil zielte auf die dunkle Öffnung, die sich auftat, den Finger am Abzug. Die Tür verharrte halb geöffnet, dann fiel sie langsam wieder zu. Jamil nahm den Finger vom Abzug. Neben ihm blies Basil Murad die Wangen auf.

Sie waren in einem Schlafzimmer im zweiten Stock des Hauses der Familie Karak, zwei Straßen vom Sports Club entfernt. Madame Karak hatte die Betten gegen die Wände geschoben, einen Spiegel und mehrere Bilder abgenommen. Letzteres hatte Jamil geärgert, und als die Madame hinausgeeilt war, die Arme voll, die Augen gesenkt und ein Frühstück versprechend, hatte er spöttisch gelacht.

Er lag vor der Doppeltür zum Balkon. Die Troddeln des karierten Kopftuchs lagen auf seinen Schultern, der Lauf des Gewehrs ruhte auf dem untersten schmiedeeisernen Schnörkel des Balkongeländers. Er hatte den Ellbogen gegen einen Sandsack gestemmt, der zur Barrikade vor dem Postamt gehört hatte. Basil lag auf dem Bett, das dem Erkerfenster am nächsten war, obwohl die Madame genau das verboten hatte. Er hatte das Fenster einen Spalt geöffnet, um das Gewehr hindurchschieben zu können. Ein Teller mit zerteilten Feigen stand zwischen ihnen auf dem Fußboden.

Man schrieb den Juni 1936: der dritte Monat des Generalstreiks. Ein heller Morgen, die Straßen waren verwaist.

In der Woche zuvor hatten sie erfahren, dass die Briten die Altstadt Jaffas bombardiert hatten, in der sich viele Aufständische versteckt hielten und die man nicht besetzen konnte, weil es unzählige Gassen und Hintertüren und ein Gewirr von Höfen gab. Zuerst wurden Zettel abgeworfen, die die Bewohner aufforderten, die Altstadt zu räumen, und die drohende Bombardierung als »Aufräumaktion« bezeichneten, danach fielen Bomben. Die ersten Explosionen schlugen in Ajami eine zehn Meter breite Schneise, die von der Polizeiwache bis zum Meer reichte. Das Streikkomitee in Jaffa erklärte, die Zerstörungen seien schlimmer als bei einem Erdbeben.

In Nablus hatten die Briten das Gebäude des Scharia-Gerichts und den Sports Club besetzt, auf dessen Hintertür Jamil mit dem Gewehr zielte. Der Club war das Hauptquartier des Streikkomitees von Nablus gewesen. Zum Glück hatte man dort weder Dokumente noch Ausstattung zurückgelassen. Der Widerstand war so dezentralisiert, dass nicht einmal eine Liste der Komitee-Mitglieder existierte: Man kommunizierte fast nur mündlich. Die Besetzung des Clubs durch die Briten hatte die Bewegung also nicht im Kern getroffen; trotzdem war sie eine Provokation und schlecht für die Moral. Das Komitee musste sich nun im Saal eines ungenutzten Kinos treffen.

»Das Dach«, sagte Basil.

Jamil, geblendet vom grellen Himmel, richtete den Blick darauf. Basil sah durch einen Feldstecher, das Gewehr in der freien Hand. Die Okulare stießen gegen seine Brillengläser.

»Was ist da?«

»Maschinengewehre.«

Jamil hob den Kopf und sah aus verengten Augen zum flachen Dach des Sports Club. Vor dem Himmel zeichneten sich die Umrisse zweier Maschinengewehre ab. Er sagte nichts, senkte nur den Kopf auf das Gewehr und starrte die Tür an. Basil griff nach einem Stück Feige.

»Sie glauben, die Italiener würden uns unterstützen.« Basil schnippte den Stängel weg. »Das weiß ich von Issa, von der Polizei.« Er kniff ein Auge zu und schaute über den Lauf des Karabiners. »Genauer gesagt von Issas Mutter.«

Die Hintertür des Sports Club wurde mit einem Ruck wieder geöffnet. Jamil atmete rasch ein und aus und zielte.

»Warte«, sagte Basil.

»Was?«

»Das Dach.«

In der Tür erschien ein Polizist in voller Montur: Helm, gezückte Pistole, kurze Hose und Wickelgamaschen. Er rannte los, um die Tür eines Militärfahrzeugs zu öffnen, das einige Meter entfernt stand. Er stieg rasch ein und schlug die Autotür mit einem Knall zu, der in der Stille bis zum Haus hallte. Dann heulte der Motor auf.

»Scheiße«, sagte Jamil, rollte sich zu Basil herum und schwenkte eine Hand. »Warum hast du mich gebremst?«

»Das Dach«, erwiderte Basil. »Dort ist jemand.«

Jamil hob das Gewehr etwas an und sah über den Lauf zu den Maschinengewehren. Da fiel ein Schatten auf das vorderste MG. Eine Person ging darauf zu. Jamil zielte ohne nachzudenken und drückte ab. Rückschlag und Knall.

»Hey!«, sagte Basil. »Was machst du da?«

Ein Schrei – die Person brach über dem Maschinengewehr zusammen. Jamil betätigte den Repetierhebel, und die Patronenhülse klirrte auf den Fußboden. Er legte wieder an.

»*Das* mache ich.«

»Verdammt«, sagte Basil, der durch den Feldstecher blickte. »Das war ein Volltreffer.«

Die Hand des Toten hing schlaff hinab. Er regte sich nicht mehr. Dann bewegte sich noch jemand auf dem Dach des

Sports Club. Etwas Längliches, Braunes glitt über die Umfassung des Daches. Der Arm eines Soldaten. Jamil nahm ihn ins Visier und feuerte.

»Aufhören!«, zischte Basil.

»Habe ich ihn erwischt?«

Jamil griff nach dem Feldstecher, wobei er Basil, der sich den Riemen um den Hals gelegt hatte, zu sich heranzog, und richtete ihn auf die Stelle, wo er den Arm des Soldaten gesehen hatte. Auf der Umfassung glänzte etwas Rotes, offenbar Blut. Sein Herz schlug schneller: Er konnte weder den Mann sehen, der über dem MG gehangen hatte, noch dessen Kameraden. Ja, es war idiotisch.

Basil sackte gegen die Wand, wobei er darauf achtete, das Bett nicht mit den Stiefeln zu beschmutzten.

Ein Krachen im Flur ließ ihn aufspringen. Jamil presste das Ende des Gewehrkolbens gegen seine Schulter. Die Tür ging auf.

»Bravo«, sagte die Madame. Sie ignorierte die Waffe und hockte sich hin, um ein Tablett zwischen die beiden zu stellen. Zwei Gläser mit Pfefferminztee, ein Stapel warmer Brote, ein Teller mit Käse. Sie wischte ihre Hände an der Schürze ab und zögerte. »Wie lange müsst ihr noch bleiben?«

»Eine halbe Stunde«, antwortete Basil und griff nach dem Tee. »Vielleicht eine ganze.«

»Vielen, vielen Dank, Madame«, sagte Basil. »Möge Gott Sie behüten.«

»Gern geschehen.«

Basil putzte seine Brille mit einem Hemdzipfel und riss ein Stück Brot ab.

Es gab die Stadt und das Land, Nabulsis und Fellachen, Streik und Aufstand, und so einfach ließ sich das alles nicht auseinanderhalten. Jamil und Basil sahen sich als Grenzgänger. In Leitartikeln hieß es, Generalstreik und ziviler

Ungehorsam seien der städtische Kampf, der bewaffnete Aufstand dagegen ein ländlicher, und dass beides nicht Hand in Hand gehe, sei beklagenswert, aber wohl unausweichlich. Ein Irrtum, den Jamil unbedingt korrigieren wollte, denn Tatsache war, dass auch junge Männer aus den urbanen Oberschichtfamilien zu den Waffen gegriffen hatten, und ihre Zahl nahm täglich zu – vor allem in Nablus. Sicher, die meisten Gefechte fanden in den Bergen statt, was vor allem daran lag, dass die Bewohner die schwerfälligen Briten, die über mangelhafte Landkarten verfügten, aufgrund ihrer genauen Geländekenntnisse leicht in Hinterhalte locken konnten. Andererseits war Jaffa mit seinem Gassenlabyrinth eine Hochburg der Aufständischen gewesen. Auch eine Frage des Geländes: Die Briten konnten dort nicht vordringen. Also bombardierten sie die Stadt. Die Wohlhabenden, die Landbesitzer und Kaufleute, die vor einem Monat noch voller Stolz Geld gespendet hatten, begannen nun zu zaudern, wohl wahr. Sie mochten sich nicht von Bauern herumkommandieren lassen, die ihnen für den Fall, dass sie die finanzielle Unterstützung einstellten, nun auch noch mit Gewalt drohten. Die Wohlhabenden sehnten sich nach der Unterstützung durch die Italiener, weil sie inzwischen ihre letzten Ressourcen zusammenkratzen mussten – die Getreidevorräte schwanden, Nablus hungerte. Nach dem Einmarsch der Armee warteten die Stadtbewohner aber nicht länger auf Rettung von außen, sondern wurden selbst aktiv. Die Straßen in Nablus waren von Nägeln und Scherben übersät, um die englischen Fahrzeuge aufzuhalten. In den Arkaden der Altstadt schauten sich die Menschen wachsam um, eine Hand am Pistolenholster. Jamil und Basil waren nicht die einzigen Heckenschützen, die in den Häusern lauerten.

Beide gehörten zu den Gründern des Streikkomitees von Nablus, das im April zum ersten Mal zusammengekommen war.

Sie waren immer noch aktiv, wenn es darum ging, sich mit den Streikkomitees in anderen Städten sowie mit lokalen Helfern abzustimmen, die Armen halfen, Bankrotte abwendeten und Ausnahmen beim Streik regelten – etwa die Cafés betreffend, die abends öffneten, damit Neuigkeiten ausgetauscht werden konnten, oder die Apotheken, die abwechselnd geöffnet hatten, um eine Versorgung rund um die Uhr zu gewährleisten. Beide waren aber auch bewaffnete Kämpfer: Jamil Kamal und Basil Murad waren *thuwwar*. Dies war ihr dritter Heckenschützeneinsatz, und sie handelten auf eigene Faust. Die wichtigste Lektion, die sie von den aus Syrien, Jordanien und dem Libanon einsickernden Veteranen gelernt hatten, lautete: Nach einem Schuss nicht vom Fleck rühren, denn der Gegner lauert auf Bewegungen. Jamil hatte mit seinem zweiten Schuss viel riskiert.

Basil wickelte ein Stück Käse in ein halbes Brot und nahm seine Wache am Fenster wieder auf. Er sah durch den Feldstecher.

»Das war idiotisch.«

Jamil verdrehte die Augen. Sie schmerzten; er schloss sie und nippte am Tee. Er hatte keinen Appetit. Er war früher aufgestanden als nötig und hatte seine Mutter geweckt, als er sich an der Küchenspüle das Gesicht gewaschen hatte. Sie war in die Küche gepirscht und hatten ihn gescholten, weil er nicht länger geschlafen hatte. »Ich schlafe wie ein Toter, Mama«, hatte er gesagt. Aber sie hatte recht. Er hatte seine Pflichten als Bindeglied zwischen ländlichen und städtischen Kämpfern so eifrig erfüllt und so viele Aufgaben übernommen, die er ebenso gut hätte delegieren können, dass er abends hundemüde einschlief, morgens aber schlagartig erwachte, weil es ihn wieder in den Kampf drängte. Wenn er nicht gemeinsam mit Basil Schlachtpläne schmiedete, telefonierte er mit Anführern in Jerusalem oder mit Einheiten in Syrien, wog

Niederlagen gegen Siege ab und verfolgte den Weg der Waffen, die über den Jordan geschmuggelt wurden. Zu diesem Zweck bestach man die arabischen Patrouillen mit Haschisch, das auf Kamelen aus Latakia herangeschafft wurde. Jamil war keine öffentliche Person. Er war kein Hani Murad. Er wirkte im Hintergrund, war wie eine flüchtige Bewegung in der Dunkelheit. Er kämpfte selbst, war aber auch ein Verbindungsmann zwischen den Kämpfern.

Seit Jamil zum ersten Mal miterlebt hatte, wie Menschen getötet worden waren, vor sechzehn Jahren bei den Nebi-Musa-Krawallen, hatte er sich danach gesehnt, zu *handeln*. Er hatte die beiden Toten bis heute vor Augen. Der Moment, als er den toten Araber aufgehoben und das warme Blut seine Jacke durchtränkt hatte, hatte sich in seine Erinnerung eingraviert – dieses Erlebnis hatte ihn verändert und geprägt, und im Laufe der nächsten Monate war er zu der Überzeugung gelangt, Verantwortung übernehmen zu müssen. Und nun war die Zeit des Zuschauens und Leidens, des Debattierens und Verfassens von Denkschriften vorüber. Nun konnte er endlich etwas tun. Er identifizierte sich voll und ganz mit dem Aufstand – er kämpfte als Araber, er dachte als Nabulsi und war so entschlossen wie fast alle Palästinenser. Wenn er von britischen Gewalttaten erfuhr, erschütterte ihn das und entfachte seine Wut. Manche Bilder prägten sich tief ein: Polizisten, die protestierenden Studenten vor dem Rathaus den nackten Hintern versohlten; Bauersfrauen, die man am Straßenrand nach Waffen durchsuchte und mit lasziven Gesten verhöhnte; eine Familie, die sich auf einem Hügel an ihre Habseligkeiten klammerte und mitansehen musste, wie britische Soldaten ihr Haus in die Luft sprengten. Er schürte die Wut, und diese Wut war ein Treibstoff, nur durfte sie nicht explodieren, denn das wäre kontraproduktiv gewesen. Als er sich nach dem zweiten Schuss über Basil geärgert hatte,

hatte er sich in Wahrheit über sich selbst geärgert. Er beugte sich reumütig über den Tee und zwang sich, ein Stück Brot zu essen.

Sie hatten den Fluchtweg im Vorfeld geplant. Nach dem Essen wuschen sie sich die Hände im Bad, hängten sich das Gewehr über die Schulter und traten durch die Küchentür auf den umwallten Innenhof. Oben blitzte es silberig, als ein Fenster von einem jungen Mädchen geöffnet wurde. Sie sah zu, wie Jamil und Basil durch eine andere Tür huschten, die bereits für sie aufgehalten wurde. Der im Vestibül wartende Hausbesitzer verneigte sich, als sie durch sein Wohnzimmer rannten. Basil führte Jamil eine Hintertreppe hinauf. Oben angekommen, hörten sie durch ein offenes Fenster den Lärm einer motorisierten Polizeipatrouille. Basil drückte sich gegen die Wand, aber Jamil zog die Waffe von der Schulter und riskierte einen Blick. Drei Fahrzeuge rollten vorbei, sie glänzten im Sonnenschein.

»Sie fahren in die falsche Richtung«, sagte er.

»Die könnt ihr hierlassen«, ertönte eine Frauenstimme.

Jamil fuhr herum. Eine verschleierte Gestalt stand in der Tür.

»Unter dem Bett«, ergänzte sie.

Basil zog das Gewehr von der Schulter, und Jamil reichte ihr beide Waffen mit dem Kolben zuerst. »Danke.«

»Wir holen sie heute Abend ab«, sagte Basil.

»*In scha Allah*«, erwiderte die Frau müde, in jeder Hand ein Gewehr.

Die Außentreppe führte in eine hintere Gasse, die im Schatten hoher Mauern lag. An der Kreuzung gab Basil Jamil einen Klaps auf den Nacken. Dann huschte er geduckt zum Haus seines Bruders.

Jamil verließ die Altstadt auf dem schnellsten Weg und war Minuten später auf dem Berg. Seine einzige Waffe war ein kleiner Dolch, der in seiner Weste steckte. Seine Wachsamkeit ließ nach. Er dachte an sein erstes Opfer, das bis zum Moment des Todes ein konturloser Schatten gewesen war. Jamil stellte sich das brutale Gesicht eines schnurrbärtigen Offiziers vor, der den Tod verdient hatte. Dann holte ihn die Erinnerung an den Vorgang ein: Zielen, Abdrücken, der Anblick des schlaffen Körpers. Ein Schauder durchfuhr ihn. Das war ein exzellenter Schuss gewesen.

Im Wohnzimmer seiner Mutter roch es stark nach verbranntem Salbei.

»Ah, *habibi.*« Sie erhob sich vom Sofa.

»Ah«, sagte die aus dem Schlafzimmer kommende Umm Taher und richtete das Gewand über dem Busen. »Ah, da ist er ja. *Yallah, habibi*, wir müssen reden. Abu Jamil?«

»Er schläft. Stör ihn nicht.« Umm Jamil strich sich über die Hand, was wohl heißen sollte: Er wäre sowieso keine Hilfe. Sie sah ihren Sohn neugierig an.

Jamil sackte auf das Sofa. Er war das Bindeglied zum Aufstand, fand es aber mühsam, seiner Familie immer alles erklären zu müssen. Wenn er über die Kluft zwischen den ungeliebten häuslichen Aufgaben und seinen außerhäuslichen Pflichten nachdachte, die er klaglos erledigte, obwohl sie viel anstrengender waren, empfand er stets einen Widerwillen gegen seine Mutter.

»Wir müssen reden«, sagte die ihm gegenübersitzende Umm Taher.

»In Ordnung«, sagte Jamil.

»Über Midhat«, sagte seine Mutter.

»Ich …«, sagte Umm Taher, legte die Hände auf die Knie und entließ einen Schwall Luft, »ich habe ihn in der Anstalt besucht.«

»Hm«, sagte Jamil.

»Und es hat mir dort nicht gefallen«, fuhr Umm Taher fort.

»Ganz und gar nicht. *Habibi*, kannst du uns helfen? Wir müssen ihn da rausholen.«

»Ich wüsste nicht, wie ich da helfen könnte.«

»Wir brauchen mehr Leute.« Seine Großtante runzelte die Stirn über den weißen Augenbrauen, ihre Finger schienen nach Worten zu greifen. »Je mehr Familienmitglieder mitkommen, desto überzeugender wäre es, *yaani* – wir fahren mit zwei Automobilen, Fatima kommt mit, dein Vater –, wir brauchen jeden, der uns begleiten kann. Vor allem Männer. Wir brauchen dich.«

»Aber so funktioniert das nicht«, erwiderte Jamil. »Wenn sie ihn für gefährlich halten, entlassen sie ihn nicht.«

»Wir versuchen es trotzdem«, sagte seine Mutter und nickte vehement.

»Ihr hättet ihn gar nicht erst dort einliefern dürfen«, meinte Jamil. »Ihr hättet ihn bei den Ebal-Mädchen lassen sollen.«

»Das habe ich auch gesagt«, erklärte Umm Jamil. »Wir hätten einen Scheich holen sollen, und es hätte noch andere Möglichkeiten gegeben. Es ist dieses Durcheinander, das einen verrückt macht, heißt es, denn es lockt den Dschinn an.« Sie ballte die Faust und schwenkte den Daumen. »Liebe und Sorgen. Liebe und Trauer. Trauer und Furcht. Ein Mensch kann nur so und so viel ertragen, die Rechnung ist einfach. Der Brand im Geschäft kam zur Unzeit – Trauer und ...«

»Wir holen keinen Scheich.« Umm Taher wirkte gereizt. »Er ist doch nicht besessen.«

Jamil unterdrückte ein Grinsen. Umm Taher war sonst immer die Abergläubische in der Familie gewesen, aber nun schien es seine Mutter zu sein. Vielleicht war es eine Phase, die Frauen durchliefen, wenn sie älter wurden, eine Phase, in der sie sich murmelnd an Talismane und verstaubten Zauber klammerten, um dann irgendwann weißhaarig, rational und schicksalsergeben daraus aufzutauchen.

»Ich weiß, Jamil«, sagte Umm Taher, »es ist nicht die passende Zeit. Du hast viel um die Ohren. Aber denk nach. Er ist dein Cousin. Er ist dein Bruder. Und er leidet dort.« Ihr Mund fiel auf. Sie schlug eine Hand vor ihr Gesicht und verschluckte die nächsten Worte.

»Hört zu«, sagte Jamil schwer, obwohl er nicht wusste, was er erwidern sollte.

»Wir holen ihn da raus«, sagte seine Mutter, »und wenn er wieder wohlauf ist, wird auch er kämpfen.«

»Midhat wird nie kämpfen, Mama.« Das Telefon klingelte. »Entschuldigt mich kurz.«

»Basil Murad für Jamil Kamal«, sagte die Vermittlung.

»Hier Jamil?«

»Ah, *habibi*«, sagte Basil. »Wir müssen los. Auf die Straße von Anabta nach Nur Shams. Bist du bereit? Abd al-Rahim al-Häddsch Muhammad führt uns an. Munir holt schon die Gewehre.«

Jamil warf über die Schulter einen Blick zu seiner Mutter und seiner Großtante, die ihn beobachteten. »Hast du das Ding, über das wir gesprochen haben?«

»Ja. Die Engländer haben Verstärkung angefordert – unsere Leute lauern den Truppen auf.«

»In Anabta?«

»Kurz davor.«

»Wir sehen uns bei deinem Bruder.« Er legte auf.

»Du gehst nicht«, sagte seine Mutter.

»Was?«

»Du ziehst nicht in den Kampf. Du bleibst hier.«

»Mama. Ganz ruhig.«

»Wenn er kämpfen will, lass ihn kämpfen«, sagte Umm Taher.

»Er ist mein Sohn!«

»Schau mal – wie spät ist es jetzt? Elf Uhr. Ich bin zum Abendessen zurück. Das verspreche ich.«

Seine Mutter stöhnte und rieb mit einer Hand über die Fingerknöchel der anderen. »Möge Gott dich behüten. Er möge dich behüten.«

Jamil zog die Jacke an und verließ das Haus.

Er versuchte, den Gedanken an Midhat zu verdrängen. Als er seinen Cousin zitternd auf dem Fußboden von Wasfis Arbeitszimmer entdeckt hatte, hatte er im Beisein Hanis kurz geweint. Trotzdem hatte er Midhat weder im Krankenhaus von Nablus besucht, wo dieser den ganzen Winter gewesen war, noch in der Klinik in Bethlehem, in die er im letzten Monat verlegt worden war. Er hatte das auch nicht vor.

Während der letzten zehn Jahre hatten sie wenig miteinander zu tun gehabt. Wenn er etwas von seinem Cousin hörte, dann meist von Umm Jamil und Umm Taher, von Adel Jawhari und anderen Aktivisten, die Midhat kannten, gelegentlich auch von Leuten in der Stadt, die ihn nachzuahmen versuchten und ihn mit einer Zuneigung, in die sich leise Verachtung mischte, »der Pariser« nannten. Unter Jamils Kollegen hieß es immer noch: »Ich gehe jetzt zur *banque*«, wobei sie mit der Hand wedelten, die nicht die Waffe hielt. Jamil hatte mit etwas Abstand den Eindruck gewonnen, dass Midhat diese Rolle aus Spaß an der Sache überzeichnete. Doch machte er sich damit nicht lächerlich, weil er genau genommen gar nicht »der Pariser« war, sondern diese Rolle nur spielte, also reflektierte, was er tat, womit er den anderen eine Nasenlänge voraus war. Im Laufe der Jahre war Jamil dennoch stets beschämt und verärgert, wenn der Name seines Cousins fiel. Die respektvolle Zuneigung, die man Midhat in Nablus entgegenbrachte, war in Gehässigkeit umgeschlagen, als sich die Syrer gegen die französische Mandatsmacht erhoben hatten. Jeder wusste, dass Frankreich eine Imperialmacht war, die die arabischen Haushalte aussaugte. Ein Pariser in Nablus zu sein hieß, dass man der Zeit hinterherhinkte, immer noch alten kolonialen Angewohnheiten anhing, etwa jener, die abgelegten Kleider der Herren zu tragen, weil man glaubte, so einen Rest ihrer Macht abzustauben. Das traf natürlich nicht auf Midhat zu, der sich der Signalwirkung seiner Kleider nicht bewusst zu sein schien und dem es sicher nicht um Macht oder Überlegenheit ging, wenn er sich ein penibel gefaltetes Einstecktuch in die Tasche schob. Der blinzelte, wenn das Gespräch auf Politik kam, leise den anderen beipflichtete und leise seiner Wege ging, der sich so unsterblich in das Muster eines Tuches verlieben konnte, dass er hinter dem Rücken seiner Frau ein Vermögen ausgegeben hätte, um es aus Europa zu importieren.

Jamil erinnerte sich daran, dass Midhat voller Energie gewesen war, als er nach Kriegsende aus Paris zurückkehrte, und seine Ideen geschliffen formuliert hatte. Frankreich hatte ihn komplett umgekrempelt, und er hatte nichts mehr mit dem schüchternen Schulbuben von früher gemeinsam. In Nablus glaubten viele, Midhat werde in die Politik gehen, weil er so selbstverständlich über Faisal und die syrische Frage diskutieren konnte. Midhat, ein Politiker! Innerhalb eines Jahres nach seiner Heimkehr war er so in sich versunken, dass er erschrak, wenn man ihn ansprach, und es entstand eine Distanz zwischen ihnen, die sie nicht mehr auflösen konnten. Jamil sehnte sich noch eine Weile nach der alten Verbundenheit, bis ihm klar wurde, dass er sie nicht wiederbeleben konnte. Und während sie aneinander vorbeilebten, schlug Jamils Groll allmählich in milden Spott um.

In der prallen Sonne begann er zu schwitzen. In gewisser Weise leuchtete es ein, dass Midhat in der Irrenanstalt war, während in Nablus der Aufstand geprobt wurde. Wie wäre »der Pariser« wohl damit klargekommen, geflickte Hosen zu tragen? Wie wäre es angesichts der mageren Arme und Beine seiner Nichten und Neffen und der Müdigkeit in den Augen der Menschen um seine Seelenstärke bestellt gewesen? Jamil schritt in seiner Wut zu schnell aus, und er schwächte den letzten Gedanken ab. Nicht jeder war ein geborener Kämpfer. Wenn Midhat aus der Anstalt käme, würde er schon irgendwie zurechtkommen.

Er huschte in die Altstadt und presste sich gegen die Mauer. Die gefährlichste Wut war jene auf die Abweichler. Der Hass auf Streikbrecher etwa hatte in letzter Zeit fanatische Züge angenommen: In der vergangenen Woche hatte eine Horde von acht- bis vierzehnjährigen Jugendlichen einen Gemüsehändler überfallen, ihm zunächst ein blaues Auge geschlagen, ihn dann mit einem Eimer voll Dreck übergossen und am Ende gesteinigt. Das Verbrechen des Mannes? Man verdächtigte ihn, den Streik *vielleicht* brechen zu wollen. Die Komitees richteten ein System von Gerichten ein, in denen Zeugen öffentlich aussagen konnten. Man hoffte, dass sich die Angeklagten angesichts dieses Theaters zur gemeinsamen Sache bekennen würden – genau genommen wollte man aber die Kläger beschwichtigen und für Gemeinschaftsgeist sorgen. Wenn die Verantwortlichen diesen Fanatismus nicht eindämmten, wäre das ihr Ende.

Jamil bog vor dem Haus von Munir Murad um die Ecke und hatte wieder Midhat vor Augen, der mit einem Brief in der Hand auf dem Fußboden lag. Er erinnerte sich an die Verzweiflung in den Augen seines Cousins und spürte einen Hauch der verloren geglaubten Zuneigung. Zu seiner Überraschung trieb ihm das Tränen in die Augen. Munir öffnete die Tür.

»Los, komm her«, rief Basil aus einem anderen Zimmer.

Auf dem Esstisch lag ein Segeltuchrucksack mit Lederriemen. Außerdem stand da eine kleine Holzkiste, an der man mit Kupferdraht zwei Zylinder befestigt hatte.

»Ich habe sie noch nicht eingepackt«, sagte Basil.

Jamil ergriff die Bombe mit beiden Händen. Ein Experte aus Damaskus hatte ihnen vergangene Woche im Kino geholfen, den Sprengsatz zu bauen, dessen Teile auf einem Gemüsekarren in die Stadt geschmuggelt worden waren. Basil hob die Lasche, und Jamil schob die Bombe in den Rucksack und setzte ihn auf. Sie würde erst nach dem Entfachen der Zündschnur explodieren, aber als Jamil das Gewicht spürte, wurde ihm mulmig. Basil reichte ihm ein Gewehr und einen Stoffbeutel mit Munition.

»Die habt ihr am helllichten Tag geholt?« Jamil prüfte die Kammer und schob drei Patronen hinein.

»Die Engländer sind alle in den Bergen«, antwortete Basil. »Und ganz ehrlich – wenn man uns nicht bräuchte, würde ich vorschlagen, den Sports Club zu überfallen.«

»Kommst du, Munir?«

»Beim nächsten Mal, Jungs, beim nächsten Mal.«

Sie brauchten eine halbe Stunde bis zum Dorf Zawata. Vier Kämpfer kamen auf der ausgedörrten Dorfstraße angerannt, um ihnen Frieden zu wünschen. Zwei waren jung und bartlos. Ein schlanker, älterer Mann war nur mit einem Knüppel bewaffnet. Nach der Begrüßung schwiegen alle. In der Ferne stieg dichter grauer Rauch auf, und sie hörten das leise Rattern von Maschinengewehren.

»Lass mich den Rucksack tragen«, sagte Basil, und die jüngeren Männer drehten sich nach ihm um. »Wartet nicht auf uns.«

Nach kurzer Zeit, sie marschierten gerade mit dumpfen Schritten auf der ungeteerten Straße und Basil hatte die Daumen hinter die Riemen des Rucksacks gehakt, verschwanden die Gestalten der Männer hinter einer Biegung der Straße, die zum Dorfplatz führte. Die Hälfte der Strecke zum Hinterhalt in den Hügeln war geschafft. Zwei Kämpfer preschten auf wiehernden Pferden an ihnen vorbei, und nachdem das Hufgetrappel verhallt war, ließ sich der Gefechtslärm deutlicher hören. Am Dorfrand füllten Frauen ihre Krüge am Brunnen.

Drei von ihnen verneigten sich und schlossen sich ihnen an, überschwappende Krüge auf den Schultern. Sie zogen im stummen Gänsemarsch zum nächsten Dorf, durch das flache Becken, das dem Wadi vorausging, und überwanden die Felsen mit geübten Schritten. Schließlich waren Schüsse und Rufe zu unterscheiden. Sie zogen die Gewehre von den Schultern und begannen mit dem Aufstieg.

Auf halber Höhe rutschte Basil aus und griff keuchend nach einem Strauch. Jamil packte ihn beim Arm, wobei er darauf achtete, den Rucksack mit der Bombe nicht zu berühren. Das Herz schlug ihm bis zum Hals, und als Basil wieder Tritt fasste, knackte es im Unterholz. Ein Mann in türkischer Uniform samt Orden schlitterte auf sie zu. Er riss die Arme hoch, und eine der Frauen schrie: »*Ya Allah*!« Blut lief über sein Gesicht, ein Ohr war abgerissen worden. Sie wichen aus, um ihn durchzulassen. Auf der anderen Seite des Hügels krachten Gewehrschüsse.

Schließlich erreichten sie die Kuppe. Aufständische, die hinter den Felsen des steilen Abhangs in Deckung gegangen waren, feuerten im Liegen ins Tal; einige warfen Steine. Jamil kletterte in einen schmalen, von Büschen gesäumten Graben und riskierte einen Blick.

Der Konvoi, in Schleier von Pulverrauch gehüllt, war zehn Meter unter ihnen durch eine Straßenblockade aus Steinen gestoppt worden. Das auf dem vordersten Fahrzeug montierte Maschinengewehr war verstummt, offenbar war die Munition alle oder es hatte den Schützen erwischt. Aus den Fenstern der Fahrzeuge wurde das Feuer weiterhin erwidert. Hinter drei Militärfahrzeugen hatten zivile Automobile Schutz gesucht; der Konvoi war lang, er schlängelte sich durch die Schlucht, bis er hinter einer Biegung verschwand. In Jamils Mut mischte sich Furcht. Er brach den Ast eines Busches ab, um sich vorbeizwängen zu können, und schob das Gewehr dann durch den Spalt eines Felsens am Rand des Grabens. Er zielte auf ein Fenster des zweiten Fahrzeugs. Dann betätigte er den Repetierhebel und feuerte. Betätigte den Repetierhebel, feuerte. Er wusste nicht, ob er getroffen hatte. Weiter weg ertönte ein Schrei. Jemand rannte links an ihm vorbei, ein Felsbrocken polterte in die Tiefe und knallte auf das Dach eines Fahrzeugs. Der Mann floh vor dem gegnerischen Feuer und stolperte, schrie plötzlich schmerzerfüllt auf.

Jamil lud nach und zielte auf ein anderes Fenster. Auf der gegenüberliegenden Talseite erschien ein Maschinengewehr, und dann kam der Panzer in Sicht, auf den es montiert war. Der Staub, den die Ketten aufwirbelten, wölkte bis zu Jamil hinauf, er zuckte zurück und duckte sich in den Graben. Basil war nicht zu sehen. Andere Männer kauerten sich auf den Boden. Auf den Felsen war frisches Blut zu sehen, ebenso auf der Erde. In der Nähe feuerte ein Mann, den es an der Hüfte erwischt hatte; neben ihm lag ein Toter, weiter unten lag ein weiterer tödlich verwundeter Kämpfer. Eine junge, barhäuptige Frau kraxelte den Hang hinauf, packt die Beine des Toten und zerrte ihn nach unten. Der sterbende Kämpfer schrie: »Hier! Hier!«

Ein Militärflugzeug erschien und verschwand wieder, und als die Bombe detonierte, die es abgeworfen hatte, warf sich Jamil auf den Bauch. Er knallte mit dem Kopf gegen einen Felsen, und der Schmerz durchzuckte seinen Schädel. Er erblickte Basil. Das Gewehr lag in seinen schlaffen Händen; der Rucksack neben ihm. Seine Brillengläser waren so verdreckt, dass er nichts mehr sehen konnte, und er betete stumm.

»Geh dort in Deckung!«, schrie Jamil und zeigte auf eine freie Felsgruppe. »Und schieß! Achte auf die Bombe – Vorsicht …«

Irgendjemand im Tal hatte sie entdeckt und nahm sie unter Beschuss. Jamil bohrte die Stiefelkappen in die Erde, um einen

Halt zu haben, legte sich so flach wie möglich hin und machte sich schussbereit. Er war jetzt stinkwütend, und er war froh darüber. Diese Wut gab ihm Kraft. Eine zweite, weiter entfernt explodierende Fliegerbombe ließ Dreck in sein Gesicht prasseln. Er wischte ihn zuerst mit den Fingern, dann mit dem Hemd aus seinen Augen. Aufständische eilten zur Verstärkung den Hang hinauf, sauber und tatendurstig.

»Trink etwas!«, sagte jemand.

Jamil drehte sich vorsichtig um. Zwischen den Bäumen stand eine Frau im Alter seiner Mutter und hielt ihm einen Wasserkrug hin.

»Zurück!«

»Nur Mut!«, rief sie.

»Zurück!«

Hinter ihr erschien ein bärtiger Kämpfer, ausgestattet mit drei Patronengurten. Er kniete sich ein paar Schritte entfernt hin, feuerte in schneller Folge und lud dann nach.

Jamil verschob das Knie auf dem Boden, stemmte den Fuß des anderen Beins gegen einen Stein und drückte den Kolben gegen seine Schulter. Er nahm die Windschutzscheibe eines Militärfahrzeugs ins Visier, auf dem ein Maschinengewehr saß, und drückte ab. Seine Kugel prallte vom Stahl ab. Er zog den Repetierhebel durch und feuerte noch einmal, dann noch einmal. Ein älterer Mann stürmte den Hügel hinab in den sicheren Tod, er schwang einen Säbel über dem Kopf wie ein Gläubiger am Geburtstag des Propheten. Jamil flüsterte bei diesem Anblick eine *dua*, sein Herz wurde von Mitleid erfüllt. Er griff in den Beutel mit den Patronen. Nur noch zwei.

»Hast du Munition übrig?«, rief er dem Nachbarmann zu.

Der hörte nicht. Drei Patronengurte waren etwas zu viel des Guten, aber er schien alles verschießen zu wollen. Basil hatte sich zu der Felsformation zurückgezogen und feuerte endlich. Der Rucksack mit der Bombe war nirgendwo zu sehen.

»Basil!«, rief Jamil. Sein Mut verflog zusehends. Gegenüber auf dem Hügel erschien ein zweiter Panzer. Jamil griff nach einem Stein und schleuderte ihn auf den Konvoi. Er landete am Straßenrand in einem Busch. Er zitterte und legte sich hinter dem Felsen auf den Bauch.

Heute würde er sterben. Er müsste jetzt wie die todesverachtenden Bauern mit einem Knüppel zum Angriff übergehen. Er brüllte den Boden an. Seine Lippen waren mit Dreck verkrustet, beim Schreien schmerzte sein Hals. Er spürte den Hall der Schüsse im Bauch. Es packte ihn der Wunsch, aufzuspringen und wegzurennen. Was sollte er zu den Frauen sagen, die unten am Hang warteten? Dass er keine Munition mehr hatte? »Nur Mut!«, würden sie ihm zurufen. Aber Mut bedeutete, mit Steinen auf Geschütze zu werfen. Mut bedeutete, unbewaffnet ins Tal zu stürmen.

»Basil!«, schrie er noch einmal verzweifelt.

Basil sah auf. Er erblickte Jamil, und als er einen Arm vom Bauch zog, kam der Rucksack in seinem Schoß zum Vorschein. Er legte ihn so weit entfernt ab, wie es möglich war, ohne sich ins Schussfeld zu begeben. Er schwitzte, so sehr konzentrierte er sich. Jamil stieß einen stummen Schrei aus und rollte aus der Deckung. Er zog den Rucksack zu sich heran und löste danach die Riemen. Er pulte im Knien die Zündschnur aus der oberen Ecke des Kastens. Dann kramte er mit zitternden Händen in den Taschen nach Streichhölzern. Er entzündete die ausgefranste Schnur. Richtete sich zur vollen Größe auf, nahm Anlauf und schleuderte den Sprengsatz auf den Konvoi. Die Bombe war noch in der Luft, da lag er schon wieder flach auf dem Bauch.

Ein donnerndes Krachen. Das erste gepanzerte Fahrzeug erhob sich in die Luft wie von einer Welle emporgetragen, das zweite direkt danach. Eine Hitzewelle schwappte an der Talwand hinauf, gefolgt von schwarzem Qualm. Der Motor brannte. Im nächsten Moment hagelte es Dreck und Steinchen, und Jamil verbarg sein Gesicht. Dann rief er in den wogenden Staub: »Ich habe keine Munition mehr, Basil!«

Basil schoss auf einen Soldaten, der sich aus dem Wrack des Fahrzeugs zu befreien versuchte. Er hatte den Dreck auf seinen Brillengläsern mit den Fingern verschmiert. Jamil kroch zu ihm und packte seinen Arm.

»Komm nach, wenn du alles verschossen hast«, sagte er. »Ich habe nichts mehr. Ich … ich …«

»Ich habe noch Munition«, erwiderte Basil. »Hier, nimm.«

»Nein, nein.«

Basil musterte ihn. »Verstehe«, sagte er. »Dann geh.«

Jamil zog sich unentdeckt zurück, denn die Luft war noch voller Qualm. Er war nicht der Einzige: Drei weitere Männer rannten in der Nähe durch das Gestrüpp zur Straße. Auf dem Weg bergab brachte ihn ein stechender Schmerz im Rücken ins Wanken. Er lehnte sich atemlos gegen einen Baum, und als er mit der linken Hand nach hinten griff, ertastete er einen Riss in Jacke und Hemd. Dort brannte eine Wunde. Seine Fingerspitzen waren feucht und rot. Er ging weiter, wobei er probehalber die Schulter bewegte; keine Beeinträchtigung, was wohl hieß, dass es nur ein Streifschuss war. Als sich die Bäume lichteten, zuckte er beim Klang der Frauenstimmen zusammen und griff nach seinem Arm. Er drückte und machte ein schmerzhaftes, entsetztes Gesicht, in dem auch ein Erschrecken über die Richtung lag, in die ihn seine Füße trugen. Nicht heute. Nein, er würde heute nicht unbewaffnet auf das Schlachtfeld stürmen. Hier zu sterben wäre sinnlos. Er war nicht nur ein Kämpfer, sondern wurde auch anderweitig gebraucht. Er war ein wichtiges Bindeglied. Er drückte weiter seinen Arm. Seine linke Hand wurde taub.

Zwei Frauen versuchten, einen blutbesudelten Mann anzuheben. Beim Anblick der osmanischen Uniform stutzte Jamil.

Er hatte den Mann schon einmal gesehen. Wo das Ohr gewesen war, waren Haare und Kopftuch von Blut durchtränkt.

»Abu Rami, Abu Rami«, klagte eine der Frauen. Sie packte ihn an den Schultern. »Ich kenne seine Töchter. Er ist ein guter Mann.«

»Er stammt aus Ihrem Dorf?«, fragte Jamil.

»Ja, ja.«

»Warum trägt er diese Uniform?«

»Sie haben sie ihm gegeben«, antwortete sie und ließ die Jacke los, als hätte sie erst jetzt bemerkt, dass es sinnlos war.

»Ich glaube ... ich glaube, er ist den Märtyrertod gestorben«, sagte die jüngere Frau. Sie zog eine schwere, alte Pistole aus dem Holster des Toten, mit hölzernem Griff und silbernem Lauf.

Jamil betrachtete den Toten. Der blutige Mund war verzerrt, die Augen waren zugekniffen. Ein Anfall von Feigheit ließ Jamil erschaudern, in seiner Kehle regte sich tierischer Ekel. So also sah ein Heldentod aus. Der arme Abu Rami. Ein Teil seines Gehirns lag frei. Und all das Blut, das im Boden versickerte – Jamil schien oben auf dem Hügel mit Blindheit geschlagen worden zu sein, denn er sah in dem Blut nicht mehr das, was er darin hätte sehen sollen. Dreck aus Blut und Erde, aber wo war die Verheißung des Paradieses? Wo der himmlische Lohn für den tapferen Kampf für das Heimatland? Dieser Anblick war nur scheußlich, es war bloß sündiges Fleisch. Er verabscheute sich selbst. War es wirklich wünschenswert, weiterzuleben?

»*Allah yirham-o*«, sagte er mit belegter Stimme.

»*Allah yirham-o*«, wiederholte die ältere Frau.

War er tatsächlich ein besserer Mensch als dieser sonderbar kostümierte Landbewohner? Im Hafen rekrutiert, wo es keine Arbeit mehr gab, ein Mann, der nichts zu verlieren hatte, vielleicht ein einfacher Bauer, der dem Ruf zu den Waffen gefolgt war wie diese Frauen, alle vereint durch die Doktrin des Selbstopfers. Jamil war nicht besser als sie; das redete ihm nur der Hochmut ein. Abu Rami war in Wahrheit dreimal reiner als er, Jamil Kamal, den seine wohlbehütete Jugend in Konstantinopel verdorben hatte.

»Nimm seine Waffe und die Munition«, sagte die ältere Frau, indem sie das Gewehr des Mannes aufhob. In ihren Augen glänzten Tränen. »Nimm sie. *Yallah. Yallah.* Zieh wieder in den Kampf, geh.«

»Ah – du blutest ja«, sagte die jüngere Frau.

»Halb so wild.« Jamil wog Pistole und Gewehr in den Händen und schaute in den Lederbeutel mit Patronen. »Das ist nur ein Kratzer. Danke. Möge Gott euch behüten.«

Er ging den Hügel wieder hinauf. Ein Mann mit Knüppel stürmte mit einem tiefen Brüllen an ihm vorbei. Jamil wusste, was das war. Das war das Geräusch der Wut, die man schürte, um die Angst zu betäuben.

Als Basil ihn erblickte, griff er voller Zuneigung nach Jamils Arm. Jamil begann, mit dem Gewehr des Toten zu schießen. Doch es dauerte nicht lange, da erschien ein Kommandant mit der Nachricht, sie seien von Panzern eingekreist und müssten sich verstecken. Jamil und Basil folgten den anderen Überlebenden den Hügel hinab zu einer Höhle. Dort warteten sie den Anbruch der Nacht ab, tranken Wasser aus Krügen und wuschen ihre Gesichter und Wunden. Jamil hielt eine Weile Wache, und während die Hitze des Gefechts verflog, dachte er, auf den Hacken sitzend, an Midhat. Er spürte noch sein Gewicht, denn er hatte ihn damals zum Auto getragen, und Hani hatte mit ernster Miene wissen wollen, ob er Französisch lesen könne.

»Schon lange nicht mehr«, hatte er geantwortet. Und Hani hatte den Brief mit einem fast entschuldigenden Blick in den Umschlag getan und in seine Brusttasche gesteckt.

Jamil hatte nur eine vage Vorstellung vom Inhalt des Briefes. Er war auch nicht neugierig. Unter anderem, weil er wusste, dass ihm der Inhalt, wie auch immer er lauten mochte, verschlossen bliebe. Aber vor allem weil er angesichts seines schluchzenden Cousins nichts außer Angst und Ohnmacht verspürte. Er biss die Zähne zusammen und sah zu den Bäumen auf. Die Sonne sank, und die Äste zitterten in der Kühle des sterbenden Tages.

8

Das Gefangenenlager in Sarafand war auf dem Gelände einer britischen Militärgarnison eingerichtet worden. Die Zellen bestanden aus einer Reihe von Holzbaracken mit schrägen Dächern, umgeben von hohen Stacheldrahtzäunen. Zu Beginn von Hanis Inhaftierung waren nur fünf Feldbetten in der Baracke belegt. Im Laufe des Sommers wurden allerdings viele weitere führende Personen verhaftet, und die Betten füllten sich. Ende August waren die Räume voller Männer, denen man vorwarf, die Gewalt zu schüren, sie lagen während der heißen Nächte schnarchend nebeneinander. Tagsüber wurde die Barackentür immer wieder aufgestoßen, dann traten zwei oder drei Soldaten ein und führten den Appell durch. Das geschah bewusst unregelmäßig, um die Gefangenen dabei zu ertappen, wie sie sich »in großer Zahl versammelten«, was, wie oft wiederholt wurde, gegen die Regeln des Lagers verstieß.

Auf Hanis Bitte schickte ihm Sahar eine weiße Kufiya und eine weiße Abaya, die er wie andere inhaftiere Städter zum Zeichen der Solidarität mit den Aufständischen trug. Er ließ sich einen langen Bart wachsen und saß tagsüber auf einem Klappstuhl, der auf dem schmalen Streifen Erde stand, den sie scherzhaft »Garten« nannten. Er erstreckte sich zwischen Baracken und Stacheldrahtzaun, und Hani folgte mit seinem Stuhl dem Schatten, der um ihre Bruchbude wanderte. Der einzige Schreibtisch der Baracke war für den Ältesten unter ihnen reserviert, Hussam Effendi aus Jaffa, und im Laufe des Tages halfen ihm die anderen dabei, den Tisch samt Büchern und Papieren immer wieder in den Schatten zu stellen. Alle anderen hatten einen Koran als Unterlage auf den Knien liegen und schrieben Briefe. Die Langeweile war nie Thema. Manchmal kreuzten sich Blicke, und die Häftlinge, die sich nicht über ihr Leid austauschen konnten, übermittelten einander stumm die immer gleiche dumpfe, zähe Traurigkeit. Sie wussten, dass sich die Aufständischen organisierten und militärische Führer aus Syrien, die alte osmanische Uniformen trugen, in den Bergen regionale Befehlsstellen und Gerichte einrichteten, die Verräter aburteilten. Aber Gott hatte jedem Menschen einen eigenen Kampf zubemessen, und dies war der ihre: das immer gleiche schale Essen, der immer gleiche Ausblick auf die Mauern, die immer gleichen verhärmten Gesichter, die immer gleichen, beim Beten geschlossenen Augen, die immer gleichen Gebete auf den immer gleichen Lippen.

Hani studierte täglich die heilige Schrift, las die Zeitungen und schrieb – an seine Frau, an Freunde und Kollegen und britische Regierungsbeamte. Weil er ahnte, dass die Offiziere im Lager jedes Wort lasen, nutzte er die Gelegenheit, um die eine oder andere trotzige Spitze einzubauen, wobei er darauf achtete, den Briten keinen Anlass für eine weitere Strafe zu liefern.

Aziza Sahar,

unfassbar, dass ausgerechnet Du diejenige bist, die mich auf den Gedanken bringt, meine Inhaftierung könne unrechtmäßig sein. In Deinem Brief hieß es: »Du denkst, Du sitzt in Untersuchungshaft, aber in Wahrheit hat man Dich weggesperrt.« Das hat mich zunächst überrascht, aber ich muss zugeben, dass ich tatsächlich weggesperrt wurde und nicht in Untersuchungshaft sitze, denn ein Untersuchungshäftling darf nur so lange festgehalten werden, bis er einem Richter vorgeführt wird. Und das hat mich sofort auf die Tatsache gebracht, dass weder der Brigadekommandant noch der Hochkommissar das Recht hat, einen Menschen wegzusperren. Auf jeden Fall sollen etwa fünfzig von uns am 22. oder 23. dieses Monats aus der Untersuchungshaft entlassen werden. Ich weiß aber nicht, ob die Haftzeit von den Behörden nicht doch noch verlängert wird – abwarten. Es würde mich nicht überraschen, denn alles hier ist eine Beleidigung.

Obwohl die Augusthitze noch nicht abgeflaut war, pfiff manchmal ein herbstlicher Wind. Hani begann, Leserbriefe an eine Zeitung in Jaffa zu schreiben, um seiner Frustration auf offizielle Art Luft zu machen. Er hatte in Sarafand viel Zeit zum Nachdenken, und so fiel ihm unter anderem auf, wie gewieft die Briten formulierten: Sie bombardierten Jaffa und nannten das Stadterneuerung. Sie verhafteten einen Nationalisten und bezeichneten ihn als Kriminellen, und die Palästinenser galten natürlich alle als Muslime. Außerdem hatten sie erklärt, die Verhängung des Kriegsrechts in die Wege zu leiten, und sie schifften in Haifa Tausende frischer Truppen ein, und Hani, dem als Waffe nur der Stift zur Verfügung stand, kam zu der Einsicht, dass dies eine Schlacht war, die er durchaus annehmen konnte. Also begann er, die Stunden zwischen dem faden Mittagessen aus Brot und Tomatensauce und dem faden Abendessen aus Reis mit Fleischsauce zu nutzen, um auf Arabisch sachliche Argumentationen zu entwerfen und die schlimmsten Ungerechtigkeiten zu schildern, wobei er auf juristische Wendungen und die arabische rhetorische Tradition zurückgriff.

Eines Nachmittags, er saß im sogenannten Garten und schrieb einen Brief, in dem er, durch Sahars Worte inspiriert, den Unterschied zwischen Untersuchungshäftling und Gefangenem thematisierte, hob er den Blick und sah durch einen Spalt in der Wand der benachbarten Baracke eine Reihe von Arabern mit den Händen auf dem Rücken. Und obwohl er den Mann nur für den Bruchteil einer Sekunde sehen konnte, erkannte er Abd al-Hamid Shuman, eine stämmige Gestalt mit leuchtenden Augen. Er stöhnte.

»Was ist denn nun wieder los?«, fragte Hussam Effendi und legte die Hände auf seinen Schreibtisch.

»Sie haben Shuman geschnappt«, sagte Hani. Er sah den letzten Soldaten vorbeigehen, dann legte sich eine Staubwolke über den Spalt.

Abd al-Hamid Shuman war der Gründer der Arabischen Bank und Sekretär des Streikfonds-Komitees. Die Häftlinge in Hanis Baracke hatten sich oft damit getröstet, dass die Briten so viele »Organisatoren« wie Hani einbuchten konnten, wie sie wollten, weil das den Kampf nicht ernsthaft beeinträchtigte. Sobald die Fellachen den Geist des Aufstands verinnerlicht hätten, sei dieser nicht mehr aufzuhalten. Nun schienen es die Briten aber auf die Finanzen abgesehen zu haben. Eine kluge Strategie, das musste man ihnen lassen.

Abd al-Hamid wirkte aber keineswegs niedergeschlagen. In der Stunde, die den Leibesübungen vorbehalten war, begrüßte er Hani grinsend mit vier Küssen und erkundigte sich so unbeschwert nach seinem Befinden, als wären sie einander auf der Straße begegnet. Dann machte er ebenso plötzlich wie energisch auf dem Absatz kehrt und ging zu einem Wächter. Die Sonne brannte. Hani beobachtete die beiden; sie schienen zu lachen. Der Wächter rief seinen Kollegen, dann kam ein vierter Mann dazu, und Minuten später kehrte Abd al-Hamid mit einem Fußball zurück.

»Was willst du damit?«, fragte Hani.

»*Yallah*, ihr alle«, rief Abd al-Hamid.

Auf dem Hof hoben sich die Köpfe.

»Ich brauche zwei Mannschaften.«

Mit der Ankunft Abd al-Hamids begann eine sonderbare Zeit im Lager, denn man konnte zu jeder beliebigen Stunde mindestens vierzehn Männer sehen, die mit ihm als Schiedsrichter auf dem Sportplatz kickten.

Hani spielte nicht mit. Er schaute manchmal zu, genoss aber die Ruhe, die im Garten herrschte, während alle anderen Fußball spielten. Eines Tages Mitte August, er schrieb gerade einen Brief an die Zeitung, in dem es um das Kriegsrecht ging, bekam er plötzlich schreckliche Zahnschmerzen.

Er dachte zunächst, es sei irgendetwas mit dem Muskel. Im Laufe des Nachmittags weitete sich der Schmerz dann aber auf weitere Zähne aus, und beim Abendessen war das Zahnfleisch so stark entzündet, dass er auf der anderen Seite kauen musste. Der Arzt in der Krankenstation gab ihm einen Beutel Salz zum Gurgeln, aber sogar stündliches Gurgeln sorgte nicht für Linderung. Während der nächsten paar Tage kaute Hani das Essen mit halb offenem Mund, wobei er das unbehagliche Gefühl hatte, einem Hund zu ähneln.

»Du musst um eine Sondererlaubnis bitten«, rief Hussam Effendi unvermittelt quer über den Tisch.

Hani ließ die Hand sinken, die er auf das Gesicht gepresst hatte; ihm war nicht aufgefallen, dass Hussam Effendi ihn beobachtet hatte.

»Du musst nach Jaffa«, fuhr Hussam fort. »Dort kenne ich einen hervorragenden Zahnarzt. Ein Grieche.«

»Möge Gott dich behüten«, erwiderte Hani und räusperte sich. »Vielleicht mache ich das.«

»Frag nach«, sagte Hussam und ließ die Brille von der Stirn wieder auf die Nase gleiten. »Fragen schadet nicht.«

Hani schaute in seine Zeitung. »Übertreffe die anderen an Geduld«, murmelte er. »Bleibe entschlossen und denke an Gott, um zu siegen.«

Schadete das Fragen wirklich nicht? Hani wollte nicht fragen. Er bezweifelte, dass es weise wäre, und was man bezweifelte, unterließ man besser. Während der nächsten beiden

Tage griffen die Schmerzen auf zwei weitere Zähne über. Er konnte fast nur noch an die Schmerzen und seine Weigerung denken, um einen Zahnarzt zu bitten, und begriff irgendwann, dass er nicht zögerte, weil er eine Ablehnung seiner Bitte befürchtete, sondern weil er vielleicht eine Vorzugsbehandlung erhielte. Er wollte die Solidarität nicht aufkündigen; dies war eine weitere Schlacht, die er schlagen musste. Und ganz davon abgesehen, dass die Schmerzen quälend waren, waren sie ihm peinlich.

»Mister Murad.«

»Ja?«

»Sie haben Besuch.«

Hani bekam so selten Besuch, dass er zunächst glaubte, man hätte einen Zahnarzt gerufen, und seine Brust entspannte sich erleichtert. Bei jedem Schritt des Soldaten klirrten die Waffen, und Hani folgte ihm in der weißen Abaya und auf den leisen Sohlen seiner Sandalen.

Vor dem Eingang der Baracke standen sechs Soldaten stramm. Hani bückte sich beim Eintreten, und nachdem sich seine Augen an die Dunkelheit gewöhnt hatten, erblickte er zwei Männer, die neben einem freien Stuhl saßen. Der außen sitzende Mann erhob sich, eine korpulente Gestalt mit großen Augen: Es war einer seiner Kollegen aus der diplomatischen Führungsriege des Aufstands, Elias Darwish. Hani gab seinem Freund die Hand und küsste ihn zur Begrüßung. Er sah Darwish bestenfalls bei den Leibesübungen, und da hatten sie zu wenig Zeit und Privatsphäre, um zu reden. Als wichtige »Rädelsführer« waren er und Darwish von den Briten bewusst auf entgegengesetzten Seiten des Lagers untergebracht worden.

»Hani Bey!«, sagte der andere Mann, der einen Anzug trug. Es war der irakische Außenminister, Nuri Said.

»Nuri.« Hani trat vor, schüttelte die Hand und gab Nuri einen Wangenkuss. »Wir haben uns lange nicht gesehen. Wie ich höre, bist du gerade in Jerusalem – wie geht es dir, was gibt es Neues? Du hast dich kein bisschen verändert.«

Das stimmte nicht ganz, denn Nuri hatte stark zugenommen, seit Hani ihn zuletzt in Bagdad gesehen hatte, was nicht nur dem Bauch, sondern auch dem Kinn anzusehen war, das er bei seinem Begrüßungslächeln einzog. Er hatte immer noch einen Seitenscheitel, aber die lockigen Haare auf den Schläfen ergrauten. Er trug eine dicke blaue Strickkrawatte.

»Sei gegrüßt, sei gegrüßt«, sagte er, »bitte, bitte.«

Darwish knurrte die Soldaten an: »Lassen Sie uns bitte allein?«

Nuri legte die Hände übereinander und warf Hani einen vielsagenden Blick zu. Hani kannte ihn seit bald zwanzig Jahren. Nuris Karriere hatte während des Hedschas-Aufstandes gegen die Osmanen begonnen. Er war auch nach dem Krieg einer der Getreuen Faisals geblieben, zuerst auf der Pariser Konferenz, wo Hani ihn kennengelernt hatte, danach in Damaskus und schließlich im Irak.

»Das Volk des Irak ist verzweifelt«, sagte Nuri unbewegt und lüpfte, als er sich setzte, die Hosenbeine. »Genauso das Saudi-Arabiens und Transjordaniens. Die Lage in Palästina bedrückt uns alle sehr.«

Hani hatte den deutlichen Eindruck, dass diese Rede einstudiert war und vielleicht schon zum dritten oder vierten Mal gehalten wurde.

»Meine Sorge gilt einem arabischen Brudervolk«, fuhr Nuri fort. »Angesichts der nationalen Verbundenheit zwischen Palästina und dem Irak und angesichts der festen Freundschaft zwischen dem Irak und der britischen Regierung sowie mit Zustimmung Ihrer königlichen Majestäten wollen wir versuchen, im Konflikt um Palästina zu vermitteln. Wir treten für euch ein. Die Briten wollen, dass eine Königliche Kommission möglichst bald die Ursachen …«

»Wir können den Streik nicht beenden«, grummelte Darwish, »ohne einen Stopp der Einwanderung. Das ist die zentrale Bedingung.«

»Natürlich«, sagte Nuri und schnippte gegen seine Krawatte. »Ich habe im Juni mit Weizmann gesprochen. Ja, ich habe mit Weizmann gesprochen. Und er meinte, die Zionisten würden die Einwanderung für ein Jahr aussetzen. Das war im Juni.«

Darwishs Gesicht blieb ausdruckslos.

»Glaubst du ihm?«, fragte Hani.

»Ja, ich glaube ihm.«

»Er hat tatsächlich erklärt, die Einwanderung für ein Jahr aussetzen zu wollen?«, sagte Hani.

»Er sagte, er sei bereit, das in Betracht zu ziehen.«

»Ah, da haben wir es ja«, sagte Darwish. »Bereit, es in Betracht zu ziehen.«

»Du solltest bedenken«, sagte Nuri, indem er sich vorbeugte, »dass ihr die Gewalt irgendwann beenden müsst. Sie kann nicht endlos andauern. Ich weiß, dass die Ernte bevorsteht. Und ich denke, die Briten haben inzwischen so viele eurer kritischen Geister in diesem Lager interniert, dass es schwierig wird, die Aufständischen zu versorgen. Hör auf mich, Hani, hör auf mich.«

Hanis Kiefer pochte.

»Sie werden siegen«, sagte Nuri. »Auf die eine oder andere Art werden sie siegen. Begreift ihr das nicht? Eure kleine Streitmacht, die sich rings um Nablus formiert, ist keine Armee. Keine echte Armee. Wenn ihr jetzt aufhört, wenn ihr freiwillig, ohne Zwang, ein Ende des Streiks ausruft, könnt ihr euren Leuten und ganz Palästina verkünden, *etwas* erreicht zu haben – den Stopp der Einwanderung, und das schon vor der Ankunft der Kommission –, und dann wärt ihr Helden.«

Darwish zog eine grimmige Grimasse.

»Wenn wir den Streik beenden«, sagte Hani, »ohne dass man die Einwanderung stoppt, dann werden uns die Aufständischen buchstäblich massakrieren. Das steht fest.« Er fasste an seinen Kiefer. »Wir können nicht nachgeben, Nuri.«

»Geht es dir gut?«

»Das sind nur die Zähne. Ich habe Zahnschmerzen.«

»*Salamtak*. Hier gibt es doch bestimmt einen Arzt.«

Hani winkte ab.

»Die Menschen leiden«, sagte Darwish unvermittelt. »Das ist die Wahrheit.«

Hani sah ihn überrascht an.

»Wie bitte?«, fragte er.

Darwish sah fast flehentlich zu Hani auf. Dann sagte er zögernd: »Seit sechs Monaten Generalstreik. Alles komplett lahmgelegt ...« Er hob die Hände. »Nuri hat nicht ganz unrecht. Wir halten das nicht mehr lange durch. Wir sollten vielleicht – die Gunst der Stunde nutzen. Wir sollten die jetzigen Umstände möglichst gewinnbringend für unseren Kampf nutzen.«

Hani begriff schlagartig, dass er die Grimasse von Darwish falsch gedeutet hatte. Er hatte angenommen, sein Kollege wäre nicht überzeugt, ja sogar wütend, aber das Gegenteil war der Fall. Solche Zweifel hatte er noch nie aus Darwishs Mund gehört; er glaubte, in Sarafand sei allen klar, dass man ein Opfer für die gemeinsame Sache brachte, dass man nicht einknicken durfte, dass man solidarisch sein musste. Genau deshalb hatte Hani beschlossen, nicht um einen Zahnarzt zu bitten. Als er seinen Kollegen nun ansah, spürte er, wie etwas in ihm brodelte – kein Zorn, sondern ein Erschrecken, denn ihm dämmerte, dass ihre Aufteilung auf weit voneinander entfernte Baracken unterschiedliche Reaktionen, geänderte Meinungen und neue Zielvorstellungen zur Folge gehabt hatte. Teile und herrsche: Das war das Konzept. In seiner Brust barst etwas, als er merkte, dass sowohl Nuri als auch Darwish auf seine Zustimmung warteten. Er fragte sich, ob Darwish Nuris Plan schon vor seiner Ankunft zugestimmt hatte.

»Was springt für dich dabei heraus?«, fragte er Nuri, wobei er sich einen bissigen Unterton gestattete.

Nuri blinzelte. »Es ist meine Pflicht, mein Pflichtgefühl, mein arabisches ... Was dabei herausspringt? Wie meinst du das?«

Hani zog eine Augenbraue hoch und entsicherte seine verbalen Waffen. Auch er würde einer Beendigung des Streiks schließlich zustimmen müssen, aber er würde nicht kapitulieren, ohne Nuris Integrität, an der er jetzt starke Zweifel hegte, zuvor auf die Probe zu stellen. Als er den Mund öffnete, um seine Vorwürfe vorzubringen, wurde sein Unterkiefer aber von einem unerträglichen Schmerz durchzuckt, und er senkte den Kopf und griff an die Wange.

»*Salamtak*«, wiederholte Darwish.

»Weißt du was?«, sagte Nuri, und Hani hörte seiner Stimme an, dass er lächelte. »Komm doch zum Treffen in Jerusalem. Nächste Woche. Wir holen dich hier raus, Hani Bey. Wir sorgen dafür, dass du zu deiner Frau heimkehren kannst. Und dann schicken wir dich zu einem Zahnarzt.«

* * *

Als Midhat Abu Jamil und Jamil am Fußende seines Bettes stehen sah, beide mit Anzug und Krawatte, glaubte er zu halluzinieren.

Nach dem Vorfall mit Henryk hatte man ihn wieder auf die Station für akute Fälle verlegt, und dort musste er nicht nur den Lärm erdulden, sondern war obendrein ständig auf der Hut vor Halluzinationen. Er hatte sich die Taschenuhr in Henryks Hand nur eingebildet, das hatte er inzwischen begriffen. Die innere Logik der Träume hatte ihm verdeutlicht, dass die Vision von Jeannette nicht real gewesen sein konnte, und wenn *sie* nicht real war, konnte auch die Uhr nicht real gewesen sein. Beim Anblick seines Onkels und seines Cousins sank deshalb sein Herz – er hatte so fest daran geglaubt, auf dem Weg der Besserung zu sein. Dann fiel ihm auf, dass Abu Jamil dicker war als früher, sein Schnurrbart buschig und grau. Jamil war dünner, und er hatte die pomadisierten Haare nach hinten gekämmt. Er starrte Midhat an.

»Verzeihen Sie, meine Herren«, sagte eine englische Krankenschwester, »aber Sie dürfen sich hier nicht aufhalten.«

»Was sagt sie?«, fragte Abu Jamil.

Jamil zuckte mit den Schultern.

»Was hat sie gesagt, Midhat?«

Midhat grinste – er konnte nicht anders – und krächzte: »Ihr dürft euch hier nicht aufhalten.« Er hatte tagelang kein Wort gesprochen.

»Zutritt verboten«, sagte eine palästinensische Schwester, indem sie auf die beiden zuschritt. »Sie müssen gehen.«

»Das ist mein Neffe. Der da. Wir nehmen ihn mit.«

»Nein.«

»Was soll das heißen?«

»Er ist ein Patient, er ...« Sie senkte die Stimme zu einem Flüstern.

»Verrückt!«, entfuhr es Abu Jamil, und er riss die gespreizten Finger vom Mund, als wollte er ihr das Wort ins Gesicht schleudern. »Sie sind verrückt!«

Drei weitere Krankenschwestern und zwei Uniformierte erschienen. Jamil fing Midhats Blick auf und zwinkerte ihm zu, und dann wurde er zusammen mit seinem Vater von der ganzen Truppe nach draußen eskortiert. Abu Jamils Stimme war jedoch weiter im Korridor zu hören, die beiden Männer machten Rabatz. Das Rauschen der Decken verriet, dass sich die anderen Patienten umdrehten, um zuhören zu können. Midhat schlug das Herz bis zum Hals; er meinte, Wasfis Stimme zu vernehmen, und danach das hohe, rasante Geplapper von Umm Jamil. Anschließend ertönte Tetas Gezeter, unverkennbar und dramatisch. Dann trat Stille ein. Der links neben Midhat liegende Mann sah ihn fragend an. Die Decke des Raumes schien sich schwer auf ihn herabzusenken. Midhats Hände griffen ins Nichts.

»Slipper anziehen.«

Es war die Oberschwester. Sie stand neben seinem Bett. Aus Midhats Perspektive wirkte ihre Kinnlade viel größer, und ihre Nasenlöcher waren schwarze Höhlen.

»Aufstehen, habe ich gesagt.«

Midhat hievte sich aus dem Bett und folgte ihr aus der Station.

Abu Jamil, Jamil und Wasfi standen vor der Wand des Korridors. Wasfi trug eine knallrote Krawatte. Als Midhat eintrat, richteten sie sich auf. Abu Jamil schnaufte: »Ho, ho!« Jamil wollte etwas sagen, holte aber nur tief Luft und grinste. Wasfi boxte in die Luft. Neben ihnen standen zwei verschleierte Frauen – Teta und Umm Jamil. Teta eilte auf Midhat zu, und als sie sich von Umm Jamil löste, kam eine dritte, hinter ihnen stehende Person in Sicht.

»Gut, wir haben also der Verlegung zugestimmt«, sagte die Oberschwester, »und nun verlassen Sie bitte alle die Station. Zeigen Sie ihm, wo er sich umkleiden kann.«

»Fatima«, sagte Midhat.

Fatima hob langsam ihre Arme. Doch Teta hatte schon nach Midhats Gesicht gegriffen und strich mit den Daumen über seine Wangen. »Deine Frau ist sehr schlau«, flüsterte sie. »Gib mir die Tasche, Abu Jamil. Anzug, Hemd, Strümpfe, Schuhe, Krawatte. *Yallah, habibi*, zieh dich an.« Als Midhat zu seiner Frau gehen wollte, tätschelte Teta seinen Arm. »Das kannst du später machen. Geh jetzt.«

Die Krankenschwester führte ihn in einen kleinen Raum, in dem eine schmale Untersuchungsliege vor der einen Wand stand. An der anderen Wand hingen ein Kreuz und eine Zahlentabelle. Zwischen einem Stuhl und einer Vitrine mit Milchglasscheibe stand ein hoher, fleckiger Spiegel, unter dem Fenster eine Waage. Die Tür fiel zu. Hier hatte man ihn bei seiner Ankunft gewogen. Hier hatte er seine Kleidung abgegeben. Er erinnerte sich an die dünne Matratze, auf die er Hose und Strümpfe gelegt hatte. Im Spiegel erblickte er einen hageren, unrasierten Mann mit zu langen Haaren und haarigen Armen und Beinen, die unten aus einem grünen Kittel ragten. Der Ausschnitt des Fensters, der im Spiegel zu sehen war, zeigte eine leere Straße.

»Abu Taher.«

Die Tür war offen. Bevor er Fatima sah, roch er den Duft ihres Körpers; den Geruch ihres Zuhauses. Als sie sich nicht von der Stelle rührte, zog er sie mit beiden Armen über die Schwelle.

»Bitte«, sagte er. »Setz dich.«

Aber sie blieb stehen, wo er sie losgelassen hatte, und starrte die Tabelle an der Wand an. Ihre Augen waren groß und feucht.

»Nimm das bitte ab«, sagte Midhat. »Ich möchte dich sehen.«

Er glaubte kurz, sie würde sich weigern. Dann zupfte sie den Schleier von ihren Schläfen und trat ins Licht. Er hatte Furcht erwartet, aber sie hatte das Gesicht in kummervolle Falten gelegt, und obwohl er keine Tränen sehen konnte, wirkten die Muskeln um ihre Augen so angespannt, als würde sie ein Weinen unterdrücken.

»Wie sieht es im Laden aus?«, fragte er und bemerkte den Schmerz in seiner Stimme.

Fatima bedeckte ihre Augen mit den Händen, spitz zulaufend wie Flügel und mit dicken Adern, denn es war heiß. Er ergriff eines ihrer Handgelenke, und ihr Körper folgte, sie schmiegte sich an seine Brust.

»Oh, nein, nein«, sagte er und berührte ihren bebenden Schopf.

Sie löste sich von ihm und wischte mit angewinkelten Zeigefingern über die Augen. »Du musst dich anziehen.«

»Du hast mir gefehlt«, sagte Midhat. »Warum hast du mich hier nie besucht?«

Im Flur quietschten Räder eines Tellerwagens und übertönten den letzten Teil der Frage, aber Fatima hatte sie gehört. Sie zog ein weinerliches, fast kindliches Gesicht. Midhat breitete die Arme aus, seine Finger waren ausgestreckt, als wollte er sie auffangen oder umarmen oder ihr ein Wort der Vergebung entlocken. Fatima fing sich wieder. Sie wirkte erschöpft und angespannt und schien nichts mehr hervorbringen zu können. Dann bückte sie sich und begann, die Schnallen seiner Tasche zu lösen. Sie legte die Strumpfbänder auf die Matratze und ging, einen dunkelblauen Strumpf in der Hand, vor ihm in die Hocke.

»*Yallah.*« Sie schwenkte den Strumpf, und er zog den Kittel hoch. Als sich der Zug um seine Wade geschlossen hatte, griff sie nach dem zweiten. Dann die Hose; sie knöpfte den Eingriff auf und schüttelte die Beine aus. Er legte ihr eine Hand auf die Schulter und schob einen Fuß in das Hosenbein, bis seine Zehen den Steinboden berührten. Sie zog ihm den Kittel aus und half ihm in das Hemd, knöpfte es von oben bis unten zu. Den Gürtel schloss er selbst. Rechter Arm in die Jacke, danach der linke, und als sie seine Schnürbänder lockerte und die Laschen hochzog, fragte sie: »Möchtest du die Krawatte?«

Midhat lachte innerlich. Sie hatte ihn noch nie angekleidet. Schon lustig, wie rasch sich das beklommene Schweigen legte, aber in dem ebenso ungewohnten wie vertrauten Miteinander schien der Vorwurf mitzuschwingen, er habe sie durch seine Krankheit im Stich gelassen. Er zwängte die Ferse in den Schuh. Und in diesem Moment empfand er zum ersten Mal eine leise Erleichterung. Er verließ diesen Ort.

Während Fatima seinen Krankenhauskittel aufrollte, wurde er von dem gegenteiligen Gefühl übermannt: Die Aussicht darauf, von hier zu verschwinden, sorgte für ein schweres und tiefes, fast körperliches Verlustgefühl. Offenbar hatte ein Rest des Virus überlebt, und die andere Frau, jene, die ihn alles hatte vergessen lassen, lockte immer noch. Als würde er in einem kalten Bett erwachen und den zerstiebenden Fetzen eines Traumes hinterherjagen, obwohl er wusste, dass der Gegenstand seiner Sehnsucht nur eine Schimäre war. Eine trügerische Verlockung, ein Irrlicht, und doch, und doch: die Vision, die er von ihr hatte … Er schlüpfte in den zweiten Schuh, und als der Hacken auf den Boden knallte, hatte er ein flaues Gefühl im Magen und spürte einen Widerhall des erhebenden Gefühls, Jeannettes warme, lebendige Schulter unter der Hand zu spüren, ihren Atem, ihre Stimme zu hören – sollte das eine Halluzination gewesen sein, dann wären Halluzinationen eine Art Paradies.

Er sah seine Frau mit der Krawatte auf sich zukommen. Im Spiegel erblickte er einen hageren Mann im Anzug, unter dessen bleichen Fingern eine zweite Reihe silberner Knöpfe erschien. Er bückte sich, damit sie ihm die gebundene Krawatte über den Kopf ziehen konnte. Und als hätte er durch diese Bewegung die Balance in seinen Ohren gestört, hallte ein Glockenläuten durch die Luft. Er zuckte zurück und suchte Fatimas Blick.

»Hast du das auch gehört?«

»Was gehört?«

»Das Läuten«, hauchte er.

Sie runzelte die Stirn. »Ja, ich höre das Läuten«, sagte sie. »In Bethlehem gibt es viele Kirchen.«

Sie zog den Krawattenknoten straff. Er rang um Atem, ergriff ihre Hände – klein, weich und feucht – und löste die Finger, um ihre Handflächen mit Küssen zu bedecken.

»Danke, danke.«

»Lass das!«, sagte Fatima. Aber ihre Finger gaben sich seinen Lippen hin, und sie musste lachen.

Jamil fuhr schneller als üblich, und Wasfi achtete auf britische Armeefahrzeuge. Umm Jamil und Abu Jamil waren getrennt gefahren. Fatima saß hinter Wasfi. Midhat wiederum, der ihre Hand hielt, saß zwischen ihr und Teta.

»Hani hat es gut gemeint«, sagte Teta, die ihren Rock zwischen die Beine zog und ihre Füße verlagerte. »Aber was weiß er schon? Er hat anderes im Kopf. Midhat ist nicht verrückt, seht ihr? Stimmt's, *habibi*? Nur traurig.«

»Ja, ich bin bloß traurig.«

»Gut, gut«, sagte Teta und ergänzte bei einem Blick aus dem Fenster: »Ein schrecklicher Ort.«

»Wie habt ihr es geschafft, mich da rauszuholen?«, fragte Midhat.

»Das war Fatima«, antwortete Teta. »Sie hat den Leuten erzählt, du seiest Arzt. Hättest in Frankreich studiert. Und sie hat ihnen weisgemacht, du hättest ihr beigebracht, wie man Kranke pflegt. Dann hat sie gesagt ... wie war das noch? Sie hat gesagt, du würdest um deinen Vater trauern, und sie wolle sich um dich kümmern. Dann hat sie erklärt, die Zustände in der Anstalt seien eine Schande, bei euch zu Hause, wo sie rund um die Uhr bei dir wäre, wäre es viel besser. Aber, *yaani*, sie hat es nicht mit diesen Worten gesagt, sondern so, dass man ihr unmöglich widersprechen konnte. Sie hat diese Frau, die große, in Verlegenheit gebracht.«

»Wir nennen das einen Zangenangriff«, meinte Wasfi.

»Und sie hat Englisch gesprochen?«

»Nein«, sagte Fatima still. »Wasfi hat übersetzt.«

Midhat schloss die Hand um ihre Finger. »Gott segne dich.«

Alle schauten aus den Fenstern. Sie trauten dem Braten noch

nicht ganz, das war klar. Um ehrlich zu sein, ging es ihm ähnlich, und er war nervös, weil er befürchtete, plötzlich etwas Absurdes zu erblicken, das ihn von der Realität trennte, die er mit den anderen teilte, und bewies, dass seinen Sinnen noch nicht zu trauen war, dass Denk- und Sprechvermögen nur oberflächlich wiederhergestellt waren, dass irgendetwas Grundlegendes dauerhaft beschädigt war. Er beobachtete Jamils braune, kräftige Hände, die das Automobil steuerten.

»Was macht der Streik?«

Wasfi drehte sich auf dem Sitz um. »Was soll man sagen … er läuft noch. Jamil muss viel organisieren.«

»Ah, ja?«

Jamil nickte im Rückspiegel.

»Und die Kämpfe?«

»Jamil kämpft«, sagte Wasfi, »und auch – wie heißt er gleich? Basil Murad.« Als sie eine Ansammlung von Häusern passierten, wandte er sich ab und senkte den Kopf, um besser sehen zu können. »Vorsicht, langsam.« Er reckte einen Arm in Richtung Jamil. »Jedenfalls – ja, die meisten Leute helfen uns bei den Finanzen und bei der Organisation. Und auch dabei, den Streik weiter zu verschärfen … was soll ich sagen, es ist mühsam. Es wird heiß, es wird mühsamer. Wenn die Ernte beginnt …« Er sog Luft durch die Zähne. »Aber – habt ihr die vielen Juden in der Anstalt gesehen?« Er warf Teta einen Blick zu. »Was bilden die sich ein.«

»Ich weiß«, sagte Teta. »Dumm. Dumm wie die Engländer.«

Midhat schaute aus dem Fenster auf Fatimas Seite. »Jeder wird mal krank.«

Auf der Straße zwischen Jerusalem und Nablus stand ein Militärfahrzeug. Ein Soldatentrupp stieß Fellachen, die die Hände erhoben hatten und sich durchsuchen lassen mussten, die Gewehrläufe zwischen die Rippen. Alle im Auto, auch Fatima, richteten den Blick automatisch nach vorn, nur nicht

Midhat, der die Szene im Vorbeifahren beobachtete. Ein Soldat mit Helm und kurzer Hose tastete einen der Araber wortwörtlich von Kopf bis Fuß ab.

Dann wurde es hügelig. Olivenbäume bedeckten die mit weißen Steinen terrassierten Hänge. Nablus tauchte in den Fenstern auf, Jamil passierte die stillgelegte Eisenbahnstrecke und fuhr durch leere Straßen.

Sie parkten vor dem Haus. Wasfi öffnete die Autotür, und Midhat, der seiner Großmutter einen Kuss gab, stieg nach seiner Frau aus, umarmte Wasfi und dankte ihm. Jamil stieg ebenfalls aus, blieb aber hinter dem Automobil stehen und winkte. Seine geölten Haare glänzten in der Sonne.

»Gib ihm einen Kuss«, sagte Teta.

Midhat umrundete die Motorhaube in einem ungelenken, weit ausholenden Trab, legte Jamil die knochigen Arme um den Hals und küsste ihn rasch auf beide Wangen.

»Möge Gott dich behüten.«

Midhat sah Jamil in die Augen. Der Eifer, der in der Anstalt in seinem Blick gelegen hatte, war verflogen. Alle sahen zu: Ihre Entfremdung war eine öffentliche Angelegenheit.

»Geh nachts nicht vor die Tür«, sagte Teta, die den Kopf aus dem Fenster steckte, während sich Jamil wieder an das Steuer setzte. »Nachts wird gekämpft.«

Das Automobil fuhr ab. Fatima schickte sich an, die Stufen hinaufzugehen.

»Wo sind die Kinder?«, fragte Midhat.

»Bei meinen Eltern. In einer guten Stunde kommen sie zurück. Wir brauchen ein Nickerchen.«

»Ich nicht.«

»Nun, ich schon. Du kannst tun und lassen, was du willst.«

Bei Tageslicht wirkten die Möbel im Schlafzimmer befremdlich. Die Stühle, das hohe Fenster, dieser Spiegel, der Schrank, das Bett – ihre Vertrautheit war unheimlich. Fatima drehte sich zum Schrank um, als sie sich entkleidete, unter ihrer Haut spielten die Knochen, als sie in ein Nachthemd schlüpfte. Morgen wäre alles besser. Nach dem nächtlichen Schlaf hätte er sich wieder an die sonderbar vertrauten Möbel gewöhnt, dann wäre er wie neugeboren. Und es würde nicht lange dauern, bis die Erinnerung an die kalten Bettpfosten verblasste, gegen die er beim Umdrehen mit den Füßen gestoßen war. Er blickte zur Decke auf und dachte an Jeannette. Er versuchte, das Gefühl zu wecken, das ihn bei der Berührung ihrer Schulter durchflutet hatte. Doch es blieb aus.

Fatima zog eine Schublade des Nachtschranks auf. Sie holte eine Zigarette heraus und riss ein Streichholz an.

»Wie gut, dass ich wieder zu Hause bin«, sagte Midhat.

Sie schwang ihre Beine auf das Bett. Der Rauch kräuselte sich in die Höhe.

»Ich freue mich auch darüber. Wir haben im Haus meines Vaters gewohnt.«

»Ach?«

»Ja. Die Aufständischen wollten Geld. Wir haben ihnen eine alte Pistole gegeben.« Sie zog an der Zigarette. »Hani Bey sitzt in einem Gefangenenlager.«

»Hani?«

»Hm-hm. Die arme Sahar ist schwanger. Ich hoffe, dass bald Schluss ist. Mit dem Streik. Ich möchte, dass alles wieder normal ist. Wir hören jede Nacht Schüsse. Khaled kriecht manchmal in mein Bett.«

»Hani ist im Gefängnis«, sagte Midhat. »Ach …« Er legte sich eine Hand vor den Mund. »Das wusste ich schon. Irgendjemand hat es mir erzählt. Er ist in Sarafand.«

»Und Onkel Hassan hat noch mehr Land an die Kirche verkauft«, erzählte Fatima, »um die gemeinsame Sache finanziell zu unterstützen.«

»*Wallah*.«

»Ich habe ihn zuletzt … im vergangenen Jahr gesehen.« Sie schloss die Augen, erzählte aufs Geratewohl. »Ein Priester war bei ihm. Ein Franzose.«

»Ah, den kenne ich. Ein Bruder der Heiligen Jungfrau.«

»Er hat ein Buch über Nablus geschrieben.«

Midhat hatte eine flüchtige Erinnerung. Er sah das Krankenhaus von Nablus vor sich, in den Nebel seiner geistigen Verwirrung gehüllt, und dort saß Frédèric Molineu zwischen den anderen Patienten ganz hinten auf der Veranda. Er nahm die Erinnerung verblüfft zur Kenntnis; zuerst erfüllte ihn Wut, danach so etwas wie heiliges Entsetzen. Anschließend erinnerte er sich genauso abrupt an den Wunsch, mit seinem alten Feind zu sprechen. Als er sich umgedreht hatte, war Doktor Molineu verschwunden. An seiner Stelle hatte ein Priester gesessen.

»Geht es dir gut?«

Er brummte. »Ich habe mich bloß an eine Begebenheit in der Anstalt erinnert. An einen Mann.«

»Ein Mann?«

»Ja. Ein Jude.« Er räusperte sich. »Er lag im Nachbarbett. Ich habe ihn kennengelernt.«

Sie tippte Asche in den Aschenbecher, und Midhat fragte sich, wie viel sie über seine Psychose wusste. Wie viel wussten die anderen? Was hatte er im Delirium verraten, nachdem er damals den Brief gefunden hatte? Er schwankte, als hätte ein Windstoß seinen Mantel aufgeweht und ihn entblößt. Er schaute zu seiner unergründlichen Frau.

»Fatima.«

»Ja.«

»Wie habt ihr mich in Wahrheit herausgeholt?«

»So, wie Teta es erzählt hat.«

»Du hast als wirklich behauptet, ich wäre ein Arzt?«

»Unter anderem.«

Sie sank auf das Kopfkissen.

Er sagte: »Du wirkst so traurig.«

Sie schloss die Augen. Tränen rollten über ihre Wimpern. Er versuchte nicht, sie zu trösten, legte sich aber neben sie. Ihr Atem ging ruhiger, sie entspannte sich. Er hatte immer noch das starke Bedürfnis zu reden. Das letzte Gespräch, das er bei klarem Verstand geführt hatte, war lange her, und er wusste noch, wie sehr er es genossen hatte. Er betrachtete weiter das Gesicht seiner Frau, sie atmete ruhig mit offenem Mund.

»Fatima«, flüsterte er. Ein langes Schweigen, dann der nächste Atemzug, der einem Keuchen glich. Er aktivierte seine ganze Energie und sagte: »Du hast etwas anderes erwartet, ich weiß.«

Er stemmte den Ellbogen auf die Matratze, stützte die Wange auf die Hand. Auf ihrer Stirn zitterte eine Falte, und er wartete kurz, bevor er fortfuhr: »Verzeih mir. Sobald der Streik vorbei ist, wenn wir wieder Geld haben, dann verschwinden wir aus Nablus. Wir stechen in See. Wir reisen nach Beirut, nach Jaffa. *Alexandria* …«

Sie kniff die Lippen zusammen. Ihre Wangenknochen traten hervor. Sie öffnete ein Auge.

»*Salut*«, flüsterte er lächelnd.

Sie richtete das Gesicht zur Decke.

»Entschuldige.« Er schloss die Augen, als wollte er schlafen. Doch das Redebedürfnis quälte ihn wie ein unterdrücktes Husten. So vieles war geschehen und geschah weiter. Er hätte gern gesagt, wie verrückt es war, nach vier Wochen Schlaf zu erwachen. Obwohl er de facto nur vier Autostunden von Nablus entfernt gewesen war, hatte er das Gefühl, weit weg gewesen zu sein, in einem fremden Land, während in seiner Heimatstadt ein Krieg getobt hatte – er hätte gern über den Streik gesprochen; was dabei herauskäme; was es hieß, durch die bedrohlich leeren Straßen zu gehen. Er hatte viele Fragen an Fatima, wünschte sich, ihre Worte könnten sich in der Mitte treffen. Er hätte ihr gern von seinen Hirngespinsten erzählt und ihnen so das letzte Gift entzogen – hätte ihr gern gesagt, dass er das Gefühl hatte, sich stark verändert zu haben. Dass er sich nun klarer von außen betrachten könne. Und er konnte Fatima neben sich sehen. Ihr Nachthemd war über die Knie gerutscht, über den sanften Schwung der Schienbeine, die sie übereinandergelegt hatte; sie hatte die Strümpfe ausgezogen und zeigte die rosigen Füße mit den schlanken, langen Zehen. Sie atmete langsam ein. Er merkte, dass sie müde war, wusste, dass sie die Zimmerdecke anblinzelte. Neben ihm dieser atmende, rätselhafte Körper. Nein, er würde ihr das nicht erzählen.

»Ich glaube«, sagte er, »ich sollte einen Spaziergang machen.«

»Du musst dich ausruhen.«

In ihrer Stimme schwang Angst mit. Er reagierte wie gewohnt: mit einem absurden Grinsen. »Hast du eine Ahnung, wie lange ich im Bett gelegen habe?«, erwiderte er. »Ich muss mir die Beine vertreten.«

»Nein.«

»Was hast du denn bloß dagegen?«

»Draußen wird gekämpft – es gibt Heckenschützen. Es ist nicht sicher.«

»Ich muss aber Eli aufsuchen, Fatima. Er ist seit Monaten auf sich allein gestellt.«

»*Nein*. Du musst dich ausruhen.«

Er hob die Hände. »Na *schön*«, sagte er. »Der Fuchtel der Ärzte entkommen, und nun unter der Fuchtel der Frau. Das ist wohl mein Schicksal.«

»BABA! BABA!«

Fatima stöhnte. Ghada schlitterte ins Zimmer.

»*Habibti*!«, sagte Midhat. »Mein Schatz – warum sind deine Haare so lang?«

»Baba, Baba, Baba.«

»Baba hat dich *vermisst.*«

»An meinem Geburtstag warst du nicht da.« Sie reckte die Arme, um hochgehoben zu werden. »Du warst nicht da.«

Taher und Massarra verharrten auf der Schwelle. »Baba«, sagte Khaled und stürmte zu seinem Vater.

»Mama schläft«, sagte Midhat. »Mensch, bist du gewachsen!«, ergänzte er, als er Ghada absetzte.

Er führte sie in die Küche. Die Bäume draußen leuchteten grau-grün. Ein Vogelschwarm sauste am Himmel dahin.

Khaled stemmte die Ellbogen auf den Tisch. »Wo warst du?«

»Das geht dich nichts an«, meinte Massarra.

»Gibt es Obst?«, fragte Midhat.

Eine alte, ausgetrocknete Orange, lautete die Antwort. Sie sahen zu, wie er das Messer durch die Schale zog und dann die Haut von den Wölbungen zog.

»Salz«, sagte er und streckte übertrieben feierlich einen Arm über den Tisch. Khaled reichte ihm den kleinen Napf, und Midhat zerdrückte das Salz über den Orangenstücken, wobei er den Arm auf und ab schnellen ließ. Ghada lachte.

»Sei nicht traurig, Taher«, sagte Midhat, indem er aufstand, um seine Finger abzuspülen.

»Er ist nicht traurig«, meinte Massarra.

»Was habt ihr denn gegessen?«

»Bananen«, antwortete Khaled.

»Bananen?«

Sie schauten zu, wie er sich die Hände an einem Geschirrtuch abtrocknete. Als er sich zum Fenster umwandte, vernahm er ein sonderbares Geräusch: ein heiseres Klimpern wie der hohe Ton eines verstimmten Klaviers. Im Haus gab es kein Klavier. Er sackte in sich zusammen. Das Pfeifen prickelte auf seinen Trommelfellen.

Vor dem rötlichen Hintergrund seiner geschlossenen Augen erschien der Priester. Der Bruder der Heiligen Jungfrau, auf der Terrasse sitzend, Fragen stellend. Er hatte den blitzartigen, brennenden Wunsch, mit ihm zu sprechen. Er konnte sich daran erinnern, ihm im Krankenhaus von Nablus begegnet zu sein, wusste aber nicht mehr, worüber sie geredet hatten. Ein besonderer Mensch, dieser Franzose und Mann des Glaubens: der Fremde, der über Nablus Bescheid wusste. Midhat wusste nicht recht, was er ihm sagen wollte, aber er musste dringend mit ihm reden.

»Esst, meine kleinen Schätze.«

»Es gibt noch Käse«, sagte Massarra. »Und im Garten gibt es Feigen.«

»Oo-ooh«, sagte Midhat im Singsang der Begeisterung. »Die mag ich besonders gern.«

»Ich hole welche. Die Vögel haben während unserer Abwesenheit viele gefressen, aber ein paar sind noch da.«

»Später, mein Schatz. Warum isst denn niemand?«

Khaled hob ein Orangenstück. »Ich brauche eine Serviette.«

In der ersten Nacht daheim in Nablus wurde Midhat alle paar Stunden von Gewehrsalven geweckt, die von den Bergen hallten. Einmal, der Krach war besonders laut, griff Fatima unter die Bettdecke und legte ihm eine warme Hand auf den Arm. Sie drückte nicht; sie überzeugte sich nur, dass er da war. Oder wollte ihm sagen, dass sie da war.

Morgens rauschte Widad Hammad herein.

»Wo ist dein Mann? Ich bin hier, um ihm Gesundheit zu wünschen.«

»Er kommt gleich«, hörte Midhat Fatima sagen, bevor ihre Stimme im Flur verklang.

Er zügelte seine Gereiztheit. Er nahm sich die Zeit, zu baden und sich zu rasieren, mit dem französischen Dachshaarpinsel über den Nacken zu wischen, das alte Eau de Cologne auf seine Brust zu patschen, die Fingernägel zu schneiden und zu feilen, die längsten Haare aus den Nasenlöchern zu zupfen, die Knöpfe seines Leinenanzugs zu schließen, die Haare zu ölen und zu kämmen und sich die Hände zu waschen, bevor er sich zu Frau und Schwiegermutter in den Salon begab. Widad saß auf dem Stuhl neben dem Fenster. Bei seinem Anblick rief sie »*Hamdillah as-salama*!« und reckte den Kopf für drei Küsse. Ohne eine Antwort abzuwarten, erzählte sie eine Geschichte weiter, die sie gerade begonnen hatte.

»Sie haben drei verhaftet und vier erschossen.«

Midhat nahm eine Tasse vom Tablett. »Und wo?«

»Bait Dadschan.«

»Haben sie die Toten zurückgelassen?«, fragte Fatima.

»Selma hat es von Muhammad Saka erfahren, er meint, laut des Polizeiberichts sind sie weggelaufen. Ja, was denn sonst! Natürlich sind sie weggerannt. Sie hatten sich ja nicht im Linsenkrug versteckt. Das ist ihre Strategie«, erklärte sie, indem sie sich zu Midhat umdrehte. »Sie kommen ins Dorf, sie verhaften Leute, und dann zerstören sie alles. Sie werfen alle Nahrungsmittel durcheinander, Mehl und Reis und Zucker, alles auf einen Haufen, und dann kippen sie Olivenöl oder Benzin darüber. Widerwärtig.«

Es dauerte keine Stunde, da trafen Teta, Umm Jamil und Abu Jamil ein. Sie musterten Midhat von der Türschwelle aus, und Teta nickte zufrieden. »Du siehst gut aus. Umm Mahmoud wünscht dir Gesundheit.«

»Möchtet ihr Kaffee?«

»Wir bleiben nicht lange.«

»Mit oder ohne Zucker?«

»Bitte mit, danke, *habibi*«, sagte Umm Jamil, Umm Taher folgend, die schon in den Salon schritt und eine Begrüßung rief.

Ein Klopfen am Fenster meldete Nuzha und ihren Bruder Burhan an, die durch den Garten gekommen waren. Fatima wirkte kurz erschöpft, aber Nuzha kam ihr zuvor und sagte, als sie die Tür öffnete: »Wir bleiben nicht zum Mittagessen.« Die Stimmen wurden lauter, und das Gespräch zerfaserte. Taher und Khaled erschienen in der Eingangshalle, und Fatima schickte sie in die Küche, um weitere Stühle zu holen. Midhat hörte manchmal zu, und manchmal versank er in sich selbst.

»Und nun ist er in Transjordanien.«

»Warum?«

»Er will diese Gruppen aufsuchen – was weiß ich …«

»Kannst du schwimmen? Ich schwimme sehr gut.«

»Aber seit der Entlassung von Hani Bey …«, sagte Nuzha.

»Wie bitte?«, sagte Midhat.

»Ja«, sagte Nuzha und lehnte sich zurück, damit er am Gespräch teilnehmen konnte. »Er wurde gestern entlassen. Und ein paar andere auch. Sie verhandeln in Jerusalem mit den Königen und Nuri Basha.«

»Das ist mir neu«, sagte Abu Jamil.

»*Ya salam*«, sagte Midhat. »Wird der Streik jetzt beendet?«

»Das weiß man nicht. Bestimmt nicht sofort, das halte ich für ausgeschlossen«, sagte Nuzha.

Midhat verschloss wieder die Ohren und senkte den Blick auf seine Hände. Er sah vor sich, wie im einstigen Arbeitszimmer seines Vaters zuerst Hanis Beine aufgetaucht waren, dann sein Gesicht. Er wusste nicht, was Hani jetzt von ihm hielt. Während der Jahre ihrer Freundschaft war Midhat stets von einer relativ guten Meinung ausgegangen – er hatte schließlich selbst Anteil an dem Bild, das er bot –, aber nun konnte er sich dessen nicht mehr sicher sein, nicht seit Hani Zeuge seines Zusammenbruchs geworden war – ein Moment, in dem er sich selbst fremd geworden war.

Der nächste Gedanke traf ihn mit voller Wucht: Hani hatte zweifellos den Brief von Jeannette gelesen. Und Jamil sicher auch. Seine Kehle brannte; er betrachtete seine Großmutter, die die Unterlippe schürzte und nickte, und dann Umm Jamil. Er schaute Fatima an und fragte sich verdattert, warum er nicht schon längst daran gedacht hatte. Ob alle im Bilde waren? Seine Frau spielte mit einem Knopf am Ärmel, während sie Nuzha lauschte. Ihm bliebe wohl nur die direkte Frage, wodurch er sich womöglich verraten würde. Und was den Brief selbst betraf – er konnte sich unmöglich nach dessen Verbleib erkundigen. Nicht, ohne wieder in den Abgrund zu stürzen, aus dem er gerade herausgeklettert war. Er erbebte; der Brief befand sich in den Händen Hanis oder Jamils. Beide würden ihn zweifellos schützen. Sie liebten ihn; sie würden ihn nicht verraten. Fatima bemerkte, dass er sie ansah, und warf ihm einen fragenden Blick zu. Er zwang sich zu einem Lächeln. Er war natürlich längst bloßgestellt worden. Er wusste nicht im Detail, was sie gelesen hatten; aber sie hatten darin gelesen.

»Wenn der Aufstand vorbei ist, werde ich traurig sein«, sagte Khaled.

»Meinst du wirklich?«, fragte Fatima.

»Dann ist es nicht mehr spannend. Der Alltag ist *öde.*«

Seine Mutter gab ihm einen Klaps auf das Bein. »Schäm dich.«

»Ich will nicht wieder zur Schule gehen«, sagte Khaled ernst.

»Wann hast du Hani zuletzt gesehen?«, fragte Nuzha.

Fatima zuckte zusammen.

»Im letzten Jahr«, antwortete Midhat.

Da saßen sie nun also alle und schauten gütig zu, wie er in diese Welt zurückkehrte. Bereit, ihn wieder zu einem richtigen Menschen zu formen. Während mancher Lebensphasen hatte er geglaubt, sein Bedürfnis nach all diesen Menschen, alle am gleichen Ort lebend und durch ihre Namen und ererbten Geschichten miteinander verbunden, wäre rein illusorisch. Aber wenn das illusorisch war, was war dann real? Ohne sie war er nur eine Hülle, die durch die Luft trieb – er setzte einen Fuß auf die kalten Fliesen und riss ein Streichholz an, um Abu Jamils Zigarre anzuzünden.

Als Fatima in die Küche ging, zog er ein paar *misbaha*-Perlen aus Olivenholz hervor, die er zählte, um sich zu beruhigen. Er lächelte weiter freundlich; sie sollten nicht merken, dass er grübelte. Früher hatte er schematisch gedacht, aber nun hatte er die Fähigkeit oder den Hang, alles fein säuberlich einzusortieren, verloren. Nichts würde sich jemals wieder auf so simple Art ordnen lassen.

Fatima erschien mit einem Tablett im dunklen Flur. Sie nickte ihm zu, und er war kurz verärgert, weil sie sich anmaßte, sein Verhalten zu bewerten. Die Verärgerung wich jedoch sofort der Liebe, und in die Liebe mischte sich Trauer. So ging es weiter: Der eine Gedanke wurde rasch vom nächsten überlagert, und sie blieben einer nach dem anderen zurück, wie Wellen auf einem See.

Er verbrachte den Nachmittag damit, seine Bücherregale neu zu ordnen. Um Platz zu sparen, hatte er jedes Regalbrett mit zwei Reihen von Büchern gefüllt; die hintere war verdeckt, die Titel waren vergessen. Nun entdeckte er sie wieder und wischte oben mit einem Lappen eine dicke Staubschicht weg. Er hatte einige in Paris gekauft, manche waren ihm von Faruq geschenkt worden. Eines hatte er am Ufer der Seine erworben, wie ihm jetzt wieder einfiel; es blätterte sich wie von selbst auf einer oft aufgeschlagenen Seite mit einer Beschreibung von Jerusalem auf, der in der Ferne schimmernden Stadt. Das Telefon klingelte. Die Vermittlung erklärte, es sei ein Anruf seiner Tante, aber dann war Teta am Apparat, geplagt von einem Schluckauf.

»Es gibt eine Neuigkeit«, sagte sie. »Aber sei nicht ... sei nicht traurig. Du musst jetzt stark sein.«

»Was ist passiert?«

»Jamil ist ... Jamil ist tot.«

Im Hintergrund hörte er Umm Jamil heulen.

»Ich bin sofort da«, sagte Midhat.

Er legte den Hörer auf und stand lange reglos da. Er konnte hören, wie seine Kinder nebenan lachten. Er senkte den Blick auf den staubbedeckten Lappen in seiner Hand.

Dann stolperte er zum Auto. Das Haus seiner Tante und seines Onkels war dunkel, die Fensterläden waren zu, und sie hatten kein Licht gemacht. Bei seinem Eintreten wich Umm Jamil zurück, ihr Mund ein dunkles Loch.

Jamil lag auf dem Tisch. Die Absätze seiner Stiefel, durch das Tragen dunkel geworden, ragten unter den beiden Laken hervor, in die man ihn gewickelt hatte. Sie waren großflächig von Blut durchtränkt, getrocknet und bräunlich. Der obere Teil seines Körpers lag frei. Sein zugeknöpftes Hemd war ebenfalls blutig, sein bleiches Kinn erhoben. Midhats Herz pochte heftig, als er sich näherte. Jamils Mund stand offen, die Augen waren zu, die Wangen wirkten schon hohl. Die lange Nase ragte auf, als würde er tief Luft holen: ein Bild des Schmerzes und der Erlösung.

»Oh nein«, sagte Midhat, und seine Augen füllten sich mit Tränen. Er strich über Jamils zerschlissene Krawatte und wich entsetzt zurück, als er die Stoppeln auf dem unrasierten Hals spürte. Dann legte er eine Hand auf die kalte Wange. »Oh nein.« Er merkte, wie seine Stimme bebte.

Abu Jamil zeigte ihm einen Zettel.

Dieser Mann wurde während einer Auseinandersetzung mit britischen Soldaten erschossen. Sie handelten in Notwehr.

Teta klammerte sich mit beiden Händen fest an seinen Arm. Er begegnete ihrem Blick, wobei er die Tränen zurückhielt und blinzelte, um ihr zu signalisieren, dass es ihm gut gehe.

Midhat und Abu Jamil blieb die Aufgabe überlassen, den Leichnam zu waschen. Midhat, der das noch nie getan hatte, schaute zu, wie sein Onkel Wasserschüssel und Lappen holte. Tränen liefen ihm über das Kinn, aber er wischte sie nicht weg. Sie wickelten Jamil aus den Laken und deckten ihn vom Bauchnabel bis zu den Knien mit einem frischen Tuch zu. Dann wuschen sie die Wunden. Nachdem sie ihn fünf Mal gewaschen und anschließend in ein Leichentuch gehüllt hatten, badeten sie nacheinander. Midhat holte Großmutter und Tante von oben, und sie setzten sich rund um den Toten und beteten. Munir Murad erschien, um sein Beileid auszusprechen, und erzählte, Basil sei noch am Leben und solle vor Gericht gestellt werden.

»Basil?«, fragte Midhat.

»Sie waren auf dem Rückweg vom anderen Ufer des Jordans«, sagte Munir. »Auf einer Mission für die gemeinsame Sache. Das hat Basil mir erzählt, bevor man ihn verhaftete.«

Nachdem er Midhat aus Bethlehem geholt hatte, hatte Jamil Nablus mit Basil verlassen und war nachts über die Damija-Brücke nach Transjordanien gefahren. Sie wurden bei Adschlun von einem Angehörigen des Adwan-Stammes erwartet. Sie zahlten eine größere Summe für Gewehre, Pistolen und Schrotflinten plus Munition, ruhten sich dann bis zum Nachmittag aus und brachen in der Dämmerung wieder nach Nablus auf. Gegen ein Uhr früh, sie befanden sich in der Nähe des Dorfes Bait Furik, stellten sie fest, dass sie eingekesselt waren. Basil konnte fliehen.

»Sein Prozess findet in drei Tagen statt«, sagte Munir. »Hier in Nablus.« Er nickte und segnete das Haus.

Drei Tage verstrichen. Drei Tage des Klagens, des Jammers und der Beileidsbekundungen. Der Tote war bestattet, man hatte auf dem Westfriedhof vor dem Haufen ausgehobener Erde die Totengebete gesprochen.

Vor Gericht sagte der Polizist aus, Jamil habe auf die

Soldaten geschossen. Basils Anwalt entgegnete, das sei unmöglich, denn sie seien eindeutig in einen Hinterhalt geraten. Der Richter befand Basils und Jamils Verbrechen jedoch für schwerer, und da der Anwalt keine Zeugen hatte, war seine Argumentation hinfällig. Basil wurde wegen des Besitzes von Feuerwaffen und Sprengstoffen zu neun Jahren Haft im Gefängnis von Akka verurteilt.

Die Leute munkelten von Verrat. Wie hätte die Armee sonst wissen sollen, wo sie sich zu welcher Stunde befunden hatten? Das konnte kein Zufall gewesen sein. Andererseits konnte ihr Vorhaben auch ohne Verrat durchgesickert sein – eine unbedachte Bemerkung am Telefon, ein Wort zu viel gegenüber einem Taxifahrer, ein Bauer, der das Automobil sah und einen Polizisten informierte, ohne die Folgen zu bedenken.

Am vierten Tag kam Hani, um zu kondolieren. Er hatte eine Kieferoperation hinter sich, bei der mehrere Zähne gezogen worden waren, und konnte schlecht sprechen. Trotzdem war er bald von anderen Trauergästen umlagert, die wissen wollten, wie die Gespräche in Jerusalem vorangingen. Im Laufe des Nachmittags zeigte sich, dass noch mehr von ihm erwartet wurde, denn seine Anwesenheit verlieh dem Ganzen eine besondere Feierlichkeit. Also sagte er ein paar Worte auf die phlegmatische, professionelle Art eines Menschen, dessen Meinung stets gefragt ist. Seine Worte über Jamils Märtyrertod hatten eine tiefere Wirkung auf die Zuhörer als jene des Imams, der verblüfft danebenstand, während dieser Herr in Kufiya leise aus einem Mundwinkel sprach.

»Unser Bruder Jamil gesellt sich zu den Seelen von Scheich Izz ad-Din al-Qassam«, sagte Hani, »von Mohammed Bashir, Scheich Yassin, Sadiq Zakaria und Ahmad Maalouani, Ahmad Scheich Said und Said al-Masri und zahllosen anderen. Alle diese Männer haben im Namen der Freiheit mutig gegen die Unterdrücker gekämpft. Jamil war ein tapferer, starker und treuer Geist, und er wird von Gott im Paradies belohnt werden. Wie Ibn Masud sagt, findet der Gläubige keine Ruhe, bis er Gott gegenübersteht.«

Nach seiner Rede ging Hani zu Midhat und begrüßte ihn mit einem Kuss. Es war ihre erste Begegnung seit dem Vorfall in Hāddsch Tahers früherem Arbeitszimmer. Hani lächelte, und beide schwiegen.

Midhat schien die Besorgnis anzusehen zu sein, denn Hani legte ihm eine Hand auf die Wange. Und als er dies tat, fing Teta, die ihn vom Flur aus betrachtete, seinen Blick auf. Ebenso, wie er erschrocken feststellte, Wasfi und Abu Jamil. Tahsin sprach mit einem Nachbarn und gestikulierte ausgreifend, hob aber den Blick und sah zu Midhat. Teta schüttelte fragend den Kopf, und Midhat zwang sich zu lächeln.

»Geht der Aufstand tatsächlich zu Ende?«, fragte er.

»Scheint so«, antwortete Hani. »Wir hoffen es jedenfalls.«

»Ich habe alles verschlafen«, sagte Midhat. Er musterte Hanis müdes Gesicht und dachte dabei an seinen Cousin. Er fragte sich, ob Jamil während seiner letzten Stunden einen Gedanken an ihn verschwendet hatte. Hoffentlich nicht. Er hatte das Gefühl, Jamils Gedanken nicht zu verdienen.

Hani lächelte und öffnete den Mund, sprach das, was er hatte sagen wollen, dann aber doch nicht aus. Midhat, der in Hanis Augen schaute, begriff mit eisiger Gewissheit, dass sein Freund den Brief gelesen hatte. Zu seiner Überraschung empfand er aber keine Scham, sondern tiefe Erleichterung. Als wäre eine riesige Wand im Begriff einzustürzen. Die Wand brach in sich zusammen, und da war er. Er stand auf der anderen Seite. Er spürte den Wind im Gesicht. Er wollte etwas sagen, brachte aber nichts hervor.

»Ab jetzt wird alles besser«, sagte Hani. »Das Schlimmste ist ausgestanden.«

Midhat nickte. Schließlich murmelte er: »Gelobt sei Gott.«

Hani küsste ihn auf die Wange. Midhat senkte verdattert den Blick. Er suchte in seinen Gedanken hektisch nach Jeannette. Die Vision, die er in der Anstalt von ihr gehabt hatte, verblasste bei jedem Mal weiter, aber er konnte nicht anders. Er konzentrierte sich und versuchte, ihr Bild wachzurufen. Er drückte Hanis Schulter.

»Danke, dass du gekommen bist.«

»Gott sei mit dir«, sagte Hani.

Midhat trat ans Fenster. Dass die Erinnerung an sie verblasste, war, wie er nun dachte, vielleicht eine Eigenart des Mystischen. Derlei Dinge hielten sich nicht für immer. Oder war es vielmehr so – er berührte seine Augen mit den Fingern –, war es vielleicht so, dass man Trugbildern göttliche Namen gab, um besser mit den wirklich tiefen Verlusten leben zu können? Er blickte auf, als Fatima in der Tür erschien. Ihr gepudertes Gesicht, das knielange, blaue Kleid, ihre braunen Lederschuhe, alles vom Licht erhellt, das hinter ihr in den Garten fiel. Das Verstreichen der Zeit war trügerisch, der einzige Trost lag in der gefährlichen Kraft der Phantasie. Er streckte einen Arm aus. Er strich über ihren Nacken. Fatima betrachtete ihn forschend. Nein, der Widerspruch ließ sich nicht auflösen. Die eine war da, und dort war die andere.

Ghada zog mit einem Finger das Blattmuster der Fliesen im Flur nach, um zu verbergen, dass sie ihren Vater beobachtete, der durch das Zimmer ging, mit diesem oder jenem Gast sprach oder allein dastand und ins Leere starrte. Sie wischte den Finger immer wieder hinten am Strumpf ab.

Im schwarzen Anzug und mit blauer Krawatte war er fast so elegant, wie sie ihn in Erinnerung hatte. Er wirkte älter und war nicht mehr ganz so dick – aber diesen Eindruck hatte sie vielleicht auch nur deshalb, weil sie während seiner langen Abwesenheit immer das Foto im Salon vor Augen gehabt hatte, auf dem ihr Baba an einem Tisch saß und sehr füllig wirkte. Sie wusste, dass dies an dem Winkel liegen konnte, in dem das Bild aufgenommen worden war. Sie hatte kürzlich entdeckt, dass Dinge, die weiter weg waren, kleiner wirkten, solche in der Nähe aber größer. In diesem Fall ragten die Beine ihres Vaters in den Vordergrund des Fotos. Er trug einen Leinenanzug und hielt ein Buch, neben ihm saß eine Katze. Er starrte in die Kamera, den Kopf auf eine Hand gestützt, schien aber nicht wirklich etwas zu sehen. Er war mit den Gedanken offenbar woanders, aber wenn sie sich das Foto dicht vor die Augen hielt, konnte sie erkennen, dass er die Lippen ein klein wenig geschürzt hatte, als wollte er etwas sagen. Vielleicht das Wörtchen »und«. Einmal merkte sie nicht, dass ihre Tante Nuzha ins Zimmer kam, während sie das Foto betrachtete. Nuzha entriss es ihr und sagte, Ghadas Zorn ignorierend: »Dieses Bild ist eine Inszenierung des Fotografen. Dein Baba ist viel zu elegant gekleidet, um zu lesen. Und die Katze sitzt auch da wie einstudiert. Das ist alles nur Kulisse.« Obwohl Ghada wusste, dass ihre Tante sie nicht absichtlich verärgern wollte, schnaubte sie und fauchte durch zusammengebissene Zähne. Nuzha wusste gar nicht, wie ihr Vater war – er kleidete sich immer elegant, sogar zum Schlafengehen.

Sie führte sich das Foto vor Augen und verglich es dann mit dem Mann, der vor ihr im Zimmer stand. Baba lachte leise über eine Bemerkung Hanis, danach schaute er wieder so drein, wie sie es von dem Foto kannte: Sein Blick verlor sich in der Ferne, die Lippen waren geschürzt, als wollte er sagen: »Und.«

Khaled hatte ihr verraten, wo ihr Vater die ganze Zeit gewesen war – und sie wollte es zunächst nicht glauben. Dann hatte sie immer wieder den Albtraum gehabt, Baba käme nie zurück. Oder als Verrückter, vielleicht auch als vollkommen anderer Mensch, der nur so täte, als wäre er der alte.

Sie sah noch einmal auf, weil ihr ein Instinkt sagte, dass er vielleicht wieder weglief. Er sprach mit einem fremden Mann, der einen hohen Fez trug und graumelierte Haare hatte. Baba begann, die Lippen zu bewegen, und seine Gesten verrieten ihr, dass er eine Geschichte erzählte.

»Wohin willst du?«

»Ich muss etwas erledigen.« Midhat strich über Ghadas Haare. Die Gäste waren gegangen; der Nachmittag war fast vorüber. »Aber wenn deine Mama fragt, wo ich bin, musst du ihr sagen, ich sei im Garten. Ich schaue nach den Hühnern.«

Ghada drückte beide Hände auf ihren Mund. Midhat zog den Mantel an, wählte einen Spazierstock aus und verließ das Haus.

Auf der Straße war es heiß, die von Fliegen wimmelnde Luft duftete intensiv nach wildem, trockenem Thymian. Die große Straße bei der Kreuzung war so ruhig wie sonst nur freitags. Er ging rasch in den Schatten.

Der Weg zum Krankenhaus führte an der Straße zu *Nouveautés Ghada* vorbei. Er zögerte in der Biegung, konnte die Ecke mit der Barclays Bank gerade eben sehen. Der Brand schien eine Ewigkeit her zu sein – und nun hatte jedes Geschäft in Nablus geschlossen, sie konnten also sowieso nichts tun. Die Katastrophe hatte vermutlich den Vorteil, andere unangenehme Ereignisse zu relativieren.

Hinter ihm waren Schritte zu hören, und er drehte sich um. Etwas Weißes rannte den Hügel hinunter.

»Nein, kehr um!«, rief er.

»Ich komme mit!«

»Geh wieder nach Hause, Ghada.«

Ghadas gerötetes Gesicht tauchte auf, und als sie neben ihm stand, sah er, dass sie die Haare zum Mittelscheitel gekämmt hatte. Er ergriff sie bei den Schultern, und sie streckte daraufhin die Arme aus, die in weißen Puffärmeln steckten.

Er machte einen genervten Laut. »Ich kann dich nicht mitnehmen, das wäre zu gefährlich. Und nun muss ich dich nach Hause bringen. Du bist sehr ungezogen, weißt du das?«

Ihrer Lippe bebte; sie wich seinem Blick aus. »Nein.«

»Ich bin sehr zornig auf dich«, ergänzte er und fasste an ihr Kinn.

Während seine Tochter versuchte, sich ein paar Tränen abzuquetschen, erwog Midhat, zu Eli zu gehen, über das Geschäft zu reden und Ghada dann bei dessen Frau zu lassen. Aber da änderte sich Ghadas Haltung: Sie stemmte eine Hand in die Hüfte und sah aus feuchten Augen hochmütig zu ihm auf.

»Tagsüber wird nicht geschossen, Dummerjahn, sie schießen nur nachts. Außerdem ist es für einen Mann viel sicherer, wenn er ein kleines Mädchen dabeihat.«

»Das bezweifele ich, mein Schatz«, erwiderte er, wenngleich ihm der Gedanke kam, dass sie recht haben könnte.

»Dann erzähle ich es Mama.«

»Wie bitte? Willst du mir drohen? Schäm dich, Ghada.«

»Ich will nicht, dass du wieder weggehst«, sagte sie. »Wohin willst du?«

»Ich will zum Krankenhaus.«

»Du wurdest doch gerade erst entlassen!«

»Zu einem anderen Krankenhaus«, sagte Midhat. »Beruhig dich. Du musst aber schnell gehen.«

Die Schritte ihrer kurzen Beine hielten ihn so stark auf, dass er sie schließlich trug. Vor ihnen kroch ein Automobil über den Berg Ebal. Sie erklommen die Stufen zum Krankenhaus.

Im Foyer stützte sich ein Patient auf seine Krücken. Er hob den Kopf und suchte Midhats Blick, als ein anderer Patient von der Veranda hereinkam. Ein Schatten überflog ihre Gesichter, aber Midhat begrüßte beide mit Namen – Iyad, Abu Marwan –, was ihre Mienen aufhellte. Iyad lehnte die Krücken gegen die Wand.

»Abu Taher!«, sagte er, indem er zu Midhat humpelte. »Wir haben dich vermisst.«

»Und ich habe euch vermisst!«, erwiderte Midhat und sprach dann die zwei wettergegerbten Fellachen hinter Iyad an: »*Al-salamu alekum.* Ich bin Midhat Kamal. Haben alle draußen gesessen?«

»Ja«, sagte Abu Marwan, »wie immer.«

Hinter ihnen winkte ein weiterer Mann – ein alter Stammkunde des *Nouveautés*. Midhat nickte, er fühlte sich gesegnet, und ihre Gesichter spiegelten dieses Gefühl wider.

Pére Antoine war erstaunt, Midhat Kamal auf der Veranda zu sehen. Sie waren sich zuletzt im Frühling begegnet. Antoine hatte mit Verspätung erfahren, dass dieser Kamal den Verstand verloren hatte und in eine Irrenanstalt verlegt worden war. Er fragte sich, ob Midhat ihn erkennen würde.

Midhats Geschichte hatte in diversen Versionen die Runde gemacht, aber die Frauen äußerten sich vor allem zu der misslichen Lage seiner Frau, meist mit den Worten: »*Miskina Fatima*, arme Fatima.« Das wurde zu einem Refrain, in dem Mitleid, aber auch ein Hauch Schadenfreude mitschwangen. Andere brachten ihr Missfallen deutlicher zum Ausdruck und zeigten auf die bandagierten Köpfe und geschienten Gliedmaßen auf der Veranda, als wäre es eine Schande, mit etwas anderem als Kampfverwundungen ins Krankenhaus eingeliefert zu werden. Eine Frau hatte gesagt, es sei bekannt, dass Midhat Kamal auf krummen Wegen zu seinem Vermögen gekommen sei. Deshalb habe ihn jemand verflucht und sein Geschäft in Brand gesetzt. Und deshalb sei er verrückt geworden. »Das ist logisch«, hatte die Frau abschließend gesagt und zufrieden die Unterlippe nach vorn geschoben.

Midhat hob grüßend eine Hand. Er trug einen Zweireiher und hatte seinen Spazierstock dabei. Der Wind blies die

Krawatte über seine Schulter, und ein weiß gekleidetes kleines Mädchen tauchte neben ihm auf.

»Schön, Sie wiederzusehen!«, rief Pére Antoine. »Setzen Sie sich doch bitte zu mir.«

»Vielen Dank.« Während Midhat am Geländer entlangging, lief das Mädchen in die andere Ecke, wo sie sich auf den Fußboden setzte.

»Du machst dein Kleid schmutzig.«

»Oh.«

Midhat schwenkte eine Hand. »Ich bin wieder gesund.« Er setzte sich neben Antoine auf einen Stuhl. »*Marhaba, kef halak.*«

Von Nahem wirkte Midhat blass und verhärmt, aber bei einer Person, die gerade aus der Irrenanstalt entlassen worden war, war das wohl normal.

»Ich glaube«, sagte Antoine freundlich, »dass ich mich Ihnen nie vorgestellt habe.«

»Pater Antoine«, sagte Midhat und sah dem Pater fest in die Augen. »Wir sind uns schon einmal begegnet.«

Antoine schwieg, dann nickte er langsam. »Ah. Richtig. Und zwar hier, vor einigen Monaten.«

»*Non, non*«, sagte Midhat. »*Avant ça.* Vor Jahren. Sie sind der Bruder der Jungfrauen, nicht wahr?« Seine Augenbrauen hoben sich, gefolgt von den Mundwinkeln. Seine Augen verengten sich zu Schlitzen.

»So nennt man mich?«, fragte Antoine.

»Jedenfalls früher.«

Antoine lachte und harkte den Bart mit den Fingern. »Sind Sie hier zu Besuch?«

»Ja. Nehmen Sie eine Zigarre«, sagte Midhat. »Mein Cousin hat sie aus Beirut mitgebracht.«

Antoine nahm eine der Zigarren an der goldenen Bauchbinde heraus; Midhat hatte eine zwischen den Zähnen und angelte Streichhölzer aus der Tasche. Er zündete zuerst die Zigarre von Antoine an. Der zog daran, blies Rauch aus und beobachtete, wie der aufgerollte Tabak ergraute. Es geschah nicht oft, dass ihm jemand, der kein Kleriker war, etwas zu rauchen anbot. Er schaute in den Obstgarten und stellte sich kurz vor, ein anderer Mensch mit einem anderen Leben zu sein.

»Was halten Sie von dem Aufstand?«

Midhat löste die überkreuzten Beine voneinander, wobei Rauch aus seinen Nasenlöchern wölkte. »Ich wünschte, ich hätte den Beginn nicht verpasst.«

Diese Freimütigkeit überraschte Antoine. Er warf noch einen Blick auf Midhat, der sein kleines Mädchen betrachtete. Vielleicht glaubte er, dass jeder von seiner Zeit in der Irrenanstalt wusste.

»Ja«, sagte Antoine. »Der Beginn war erhebend. Aber jetzt haben die Leute die Nase voll. Ich bezweifele, dass sie die Ernte ausfallen lassen wollen.« Midhat reckte die offene Hand – zustimmend, einschränkend? –, und Antoine legte den Kopf in den Nacken und blies Rauch aus. »Ich hoffe, wir haben Erfolg. Irgendetwas Gutes muss dabei herauskommen.«

»Nun«, sagte Midhat, »wir hätten es jedenfalls verdient.«

Er hatte das »wir« nicht extra betont. Antoine hatte trotzdem das Gefühl, korrigiert worden zu sein.

»Sie sind natürlich vollkommen im Recht, kein Zweifel«, sagte Antoine. »Ich meinte nur, dass die Briten zusätzliche Truppen kommen lassen, außerdem munkelt man vom Kriegsrecht, und, wissen Sie, wenn ich in meinem Leben irgendetwas gelernt habe – ich bin zwar alt, habe aber nicht viel gelernt! Immerhin ist mir klar, dass man nicht weiß, was die Zukunft bringt. Ich wollte also nur sagen – es könnte so oder so ausgehen, wenn Sie verstehen.« Er zog an der Zigarre, drehte sie, während er den Atem anhielt, zwischen den Fingern und betrachtete die Glut. »Ich habe das Gefühl, immer größere

Anstrengungen unternehmen zu müssen, um das große Ganze im Blick zu behalten. Mein Verstand schrumpft mit jedem Jahr.« Er hielt die Handflächen aneinander.

Irgendjemand spielte Tonleitern auf einem Klavier. Das schien die Zikaden in den Bergen zu wecken, und es wurde plötzlich laut auf der Veranda. Der Pianist spielte immer abwechselnd zwei Töne.

»Helfen Sie den Krankenschwestern?«, fragte Midhat.

»Oh nein«, antwortete Antoine. »Ich habe hier recherchiert. Ich habe ein Buch geschrieben.«

»Bravo.«

»Nun ja.« Er schwenkte den Kopf hin und her. »Außerdem bin ich Priester.« Er zeigte auf sein Gewand. »Und ich habe mal an der L'École Biblique gelehrt. In Jerusalem.«

»Jetzt beneide ich Sie.«

»Tatsächlich?«

»Ich wäre gern an einer Universität. In Frankreich habe ich an zwei Universitäten studiert. Ich fand es herrlich. Die Seminare …« Midhat schüttelte den Kopf und sah wieder zu seiner kleinen Tochter, die seinen Blick erwiderte. »Sie wissen sicher, wie es ist, wenn man das Gefühl hat, ringsumher würden alle eifrig diskutieren«, sagte er. »Und wenn man schreibt, sind es Botschaften an die anderen, sogar an Menschen, die schon verstorben sind. Sogar an Menschen, die noch nicht geboren wurden.«

»Oho«, sagte Antoine, »das klingt traumhaft! Ich war allerdings nicht an der Universität, sondern in einer Art Kloster, langweilig obendrein. Die L'École Biblique ist einem Konvent angegliedert. Andererseits kann man an langweiligeren Orten als einem Konvent leben. Im Gegensatz zur landläufigen Vorstellung, nehme ich an.«

Midhat machte große Augen. »Langweilig?« Er lachte ungläubig. »Aber an einer Universität, wo sich jeder eigene Gedanken macht …«

»Und sich darauf verlassen kann, dass er bei jedem zweiten Gedanken irrt.«

Midhat schüttelte den Kopf.

»Mindestens bei jedem zweiten Gedanken«, sagte Antoine. »Oder noch öfter.«

»Darum geht es doch.«

»Sich zu irren?«

»Darum, das Denken durch den Austausch mit anderen zu präzisieren, durch ihre … Sie wissen schon.«

Eine struppige Katze sprang mit erhobenem Schwanz unter der Veranda hervor und jagte irgendein kleines Tier.

»Sie scheinen Ihre Zeit in Montpellier sehr genossen zu haben«, sagte Antoine.

»Und an der Sorbonne.«

Antoine lachte in sich hinein.

»Inzwischen habe ich alles vergessen. Fast alles. Ich weiß noch, dass ich … die Medizinfläschchen wunderbar fand.« Er schloss die Lippen um die Zigarre und zog mehrmals, bevor er den Rauch aus der Nase entließ. »Das ist schwer zu erklären.«

»Sie meinen die Fläschchen?«

»Nein, nicht die Fläschchen.«

»Erzählen Sie mal. Das interessiert mich.«

»Ja?«

»Sogar sehr.«

Midhat sah ihm in die Augen. »Schreiben Sie das auf?«

»Bitte?«

»Ob Sie notieren, was ich sage.«

Antoine schwieg eine Weile. Er brachte kein Wort mehr hervor. Ein kalter Schauder überlief ihn. Er konnte nur noch an Louise denken.

»Ich weiß, dass Sie über Nablus geschrieben haben«, hörte er Midhat sagen. »Das hat meine Frau erzählt.«

»Ihre Frau?«

»Fatima Hammad. Die Tochter von Hāddsch Nimr.«

Antoine atmete langsam aus und schloss die Augen. »Ja. Ich habe mal über Nablus geschrieben. Ich schreibe aber nicht mehr. Also … nein, ich notiere nicht, was Sie sagen.« Er lachte gezwungen. Er merkte erst jetzt, bei diesem Eingeständnis, wie sehr er sich danach sehnte, dass dieser frankophile Nabulsi ihn sympathisch fand. Drinnen polterten Schritte, die ein Ende ihres Gesprächs anzukündigen schienen; gleich kämen weitere Patienten nach draußen, um frische Luft zu schnappen. Er räusperte sich, um sich zu verabschieden, aber dann verklangen die Schritte, und die Türen blieben zu. Midhat klopfte die Asche von der Zigarre und strich die Krawatte glatt. Das Mädchen sah auf.

»Ist das Ihre Tochter?«

»Ja.«

Wieder ein langes Schweigen. Als Midhat sprach, tat er das so förmlich, als hätte er sich die Worte zuvor überlegt.

»Wenn ich auf mein Leben zurückblicke«, sagte er, »sehe ich zig Fehler. Herrliche, wunderbare Fehler. Ich würde keinen einzigen ungeschehen machen.«

Er schaute wieder konzentriert und ausdrucksvoll drein. Antoine stufte diesen freundlichen, humorvollen Mann jetzt als eher ausweichend ein – als jemanden, der für gewöhnlich viel für sich behielt. In der nächsten Sekunde dämmerte ihm aber, dass er vermutlich von den Gerüchten über Midhats Psychose beeinflusst war, von der Annahme, dass man nur in eine Anstalt kam, wenn die Psyche schwer gestört war. Im Falle Midhats kannte er die Ursachen nicht. Er horchte nachdenklich auf das Klavier. Er hörte nur die Zikaden.

»Vielleicht … vielleicht hätte ich das eine oder andere unterlassen sollen«, sagte Midhat. »Aber wie kann man das wissen? Wenn man jung ist, triff man die schwerwiegendsten Entscheidungen.«

»Sie sind noch jung.«

Midhat zog eine Augenbraue hoch.

»Sie sind doch sicher keine fünfunddreißig.«

»Ich bin einundvierzig.«

»Ach, das ist auch noch jung. Ihnen bleibt reichlich Zeit, um weitere Fehler zu begehen.«

Beide mussten lachen, und alle Spannungen zwischen ihnen, ob real oder nur in Antoines Einbildung existierend, lösten sich auf.

»Dann mal weiter«, sagte er. »Erzählen Sie von der Frau.«

Midhat sah ihn schockiert an. »Woher wissen Sie, dass es um eine Frau geht?«

Nun war es an Antoine, eine Augenbraue hochzuziehen.

»Nun gut. Das ist sehr, sehr lange her. Ich kann nicht einmal sagen, ob sie noch lebt. Und wenn ja, hat sie mich vermutlich vergessen. Wir hoffen immer, dass sich andere Menschen an uns erinnern, aber ich fürchte, die Erinnerung verblasst rasch. Vielleicht wird sie hin und wieder durch irgendetwas geweckt. Etwa durch einen Gegenstand. Aber sicher nur für kurze Zeit – und so muss es wohl auch sein, denn das Leben geht weiter. Ich denke hin und wieder an die Vergangenheit.« Er lächelte. »Aber ich lebe nicht darin.«

Antoine hatte den Blick geradeaus gerichtet, denn als Priester spürte er, dass er Midhat ungestört sprechen lassen musste.

»Wenn ich im Nachhinein etwas ändern könnte, dann mein damaliges Bild von Frankreich. Ich hatte eine bestimmte Vorstellung, wissen Sie? Frankreich stand in meinen Augen für Tugend. Das würde ich jetzt korrigieren, aber vielleicht …« – er schien dies zu überdenken, klang auf einmal nachdenklicher – »… vielleicht ist das auch das Einzige, was ich ändern würde. Alles andere … lag nicht in meinen Händen.«

»Sie sind nicht der Erste, der diesen Fehler begangen hat«, sagte Antoine. Er gab sich priesterlich und verschränkte die

Finger. »Sie wissen natürlich, dass kein *Ort* tugendhaft sein kann. Eine Vorstellung vielleicht. Aber kein Ort.«

Unten im Olivenhain krallte sich die Katze einen Baumstamm hinauf.

»Kehren Sie zurück?«, fragte Midhat.

»Oh, Frankreich liebt mich nicht besonders. Nach dem Aufstand werde ich wohl nach Kairo übersiedeln.«

Das entlockte Midhat einen überraschten, aber interessierten Ton.

»Ich würde ab jetzt gern stärker im Weltlichen leben«, sagte Antoine.

»Ein lobenswerter Vorsatz.«

»Ich fand es ziemlich schwierig, geradezu heikel …« Er beendete den Satz nicht.

Midhat forderte ihn nicht auf, den Gedanken zu vollenden, und Antoine bereute es, zu persönlich geworden zu sein. Er glaubte, Midhat damit verschreckt zu haben, denn dieser war gekommen, um zu beichten, und hatte sicher nicht erwartet, dass sein Beichtvater im Gegenzug auch aus dem Nähkästchen plauderte. Er zog ein letztes Mal an der Zigarre und spürte eine ebenso vertraute wie stille Beschämung. Drinnen ertönten wieder schlurfende Schritte, und dann wurde die Tür geöffnet. Ein alter Mann trat auf die Veranda, gefolgt von einem jüngeren Mann mit gebrochenem Bein.

»*Al-salamu alekum.*«

»*Wa alekum al-salam.*«

Der Alte führte den jüngeren Mann zu zwei etwas weiter entfernten Stühlen. Dann holte er eine Pfeife hervor und begann, sie zu stopfen. Antoine drückte die Zigarre unter dem Geländer auf der Mauerkante aus.

»Wie viele sind umgekommen?«, wollte Midhat leise vom Pater wissen.

»Wenn ich das wüsste. Viele. Und viele andere sind vermisst.

Es war kein unblutiger Aufstand. Haben Sie von der Schlacht bei Anabta gehört? Sie hat von morgens bis abends gedauert. Viele *Frauen* sind den Märtyrertod gestorben.«

»Sie wissen mehr als die meisten Nabulsis«, sagte Midhat. »Ich sollte mich bei Ihnen nach Neuigkeiten erkundigen, denn jene, die mitgekämpft haben, erzählen immer nur durch die Blume. Mein Cousin …« Er verstummte. »Meine Frau glaubt, jemand in Nablus hegt einen Groll gegen mich. Haben Sie vielleicht etwas darüber gehört?«

Antoine dachte nach. Er hatte das während seiner jahrelangen Recherchen zu Nablus mehrmals erlebt – ein Nabulsi, der sich bei *ihm* nach Neuigkeiten aus Nablus erkundigte. Er hatte die damaligen Notizen lange nicht mehr angeschaut und kramte in seinem Gedächtnis. Von den Gerüchten über Midhats Aufenthalt in der Anstalt abgesehen, konnte er sich nur an flüchtige missgünstige Bemerkungen erinnern, aber nicht an konkrete Details.

»Da fällt mir nichts ein«, sagte er schließlich. »Aber Missgunst ist weit verbreitet.«

»Ja, ja«, sagte Midhat müde. »Inzwischen gebe ich nicht mehr viel darauf, was andere Leute über mich denken.«

»Sehr gut.«

»Manchmal belastet es einen natürlich.« Midhat streckte ein Bein aus und legte den Fuß des anderen auf das Knie. »Und meine Familie reicht mir schon. Meine Frau kommentiert alles, was ich tue, und ich kann sie nie zufriedenstellen. Ich kann ihre Erwartungen nie ganz erfüllen. Andererseits denke ich …« – ihm brach plötzlich die Stimme, und er beugte sich nach vorn, zog den Fuß vom Knie – »… dass ich ohne meine Familie gar nichts wäre.«

Dieser Gefühlsausbruch überrumpelte Antoine. Midhat starrte mit aufgerissenen Augen den Olivenhain an. Dann erbebte er plötzlich am ganzen Körper und keuchte »Vater«, als wäre das Wort in ihm aufgestiegen und hätte sich aus seinem Mund gezwängt.

Antoine erwog, eine Krankenschwester zu rufen, und sah zur Tür. Die anderen Männer bemerkten Midhats Verstörung nicht. Aber das Mädchen – das Mädchen ließ ihren Vater nicht aus den Augen, sie musste sich bremsen, um nicht zu ihm zu laufen.

Midhat umklammerte die Knie mit seinen langen Fingern und starrte mit offenem Mund ins Leere. »Vater«, wiederholte er.

»Ja.« Antoine legte ihm eine Hand auf den Rücken. »Ja, ich bin hier.«

Midhat holte so tief Luft, als würde er auftauchen, und sagte dann: »Ich vergebe dir.«

Antoine verschlug es den Atem. »Wie bitte?«, sagte er.

Er versuchte, das Zittern seiner auf Midhats Rücken liegenden Hand zu unterdrücken.

Hinten im Tal sank die Sonne auf das Gebirge. Ein breiter Streifen des Himmels färbte sich rot. Die Hitze ließ etwas nach, und auch die Fensterscheiben begannen rötlich zu glühen.

In Midhat löste sich etwas Schweres. Es war ihm, als hörte er unter sich die Wellen eines dunklen Sees, als spürte er die steingekühlte Luft, die aus einem tiefen Brunnen strömte. Dann spürte er den warmen, steten Druck der Hand des Priesters auf seinem Rücken.

Er drehte den Kopf, um sich bei ihm zu bedanken – doch was er sah, überraschte ihn. Antoines rosige Augen waren vor Schreck geweitet, die weichen Lippen im weißen Bart geöffnet. Midhat holte tief und schicksalsergeben Luft. Seine erste Vermutung – dass der Priester ihn für verrückt hielt – verflog aber, als das Entsetzen in Antoines Augen einem forschenden Blick wich.

»Geht es Ihnen gut?«, fragte Midhat.

»Baba«, sagte Ghada.

»Ja, *habibti.*«

Ghada stand auf und klopfte hinten ihr Kleid ab.

»Ja, ja«, sagte Midhat. »Wir gehen nach Hause.«

Als er sich umdrehte, bemerkte er, dass der Priester die Augen ein klein wenig schloss, als wollte er seinen Blick fokussieren. Antoine nickte. Er zog die Hand zurück.

»Gott …«, sagte er, indem er zum Abschied die Hand hob. Er vollendete den Satz nicht.

ANHANG

Schlüsselereignisse bei der Entstehung der palästinensischen und syrischen Nationalbewegungen

1882–1903
Erste Welle der jüdischen Immigration (*aliyah*): Etwa fünfunddreißigtausend jüdische Einwanderer, überwiegend aus Osteuropa, lassen sich in Palästina nieder und beginnen, Landwirtschaft zu betreiben.

1904–1914
Zweite Welle der jüdischen Immigration: Etwa vierzigtausend Auswanderer, viele von ihnen überzeugte Zionisten, erreichen Palästina.

1911
Gründung der Organisation arabischer Nationalisten, Al-Fatah (Gesellschaft junger Araber), in Paris.

1913
18.–23. Juni: Arabischer Nationalkongress. Reformorientierte arabische Organisationen und in Paris lebende Studenten treffen sich im Saal der Geographischen Gesellschaft, um angesichts der osmanischen Herrschaft, der zunehmenden Besiedlung durch Zionisten und britischer und französischer Kolonialinteressen über die Zukunft der Region zu diskutieren.

1914
2. August: Bündnis zwischen dem Osmanischen und dem Deutschen Reich. Die Osmanen verpflichten sich in einem

Geheimabkommen, auf Seiten der Mittelmächte zu kämpfen, sobald Deutschland Russland den Krieg erklärt.

6.–10. September: Wunder an der Marne. In einer Schlacht an der Marne besiegen die Alliierten die deutschen Armeen.

29. Oktober: Das Osmanische Reich tritt offiziell in den Ersten Weltkrieg ein.

1915

17. Februar (bis 9. Januar 1916): Dardanellen-Feldzug. Militäroffensive der Briten und Franzosen auf der Halbinsel Gallipoli gegen das Osmanische Reich, das als Sieger aus den Kämpfen hervorgeht.

24. April (bis 1917): Genozid an den Armeniern. Systematische Ermordung und Deportation der armenischen Bevölkerung durch die osmanische Regierung.

Juli (bis März 1916): Hussein-McMahon-Korrespondenz. In einem Briefwechsel willigt die britische Regierung ein, die arabische Unabhängigkeit anzuerkennen, sofern sich der Sharif von Mekka an einem Aufstand gegen die Osmanen beteiligt.

21. August: Auf Geheiß des osmanischen Gouverneurs Cemal Pascha werden elf arabische Nationalisten, Reformer und Mitglieder der Dezentralisierungspartei hingerichtet.

1916

6. Mai: Auf Befehl Cemal Paschas werden weitere einundzwanzig arabische Nationalisten, Reformer und Mitglieder der Dezentralisierungspartei hingerichtet.

16. Mai: Sykes-Picot-Abkommen. Geheimabkommen zwischen Frankreich und Großbritannien, das die Einflusssphären im Nahen Osten für die Zeit nach der Niederlage der Osmanen festlegt. Man definiert die Grenzen des zukünftigen Syriens und Libanons, von Palästina, Transjordanien und dem Irak (bis dahin Großsyrien genannt).

10. Juli (bis Oktober 1918): Arabischer Aufstand gegen das Osmanische Reich, überwiegend im Hedschas, angeführt vom Sharif von Mekka und von T. E. Lawrence.

1917

2. November: Balfour-Deklaration. Die britische Regierung erklärt öffentlich, die Einrichtung einer nationalen Heimstätte für das jüdische Volk unterstützen zu wollen.

9. Dezember: Jerusalem ergibt sich britischen Truppen.

1918:

19.–25. September: Schlacht von Nablus. Nach dem Sieg der Briten ziehen sich Osmanen und Deutsche zurück.

31. Oktober: Endgültige Niederlage des Osmanischen Reiches. Briten und Franzosen installieren eine Verwaltung im besetzten Feindesland, auch in Palästina und Syrien.

11. November (bis Juli 1919): Landesweiter Aufstand gegen die britische Besatzungsherrschaft in Ägypten und im Sudan, was 1922 zur britischen Anerkennung der Unabhängigkeit Ägyptens führt.

1919

(bis 1923): Dritte jüdische Einwanderungswelle. Ungefähr vierzigtausend Zionisten siedeln sich in Palästina an, ausgelöst durch die Eroberung des Landes durch die Briten, die Balfour-Deklaration, die Oktoberrevolution in Russland und damit einhergehende Pogrome, die auch in Polen und Ungarn stattfinden.

18. Januar (bis 21. Januar 1920): Pariser Friedenskonferenz in Versailles, in der es vor allem um deutsche Reparationen und die Verteilung früherer deutscher und osmanischer Gebiete geht. Unterzeichnung von Friedensverträgen und Gründung des Völkerbundes (Vorläufer der Vereinten Nationen).

27. Januar: Der erste palästinensische Nationalkongress, der

in Jerusalem tagt, schickt eine Erklärung nach Versailles, in der man die Balfour-Deklaration ablehnt und Unabhängigkeit fordert.

Juni: Die von Präsident Woodrow Wilson eingesetzte King-Crane-Kommission untersucht die Einstellung der Bevölkerung des früheren Osmanischen Reiches zu einer Mandats-Herrschaft in einzelnen Landesteilen. Sie empfiehlt eine amerikanische Übergangsregierung, um die arabischen Völker zur Selbstständigkeit zu führen, und stellt fest, dass die Mehrheit der Palästinenser gegen den Zionismus ist und dass die Zionisten beabsichtigen, »die gegenwärtige nicht jüdische Bevölkerung Palästinas durch diverse Formen des Landerwerbs praktisch komplett zu enteignen«. Der Bericht wird der Pariser Friedenskonferenz vorgelegt, aber nicht beachtet.

2. Juli: Der syrische Nationalkongress tagt in Damaskus.

1920

8. März: Der syrische Nationalkongress erklärt die Unabhängigkeit des arabischen Königreiches Großsyrien unter der Herrschaft König Faisals.

4.–7. April: Während des Nebi Musa kommt es in Jerusalem zu Krawallen.

19.–26. April: Der Völkerbund bestätigt die Mandate der Briten für Palästina und Mesopotamien (heutiger Irak) und die der Franzosen für Syrien und den Libanon.

5. Mai: Der muslimisch-christliche Bund von Nablus protestiert beim Militärgouverneur gegen den Zionismus und die bevorstehende Mandatsherrschaft in Palästina.

Juni: Gründung der Haganah, einer jüdischen paramilitärischen Organisation.

1. Juli: Ende der britischen Militärregierung in Palästina und Beginn der zivilen Verwaltung unter Hochkommissar Herbert Samuel (bis 1925).

24. Juli: Schlacht von Maysalun: Französischer Sieg über die syrischen Truppen König Faisals. Das arabische Königreich Großsyrien wird aufgelöst, und Faisal muss Syrien verlassen.

14. Dezember: Der dritte palästinensische Nationalkongress in Haifa fordert die Unabhängigkeit Palästinas unter den gleichen Bedingungen wie jenen der Mandatsherrschaft im Irak, mit einem Parlament, gewählt von allen Bürgern mit je einer Stimme.

1921

11. April: Gründung des Emirats von Transjordanien, ein britisches Protektorat.

Die Briten weisen Hāddsch Amin al-Hussaini, dem Großmufti Jerusalems, ein neues religiöses Amt zu.

1.–7. Mai: Gewaltsame Zusammenstöße von Arabern und Juden in Jaffa. Die Untersuchungskommission gelangt zu dem Ergebnis, dass die Ursache in der politisch und wirtschaftlich bedingten Unzufriedenheit der Araber mit der jüdischen Einwanderung zu suchen ist.

19. Juli: Die erste arabische Delegation aus Palästina bricht nach London auf, um mit dem Kolonialminister, Winston Churchill, über die Unabhängigkeit zu verhandeln.

23. August: Gründung des Königreiches Irak mit Faisal ibn Hussein als König, wenn auch unter britischer Verwaltung (bis 1932).

Dezember: Im Hafen von Haifa zerbricht eine Holzkiste voller Waffen, was zur Beschlagnahmung von dreihundert Pistolen und siebzehntausend Schuss Munition führt, die von der Haganah aus Wien eingeschmuggelt wurden.

1922

3. Juni: Das Churchill-White-Paper, ein Dokument, das auf die fortgesetzten Unruhen reagiert, schlägt eine Begrenzung der jüdischen Einwanderung vor und betont, die britische Regierung

habe »im Gegensatz zu den Befürchtungen der arabischen Delegation zu keinem Zeitpunkt die Auslöschung oder Unterwerfung der arabischen Bevölkerung, Sprache oder Kultur in Palästina erwogen. Es sei auch angemerkt, dass die Formulierungen der Balfour-Deklaration […] nicht bedeuten, dass ganz Palästina zu einer jüdischen nationalen Heimstätte werden solle, sondern nur, dass man eine solche Heimstätte in Palästina einrichten wolle«. Die Regierung unterstützt trotzdem weiter die jüdische Einwanderung.

1923

Februar bis März: Die Wahlen zu einem gesetzgebenden Rat scheitern, weil sie von den arabischen Palästinensern boykottiert werden.

Mai: Die ägyptische Feministin Huda Schaarawi nimmt nach der Rückkehr vom Frauenkongress in Rom in der Öffentlichkeit den Schleier ab.

29. September: Amtlicher Beginn der britischen Mandatsherrschaft in Palästina und der französischen in Syrien und im Libanon.

1924

(bis 1928): Vierte Welle der jüdischen Einwanderung. Etwa achtzigtausend zionistische Juden, überwiegend aus Polen, wandern nach Palästina ein.

1925

25. März – 1. April: In ganz Palästina ein Generalstreik und Demonstrationen gegen den Besuch von Arthur James Balfour (Lord Balfour).

Juli (bis Juni 1927): Großer syrischer Aufstand gegen die französische Herrschaft. Er wird von den Franzosen am Ende niedergeschlagen.

November: Generalstreik in Palästina zur Unterstützung des Aufstands in Syrien.

1926

16. Februar: Die britischen Behörden erkennen Landkäufe oder Verkaufsverhandlungen, die während der Zeit des Verbotes (1918–1920) getätigt wurden, im Nachhinein rechtlich an, ebenso inoffizielle zionistische Grundbücher.

16. Mai: Die britischen Behörden in Palästina setzen einen Erlass zu Kollektivstrafen in Kraft.

1927

11. Juli: Schweres Erdbeben in Palästina. Betroffen sind Jericho, Nablus, Jerusalem, Ramle, Lydda und Tiberias. Zahlreiche Dörfer werden zerstört.

1928

(bis 1939): Fünfte Welle der jüdischen Einwanderung. Zwischen 250000 und 300000 Juden treffen ein, die meisten auf der Flucht vor der nationalsozialistischen Diktatur in Deutschland.

23.–29. August: Fromme Juden nehmen Möbel mit, um an der Klagemauer/al-Buraq-Mauer zu beten, was bei den palästinensischen Arabern die Befürchtung weckt, der Status quo der heiligen Stätten, von den Osmanen etabliert, könnte geändert werden. Daraufhin kommt es zu politischen Demonstrationen militanter Zionisten-Gruppen und zu palästinensischen Krawallen in mehreren Städten. Kurz nach den Krawallen richten Araber in Hebron ein Massaker unter Juden an.

26. Oktober: In Jerusalem findet der erste palästinensische Frauenkongress statt.

27. Oktober: Eine Delegation des Frauenkongresses demonstriert in Jerusalem gegen die Balfour-Deklaration, die Kollektivstrafen und die Misshandlungen arabischer Häftlinge.

1930

Die islamistische Gruppe Schwarze Hand beginnt unter der Führung von Scheich Izz ad-Din al-Qassam eine gewaltsame Kampagne gegen jüdische Zivilisten und die britische Mandatsmacht.

1931

April: Zeev Jabotinsky und andere gründen die Irgun, eine paramilitärische, rechtsgerichtete Abspaltung von der Haganah.

August: Polizisten lösen in Nablus mit Schlagstöcken eine Demonstration gegen die Waffenlager in jüdischen Siedlungen auf.

1932

3. Oktober: Im Irak endet die britische Mandatsherrschaft. Das Land erhält die Unabhängigkeit.

1933

Januar bis Juli: In Deutschland ergreifen die Nationalsozialisten die Macht. Angesichts des zunehmenden Antisemitismus in Europa intensiviert sich die jüdische Auswanderung nach Palästina enorm.

8. September: Tod des irakischen Königs Faisal.

27. Oktober: Die Palästinenser protestieren mit einem Generalstreik gegen die jüdische Einwanderung und die britische pro-zionistische Politik. Es kommt zu Krawallen in mehreren Städten.

1934

Beginn der organisierten illegalen jüdischen Einwanderung (*Alija Bet*) in Palästina. Sie erfolgt ohne Erlaubnis der Jewish Agency oder der britischen Behörden.

1935

15. September: Die Nürnberger Rassengesetze, der Rassenideologie der Nazis entsprechend, berauben die Juden aller Rechte. Die jüdische Auswanderung nach Palästina steigt dramatisch an.

16. Oktober: Große Waffenlieferungen, versteckt in Zementfässern, werden im Hafen von Haifa entdeckt. Sie sind für Tel Aviv bestimmt. Die arabische Exekutive ruft zu einem Generalstreik auf, und eine Demonstration in Jaffa artet zu Krawallen aus.

20. November: Scheich Izz ad-Din al-Qassam gerät in den Hügeln von Jaabad, oberhalb von Nablus, in einen Hinterhalt britischer Soldaten und wird erschossen.

Dezember: Der Hochkommissar Arthur Grenfell Wauchope schlägt einen gesetzgebenden Rat mit achtundzwanzig Mitgliedern vor, die Hälfte davon palästinensische Araber. Palästina begrüßt dies grundsätzlich, aber der Vorschlag wird von pro-zionistischen Mitgliedern des Unterhauses abgelehnt.

1936

15. April: Nach der Ermordung dreier Juden bei einem Raubüberfall in der Nähe Tulkarems werden bei Petach Tikwa zwei Araber getötet.

17. April: Während der Beerdigung eines der jüdischen Opfer kommt es zu Krawallen, und drei weitere Juden werden getötet. Die britische Mandatsmacht setzt Notfallmaßnahmen in Kraft und verhängt in Palästina Ausgangssperren.

20. April: In Nablus gründet sich ein Arabisches Nationalkomitee, genauso in weiteren Dörfern und Städten. Man fordert einen Generalstreik.

25. April: Das Arabische Hochkomitee, gebildet von Mitgliedern aller arabischen Parteien, ruft zu einem zeitlich unbegrenzten Streik auf.

Mai: Beginn der Durchsuchungen von Dörfern, eine Schikane, die die Araber davon abhalten soll, gegen die britische Herrschaft aufzubegehren.

6. Mai: Das Nationalkomitee verkündet einen Steuer-Streik.

11. Mai: Die britische Armee wird durch Truppen aus Malta und Ägypten verstärkt. Die Haganah und weitere Gruppen, die jüdische Siedlungen schützen, erhalten als Jüdische Siedlungspolizei einen legalen Status.

23. Mai: Die Briten verhaften einundsechzig arabische »Agitatoren« und internieren sie in Lagern; Anfang Juni werden weitere siebenunddreißig verhaftet.

Mai bis Juni: Der Hafen von Jaffa wird geschlossen. Immer wieder Überfälle auf Eisenbahnen und jüdische Siedlungen. Im Hügelland tauchen bewaffnete Banden auf.

17.–29. Juni: Die britische Armee zerstört große Teile Jaffas.

6. Juli: Viertausend britische Soldaten mit Panzern und Maschinengewehren »säubern« die Region zwischen Nablus und Jerusalem.

4. August: Die britischen Behörden erlassen ein Gesetz, das Kollektivstrafen wie Bußgelder, die massenhafte Zerstörung von Eigentum, Ausgangssperren und massenhafte Internierung gestattet.

August: Beginn jüdischer Vergeltungsschläge.

30. September: In Palästina wird das Kriegsrecht verhängt.

11. Oktober: Das Arabische Hochkomitee ruft zur Beendigung des Streiks und somit auch des Aufstands auf.

November: Krankenhausakten geben Aufschluss über die Zahl der Toten, die die sechsmonatigen Unruhen forderten: 1195 Araber, achtzig Juden, einundzwanzig britische Soldaten, sechzehn Angehörige der Polizei und der Grenzpolizei und zwei nicht arabische Christen.

Glossar

Alim: ein Gelehrter
al-hamdu-lillah: Gott sei Dank
al-Haram al-Scharif: der Tempelberg
al-harami: der Dieb
Allah yikhalli-ki: Leben Sie wohl!
Allah yirham-ha: Gott hab Sie selig
al-salamu-alekum: Guten Tag / Friede sei mit Euch!
ammo: Anrede eines älteren und respektierten Mannes
Baris: Paris
bikfi: genug, es reicht
Dschahilija: die Zeit vor dem Auftreten des Islams
dua: Gebet
Filastin ard-na: »Palästina ist unser Land«
fursa saida: alles Gute (Begrüßungsformel)
habibi: mein Freund, alter Junge, *habibti*: weibliche Variante
hakawati: Geschichtenerzähler auf Straßen, Plätzen, in Cafés etc.
hamdillah as-salama: Willkommen zurück!
Hedschas-Aufstand: die sogenannte Arabische Revolte ab 1916, bei der sich arabische Verbände unter Leitung des Briten Th. E. Lawrence gegen die auf deutscher Seite kämpfenden Osmanen erhoben
Hidschra: die Übersiedelung des Propheten Muhammad von Mekka nach Medina
id al-fitr: Fest des Fastenbrechens zum Ende des Ramadan
iftar: Fastenbrechen, Essen nach Sonnenuntergang im Ramadan
Imruulkais: vorislamischer Poet

In scha Allah: so Gott will, hoffentlich

Irham-na, ya Rabbu, irham-na, li-anna-na mutahayyirun an kulli jawab: Herr, erbarme dich unser, denn wir wissen keine Antwort (Refrain aus einer orthodoxen Gebetslitanei)

itfaddalu: bitte sehr

Khan: der Markt

kef halak: Wie geht's?

Kuttab-Schule: Vorschule zur Einführung in den Koran

La ilaha illa lah: »Es gibt keine Gottheit außer Gott« (erster Teil des islamischen Glaubensbekenntnisses)

ma'a l-salama: auf Wiedersehen, lebt wohl

marhaba: Willkommen!

ma sha Allah: wörtlich »was Gott will«, Ausruf der Überraschung

mashi: nicht schlecht!

misbaha: Gebetskette

rawi: ein Geschichtenerzähler

tamam: genau, in Ordnung

salamtik/salamtak: Gute Besserung!

Schawwal: der zehnte Monat im islamischen (Mond-)Jahr

scherifisch, der *Scherif*: Herrscher auf der arabischen Halbinsel, der den arabischen Aufstand gegen die Osmanen angeführt hat

thuwwar: Revolutionäre

wa-alekum al-salam: Begrüßungsformel, Erwiderung auf *al-salamu-alekum*

wallah/wallahi l-asim: Weiß Gott! / Bei Gott dem Allmächtigen!

yaani: wörtlich »das heißt«, hier meist als Füllwort verwendet

yallah: los, auf geht's!

ya sitti: Anrede im Sinne von »gnädige Frau«

Dank

Mein Dank gilt Ghada Hammad; dem stets großzügigen Said Kanaan, Rand und Nour; ich danke George Hintlian für seine Ermutigung und Anleitung; Naseer Arafat; Albert Aghazarian; Kamal Abdulfattah; Nazmi Juubeh; Samih Hammoudeh; Qais Hammad; Aroub Bayazid; Abir Hammad; Ali Hammad; Faruq und Mona Hammad; Sami Hammad; Iyad Hammad; Khaled Kamal; Bassima Abu al-Huda; Waddah Zuaiter; Rima Tarazi; Salim Tamari; Haifa Khalidi; Sharif Kanaana; Sahar Huneidi; Malak Husseini; Malak Abd al-Hadi und Samir Abd al-Hadi, deren Großvater, Salim Abd al-Hadi, ein Testament verfasst hat, auf dem dasjenige Fuad Murads basiert; Faiha Abd al-Hadi; Beshara Doumani; Ted Swedenborg; Sonia Nimr; Azzam Abu Saud; Samih Abu Ghazaleh; Fuad Shehadeh; Adel Abu Amsha; Salwa Masri; Fuad Halawi; Abdul Rahman al-Haj Ibrahim; Abdul Sattar Qassem; Rakefet Zalashik und Raphael Koenig; ich danke euch allen dafür, meine Fragen ertragen und euer Wissen und eure Erinnerungen mit mir geteilt zu haben. Und ich danke Zena Agha für die Landkarten.

Mein Dank gilt den besten und nachsichtigsten Lesern, die ich mir hätte wünschen können: Katharine Hammad, Joseph Minden, Allison Bulger, Coco Mellors, Steve Potter, Liz Wood und Saad Hammad. Xanthe Gresham-Knight und Arthur Fournier danke ich für die Gespräche, die Tipps und ihre Weisheit.

Ich bedanke mich bei den Juroren des Harper-Wood Studentship am St John's College, Cambridge, speziell bei Ruth Abbott. Außerdem bei Amy Hempel, Bret Johnston und Rick

Moody und allen an der NYU, vor allem bei Zadie Smith, Nathan Englander und Deborah Landau. Ich danke dem Vorstand der Axinn Foundation, Beatrice Monti und Andrew Sean Greer von der Santa Maddalena Foundation und der MacDowell Colony for the Arts.

Folgenden Büchern habe ich besonders viel zu verdanken: *Nablus: City of Civilisations* von Naseer Arafat; *Rediscovering Palestine: Merchants and Peasants in Jabal Nablus, 1700–1900* von Beshara Doumani; *The Nation and Its »New« Women: The Palestinian Women's Movement, 1920–1948* von Ellen Fleischmann; *Coutumes Palestiennes: Naplouse et Son District* von Antonin Jaussen; die Memoiren von Muhammad Izzat Darwazeh und von Awni Abd al-Hadi; *Tarikh Jabal Nablus wa al-Balqa'* von Ihsan Nimr; *The Journal of the Palestine Oriental Society* (1920), vor allem der Vortrag von Marie Joseph Lagrande; *Memories of Revolt: the 1936–1939 Rebellion and the Palestinian National Past* von Ted Swedenburg.

Besonderer Dank gilt Georgia Garrett, Laurence Laluyaux, Stephen Edwards und der übrigen Mannschaft bei RCW, Melanie Jackson, Michal Shavit, Elisabeth Schmitz, Morgan Entrekin, Katie Raissian und Ana Fletcher.

In liebender Erinnerung an David Bradshaw und John Coulter.

Vielen Dank an alle, die mir Geschichten über Palästina erzählt haben. Und ich danke dir, Arthur, meiner gelauscht zu haben.

Die Originalausgabe erschien 2019 unter dem Titel
»The Parisian« bei Jonathan Cape, London.

MIX
Papier aus verantwortungsvollen Quellen
FSC® C014496

Penguin Random House Verlagsgruppe FSC® N001967

1. Auflage
Genehmigte Taschenbuchausgabe Mai 2022

Covergestaltung: semper smile, München, nach einem Entwurf von
Sten E. Moe, for Pelikanen forlag, Norway 2020
Covermotiv: Privatarchiv Isabella Hammad, Neil Gower
(Palästina-Karte von 1923)
Druck und Einband: GGP Media GmbH, Pößneck
cb · Herstellung: sc
Printed in Germany
ISBN 978-3-442-77155-4

www.btb-verlag.de
www.facebook.com/btbverlag

Leïla Slimani

Sex und Lügen

Gespräche mit Frauen aus der islamischen Welt

208 Seiten, btb 71681
Aus dem Französischen von Amelie Thoma

Zerrissenheit, Hoffnung, Aufbegehren. Frauen aus Marokko sprechen über Liebe, Gefühle, Sexualität. Über Heuchelei und den Wunsch nach Anerkennung. Eine berührende Sammlung sehr persönlicher Geschichten. Von der Autorin des SPIEGEL-Bestsellers »Dann schlaf auch du«.

»Indem sie mir von sich erzählten und dabei bewusst Tabus brachen, haben all jene Frauen mir eins deutlich gemacht: Auch ihr Leben zählt etwas. Sie selbst sind etwas wert und müssen ernst genommen werden.«

Leïla Slimani

»Leïla Slimani gibt Frauen aus der islamischen Welt eine Stimme.«

Le Monde

btb